GOLKONDA

Otmar Jenner

DER ÄLTESTE

Originalausgabe

MIX
Papier aus verantwortungsvollen Quellen
FSC® C014889

Lektorat: Werner Bauer
Umschlaggestaltung: s.BENeš [www.benswerk.wordpress.com]
Umschlagmotiv: Otmar Jenner
Layout & Satz: Hardy Kettlitz, Berlin
Herstellung: Robert Gigler, München
Druck: Pustet, Regensburg

www.golkonda-verlag.de

ISBN 978-3-946503-22-4 (Buch)
ISBN 978-3-946503-23-1 (E-Book)

PROLOG

Sie empfinden Schmerz. Sie verfügen über ein Nervensystem und Rezeptoren. Zwar schützt ihr Panzer sie und gibt ihnen Stabilität, doch ist dieser Panzer nach wenigen Tagen ausgebildet und wächst nicht weiter, der Körper darin allerdings schon. Alljährlich wird es ihnen in ihren Panzern zu eng, was schmerzhaft ist. Schließlich so schmerzhaft, dass sie im Frühsommer ein Versteck aufsuchen, sich darin auf die Seite legen, zusammenkrümmen und im Zuge der Häutung ihre Panzer verlassen. Innerhalb weniger Stunden schwellen die gestauchten Körper auf eine neue Größe an und neue Panzer bilden sich, um dann wieder zu eng zu werden, was ihnen erneut Schmerzen bereitet, weshalb sie im folgenden Frühsommer ihr altes oder ein neues Versteck aufsuchen und sich auf die Seite legen für die nächste Häutung.

Bei jeder Häutung wachsen sie um zehn bis zwanzig Prozent, den Großteil davon direkt nach Verlassen des Panzers. Man kann sich also ausrechnen, wie eingezwängt ihr Körper im Panzer war, wie sehr er dadurch Schmerzen erlitten hat und in welchem Ausmaß der Schmerz zu ihrem Leben gehört. Jahr für Jahr. Von Häutung zu Häutung.

Ihr Leben. Es tut ihnen weh.

Ein Dasein als Hummer ist von Natur aus schmerzhaft.

Europäische können eineinhalb Meter lang werden, amerikanische knapp fünfzig Zentimeter länger. Doch Hummer werden nicht nur groß, sondern auch alt, durchschnittlich siebzig Jahre, also ein Menschenalter, nicht selten aber auch über hundert Jahre. Angeblich wurde irgendwann ein hundertvierzig Jahre alter Hummer gefunden, älter als jeder im Guinness World Records Buch verzeichnete älteste Mensch. Dieses alte Tier hatte demnach hundertvierzig qualvolle Zeiten wachsender Stauchungen und nur temporär erlösender Häutungen hinter sich.

EINS

Vor den Pyrenäen rutschte ein Plastikbecher mit Tomatensaft in einer holprigen Linkskurve vom Klapptisch des Nachbarn und landete in dessen Schoß. Kurz darauf fiel ein Rollkoffer einige Reihen weiter vorn aus einem aufspringenden Gepäckfach, verfehlte knapp den Kopf der darunter sitzenden Frau, streifte aber deren Schulter und krachte mit einem Klirren wie von Glas auf den Gang.

»Diese Geschichte fängt ja gut an«, sagte ich leise – und für andere wahrscheinlich unhörbar – zu mir selbst.

War das der angekündigte Tod?

Die vom Koffer gestreifte Frau und einige Kinder noch weiter vorn begannen zu schreien. Mein Nachbar versuchte, den Tomatensaft auf der Hose mit einem Paisley-Schal zu entfernen, verteilte den Saft aber umso mehr und begann darüber fast hysterisch zu kichern. Dann knackten die Lautsprecher, der Copilot meldete, man habe den Kurs ändern müssen, um einer Wetterfront auszuweichen, kein Grund zur Sorge, es werde Turbulenzen geben, man möge daher umgehend die Gurte anlegen. Der Copilot sagte noch mehr, was aber unverständlich für mich war, weil die Lautstärke zu weit aufgedreht war und die Stimme dadurch verzerrt klang.

Meine Hände waren plötzlich feucht. Ein Blick aus den Fenstern auf der linken Flugzeugseite zeigte klaren Himmel, während rechts eine dunkle Wolkenwand zu sehen war. Wir schrammten, so sah es jedenfalls aus, daran entlang. Der Rand sah aus wie eine anthrazitfarbene Plüschdecke, die in unendlich kleine Falten gelegt war. Kurz riss etwas auf, und man konnte in einen Spalt hineinblicken, an dessen Ende für den Bruchteil einer Sekunde das Flackern der Sonne zu sehen war. Danach färbte sich die Wolkenwand blauschwarz. Für einen Moment erinnerte mich die Erscheinung an Obsidian. Einige Herzschläge lang faszinierte mich der Anblick, dann bemerkte ich, dass Schweiß von meinen Händen tropfte und meine Knie bereits vor Angst zitterten.

Warum hatte ich nicht schon vor dem Abflug erkannt, was für eine Unternehmung ich gerade startete?

Der Ausblick aus den Fenstern auf der rechten Flugzeugseite machte offenbar auch anderen Fluggästen Sorgen, denn ich hörte den orchestral anschwellenden Ausdruck von Panik in allen Stimmlagen, während das Flugzeug aus leichten in schwere Turbulenzen geriet, die Tragflächen zu zittern begannen, wobei die Nieten im Rumpf ächzten und ich die wechselvolle Stimmungslage zwischen den Wolken zum Anlass nahm, über die Endlichkeit meines Daseins nachzudenken.

Absurderweise hatte ich meine Kamera mit dem Gepäck aufgegeben, machte stattdessen aber Fotos mit dem iPhone. Man muss das erlebt haben, um zu wissen, wovon die Rede ist. Um mich herum wurde gewürgt und in Tüten erbrochen.

Ziemlich hübsch da vorn. Selbst unter diesen Umständen, dachte er. An der Stirnseite zum Cockpit hatte sich eine der Stewardessen über einen Beutel gebeugt. Wahrscheinlich noch nicht lange beim Kabinenpersonal. Bisher kaum huldigende Zuwendungen älterer Herren. Keine geschenkte Cartier-Uhr, kein Escort-Service an den Stätten der Zwischenstationen. Keine verlorene Seele der Lüfte.

Er wischte die Handflächen an den Hosenbeinen ab und überlegte, warum er sie attraktiv fand. Eine Seitenverkleidung am Fenster rechts vibrierte und klapperte. Warum mussten solche Schrottschwalben nicht am Boden bleiben? Klar wollten Fluggesellschaften sie in der Luft halten. Wirklich unverantwortlich. Er kannte die Anzeichen. Allmählich begann er sich aufzuregen. 337, 347, 367, 397, 457, 467, 487, die Reihe der letzten sieben Edlen bis fünfhundert, die auf Sieben enden. Zwischen 397 und 457 klaffte eine Lücke, die man auch als Loch bezeichnen konnte, als numerischen Orkus. Zu seiner Beruhigung sagte er nun die auf, die mit Eins endeten. Standen vergleichsweise noch verlorener da. Wirklich gutes Gesicht. Und wie sie die dunklen Haare mit der linken Hand von der Tüte fernhielt.

Seine Hände zitterten.

Meine Hände zitterten. Ich schob die rechte in die linke, verschränkte dann die Finger ineinander. Fünfhundert? Keine von den Edlen. Aber eine Zahl wie ein Attentat, ein Aufstand, eine Meuterei, ein undurchsichtiges Komplott. Unterwanderung des Natürlichen. Rebellion gegen die Biologie. Umstürzlerisch für das Verständnis vom Menschen und vom Menschsein. Subversiv und anarchistisch und gärend im Gemüt. 500!

»Geboren am 4. März 1517 in Cádiz, männlich, lebendig, ein medizinisches Wunder.«

Was für ein Blödsinn, hatte ich erst gedacht und mich wirklich geärgert. Das konnte nicht wahr sein. Unmöglich. Eine Falschmeldung – was sonst? Auf Nachrichten gab ich immer weniger, was ich manchmal selbst irritierend fand, doch so war es nun mal. Folge der vergangenen Jahre, inklusive des Abschieds von meinem früheren, geliebten Arbeitsfeld.

»DNA-Analysen lassen auf ein extrem hohes, geradezu biblisches Alter schließen«, las ich in der rechten Seitenspalte. »Falls kein Berechnungsfehler vorliegt, ist von einer bisherigen Lebensspanne von mindestens 490 Jahren auszugehen. Dies deckt sich mit den Darstellungen der betreffenden Person, die behauptet, vor wenigen Wochen 500 Jahre alt geworden zu sein.«

Darunter war ein Mann abgebildet, der nach meiner Wahrnehmung nicht deutlich älter als ich selbst aussah.

»Hmm«, hatte Hannelore von Noretzki gesagt, und ihr Atem war durchs Telefon gerauscht, als ich sie auf die Meldung ansprach. »Merkwürdige Sache, das.«

»Klingt erfunden«, erwiderte ich. Ich hörte ein schabendes Geräusch am anderen Ende der Leitung.

Ach Noretzki, dachte er. Immer noch die alte Geschichte. Wenn sie sich unwohl fühlte, warf sie ihre glatten und sehr dichten blonden, inzwischen entweder nachgetönten oder angegrauten

Haare von der einen Seite ihres Kopfes auf die andere. Fast immer streiften ihre Haare dabei die Sprechmuschel. Zu Anfang hatte er sich regelmäßig über das Geräusch gewundert, denn es hatte viele Anlässe für gegenseitige Anrufe gegeben, nicht selten unter Stress. Schließlich verbrachte er aus irgendwelchen Gründen eine längere Zeit in ihrem Büro, während sie immer wieder eilige Telefonate annehmen musste. Und dann sah er es. Sah gewissermaßen das Geräusch, nämlich eine schnelle, hektische Kopfbewegung, die ihren gesamten, im Moment angestauten Unmut von einer Seite auf die andere beförderte und eine tiefere, im Büroalltag sonst kaum sichtbare Seite ihres Naturells erahnen ließ. Die fein auftretende und mit ihren ebenmäßigen Gesichtszügen elegant und auf eine Art sogar gesetzt wirkende Noretzki konnte unter bestimmten Bedingungen sehr ungemütlich werden; ihre kühle und dabei durchaus schöne hanseatische Fassade deutete jedoch zunächst nicht darauf hin. Nach dieser Erkenntnis beschloss er, dem Pfad der Werbung in ihrer Richtung nicht länger zu folgen.

»Die Agenturen haben es gebracht«, sagte sie und klang plötzlich müde dabei.

Also Andalusien, hatte er gedacht und aufgelegt. Und im Kopf diverse Varianten durchgespielt. Er, der auch Ich ist.

Ich beschloss daher, es uns leicht zu machen, und kaufte ihm ein Flugticket.

ZWEI

Ich hielt die Luft an, atmete anschließend durch meinen Schal, nachdem ich ihn mehrfach um Mund und Nase geschlungen hatte. Wurde langsam richtig unappetitlich hier. Saurer Gestank erfüllte die Kabine. Ich reckte den Kopf, um das Elend in vollem Ausmaß zu betrachten. Sogar die stoischen Minen der

Flugbegleiter gerieten in Bewegung. Die Stewardess, ja, ein wirklich hübsches Mädchen mit asiatischen Augen und Grübchen über den Mundwinkeln, wie ich bereits beim Boarding bemerkt hatte, sackte bleich in ihrem rotbraunen Iberia-Kostüm an die Schulter des männlichen Flugbegleiters in den gleichen Farben auf dem Nachbarsitz und bohrte die rosa lackierten Fingernägel ihrer rechten Hand in dessen linken Unterarm.

Mit dieser Geste, das musste er sich eingestehen, war er nicht einverstanden. Was besagten die Statistiken noch mal zur Häufigkeit von Flugzeugabstürzen? Und warum ist 8999 eine Edle, und sind 9949 und 10009 auch welche, 9959 und 10019 aber nicht? Vergleichsweise selten sind die auf 9 Endenden sowieso. Ein Skandal auch, dass es nur eine einzige Gerade gibt. Und überhaupt. 8999 Mal null ergibt null, also nichts. Aber 8999 mal eins ergibt 8999. Wenn das keine himmelschreiende Ungerechtigkeit ist. Müsste nicht 8999 Mal nichts zumindest *irgendwas* ergeben?, konnte er sich ohne größere Mühe richtig darüber ereifern.

Plötzlich hörte das Zittern und Ächzen auf, das Flugzeug stabilisierte sich und der Ausnahmezustand schien vorbei. Die Flugbegleiter sprangen auf, verstauten herausgefallenes Gepäck, sammelten die Tüten mit Erbrochenem ein, redeten beruhigend auf die Kinder und derangierten Erwachsenen ein. Die Asiatin eilte herbei und reichte seinem Nachbarn Papiertücher, um die Soße im Schritt aufzusaugen, wobei er bemerkte, dass sie wahrscheinlich nur zur Hälfte asiatisch war. Denn als sie sich herüber beugte, fielen ihm ihre brünetten Haare kurz ins Gesicht und machten dabei einen eher mittel- bis südeuropäischen Eindruck auf ihn. Aber das lag vielleicht auch an dem olfaktorischen Nachklang von Chanel N° 5, der immerhin sekundenlange Ablenkung von dem nicht so flott zu vertreibenden Kotzgestank brachte. Anschließend blätterte er lustlos in einem Männermagazin, wechselte dann zum Bordmagazin, schlug kurz den Veroux auf, las den Anfang von Seite 23: »Der Tod des ausgehenden Mittelalters, das ist auch der zufällige Tod, der Entbehrungstod des armen

Mannes, der Unfalltod des Reisenden, erschlagen am Feldrain, ertrunken in einem Fluss, zufällig getroffen vom Blitz. Das ist der Tod als Fluch, ein hässlicher, gemeiner, hinterhältiger Tod, der Angst einflößt und von niemandem willkommen geheißen wird.«

Er schlug das Buch wieder zu und lehnte sich zurück, begleitet von der Hoffnung, sich doch noch zu entspannen.

Gersons Geschichte, das kann ich rückblickend sagen, endete ziemlich verkrampft. Alter Gerson war ein Freund von mir. Er meinte einmal, es existierten eigentlich nur zwei Arten von Typen. Die einen würden mit vierzig schon tot sein, die anderen über hundert Jahre alt werden wollen. Und dazwischen gäbe es: nichts – nur die echten Leichen, gestorben an der demografischen Wahrscheinlichkeit des Ablebens, also die überwiegende Masse, auch Allgemeinheit genannt. In dem Begriff Allgemeinheit verberge sich ja ein maßgeblicher Bestandteil ihres eigentlichen Wesens, nämlich Gemeinheit. Und es sei schon eine echte Gemeinheit – die meisten Menschen wollten entweder schon tot sein oder noch lange nicht, wenn sie tatsächlich stürben.

Ich habe einen Bekannten, der seinen Sohn Sturm genannt hat, angeblich ein in Vergessenheit geratener urdeutscher Name, was ihn in meinen Ohren nicht schöner macht. Allerdings denke ich an Shakespeare, wenn ich ihn höre, und das hat auch sein Gutes. Gerson hieß wirklich Alter mit Vornamen, denn so haben ihn nicht nur die Lehrer in der Schule genannt, sondern, wenn ich mich richtig erinnere, auch seine Eltern, die ihm den Namen ja verpasst hatten, wohl wissend, dass seine Schulkameraden später »Hey, Alter« und andere, weniger freundliche Sachen zu ihm sagen würden, was meinen Freund Alter aber nie ernsthaft zu stören schien. Wahrscheinlich, weil er längst wusste, dass höchstens die anderen alt werden würden, er aber nicht. Denn er hatte beschlossen, ewig jung zu bleiben. Keine Ahnung, ob sein Vorname, der ja seit seiner Kindheit als weitgreifendes Versprechen selbst ungenannt allgegenwärtig war, ihn in seinen Überlegungen bestärkt hatte, denn so eng waren wir auch wieder nicht, jedenfalls ließ er seinem Beschluss eine Tat folgen: Er sprang an einem Montagmorgen um halb zehn mit dem Kopf voran aus dem siebten Stock, gerade 37 Jahre alt, und wurde daher ewig jung zu Grabe getragen, aber seine Eltern waren mit der etwas irreführenden Namensgebung nicht dafür verantwortlich zu machen.

Einige Monate vor seinem … Weggang war ich mit Gerson verabredet gewesen – ohne zu ahnen, dass es das letzte Mal sein würde. »Alle Menschen sterben gewiss«, meinte er lächelnd, »nur die Selbstmörder vielleicht.«

Ich machte daraufhin wahrscheinlich ein so dämliches Gesicht, dass er Mitleid mit mir empfand und sofort weiterredete: »Ich habe Glück gehabt, meine Zahnarztpraxis ist vor einigen Monaten abgesoffen, Wasserrohrbruch, Totalschaden.«

»Abgesoffen, Totalschaden«, wiederholte ich, »aber das ist ja furchtbar, warum hast du mir nicht schon viel früher davon erzählt? Vielleicht hätte ich dir irgendwie helfen können.«

»Ach, war gar nicht so schlimm,« antwortete er. »Habe eine halbe Million von der Versicherung kassiert.«

»Klingt gut«, erwiderte ich, nun froh für meinen Freund.

»Na ja«, sagte er daraufhin und zog die Stirn kraus. »So gut nun auch wieder nicht. Du kennst mich. Bin mit hunderttausend ins Casino und mit fünfzigtausend wieder raus. Eigentlich keine große Sache, aber daraufhin hat sich meine Liebste von mir getrennt.«

»O Mann«, sagte ich. »Ich wusste gar nicht, dass du eine Freundin hast. Erst die Praxis weg, dann das Geld, dann die Dame deines Herzens, das klingt ja echt nicht so toll.«

»Nee«, er grinste, »hab schon ’ne neue.«

»Wie schön für dich«, sagte ich und spürte, wie mein Herz zu klopfen anfing.

»So schön nun auch wieder nicht«, entgegnete er.

»Wieso?«, fragte ich, zunehmend neugierig, was noch kommen würde.

»Sie sagt, sie liebt mich, aber sie hat gleichzeitig ein Verhältnis mit einem anderen Mann, einem Piloten bei der Lufthansa.«

»Oh, das tut mir leid«, sagte ich. »Kann mir vorstellen, dass das sehr verletzend ist für Dich.«

»Das nun auch wieder nicht«, sagte er mit siegesgewissem Blitzen in den Augen. »Er ist sehr viel unterwegs. Und wann immer er weg ist, bin ich bei der Frau.«

»Okay«, sagte ich gedehnt. »Das wiederum klingt ja eigentlich ganz gut.«

»Meine ich doch«, erwiderte er mit einem neuerlichen Grinsen. »Man kann sich auf nichts wirklich verlassen. Nur der Tod ist gewiss.«

»Mensch, Alter«, sagte ich nach einer Weile, leicht verwirrt durch die Wendungen des Gesprächs.

»Was?«, sagte er und blickte mich direkt an.

»Du klingst, als wärst du auf deine alten Tage fast weise geworden.«

»Ich«, sagte er, »habe jedenfalls einen Entschluss gefasst.«

Danach verlief sich das Gespräch ohne erkennbaren Grund. Er verriet mir nicht, was für einen Entschluss er gefasst hatte, vermutlich, so nahm ich an, weil ich es nach seiner Vorstellung ja ohnehin rechtzeitig erfahren würde. Er verabschiedete sich mit einer flüchtigen Umarmung, was er noch nie zuvor getan hatte. Wahrscheinlich hätte ich genauer nachfragen, seine Widerstände überwinden sollen. Eigentlich hätte ich im Verlauf dieses Gesprächs erkennen müssen, wohin Gersons Leben lief oder vielmehr fiel.

Ein früher Tod, das ist mir erst durch Alter Gerson wirklich bewusst geworden, erscheint nicht wenigen Menschen so reizvoll wie das ewige Leben. Mir persönlich war die suizidale Überambitioniertheit mancher Zeitgenossen schon immer ein Rätsel. Ich weiß nicht, wie es Ihnen geht … Träumen Sie nicht auch davon, alt zu werden, womöglich sehr alt, Minimum hundert, also über die Schallgrenze hinweg. Je länger man schon dabei ist, umso lieber möchte man dabei bleiben und die Grenze überwinden. Allein schon aus Sportsgeist. Und weil dann der Bürgermeister zum Geburtstag kommt. Na ja, vielleicht macht er das inzwischen auch nicht mehr. Die Menschen werden ja immer älter, und einhundert ist nicht mehr das, was es noch in den fünfziger, sechziger und siebziger Jahren war, nämlich ein Ereignis von fast aufrührerischer, politischer Dimension, eine gerontologische Individualrevolte.

Schon damals gab es diese Berichte von sehr alten Menschen, vermehrt anzutreffen in sogenannten Blauen Zonen. Etwa in der Stadt Limo Lina in Kalifornien, auf der griechischen Insel Ikaria, dem japanischen Okinawa, der Nicoya-Halbinsel in Costa Rica sowie vierzehn Bergdörfern in der Nähe von Villagrande Strisaili auf Sardinien. Pro hunderttausend Einwohner leben dort einunddreißig über Hundertjährige.

Warum ziehen wir da nicht einfach hin?, werden Sie jetzt wahrscheinlich fragen. Ja, ich habe auch schon darüber nachgedacht. Ist wahrscheinlich gesünder als Berlin, Hamburg oder München, London, New York, Istanbul oder Manchester. Allerdings … Genau – dieselbe Überlegung habe ich dann auch angestellt und die Übersiedelungspläne nach Sardinien wieder aufgegeben.

Heute denke ich noch mal anders – mir immer klarer als ich selbst bewusst werdend und bloß hin und wieder als eine zweite Person existierend in der dritten.

Wie gut, dass er von dem Vorhaben, sich in Sardinien niederzulassen, abgekommen war. Die Halbasiatin schien sich wieder vollständig gefangen zu haben. Sie reichte ihm ein Erfrischungstuch und auf Nachfragen eine kalte Cola dazu. Wie sie so vor ihm stand, spielte er mit dem Gedanken, sie zu fragen, ob sie in Sevilla Zwischenstation machen würde, doch gelang es ihm auch diesmal nicht, diese Überlegung in die Tat umzusetzen. Jedenfalls war er auf dem Weg zum Ältesten der Alten. Man muss in einer Großstadt leben, um eine solche Geschichte zu erfahren, dachte er, verwarf den Gedanken aber sofort wieder, weil die Zeitung ja auch auf dem Land und in Dörfern zu kaufen gewesen war. Er legte den Veroux wieder zur Seite, stöpselte schließlich seine iPhone-Kopfhörer in die Buchse in der Armlehne und hörte auf Kanal 1 das »Concierto De Aranjuez«, in der Interpretation von Miles Davis. Wie oft hatte er »Sketches Of Spain« zu Hause gehört. Nur für »Kind Of Blue« konnte er sich noch mehr begeistern. Als sie dann rund vierzig Minuten später sanft oder vielmehr zart auf der Landebahn in Sevilla aufsetzten, stieß das in ihm vor allem die Erkenntnis andauernder Lebendigkeit an, während Begeisterungsrufe und frenetisches Klatschen die Schlussakkorde des dritten Teils des Concierto übertönten und die halbasiatisch aussehende Stewardess auf Nimmerwiedersehen im Cockpit verschwand.

DREI

Wann auch immer der Tod eintritt – etwa fünf Minuten danach beginnen die biologischen Zerfallsprozesse in einem menschlichen Körper, der dann ein frischer Leichnam ist. Mangels weiterer Sauerstoffzufuhr nach dem Erliegen der Lungenatmung und Erlahmen der Hautatmung beginnen die Zellen des Körpers, sich in der Autolyse von innen nach außen aufzulösen. Ein Prozess der Wandlung setzt ein, in der Wissenschaft vom Tod Metamorphose genannt. Diese Wandlung wird besonders durch den massenhaften Auftritt einer Fliegen-Art vorangetrieben. Es handelt sich um die Leichenbuckelfliege, den Quasimodo unter den Erstverwertern. Conicera tibialis, die »Graberin konischer Röhren«, hat vor vielen Jahrtausenden vor allem eins verlernt: das Fliegen. Trotzdem ist sie zur Stelle, wenn es etwas Verwesendes zu beißen gibt, also praktisch immer und überall. Man muss gar nicht lange auf ihr Erscheinen warten, sie findet sich ganz automatisch mit großer Geschwindigkeit von ganz alleine ein. Hölzerne Särge halten sie nicht auf. Sie bohrt sich einfach konisch durchs Holz, wie sie sich auch durchs Erdreich bohrt, und selbst die kaum verschließbaren Ritzen in Steinsärgen erlauben ihr den Zugang zu den jüngst Verstorbenen. Es sei denn, diese sind Pharaonen, vorsorglich einbalsamiert, und sie ruhen in Steinsarkophagen, deren Fugen mit Harz abgedichtet wurden, in der angenehmen Kühle einer Pyramide. Oder der Zustrom weiterer Nekrophagen wird durch die Verpackung in luftdichten Leichensäcken und sich daran anschließender Unterbringung in fugendichten Zinksärgen aufgehalten, was die Anzahl der hungrigen Mäuler bei der Resteverwertung deutlich begrenzt, aber nicht vollständig auf null halten kann, da jeder Mensch bereits zu Lebzeiten von ihnen besiedelt ist. Diese Art Glöckner – das ist die traurige Botschaft – lebt und gedeiht ständig in uns, und sowie die Totenglocken läuten, wird er aktiv.

Seine Larven können in Dung und Exkrementen existieren, in Pilzen, Pflanzenresten und faulenden Abflussrohren, ideale Bedingungen liefern hingegen verwesende Kadaver jeglicher Art. In Leichnamen können viele Generationen von Buckelfliegen überleben. So lange, bis der letzte Rest von Fleisch von den Knochen gefressen und selbst das Knochenmark vertilgt worden ist. Als Aasfresser überträgt die Buckelfliege zahllose, auch letale Krankheiten, weshalb sie nicht nur die Toten zerlegt, sondern auch Lebenden den Garaus machen kann.

Nach Eintritt des Todes stehen plötzlich die besten Futterreservoirs im Überfluss bereit und das Programm der massenhaften Vermehrung der »Graberin konischer Röhren« beginnt wie auf Autopilot. Nur Kühlkammern vermögen der Bevölkerungsexplosion der wechselwarmen und damit auf passende Umgebungstemperatur angewiesenen Nekrophagen eine frostige Unwirtlichkeit entgegenzusetzen. Umso radikaler vollzieht sich die Metamorphose des Todes in warmer Umgebung, womöglich in den Tropen. Über den Aasgeruch, also den Zersetzungsduft zerfallender Zellen, werden beispielsweise auch Schmeißfliegen angelockt. Deren Weibchen legen ihre Eier in Streifen oder Haufen in der Nähe von noch feuchten, weil sonnenabgewandten, Körperöffnungen. Die schlüpfenden Larven marschieren zu Tausenden in die Öffnungen im Genitalbereich, den Mund, die Augen, Nase, Ohren, um den Buckelfliegen Konkurrenz zu machen und diesen Corpus dann mit geradezu wissenschaftlicher Gründlichkeit und Disziplin zu filetieren und zu skelettieren, bis nur noch das Knochengerüst, am Schädel klebende Haare, die Zähne im Kiefer und lose herumliegende Fingernägel übrig bleiben. Zu bestaunen sind hier die biologisch orchestrierten Mechanismen der Kadaverzersetzung.

Falls einem diese Vorstellung der Humuswerdung eines Leichnams, womöglich des eigenen, nicht behagt, bleiben eigentlich nur zwei Möglichkeiten, wenn man eine dritte, nämlich das Einfrieren, vernachlässigt. Meiner Meinung nach ebenfalls zu vernachlässigen, weil alles Eingefrorene irgendwann ja auch wieder aufgetaut werden muss. Die erste Möglichkeit besteht nun in der Beschleunigung der beschrieben Metamorphose. Für eine sogenannte Himmelsbestattung wird der Leichnam nackt unter freiem Himmel aufgebahrt, damit Raubvögel und andere Tiere ihn fressen – bis heute sehr verbreitet in Tibet. In unseren Breiten wären anstatt der Geier andere Aasfresser wie Tauben, Krähen oder Raben zur Stelle, aber auch Katzen, Mäuse oder Ratten. Überdies sollen christliche Heilige diese Methode der Körperspende bevorzugt haben. Die zweite Möglichkeit ist eine weitere Beschleunigung und zunehmend verbreitet: Kremierung im auf 900 Grad vorgeheizten Muffelofen, einem wärmespeichernden, mit Schamotte ausgekleideten Hochofen, in den der Tote in einem verleimten Holzsarg, also einem Sarg ohne Schrauben und Nägel, geschoben und innerhalb von rund neunzig Minuten zu Asche verkohlt wird. Letzteres hatte die Familie von Gerson, »der Sauberkeit halber«, wie die Mutter mir später bei einer zufälligen Begegnung verraten sollte, gewählt, denn ich selbst hatte zur Bestattung leider nicht kommen können.

Er blieb sitzen, bis die letzten Gäste das Flugzeug verlassen hatten, in der Hoffnung, die Halbasiatin doch noch einmal zu sehen, stolperte dann zum Ausgang, wo ihm der Steward mit einem magenbitteren Grinsen ein Herz aus Schokolade in die Hand legte, und taumelte, so kam es ihm jedenfalls vor, über die Boarding Bridge in die Ankunftshalle, um sein Gepäck, das überraschenderweise schon vor ihm da war, zu greifen und sich dann, immer noch etwas benommen, ins erste Taxi am Stand zu zwängen. Dessen

Fahrer hatte noch nichts von einem 500 Jahre alten Sevillano, eigentlich aus Cádiz gebürtig, gehört und kurvte auf Umwegen in die Stadt, weil er ihn offenbar für nicht zurechnungsfähig, sehr wohl aber für zahlungskräftig hielt. Der Flughafen liegt etwas außerhalb, und es gab, das wusste er von früheren Aufenthalten, eine direkte Verbindung ins Zentrum. Doch die nahmen sie nicht, sondern schlängelten sich durch Dörfer und Randbezirke, die er nicht kannte, während er an dem flauen Gefühl im Magen erkannte, dass er langsam Hunger bekam und sehr gern mit der Stewardess zu Abend gegessen hätte.

Kürzlich bin ich auf eine merkwürdige Weise verstorben. Ich befand mich im Urwald, fühlte mich darin wie ausgesetzt. Der Wald war dicht und üppig, so, wie ich ihn von den Philippinen kannte. Aus irgendeinem Grund bewegte ich mich nicht auf dem Boden, sondern im Geäst. Es gab dort oben unter den Wipfeln Pfade, die ohne Unterbrechung von Ast zu Ast führten, weil die Bäume eng genug dafür standen. Ich folgte diesem Dschungel-Höhenwanderweg mit dem geschmeidig sicheren Tritt einer Katze. Doch dann bemerkte ich, dass etwas nicht stimmte. Ich wurde verfolgt. Ich wusste nicht, von wem, nur, dass mir etwas auf den Fersen war. Also beschleunigte ich meine Schritte, genoss dabei sogar die Geschwindigkeit und Sicherheit und hatte fast das Gefühl, zu fliegen und meinem Verfolger oder meinen Verfolgern entkommen zu können. Bis ich die Gefahr plötzlich vor mir spürte. Ich sah rote Augen – bevor ich stürzte. Ich stürzte tief, fiel ins Bodenlose. Der Wald war plötzlich weg. Ich fiel in eine Schlucht, in einen Abgrund, der aber kein Ende nahm, und in dem Moment, als ich dies erkannte, dachte ich im Traum unmittelbar vor dem Erwachen oder während des Erwachens: So ist das also, wenn man stirbt. Ich falle gerade in die Welt des Todes.

Ja, da las ich schon Veroux' Die Kultur des Sterbens. Ich lebe, das kann ich an dieser Stelle sagen, obwohl schon mehrfach tot geglaubt, grundsätzlich gern und versuche, die Zeit bis zur Ankunft der Maden zu genießen. Ich finde es interessant,

Zeit zu überblicken, möglichst viel Zeit in Wahrheit, denn mit jedem Jahr, das denke ich wirklich, wird es spannender. Ich weiß zu schätzen, eine persönliche Geschichte zu haben, die es mir gestattet, Ereignisse in einem Zusammenhang zu sehen. Dieser Tage mache ich mir allerdings etwas Sorgen. Zwar seltener, aber doch mit einer gewissen Regelmäßigkeit denke ich »er« und sage das auch, wenn ich mich selbst als mein Ich meine. Kann in bestimmten Situationen durchaus zu Konfusion führen. Denn immer wieder sage ich aber auch mal »ich«, obwohl er mich denkt.

Als er schon glaubte, sein Gleichgewichtsorgan habe sich endlich von dem Abenteuer in der Luft erholt, kamen sie an einem Marktplatz vorbei, der ihm auch in Erinnerung bleiben würde, weil dort sehr fremdartig aussehende Bäume in einem Halbkreis wuchsen. Die Bäume waren etwa fünfzehn Meter hoch und sahen aus wie überdimensionierte, in die Länge gezogene Brokkoli und hatten Tentakeln ähnelnde Wurzeln. Ihm wurde erneut schlecht. Er wollte den Fahrer schon bitten, anzuhalten, um sich in den Rinnstein zu erbrechen, doch da hatten sie den Kreisel bei der Plaza de España schon hinter sich und stoppten vor seinem Hotel direkt gegenüber der Giralda.

Zu durchgeschüttelt, um zu protestieren, zahlte er den überhöhten Fahrpreis und blieb dann einige Minuten in der kühlen Nacht stehen, um langsam durchzuatmen und sich zu sammeln, bevor er durch einen langen Gang wie durch einen Boarding-Finger ins Hotel trat. Die Damen am Empfang hatten ebenfalls noch nichts von einem Fünfhundertjährigen gehört, der zumindest eine lokale Berühmtheit sein müsste. Er beschloss, sich davon nicht entmutigen zu lassen, und erlebte eine sehr tief durchschlafene und fast traumlos ruhige Nacht. Denn morgens, es muss kurz vorm Aufwachen gewesen sein, sah er sich selbst im Traum zu, sah sich an einem Tisch sitzen, in einem Buch lesen, wahrscheinlich dem Veroux, dachte im Traum aber sehr laut »ich«, während er sich selbst von außen beim Denken beobachtete.

VIER

Als Fotoreporter erlebte ich einige Ereignisse von Weltgeltung sehr direkt mit, etwa den Fall der Mauer oder den Beginn des Jugoslawienkrieges. Klingt wahrscheinlich etwas angeberisch, aber so war es nun mal. So blind wie früher kam ich mir plötzlich nicht mehr vor und empfand eine ungeahnte Steigerung meines Selbstwertes, hielt den tatsächlichen Wissenszuwachs aber bereits damals für zweifelhaft. Eine Zeit lang bildete ich mir trotzdem einiges darauf ein, wie man so sagt, dabei gewesen zu sein. Wäre ich doch schon älter, wünschte ich mir immer wieder auch in diesen Jahren. Hin und wieder wünschte ich mir sogar, sehr viel älter zu sein. Denn Jugend, so glaubte ich, wird überbewertet.

Allerdings, das war mir auch schon aufgefallen, nimmt die Ratlosigkeit mit dem Alter noch zu. Vor allem bei der aktuellen Ereignisbeschleunigung. Das war jedenfalls mein gegenwärtiger Eindruck, denn wann immer ich mit klugen Menschen meines Alters und darüber hinaus zusammensaß und redete und zuhörte und nachfragte, sagten sie: Weiß ich auch nicht, keine Ahnung, wirklich, da weiß ich auch nicht weiter. Die allgemeine Ratlosigkeit krachte einem da ja geradezu ins Gehirn.

Hey, was für ein Morgen! Erwartungsgemäß sonnig, die Temperatur der Jahreszeit entsprechend trotzdem angenehm kühl. Die Blonde an der Rezeption tippte der Dunkelhaarigen an die Schulter, als sie ihn kommen sah. Beide lächelten wie auf Kommando. Aus irgendeinem Grund fühlte er sich plötzlich alt und unattraktiv. Er wollte zurücklächeln, doch gefror ihm das Lächeln auf den Lippen. Er stürmte aus dem Hotel, trank in einer Bar eine Tasse Kaffee, nahm ein Glas Orangensaft dazu, aß ein süßes pappiges Brötchen und schlenderte anschließend durch die Gassen der Altstadt. Weil er weder einen Stadtplan dabei noch Lust hatte, sich von Google auf seinem Handy leiten zu lassen, fand er sich mehrere Male an derselben Straßenkreuzung wieder, obwohl er nicht zum ersten Mal in der Altstadt war.

Wo anfangen zu suchen? Er spürte eine gespannte Erwartung, sprach sich selbst dabei Mut zu und starrte sämtliche männlichen Passanten, die einigermaßen ins Schema passten, direkt und prüfend an, ignorierte die weibliche Begleitung oder einzelne Frauen aber völlig, was für Irritation zu sorgen schien, denn er wurde einige Male unverhohlen ärgerlich angesehen. O Mann, brummte er vor sich hin. Auch von sich selbst verunsichert. Schließlich erreichte er die Plaza del Salvador.

Jugend wird überbewertet, wiederholte er in Gedanken. Und dachte im selben Moment das genaue Gegenteil. Alter ist lästig. Für die Mädchen um die zwanzig wird man zum Opa. Für die über Dreißigjährigen zum Rentner. Mit über fünfzig läuft mit Glück etwas bei Frauen um die vierzig. Ab sechzig sieht es dann richtig finster aus.

Was für ein Quatsch, hatte er gerade eben noch gedacht: Wäre er doch gleich im Alter von dreißig Jahren geboren worden. Bis zwanzig? Verzichtbar. Nein, mit vierzig geboren wäre noch besser, dann hätte er seine Unsicherheiten und die daraus resultierenden Dummheiten als Zwanzig- und Dreißigjähriger womöglich gänzlich ausgelassen.

Ach was, diese Dummheiten und Unsicherheiten waren kostbar. Zwar hatte man als Zwanzigjähriger keine Ahnung vom Sex, aber dafür jede Menge davon.

Heute trauerte er sogar den vielen One-Night-Stands hinterher, die nach eindringlichen Zusammentreffen ausnahmslos mit fahrigen Verabschiedungen um fünf Uhr morgens und hektischen wie verfrorenen Fluchten in die eigene Wohnung endeten.

Mit den Jahren wurde die Suche nach Nähe allerdings erwachsener. Doch wurde sie damit auch schöner?

Er hatte sich an sich selbst gewöhnt. Diese Gewohnheit als Vertrautheit zu bezeichnen oder womöglich Selbstkenntnis zu nennen, würde er besonders in seinem jetzigen Zustand zu hoch gegriffen und anmaßend finden. Manchmal erheiterte ihn das, meistens machte es ihn jedoch wütend. Mehr denn je sah er sich selbst als sein größtes Rätsel und fragte sich, wer er eigentlich war. Das einzige, was er in diesem Zusammenhang für gesichert hielt, war sein Vertrauen darauf, dass es ihm nie langweilig werden würde, sich diese Frage immer wieder neu zu stellen.

Hach, wirklich ärgerlich, auf Altersweisheit war also auch kein Verlass. Warum dann sein Hunger nach mehr, nach mehr Jahren, mehr Erfahrungen, mehr Lebenszeit, einer sehr viel größeren Lebensspanne? Komische Sache, das.

In der Basilika fand eine Hochzeit statt. Das Brautpaar posierte auf der Treppe für den Fotografen. Sie in Weiß, klein, gedrungen, Neigung zu Adipositas, mit einer rosa Schärpe gewissermaßen geschenkverpackt, dazu orangeroten Schuhen und einem irgendwie siegesgewiss wirkenden Lächeln. Der Bräutigam in silbernem Anzug und Krawatte in Pink, also zur Braut passend. Allerdings fehlte der kämpferische Ausdruck in seinem teigigen Gesicht. Und man konnte ahnen, wohin sich die frisch geschlossene Ehe in den nächsten Jahren bewegen würde.

Er dokumentierte das Geschehen mit dem iPhone. An den Tischen vor den zwei, drei offenen Bars hatte sich bereits eine ausgelassene Gesellschaft eingefunden, die allerdings nichts mit dem Gefolge des Brautpaares zu tun hatte, sondern die ganz alltägliche Versammlung hier rund um die Mittagszeit war. Er musste sich etwas überwinden, in das Getriebe einzutauchen, steuerte dann aber auf einen freien Tisch zu und bestellte wie alle anderen ein Bier, obwohl es erst 11 Uhr war. Der Kellner war zu beschäftigt, um für Recherchefragen zur Verfügung zu stehen.

Erlauben Sie mir, dass ich mich vorstelle. Ich heiße Ole Meerzen, bin 54 Jahre alt, etwa fünf Jahre jünger, als meistens vermutet wird, hatte einmal rotblonde Haare, die inzwischen aber vollständig graublond sind, bin laut Pass einsachtzig groß, habe einen Bauch, was mich selbst oft sehr stört, aber ungewöhnlich große blaue Augen mit grünbraunem Rand, die manche Frauen schon als faszinierend beschrieben haben, weshalb ich mich ganz so hässlich nun auch wieder nicht finde und immer wieder sogar Freude am Leben habe, was leider durch eine in der Pubertät diagnostizierte psychische Störung beeinträchtigt wird. Es heißt, ich hätte ein Problem damit, mich als konsistentes Selbst zu erfahren und auch zu sehen und wäre ein Grenzgänger.

Das ist nicht die ganze Wahrheit, denn, um ehrlich zu sein, hatte und habe ich selbst kein Problem damit. Ich bleibe singulär, rede zwar immer wieder in der dritten Person über mich, aber nicht im Plural, wachse auch nicht manisch ins Königliche, um am nächsten Tag zur letzten Laus vorm Weltuntergang zu schrumpfen und in tiefer Depression zu versinken, bin also nicht bipolar im klassischen Sinne, sondern irgendwie, ja, dual, denn mir fällt selbst auf, dass ich immer wieder denke und auch sage »er« oder »der Ole« habe dies oder jenes getan. Er und ich – wir können prima Zwiesprache halten und sind gewissermaßen intern freundschaftlich verbunden, was natürlich auch für Befremden sorgen und auf Unverständnis stoßen kann. Aber im Ernst – wem geht das insgeheim eigentlich nicht so? Jedenfalls ist meine Dualität nur eine von vielen Seltsamkeiten in meinem Leben. Und sicherlich nicht die letzte.

Manchmal vermisse ich Alter Gerson und seine Sonderbarkeiten. So hatte er mir einmal einen Brief gezeigt, den er seiner Mutter geschrieben und mit einer Antwort von ihr auf der Rückseite zurückbekommen hatte. »Liebe Mutter«, begann er den Brief, »wenn Du Deinen Brief lesen wirst, so wirst Du Dich fragen, warum schreibe ich ›Deinen Brief‹ und nicht ›meinen‹? Ganz einfach: Wenn Du laut lesen würdest, worum ich Dich bitte, könntest Du denken, es sei Dein Brief, wenn Du ›meinen‹ liest. Ich möchte aber, dass es genau anders herum ist. Du sollst wissen, dass es mein Brief ist und es auch so klingt, daher schreibe ich ›Dein Brief‹.«

Daraufhin schrieb seine Mutter auf die Rückseite: »Lieber Sohn, danke! Ich wiederum bitte Dich, meinen Brief jetzt leise für Dich zu lesen, damit es keine Verwirrung mit Mein und Dein geben kann. Und nur das Ende dann laut: meine liebe Mutter.«

Noch im Studium hatte Gerson einmal zu mir gemeint, er wolle mit einem Bekannten eine Firma gründen.

»Was für eine Firma denn?«, hatte ich neugierig gefragt.

»Im- und Export«, hatte Gerson erwidert und dabei die Backen aufgeblasen.

»Aber du hast doch gar kein Geld«, hatte ich gesagt, wohl wissend, dass Gerson vollständig blank war, weil er auch mich ständig um Geld anpumpte.

»Macht nichts«, antwortete Gerson und stieß die Luft mit gespitzten Lippen aus. »Er hat das Geld und ich habe das Wissen.«

»Was für ein Wissen meinst du?«, fragte ich weiter.

»Wie man die Rollen tauscht«, antwortete er, »wie man es nämlich anstellt, dass ich das Geld habe und er um dieses Wissen reicher ist.«

Der Gerson. Alters Absenz ließ mich nicht los. Das Gefühl des Verlustes traf mich regelmäßig wie in Wellen. Ich brauchte nur jemanden auf der Straße zu sehen, der ihm ähnlich sah. Oder einen Satz hören, der von ihm stammen könnte. Und schon vermisste ich ihn und war manchmal ganze Tage danach nicht mehr zu gebrauchen.

Erst viel später erfuhr ich, dass bei Gersons Beisetzung ein Rabbiner zugegen gewesen war und seinen Einfluss geltend gemacht hatte, um die Familie zur traditionellen Erdbestattung zu bewegen, denn vor allem bei amerikanischen Juden ging der Trend zunehmend zur modernen Feuerbestattung. Allen voran die israelischen Ultraorthodoxen versuchten dem natürlich entgegenzuwirken. Im Falle Gersons aber ohne Erfolg. Zu jener Zeit geriet mein Leben zunehmend aus den Fugen. Ich kleidete mich schwarz, las, wie bereits erwähnt, Jean Veroux' DIE KULTUR DES STERBENS, knapp tausend Seiten über die Geschichte des Todes, und erlebte eine andauernde Phase von Depressivität, weil ich immer wieder an Gerson, seinen Humor, sein gar nicht komisches Ende und die auf irritierende Weise eher wachsende denn schwindende schmerzhafte Lücke denken musste, die sein Weggang (oder vielmehr Abflug) bei mir hinterlassen hatte. »Welch wundersame Wendung«, schrieb Veroux im Vorwort, »dass meine Forschung mich zu diesem Thema trieb, welches als Ausgangspunkt das Sterben nahm, um sich dann zwischen Diesseits

Uhlandstraße und trat wegen der Kälte von einem Bein aufs andere. Wie immer trug er hautenge Röhrenhosen, dazu Schnürstiefel mit Budapester-Nähten und einen dunkelbraunen Ledermantel, allerdings nicht zugeknöpft, weswegen das olivgrünblau karierte Sakko aus Harris-Tweed, das er darunter trug, sichtbar war, sowie eine pink-blau-schwarz gestreifte Fliege zu einem lila Hemd, kaum verdeckt von einem hellgrauen Schal.

»Ahoi, Elmang«, begrüßte ich ihn. Er nickte anstelle einer Antwort und drehte sich würdevoll einmal um die eigene Achse. Dann fuhr auch schon der Zug ein, und Elmang entschwand in einem Abteil. Weil ich in die Gegenrichtung musste, mein Zug aber erst in einer Minute kam, blieb ich auf seiner Seite des Bahnsteigs stehen, sah, wie er sich setzte und sofort von einer Gruppe junger, hübscher Mädchen angesprochen wurde. Man konnte neidisch werden bei dem Erfolg eines solchen Auftritts. Vor einigen Monaten hatte ihm das eine Einladung für Modeaufnahmen in Japan eingebracht und den Ruf des coolsten Alten aller Zeiten. Elmang ließ sich mehrfach in den Klubs »Burgschein« und »Le Mal« blicken und wurde regelmäßig im »Queen Victoria« beim Tanzen gesehen.

Während der Zug anfuhr, sah ich, wie eines der Mädchen, eine dunkelhaarige Schönheit, Elmang einen Stift und ein Stück Papier reichte, woraufhin er mit sichtlich erfreutem Gesichtsausdruck etwas daraufschrieb – wahrscheinlich eine Widmung und sein Autogramm. Ich gönnte ihm diesen späten Ruhm. Was sollte ich Johannes Elmang sagen, wenn ich ihn das nächste Mal traf? Vielleicht: He, Mann, nach dem jetzigen Stand der Gerontologie bist du gerade mitten in der Pubertät.

Er wandte sich in die Richtung, in der die Alfalfa liegen sollte, musste aber die Abzweigung, die man ihm genannt hatte, verpasst haben, denn er landete in einer ungewöhnlich breit angelegten Sackgasse mit Geschäften zu beiden Seiten. Rechts wies das sehr aufwändig gemalte Bild einer dunklen Schönheit in einem rotweißen Rüschenkleid mit wehenden Haaren und Kastagnetten in beiden Händen auf den Eingang zu einem

Geschäft für Folkloreartikel. Der Laden schräg gegenüber wirkte dagegen heruntergekommen und irgendwie abstoßend, hatte aber den eigenartigen Namen »Matteo Perlheims Fantasie-Store«. Erst wollte er sich abwenden, überlegte es sich aber dann anders.

»Sie«, sagte er mit lauter Stimme, während er den Laden betrat und auf den Mann zusteuerte, der genauso mächtig wirkte wie der Schreibtisch, an dem er saß, »Sie müssen Matteo Perlheim sein.«

»Sie sagen es«, antwortete der Mann und hob seinen dicken Kopf mit einer solchen zeitlupenartigen Langsamkeit, dass er das Geschäft wieder verlassen hätte, wenn das Plakat im Rücken des Mannes nicht gewesen wäre.

»I teech yo whatewer yo wont«, stand dort.

»Sie können mir also alles beibringen? Mich lehren, was auch immer ich lernen will?«, fragte er daher den Mann.

»Sí«, brummte der daraufhin.

»Was Sie geschrieben haben, da oben«, er zeigte auf das Plakat, »ist aber falsches Englisch. Wenn Sie es selbst nicht beherrschen, wie könnten Sie mir richtiges beibringen, falls ich das von Ihnen verlangen wollte?«

Der Mann kniff sein linkes Auge zu und blickte den Besucher mit dem rechten an, während er sich mit beiden Händen vom Schreibtisch in eine stehende Haltung wuchtete und dabei mit einem seltsamen Schwanken in der Stimme fragte: »Spüren Sie es?«

»Was meinen Sie?«, erwiderte er, lauter, als er es beabsichtigt hatte.

»Schauen Sie auf die Straße«, kommandierte Kneifauge daraufhin.

Doch konnte er dort draußen beim besten Willen nichts Besonderes entdecken. Eine Möwe pickte am Boden. Eine zweite hockte auf einem Mauervorsprung und sah der ersten zu. Ein trostloser Anblick. »Was meinen Sie?«, wiederholte er ungeduldig.

»Es hat begonnen«, sagte der Mann mit einer ungewöhnlich tiefen und wohlklingenden Stimme. »Die Ankündigung.«

»Verstehe«, sagte er nun, um irgendetwas zu sagen und sein Gegenüber nicht zu verärgern, denn er hatte ja eine Frage, auf die er eine Antwort suchte. Möglich, dass dieser seltsame Mensch in diesem seltsamen Geschäft sie kannte. Oder ihn darin unterrichteten könnte, wie der Älteste am besten zu finden war.

Er wandte sich wieder zu Matteo Perlheim um, der sich mit seinen fetten Armen und der angesammelten Masse menschlichen Phlegmas auf die Tischkante stützte. Doch der Dicke ließ den Kopf auf die Brust sinken und sah vor sich auf den Boden.

Mit seiner Geduld am Ende, wollte er schon den Laden verlassen, als er erneut die Stimme des Inhabers hörte.

»Der Wind atmet, was die Leute noch nicht wissen«, sang der Mann hinter seinem Rücken. »Das ist das revolutionäre Pathos.«

»Was Sie nicht sagen.« Erstaunt blickte er sich nochmals zu dem Mann um. Der stand jetzt vollständig aufrecht, hatte nun sein rechtes Auge zugekniffen und stattdessen das linke aufgerissen. Mit dem linken hatte er einen Blick, der irgendwie lodernd und irre wirkte. »Schauen Sie genau her«, befahl der Mann und hob die linke Hand mit dem ausgestreckten, sehr dicken Zeigefinger. »Schauen Sie auf meinen Finger.« Er begann die Hand vor dem Gesicht des Besuchers zu bewegen. Hin und her. Schneller. Und noch schneller.

Und dann fand er sich draußen auf der Straße wieder. Im ersten Moment hatte er keinen weiteren Gedanken, sondern fühlte sich geradezu umhüllt und durchdrungen von der Verblüffung, plötzlich in der Sackgasse vor dem Laden zu stehen. Der Gedanke klebte an ihm und wollte ihn eine gefühlte Ewigkeit lang nicht loslassen. Doch dann fegte ein Luftzug durch die Gasse und blies auch in seinem Kopf etwas frei – und er dachte einen zweiten Gedanken. Warum hatte er den Ladeninhaber weder nach dem Ältesten gefragt noch ihm den abfotografierten Zeitungsartikel auf dem Handy gezeigt? »Wie dumm ist das denn?«, dachte er laut und versuchte, dies gleichzeitig auch leise zu sagen. Aber es wurde ein stiller Gedanke und ein lautloses Flüstern daraus.

Minutenlang rang er mit sich selbst. Der Laden war inzwischen dunkel. Wahrscheinlich hatte Perlheim das Licht gelöscht und vorzeitig geschlossen. Er nahm sich vor, morgen zu entscheiden, ob er wiederkommen und den Inhaber zur Rede stellen wollte, unterdrückte aufkommenden Ärger, zog schließlich sein Portemonnaie mit dem darin gefalteten Original aus der Hosentasche und entnahm den Ausschnitt. Vielleicht mit dem unbewussten Impuls, die Wahrhaftigkeit des darin Beschriebenen mit den Händen fühlen zu wollen. Anschließend stand er noch einige Minuten an eine Hauswand gelehnt neben dem Geschäft herum und dachte absolut gar nichts. Er, der auch ich ist.

»Geboren am 4. März 1517 in Cádiz, männlich, lebendig, ein medizinisches Wunder.«

Am selben Tag, einem Montag, erfuhr ich aus dem Internet, war Hernández de Córdoba von Kuba aus losgesegelt, um auf der Insel Guanaja vor Honduras Sklaven für die spanische Krone zu fangen. Dic Seite mit dem Impressum der Zeitung hatte sich dann auch noch angefunden. Den Chefredakteur kannte ich nicht, dafür seine Stellvertreterin, Hannelore von Noretzki, meine ehemalige Kollegin, die ich einige Wochen lang auch nach der Arbeit getroffen hatte.

»Ah, Meerzen, lange nichts von dir gehört«, hatte Noretzki gesagt, als ich mich vor einigen Wochen schließlich überwunden hatte, sie anzurufen.

»¡Hola, Hanne«, grüßte ich zurück. »Wie läuft's?«

»In die falsche Richtung.« Stille am anderen Ende der Leitung. »Gestern wurde eine Kollegin nicht weit vom Eingang erstochen. Deshalb und wegen möglicher Anschläge haben sie an der Pforte Kontrollen wie am Flughafen installiert.«

»Die Inghimasi?«

»Wie die Termiten«, erwiderte sie. »Stürzen sich für die Gruppe ins Feuer oder … Bombe, *boom*, *puff*, Brücke ins Himmelreich. Hat was Heroisches und Verlorenes zugleich.«

»Schlimm, das«, sagte ich.

»Kapitaler Mist, das«, sagte sie.

Ich hörte es zweimal in der Leitung krachen, bevor sie weitersprach. »Aber, ganz ehrlich, dir kann ich das ja sagen. Diese

Stimmung hält mich irgendwie am Leben. Ich habe Angst, mich in Bedeutungslosigkeit und Langeweile aufzulösen.«

Ich verstand nicht so recht, was sie meinte, wollte aber auch nicht unhöflich sein und fragte deshalb weiter: »Und der Verlag?«

»Katastrophe. Die erste Entlassungswelle hat mich verschont, die zweite einige gute Kollegen aus dem Haus geschossen. Otmar Jenner, mit dem du ja auch gearbeitet hast, ist aber schon vorher gegangen. Ja, die Einschläge kommen näher. Vor der dritten Welle haben sie mir einen Auflösungsvertrag angeboten, um die Sache gütlich zu regeln. Ich habe mich geweigert, einen Anwalt genommen und konnte bleiben. Nun, o Wunder, bin ich sogar Stellvertreterin. Aber die guten Jahre sind vorbei. Alte Träume? Begraben. Hey, Meerzen, bist rechtzeitig gegangen.«

»Wahrscheinlich«, sagte ich.

»Spielst du noch?«

»Ja, manchmal mit dem Gedanken, wieder anzufangen.«

Noretzki war früher Bassistin in New-Wave-Bands gewesen, doch nie in derselben wie ich. Unsere frühere Freundschaft, aus der beinahe eine Beziehung geworden wäre, wurde in diesem Telefonat auf eine seltsame Weise reaktiviert. Für Sekunden öffnete sich die Leitung wie ein Kanal und Noretzki kam näher.

Doch genau das wollte er am wenigsten. Deshalb auch sein anfängliches Zögern.

»Hey, alles jammerschade, sowieso«, trompetete er in den Hörer und fragte sich gleichzeitig, was er mit »alles« eigentlich meinte. Sie redeten einige Minuten über alte und neue Zeiten und die Tatsache, dass der Journalismus von heute nur noch ein Schatten dessen sei, was sie beide einst kennengelernt hatten. Er hörte Melancholie in ihrer Stimme, während sie sprachen, einmal sogar den Klang echter Trauer. Der berufliche Ernst von einst, ihre Hingabe an die Sache hatte sich in einer Mischung aus Wehmut und Zynismus aufgelöst. Budgetkürzungen, Einschränkungen, Qualitätseinbußen, Niedergang, interne Querelen, nach außen hin hielt sie aber immer noch die Ehrenfahne hoch. Die Freiheitsstandarte des aufgeklärten Westens – eigentlich zum

Kotzen. Wenn er richtig informiert war, hatte Noretzki vor Jahren geheiratet. Kurz nach seiner Kündigung, glaubte er zu wissen. Aus beruflichen Gründen hatte sie keine Kinder bekommen.

»Eigentlich zum Kotzen«, sagte Noretzki.

Nach einem kurzen, daran anschließenden vertiefenden Meinungsaustausch über die disparate Weltlage nannte er sein tatsächliches Anliegen, was sie ein bisschen zu enttäuschen schien. Doch stellte sie ihn zum Leiter des Kulturressorts durch, der ihn wiederum an den zuständigen Redakteur verwies. Beide klangen hektisch wegen der aktuellen Ereignisse, hatten eigentlich keine Zeit für einen Ex-Kollegen. Beide nuschelten die Überzeugung, dass die Meldung keine Falschmeldung, sondern ernst zu nehmen war, was immer das auch heißen mochte.

»Na ja, entweder oder«, sagte er.

Der Redakteur, ein Mensch mit einer leicht zittrigen, aber dabei sehr jungen Telefonstimme, erklärte ihm, er sei selbst so verblüfft wie skeptisch gewesen. Aber die spanische Agentur EFE hätte die Nachricht gebracht, dann auch Reuters und die Deutsche Presseagentur. Und auf die Agenturen sei ja grundsätzlich Verlass.

Da wäre er jetzt nicht so sicher, wollte er erst antworten, doch eine solche Diskussion hatte er ja gerade mit Noretzki gehabt.

Ob er ihm den Namen des Mannes sagen könne, fragte er, denn in der Zeitung hatte nur der Vorname und der erste Buchstabe seines Nachnamens gestanden, Angelo F.

Dabei sei tatsächlich ein Fehler passiert, erwiderte der Redakteur. Der Mann heiße Angelo Francisco Álvarez de Cádiz.

Warum Cádiz?, fragte er.

Weil der Alte dort geboren ist, so der Redakteur. Doch lebe er heute in Sevilla.

Also Andalusien, hatte er gedacht und aufgelegt.

Keines seiner aktuellen Bücher trug journalistische Züge, keines war in Folge einer gründlicher Recherche geschrieben worden, als Fotoreporter hatte er aber hin und wieder auch rechercheintensive Geschichten angenommen. Trotzdem war er seit fast zwei Jahrzehnten nur noch sporadisch als Reporter unterwegs gewesen. Angesichts zunehmender weltgeschichtlicher Brisanz manchmal ein als bedauerlich empfundener Rückgang. Gleichzeitig aber irgendwie passend zu seiner heutigen Lebenssituation. Jedenfalls fühlte er sich, was Vorrecherche anging, ziemlich eingerostet. Er machte es sich daher einfach, verdrängte mögliche Hindernisse, auch jene, die sich aus seinen psychischen Problemen ergaben, und kaufte das besagte Flugticket.

SECHS

Die Bedienung im Café Cos auf der Plaza del Salvador, in das er sich zurückgezogen hatte, um in Ruhe die ersten Erfahrungen seit seiner Ankunft zu überdenken, war von derart ausladender Weiblichkeit, dass er sich in die Sitzecke drückte, sobald sie auf seinen Tisch zusteuerte und mit schriller und zugleich säuselnder Stimme seine Bestellung aufnahm –, um dann anstelle von Kaffee einen schwarzen Tee zu bringen. Er nahm den Tee, bestellte aber sofort noch einen Kaffee, zog dann sein Handy hervor. Im Internet waren zahlreiche Berichte über sehr alte Menschen zu finden, auch Fotos der Ältesten der Alten, und einige davon wirkten wie Außerirdische.

Fünfhundert? Wie war er bloß darauf verfallen, etwas so Unsinniges im Bereich des Möglichen anzusiedeln?

Falschmeldungen entstehen in den letzten Minuten, bevor der Text in die Druckerei abgeschossen wird. In Momenten, in denen der Verantwortliche dafür mal dringend aufs Klo oder eine Kippe rauchen muss. In Momenten also, wenn jemand sich unbeobachtet an ein Terminal setzen kann. Jemand, der da zu diesem Zeitpunkt eigentlich nicht hingehört, aber wiederum auch nicht als auffällig wahrgenommen wird, wenn am nächsten Morgen eine sehr absonderliche und ganz offenbar hanebüchene Nachricht in der gedruckten Ausgabe erscheint und die Nachfragen dazu laut werden. Doch wer ist dieser Jemand genau? Ein Redakteur? Ein Reporter? Ein Grafiker? Tatsächlich kann es jeder sein, die

Assistentin des Chefredakteurs ebenso wie der Chefredakteur selbst, solange ihn niemand dabei sieht und er als Urheber auch später nicht ausfindig zu machen ist. Und es kann sehr wohl sein, dass die Person, die sich über den Fehler in der gedruckten Zeitung am lautesten beschwert, genau die ist, die ihn mit voller Absicht auch hineingebracht hat.

So erscheinen die seltsamsten Meldungen auf Nachrichtenseiten. Zum Beispiel kürzlich gelesen: Fünf extrem reiche Familien, die aber in keiner Forbes-Liste oder sonst wo auftauchten, weil sie sich von allem freikaufen könnten, also auch von solchen Listings, hätten angeblich die Weltherrschaft an sich gerissen, um das Unternehmen Menschheit zu führen. Eine Meldung, die er vor einigen Monaten in einem durchaus seriösen Nachrichtenmagazin entdeckte hatte und immer noch aufbewahrte. Oder dass der Homo erectus von Außerirdischen gezeugt worden sei, die den Genpool der Menschheit noch heute regelmäßig mit Aliengenen versorgen würden, beruhend auf den Darstellungen mehrerer Engländerinnen, die medizinisch nachweislich Sex mit Außerirdischen gehabt hätten. Da wäre er wirklich zu gern dabei gewesen.

Die Bedienung war wahrscheinlich auch nicht von dieser Welt. Es brauchte nur wenig, um eine Silhouette vollständig zum Entgleisen zu bringen. Aus sicherer Distanz machte es ihm Spaß, sie zu beobachten. Allerdings war er der einzige Gast. Seine Aufmerksamkeit fiel auf. Also wieder das Handy.

So stieß ich auf Habib Miyan, laut Geburtsurkunde am 20. Mai 1868 in Jaipur, Rajasthan, geboren und gemäß Sterbeurkunde am 19. August 2008 verstorben. Miyan war 1938 aus der indischen Armee mit behördlich ausgestellten Papieren entlassen worden, die seinen Pensionsanspruch dokumentierten und auch sein Geburtsdatum enthielten. Letzteres beruhte, in Indien damals noch üblich, offenbar auf eigenen Angaben. Damit disqualifizierte er sich für einen Eintrag im Guinness World Records Buch, ist vielleicht auch deutlich jünger als behauptet, aber sehr wahrscheinlich der Welt ältester Pensionär, denn niemand hat bisher länger Rente bezogen als er. Und kein Mensch war bisher so lange mobil wie er. Noch 2004 begab er sich auf die Hadsch nach Mekka und war damit der älteste jemals registrierte Pilger.

Möglicherweise doch noch länger mobil als Miyan war der Chinese Li Ching-Yuen. Der berühmte Kung-Fu-Lehrer soll eigenen Angaben zufolge 1736 in der Provinz Sichuan geboren sein. Er überlebte angeblich 14 Ehefrauen und wurde Vater von 200 Kindern. Eine Legende besagt, dass Meister Li im Alter von 130 Jahren in den Bergen einem 500 Jahre alten Eremiten begegnete, der ihn im Baguazhang, den inneren Kampfkünsten, unterwies. Urkundlich belegt, schied Li Ching-Yuen am 6. Mai 1933 aus dem Leben. Damit wäre er 197 Jahre alt geworden. Jedoch existiert ein Dokument der chinesischen Regierung aus dem Jahr 1827: In dem Schriftstück wird ihm zum 150. Geburtstag gratuliert. Demnach wurde er sogar 250 Jahre alt. Chinesische Historiker der Gegenwart bezweifeln allerdings die Echtheit des Dokuments wie auch die persönlichen Angaben von Meister Li.

Der nachweislich und somit zweifelsfrei älteste Mensch der Welt war und ist aber die sehr sympathische Französin Jeanne Calment, am 21. Februar 1875 in Arles geboren, wo sie nach 122 Jahren und 164 Tagen am 4. August 1997 auch als verstorben gemeldet wurde. Bis heute ein ungebrochener Rekord. Jeanne Calment lebte ein ruhiges Leben in Südfrankreich. Fernand, ihr Mann, starb 55 Jahre vor ihr an einer Vergiftung, gefolgt von der gemeinsamen Tochter, die einer Lungenentzündung erlag, woraufhin Jeanne Calment deren hinterbliebenen Sohn, also ihren Enkel großzog, der jedoch bei einem Motoradunfall ums Leben kam. Da war sie 88, musste ihr Leben neu ordnen und verkaufte ihre Wohnung für eine monatliche Leibrente an einen 47-jährigen Rechtsanwalt, der aber mit 77 starb, weshalb dessen Witwe die Zahlungen fortsetzen musste, bis auch sie verstarb. Sehr zum Vorteil von Jeanne Calment, die dank ihrer Langlebigkeit rund das Dreifache des eigentlichen Wertes ihrer Wohnung ausgezahlt bekam. Calment konnte sich noch an die Erbauung des Eiffelturms erinnern und an eine Begegnung mit Vincent van Gogh, den sie als schlecht gekleidet, schmutzig und unhöflich erlebt habe. 1889 muss das gewesen sein, dem Jahr der Fertigstellung des Eiffelturms in einem Geschäft für Malerbedarf in Arles. Calment hatte dort mit 14 Jahren als Verkäuferin ausgeholfen.

Geboren zehn Jahre nach Ende des amerikanischen Bürgerkriegs, gestorben sechs Jahre nach Ende des zweiten Golfkriegs, lebte sie bereits, als Thomas Edison die Glühbirne erfand und die ersten Autos durch Südfrankreich kurvten, überlebte zwei Weltkriege, erlebte die Mondlandung und das Ende des Kalten Krieges. An ihrem 41. Geburtstag begann die Schlacht um Verdun, an ihrem 90. Geburtstag wurde Malcolm X erschossen. Im Jahr der Gründung von Microsoft feierte sie ihren 100. Geburtstag, und noch mit 119 konnte die mittlerweile etwas schwerhörig und auch sehbehindert gewordene alte Dame sehr klar und verständlich von ihrer Begegnung mit van Gogh erzählen – noch immer auf YouTube zu finden. Und das Video sah ich mir natürlich mehrfach an.

Gegen 15 Uhr verebbte das Getriebe auf dem Platz, die meisten Anwesenden verliefen sich. Am Abend, so hieß es, würde die Welle dann wieder hierherschwappen. Es blieben also einige Stunden Zeit. Ein paar Minuten lang stand er auf dem Platz herum und freute sich über vorbeiströmende Schönheit in weiblicher Form, entschied sich aber dann, dem Hinweis auf die Alfalfa zu folgen, weil die Straße nur wenige Häuserblocks entfernt lag.

Das »La Bodega« an der Ecke zur Candilejo hatte schon geöffnet. Er aß Bällchen aus püriertem Stockfisch, Calamares in Olivenöl gebraten, dazu Pincho-Kartoffeln, dann noch zwei Tapas, deren Bestandteile er aber nicht exakt benennen konnte, trank zwei Gläser Rotwein und blickte aus dem Fenster, denn er hatte sich extra so positioniert, dass die Alfalfa gut im Blick lag. Kurz nach seiner Ankunft blieben ein Mann und eine Frau direkt vorm Fenster stehen. Er konnte sie nicht verstehen, jedoch gestikulierte sie ausgesprochen vielsagend. Die Frau machte eine Bewegung mit dem Zeigefinger, als wollte sie dem Mann ein Auge ausstechen. Der Mann wich ihr lachend aus. Daraufhin warf sie den Kopf in den Nacken und trat mit erhobenen Händen einen Schritt auf ihn zu. Es sah es so aus, als würde sie ihn ohrfeigen wollen. Doch der Mann wich ihr erneut aus und beide verschwanden sie aus dem Blickfeld.

Die Szene hatte etwas in ihm zum Vibrieren gebracht. So, als wäre eigentlich er von ihr gemeint gewesen. Agitierte Frauen empfand er als furchterregend.

Die spanische Policia kündigt sich mit einem fallenden Sirenenton an, Krankenwagen eher mit einem läppisch fistelnden »Daddeldat Daddeldat«. Er hörte beides zur gleichen Zeit, sah aber nur den Krankenwagen, der direkt vor dem Bodega-Fenster hielt. Eine Frau habe sich mit ihrem Mann gestritten, berichtete ein neu eingetroffener Gast, woraufhin der Mann einen Herzinfarkt erlitten hätte. Fand er wenig überraschend. Er leerte sein drittes Glas Wein, bezahlte und trat auf die Straße. Sie war leer – bis auf eine kleine Gruppe jüngerer Leute, die einander mit Bierflaschen in den Händen zuprosteten. Die Polizei war inzwischen weggefahren. Die Nachmittagssonne schien durch einen Spalt zwischen den Häusern und warf einen schmalen Strich vor seine Füße. Mit einem Satz sprang er darüber und bog in die vor ihm liegende dunkle Gasse.

Meine Tante Luise ging bis zum Ende ihres 86. Lebensjahres ins Büro, um dort auszuhelfen; die Kollegen hatten sie weit über das Rentenalter hinaus nicht gehen lassen wollen. Und noch mit 106 kochte sie regelmäßig für ihre vierundachtzigjährige »Jüngste« und stapfte dafür mit einem Rollator zu Edeka, um einzukaufen, denn beides wollte sie sich nicht nehmen lassen. Sie war eine von 13.200 Deutschen über hundert und eine von 350.000 weltweit, also Mitglied eines besonderen Klubs.

Drei Kinder hat sie allein großgezogen. Den Vater der älteren Zwillinge heiratete sie jedoch nicht. Dann wurde sie von einem zweiten Mann schwanger, brachte eine Tochter zur Welt und heiratete auch deren Vater nicht. Dies ereignete sich in den Jahren zwischen den beiden Weltkriegen, eine Zeit, in der uneheliche Geburten alles andere als ehrenhaft galten. Trotzdem hätte sie keinen der beiden heiraten wollen. Sie habe sie geliebt, jedoch keinen von ihnen zum Ehemann gewollt. So hat sie es mir einmal gesagt. Da war ich nach Lübeck gekommen, um sie zu fotografieren und ausführlich über ihr Leben zu befragen.

Ich kann mich an keine Frage erinnern, die sie unbeantwortet ließ, doch ist vieles, von dem sie mir berichtete, zu privat, um an dieser Stelle erwähnt zu werden. Später holte sie ihre Fotoalben hervor, um mir alte Bilder zu zeigen. Die meisten zeigten sie, die Zwillinge und ihre Jüngste, auch ein paar mich und meine Eltern und den weiteren Kreis der Familie, fast alle während der letzten fünfzig Jahre aufgenommen. Fotos der beiden Väter ihrer drei Kinder befanden sich nicht dabei, existierten wohl auch nicht, dafür aber eine verblichene Daguerreotypie von Luise im Alter von etwa zehn Jahren und ein Foto von ihr als junge Frau.

Zu allen Zeiten, in denen ich Tante Luise erlebte, hatte sie eine starke Ausstrahlung. Wer ihr begegnete, verspürte den Wunsch, ihr näherzukommen. Wer sie nicht kannte, wollte sie kennenlernen. Das habe ich selbst bei diversen Café-Besuchen mit ihr erlebt. Menschen an Nachbartischen wandten sich ihr zu, baten sie um die Zuckerdose oder fanden einen anderen Grund, um freundliche Worte mit ihr zu wechseln. Wenn wir mit Tante Luise ausgingen, wurde sie angesprochen, nicht meine Eltern oder ich. Als junge Frau muss sie noch eine ganz andere Aufmerksamkeit erregt haben, denn zu ihrer Zeit, und das darf ich behaupten, ohne in den Verdacht der Übertreibung zu geraten, war sie eine sehr schöne Frau. Nach meinem Empfinden eine der schönsten Frauen, die ich jemals auf einem Foto gesehen habe – so kam es mir jedenfalls vor, als ich es betrachtete, beinahe ein wenig schockiert von diesem Gesicht aus einer ganz anderen Zeit, welches den Fotografen und damit den Betrachter mit einer sehr eigentümliche Ruhe und der Andeutung eines Lächelns auf den Lippen direkt und distanzlos ansah.

Was für eine Frau! Sie lediglich unkonventionell zu nennen – im Hinblick auf dieses Foto und ihre Geschichte, die ich nun kenne und bewahren werde, in Wahrheit eine viel zu schwache Formulierung, denn tatsächlich war sie ihrer Zeit nach meinem Empfinden ein halbes Jahrhundert voraus.

Die Kultur des Sterbens beginnt mit einer Widmung. »Für Rose« steht da. Wer oder was war damit gemeint? Eine Frau namens Rose? Die Rosenkreuzer, denen Veroux wohl angehörte. Leider kann man ihn nicht mehr befragen. Er ist vor einigen Jahren gestorben, liegt begraben unter einer Rotbuche auf dem Pariser Le Cimetière du Père-Lachaise, der ersten als Park angelegten Begräbnisstätte der Welt.

Ich habe sein Grab einmal besucht. »Morti natus es« ist als Motto auf seinem Grabstein zu lesen. »Um zu sterben bist du geboren«, ein Zitat von Seneca und seiner Abhandlung Über die Ausgeglichenheit der Seele entnommen. »Schauen wir nun auf den Tod in seiner historischen Dimension«, lautet der erste Satz bei Veroux, recht trocken, eigentlich wenig verheißungsvoll, doch das ändert sich mit dem zweiten: »Unsere Untersuchung beginnt im frühen Mittelalter mit der Betrachtung des Heldentodes. Denn wenn der Held stirbt, lebt sein Mythos fort, ein Fortdauern über viele Generationen, womöglich die Unsterblichkeit, das ewige Leben …«

Ich bin jetzt in meiner Gegenwart angekommen. Ich möchte ein willkommener Besucher sein, ein gern gesehener Gast. Gast im Leben des Ältesten, Besucher in seiner Welt. Doch dafür muss er erst einmal gefunden werden. Aber wenn ich jetzt er denke, so meine ich ihn und nur sehr wenig auch mich.

SIEBEN

Gegen 17 Uhr lag die Straße bereits im gelblichen Licht der Abendbeleuchtung. Er schritt die Alfalfa ab, um die Namen auf den Klingelbrettern zu lesen. Aber es standen dort keine Namen, nur Nummern. Etwa eine Stunde lang lief er die Straße auf und ab. Es gab einen Bäcker, einen Obst- und Gemüseladen, ein Schuhgeschäft und einen Krawattenladen, der auch Fliegen und Gürtel führte. Er ging in jeden Laden, zeigte das Foto von

Álvarez, doch niemand wollte ihn gesehen haben. Also doch rüber zur Antonio Diaz. Kurz vor der Maestranza entdeckte er, dass ihm jemand folgte – ein Mädchen, vielleicht zwölf, dreizehn Jahre alt, in einen grauen Poncho gehüllt, aus dem ihre Arme dünn herausragten. Sie bewegte sich mit einer eigenartigen, fast katzenhaften Körperkontrolle und machte insgesamt einen wilden Eindruck auf ihn. Die schwarzen Haare quollen aus einer dunklen Wollmütze in ihr Gesicht und auf ihre Schultern. Als er sich umdrehte und ihr zuwandte, fror ihre Bewegung zu einer lauernden Haltung ein. Einen Moment lang blickten sie einander direkt an. Er meinte zu erkennen, dass sie orangeroten Lippenstift trug und sich die Fingernägel schwarz lackiert hatte.

Fast automatisch machte er ein, zwei Schritte auf sie zu, um sie zu fragen, warum sie ihm folgte. Sie stampfte aus irgendeinem Grund mehrmals mit dem rechten Fuß auf. Als er einen weiteren Schritt in ihre Richtung ging, drehte sie sich um und lief davon. Einige Straßen weiter entdeckte er sie wieder und rief ihr zu, dass er gern mit ihr sprechen würde. Daraufhin verschwand sie erneut.

In der Bar Suerte trank er ein weiteres Glas Rotwein, zeigte erneut das Foto vom Zeitungsausschnitt herum, bekam aber wiederum keine brauchbare Antwort. Dies als Mauer des Schweigens zu beschreiben, erschien ihm jedoch verfrüht. So redete er es sich jedenfalls ein. Und hatte plötzlich im Nachklang ein Pfeifen im Ohr. Ein sehr hoher Ton, der ein bisschen so klang wie das Summen der Heizung in seiner Berliner Wohnung. Nicht sehr laut, aber trotzdem unüberhörbar. Alle Versuche, den Pfeifton in der Wohnung durch geschickte Klempnerarbeiten wie beispielsweise eine Entlüftung abzustellen, hatten sich leider als erfolglos erwiesen. Die Heizung pfiff in gleichbleibender Höhe vor sich hin, egal, ob aufgedreht oder nicht. Und genau so ein Geräusch hatte er nun im Ohr. Um der Sache auf den Grund zu gehen, trat er kurz vor die Tür, aber auch da war der Ton unüberhörbar gegenwärtig. Er steckte den linken Zeigefinger ins linke Ohr und bewegte ihn hin und her, in der Hoffnung, die Eustachsche Röhre von einem möglichen Pfropfen zu befreien und damit auch das

Ohrengeräusch abzustellen, und wiederholte die gleiche Prozedur dann auch beim linken Ohr. Ohne hörbaren Erfolg. Also ging er wieder nach drinnen und leerte das Glas. Als er den Kopf hob, um noch eines zu bestellen, war der Ton plötzlich weg. Weil er den Veroux mitgenommen hatte, las er einige Seiten, damit die Schlepperei nicht vollkommen sinnlos gewesen war.

Gegen Ende des 16. Jahrhunderts, erfuhr er aus dem Buch, hatte es unter ungarischen Kanonikern eine lebhafte Debatte gegeben, ob neben Selbstmördern und Ermordeten auch Opfern von Katastrophen und Unfällen wie Feuersbrünsten, eingestürzten Häusern und vergleichbaren todbringenden Widrigkeiten eine christliche Bestattung zu verweigern sei, weil deren Unglücke ja gottgewollte Geschicke sein mussten, da der Herr ja über alle Lämmer wache, weshalb ein zusätzlicher Geldbetrag für eine christliche Erdbestattung auf dem Gottesacker zu erheben sei, um auch diesen ruhelosen, anderweitig zum Höllendasein verdammten Seelen eine friedvolle Ruhe im Schoße der Kirche zu schenken, weswegen dieser Ablass als Gnadendienst für Verdammte zu betrachten sei.

Was ihm das sagte? Keine Ahnung. Er fühlte sich gerade kaum als er selbst.

Keine Ahnung, warum ich Tante Luise in der Zeit unbedingt besuchen wollte. Wenige Tage vor ihrem Tod – sie wäre einige Wochen später 108 geworden. Ich werde wohl geahnt haben, dass es das letzte Mal sein würde. Ich musste laut und deutlich sprechen, um von ihr verstanden zu werden. Ihr Gehör hatte offensichtlich weiter nachgelassen, doch konnte sie mich noch gut sehen und blickte mich mit ihren hellblauen Augen prüfend an.

»Danke, dass du deine alte Tante besuchen kommst, Jul«, sagte sie. Sie sprach mich mit meinem zweiten Vornamen Julius an, der nach meinem Empfinden überhaupt nicht zum ersten passte. Ole Julius, das klang, als hätte jemand zwei Umzugskisten zufällig abgestellt und nicht abgeholt. So gesehen war es noch gnädig, wenn sie mich einsilbig verkürzt anredete.

Sie erkundigte sich nach meinem Befinden und dem meiner Söhne und wirkte dabei wach und interessiert auf mich. Ich erzählte von einem weiteren Buch, das ich zu schreiben begonnen hätte, was bei dem Rest der Familie lediglich Kopfschütteln hervorrief, da niemand verstand, wieso ein Fotograf wie ich auch Bücher schrieb – bis auf Luise, die das irgendwie folgerichtig fand.

»Jul«, sagte sie, lächelte in sich hinein und schüttelte den Kopf, »du hattest immer ungewöhnliche Neigungen.«

»Was meinst du, Tante?«, fragte ich.

»Als Kind warst du ein Fass. In der Pubertät dünn wie ein Ast. Du liefst geknickt wie eine vom Sturm geknickte Ähre. Jetzt hast du die Beule vorn.« Sie schloss die Augen wie zum Sekundenschlaf, strahlte plötzlich unendliche Müdigkeit aus, sah mich dann aber wieder sehr klar an: »Weißt du, Jul, ich werde bald gehen.«

»Bist du wirklich satt?« Die Frage irritierte mich selbst. »Ich meine …«

Doch sie lachte mich daraufhin direkt an. »Mir gefällt nicht, was kommt.«

»Was kommt denn, Tante?«

»Weiß ich auch nicht. Aber es gefällt mir nicht.«

Ich blickte sie an, sagte aber nichts.

»Warum starrst du mich so an? Bring mich jetzt in den Garten. Will die Rotbuche anschauen und vom Kaiser träumen.«

Mit ihrem guten Gedächtnis versetzte sie mich regelmäßig in Erstaunen. Als Vierjährige sah sie Kaiser Wilhem II. auf dem Hamburger Jungfernstieg vorbeireiten und hatte noch als über Hundertjährige präzise Erinnerungen an die ersten Jahre der Schulzeit in Hamburg und den Umzug der Familie nach Lübeck. Sie bekundet Freude, während sie davon spricht, wirkt jugendlich dabei und gleichzeitig sehr alt, nämlich uralt. Geschöpf einer untergegangenen Welt. Eine Überlebende, was ja auch zutrifft, schließlich hat sie deutlich jüngere Mitglieder der Familie überlebt, nämliche alle ihre Geschwister, eines ihrer Kinder, auch meine Eltern. Ihr Lächeln, denke ich später, dieses feine, wachsame und im höchsten Alter immer noch jugendliche Lächeln meiner Tante Luise werde ich in meiner Erinnerung hüten. Es soll mich begleiten. Es soll mich leiten. Es ist das Lächeln eines Menschen, der das Leben liebt. Nein, geliebt hat.

Im ersten Kapitel, *Der nahende Tod*, schreibt Veroux: »Nach allem, was wir heute wissen, spürten die Menschen des Mittelalters die Anzeichen des nahenden Todes. Sie riefen ihre Familie zusammen, benannten den Tag, an dem sie voraussichtlich sterben würden, um sich am genannten Datum zum Sterben hinzulegen, umringt von ihren Angehörigen, die so zu Zeugen des eintreffenden Todes wurden.«

Mehrere solcher Fälle seien in den alten Schriften überliefert, erklärt Veroux dazu. Im Traum, wiewohl eigentlich kerngesund, habe der Abbé einer Abtei bei Chartres die Totenglocken läuten hören. Daraufhin versammelte er nach dem Morgengebet seine Brüder, setzte sie von seinem baldigen Ableben in Kenntnis und bettete sich zur bezeichneten Stunde zum Sterben, um die Sakramente zu empfangen. »Die Grenze zwischen Natürlichem und Übernatürlichem«, schrieb Philippe Ariès, ein anderer Biograf des Todes, »war damals noch fließend.«

Auch die Grenzen der Gegenwart waren im Fluss. Ob er das Leben liebte? Eindeutig nicht, schon gar nicht in seiner aktuellen, als unsicher zu bezeichnenden Stimmungslage. Er spürte, dass er Angst hatte. Die Wände im Cafe kamen auf ihn zu. Er schloss den Veroux, klemmte das Buch unter den Arm und bezahlte. Auf der Straße keine Spur von dem Mädchen. Ihre Wildheit hatte ihn irgendwie aufgeregt. Er schüttelte den Kopf, doch das Ohrengeräusch wollte nicht abfallen. Wie fließend konnten die Grenzen der Gegenwart noch werden?

ACHT

Alter (und die Rede ist hier gerade nicht von Gerson, der nur wenig älter als ich gewesen war) hat mich schon immer fasziniert. Schon als Kind suchte ich die Freundschaft älterer Kinder. Als Jugendlicher und junger Erwachsener hatte ich ebenfalls vorwiegend ältere Freunde, Gleichaltrige interessierten mich weit weniger. Und noch heute sind meine engsten Freunde deutlich älter als ich. Warum? An Tante Luise könnte es auch gelegen haben. Immer auch kindlich im Kopf kam sie mir nie alt vor. Nicht als ich noch ein Kind war, nicht als Jugendlicher. Andere nahm ich als alt wahr. Immer wieder meine Eltern, obwohl sie eigentlich jünger waren, dann auch die Schwestern von Luise, obgleich auch sie biologisch jünger waren.

Woher also dieses Interesse an Älteren und am Alter? Als Kind hätte ich geantwortet, weil ältere Freunde einen besser beschützen können als gleichaltrige. Als Jugendlicher hätte ich gesagt, weil die Gleichaltrigen langweilig sind. Das hätte ich auch als junger Erwachsener wiederholt. Und heute als älterer, in nicht so ferner Zeit alter Erwachsener?

Keine Ahnung …

Er öffnete die Scan-App auf dem Handy und starrte auf den abfotografierten Zeitungsausschnitt. Alle reden immer vom Alter und Älterwerden. Als würde es nichts Wichtigeres geben. Könnte durchaus sein, dass es eine Falschmeldung war. Trotz der Beteuerungen des Redakteurs.

Im Alter der 18. Edlen zu sterben wäre schlechter als im Alter der 19. Die 20. wäre schon nahe am Durchschnitt. Die 21. wäre knapp darunter und die 22. kurz darüber. Die 23. wäre bereits überdurchschnittlich. Und die 24. läge noch weitere sechs Jahre darüber. Die 25. Edle hat eine gewisse Anziehung, man könnte auch sagen, Plausibilität, während die 26. einfach großartig ist. Die 27., 28. und 29. liegen gefühlt dicht beieinander. Seine Tante hatte mit 107 das Alter der 28. Edlen erreicht, wenn man die moderne Zählweise nahm. Gerson war im Alter der zwölften Edlen von der Welt gegangen. Viel zu vorzeitig, aber immerhin zu einer starken Zeit. Ein Jahr vorher oder nachher wäre etwas ganz anderes gewesen.

Wer sagt eigentlich, dass Menschen nicht älter als 130 Jahre werden?

150 wird schon sehr bald für wohlhabende Menschen leicht erreichbar sein. Manche Wal-Arten und Riesenschildkröten, hatte er gelesen oder vielleicht auch gehört, knacken mühelos die 200-Marke, der Grönlandhai kann sogar 400 Jahre alt werden. Je länger er sich mit dem Thema befasste, umso ungreifbarer erschien es ihm. Zahlen sagten gar nichts. Doch, Zahlen sagen viel! 54, sein Alter, an manchen Tagen kam er sich uralt vor, mehr als ein halbes Jahrhundert. Aber fünfhundert. Das wirkte schon wieder wie paradoxe Progression. Fünf mal Hundert. Neunmal älter als er. Mehr als 182.500 reguläre plus etwa 125 Schalttage gegenüber seinen knapp 20.000 durchlebten Tagen und Nächten. Wie viele davon glücklich? Wie viele von Trauer erfüllt? Wie viele mit Schmerzen hinter sich gebracht? Wie viele schlaflose Nächte? Wie viele mit Albträumen endend? Wie viele Tage mit morgendlichen Enttäuschungen beginnend? Wie viele Tage voller Irrtümer? Wie viele Nächte der Idiotie? Wie viel Dummheit in einem vergleichsweise kurzen Dasein?

Gerson, sein Freund mit den listigen Augen und morbiden Gedanken, hatte nach nur rund 14.000 bereits genug gehabt. Ein Leben, kurz wie ein einziger gepresster Atemzug. Der Mann, den er suchte, war nach dem mehr als Zehnfachen noch nicht müde …

Ich brauchte nur an den Ältesten zu denken und fühlte mich innerlich ruhiger werden. Als würden die Gedanken an ihn den Druck und die Hektik aus meinem eigenen Dasein nehmen. Hast konnte ich mir bei Álvarez jedenfalls nicht vorstellen.

Nicht nach fünfhundert Jahren. Hektik und Stress, so dachte ich, mussten bei der Länge lange überwunden sein. Allerdings, nur weil eine Geschichte lang ist, muss sie ja nicht automatisch schön sein. Bei manchen Geschichten möchte man wünschen, dass sie möglichst schnell enden. Manche Biografien beginnen furchtbar, enden schrecklich und erscheinen auch dazwischen alles andere als erfreulich. Manchen Menschen tut das ganze Leben weh.

Alt, älter und noch viel älter … Klingt vielleicht weit hergeholt, doch wer macht sich schon Gedanken darüber, dass auch Pflanzen eine Biografie haben, manche eine leidvolle. In Forsten kann man geradezu die Klagelieder der in Reih und Glied, gewissermaßen faschistoid gepflanzten Fichten hören. In stürmischen Zeiten reiben sie sich aneinander und knarzen ihre Qualen in die Welt hinaus.

Mir selbst war das eines Tages bei einem Gang durch eine Schonung zu viel geworden. All diese traurigen Tannen schienen sich plötzlich mit ihren Hilfeschreien an mich zu wenden. Ein Empfinden wie auf einem Horrortrip. Die Bäume hatten zu sprechen begonnen. Manche anderen hätten ja noch viel mehr zu erzählen. Der Wald der Riesenmammutbäume im Sequoia-Nationalpark in Kalifornien birgt mindestens ein Exemplar, das noch vor Christi Geburt zu wurzeln begann. Nachdem Stonehenge vor 4.500 Jahren als Friedhof ausgedient hatte, wurden dort angeblich frühzivilisatorische Partys gefeiert. Zu der Zeit etwa keimte in den White Mountains zwischen der Wüste Nevada und dem Death Valley die älteste noch heute lebende Methuselah-Kiefer. Etwa doppelt so alt ist der Old Tjikko in Dalama, Schweden, eigentlich eine gewöhnliche Fichte, doch über das Wurzelwerk zu einem Klonbaum verbunden, einem einzigen Lebewesen, rund 9.550 Jahre alt, also gerade noch aus der Jungsteinzeit. Noch viel älter ist ein Pando männlicher Zitterpappeln, der seit mehr als 80.000 Jahren auf dem Colorado-Plateau in Utah gedeiht, der Zeit, in der Homo erectus aus Afrika in den Nahen Osten und nach Südasien zu wandern begann. Irre Geschichte.

Lebenszeit, Lebensdauer, Lebensspanne. Warum werden Menschen nicht älter? Ich meine, viel älter als 100, 110, ja, 130 Jahre?

Nächste Frage: Können so Kurzlebige wie wir die Welt nachhaltig sinnvoll gestalten? Wenn man sich gegenwärtig umschaut, müsste man dies wahrscheinlich eindeutig verneinen wollen. Vielleicht ist unser individuelles Gedächtnis, gekoppelt an Erkenntnisse und Irrtümer des kollektiven, einfach viel zu kurz für kluge Antworten auf aktuelle Fragen. Geschichte wiederholt sich nicht, heißt es. Blödsinn! Sie wiederholt sich ständig. Nur sterben wir zu früh, um die Muster der Wiederholungen zu erkennen und diese Erkenntnis sinnvoll zu nutzen.

Wie war das Leben vor fünfhundert Jahren? Tödlicher jedenfalls als heute. Der Bluthusten der Pest, stinkender Durchmarsch und Dünnschissrennerei in den Zeiten der Cholera. Doch das Sterben veränderte sich. Der angekündigte Tod als Grenzgang zwischen den Welten, wie von Veroux beschrieben, galt plötzlich als dubios. Leute mit dem zweiten Gesicht wurden nun als Pöbel diffamiert. Wem sich der Tod ankündigte, der musste zur Unterschicht gehören. Die bessere Gesellschaft verschrieb sich der rationalen Wissenschaft und versuchte mit Vernunft aus dem Leben zu scheiden. Das machte das Ableben allerdings nicht angenehmer. Im Gegenteil. Doch wenn man dazu einen Zeitzeugen befragen könnte …

Und Europa vor fünfhundert Jahren? Chaotisch. Größenteils. Fürstentümer rieben sich in Kleinkriegen. Kolumbus entdeckte Amerika. Raffael und Michelangelo tanzen als junge Wilde beim neugewählten Papst Leo X an. Und Luther übersetzte die Bibel. Im Norden Europas ständig Krieg, im Süden ein vorläufiges Ende davon. Reconquista, Schluss mit dem andalusischen Kalifat, Geburt eines der größten Kolonialreiche der Geschichte, das erste globale Imperium – auf dem Zenit seiner Macht mit einer Ausdehnung bis nach Afrika, Amerika, Asien und Ozeanien.

Die Erde galt als fester Mittelpunkt des Universums. Und Sevilla wurde das Zentrum der Mitte. Die Mauren hatten weniger gewütet, als heute gern behauptet wird. Doch mit deren Vertreibung wurde die Hafenstadt, die vom Atlantik her auch für

Seeschiffe erreichbar war, das neue Zentrum der Macht. Allerdings, dachte er, was zum Henker bedeuten imperiale Macht und Zeitenwende im Sinne greifbarer Erfahrung? Und warum heißt es heute, dass das Mittelalter dunkel war? Wenn man also einen Zeitzeugen befragen könnte …

NEUN

Alles Idioten – außer Papa, dachte er.

»Alles Idioten – außer Papa«, sagte er in dem Glauben, dass ihn keiner verstand, deutlich hörbar auf der Plaza Alfalfa in eine vorbeizuckelnde jugendliche Partygesellschaft hinein.

»Wieder so ein bekloppter Deutscher«, erwiderte einer der Jungen, sah ihn dabei direkt an und lachte.

Er lächelte zurück, sagte aber nichts weiter.

Auf dem Weg zurück ins Hotel war der hohe Ton in seinem Ohr plötzlich wieder da. Er beschloss, sich davon nicht beirren zu lassen, und hielt nach dem Mädchen Ausschau, konnte es aber nicht entdecken. Dessen vorübergehende oder vielmehr flüchtige Gegenwart in irgendeinen Zusammenhang mit Álvarez zu sehen, erschien ihm unangemessen und gleichzeitig auf eine irrationale Weise dennoch plausibel. Mit diesen Gedanken erreichte er das Hotel, trat in die Lobby. Und sah sie im hintersten Sessel vor dem Eingang ins Hotelrestaurant sitzen. Nun wirkte sie eher zwischen 14 und 17 Jahre alt. Sie trug eine mitleiderregende fleckige hellblaue Hose und ein rotblau kariertes Flanellhemd unter ihrem Poncho, den sie vermutlich wegen der Wärme in der Lobby geöffnet hatte, dazu schmutzig-weiße Turnschuhe und den erwähnten Lippenstift und Nagellack. Sobald sie ihn sah, sprang sie auf und lief mit geradezu erstaunlicher Leichtigkeit und Eleganz in einen Gang, der rechts am Restaurant vorbei zu einem rückwärtigen Ausgang führte, wie er kurz darauf feststellte, als er versuchte, sie einzuholen, was natürlich – nach Luft hechelnd – misslang.

Bei seiner Ankunft war keine Concierges in der Lobby gewesen. Auch jetzt fand er das Front Desk leer. Er hieb auf die Klingel, auch, um den Ton in seinem Kopf zu übertönen, woraufhin eine weiß gekleidete Frau durch die Glastür geschossen kam und ihn auf Englisch fragte, ob etwas mit seinem Zimmer nicht in Ordnung sei. Er unterdrückte den Wunsch, Rabatz zu machen, sagte stattdessen einige beruhigende Sätze und erzählte dann von dem Mädchen in der Lobby.

Daraufhin wollte sie wissen, ob er Durst hätte? Er antwortete mit einem leicht genervten »Nein«. Nach einer kurzen Gedankenpause erwiderte sie, ihr Kollege habe eigentlich Dienst, er solle besser ihn fragen. Er wartete einige Minuten, nachdem sie wieder verschwunden war, doch der Kollege erschien nicht. Zu müde, noch länger zu warten, ging er hinauf ins Zimmer und schlief auch sehr schnell ein, obwohl er den Pfeifton bis zuletzt hörte, wenn auch etwas leiser als zuvor.

Als er erwachte, musste er nach Luft schnappen; seine Kehle war wie zugeschnürt und er erinnerte sich sehr deutlich an den Traum, den er eben noch geträumt hatte. Er war mit einem Mann, deutlich jünger als er, im Auto unterwegs gewesen. Er am Steuer, der Mann auf dem Beifahrersitz. Dieser hatte Schuhe und Socken ausgezogen, seine nackten Füße auf das Handschuhfach gelegt, und hielt die Zehen gegen die kalte Frontscheibe gedrückt. Sie waren schwarz lackiert. Irgendwie nervten ihn die nackten Füße mit den lackierten Nägeln, er brachte es aber nicht über sich, seinen Begleiter zu bitten, die Schuhe anzuziehen. Sie fuhren durch eine wunderschöne Winterlandschaft in den Bergen. Er wusste, dass sie befreundet waren und einander schon lange kannten, wusste aber nicht, woher. Der Mann sagte, er solle schneller fahren, beugte sich vor, klopfte mit der Faust auf das Armaturenbrett und lachte dabei, woraufhin er Gas gab und den Wagen beschleunigte, für seinen Begleiter aber noch nicht schnell genug.

»Schneller«, rief der, »noch schneller«, lachte dabei und klopfte wiederum mit der Faust. Also drückte er das Gaspedal noch weiter durch, obgleich ihm die Geschwindigkeit Angst machte.

»Noch schneller«, rief der Mann auf dem Beifahrersitz, »noch viel schneller«, lehnte sich rüber auf seine Seite und breitete die Arme aus, als wollte er wie ein Kind Fliegen spielen. Er wusste, dass er sich nicht widersetzen durfte, und beschleunigte weiter. In dem Moment verlor er die Kontrolle über den Wagen. Sie überschlugen sich in einer komplizierten Rotationsbewegung. Für einen Moment fühlte er sich wie schwerelos. Dann prallten sie auf oder irgendwo gegen. Er musste auch die Ohnmacht geträumt haben. Jedenfalls erwachte er im Traum und wandte den Kopf zu dem Mann an seiner Seite. An dessen Stelle saß nun ein sehr alter Mann. Er ähnelte dem Jungen zuvor. So, als wäre dieser während seiner Ohnmacht, die ja nur Minuten gedauert haben konnte, extrem gealtert. Der Alte klopfte mit der Faust auf das Armaturenbrett. Mit dem Gefühl großer Fremdheit wachte er auf.

Jemand klopfte an seine Zimmertür. »Immediatamente«, rief er, wickelte sich die Bettdecke um die Hüften und öffnete, noch benommen von seinem Traum, die Zimmertür. Draußen wartete die weiß gekleidete Frau von gestern Abend. Während sie ihm einen guten Morgen wünschte, bemerkte er, dass sie eine sehr maskuline Ausstrahlung hatte und dem Mann in seinem Traum ähnlich sah. Vielleicht hatte er auch tatsächlich von ihr geträumt. Während er mit Erleichterung die Abwesenheit des Pfeiftons in seinem Kopf registrierte, reichte sie ihm lächelnd einen Zettel und verschwand, bevor er sie dazu befragen konnte. Er steckte den Zettel ein und beschloss, nicht im Hotel zu frühstücken.

ZEHN

In der Alfalfa fiel ihm auf, dass er gerade mehrere Hundert Meter vollständig unbewusst zurückgelegt und dabei einige Straßen ohne nachzudenken, ja, tatsächlich ohne irgendeinen Gedanken überquert hatte. Die inzwischen vertrauten Ohrengeräusche waren noch nicht wieder aufgetaucht und eröffneten eine angenehme Lücke, einen inneren Raum der Stille, obwohl auf der Straße in den nicht mehr ganz frühen Morgenstunden schon ein ziemliches Getriebe herrschte. Ein Mädchen mit einer Gitarre auf dem Rücken ging mit einem klingelnden Geräusch an ihm vorbei. Sie trug einen Schellenring am Fuß. Dieser schepperte im Rhythmus ihrer Schritte und erinnerte ihn an das Klingeln der Kutsche, mit der Doktor Schiwago seine Geliebte Lara nach Warykino fährt. Erst jetzt bemerkte er die angenehm milde Morgentemperatur, schloss daraus, dass es ein warmer Tag werde würde, wahrscheinlich mit klarem Himmel und Sonnenschein, und betrat die Frutería an der Ecke zur Calle Jesús de las Tres Caídas, um Orangen zu kaufen, erwarb dann aber zwei sehr reife Bananen. Die Verkäuferin war die gleiche wie gestern, sah aber heute anders aus. Vielleicht, weil sie ihre Haare gestern offen und heute auf dem Kopf zusammengerollt trug. Sie lächelte ihn auf eine seltsam verrutschte Weise an. Er zahlte die verlangten 80 Cent, aß die Bananen vorm Laden stehend, um dann in das benachbarte Schuhgeschäft zu gehen. Obwohl Winter war, gab es nur Sommerslipper. Minutenlang stand er vor den Schuhen in der Auslage und verstand nicht, was er gerade sah. Auf seine Frage hin verzog der Verkäufer das Gesicht, was irgendwie entgleisend wirkte, und erklärte mit ungewöhnlich tiefer Stimme, sie hätten eine Fuhre Sommerschuhe bekommen, die für die nächsten drei Jahre reichen würde, weshalb er jetzt ganzjährig auf Sommerschuhe spezialisiert sei. Er zog sein Handy hervor und zeigte dem Verkäufer das Foto von Álvarez, obwohl er es ihm, seiner Erinnerung nach, schon gestern gezeigt hatte. Als der Verkäufer das Foto sah, verdeckte er seine Augen mit einer Hand und winkte ihn mit der anderen aus dem Geschäft.

Draußen auf der Straße bemerkte er, dass der Pfeifton wieder da war, nun vor allem in seinem rechten Ohr, aber sehr viel leiser als zuvor. Außerdem glänzte die rostrote Hauswand auf der gegenüberliegenden Seite der Straße wie hintergrundbeleuchtet. Ein Blumenverkäufer kam mit einem Strauß Rosen vorbei. Erst als der Verkäufer schon weitergegangen und nicht mehr zu sehen war, nahm er in seiner Erinnerung zur Kenntnis, dass der Verkäufer lediglich weiße Rosen zum Verkauf dabei gehabt hatte und keine einzige rote.

Eine Gruppe von Asiaten schwärmte aus der Panadería schräg gegenüber. Sie aßen Brötchen und fotografierten sich gegenseitig, indem sie wechselnde Gruppen bildeten und rotierend jemanden zum Fotografieren bestimmten. Sie redeten in einer hohen, singenden Sprache, vom Klang her wie keine, die er jemals gehört hatte und ihn eher an das Geschnatter und Pfeifen von Delfinen erinnerte als überhaupt an eine menschliche Sprache. Er blieb stehen und lauschte den Klängen, die in seinem Gehirn einen fremdartigen, irgendwie sinfonischen Zusammenklang bildeten und auch einem ganz eigenen Rhythmus zu folgen schienen, während er gleichzeitig registrierte, dass sich der Ton in seinem Kopf von der rechten Seite auf die linke bewegt hatte, nun wieder etwas lauter. Einen Moment lang vermisste er Veroux' Die Kultur des Sterbens. Hatte er leider im Hotel gelassen, um sich mit größerer Leichtigkeit zu bewegen, doch leicht fühlte es sich gerade trotzdem nicht an.

Vom anderen Ende der Straße näherte sich ein Lieferwagen und machte ein klickendes Geräusch auf dem Kopfsteinpflaster, weil wahrscheinlich ein Stein im Profil eines Reifens eingeklemmt saß. Als er den Kopf hob, stellte er fest, dass der Pfeifton in seinem Kopf genauso plötzlich, wie er sich zurückgemeldet hatte, auch wieder verschwunden war. Umso deutlicher hallte das Klicken des im Profil eingeklemmten Steins zwischen den Häusern und fügte sich rhythmisch in das »Delfinarium« der Asiaten mit ein. Der Wagen kam mit einem Ritardando vor der Bodega zum Stehen. Die Tür öffnete sich, der Wirt trat hinter einem der Kellner heraus, stellte sich an die Fahrertür und sprach mit dem Insassen des Autos, während der Kellner zur Hecktür des Wagens ging, sie öffnete und einen gewaltigen, in Folie eingeschweißten Schinken herausnahm und in die Bodega trug. Der Wirt drehte sich in seine Richtung, schien ihn auch zu bemerken und sogar an ihn zu erinnern, denn er grinste ihn mit quadratisch geöffneten Lippen an. Der

Fahrer des Wagens reckte seinen Kopf aus dem Fenster, sah ihn ebenfalls kurz an, doch gleich wieder weg, weil der Wirt etwas zu ihm sagte und den Fahrer dabei an die Schulter fasste. Der Kellner erschien zum zweiten Mal, um einen weiteren Schinken aus dem Fahrzeug zu nehmen und ins Haus zu schleppen. Daraufhin schloss der Wirt die Hecktür, schüttelte dem Fahrer kurz die Hand und kehrte, ohne ihn ein weiteres Mal anzublicken, ins Haus zurück. Die Asiaten hatten sich einige Meter weiter zur Kreuzung Calle Odreros bewegt und nahmen ihren Singsang gerade mit um die Häuserecke. Auch der Lieferwagen fuhr an und verschwand mit einem klickenden Accelerando in derselben Richtung.

Und er?

Und ich? Stellte fest, dass ich den Kopf automatisch zur rechten Seite geneigt hielt. Als ich ihn daraufhin aufrichtete, war der Ton wieder da. Diesmal in beiden Ohren gleichzeitig. Daraufhin legte ich den Kopf erneut auf die Seite, brachte den Ton wiederum erfolgreich zum Verstummen, um mit dieser wenig komfortablen Haltung und dem Gefühl von etwas sehr Schrägem in meinem Gehirn in die nun anbrechende Stille einzutauchen und gleichzeitig zu bemerken, dass mir dabei das eigene Gesicht auf eine geradezu mystische Weise entglitt.

Wissen Sie, verehrte Leserin, werter Leser dieses Berichts, was ein Gesichtszerfall ist? Ein Freund hatte kürzlich darüber geschrieben. Viele Menschen, wahrscheinlich sogar die meisten, kennen das Phänomen, ohne es jedoch benennen zu können, und leiden immer wieder darunter. In bestimmten Situationen verlieren sie die Kontrolle über ihr eigenes Gesicht. Ihre Mimik entgleitet ihnen. Sie spüren, wie sie beginnen, zunehmend grotesk auszusehen. Dass ihr Lächeln plötzlich schief sitzt oder die Sorgenfalten auf der Stirn verrutschen, sich ihre Wangen unnatürlich blähen, die Augen zu schielen oder seltsam zu blinzeln beginnen. So unübersehbar, dass es jeder sieht. Tatsächlich richten sich beim Gesichtszerfall sämtliche Augen auf die Zersetzung der Mimik. Niemand will das

Ereignis verpassen. Allerdings ist die Aufmerksamkeit nur kurz, denn die Beobachter fürchten, dass ihnen das Gleiche widerfährt, dass auch ihr Gesicht zerfällt, wenn sie den Zerfall eines anderen beobachten und zu lange hinsehen.

Der beginnende Zerfall des eigenen Gesichts fühlt sich an, als würde man in eine Schlacht geführt, um sie zu verlieren, denn der Kampf um die eigene Fassade wird in jedem Moment mit aller Entschiedenheit des Unterbewusstseins geführt. Es kündigt sich mit einer winzigen Irritation an und vollzieht sich dann mit einer Zwangsläufigkeit, die an das Umfallen einer langen Reihe von aufgestellten Dominosteinen erinnert.

Wahrscheinlich ist das Phänomen auch neurologisch gut erklärbar. Der Mensch hat rund 30 Gesichtsmuskeln. Zum Lachen braucht man 17 davon. Fürs Küssen etwa 24 plus Hals- und Rückenmuskulatur. Angeblich verbringt der durchschnittliche Mensch rund 76 Tage innerhalb von 70 Jahren damit, seine Gesichtsmuskulatur beim Küssen zu trainieren. Und trotzdem kann sein Gesicht von einem Moment auf den anderen zerfallen. Wenn das kein Drama ist! Vor allem auf Partys und bei anderen öffentlichen Anlässen. Oder mitten auf der Straße. In einer fremden Stadt. Ohne irgendeinen Grund. Plötzlich zerfällt das Gesicht. Die Zeit verlangsamt sich. In Zeitlupe erhebt sich das Unterbewusste, das magische Selbst aus dem Ozean der Selbstvergessenheit und ragt plötzlich wie ein Pickel aus der Oberfläche der Aufmerksamkeit in die Gegenwart. Seine Gegenwart.

Meine Gegenwart. Sie begann sich zu zersetzen. Meine Augen drifteten auseinander, meine Ohren fühlten sich an, als wären sie auf den Hinterkopf gewandert, und meine Nase hatte sich von meinem Mund auf eine sehr unangemessene, irgendwie despektierliche Weise distanziert. Man konnte sich natürlich fragen, was Nase und Mund miteinander zu tun hatten, über die Tatsache hinaus, dass durch beide geatmet werden konnte, manche Leute nasal sprachen, aber dafür den Mund benutzten, man mit der Zunge aber nicht riechen konnte, was, so gesehen, doch ziemlich willkürlich war. Mein Kopf fühlte sich an, als hätte er plötzlich Schlagseite, denn mein Gehirn schien nach rechts verrutscht und sorgte für Gleichgewichtsprobleme.

Ich blieb stehen und befühlte mit beiden Händen meine Ohren, legte die Handflächen auf die Augen, berührte mit den Fingerspitzen die geschlossenen Lider, fuhr mit den Flächen über die Wangenknochen hoch zu den Schläfen, strich mit den ausgestreckten Zeigefingern beider Hände über die Nasenflügel am Mund vorbei zum Kinn, befühlte das Kinn, fühlte mein Kinn, welches eindeutig als meines fühl- und erkennbar war und mir gleichzeitig fremd vorkam.

Es war der Zerfall der Vertrautheit. Ich erschien mir plötzlich unklar, wie in einem Nebel verschwindend. Mein Gesicht, eben noch konturiert, konkret in meinem Bewusstsein und fühlbar vertraut, verwandelte sich in etwas weniger Greifbares. Mein Gesicht wurde amorph. Ich ging trotzdem weiter, stolperte einmal über meine eigenen Füße, wäre beinahe hingefallen, blieb dann vor dem nächsten Schaufenster wieder stehen, blickte in die spiegelnde Scheibe, sah mein Spiegelbild, betrachtete mein Gesicht. Seltsam. Was noch? Weiß nicht. Ein Gefühl der Auflösung, der Fremdheit gegenüber dem eigenen Körper. Ich musste mich setzen, meinen schwindenden Bezug zu mir selbst überdenken, glitt an der Wand hinab und wäre beinahe in einer Urinlache, wahrscheinlich eines Hundes, gelandet. Sprang also wieder auf, lief weiter. Wie in einen Nebel. Ich wanderte im Dunst meiner nebulösen Gegenwart, starrte dabei auf meine Füße, um nicht erneut zu stolpern, und als ich schließlich den Blick wieder hob, stand ich vor dem Schuhladen und kam mir selbst zunehmend abhanden vor. Zu meinem eigenen Erstaunen machte es mir aber keine Angst.

Doch, es machte ihm Angst. Was würde Álvarez denken, wenn er ihn so sah? Der weitere Zerfall seines Gesichts war womöglich nicht aufzuhalten. So etwas konnte er jetzt am allerwenigsten gebrauchen. Er trat ans Fenster des Schuhladens, um sein Spiegelbild erneut zu begutachten, sah aber nur eine dunkle Silhouette, weil die Reflexion diesmal nicht scharf genug war. Er ging weiter zum Krawattenladen, denn dort hatte er gestern Abend einen Spiegel gesehen, grüßte die Verkäuferin – eine andere als gestern – und stellte sich vor den Spiegel, um sich selbst zu betrachten.

Zunächst kam er sich durchaus vertraut vor, dann lediglich altbekannt – und dann sah er etwas Fremdes, eine Falte unter dem rechten Auge, die gestern gemäß seiner Erinnerung noch nicht da gewesen war. Er schaute genauer hin und stellte fest, dass sein Gesicht insgesamt aufgequollen wirkte und eine Ader auf der Stirn hervortrat. Er ging näher ran und entdeckte ein Geflecht von bläulichen Äderchen unter den Augen und an den Schläfen, das gestern auch noch nicht da gewesen war.

Er schaute sich selbst in die Augen, versuchte es jedenfalls, denn tatsächlich blickte er nur ins rechte. Erst als ihm das auffiel, auch ins linke. Je nach Stimmungslage hatten seine Augen einen mehr oder weniger sichtbaren grünbraunen Ring. Sie sind eigentlich ja blau, wirken manchmal aber auch fast grau-bräunlich. Sein rechtes Auge war seit einem Unfall in der Kindheit kleiner als das linke, was meistens auch genauso sichtbar war, manchmal aber auch nicht. Hin und wieder war es auch genau gegenteilig, wirkt also das linke Auge kleiner als das rechte. Man hatte eigentlich immer das Gefühl, vom gerade größeren Auge angeschaut zu werden. Da dies eben bisweilen wechselte, wechselte damit auch die Polarität der Persönlichkeit. Man müsste eigentlich mal Thom Yorke fragen, ob es ihm genau so ging.

Er ließ seinen Blick bis zu seinen Füßen hinabwandern, besah die eigene Haltung. Eigentlich ganz okay, bis auf den Bauch und das Hohlkreuz. Wanderte mit den Augen dann wieder hinauf, bis zum Hals und … Und bekam einen Schreck. Sein Kopf war da, doch das Gesicht fehlte. Es war ein Gesicht vorhanden, aber das war nicht seins.

Ungläubig starrte er in den Spiegel, bis ihm die Augen tränten und das Gesicht, welches nicht seins war, aber eigentlich ihm gehören musste, vor seinen Augen verschwamm, und er dachte, dass dieser Zerfall seines Gesichtes der bisher schwerwiegendste war.

Sein eigenes Gesicht, das konnte er an dieser Stelle verraten, war ihm immer wieder ein Rätsel. Doch war ihm das Rätsel seines Gesichtes in seiner Rätselhaftigkeit vertraut! In Momenten des Gesichtszerfalls wurde dieses Vertrauen jedoch erschüttert, um dann in bestimmten Situationen gänzlich abhanden zu kommen.

Er sah also in den Spiegel und sah sein Nicht-Ich, ein fremdes Rätsel, das ihn zwar mit den eigenen Augen anschaute, aber mit einem fremden Blick und einem fremden Gesichtsausdruck dazu.

»Was haben Sie?«, fragte die Verkäuferin sehr mitfühlend.

»Mich verloren«, antwortete ich und klopfte dabei mit den Handflächen gegen meine Wangen.

»Das ist traurig«, sagte sie und faltet die Hände vor ihrer Brust, als würde sie für mich beten wollen.

»Ich brauche Hilfe«, sagte ich.

»Kann sein«, erwiderte sie mit einer sehr angenehmen, warmen Stimme. »Oder auch nicht. Vielleicht kann ich Ihnen helfen, obwohl Sie gar keine Hilfe brauchen, vielleicht auch nicht.«

»Hmm«, sagte ich und zog das Handy hervor. Weil es ausgeschaltet war, schaltete ich es an. Während ich auf das Startsymbol wartete, schaute ich nochmals in den Spiegel. Der Zerfall meines Gesichtes, so viel konnte ich sofort sagen, schritt weiter voran. Doch gerade machte mir das überhaupt nichts aus. Ich beschloss, das Foto von Álvarez zum Startbildschirm zu machen, dann musste ich in Zukunft nicht mehr lange danach suchen.

Die Frau stand abwartend da. Dann hatte ich den Scan mit der Abbildung gefunden. Sie warf einen Blick darauf und sagte: »Bibachtalo.«

»Was meinen Sie?«

»Bibachtalo«, wiederholte sie.

Ich sagte ihr, dass der Mann auf dem Foto Álvarez hieß und wahrscheinlich 500 Jahre alt sei.

»Bibachtalo«, echote sie. Mehr war ihr nicht zu entlocken.

Bibachtalo, dachte er, taumelte auf die Straße, hockte sich auf den nächsten Bordstein, vergrub den Kopf in den Händen und musste für Minuten eingeschlafen sein, denn als er wieder erwachte, fühlte er sich etwas klarer als zuvor. Er googelte »Bibachtalo« und stieß auf »baxtalo«, was dem Romanes entstammte und »glücklich« bedeutete. Einige Klicks später erfuhr er, dass »bibaxtalo« als »unglücklich« zu verstehen war. Oder »Zauberer« hieß. Wieso unglücklich? War die Frau eine Gitana? Welche Bedeutung hatte sie mit »bibaxtalo« gemeint? Oder vielmehr wen?

Alles Idioten – außer Papa … He, he, he, was willst du eigentlich von dir? Hast dich wohl verlaufen!

Er wandte sich zurück zum Laden. Und stellte fest, dass er jetzt geschlossen hatte. Weil sein Gesichtszerfall weiter fortschritt, beschloss er, die Alfalfa zu verlassen und sich durch die Stadt treiben zu lassen, allerdings jegliche Blicke in spiegelnde Schaufenster zu vermeiden. Oder sollte er sich besser im Hotel in Sicherheit bringen?

ELF

Er besaß Beine aus Watte und Knie aus Gelee; seine Arme hingen am Rumpf und wedelten im Rhythmus seiner Schritte. Allerdings hatte er nicht das Empfinden, zu gehen, sondern in Gleitbewegungen einen Fuß vor den anderen zu setzen. Andere Menschen, die ihm entgegen kamen, wichen ihm aus, weil er sie in Gedanken dazu bewog, doch das Gefühl eines körperlichen Impulses fehlte. An Kreuzungen hielt er an und konnte sich gefühlte Ewigkeiten lang nicht überwinden, sie zu überqueren. Trotzdem gelang ihm immer wieder, was er beabsichtigte. Er wich aus, hielt an, ging weiter, bog um eine Ecke, fragte sich an der nächsten, wo er eigentlich war, ging im Kreis und über Kreuz, hatte sich verlaufen und wusste doch, wo er war: in einer fremden Stadt, in der er einen fremden Mann treffen wollte, der so unglaublich alt war, dass es ihn gar nicht geben konnte, was ihm, so gesehen, erst recht fremd, fremdartig und befremdlich erschien. Mit diesen Gedanken bewegte er sich im Kreis und auf eine zirkuläre Weise geradewegs voran, in eine Sackgasse nämlich voller negativer Erwartungen. Das alles war, als eine Art Gesamtkunstwerk gesehen, ganz interessant und auch amüsant, und er musste darüber lachen in genau diesem historisch absurden Moment …

Er befindet sich noch in der Calle Huelva, glaubt er wenigstens, zwischen einem Geschäft für Dekoration und der Los Palillos-Bar. Einige Leute treten aus dem Geschäft, sehen ihn am Bordstein sitzen und lachen. Eine Frau sagt etwas zu einem Mann, woraufhin der ebenfalls zu lachen beginnt und dann auch sie. Kurz darauf lachen auch andere in der Gruppe. Aus der Bar kommt ein weiß gekleideter Kellner, schaut mit einem angestrengten Blick auf die Straße, sieht die lachende Gruppe, dann ihn und stimmt in das Lachen mit ein. Ihrer aller Gelächter hallt in der Gasse zwischen den Häusern. Die unterschiedlichen Stimmlagen bilden akustische Texturen, die sich gegenseitig durchdringen, überlagern und wie in Klangspiralen auf dem Grundton seines plötzlich wieder aufgetauchten Ohrensausens tanzen.

»Biiiiieeeeeeep.« Er versucht, den Ton in seinem Kopf mitzusingen, trifft aber nicht mal die nächsttiefere Oktave.

Er hat das Empfinden, in Spiralen aus Klang einzutauchen, darin emporgehoben und getragen zu werden, als wäre er selbst ein Echo und würde, von seinem Körper gelöst, rein akustisch weiterbestehen und zwischen den Wänden der Häuser hin und her tanzen. Er besitzt ein waberndes Empfinden, während sich der Fluss seines Bewusstseins verlangsamt und er wie in Zeitlupe zwischen den Hauswänden tanzt.

Biiiiieeeeeeep.

Ein ganz herrliches, ja, irre gutes und auch wahnsinnig krankes Gefühl.

Er spürt eine Bewegung an seinem linken Arm. Ein älterer Mann, der einen Hut mit einer breiten Krempe trägt und ihm aus irgendeinem Grund bekannt vorkommt, hat sich direkt neben ihn gestellt, beugt sich mit bleichem, lediglich an den Wangen leicht gerötetem Gesicht herunter, versucht, ihn hochzuziehen.

»Kommmm...mennnnnn...Sieeeeee.« Die spanischen Worte kriechen wie Reptilien aus dem Mund des Alten. Das Gesicht zerknüllt sich mit den Lippenbewegungen wie ein Papiertaschentuch. Ah, »Kommen Sie.«

Wozu? Eigentlich will er nicht. Doch der Alte meint es gut mit ihm, das spürt er. Die Haut in seinem Gesicht und am Hals glänzt, und er denkt, dass es Liebe ist, die aus seinen Poren leuchtet. Er will ihm genau das sagen, sich bedanken, dem Mann zu verstehen geben, dass er erkenne, was für ein hilfsbereiter und herzlicher Mensch er sei, aber er kann nicht sprechen. Es kommt ihm vor, als habe er vergessen, wie das geht, wie man Laute so formt, dass sie Bedeutungen ergeben.

Er spürt einen Druck an seinem Arm, sieht den Mann nicken, weil er ihn zu verstehen scheint. Der Mann hält ihn untergehakt. Sie gleiten durch die Menge. Die Bewegung erinnert ihn ans Schlittschuhlaufen; sie geschieht lediglich durch Verlagerung des Gewichts. Passanten streifen an ihnen vorbei. Ihre flüchtigen Berührungen erzeugen ein Wohlgefühl in ihm.

Auf einer abgedunkelten Scheibe erblickt er im Vorbeigehen sein eigenes Spiegelbild. Er blickt in weit geöffnete Augen und ein sehr schmal wirkendes Gesicht. Der Zerfall hat sich nicht wie sonst ausgewirkt. Er möchte anhalten, sich eingehend betrachten, doch der ältere Herr zieht ihn sanft, aber entschieden voran. Sein eigenes Spiegelbild, das kann er flüchtig erkennen, ist nur ein Schatten seiner selbst.

Dann nimmt er wahr, wie ihn jemand am rechten Arm greift und unterhakt.

Hey! Bamma-bap-bap! Das Mädchen von gestern. Wie klein sie im Vergleich zu ihm ist! Ihr Kopf reicht gerade bis zu seinen Schultern. Sie hält und stützt ihn am Unterarm. Sie hat noch dieselben Sachen an. Ihre Haare sind so verfilzt, dass sie wie ein Gewächs auf ihrem Kopf sitzen. Sie trägt gelben Lippenstift, dazu goldenen Lidschatten und wirkt älter als gestern, wie siebzehn oder vielleicht schon achtzehn und ist auf eine wilde und ganz eigene Weise sehr schön.

Wie schön sie ist! Hu, hu, denkt er und fragt sich gleichzeitig, warum. Warum denkt er die Sachen, die er denkt, aber gar nicht denken will? Es denkt in ihm. Wozu denkt es in ihm, wenn er das eigene Denken gar nicht versteht? Gedanken sind in seinem Gehirn gefangen und versuchen sich nun zu befreien. Sein Kopf fühlt sich an, als müsste er platzen. Er hat so unglaublich viele Fragen, dass ihm der Schädel brummt, kriegt aber den Mund nicht auf.

Der Mann sagt etwas zu dem Mädchen. Sie antwortet mit hellen, kehligen Lauten in einer unbekannten Sprache, die wie eine Mischung aus Französisch und Russisch klingt und einen lückenlosen Fluss zu bilden scheint, denn nur hin und wieder bemerkt er Pausen, die auf Wortzwischenräume oder das Ende eines Satzes hindeuten.

Wie schön sie ist! Würde er ihr gern sagen. Doch seine Versuche, etwas zu sagen, eine Frage zu stellen? Ohne Erfolg. Jammerschade! Wer sind die beiden an seiner Seite? Warum kriegt er den Mund noch immer nicht auf? Wie zugeschnürt. Verflixt und zugenäht. Die Flüche hallen in seinem Kopf.

Doch plötzlich stört ihn seine Sprachlosigkeit nicht mehr. Von seinen beiden Begleitern flankiert, fühlt er sich nun geschützt und geleitet. Andere Passanten grüßen den Alten und das Mädchen. Sie antworten auf Spanisch, reden miteinander aber weiter in der fremden Sprache wie zuvor. Zunehmend spürt er seine Schritte, seine Gedanken scheinen sich in einem ruhigen Rhythmus dazu zu synchronisieren. Sie bewegen sich durch die schattigen Gassen im Herzen der Altstadt, erreichen dann einen quadratischen Platz, treten ins Sonnenlicht. Der helle Sandstein reflektiert das Licht. Er blinzelt mit den Lidern in die Helligkeit hinein, spürt Wärme sich in seinem Gesicht ausbreiten und möchte anhalten, um das Gefühl zu genießen, doch wieder zieht ihn der Mann auf eine sanfte Weise weiter.

»Kommen Sie«, sagt er nun auf Deutsch. »Wir bringen Sie in die Kathedrale. Sie müssen gereinigt werden. Sie haben einen

Schatten.« Der Mann spricht mit einem sehr musikalischen Akzent. Die deutschen Worte kugeln nun eher aus seinem Mund, als dass sie kriechen. Oder fließen.

Er versucht zu sprechen, möchte so gern antworten, kriegt aber nur ein Stöhnen heraus.

»Schweigen Sie«, weist ihn der alte Herr mit leiser, sanfter Stimme an. »Der Schatten zehrt. Sie verlieren Kraft, wenn Sie versuchen zu sprechen.«

»Bibaxtalo«, hört er das Mädchen an seiner Seite sagen.

Das Wort hallt in seinem Gehirn.

»Kommen Sie«, wiederholt der Mann. »Wir müssen den Schatten vertreiben.«

Vor dem Haupteingang wartet eine lange Schlange von Touristen. Der Alte und das Mädchen führen ihn zu einem Seiteneingang. Der Wächter an der Tür lässt sie mit einem Lächeln hinein. Sie treten in einen langen Gang mit runder Decke. Die Wände strahlen Kühle ab und sind an einigen Stellen feucht. Das Mädchen geht voran, während der Alte ihn weiterhin am Arm hält. Der Gang mündet in eine Seitenkapelle. Vor dem Bild einer dunkelhäutigen Madonna bleibt das Mädchen stehen, dreht sich mit seltsam leuchtenden Augen zu ihnen um und bedeutet ihm mit einer Handbewegung, sich mit dem Rücken auf den Boden zu legen. Der Alte lässt seine Hand los und setzt sich wortlos an seine linke Seite, während er gleichzeitig spürt, wie Kälte aus dem Boden in seinen Körper kriecht. Das Mädchen setzt sich an seine rechte Seite und streicht mit einer langsamen Bewegung über die Augen und …

Ich … ich spüre das Mädchen an meiner rechten Seite. Sie streicht mit einer langsamen Bewegung über meine Augen, berührt mich dabei aber nicht, und ich nehme wahr, wie mir die Lider zufallen und ich trotz der Kälte müde werde.

Ihre Hände, so meine ich jedenfalls, halten mich nun an den Schläfen, während der Alte mir eine Hand auf die Stirn und eine auf mein Herz zu legen scheint, denn so fühlt es sich jedenfalls an. Ich spüre Wärme, die von den Händen ausgeht und sich in meinem Körper ausbreitet. Und ich habe das Empfinden, an den Händen hochgezogen zu werden und über dem Boden zu schweben. Mit diesem Gefühl schlafe ich ein.

Als ich wieder aufwachte, waren der alte Mann und das Mädchen verschwunden. Ich lag mit dem Bauch auf dem Boden. Der Wächter hockte neben mir und stieß mit einem Finger gegen meine Schulter.

»Atencíon«, sagte er, »bitte stehen Sie auf. Sie dürfen hier nicht liegen bleiben.«

Ich hob den Kopf vom Boden, sah ihn dankbar an, stemmte mich hoch und rappelte mich langsam auf. »Wie lange habe ich hier gelegen?«

»Bibaxtalo«, sagte der Wächter nur und schüttelte den Kopf.

Ich spürte, dass ich wieder gänzlich klar und bei mir war. Der bereits begonnene Zerfall meines Gesichtes musste durch die Anstrengungen des Alten und des Mädchens aufgehalten worden sein. Auch das Ohrengeräusch war verschwunden. Ich fühlte mich leicht und bewegte mich mit neuer Sicherheit durch die Touristenströme im Inneren der Kathedrale, um den Ausgang zu suchen.

Auf dem Vorplatz zog ich den Zettel, den mir die Concierge gegeben hatte, aus der Tasche. Die Kutscherpferde schnaubten hinter meinem Rücken, während ich den zerknitterten Zettel glatt strich und die Nummer las, die darauf geschrieben war. Sie begann mit +3495, der Vorwahl für Spanien und Sevilla. Ich fischte mein Handy aus der Hosentasche, wählte die Nummer, aber niemand nahm ab. Nach einigen Minuten versuchte ich es ein weiteres Mal, wiederum vergeblich. Ich wanderte durch Gassen zurück in Richtung Alfalfa, bog aber kurz vorher zur Plaza del Salvador ab. Sämtliche Tische vor den Bars waren schon besetzt. Ich wartete einen Moment, drückte nochmals auf Wiederwahl, hatte aber erneut kein Glück und stellte mich dann an einen frei gewordenen Tisch. Als der Kellner kam, bestellte ich ein Bier, Gambas und Bacalao. Ich trank und aß, ohne mit irgendwem außer dem Kellner zu kommunizieren, wählte ein weiteres Mal die Nummer, ließ es zehn Mal klingeln, doch wieder hob niemand ab. Ich trank ein weiteres Bier, bestellte Pinchos dazu und drückte einem Flamenco-Gitarristen einen Euro in die Hand, damit er nicht an meinem Tisch stehen blieb, sondern die Nachbarn beschallte, doch der Gitarrist verstand mich falsch und blieb extra stehen. Tatsächlich genoss ich seine Darbietung sogar und gab ihm einen weiteren Euro, damit er noch ein Lied für mich spielte. Als der Gitarrist fertig und weitergegangen war, drückte ich nochmals auf Wiederwahl. Diesmal war die Nummer besetzt. Als sie Minuten später erneut frei wurde, nahm jedoch wiederum niemand ab.

Doch ich wusste: Etwas war passiert. Die Schicksalslinien hatten sich verschoben, das war deutlich fühlbar. Ich glaubte, sogar die Menschen auf dem Platz spürten, dass etwas in ihrer unmittelbaren Umgebung in Bewegung geraten war und eine Konsequenz auch für sie haben würde, selbst wenn sie noch nicht die geringste Ahnung hatten, welche das sein könnte. Die Koordinaten waren an eine neue Stelle gerückt. Der Wind musste sich plötzlich gedreht haben, das Wetter umgeschlagen sein, obwohl die Sonne warm und hell schien wie zuvor, kein Wölkchen am Himmel stand und auch nicht der geringste Hauch zu spüren war. Jetzt hieß es abwarten, bis das Zeichen für den nächsten Schritt kam. Ich ging auf dem schnellsten Weg in mein Zimmer, tauchte in meine sorgfältig drapierte Unordnung ein, die durch ein Please-do-not-disturb-Schild an der Tür verteidigt wurde, schnappte den Veroux von einem Unterhosen-mit-Socken-Haufen und begann mit finsterer Entschlossenheit, darin zu lesen, vorangetrieben von der Hoffnung, durch die Lektüre noch weiter zu Verstand zu kommen.

ZWÖLF

Ich …? Ich war nicht das erste Mal in Spanien und auch nicht das erste Mal in Andalusien. Pincho-Gewürze, rotschwarze Kleider mit Rüschen, arabische Ornamente, hackenknallender Flamenco, kalter Cava in Bars mit türkisfarbenen und goldenen Kacheln. Ich musste nur al-Andalus denken und erblickte schon einen inneren Prospekt.

Drr-da-dap, drr-da-dap. Stampfende Schuhe in einer verrauchten Bar. Gitarren geschlagen, in Kehlen explodierende Stimmen. Viel Alkohol, noch mehr Drogen. Klack, klack, klack. Zum Klatschen gereckte Hände, berauschende Begeisterung, irre Freude. Taumelnd durch die Nacht, schwankend am Morgen, wankend durch den Tag. Keine Zeit zum Schlafen. Nur kurz Siesta. Nur wenn alles schläft, nur dann.

Nein, er war nicht zum ersten Mal in Sevilla. Hatte die Stadt vor knapp zehn Jahren mit einer Freundin besucht. Klack, klack, klack. Sie waren fünf Tage lang von Sehenswürdigkeit zu Sehenswürdigkeit gestreift, hatten sich dabei gegenseitig fotografiert und ein wenig auch die Sehenswürdigkeiten. Tapas über den Tag und die Nacht verteilt. Köstlich in immer wieder neuen Kombinationen. Ungewöhnlich der warme Winter. Die Nächte lau und voller Musik. Drr-da-dap, drr-da-dap. Dunkel wie der Tinto.

Einige Jahre zuvor war er im Frühling für zehn Tage in Andalusien gewesen. Die Temperaturen hatten gerade begonnen anzuziehen. Er besuchte Stierkämpfe in der Maestranza, erlebte, wie die Arena den Torero ausbuhte und mit dem Stier fieberte, wurde von dem jungen, aufstrebenden Kämpfer Morante de la Puebla, einem blasierten Schönling, den er für eine Zeitung ablichten sollte, in seine Heimatstadt La Puebla del Río, vierzehn Kilometer südlich von Sevilla, eingeladen, machte auch einen Abstecher nach Ronda, fotografierte dann aber eine Serie in der sevillanischen Stierkampfschule, in der Morante ausgebildet worden war, bekam sogar eine Einladung von einem Großgrundbesitzer in der Morena, um Kampfstiere auf der Weide zu beobachten und im Bild festzuhalten, was schon ein Ereignis war, schlug sich in Sevilla die Nächte mit seiner damaligen Stringerin um die Ohren. Flüchtige Berührungen, Küsse auf den Nacken, Andeutungen, keine Versprechen. Nicht sein Typ eigentlich, trotzdem wunderbar im ersten Licht des Tages. Denn sie aßen und tranken nach der Arbeit bis früh morgens in den einschlägigen Flamenco-Bars.

Mehrmals war er auch in Madrid, wusste allerdings nicht mehr, warum. Hatte auch einige Male San Sebastian und Bilbao im Norden auf dem Weg nach La Coruña durchfahren. Ebenso Barcelona, Castellón de la Plana, Valencia, Murcia und Granada auf dem Weg nach Málaga im Süden. Und war zwischendurch auch über die Meseta und die alten Kreuzritterstädte Toledo und Salamanca nach Porto gereist. Hmm, Portugal. War eine ganz andere Geschichte. Gehörte jetzt nicht hierher.

Zurück in Berlin, ja, das ist die Wahrheit, hatte er sich immer wieder gefragt, warum er eigentlich nie länger in Spanien gelebt, und ganz speziell sich nie länger als zwei Wochen am Stück in Sevilla aufgehalten hatte. Ist wirklich eine der schönsten Städte der Welt, wenn nicht die schönste. Okay, wenn man an schöne Städte denkt, nennen die meisten Menschen zuerst Rom. Dann vielleicht Ravenna, häufig Florenz, oder San Gimignano, die Stadt der Türme, das mittelalterliche Manhattan. Alles wunderschön. Viel Medici, Donatello, Brunelleschi, Botticelli, Leonardo da Vinci, Michelangelo, della Robbia, Caravaggio … Phantastisch. Überwältigend. Zum Niederknien. Und zum Kotzen. Weil tausendfach durchgekaut und touristisch verdaut.

Doch Sevilla, die sündige Heilige. Drr-da-dap, drr-da-dap. Wie aus Tönen und Klängen erbaut. Vor allem schön, weil die Menschen nicht hinter dem Glanz der versammelten Kunst verschwinden wie in Rom oder Florenz, sondern tatsächlich noch deutlicher und lebendiger in Erscheinung treten. Jedenfalls: Immer wenn er in Sevilla war, wollte er nicht wieder weg. Daran erinnerte er sich in diesen Momenten großer Klarheit auf der herrlich lebendigen Plaza del Salvador mit dem dritten Bier in der Hand, einem bestens gefüllten Magen, dem köstlichen geschmacklichen Nachklang der eben verspeisten Garnelen im Mund, Folge der zweiten, fast dekadenten, eben verspeisten Portion. Ins Zentrum dieses Hochgefühls hinein hörte er das Klingeln eines Telefons. Seines Telefons.

Meines Telefons.

Ich starrte auf das Display. Die Nummer wurde nicht angezeigt. Plötzlich hatte ich Angst ranzugehen. Das würde Konsequenzen haben. Die Schicksalslinien hatten sich verschoben. Bibaxtalo. Die Koordinaten waren nicht mehr an der gleichen Stelle wie zuvor.

»¡Hola«, sagte ich.

»¡Hola«, höre ich eine männliche, sanft klingende Stimme am anderen Ende der Leitung sagen. Sie klingt verrauscht, als wäre der Anrufer sehr weit entfernt. »Wie geht es Ihnen?«

»Sehr gut«, antworte ich.

»Wir können uns treffen. Jetzt, da der Schatten weg ist.« Der Anrufer scheint zu zögern, jedenfalls macht er eine Pause. »Nun, da der Schatten weg ist, können wir reden.«

»Wer sind Sie?«

»Das wissen Sie«, entgegnet die Stimme.

»Álvarez de Cádiz«, sage ich.

»Seien Sie in einer Stunde im La Bodega«, sagt er und legt auf.

Wenn die Linien sich verschieben, darf man nicht zögern, man muss schnell sein, schnell und auf der Hut. Ich spüre, wie Wach samkeit und Klarheit in Wellen aus meinem Gehirn in meinen Körper strömen. Ich spüre, wie der Alkohol in meinem Blut mit erhöhter Geschwindigkeit abgebaut wird, meine Muskulatur geschmeidig wird und mich in einen Zustand wachsender Achtsamkeit versetzt. Ich winke den Kellner herbei, bezahle, nehme einen Umweg über das Hotel, um mich schnell umzuziehen und zehn Minuten vor der Zeit im La Bodega einzutreffen.

Der ältere Herr wartet schon am Tisch beim Fenster. Den Hut hat er auf die Fensterbank gelegt. »Was möchten Sie trinken?«, fragt er und reicht mir die Karte. Und obwohl er jünger als erwartet aussieht, erkenne ich die Ähnlichkeit zu dem Menschen auf dem Foto und wundere mich, dass sie mir nicht sofort bei der ersten Begegnung ins Auge gesprungen ist. Seine hellgrauen, fast weißen Haare trägt er aus der Stirn gekämmt bis in den Nacken, ohne den geringsten Ansatz einer Glatze. Seine graublauen Augen sind von einem markanten schwarzbraunen Rand umgeben und wirken jetzt heller. Er hat das rundlich ovale Gesicht vieler Südländer und gleichzeitig scharfkantige Züge, weil sich seine Haut durchscheinend dünn über Stirn, Wangenknochen und Kinn spannt. Unter den Augen schimmern zu blauen Deltas verzweigte Äderchen, und an beiden Schläfen zeichnen sich blasse Altersflecken wie zu groß geratene Sommersprossen ab. Seiner gesamten Erscheinung nach würde ich ihn zwischen siebzig und achtzig schätzen, sehr gesunde siebzig oder achtzig, wenn man die Flecken nicht als Vorstufen von Hautkrebs sieht. Auch die ungewöhnlich kleinen Ohren wie auch seine kleine Nase lassen ihn jünger wirken. Bei Normalsterblichen wie mir wachsen Ohren und Nase im Alter weiter, wodurch sich seltsame und für den jeweiligen Besitzer damit leidvolle Unverhältnismäßigkeiten in der Gesichtssymmetrie ergeben können. Davon war ich bisher immerhin einigermaßen verschont geblieben. Der Älteste, wenn er es denn ist, sieht nicht alt aus, was auch an seinen blendend weißen Zähnen liegt, die er gerade mit einem Lächeln zeigt.

»Angelo Francisco Álvarez de Cádiz, angeblich geboren ebenda am 4. März 1517«, sage ich, »das wirft Fragen auf.«

»Und Sie, lieber Besucher, sind hier, weil Sie Antworten wollen«, antwortet er auf Deutsch, der hörbare Akzent von zuvor hat sich in den Hauch einer spanischen Färbung verwandelt, könnte aber genauso gut ein portugiesischer oder sogar italienischer Einfluss sein. »Verstehe. Und ich möchte sie Ihnen auch sehr gern geben. Allerdings, verzeihen Sie bitte diese für Sie womöglich unangenehme Einschränkung, nur unter einer

Voraussetzung – dass Sie mir zuerst Antworten geben.« Er trommelt mit den Fingern der rechten Hand auf der Tischplatte.

»Okay«, erwidere ich, beide Silben betonend, mehr fragend als bekräftigend.

»Wissen Sie, verehrter Ankömmling, ich kenne Sie ja nicht. Mein erster Eindruck von Ihnen ist, ich gebe es zu, gemischt, unklar. Gewiss, Sie waren krank, brauchten dringend Hilfe. Jetzt sehen Sie auch anders aus, jedoch …?«

»Jedoch, wie bitte?«, frage ich möglichst höflich.

»Jedoch brauche ich erst Antworten. Antworten von Ihnen, Verehrtester.«

Ich sehe ihn an, abwartend.

Wieder Trommeln. Oder vielmehr ein leises Tippen mit den Fingerkuppen. Zweimal der Daumen, einmal Zeigefinger, zweimal Ringfinger, einmal der kleine, kein Mal der Mittelfinger. »Ihre Antworten auf meine Fragen, damit ich Sie kennenlerne.«

Wieder sage ich nichts, schaue ihn nur an.

Nun ruht seine Hand. »Ich weiß, lieber Gast, das haben Sie sich anders vorgestellt. Sie sind ja hier, um mich zu befragen. Haben den weiten Weg gemacht, mich gesucht, mich gefunden, weil Sie etwas über mich erfahren wollen. Wir werden sehen. Aber vorher müssen Sie mir versprechen, mir wahrhaftige Antworten zu geben. Wenn ich mit einer Antwort von Ihnen nicht zufrieden bin … Nicht zufrieden, weil sie ausweichend klingt oder unwahr, dann frage ich nach. Und Sie werden mir eine klarere, eine wahrhaftigere geben. Wenn ich dreimal in Folge unzufrieden bin – ja, ich weiß, das klingt doch recht unangenehm hart –, dann kann ich das Gespräch beenden.«

Er blickt mich mit seinen blaugrauen Augen prüfend an. »Dann, so leid es mir täte, hätten Sie das Recht verloren, von mir Antworten auf Ihre Fragen erwarten zu dürfen, weil wir uns dann, so leid es mir tut, nicht wiedersehen würden.«

Pause. »Und, das kann ich Ihnen jetzt auch schon sagen, ich werde Ihre wohlmeinenden Fragen an mich erst beantworten, wenn Sie alle meine Fragen für mich zufriedenstellend beantwortet haben. Warum in der Reihenfolge? Die Antwort darauf, mit allem Respekt, schenke ich Ihnen. Sie lautet, mit noch größerem Respekt, weil Sie erst dann reif für meine Antworten sind. Was meinen Sie? Wollen Sie sich darauf einlassen?«

»Was bleibt mir übrig?«, erwidere ich.

»Verzeihung, aber das ist eine Gegenfrage«, sagt er. »Unter den genannten Bedingungen leider nicht zulässig. Ja oder Nein?«

»Ja«, sage ich.

»Ja«, sagt der Besucher.

»Sind Sie sicher, dass Sie das auch meinen?« Der ältere Herr sieht ihn abwartend an. Einen Moment lang hat der Besucher den Eindruck, dass Álvarez' Gesicht die Farbe wechselt.

Ist das wirklich eine gute Idee? Was wird er schon antworten können? Nichtssagendes Zeugs. Nein, keine gute Idee. Verkehrte Rollen, das. Hat er sich dafür ins Flugzeug gesetzt? War das etwa keine Leistung? Einfach so auf Verdacht. Als Vorleistung. Persönlicher Kredit für eine Möglichkeit. Und jetzt eine Unmöglichkeit: Fragen an ihn. Was soll das? Könnte er sich gerade richtig drüber aufregen. Was denn für Fragen? Na ja, halt Fragen eines sehr alten Menschen an einen nicht so alten. Was könnte der so viel Jüngere dem Älteren antworten, was dieser noch nicht weiß? Je mehr er darüber nachdenkt, umso lauter schreit es Nein in ihm.

Der Besucher spürt seine besondere Gegenwärtigkeit in diesem Moment. Muss er darüber wirklich nachdenken? Also: Was wird sein Gegenüber ihn fragen wollen? Keine Ahnung. Wann er geboren ist? Wohl eher nicht. Vielleicht, ob er Kinder hat, eine Frau oder so. Was er in seinem Beruf erlebt hat. Darüber kann er sprechen, wenn auch nicht gern. Nach kurzem Zögern sagt er daher wieder: »Ja.« Und hört sich dabei selbst zu.

»Ja«, sage ich.

»Gut«, erwidert Álvarez und schiebt die rechte Hand in die linke. »Mit der Antwort bin ich zufrieden. Jetzt meine nächste Frage.« Er lächelt bei der Ankündigung. »Damit Sie mich nicht missverstehen. Ich sehe Sie. Sehe, wie Sie vor mir sitzen, mich anschauen, sich fragen, wo die Sache hier mit uns hinläuft. Ich sehe Ihre Unsicherheit. Und ich sehe noch einiges mehr. Aber wie sehen Sie sich selbst? Denken Sie, dass ich Ihnen vertrauen kann?«

Die Frage überrascht mich nicht. Hätte ich an seiner Stelle auch gestellt. »Ja«, erwidere ich nach einem gewissermaßen introspektiven Moment und spüre, wie ich mit und durch die Antwort ruhiger werde.

»Gut«, sagt er und nickt, »ich erkenne, dass Sie das in diesem Augenblick auch meinen. Was auch immer das im Folgenden bedeuten mag.«

Ich verschlucke das Wort Danke und mache wahrscheinlich ein leicht betretenes Gesicht.

»Sehr gut«, sagt er. »Sie haben mich verstanden.«

Ein Kellner tritt an unseren Tisch, nimmt die Bestellung entgegen. Er kommt mir bekannt vor. Wahrscheinlich habe ich ihn bereits bei einem meiner vorherigen Streifzüge bemerkt.

»Wie sehen Sie sich selbst?«, wiederholt Álvarez, als wir wieder allein am Tisch sind, löst seine Hände und tippt wieder mit den Fingerkuppen, nun der linken Hand. Offenbar eine Angewohnheit. »Beschreiben Sie Ihre Persönlichkeit.«

Darüber muss ich nicht lange nachdenken. Als Kind angepasst, grundfroh, voller Vertrauen. Als Jugendlicher plötzlich ängstlich, manchmal auch aggressiv, außerdem pubertär leidvoll dauerverliebt. Sehr viele Jahre ohne Erfolg. Schreckliche Schulzeit voller Selbstzweifel, wachsendem Misstrauen gegenüber mir selbst. Dann die Diagnose. Noch mehr innere Kämpfe. Als würden sich zwei Instanzen in mir bekriegen. Einen Tag im Hoch, am nächsten der Fall in die Tiefe. Und genau das erkläre ich auch. »Zwischen diesen beiden Polen schwanke ich heute noch. Manchmal extrem. Habe einen Höhenflug an einem Tag, spüre einen emotionalen Absturz am nächsten.« Wieder fühle ich die Richtigkeit meiner Antwort und denke, interessant, hatte ich so überhaupt nicht erwartet.

»Haben Sie …?« Er blickt über mich hinweg und mir gleich darauf wieder direkt in die Augen. »Haben Sie getötet?«

Was für eine Frage! Im ersten Anflug spüre ich Ärger. Natürlich nicht! Ich spüre aufkommende Wut. Nein, absolut nicht! Abwegige Frage. Ich könnte laut rufen, brüllen, schreien. Sieht man das etwa nicht? Vor allem, wenn man so alt ist. Da sollte man doch viel Erfahrung im Einschätzen von Menschen haben. Wenn er der Älteste ist, warum stellt er dann eine solche Frage? Reichen fünfhundert Jahre nicht für eine bessere?

Im zweiten Moment spüre ich, wie ich gelassener werde. Ich hatte es geahnt, vorhin wieder auch ganz bewusst gedacht: Die Schicksalslinien haben sich verschoben. Und zwar für mich. Will ich das? Wahrscheinlich. Jedenfalls ist es jetzt zu spät, dies fraglich zu finden, denn es ist Álvarez' Bedingung. Sind die Koordinaten einmal verändert, gibt es kein Zurück mehr. Ich spüre, wie mir erneut das Blut in die Wangen steigt.

Die chinesische Methode: provozieren, taxieren, verhandeln. Erst dann: Karaoke, Entspannung, gemeinsames Saufen, wieder Verhandeln, Einladung nach Hause, noch mehr Entspannung und wachsendes Vertrauen, weiter Verhandeln, noch mehr Karaoke und Trinken im Haus des Gastgebers, gewachsenes Vertrauen, Vertragsabschluss. In meinem Fall muss das Verfahren natürlich abgewandelt werden, denn es geht ja nicht um Letzteres. Es bleibt: das Gegenüber provozieren und seine Reaktionen genau beobachten, denn die emotionale Antwort im Subtext ist womöglich wichtiger als die eigentliche verbale Entgegnung. Und woraus besteht der Subtext? Aus Gesten, Blicken, Blickrichtungen, Ausweichbewegungen der Augen, Änderungen der Körperhaltung.

Gut. Verstanden, akzeptiert. Allerdings: Was sagen meine Gesten in diesem Moment? Was verraten meine Augen?

»Haben Sie getötet?« Was verraten seine Augen? Was seine Gedanken? Was zeigt sich in seiner Körperhaltung? Er versucht, sich in den alten Herren hineinzuversetzen, sich selbst mit dessen Augen zu sehen.

Haben *Sie* …? Ha, jetzt ist er dran. Als Journalist hat er anderen diese Frage gestellt und nach seinem Empfinden nie eine ehrliche

Antwort darauf erhalten. Wen er danach gefragt hat? Einen Palästinenser in Bagdad, der im gleichen Hotel wohnte und ihm erklären wollte, wie man Rohrbomben baut, außerdem einen libanesischen Politiker, ehemals Mitglied der Falangisten, sowie einen Kommandanten der Untergrundarmee des Kosovo und zwei Zuhälter auf der Hamburger Reeperbahn. Zugegeben, man kann die Frage blöd finden, einfach überflüssig, weil ja niemand freiwillig einen Mord zugibt. Doch so lautete die Frage ja nicht. Vielmehr wollte er ein grundsätzliches Ja oder Nein. Und darin lag für die befragten Personen eigentlich kein Risiko, jedenfalls nicht im Sinne von staatlicher Strafverfolgung. Wahrscheinlich hatten sie vielmehr ein moralisches Problem und schüttelten daher verneinend den Kopf, auch wenn das eine offensichtliche Lüge war. Tatsächlich hatte er mit einer ehrlichen Antwort auch gar nicht gerechnet, sondern die Frage nur gestellt, um zu sehen, wie sich die betreffende Person aus der Fragestellung herauswand. Und unter diesem Gesichtspunkt waren die Reaktionen ja auch sehr interessant gewesen. Denn keiner der Befragten hatte empört reagiert.

Anders als er selbst in diesem Moment. Hmm, jetzt ist er dran. Und reagiert empört. Und versucht seine Empörung zu verstecken. Warum eigentlich? Weil ihm die Frage auf ihn selbst bezogen absurd vorkommt, irgendwie auch unverschämt und insgesamt unsensibel. Denn seines Wissens hat er schließlich niemandem ernsthaft ein Haar gekrümmt.

»Nein«, erwidert er daher so ruhig wie möglich, »habe ich nicht.«

Nein, nicht einmal in übertragenem Sinne. Zwar habe ich diverse Menschen für die Zeitung porträtiert, und das Ergebnis ist ja nicht automatisch immer freundlich, doch waren die Porträts für die Beteiligten grundsätzlich hilfreich gewesen. Geschadet habe ich auf diesem Weg meines Wissens niemandem. Und von einer versehentlichen Tötung in einem anderen Zusammenhang, einem Unfall mit tödlicher Folge, war mir auch nichts bekannt.

Richtig, als Elf- oder Zwölfjähriger hätte ich unsere Nachbarin beinahe mit einem Jagdbogen angeschossen und womöglich erschossen. Ich bin in den Garten gelaufen und er hat geschossen, der Junge, der auf den Rasen gelaufen ist, um seinen neuen Flitzebogen auszuprobieren. Wer hatte ihm dieses unselige Ding überhaupt geschenkt?

Dann war sie aus dem Nachbarhaus gestürmt. Pech, ungünstiger Moment. Mutter eines Mädchens aus der Klasse unter mir. Wäre beinahe in den fliegenden Pfeil hineingelaufen.

Sehe ich noch heute als Film vor meinem geistigen Auge. Die Mutter mit den wehenden Haaren und dem roten Hemd. Was hatte sie eigentlich im Garten gewollt? Danach hatten Mordwerkzeuge (welcher Junge interessiert sich nicht dafür?) eine weitaus geringere Anziehung auf mich. Damals muss ich verstanden haben, dass selbst undurchdachte kindliche Handlungen sehr erwachsene Konsequenzen haben konnten. Wahrscheinlich hatte ich ganz einfach begriffen, dass das größte Unheil aus Dummheit geboren wird. Nach meinem jetzigen Kenntnisstand habe ich auch in erweitertem Sinne niemanden auf dem Gewissen, und so wiederhole ich: »Nein, habe ich nicht.«

Álvarez greift nach der Flasche, die plötzlich auf unserem Tisch steht, schenkt erst mir Wein ein, dann sich selbst, stößt mit mir an – »¡Salud!« –, trinkt, setzt das Glas ab, tippt mit den Fingern der rechten Hand, hält inne, fokussiert den nächsten Blick direkt auf mein Gesicht. »Werter Gast, gibt es einen Menschen, den Sie hassen?«

»Ich, hmm …«, beginnt der Gast, bringt den Satz aber nicht zu Ende.

Es heißt, Alter radikalisiert. Womöglich auch die Art, wie man im Alter Fragen stellt. Wie fühlt er sich mit Fragen, die man als grenzüberschreitend bezeichnen kann? Will er das? Ist er nach Sevilla gekommen, um sich therapieren zu lassen? Er spürt, wie seine Augen feucht werden, während er nach einer Antwort sucht.

»Ja«, sagt er schließlich, weil ein Nein eine Lüge wäre. Aber sein Ja ist auch nicht die ganze Wahrheit.

Der alte Herr und schiebt die linke Hand in seine rechte, verschränkt die Finger. »Wen?«

»Manchmal mich selbst«, erwidert er. Und nicht nur mich selbst, könnte er hinzufügen, denn es gab Momente, wo er sich selbst nicht leiden konnte und auch den Rest der Menschheit nur in sehr begrenztem Maß. Aber dann, manchmal ohne erkennbaren Grund, war er wiederum so begeistert vom Leben gewesen, dass ihm Menschen liebenswert erschienen, denen er noch am Tag zuvor lediglich mit Widerwillen einigermaßen freundlich hatte begegnen können, und in solchen Momenten vermochte er sich selbst auch ganz gut zu ertragen. Man könnte dieses Hin und Her haltlos nennen, aber geht das nicht in Wahrheit vielen Menschen so, wenn nicht allen zumindest ähnlich? Immer wieder lieben sie sich selbst und andere, dann wieder auch nicht, weil das Dasein nun mal wechselhaft ist und der Mensch zwar immer der gleiche, aber nicht immer derselbe. Was kann er also antworten? Er sieht sich nicht als einen Menschen mit einem erwähnenswert negativen Impuls gegen sich selbst, den man auch als Selbsthass bezeichnen konnte. Da gibt es andere Kollegen, die alles darauf anzulegen scheinen, sich möglichst schnell unter die Erde zu befördern, weil sie ihre eigene Gegenwart offenbar unerträglich finden und ihr daher baldigst ein Ende machen wollen.

»Könnte man Sie also haltlos nennen?« Álvarez knetet mit der linken Hand den Daumen seiner rechten. »Könnte man sagen, Sie sind ein Mensch mit unsicherem Stand, schwankend in seiner Position? Könnte man Sie als so jemanden bezeichnen?« Álvarez lässt den Daumen wieder los und winkt den Kellner herbei, lässt seinen Gast dabei aber nicht aus den Augen. Bestellt etwas, was der Gast jedoch nicht versteht.

Was ich außerdem nie so ganz verstanden habe: Ramon Öchsler, ehemals Kulturredakteur beim Anzeiger, vormals ein Kollege, jetzt frei, aber zu keiner Zeit frei von Übergewicht, ein Mensch mit einer unterschwelligen Neigung zum vorzeitigen Ableben. Tatsächlich bei seiner sitzenden Tätigkeit so unfassbar dick geworden, dass er sich durch die gläserne Flügeltür zum Konferenzsaal nur seitlich schieben konnte, und es war absehbar, dass auch dieses seitliche Hineindrehen keine dauerhafte für ihn machbare Wendung sein würde. Öchsler fraß sich zu Tode, während es sein und auch mein damaliger Chefredakteur darauf angelegt zu haben schien, sich mit Kokain und Speed ins Jenseits zu befördern. Überhaupt, das habe ich in unterschiedlichsten Redaktionen erlebt, zieht Journalismus wahrscheinlich grundsätzlich eher seltsame Typen an: Menschen mit sozialen Auffälligkeiten, etwa der eingeschränkten Fähigkeit zur Selbstabgrenzung.

Ja, ich weiß, ich habe eine Diagnose, die in eine ähnliche Richtung geht, doch … Doch den Dicken konnte ich so wenig ausstehen, wie mir die Jungs auf Speed widerwärtig waren. Diese Erinnerungen gefallen mir nicht. Könnte man mich haltlos nennen? Interessante Frage, eigentlich. Was werde ich sagen? Ich bemerke das zunehmend klamme Gefühl aufkommender Scham. »Könnte man womöglich meinen«, antworte ich.

»Sie ekeln sich also«, bemerkt Álvarez, legt die rechte Hand flach auf den Tisch und tippt mit den Fingern der linken, langsam, also nicht hektisch. Seltsame Angewohnheit. Als würde er jemandem in Zeitlupe morsen.

»Vor Situationen eher als vor einzelnen Menschen«, erwidere ich, bemüht, den Erinnerungen aus dem letzten Jahr in der Redaktion möglichst wenig Raum zu geben. Was für ein Glück also, dass ich mich umso leichter hatte lösen können, indem ich Bücher zu schreiben begann, auf Lesereisen ging und auf etwas niedrigerem ökonomischem Niveau ganz leidlich zu leben lernte. Nein, vergleichbar destruktiv wie manche ehemaligen Kollegen habe ich mich nur äußerst selten und allerhöchstens vorübergehend verhalten. Ich war mit einer natürlich gewachsenen Abneigung ausgeschieden.

Allerdings …

Allerdings hatte es sehr wohl Zeiten gegeben, die voller Hass gewesen waren. Das fiel ihm im selben Moment wieder ein. Seinen Mathematiklehrer aus der Mittelstufe hatte er gehasst. Vollkommen unverhüllt hatte der Lehrer gezeigt, dass er den Typen in der fünften Reihe rechts, ihn nämlich, nicht mochte. Hatte ihm die schwierigsten Aufgaben gestellt, um ihn bei jeder Gelegenheit vor versammelter Klasse als Depp dastehen zu lassen, und in Folge auch vor seinem Vater, weil der von dem Problem mit dem Lehrer wusste, jedoch unfähig oder unwillig war, ihm in der Angelegenheit beizustehen.

Genau daran erinnert er sich jetzt: an seine Wut auf seinen Vater, an das Gefühl, ihn wegen seiner Untätigkeit zu hassen.

»Mein Hass auf meinen Vater war zeitweilig sehr groß«, antwortet er schließlich mit einem Kloß im Hals. »Damals, als ich aufs Gymnasium ging, von einem Lehrer terrorisiert wurde und mein Vater nichts dagegen unternahm.«

»Dafür haben Sie Ihren Vater gehasst?«, fragt Álvarez nach. »Noch mehr …?«

»… als den Lehrer, ja«, sage ich, »noch viel mehr.«

Álvarez gibt dem Kellner ein Zeichen, der daraufhin die halb leer getrunkene Flasche Wein wieder mitnimmt und gleich darauf eine neue bringt, in unser Schweigen hinein entkorkt und auch einen frischen Krug mit Wasser auf den Tisch stellt, die alten Gläser abräumt, neue bringt und jedem von uns Wein einschenkt.

Der alte Herr nippt an seinem, nickt. Eine lange weiße Strähne rutscht ihm in die Stirn. Er streicht sie mit gespreizten Fingern weg, zeigt ein zufriedenes Gesicht. Der Kellner weicht mit einem Lächeln.

»Lassen Sie uns besser über die Liebe reden. Ein zeitlos schönes Thema, nicht wahr?« Álvarez streift mich mit seinem Blick, nimmt einen weiteren Schluck, blickt an mir vorbei in Richtung Fenster und Straße. »Wer, würden Sie sagen, fühlt sich von Ihnen geliebt?«

Der Alte spürt mein Unbehagen, denke ich.

Meinen Vater, das kann ich sofort bestätigen, habe ich zu seinen Lebzeiten jedenfalls nicht geliebt. Verständlicherweise, wie ich finde. Erst nach seinem Tod hat sich meine Haltung zu ihm geändert. Als Liebe würde ich auch das nicht bezeichnen, als Wertschätzung allerdings schon, was vielleicht aber lediglich eine andere Bezeichnung für eine bestimmte Art von Liebe ist. Nur: Kann man einen Toten lieben?

Seinen Humor habe ich immer wieder sehr gemocht. Vor allem über sich selbst konnte er schallend lachen. Eigene Ungeschicklichkeit rief bei ihm Eruptionen von Heiterkeit hervor. So sehe ich ihn in der Küche stehen. Die Haushaltshilfe ist aus irgendeinem Grund nicht zugegen. Er hat selbst nach einem Topf Suppe auf dem Herd gegriffen, doch ist ihm dieser aus der Hand geglitten, Linsen und Bohnen kleben nun an seinen Schuhen und Hosenbeinen, und mein Vater steht da und lacht. Oder meine Eltern und ich beim Schlachter. Da hatten wir schon keine Hilfe mehr. Meine Mutter gibt die Bestellung ab. Mein Vater steht einfach da, sehr gut gekleidet, beobachtend. Eine Frau betritt das Geschäft mit einem Dackel an der Leine. Der Hund, ganz außer sich vor Freude bei so viel Wurstwitterung, pisst meinem Vater ans Bein. Und mein Vater? Lacht. Sich zu beschweren fällt ihm nicht ein. Erst etwa zwanzig Jahre nach seinem Tod und rund zehn Jahre vor dem Weggang meiner Mutter begann ich zu schätzen, was ich ihm zu verdanken hatte, so fühlte ich mich ihm bisweilen nah, spürte auch seine Nähe und hatte dann sogar das Gefühl, ihn zu lieben. Oder liebevoll an ihn zu denken.

Von mir geliebt, das meine ich sicher sagen zu können, hat sich mein Vater nie gefühlt.

Meine Mutter ist erst vor einigen Jahren gestorben. Zu allen Zeiten hatte ich eine sehr enge Beziehung zu ihr, aber vielleicht ist Bindung der passendere Begriff. Als Kind klebte ich an ihren Beinen. Noch als Jugendlicher wollte ich sie für mich allein und war immer sehr eifersüchtig auf meinen Vater gewesen. Mehr als ich sie geliebt habe, hatte ich sie für mich haben, ja, besitzen wollen – so würde ich es heute zumindest sagen. Als junger Erwachsener war ich dann zu beschäftigt gewesen, eigenen Neigungen nachzugehen, sodass von meiner Liebe als Sohn weiterhin nur eingeschränkt die Rede sein konnte, weil sie schlichtweg nicht sichtbar geworden war. Ich habe kaum etwas für sie getan, außer unregelmäßig mit einem Strauß Rosen vor ihrer Tür zu stehen, nachdem mein Vater gestorben war.

Beide jedoch haben zeit ihres Lebens meine psychischen Probleme zu ignorieren versucht. Die Diagnose Borderline-Syndrom wird ihnen nicht gefallen haben. Verständlich. Mir hat sie auch nicht gefallen. Ich habe sie einfach für falsch gehalten. Ja, ich habe große Angst, verlassen zu werden. Ja, ich fühle mich manchmal innerlich leer, wie ausgegossen. Nein, ich neige nicht zu selbstschädigendem Verhalten. Ja, ich bin emotional instabil. wer ist das nicht?

Hat meine Mutter sich von mir geliebt gefühlt? Ich denke, ja.

»Meine Mutter, ja, sie hat sich, denke ich, von mir geliebt gefühlt«, erklärt er. »Auch die Frauen, mit denen ich zusammen war.«

»Und Ihre Kinder?« Álvarez tippt wieder. Dreimal mit dem Daumen, dann zweimal mit dem Ringfinger, einmal der Mittelfinger, linker Hand.

»Sicher doch, auch sie.« Das Thema gefällt ihm noch weniger als das davor.

»Wen haben Sie geliebt?« Einmal Daumen, zweimal Zeigefinger.

Seine Mutter hat er geliebt, als Kind, sicher. Und als Erwachsener? Da erinnert er sich vor allem an ihren Tod. Sie war so augenblicklich nicht mehr gegenwärtig und in Folge so unfassbar und absolut und endgültig weg, dass nur das Empfinden von Leere blieb. Kann man Leere lieben? Die Buddhisten sagen, ja. Auf seine Mutter und das Andenken an sie bezogen, kann er die Frage nicht beantworten. Vielleicht war ihr Tod so schmerzhaft für ihn, dass er sich heute noch über den damit verbundenen Verlust ärgert und deshalb immer noch keine Liebe für sie empfinden kann.

Ach nein, was für ein Unsinn! Was denkt und redet er hier? Spürt, wie wieder Ärger in ihm hochsteigt. Keine Ahnung, ob er die Mutter geliebt hat. Ja, wahrscheinlich. Sie war einfach da. Ihre plötzliche Abwesenheit hatte den Zugang zu einer Wüste geöffnet. Irgendwie irrte er immer noch darin umher. Und manchmal hatte er das Gefühl, daran irre zu werden. Und dann wieder war das vollkommen egal. Konnte sogar darüber lachen. Ein Lachen, das wehtat.

Bloß nicht lachen, jetzt. Ja, er hatte eine Neigung zu seltsamen emotionalen Reaktionen. Hatte der Arzt auch gesagt, die Mutter bestätigt. Der Vater nicht, denn der war, wie immer, bei dem Termin nicht dabei gewesen. Dem Tag der Diagnose.

»Ich habe Tätigkeiten geliebt«, sagt er. »Und besondere Momente.«

»Momente mit Frauen?« Der alte Herr greift nach dem Wasserglas, leert es in einem Zug, schenkt sich sofort wieder nach.

»Auch.« Leider zu wenige Momente. Momente, die er nicht hatte halten können. Die ihm entglitten waren wie die gesamte Beziehung.

»Erzählen Sie von einem Moment, den Sie besonders geliebt haben.«

Ihm fällt ein Moment aus seiner Kindheit ein. Er ist fünf oder sechs Jahre alt. »Ich bin im Garten, sitze im Gras, rieche das Gras. Und den Flieder hinter mir. Es ist ein sonniger Tag. Etwas wird weit. Weit und immer weiter. Spüre Gegenwärtigkeit in der Welt. Ich, denke ich. Zum ersten Mal.«

»Zum ersten Mal in Ihrem Leben?«

»Ja.«

»Ah«, sagt der alte Herr und berührt den Handrücken des Gastes. Der spürt die Wärme, die von Álvarez' Fingerspitzen ausgeht, und die Ruhe des Blickes, der auf ihm liegt.

Ja, ich habe Frauen geliebt, Tätigkeiten geliebt, Momente geliebt, manchmal mich selbst und mein Leben. Ehemals geliebte Tätigkeiten habe ich später aufgegeben. Anfänglich geliebte Frauen habe ich später nicht mehr geliebt. Denn sie alle haben mich verlassen. »Und nun«, sage ich, »wünsche ich mir, mit einer Frau zu leben, mit der ich alt werden möchte.«

Der Älteste faltet die Hände. »Danke für Ihre Antwort. Ich glaube Ihnen, damit bin ich zufrieden. Für heute habe ich keine weitere Frage. Kommen Sie morgen wieder. Gleiche Zeit.«

Er, der Eindringling, der Besucher, der Gast, wandert durch das abendliche Sevilla. Menschen kommen mit Tüten aus Geschäften. Er läuft runter zum Fluss, beobachtet Angler, sieht ein Pärchen Hand in Hand, offenbar sehr verliebt. Einige Zeit gehen sie vor ihm her, halten aber alle paar Meter an, um sich zu umarmen und zu küssen. Weil er sie nicht stören will, überholt er sie. An der Markthalle kommt ihm das Mädchen mit den Schellen am Bein entgegen und geht klingelnd an ihm vorbei. Kurz darauf bildet er sich ein, dass der Pfeifton in seinen Ohren wieder da ist, und der Gedanke an diesen inzwischen vertraut gewordenen Gefährten beruhigt ihn fast. Doch dann stellt er fest, dass er sich die Rückkehr des Ohrengeräusches lediglich eingebildet hat.

Er biegt rechts ab, wendet sich in Richtung La Macarena, das Viertel, in dem die Gitanos wohnen. Trommeln, Tippen, Nervosität in den Händen, seltsam. Marotten sammeln sich mit den Jahren. Er hat den Ältesten gar nicht nach dem Mädchen gefragt, hätte wahrscheinlich aber auch keine Antwort erhalten. Wie lange wird er sich gedulden müssen, bis er fragen darf? Er beschließt, sich in spiralförmigen Bögen auf das Zentrum zuzubewegen, sein Hotel in diesem Fall. Seine Füße wandern durch die westlichen Gassen. Sein Kopf ist irgendwo anders. In einem sanften Schwung geht es den Hügel nach Macarena hinauf. Überall Geschäfte, Bars und Restaurants. Das Laufen tut ihm gut. Er streift durch Gassen, in denen Hunde frei herumlaufen, landet auf einem quadratischen Platz, in dessen Mitte ein mächtiger Feigenbaum wächst. Auf den Wurzeln sitzt eine Gruppe junger Leute. Einer spielt Gitarre. Die übrigen singen abwechselnd dazu, klatschen im Flamenco-Rhythmus.

Dann erscheint eine zweite Gruppe auf dem Platz: drei Männer, eine Frau. Die Frau trägt eine silberne Trommel. Einer der Männer schleppt einen Kontrabass, einer trägt eine Gitarre und wadenlange, schwarzweiß karierte Boulder-Hosen und der Dritte trägt einen grünen Filzhut, einen graublauen, abgetragenen Anzug mit etwas zu kurzen Hosenbeinen über den Schuhen, keine Socken, auch kein Instrument, dafür die Hände in den Hosentaschen und ein blasiert gönnerhaftes Lächeln, wie es nur

Künstler durch die Weltgeschichte bewegen, die mit ihrer Kunst auf großen Bühnen keinen Erfolg haben, dafür aber umsonst und draußen so einiges abräumen können. Nicht zuletzt die lokalen Schönheiten.

Der Flamenco verendet mitten im Lied. Traurig, gestört und genervt von den Neuankömmlingen, will er sich schon erheben und gehen, doch plötzlich marschiert der Kontrabass. Die Gitarre wandert auf die Boulder-Hosen und der Filzhut in den Nacken. »These Boots Are Made For Walking.« Das können nur Nancy Sinatra, Lee Hazlewood. Und diese Burschen hier. Danach »Race With The Devil« und »Summertime« von Gene Vincent. Dann »Oh Death« von Ralph Stanley. Interessanter Mix.

Im Anschluss löst sich die Versammlung auf. Beinahe jedenfalls. Der Flamenco-Gitarrist und der singende Hut probieren wieder was Spanisches. Einige Zeit hört er von der gegenüberliegenden Bank aus noch zu, verliert aber schnell das Interesse daran und liest im Veroux: »Wenn der Mensch des mittleren Zeitalters den sich ankündigenden Tod noch willkommen geheißen hat, so ändert sich dieses Bild eines fast freundschaftlichen Aufeinandertreffens mit dem letzten Absoluten vollständig im Anbruch der neuen Zeit, auch Aufklärung und Moderne genannt. Plötzlich ist Sterben gleichbedeutend mit dem Fügen ins Unvermeidliche, und die Haltung des Sterbenden gegenüber dem eintreffenden Tode ist die der Resignation. Das Heroische, eine wesentliche Grabbeigabe im Mittelalter, beginnt zu verblassen und banalisiert das Ableben zu modrig-morbider Banalität …«

Der Filzhut kommt zu ihm herübergeschlendert, wie zuvor die Hände in den Hosentaschen; fragt, ob ihm die Musik gefallen habe.

Ja, das habe sie, erwidert er, berührt von der eigenartigen Noblesse der Begegnung.

»Schönes Buch, das Sie da lesen«, bemerkt der Sänger.

»Sie kennen es?«, fragt er erstaunt zurück.

»Es passt«, erwidert der Sänger, hebt beide Hände, als wolle er einen Globus darin tragen, und dreht sich so einmal um die eigene Achse, »zu diesem Ort. Hören Sie die Toten sprechen? Sie reden über kommende, aufrührerische Zeiten.«

Ja, er liebt diesen Ort namens Sevilla. Auch davon hätte er Álvarez berichten können. Oder wäre das zu naheliegend gewesen?

DREIZEHN

Er würde sich wohl nach einer dauerhafteren Bleibe in Sevilla umsehen müssen. Wahrscheinlich hatte er von Álvarez geträumt, denn mit dem Gedanken ans Hotel und die Unmöglichkeit, Wochen darin zu leben, weil es für ihn schlichtweg zu teuer war, wachte er auf und rieb sich den Schlaf aus den Augen. Das Gefühl des Morgens: Befremden, Einsamkeit.

Gut, dass er da war, hier in Sevilla. Und gleichzeitig gar nicht so gut.

Von der gegenüberliegenden Wand blickte ihn der Stierkämpfer Antonio Barrera mit gezücktem Degen und geöffneter Muletta lächelnd an. In seiner Haut wollte er nicht stecken. Die wenigsten Menschen außerhalb Spaniens wissen, dass das Publikum in der Arena überwiegend mit dem Stier fiebert. Er weiß nicht, ob Barrera jemals einen Toro begnadigt hat. Als Barrera geboren wurde, war jedenfalls »El Gordito«, also »Das Dickerchen«, längst tot, gestorben an den Folgen von dreißig Lanzenstichen in seinen Rist. In der Arena von El Puerto de Santa Maria, 110 Kilometer südlich von Sevilla, hatte sich das ereignet, und zwar am 26. Juli 1869. Bis heute ein wichtiges Datum für alle Freunde des Stierkampfes, weil »Das Dickerchen« trotz Verletzungen und großem Blutverlust noch die Kraft hatte, mit seinen Hörnern die Bäuche von einundzwanzig Pferden aufzuschlitzen, was ein ungebrochener Rekord blieb, woraufhin er auf Verlangen des Publikums begnadigt wurde, jedoch Minuten später trotz eiliger veterinärmedizinischer Interventionen seinen Verletzungen erlag. Auffällig an Barrera ist sein vorspringendes Kinn und die schmale Nase, die seinem Gesicht ein raubvogelartiges Aussehen geben und die Anmutung von Schneid verleihen. Barreras Augen wiederum blickten vollständig ausdruckslos und leer aus dem Foto. So, als hätten sie sich auf eine seltsame und fast gespenstische Weise entleert. 23 Male war er von einem Stier auf die Hörner genommen worden und hatte überlebt. Kein Torero war häufiger aufgespießt worden. Und doch war El Cordobés, Barreras Zeitgenosse, der direkt über dem Bett hing, berühmter. El Cordobés' Augen, das meinte er bereits bei seiner Ankunft festgestellt zu haben, blickten mit Wärme und Güte. Vielleicht der größte Stilist aller Zeiten in der Arena. Ein Mann, der sich tief vor dem herandonnernden Stier verbeugen konnte, bevor er im letzten Moment zur Seite sprang und ihn mit einem kunstvollen Stich zur Strecke brachte. Auch Cordobés, meinte er zu wissen, musste nie einen Stier begnadigen. Wenn er sich richtig erinnerte, hatte er El Cordobés einmal in Las Ventas in Madrid bei einem seiner späten Kämpfe gesehen.

Wen haben Sie gehasst? Könnte man Sie haltlos nennen? Wer fühlt sich von Ihnen geliebt? Wen lieben Sie? Gerade könnte er um sich schlagen.

Die Fragen klangen noch in seinen Ohren. Auf die Frage nach dem Wen hatte er mit einem Was geantwortet. Und daran war ihm auch nichts falsch vorgekommen.

Hey, hey, hey! Was regst du dich hier so auf, du haltloser, emotional instabiler Typ? Einige Minuten beschimpfte er sich selbst, bis sein Ärger sich legte und er bemerkte, dass die Sonne direkt in sein Zimmer schien.

Ja, er liebte es, wie die Sonne gerade in sein Zimmer schien. Er liebte die Vorstellung, auf die Straße zu treten, sich in ein Café zu setzen und zu frühstücken, dabei die Menschen auf der Straße zu beobachten. Er liebte so viel so sehr, dass ein schlichtes Ja als Antwort auf die Frage auf eine obszöne Weise nackt wirkte, eine pornografisch anmutende Verknappung seiner langen Geschichte der Liebe und auch damit verbundenen Missverständnisse.

War auch das emotional instabil? Wahrscheinlich.

Mit diesen Gedanken ging er unter die Dusche, putzte sich die Zähne, streifte Hose und Hemd über, griff ein Sakko aus dem

Kleiderschrank, schlüpfte in Socken und Schuhe und verließ das Hotel über den hinteren Ausgang. Dieser mündete in die Calle Álvarez Quintero! Das Mädchen war in diese Gasse gelaufen. Was die Straße des fünften Álvarez mit ihr und dem Ältesten, wenn er es denn war, über das Namentliche hinaus zu tun haben könnte, erschloss sich ihm in diesem Moment leider nicht. Links und rechts lagen alte sevillanische Wohnhäuser mit fünf oder sechs Stockwerken. In manche Innenhöfe konnte man von der Straße aus durch Glastüren hineinblicken. In einem sah er Palmen in großen Kübeln wachsen, in einem anderen kleine Orangenbäume. Er kam an einem Patio mit blühenden Azaleen vorbei und entdeckte in einem Hof in einer Seitenstraße eine Sammlung von Holzfiguren, die entfernt an Gartenzwerge erinnerten. Dann bog er noch einmal ab, landete wieder auf einem quadratischen Platz, diesmal mit einer Madonnen-Statue in der Mitte und einem Metallgitter drumherum; der menschenleere Platz hatte einen eigenartigen Zauber. Die Statue war vollständig weiß, bis auf eine goldene Haube oder ein Tuch auf ihrem Kopf. Das Gold reflektierte die Sonne und warf Lichtmuster an die umliegenden Häuserwände.

Er setzte sich auf die Stufen eines Hauseingangs, beobachtete die lichten Muster an der gegenüberliegenden Wand und fühlte plötzlich Liebe für diesen Platz, diesen Moment, diese Stadt. Wahrscheinlich war er auch ein bisschen verliebt in die Menschen dieser Stadt, denn er liebte ihre Neigung, sich in theatralischen Selbstinszenierungen zu feiern, etwa beim Flamenco, auch beim Stierkampf oder in der Semana Santa, die in diesem Jahr am 19. März und dem Jahrestag des heiligen José begann. Mal sehen, vielleicht war er zu dem Zeitpunkt ja noch hier, denn die Straßenumzüge während der Osterwoche hatte er in Sevilla noch nicht miterlebt.

Im vierten Stock wurde ein Fenster geöffnet, eine ältere Frau blickte heraus und winkte ihm zu, rief etwas mit kehliger Stimme, leider unverständlich für ihn. Er stand auf und trat näher, woraufhin sie erkannte, dass sie ihn verwechselt hatte und das Fenster wieder schloss.

Ihm wurde auf einmal bewusst, dass er bisher weder etwas getrunken noch gegessen hatte, dementsprechend durstig und hungrig war, beschloss daher, ein Café zum Frühstücken zu suchen, und bog in die nächste Gasse. In der Calle Moreño wurde er von einem Mann angerempelt, der mit offenem Hemd aus einem Hauseingang gerannt kam, offenbar in größter Eile, denn der Mann verschwand um die nächste Häuserecke, ohne sich zu entschuldigen. Während er seine Eilschritte leiser werden hörte, erinnerte er sich an sein Gesicht, das er als aufgelöst wahrgenommen hatte. Irgendwie hatte der Mann alarmiert, wenn nicht sogar agitiert auf ihn gewirkt. Er konnte sich irren, weil er den Menschen ja nicht kannte, also keinen Vergleich hatte, sondern nur sein gegenwärtiges, sehr irrationales Gefühl. Es riet ihm, weiterzugehen, der Angelegenheit keine Beachtung zu schenken.

Doch das tat er nicht. Vielmehr näherte er sich der noch offen stehenden Tür und horchte hinein.

Nichts zu hören. Er blickte sich um und stellte fest, dass niemand außer ihm in der Straße war. Er zögerte, blickte sich ein zweites Mal um und ging ins Haus. Es musste einem wohlhabenden Besitzer gehören, denn der Patio war groß. Und er beherbergte ein Blumenmeer. Leider war er kein Botaniker und konnte daher auch nicht allzu genau benennen, was er sah. Orchideen gewiss, auch mehrere Kübel mit weißen Rosen und hellroten Rosen – all das symmetrisch und sehr aufwändig arrangiert. Wer hier wohnte, selbst zur Miete, hatte Geld. Eine Treppe aus weißem Stein, wahrscheinlich Marmor, führte hinauf in den ersten Stock. Einen Moment überlegte er, ob er umkehren sollte. Was suchte er eigentlich hier?

Allerdings stimmte irgendetwas nicht, war tatsächlich richtig falsch, auch wenn er nicht sagen konnte, was es war. Vielleicht die Ruhe im Haus? Er lauschte, versuchte in die Ruhe einzutauchen, hörte schließlich eine Uhr ticken und das leise Grundrauschen der Stadt. Zielstrebig ging er die Stufen hinauf in den ersten Stock, fand sich nun auf einer Balustrade, von der jeweils vier Türen abgingen, Wohnungstüren, wie er vermutete. Die zweite Tür stand einen Spalt breit offen.

Wieder zögerte ich. Ein Flashback im Kopf. Vor etwa zwanzig Jahren hatte ich mit jenem Kollegen, der, wie Noretzki erzählt hatte, im Zuge der zweiten Entlassungswelle gefeuert worden war, die Teufelin von Tostedt gesucht. Eigentlich eine idiotische Geschichte, aber genau deshalb irgendwie auch reizvoll. Aus heutiger Sicht warf sie allerdings kein ganz so gutes Licht auf mich. Die Teufelin von Tostedt war ein Frauenmörder gewesen, also ein Mann, der sich als Frau verkleidete, um in dieser Verkleidung Morde an Frauen zu begehen. Die Serie hatte direkt nach dem Mauerfall in Tostedt begonnen und sich dann auf die Ostseite der Elbe, also auf das Gebiet der ehemaligen DDR verlagert, weshalb man davon ausging, dass der Mörder aus dem Osten stammte. Obgleich die Fahndung auf Hochtouren lief, war der Mann noch nicht gefasst worden.

Der damalige Chefredakteur hatte gemeint: »Fahrt mal los, sucht den Typen, vielleicht findet ihr ihn ja sogar. Auch wenn ihr nichts findet, ist das eine Geschichte.«

»Ach ja?«, hatte ich ungläubig gesagt. Und dann waren wir doch gefahren. Der Redakteur und ich. Er sollte die Geschichte unserer Suche später aufschreiben, ich die Fotos dazu liefern. Welche Fotos? Wovon? Wir fuhren also mit der Vorstellung nach Tostedt, etwas ganz und gar Unsinniges zu versuchen. Warum sollten ausgerechnet wir einen Mörder in einer kleinen Stadt bei Hamburg oder in den noch kaum erschlossenen Weiten der eben untergegangenen DDR ausfindig machen? Und angenommen, wir fanden ihn, was stellten wir dann mit ihm an? Dazu hatten wir keine Vorgaben bekommen. Als Erstes klapperten wir jedenfalls die Tatorte ab. Und landeten dabei auch vor einem verschlossenen Haus. Wir klingelten, doch es machte niemand auf. Wir fanden ein Fenster, das nicht ganz zugeklappt war und sich öffnen ließ. Ich krabbelte hinein und betrat als Erster von uns beiden den Tatort, machte sofort Fotos, war ja ein Profi. Trotzdem: eine Erfahrung, die ich nicht noch mal machen möchte, obwohl keine Leiche dalag, sondern nur jede Menge Unordnung herrschte. Die sehr offensichtliche Unordnung nach einem Mord.

Immer noch zögerte er. Wischte dann die Erinnerung weg und stieß die Tür vorsichtig ganz auf. Er trat in einen Flur mit einem roten Teppich, grün gestrichenen Wänden und goldenen Wandlampen, die aber ausgeschaltet waren, weshalb nur Licht vom Eingangsbereich und Gegenlicht aus einem hinteren Zimmer den Flur erhellte. Etwas Unerfreuliches war hier passiert, das konnte er geradezu atmen. Langsam schob er sich voran. Und wäre beinahe auf einen dunklen Haufen getreten, der sich bei der schlechten Beleuchtung kaum vom Teppich abhob.

Er beugte sich hinunter, sah genau hin und fand einen Hund, wahrscheinlich einen Cockerspaniel, falls es kein Mischling war, der mit heraushängender Zunge und alle viere von sich gestreckt dalag, offensichtlich tot. Aber noch nicht lange, denn er war noch warm.

Innehalten, nachdenken. Die 500 klammerte sich an die unmittelbar vorausgehende 499, eine der Edlen. Mit der 503 folgte eine zweite, die wie eine Heilige über die Erstere wachte. Diese Überlegung beruhigte ihn etwas.

Er wischte seine Hand am Hosenbein ab, blickte sich vorsichtig um. Der Gang endete an einer dunklen Glastür. Rechts davor stand eine Zimmertür offen und schwaches Licht drang heraus, aber kein Laut. Der tote Hund schien ihn mit einem abgestorbenen Auge anzublicken. Erschrocken hüpfte er in der Hocke einige Zentimeter von ihm weg. Eine Diele knarrte, und er erschrak umso mehr.

Diese Sache hungrig und durstig, tatsächlich schon ein bisschen zittrig vor Hunger und Durst, weiterzubetreiben, erschien ihm keine gute Idee. Vielleicht wurde ihm auch bewusst, dass er Angst hatte, jedenfalls verließ er das Haus so leise und schnell wie nur möglich. Wischte dabei mit dem Ärmel seines Wollpullovers über die Türklinke am Wohnungseingang, die er ja berührt hatte, und wiederholte die gleiche Prozedur an der Haustür, ohne dass er dabei, seines Wissens jedenfalls, gesehen wurde.

Er bog in die entgegengesetzte Straße ein wie der Mann, der ihn angerempelt hatte, und setzte sich einige Straßen weiter in ein Cafe, aß ein warm gemachtes Brötchen mit Käse, trank einen

Kaffee, aß noch ein Käsebrötchen und überlegte, ob er seinem ersten Impuls jetzt folgen sollte: Sevilla mit dem nächsten Flugzeug zu verlassen.

Kaum hatte er den Gedanken zu Ende gedacht, war der klingende Begleiter wieder da, sein Ohrengeräusch, ein nicht überhörbares Sirren, wie mit dem Schalter aus dem Nichts angeknipst. Ach, du tönender kakofonischer Kumpel willst mir jetzt auch noch eins pfeifen.

Er zog seinen anderen Begleiter, den gedruckten, aus der Tasche, und begann darin zu lesen, um weitere Irritationen zu vermeiden. Veroux, Seite 54: »Die Weisen des Mittelalters mieden die Nähe zu den Toten und hielten daher ihre Grabstätten abseits, von Dörfern und Städten entfernt, fürchteten sie doch eine Rückkehr der Toten und eine Belästigung der Lebenden durch die Seelen von Verstorbenen. Mit der anbrechenden Moderne veränderte sich jedoch die Einstellung zum Tode, die bis dahin Jahrtausende überdauert hatte. Die hingebungsvolle Fügung ins Schicksal, die Unterordnung unter den Willen der Natur und das freudige Zugehen auf den Tod verwandelte sich in wachsenden Widerstand. Gleichzeitig drangen die Toten und ihre Grabstätten in die Zentren der Lebenden ein. Friedhöfe wurden in unmittelbarer Nähe zu Wohnstädten eröffnet. Noch bei Paulus hieß es: ›Kein Leichnam darf in der Stadt behalten werden, damit die Heiligtümer der Stadt nicht entweiht werden.‹ Doch damit war es vorbei, eine Zeit der Sexualisierung des Todes brach an und gebar bevorzugt in gebildeten Kreisen der Bevölkerung auch eine groteske und morbide ausgelebte Promiskuität.«

Bei solchen Sätzen war man natürlich sofort voll bei der Sache. Er las noch einige Seiten weiter, bis er sich wieder beruhigt hatte.

VIERZEHN

Ich hatte Erfolge erzielt und Rückschläge erlitten. Noch wusste ich nicht, ob Álvarez einfach nur ein ungewöhnlicher und interessanter Mensch war oder genau das und darüber hinaus noch unwahrscheinlich alt. Es ging mir sehr gut, nachdem ich mit ihm und dem Mädchen in der Kirche gewesen war. Die Begegnung mit ihm und seine Fragen, das hatte mir zusätzlich gut getan. Doch der tote Hund hatte mich in meinem Befinden deutlich zurückgeworfen. Seither befand ich mich in der Gesellschaft einer latenten Angst und eines konstant gegenwärtigen und damit zunehmend nervigen Tinnitus. Beides trug nicht zu einer Steigerung meiner Laune bei.

Die Reise nach Sevilla war vielleicht von Anfang an ein Fehler gewesen, weil ich weder wusste, ob ein Mensch namens Álvarez wirklich existierte, noch die Wahrscheinlichkeit erkennbar gewesen war, ihn überhaupt zu finden, zuzüglich der Unsicherheit, ihn womöglich nicht zu einem Gespräch bewegen zu können, falls ich ihn denn fand. Mit diesen Unwägbarkeiten war ich kurzentschlossen losgeflogen und im Nebel einer zweifelhaften Mission gelandet.

Sehr schnell hatte diese Mission mir aber Freude gemacht, und dann hatte ich ihn oder vielmehr er mich tatsächlich getroffen, was ganz erstaunlich war. Auch wenn der Beginn unseres Gespräches anders gelaufen war als beabsichtigt. Doch nun war ich über die Leiche eines Hundes gestolpert und strauchelte urplötzlich wegen der Sorge, dass sich die Schicksalslinien verschoben hatten – und zwar zu meinen Ungunsten. Kurz: Meine Mission drohte, sich gegen mich zu wenden.

Einen Moment lang lauschte ich meinen Ohrengeräuschen und vergaß darüber das Empfinden unterschwelliger Angst, dann griff ich wieder nach meinem Buch.

»Im anbrechenden Zeitalter der Wissenschaft wurde der Glaube, dass die Erde eine Scheibe sei, beerdigt, was sicherlich als eine großartige Errungenschaft zu sehen ist, doch ebenso wurde der Glaube an ein Leben nach dem Tode zu Grabe getragen, was womöglich keine Errungenschaft ist, sondern vielmehr ein großer Verlust«, bemerkt Veroux auf Seite 47, denn ich las sein Buch nicht nur von vorn nach hinten, sondern auch in seltsamen Schleifen rekursiv von hinten nach vorn. »Dieser verwissenschaftlichte Zweifel befördert die Vorstellung einer ultimativen und endgültigen Vernichtung im Tode, was einer Entwertung und Marginalisierung des gesamten Lebens gleichkommt. ›Mit der Geburt beginnen wir zu sterben und das Ende setzt mit dem Anfang ein‹, notierte der Humanist Johann Manlius, eine Banalität, der man auch in Montaignes Gedankenwelt begegnen konnte. Wie ärmlich und trostlos, dem Tode mit dem gesunden Menschenverstand begegnen zu wollen!«

Ziemlich müde legte ich den Veroux beiseite, wickelte mich in meine Hotelbettdecke und schlief trotz Tinnitus innerhalb von Minuten ein, erwachte jedoch nach kurzer Zeit schweißnass von einem Traum, dem ein zweiter vorausgegangen war. In diesem zweiten, der eigentlich der erste gewesen war, träumte ich davon, in einem Urwald auf der Lauer zu liegen. Ich hockte im Geäst und hielt nach einem Opfer Ausschau. Ich war hungrig, nein, sehr hungrig, tatsächlich hatte ich einen Mordshunger, nämlich Bluthunger. Ich spürte den metallisch-süßlichen Geschmack auf der Zunge, oder vielmehr meine Erinnerung daran, denn ich war so ausgehungert, dass mir der Speichel aus dem Mund tropfte, während ich darauf wartete, ein Tier zu reißen, wahrscheinlich eines von den wilden Schweinen, das gerade näher kam und Schweiß verströmte. Was für ein Duft, wenn man hungrig ist. Unhörbar reckte ich meine Pranken. Ich war der schwarze Jäger im Geäst. Ich lag auf der Lauer. Ich hatte Blutdurst, war zum Absprung bereit, um mein Opfer zur Strecke zu bringen. Und dann war der Moment da. Ich spürte, wie sich meine Muskeln zusammenzogen und mein Körper einen Satz machte. Direkt auf das Schwein unter mir. Meine Klauen gruben sich in seine

Borsten, meine Fänge waren am Hals, und dann spürte ich die metallisch-süßliche Woge. Warm floss der Strom in meinen Schlund, ergoss sich in mich. Mit einer schnellen Kopfbewegung brach ich meiner Beute das Genick. Anschließend ließ ich mich ruhig niedergleiten und begann zu fressen. Und dann wurde auf einmal alles dunkel.

Davon wachte er auf, lag einige Zeit wach, alarmiert und irritiert in sich hineinhorchend, und schlief dann doch wieder ein, um gleich darauf einen zweiten Traum zu träumen.

Er befand sich vor dem Eingang zu einem großen, schwarzen Gebäude, das die Form eines Würfels hatte. Der Würfel befand sich auf einem weiten, quadratischen Platz, gesäumt von Wolkenkratzern. Die hohen Häuser erinnerten ihn in ihrer Architektur an New York, doch spürte er, dass er in einer anderen Stadt sein musste. Er blickte um sich, wollte fragen, wo er war. Aber er war allein auf dem Platz. Suchend schaute er in sämtliche Richtungen, sah aber immer noch keine Menschenseele. Die Stadt wirkte wie tot, nicht verfallen, sondern plötzlich ausgestorben und im Zustand des Verlassenseins konserviert. Auf der Suche nach Menschen verließ er den Platz und wanderte durch Straßenschluchten mit himmelhohen Häusern, traf aber niemanden, sah überhaupt kein weiteres, auch kein tierisches Lebewesen. Irgendwie musste er im Kreis gelaufen sein, denn plötzlich stand er wieder vor dem schwarzen Kubus. Der Eingang war mit einem schwarzen Vorhang verhangen. Einen Moment zögerte er, hineinzugehen, doch spürte er die Einsamkeit draußen. Schrecklicher konnte es drinnen nicht sein, überlegte er in seinem Traum, dessen Rätselhaftigkeit ihm, während er ihn träumte, deutlich bewusst war. Die Lösung des Rätsels, so dachte er, wartete im Kubus auf ihn. Also schob er den Vorhang zur Seite und trat in einen Raum von leuchtender Schwärze.

In der Mitte erhob sich eine Art Baugerüst mit einer Schaukel, auf der ein Mann mit schulterlangen Haaren in einem weißen Mantel saß und schaukelte.

»Da bist du ja endlich«, begrüßte ihn der Mann, weiter schaukelnd. »Ich habe dich erwartet. Warum hat es so lange gedauert?

Erst habe ich die Minuten gezählt, dann Stunden, Wochen, Monate, Jahre. Nun warte ich viele Jahre auf dich und muss dir sagen, du hast mich zu lange warten lassen. Jetzt bin ich zornig.«

»Es tut mir leid«, entschuldigte er sich bei dem Mann. »Ich wusste nicht, dass Sie auf mich gewartet haben, hier, in der verlassenen Stadt. Ich kenne Sie ja gar nicht.«

Der Mann, immer noch schaukelnd, schüttelte den Kopf, dass die Haare flogen, und sagte lachend: »Aber sicher kennst du mich. Und natürlich wusstest du, dass ich hier auf dich warte, deswegen bist du jetzt gekommen. Du hast es die ganze Zeit gewusst und nur nicht wahrhaben wollen. Sei ehrlich, erinnere dich.« Den letzten Satz wiederholte der Mann mehrfach wie ein Echo.

Aus diesem zweiten Traum erwachte er mit Kopfschmerzen. Sein Schädel brummte so sehr, dass die Ohrengeräusche nicht weiter auffielen und er eine Aspirin nehmen musste. Er rief das Front Desk an, bat darum, ihm eine große Flasche Wasser aufs Zimmer zu bringen, und trank die Flasche in wenigen Minuten im Bett aus. Anschließend fühlte er sich nicht mehr ganz so krank. Gleich auf mehreren Kanälen liefen im spanischen Fernsehen Telenovelas. Die deutschen Nachrichten berichteten von einem Messerangriff auf eine Politikerin und Demonstrationen in Berlin und München gegen die jüngsten Einwanderungswellen, gefolgt von einer Diskussionsrunde, in der er plötzlich Johannes Elmang, den 87-jährigen Partyraver, sitzen sah. Elmang trug ein froschgrünes Cordsakko über einem orangefarbenen T-Shirt. Das T-Shirt hatte einen Aufdruck in altdeutscher Frakturschrift, der aber leider nicht lesbar war, weil die Schrift zum größten Teil vom Sakko verdeckt wurde. Elmang hatte geradezu monströs große Kopfhörer um den Hals baumeln und machte einen entschieden entspannten Eindruck. Die Diskussion drehte sich um Stilfragen. Weil Elmang augenrollend und weitschweifig antwortete und von beginnenden vorrevolutionären Verwerfungen in der Gesellschaft dozierte, würgte der Moderator, ein Mensch, den er entfernt von journalistischen Ereignissen wie den Media Awards kannte und ebenso unsympathisch wie unintelligent fand, Johannes nach jedem zweiten Satz ab. Schließlich zog Elmang sein Sakko aus und verursachte dabei lautes Mikrofongeraschel. Der Moderator machte ein grimmiges Gesicht und schaute verächtlich in die Runde ansonsten farbloser Figuren, während plötzlich der Aufdruck auf Elmangs T-Shirt zu lesen war: Rescue me, bitch!

Er schaltete den Fernseher aus und trat zum Fenster, weil er Geräusche von draußen hörte. An der Kathedrale wurde ein Baugerüst errichtet. Auf der gegenüberliegenden Straßenseite schoben Arbeiter Metallrohre ineinander, verschraubten sie in rechten Winkeln und legten Metallroste auf die einzelnen Ebenen, um das Gerüst begehbar zu machen – daher der metallische klingende Lärm. Als er seitlich daran vorbei auf den Vorplatz blickte, sah er zehn Pferdekutschen in zwei Reihen stehen. Offenbar hatten die Touristen heute keine Lust, sich durch die Stadt kutschieren zu lassen. Die Sonne war bereits sichtbar am Sinken. Zwei Kondensstreifen liefen parallel wie Eisenbahnschienen über den Himmel. Die Kutscher standen in einer Gruppe zusammen und redeten und gestikulierten dabei. Bis auf einen, der einem Pferd die Mähne strich und sich dabei mit einer Frau unterhielt. Obwohl er aus der Ferne kein Gesicht erkennen konnte, kamen ihm die Haltung wie auch die Größe, Haarfarbe und -länge vertraut vor, und so glaubte er plötzlich, das Mädchen mit dem Kutscher sprechen zu sehen.

Er zog ein frisches Hemd an, griff sein schwarzes Ledersakko und nahm den Fahrstuhl nach unten. Im zweiten Stock stieg ein Mensch zu, der … Er versuchte den Gedanken schon im Aufkeimen zu verscheuchen, weil er ihm zu weit hergeholt und unsinnig erschien. Trotzdem: Ein Mann trat zu ihm in den Fahrstuhl, der dem Mann in seinem Traum ähnlich sah und sogar einen ähnlich hellen Mantel trug.

»Sie sehen aus, als hätten Sie geschlafen«, sagte der Mann im Fahrstuhl zu ihm und räusperte sich.

Die meisten Menschen räuspern sich, bevor sie etwas sagen, nicht hinterher. »Ja, kurz«, antwortete er. »Wie kommen Sie darauf?«

»Sie tragen noch Ihre Schlafanzughose«, erwiderte der Mann und lächelte.

»Oh«, erwiderte er und blickte erschrocken an sich herunter. Er fuhr also aus dem Erdgeschoss direkt wieder nach oben und wechselte die Hose. Als er endlich auf den Platz trat, war das Mädchen natürlich verschwunden. Er sah sich nach dem Kutscher um, konnte ihn aber ebenfalls nicht finden. In knapp drei Stunden würde er dem Ältesten wieder im La Bodega begegnen. Er hatte Hunger, wollte aber nicht schon lange vor der Zeit dort sein, überquerte deshalb den Vorplatz der Kathedrale in entgegengesetzter Richtung, schlängelte sich zwischen den Pferdekutschen durch und bog in eine Gasse runter zum Fluss. Seine Schritte hallten auf dem Asphalt in der Enge zwischen den Häusern. Mit leiser Stimme sang er eine Melodie zum Rhythmus seiner Schritte und spürte, wie seine Stimmung dadurch besser wurde, versuchte dann, eine ähnliche Melodie auch zu pfeifen, was ihm aber nicht so gut gelang. Der tote Hund und der Traum mit dem Mann auf der Schaukel bildeten eine Einheit in seinem Bewusstsein und lenkten ihn ab.

Plötzlich hatte er das starke Empfinden, dass auch seine Schritte gelenkt wurden. In diese Gasse und an diesen Häusern links und rechts vorbei, in genau die Richtung, in die er sich bewegte, nämlich runter zum Hafen, weg vom eigentlichen Zentrum. Vordergründig hatte er sich das Ziel gesetzt, in der Markthalle Paella negra zu essen und erinnerte sich auch an den Geschmack beim letzten Mal. Doch seine bewusste Entscheidung dafür und die daraus folgende Bewegungsrichtung war das Ergebnis eines tieferen Impulses, eines Impulses, der scheinbar von ihm selbst, also von innen kam, nämlich als Absicht seines Bewusstseins, sich aber gleichzeitig wie eine äußere Vorgabe anfühlte. Wie etwas, das ihm eingegeben worden war, nämlich von außen kommend in seinem Gehirn gelandet und nun sein Handeln lenkend. Die meisten Menschen begreifen Eingebung als ein Phänomen intuitiver Art, also gewissermaßen sanft und nicht persönlichkeitsverletzend. Albert Einstein soll angeblich gesagt haben, die Relativitätstheorie sei eine Eingebung gewesen – und meinte damit einen irrationalen, schöpferischen Prozess der Erkenntnis. Damit möchte er sich hier nicht vergleichen, sondern will Eingebung in seinem Fall und hier im Wortsinn verstanden wissen. Auf irgendeine Weise war ihm etwas eingegeben worden, und er folgte dieser Eingebung nun mit kleinen Abweichungen und Umwegen, die ebenfalls Teil des Vorgegebenen waren. Natürlich könnte er jetzt innehalten, scharf nach links oder rechts abbiegen und eine radikale geographische Wendung einbauen. Er könnte auch einfach umkehren und sich mit leerem Magen wieder ins Bett legen und die Zeit bis zur Verabredung vor dem Fernseher verbringen. Doch das tat er nicht. Warum nicht, wenn er doch alle Freiheit der Wahl hatte? Ganz einfach, weil er sich diese Freiheit nur einbildete und in Wahrheit einem vorgegebenen Handlungspfad folgte, der ihn jetzt gerade in Richtung Guadalquivir und Paella negra führte und keine großen Umwege duldete, denn er hatte ziemlichen Hunger und zwar genau darauf. Warum? Ganz einfach, weil ihm auch das eingepflanzt worden war – jedenfalls dachte er das in diesem Moment. Konnte ja sein, dass er im nächsten etwas ganz anderes dachte und auch von dem Gefühl der Fremdsteuerung seines Bewusstseins wieder abrückte.

Sein Leben war bisher mäandernd verlaufen, erst das Biologiestudium, dann Musik, dann Fotojournalismus, und er wertschätzte, ja, liebte diese Wendungen, doch gerade jetzt, in dieser Stadt, kam er sich vor wie eine Draisine auf dem Schienenstrang. Für den Vortrieb war er zuständig, das hatte er in der Hand, aber es ging nur in einer Richtung voran. Was links oder rechts von den Gleisen lag, war erkennbar, jedoch nur im Vorbeifahren. Die Dinge hatten auf eine eigenartige Weise Fahrt aufgenommen. Womit hatte es begonnen? Mit dem Zeitungsausschnitt? Als er in Sevilla gelandet war und die Suche aufgenommen hatte? Mit der ersten Begegnung mit dem Mädchen? An dem mental derangierten Morgen und dem darauf folgenden Zerfall seines Gesichtes? Als Álvarez ihm aufgeholfen hatte? Auf dem Boden in der Kathedrale? Es gab so vieles, was nicht zusammenzupassen schien, aber bei genauerer Betrachtung einen Sinn ergeben musste. Er war nur noch nicht darauf gekommen, welchen.

Eine Gruppe Kinder kam ihm entgegen, singend, froh, sechste oder siebte Klasse, schätzte er. Der Nachmittagsunterricht musste gerade vorbei sein. Freude zu haben lernten sie offenbar auch hier in Sevilla. Ein Mann mit einem breitkrempigen Hut nickte ihm im Vorbeigehen zu, obwohl er ihn nicht kannte. An der Calle Argentina hatte ein Auto beim Einparken ein zweites seitlich gestreift, einer der Fahrer redete auf den gerade eingetroffenen Polizisten ein, während der andere sich Notizen machte. Ihm war plötzlich kalt, er knöpfte seine Jacke zu, schlug den Kragen hoch, die Revers übereinander, und beschleunigte seine Schritte.

Weil er plötzlich Vogelgezwitscher hörte, begann er langsamer zu gehen und nach Vögeln Ausschau zu halten, obwohl er eigentlich keinerlei ornithologische Interessen verfolgte. Er hörte sie, das wurde ihm jetzt bewusst, als würde er sich inmitten eines Schwarmes bewegen, entdeckte aber nicht einen von ihnen. Seltsam. Er hielt an, studierte Fenstersimse, Dachrinnen und Laternenmasten. Nichts. Einige Passanten blieben ebenfalls stehen, folgten seinen Blicken, einer fing an, sich lustig zu machen. Daraufhin ging er schnell weiter, begleitet von Pieptönen wechselnder Höhe, aber gleichbleibender Lautstärke. Da dämmerte ihm, dass das Gezwitscher in seinem Kopf stattfand. Der sehr hohe Pfeifton, bisher in einer konstanten Höhe, hatte sich in etwas anderes verwandelt, in eine ziemlich irre Sache, geeignet, ihn in den Wahnsinn zu treiben. Er neigte den Kopf nach links, nach rechts, nach vorn und nach hinten, konnte aber, anders als zuvor, keinerlei Veränderung in Folge feststellen.

Nun beeilte er sich, lief in Richtung der Bodega, verlief sich ein weiteres Mal in den bogenförmigen Gassen der Altstadt und rannte schließlich sogar, als er die Orientierung wiedergefunden hatte, überholte dabei eine vor ihm laufende, wahrscheinlich joggende Frau, stellte im Vorbeigehen fest, dass sie dem Mädchen ähnlich sah. Überrascht blieb er wie angewurzelt stehen und schaute sie direkt an.

»Was starren Sie mich so an?«, fragte die Frau und blieb auch stehen. Sie hatte das gleiche ovale Gesicht, ungewöhnlich symmetrisch, weit auseinander stehende Augen, dunkel wie ihre Haare, knapp schulterlang, war aber weniger auffällig geschminkt, dabei deutlich älter, wahrscheinlich um die vierzig und sehr schön, auch sie eine Gitana. Er hatte im Zuge eines Auftrags für eine Fotoreportage zu viel Zeit mit rumänischen Roma verbracht, um diese ethnische Herkunft zu übersehen. Ihre bloße Erscheinung ist wie ein Weckruf. Und so fühlte er sich auch jetzt: hellwach und gleichzeitig wie gelähmt. Die wilde, entschlossene Schönheit der Frau irritierte ihn.

»Verzeihen Sie«, nuschelte er, »hab Sie mit jemandem verwechselt.«

»Ah«, sagte sie und machte ein schnalzendes Geräusch mit der Zunge, was auf eine sehr merkwürdige Weise mit dem Gezwitscher in seinem Kopf harmonierte. »Und ich habe mir immer eingebildet, ich sei unverwechselbar.« Drehte sich um und verschwand mit einem rauen Lachen in einem Geschäft. Er beschleunigte seine Schritte, lief schließlich sogar und erreichte die Bodega gerade noch pünktlich.

Wie zuvor ist Álvarez schon da, erwartet mich als einziger Gast und wieder am gleichen Tisch und mit einer Karaffe Wasser und einer Flasche Tinto. Man könnte fast denken, der Wirt habe nur für ihn geöffnet.

»¡Hola«, sagt er und reicht mir zur Begrüßung die Hand. Ich erwidere seine Begrüßung, so höflich wie möglich, und setzte mich ihm gegenüber, so ruhig wie möglich, trotz der Vögel in meinem Kopf.

»Sie sehen … grau aus«, bemerkt er nach eingehender Betrachtung.

Seine weißgrauen Haare hängen ihm über die Schläfen in die Stirn. Zum ersten Mal sehe ich, dass er einen Mittelscheitel hat, eine fast jugendliche Frisur, bisher verborgen durch strenges Zurückkämmen. Er trägt ein dunkelblaues Sakko mit einem silberfarbenen Einstecktuch und eine hellblaue Fliege mit silbernen und roten Streifen zum weißen Hemd. Seine Kleidung sieht getragen aus, aber nicht abgetragen. Wie bei der Begegnung zuvor versuche ich, Anzeichen für sein hohes Alter zu finden, doch abgesehen von den dunklen Flecken an den Schläfen und kleineren, Sommersprossen ähnlichen Verfärbungen, die sich über Wangen, Stirn und Nase wie lockere Inselgruppen ziehen, wirkt seine Haut nicht alt und zeigt sich bei eingehender Betrachtung sogar ziemlich faltenlos. Zum ersten Mal bemerke ich einen kleinen weißen Strich unter seinem linken Auge, wohl eine Narbe. Seine sehr weißen Zähne waren mir bereits bei unserem letzten Treffen aufgefallen. Und wenn ich an die allererste Begegnung denke, erinnere ich mich an einen elegant wirkenden Herrn, der sich auch genau so bewegt – elegant, fast jugendlich dabei und umso mehr alterslos. All das registriere ich mit fast superrealistischer Klarheit, trotz des Lärms in meinem Gehirn.

»Was ist passiert, mein lieber Freund?«, fragt er weiter und klopft mit der Außenseite des rechten Daumens in die Innenfläche seiner linken Hand. »Sie sehen wirklich schrecklich aus.«

Ich berichte von dem Mann, der mich in der Calle Álvarez angerempelt hat, beschreibe das Haus, aus dem er gekommen ist, meinen Fund im ersten Stock und erwähne schließlich auch den Pfeifton in meinem Kopf, der sich mittlerweile in Vogelgezwitscher verwandelt hat.

Er hört mir mit hochgezogenen Augenbrauen zu, nimmt aufmerksam jedes Wort in sich auf. »Es ist wohl noch bedrohlicher, als ich ohnehin schon dachte«, sagt er nach einer Weile. »Eigentlich kein Wunder. Sie haben, wenn ich das bemerken darf, viel Lärm gemacht, um mich zu finden. Dadurch sind gewisse Kräfte auf Sie aufmerksam geworden und versuchen nun, Sie in ihre Angelegenheiten hineinzuziehen. Sie verfügen über Methoden der Manipulation, doch wir werden verhindern, dass sie weiteren Einfluss gewinnen.«

Ich will fragen, was für Kräfte und wie verhindern?, kann meine Zunge aber noch bremsen, weil mir meine Vereinbarung mit Álvarez gerade rechtzeitig wieder eingefallen ist. Er stellt die Fragen, ich gebe Antworten. Auf diese etwas einseitige Angelegenheit habe ich mich nun mal eingelassen.

Ohne eine weitere Erklärung streckt er den rechten Arm über den Tisch und platziert seine Hand mit der offenen Handfläche auf meiner Stirn. Ich spüre einströmende Wärme, dann Kälte – und dann verebbt das Zwitschern in meinem Kopf.

Wie haben Sie das gemacht?, will ich fragen, als er seine Hand schließlich von meiner Stirn löst, tue es aber wieder nicht.

»Gut«, sagt er, »sehr gut, mein lieber Besucher, Sie lernen schnell.« Dann schiebt er die Hände auf dem Tisch untereinander und lehnt sich zurück, während ein Kellner mir Wasser und Wein einschenkt. Als wir wieder allein sind, beugt er sich vor, betrachtet seine Hände und dann mein Gesicht: »Hier meine nächste Frage an Sie: Was hat Sie in Ihrem gesamten bisherigen Leben am meisten verletzt?«

Ich spüre, wie mir Tränen in die Augen treten, obwohl ich noch gar nicht weiß, was ich antworten werde. Die Vorahnung einer Antwort produziert bereits die Empfindung von Trauer. Dann fällt mir ein, dass mich meine Mutter einmal beim Einkaufen auf der Straße vor unserem Haus vergessen hat. Das erste Mal, dass ich mir wirklich verloren vorgekommen war. Ich hatte sehr geweint, war stundenlang nicht zu beruhigen gewesen. Es war schlimm gewesen, und ich kann mich heute noch sehr genau daran erinnern, doch … Als Jugendlicher hatte ich einen etwas älteren Widersacher, der mir auflauerte und mich mittels seiner körperlichen Überlegenheit quälte. Meine Eltern und mein älterer Bruder wussten davon, taten aber nichts, um mich dauerhaft vor dem Widersacher zu schützen. Ich erinnere heute noch seinen Namen, aber …

»Die Ignoranz meines Vaters«, antworte ich. »Wir mussten im Haus still sein. Ich durfte keine Geburtstage feiern, keine Freunde einladen, nicht laut sein, weil mein Vater Ruhe brauchte.« Ich mache eine kleine Pause, um meine Worte genau zu wählen. »Dass er meine Freude nicht sehen wollte, mein Lachen nicht hören wollte, das hat mich am meisten verletzt.«

Sollen sich gehackt legen. Der Gedanke an die Eltern weckt seine Wut. Ständig still sein. Was für ein Terror für einen Jungen. Und er hat ihn erlebt. Der Alte ihm gegenüber nickt. Warum nickt er? was weiß er davon? Der Besucher spürt die aufsteigende Trauer, den Innendruck von Tränen, die nach außen drängen. Nein, keine weiteren Gefühlsbekundungen. Keine emotionale Instabilität. Er unterdrückt die Tränen und ringt um seine Fassung.

Álvarez nickt. »Ich höre Ihre ehrliche Antwort und sehe Ihr Bemühen um Wahrhaftigkeit. Daher meine nächste Frage: Wen haben Sie am tiefsten verletzt?«

Ach, muss das sein? Dem Besucher fällt sofort ein Junge ein, dessen Namen er aber vergessen hat. Sie waren acht oder neun Jahre alt und auf der Terrasse des Elternhauses von dem betreffenden Jungen. Dieser hatte ihn irgendwie gereizt, woraufhin er ihn schlug, schließlich in den Schwitzkasten nahm und ihn würgte. Bis dessen Mutter aus dem Haus kam und die Kämpfer trennte. Er musste ihn fast erwürgt haben, denn der Junge war schon blau im Gesicht. Noch heute erinnert er sich an diesen Anblick und das Gefühl, sich über sich selbst zu erschrecken, doch weiß er aus irgendeinem Grund, dass der Schrecken für den Jungen vorübergehend war und er sich heute wahrscheinlich nicht mehr daran erinnerte.

»Meine erste Freundin, Rachel«, antwortet er daher und schaut zu Álvarez hinüber, abwartend, ob er weitersprechen soll.

»Erzählen Sie von ihr.«

»Ein schönes Mädchen, rote Haare, grüne Augen, selbst in großen Menschenmengen nicht zu übersehen. Jeder drehte sich nach ihr um. Auch unübersehbar intelligent, besonders, was die Lösung mathematischer Aufgaben anging. Über einen gemeinsamen Freund lernten wir uns kennen. Ich stand kurz vorm Schulabschluss. Mit ihrer Hilfe bekam ich bessere Noten. Sie hat mich sehr gemocht, doch ich misstraute ihr.«

»Misstrauen Sie Schönheit?«

»Wahrscheinlich«, erwidert er nach einigem Nachdenken.

»Was löst weibliche Schönheit bei Ihnen aus?«

»Sie reizt mich. Und macht mir gleichzeitig auch Angst.«

»Erzählen Sie weiter von Rachel. Womit haben Sie Ihre Freundin am meisten verletzt?«

»Damit, dass ich sie hingehalten habe«, antwortet er. »Ich habe mit ihrer Liebe gespielt, sie zeitweise angenommen und zeitweise abgelehnt. Das ging mit Unterbrechungen über Jahre. Sie konnte sich nicht von mir lösen. So habe ich über ihre Schönheit gesiegt.«

»Wie fühlen Sie sich damit?«

»Beschämt. Ich schäme mich für mein Verhalten. Ich glaube, ich habe etwas in ihr zerstört. Noch heute tut es mir leid. Und ich empfinde die Erinnerung an sie als Last.«

Álvarez nickt. »Eine Frage noch für heute: Haben Sie jemals versucht, Ihren Vater zu schlagen?«

»Nein.«

»Haben Sie mit dem Gedanken gespielt?« Kurzes Trommeln linker Hand: Ringfinger, Daumen, Ringfinger.

»Ja.«

Ja! Ja? Ich bin etwas verwirrt. Was wird das hier? Psychotherapie? Brauche ich eine Therapie?

»Wann war das?« Der alte Herr lehnt sich zurück, lässt seine Augen suchend an mir vorbei durch den Gastraum wandern.

Langweilt er sich mit mir? »Ich war dreizehn Jahre alt, meine Mutter lag mit einer Bauchfellentzündung wochenlang im Krankenhaus. Mein Vater brachte mich bei einer befreundeten Familie unter und blieb mit der Haushaltshilfe allein im Haus zurück. Die Familie war nett, aber ich wollte dort nicht sein. Bei meiner Rückkehr habe ich verschiedene Möglichkeiten durchgespielt, ihm Gewalt anzutun. Ich dachte damals, ich bin stärker als er.«

»Warum haben Sie es unterlassen?«

»Weil er mich im Moment größter Wut zum Lachen brachte.«

Álvarez lächelt. »Sie können morgen wiederkommen, gleiche Zeit.«

Auf dem Weg zurück zum Hotel bemerkte er zwei Männer in Sichtweite hinter sich. Als er seine Schritte beschleunigte, folgten sie ihm in gleichbleibendem Abstand. Weil die Straße in engen Windungen zwischen den Häusern verlief, mussten sie ihn aber immer wieder aus den Augen verlieren. Von einem derartigen toten Winkel geschützt, bog er nach links ab, dann gleich wieder nach rechts und nahm die Parallelstraße in Richtung Hotel. Kurz bevor er es erreichte, sah er, dass sie ihm immer noch auf den Fersen waren. Er kümmerte sich aber nicht weiter um sie, sondern betrat das Hotel und schloss sich im Zimmer ein. Vom Balkon aus sah er die beiden noch einige Minuten allein auf dem Platz vor der Kathedrale stehen.

Sie redeten miteinander, schauten aber nicht zu ihm hoch, verabschiedeten sich schließlich und gingen in entgegengesetzte Richtungen auseinander, kurz bevor er zu Bett ging, Veroux zur Hand nahm, es im vorderen Drittel dem Zufall folgend aufschlug, um auf der linken Seite oben zu lesen: »… wahrscheinlich, weil die Ästhetik des Makabren sich zwischen dem 15. und 18. Jahrhundert wandelte. Vom 14. bis 16. Jahrhundert gehörten abstoßende Darstellungen von verwesenden Leichen zur christlichen Ikonografie. Doch vom 17. und 18. Jahrhundert an wird zunehmend *la morte secca* gemalt, das ausgetrocknete Skelett. ›O Aas, das du nichts als Abschaum bist!‹, notierte ein unbekannter Zeitgenosse um 1480. ›Wenn jemand überdenkt, was in den Nasenlöchern, was in der Kehle und was im Bauch alles verborgen ist, dann wird er stets Unrat finden‹, erklärt ein zweiter etwa zur gleichen Zeit. Das bleiche Skelett in den Darstellungen der späteren Jahre wirkt gereinigt und ist das neue Trugbild eines antiseptischen, versachlichten Todes.«

Er legte das Buch zur Seite und schlief ohne Unterbrechungen, sehr ruhig und traumlos, in einen herrlichen Kokon aus Stille gebettet, bis zum nächsten Morgen.

FÜNFZEHN

Er ist zuversichtlich, was den heutigen Tag angeht. Sein Roman ZWISCHEN LOTTO UND PICARD ist von Platz 99.054 im Amazon-Ranking auf die Platzierung 2.101 hochgeschnellt. Vor einigen

Monaten hatte er sich kurzzeitig sogar einmal auf Platz 551 vorgearbeitet, war dann aber, wie von Zauberhand geführt, um katastrophale 137.436 Punkte auf Rang 137.987 zurückgefallen und hatte ihm damit mehrere depressive Tage und sogar Nächte beschert. Einmal war er gegen vier Uhr morgens aufgewacht und hatte vom Bücher…zerreißen geträumt. Ja, richtig gehört, keine Verbrennung, sondern eine Zerreißung. Eine ziemlich große Menschenmasse stand wie bei einer Demonstration auf einem großen Platz und zerriss Bücher, was ja viel martialischer, gewalttätiger und bösartiger ist als eine Verbrennung. Beim Verbrennen bleibt immerhin Asche übrig. Eigentlich eine saubere Sache. Asche kann man zerstreuen, wie er es mit der Asche seiner Mutter getan hatte, oder als hitzebehandelte und damit einigermaßen keimfreie Substanz auch aufbewahren. Zerrissene Bücher sind wirklich schlimm. Malträtierte Seiten fliegen in der Gegend herum. Aus dem Zusammenhang gerissene Absätze segeln durch die Luft. Und wenn es dann auch noch zu regnen beginnt, wird alles zu einem Brei, der jeglichen Sinn und alle Ambitionen des Autors zu Pappmaschee verklebt. Regen war in seinem Traum ausgeblieben, aber er hatte als Beobachter neben dem Geschehen gestanden; und immer wieder kam aus der wütenden Menge ein besonders wutentbrannter Leser gesprungen, hielt sein Buch triumphierend über den Kopf gestreckt, um ihm zu verstehen zu geben, was für ein unsäglicher und vernichtungswürdiger Mist dort geschrieben stand, und hatte das Buch dann direkt vor seinen Augen mit diabolisch-genüsslichem Grinsen zerrissen.

Er träumte viel und schlecht in jenen Zeiten, als er die Platzierung seiner Bücher täglich auf Amazon verfolgte. Einige Zeit war es wie eine Sucht. Obgleich und vielleicht auch gerade weil es mit dem Ranking eher bergab ging, musste er ständig nachschauen, auch die Kommentare und Kritiken lesen. Ach, ihr Kritiker, wenn ihr wüsstet, wie sich Autoren eure Sätze zu Herzen nehmen, ihr würdet …!? Nein, würdet ihr nicht. Ihr wollt ja treffen, wollt ja vernichten. Da muss man sich gar nichts vormachen.

Umso mehr freute er sich über die heutige Entwicklung. Bis er ein weiteres Mal hinsah. Wieder auf Platz 3.408 gefallen. Hm, ein

Sinkflug, kein Sturz aus den Wolken, immerhin. Was bedeutete so eine Platzierung? Na ja, dass zur Zeit lediglich 3.407 Bücher erfolgreicher waren als seines und nicht mehr 137.986 wie am Tiefpunkt seines schriftstellerischen Daseins.

Anfangs hatte er sich überwinden müssen, sich dem Erzählerischen zuzuwenden. Als Fotograf sah er sich einer nicht geringen Hürde gegenüber. Eine Zeit lang hatte er es dubios gefunden, wenn die schreibenden Kollegen auf einmal Schriftsteller werden wollten; aber dann hatte er einfach begonnen, Erzählungen zu schreiben und sich sogar um Literaturstipendien bemüht, allerdings vergeblich. Trotzdem gab er nicht auf, wurde schließlich mit einem ersten Erzählungsband veröffentlicht und dank positiver Kritik damit sogar auf eine erste Lesereise geschickt. Durchschnittlich kamen pro Abend zwar nur ein halbes Dutzend Hörer, also an manchen Tagen auch gar keine, aber er fühlte sich in der Rolle dennoch zunehmend wohler. ZWISCHEN LOTTO UND PICARD handelte von den Machenschaften eines Erpresserduos im Berlin der Zwanzigerjahre und war, wenn man so sagen konnte, recht flott geschrieben, sodass er von baldigen Bestsellerehren ausging, bevor das Buch noch fertig gebunden und zu kaufen war.

Wieder bekam er einige ganz gute Kritiken, sogar eine ganzseitige im Literaturanzeiger, doch der Verkauf zog nicht wie erwartet an. Auch eine zweite Lesereise änderte nichts daran. Beim öffentlichen Vortrag aus dem Buch fielen ihm während des Lesens einige Schwächen in der Darstellung auf, und er nahm sich fest vor, beim nächsten Mal achtsamer zu schreiben und vor allem das Romanpersonal plausibler zu gestalten, tauchte dann aber wieder ganz in den Journalismus ein und durfte dabei feststellen, dass ihm die Zeit des freien Schreibens auch für seine Arbeit als Fotograf nutzte. Wahrscheinlich vor allem, weil er schon so lange dabei war, dass er sich mit dem Schreiben von der Fotografie erholen konnte. Und nun saß er hier auf seinem Bett in Sevilla, allerdings ohne Auftrag, absurderweise auch ohne Kamera, denn die war vor einigen Tagen ohne erkennbaren Grund kaputtgegangen, und recherchierte eine Sache, deren Sinn sich erst noch erweisen musste, hatte sein iPhone auf die Knie gelegt und konnte beobachten, wie das Ranking seines Romans mit jedem Aufruf von Amazon durch die Decke schoss, angekommen inzwischen bei 780.

Wie war das möglich?

Wie war es möglich, dass ihn dies überhaupt noch so interessierte? Jedenfalls stieg seine Laune trotz verschiedener Fragwürdigkeiten, und er ging mit einem Hochgefühl aus dem Hotel, frühstückte in einer Bar nebenan, lernte dabei einen ehemaligen Matador kennen, der ihm von einer Nahtoderfahrung in der Corrida erzählte und fragte, was er von der vorrevolutionären Stimmung in der Stadt halte, wurde kurz vorm Gehen noch einem Flamenco-Tänzer vorgestellt, gleichermaßen alt, pensioniert und redebedürftig, besichtigte dann wie ein Tourist die Giralda, diesen verwitterten Engel aus Stein, konnte sich aber nicht so recht dafür begeistern, machte gegen Mittag Station auf der Plaza del Salvador, traf dort aber seltsamerweise keinen ihm bereits bekannten Menschen, aß zwei Portionen Klippfisch, trank drei Bier und bemühte sich, so ehrlich und gleichzeitig höflich wie möglich den interessierten Fragen der einheimischen Zecher zu seinem Aufenthalt auszuweichen, las einige Seiten im Veroux, um dann wiederum zur verabredeten Zeit bei Álvarez einzutreffen.

Der steht auf, als ich ins La Bodega trete. Ich hatte schon früher bemerkt, wie klein er ist, doch heute fällt es mir besonders auf. Als wenn das Empfinden von Größenunterschieden auch von der Stimmung abhängig wäre. Wahrscheinlich reicht er mir gerade bis zur Schulter, bemerke ich, während ich auf ihn zugehe. Und er steht sehr gerade, tatsächlich nicht im Geringsten gebeugt, trägt eine graue Bundfaltenhose, kein weißes Hemd wie bei der letzten Begegnung, sondern einen schwarzen Rollkragenpullover unter einem braunen Sakko mit weißen Nadelstreifen und weißem Einstecktuch. Er blickt mir aufmerksam entgegen mit weit geöffneten Augen, die graublau zu leuchten scheinen. Unzweifelhaft ein sehr gut aussehender, fein wirkender und dabei alterslos erscheinender Mann.

Souverän, denkt der Besucher bewundernd. Warum sehen manche Menschen alt aus und andere bleiben scheinbar ewig jung? Es beginnt ja schon in der Kindheit. Einige Kinder sehen schon als Einjährige aus wie ihre eigenen Großväter oder -mütter. Als er fünfzehn oder sechzehn Jahre alt war, wirkte einer seiner gleichaltrigen Freunde, als wäre er schon im Rentenalter angekommen, uralt, während andere sehr viel jünger erschienen. Mit knapp vierzig wurde er in einen Schriftstellerzirkel aufgenommen, dem auch Winfried Singer angehörte, zu dem Zeitpunkt, wie er später erfuhr, 73 Jahre alt. Er hatte Singer als ungefähr gleichaltrig eingeschätzt und mit ihm mehrere Male diverse Clubs besucht. Andere Freunde hatten Winfried kennengelernt und keinem war sein deutlich höheres Alter aufgefallen. Umso größer die Verblüffung, als er nur wenige Monate danach an einer Lungenembolie starb.

»Heute sehen Sie erholt aus«, stellt Álvarez bei der Begrüßung fest. »Erzählen Sie mir, was Sie erlebt haben«, sagt er, während sie sich setzen.

Sofort fällt ihm Amazon und das Ranking ein. Man kann es auch so verstehen: Platz 780 heißt ja immer noch, dass 779 andere Bücher erfolgreicher als seines sind. Man stelle sich eine Buchhandlung vor, in dem 779 Bücher liegen – plus seins. Leider liegt seins in der hintersten Ecke. Rhetorische Frage: Wer läuft schon sämtliche 779 erfolgreicheren Bücher ab, um schließlich bei seinem zu landen? Seien wir ehrlich: Neunzig Prozent der Interessenten in einem Buchladen bemerken überhaupt nur die ersten zehn Bestseller. Für mehr reicht ihre Aufnahmefähigkeit nicht. So viel zum Erfolg seines Buches, der so betrachtet gar keiner ist – drei Jahre nach Erscheinen und damit als Buch schon nicht mehr alt, sondern mit 99-prozentiger Wahrscheinlichkeit tot und auch nicht mehr reanimierbar. All das erzählt er allerdings nicht, sondern berichtet von der Begegnung mit den beiden Pensionisten. Nett, aber eigentlich bedeutungslos.

»Interessant«, kommentiert Álvarez knapp.

»Verzeihung«, antwortet der Besucher. »Mehr habe ich leider nicht zu bieten.«

Das ist wahrscheinlich schon zu viel gesagt, jedenfalls runzelt sein Gegenüber die Stirn.

»Was, wenn ich fragen darf, haben Sie überhaupt zu bieten?«

Die Frage hatte er sich einige Male selbst gestellt. Manchmal fiel ihm eine Antwort ein. Manchmal kamen weitere Fragen. Die Fragen änderten sich mit der Zeit. Auch die Antworten blieben nie die gleichen. Und im Hinblick auf den Ältesten?

»Mein Interesse habe ich zu bieten«, erwidere ich nach einigem Nachdenken, »mein Interesse an Ihnen.«

»Darum habe ich nicht gebeten«, sagt er daraufhin fast scharf und klopft mit dem rechten Daumen auf den Tisch. »Sie müssen mir mehr bieten.«

»Ich lüge nicht, ich verdrehe nicht. Ich habe meine Ehrlichkeit zu bieten.«

»Da bin ich aber beruhigt, mein lieber Freund.« Álvarez zieht die Stirnfalten glatt, nimmt erst einen Schluck Wasser, dann Wein. »Was haben Sie sonst noch für mich?«

Sehr häufig wollen Informanten Geld. Wenn Álvarez dies wollte, hätte er es gleich am Anfang gesagt. Ohnehin hatte ich keines zu bieten, da ich auf eigene Rechnung angereist war und es ein Budget für diese Geschichte nicht gab und vielleicht auch nie geben wird.

»Fülle«, sage ich stattdessen. »Ich bin ja eigentlich Fotograf, habe mir aber vorgenommen, über Sie zu schreiben. So umfangreich und umfassend, dass alle weiteren Interessenten an Ihrer Person zuerst meinen Text über Sie lesen werden. Die meisten Fragen, die ich Ihnen stelle, werden Sie kein zweites Mal beantworten müssen. Ich habe also Fülle zu bieten und, wenn man so will, auch Erfüllung.«

Zum ersten Mal sehe ich Álvarez herzhaft lachen. Er schüttelt den Kopf vor Lachen, steht lachend auf, breitet die Arme aus, als wolle er mich umarmen, ruft dem Kellner etwas zu, leider unverständlich für mich, setzt sich schließlich mit einem Lächeln wieder hin. Der Kellner bringt eine Flasche Osborne und zwei Gläser, schenkt uns Brandy ein.

»Mein Freund«, sagt Álvarez, »darauf müssen wir anstoßen.« Er hebt das Glas, muss dabei erneut lachen. Schön, ihn so lachen zu sehen. Es klingt wie ein warmes Lachen, geboren aus echter Erheiterung. Irgendwie auf meine Kosten zwar, aber diesen Preis, das denke ich in diesem Moment, den zahle ich gern, weil Álvarez lachen zu sehen und zu hören ein Ereignis ist. Das Gelächter eines 500-Jährigen womöglich. Worüber lacht man noch, wenn man schon so lange gelebt hat, über so vieles gelacht hat? Wenn einem wahrscheinlich tausendmal das Lachen vergangen ist? Wenn die meisten Witze dieser Welt erschöpft sind und zunehmend witzlos erscheinen? Vielleicht ist das alltägliche Leben für einen sehr alten Menschen nur außerordentlich selten belustigend. Die üblichen Anlässe sozialer Rottenbildung haben dann wahrscheinlich auch ihren pubertären Reiz verloren. Auf Partys herumzustehen und über die bemühten Scherze derer zu lachen, die krampfhaft versuchen, die versammelte Anspannung mit Rezitationen aus dem auswendig gelernten Witzebüchlein zu lösen, ist dann vermutlich keine Attraktion mehr. Allerdings ist es ja vielleicht auch genau umgekehrt. Mit zunehmendem Alter stellt sich innere Heiterkeit ein. Gerade die gewachsene Lebenskenntnis sorgt für eine immer feinere und reifere Form der Belustigung. Das Lachen der Ältesten wäre dann der auf Erfahrung beruhende, kultivierte Ausdruck von historisch erworbenem Wissen und ganz natürlich und anstrengungslos daraus erwachsender Erheiterung.

Der Kellner, noch in der Nähe, verzieht ebenfalls das Gesicht. Wieder sagt Álvarez etwas zu ihm, wahrscheinlich auf Romanes, der Klang kommt mir jedenfalls bekannt vor. Daraufhin öffnet der Kellner den Mund und stößt ein kurzes Gelächter aus, eine Mischung aus Pferdegewieher und dem Schreien eines Esels. Schließlich hebt Álvarez sein Glas. Wir stoßen an. »Auf Ihre Ehrlichkeit und die Fülle, die Sie mir anbieten. ¡Salud, mein lieber Freund!«

»¡Salud«, echot der liebe Freund und fühlt sich plötzlich fremd. Die Dämmerung verwandelt sich bereits in Dunkelheit. Warum ist ihm das Gespräch entglitten? Warum hat er etwas so Dummes gesagt? Könnte im Erdboden versinken bei so viel Blödheit. Erfüllung habe er zu bieten. *Dideldidu-Dideldidumm-Dideldida.* Möchte im Boden versinken. Woher die Erfüllung nehmen, wenn nicht stehlen? Ist er irre geworden? Klare Diagnose: total bescheuert.

Am Tisch in der Ecke schräg gegenüber hat sich eine spanische Familie mit drei Kindern niedergelassen. Das älteste, ein Junge, müsste nach der Körpergröße etwa sieben sein, doch sein melancholischer Gesichtsausdruck lässt ihn deutlich älter und würdevoll erscheinen. Ein Abgleich mit den Gesichtern der Eltern fördert keine Ähnlichkeiten in der Stimmungslage zutage. Vater und Mutter wirken heiter und entspannt, genießen, wie es scheint, die gepflegte Leere im Lokal, während ihr ältester Sohn kerzengrade am Tisch sitzt, das Jackett mit einem Knopf zugeknöpft, das weiße Hemd ohne erkennbare Flecken und mit akkuraten Bügelfalten in der Hose, die Beine mit den schwarz glänzenden Lackslippern an den Füßen auf dem viel zu großen Stuhl über dem Boden baumelnd. Selbst Sieben- oder Achtjährige sehen in dieser Stadt nicht selten so aus, als würden sie bereits fürs Bürgermeisteramt kandidieren. Das ist dem Besucher schon mehrfach aufgefallen. Die zwei jüngeren Schwestern hingegen, wahrscheinlich Zwillinge und vier oder fünf Jahre alt, hocken in ihren weißen Kleidchen auf dem Boden und tun das, was man von Mädchen ihres Alters im Allgemeinen erwarten darf. Sie kämmen ihren Puppen die Haare, stupsen sich gegenseitig an und kichern.

Dideldidu. Kein zweites Mal. *Dideldidumm.* Fülle. *Dideldida.* Erfüllung. Ihm ist nicht zu helfen. Kein Wunder, wenn der Älteste genug von so viel Dilettantismus hat. Und er hatte sich eingebildet, er wäre ein Profi. Irrtum.

Zu gern würde ich Álvarez fragen, wie viele Kinder er hat. In fünfhundert Jahren dürften sich immerhin Möglichkeiten für eine umfangreiche Vaterschaft ergeben haben. Meine Neigung, über mich selbst Auskunft zu geben, ist jedenfalls gerade dabei, sich zu verflüchtigen.

»Was meinen Sie?«, fragt der alte Herr dann mit der Andeutung eines Lächelns, »liegt es Ihnen, zu dienen? Können Sie das?«

Der kindliche Bürgermeister streicht sein Sakko am Kragen glatt, streicht mit beiden Händen über die Bügelfalten an seinen Hosenbeinen. Gleich, so könnte man denken, wird er aufstehen und eine Rede halten.

»Schwierig«, antworte ich, um nichts Falsches zu sagen. Ich weiß nicht, ob er meine Antwort gehört hat, denn ich sehe, dass auch er jetzt die Familie am Nachbartisch beobachtet. Die Mädchen ärgern sich über irgendetwas, jedenfalls haben sie angefangen, sich zu streiten. Der Bürgermeister ist aufgestanden und blickt sich besitzergreifend um, während die Eltern sich so unbeteiligt unterhalten, als würden sie nicht dazugehören.

»Haben Sie Kinder?«, will Álvarez plötzlich wissen und schaut kurz zu mir.

»Zwei Söhne, inzwischen zwanzig und zweiundzwanzig Jahre alt.«

»Verstehe«, sagt Álavarez mehr zu sich selbst als zu mir. Nach seinem Heiterkeitsausbruch scheint er plötzlich weniger Interesse an einer Unterhaltung mit mir zu haben. Ich frage mich, ob das La Bodega im Lonely Planet empfohlen wird, denn draußen vorm Fenster ist eine wachsende Versammlung zu beobachten. Asiaten wie zuvor, diesmal offenbar Japaner, denn sie tragen rote Hüte mit einer weißen Krempe, die aus der Vogelperspektive betrachtet das japanische Nationalsymbol ergeben. Einer der Japaner betritt als Kundschafter das Lokal, den Hut wie ein Internatsschüler in den Händen, geht aber wieder, als er feststellt, dass alle Tische besetzt sind. Von mir unbemerkt, musste sich die Bodega mit Gästen gefüllt haben.

»Erzählen Sie mir etwas von sich«, sagt Álvarez nach einer Weile und streicht dabei mit einer Hand über den Tisch. »Etwas, das Ihnen wichtig ist und das Sie noch niemandem sonst erzählt haben. Etwas, womit ich Sie besser einschätzen kann. Ein Geheimnis.«

SECHZEHN

Ein Geheimnis, ein Geheimnis, ein Geheimnis, hallt es in seinem Kopf. Der Besucher hat kein Geheimnis. Er hat ein Anliegen.

Einfach aufstehen und gehen. In der Vergangenheit ist er diesem Impuls mehrfach gefolgt. Hat zum Beispiel Redaktionskonferenzen einige Male frühzeitig verlassen. Und einen Freund ließ er einmal im Restaurant am Tisch mit dem bereits gebrachten Essen allein sitzen. Der Freund hatte eine Bemerkung gemacht, die er beleidigend fand. Er erinnerte sich an die Situation, nicht aber an das Gesagte, sondern nur an das Gefühl einer gehörten Unverschämtheit, woraufhin er aufgestanden und ohne Erklärung zum Ausgang gegangen war. Davon hat sich die Freundschaft aus nachvollziehbaren Gründen nicht erholt, was aber kein besonderes Geheimnis ist.

Er hört ein Klingeln in seinem Kopf, als würden Alarmglocken in seinem Schädel läuten. Ding, ding, dong. Sein Problem ist, dass er keine großen Geheimnisse zu bieten hat, sondern nur kleine, banale, uninteressante. Was hat er zu verbergen? Er fühlt sich geradezu ärmlich in diesem Moment. Keine offenen Rechnungen mit dem Staat, auch auf keiner Fahndungsliste, keine Vorstrafen, keine absonderlichen sexuellen Vorlieben oder sonstige Neigungen, die ihn auf irgendeine Weise exotisch erscheinen lassen und daher Stoff für Geheimnisse bergen. Was hat er noch niemandem erzählt? Sicher, er leidet unter diversen Ängsten, zum Beispiel die Angst, dumm dazustehen, immer wieder auch unter Flugangst. Vermutlich wird diese Angst nach dem etwas problematischen Anflug auf Sevilla eher zunehmen. Manchmal hat er auch die Angst, zu verarmen, was bei Fotografen wie ihm, realistisch betrachtet, ja auch naheliegend ist. Was soll er Álvarez sagen? Den Gesichtszerfall hat er selbst beobachtet.

Aktuell hat er keine weitere Idee.

Der alte Herr erhebt sich von seinem Stuhl, streckt ihm die Hand hin. »Sie wollen meine Geheimnisse kennenlernen. Ihnen fällt selbst aber keines ein, das Sie mir verraten können. Sehen Sie das Ungleichgewicht? Schenken Sie mir etwas mehr Großzügigkeit. Kommen Sie morgen wieder, wenn Ihnen etwas eingefallen ist. Oder lassen Sie es, falls Sie nichts zu bieten haben.« Der Älteste bezahlt beim Kellner und verlässt das Lokal.

Wieder hört er Glocken läuten, doch nun die aus der Giralda. Er bleibt mit einem Glas Wein und einer halb geleerten Platte Shrimps in Knoblauchsoße zurück, tippt abwechselnd mit den Fingern der linken und der rechten Hand auf den Tisch. Und fühlt sich plötzlich sehr alt, wie künstlich nachgereift. Innerlich leer, äußerlich matt, in das Gefühl des Verwelkens eingekleidet, zieht er den Veroux hervor und beginnt zu lesen, als würde sein weiteres Leben davon abhängen.

»Zum Ende des Mittelalters wird der Tod nicht mehr als Hinscheiden und ein Übergang angesehen, sondern als finaler Verfall. Für den Übergang war die Darstellung der Metamorphose, also das makabere Bild mit der verwesenden Leiche typisch und plausibel. Für die Ikonografie des Exitus aus dem Leben im Sinne eines ultimativen Endes ist seither das wie konserviert wirkende Ganzkörper-Skelett wie auch das Kopfskelett, also der Totenkopf im modernen und gereinigten Sinne, passender. ›Der Glaube an ein ewiges Leben verliert sich, der Tod aber nimmt kein Ende‹, reflektiert der französische Philosoph Vladimir Jankélévitch in den späten Sechzigerjahren den ikonografischen Zeitenwechsel«, zitiert von Veroux.

Die finalen Geschichten – vielleicht nehmen sie in Wahrheit kein Ende, sondern ziehen sich leidvoll über finstere Äonen hin. Er schlug das Buch wohl etwas zu laut zu. Der Kellner schaute mit einem schnellen Blick zu ihm hin. Als er einige Minuten später auf die Straße trat, lag sie völlig leer da in der angebrochenen Dunkelheit.

Ich tauchte in das Vakuum einer anbrechenden depressiven Stimmungslage. Einer meiner Freunde war begeisterter Taucher, hatte dabei sogar Hammerhaie mit der Hand berühren können und mit Delfinen gespielt. Dafür hatte ich ihn immer beneidet und schließlich, auf seinen Rat hin, einen Tauchkurs belegt. Auf die Enge des Anzugs war ich ebenso wenig vorbereitet gewesen wie auf das drückende Gefühl bereits in fünf Meter Tiefe bei meinem ersten Tauchgang in einem Baggersee. Nach dem Auftauchen war ich direkt ans Ufer geschwommen, hatte zum Missbehagen des Tauchlehrers den Neoprenanzug und das Tauchgeschirr abgelegt, etwas von einer Panikattacke gemurmelt und war ohne weitere Erklärungen gegangen. Mein Freund war natürlich fassungslos. Das untermeerische Universum würde mir verschlossen bleiben, ein geradezu unschätzbarer Verlust, weil alles Leben nun mal aus dem Meer komme und nur der Taucher die exquisite Möglichkeit habe, in die tiefsten Tiefen der eigenen Herkunft hinabzusteigen, ein Ausflug in die ozeanischen Weiten der eigenen Seele gewissermaßen, weshalb sich bei einem Tauchgang auch nahezu immer ein Gefühl von Frieden bis in die hintersten Winkel der eigenen Seele ausbreite. Man schwimme gewissermaßen im erweiterten Selbst. Wenigstens sollten wir einmal einige Tauch-Videos ausleihen und gemeinsam anschauen, dann würde er mir mehr dazu sagen. Aus irgendwelchen Gründen kam es nicht dazu. Fische interessieren mich vor allem filetiert auf dem Teller.

In der Candilejo/Ecke Cabeza del Rey stand ein Paar knutschend an die Hauswand gedrückt. Das Mädchen hatte eine Hand bei dem Jungen in der Hose und krallte ihm die andere in den Rücken. Schön sieht das aus, dachte ich und spürte, wie mich im Vorbeigehen eine Welle der Eifersucht erfasste. An der nächsten Ecke kam mir eine Gruppe von jugendlichen Touristen entgegen, alle wahrscheinlich zwischen zwanzig und fünfundzwanzig Jahre alt, Engländer, denn sie sangen »Rule, Britannia«. Wenn ich Amerikaner treffen sollte, werde ich mir »Amazing Grace« wünschen. Im Hotelfoyer herrschte Aufregung. Eine der Damen von der Rezeption und ein unbekannter Helfer knieten in ihren weißen Personaluniformen auf dem Boden und versuchten mit Weingläsern zwei winzige Mäuse zu fangen, die in Panik zwischen den Stühlen hin und her huschten. Als ich daraufhin versuchte, der einen Maus mit meinen Schuhen den Fluchtweg zu versperren, sprang diese auf meinen linken, rannte mein Hosenbein hoch, machte von da aus einen erstaunlichen Satz auf den Tisch, rutschte über die Platte, landete erneut auf dem Boden und flitzte unter eine Teppichleiste. Ich flüchtete auf mein Zimmer, um nicht Zeuge weiterer Jagdszenen werden zu müssen.

Die Augen von Katzen glühten in der Dunkelheit. Die graue hatte grüne Augen. Die der dunkelbraunen waren eher türkis. Eine hellbraune hatte rotbraune. Die schwarze hatte gelbe. Und die der weißen waren milchig blau. Es waren noch mehr, braungrau, schwarzgrau getigerte und einige mit sehr langem Fell und buschigen Ohren, die ich aber nicht so genau sehen konnte, weil sie sich weiter entfernt befanden und es Nacht war, erfüllt von einem kalten Mondlicht. Alle Katzen schienen in dieselbe Richtung zu blicken. Den Grund konnte ich aber nicht erkennen. Als ich mich weiter annäherte, irgendwie angezogen von dem, was ich sah, fiel mir auf, dass sich keines der Tiere bewegte und ihre Augen eigentlich tot waren, glasig erstarrt, eingefroren wie auch ihre Körper und sogar ihr Fell, nämlich durch Kälte mumifiziert.

Plötzlich begann das gesamte Bild zu zittern, ich hörte lauter werdendes Rascheln und bemerkte Mäuse, die sich aus allen Richtungen massenhaft näherten, sich auf die erfrorenen Katzen stürzten und an ihnen zu nagen begannen. Tausende von Zähnen machten klappernde Geräusche in winzigen Kiefern. Irgendwie schüttelte mich dieses Klappern, und im Aufwachen stellte ich fest, dass meine eigenen Zähne klapperten, weil ich fror. Das Kopfkissen war nass, ebenso das Laken. Ich hatte eine heiße Stirn, Druck im Kopf und auf der Brust und hörte ein Summen im Ohr. Ich würde mir etwas einfallen lassen müssen, weil ich krank geworden war.

Er stieß eine ganze Reihe von Flüchen in kurzer Folge aus, rief dann das Front Desk an und bat darum, ihm aus der Küche eine Kanne mit Ingwertee hochbringen zu lassen. Zuerst hieß es, man könne ihm nur eine Tasse Ingwertee anbieten, doch als er anmerkte, dass er Fieber habe, entschied sich die Concierge um und avisierte ihm doch eine ganze Kanne. An der Stimme erkannte er die Mäusejägerin von gestern Abend und fragte, ob sie auch den Rest des Wurfes gefangen hätten. Sie erwiderte, im Laufe des Tages würde ein Kammerjäger kommen, aber sein Gästezimmer sei nicht betroffen.

Er legte auf, durch den Mund japsend, weil die Nase zugeschwollen war, leerte sogleich zwei Tassen, als der Tee endlich gekommen war, um im Anschluss wieder ins Bett zu kriechen. Er spürte, dass er weiter erhöhte Temperatur hatte, noch zusätzlich befeuert durch den hitzetreibenden Ingwer, und schlief schweißnass ein. Wieder träumte er von Mäusen. Oder vielmehr von einer. Nämlich einer Mäuselady, mit der er in der Hotellobby verabredet war. Ihre kleinen Augen glühten, als er ihr gegenüber Platz nahm. Sie reckte sich kerzengerade auf den Hinterbeinen vor ihm auf, strich sich mit den Vorderpfoten über ihr Mausgesicht und referierte auf eine seltsam sexualisiert wirkende Weise über ihr Wertpapierdepot bei der Crédit Lyonnais, die heute eigentlich Crédit Agricole heißt. Wieso die Maus ein Bankdepot hatte und sich mit Papieren auskannte, erschien ihm noch während er träumte so rätselhaft wie dubios als auch lächerlich zugleich. Dann begriff er, dass er die Concierge in Verkleidung sah, und musste im Traum so lauthals lachen wie selten zuvor im Wachzustand.

Als er gegen Mittag erneut aufwachte, war es im Zimmer stickig und heiß, weil er die Klimaanlage am Morgen auf Heizen gestellt hatte, ohne die Einstellung nach Erhalt der Teekanne zu korrigieren. Er riss die Fenster auf, kam sich insgesamt aber nicht mehr so überhitzt vor wie am Morgen. Trotzdem blieb er im Bett und bestellte Rühreier mit Toast, die ihm fünfzehn Minuten später ohne Einwand, aber leider nur lauwarm, gebracht wurden. Er nahm eine Cola aus der Minibar, ärgerte sich über den Preis, den sie kosten sollte, legte sich erneut ins Bett und schlief auch diesmal sofort wieder ein. Als er gegen halb fünf wieder aufwachte, konnte er sich an keinen Traum erinnern, aber vielleicht lag das auch an dem Straßenlärm, der ihn geweckt und jeden weiteren

Gedanken erstickt hatte. Lautstärke kann für ihn zerstörerisch wie Schmerz sein. Nichts ist darüber hinaus möglich. Alles schreit, wann endet das? Sein Hals musste entzündet sein, denn er konnte nur mit schmerzhafter Anstrengung schlucken und schon gar nicht zurückschreien.

Er wühlte sich aus dem Bett, um zur Toilette zu gehen. Auf dem Vorplatz der Kathedrale war offenbar eine besondere Veranstaltung im Gange. Er hörte Trommeln und Blasmusik, lautes Klatschen und Zwischenrufe, die er aber nicht einordnen konnte. Während die Glocken zur vollen Stunde läuteten, erlebte er auf dem Lokus den ersten Diarrhö-Schub und erbrach sich zeitgleich in den Mülleimer neben dem Waschbecken. Zitternd wusch er sich anschließend das Gesicht und spülte den Mund, bevor er zurück ins Bett kroch – ohne einen Umweg zum Fenster, obwohl er schon neugierig war, was sich da immer noch lautstark unten zwischen Hotel und Kathedrale abspielte.

Kurz darauf klingelte das Telefon auf seinem Nachttisch neben dem Bett. Er wälzte sich auf die rechte Körperseite, griff den Hörer mit der linken Hand. Zitternd vor Schwäche, so kam es ihm jedenfalls vor. Es war die Concierge. Sie wollte wissen, ob er Arzt sei. Er verneinte und sagte, wahrscheinlich brauche er demnächst selbst einen. Ein Gast auf seinem Stockwerk, erfuhr er, hatte einen Herzinfarkt erlitten und bedurfte fachkundiger Versorgung, bis der Krankenwagen eintraf. Leider nicht von mir, dachte er und legte auf. Wie oft hatte er sich bereits vorgenommen, einen Kursus in Notfallmedizin zu besuchen. Kurz nach halb sieben pendelte er immer noch zwischen Toilette und Bett – eine halbe Stunde nach dem verabredeten Treffen mit Álvarez.

»Bereits im Frankreich des 9. Jahrhunderts wurde bei Totenmessen immer seltener das ›Hallelujah‹, der christliche Jubelgesang angestimmt. Konnte es sein, dass die Toten bereits in diesen Zeiten den Lebenden Angst zu machen begannen? Jedenfalls wurden sie zunehmend abgesondert. Die Lebenden und die Toten bildeten keine bruchlose Einheit mehr, auch ihre Verbindung mit Gott hatte Risse bekommen. Gleichzeitig wurden nun für die bedrohten Seelen der Toten Messen gelesen, Fürbitten gesprochen, Segnungen und Weihungen vorgenommen. Der vormals willkommene Tod bekam etwas Gefährliches, Bedrohliches, Beängstigendes.« Ach, Veroux, du kluger Gefährte, danke, dass du bei mir bist und zu mir sprichst! Auf eine seltsame Weise empfand er die gelesenen Worte als tröstend und schlief fiebrig ein.

Am nächsten Morgen fühlte er sich zu krank für einen Besuch beim Frühstücksbüfett, auch wenn Brechreiz und Durchfall überwunden schienen, und rief unten am Empfang an, um sich Tee, Rosinenbrötchen, Marmelade und Rührei aufs Zimmer bringen zu lassen. Als es kurz darauf klingelte und er mit der Bettdecke um die Hüften die Tür öffnete, stand da der Mäusejäger mit einem Tablett in den Händen und einem angewidert wirkenden Gesicht. Seine Physiognomie übte eine seltsame Anziehung aus, denn er hatte einen daumennagelgroßen Leberfleck über der linken Augenbraue und einen deutlich kleineren zweiten auf dem rechten Nasenflügel, die aber nicht aufgefallen waren, als er mit der Concierge auf dem Boden herumgekrochen war. Aus beiden Flecken sprossen Haare, die er wohl schon vor einigen Tagen abrasiert haben musste, weil sie bereits nachgewachsen waren. Er lächelte den Mäusejäger an, während er die Tür weit öffnete, um ihm das Tablett aus den Händen zu nehmen, und er erkannte, dass der Gesichtsausdruck des Jägers habituell war und nicht das Ergebnis einer aktuellen Stimmungslage. Tatsächlich war der Jäger sehr nett und erkundigte sich in gebrochenem Spanisch nach seinem Befinden und lächelte ihm immer wieder aufmunternd zu, während er durch Nachfragen herausfand, dass der Mann saisonbedingt in Sevilla arbeitete, aber eigentlich aus Lissabon stammte und Santos mit Nachnamen hieß.

Er fragte den »Heiligen«, ob er einem Menschen namens Álvarez, Stammgast im La Bodega, eine Nachricht zukommen lassen könne, was dieser bejahte, woraufhin er versprach, sich in der nächsten Stunde bei ihm zu melden und auf dem Weg zum Bett die auf einmal störenden Bilder von Barrera und Cordobés abhängte, im Schrank verstaute und sich dann über sein Frühstück hermachte. Rosinenbrötchen, das meinte er festgestellt zu haben, schmeckten nicht mal in Paris, der Hauptstadt der Rosinenbrötchen, so gut wie in Sevilla. Und er weiß, wovon er redet, denn wo immer es Rosinenbrötchen zu kaufen gibt, isst er sie auch.

SIEBZEHN

Der weitere Verlauf des Morgens: einsam. Fühlt sich allein. Ein einsamer Alter im Krankenbett, reif für die Vollversorgung, inklusive Nachttopf und Hinternputzen. Er stößt laute Verwünschungen gegen die im Schrank versteckten Matadore aus, als wären sie weggesperrte Zeitgenossen. Fast vermisst er Barrera und Cordobés. Die hellen Rechtecke an der Wand, wo die Bilder hingen, wirken wie Fenster zur Trostlosigkeit.

Seine Grippe war jedenfalls noch ausgesprochen gegenwärtig. Sein Kopf pochte, die Ohren brummten, seine Nase lief, das Schlucken fiel ihm schwer. Auf dem Fußboden seines Zimmers flogen benutzte Papiertaschentücher und Fetzen von Klopapier hin und her, sobald er durch das Wenden der Bettdecke einen Luftzug erzeugte, weil ihm ständig zu heiß wurde. Seine Gedanken wirkten auch irgendwie flatterig. Konnte an der erhöhten Temperatur liegen, die er wahrscheinlich immer noch hatte, obwohl er ja bisher noch kein Fieber messen konnte. Ja, er hatte gewiss Fieber. Seine Glieder schmerzten, und er litt unter rekursiven Gedanken und zirkulären Phantasien. Sein Bewusstsein, so kam es ihm vor, fiel gerade spiralförmig in sich zusammen. Fast verspürte er Lust, sich eine Ohrfeige gegen die eigene Verblödung zu verpassen. Warum hatte er keine Antwort auf die letzte Frage? Warum fragte er keine Freunde um Rat? Etwa, weil er die drohende Niederlage spürte? Die Vergeblichkeit, ja Unsinnigkeit dieser Reise? Weil er darüber nicht sprechen wollte? Und überhaupt – war die Zeit für Fragen vorbei? Weil er nicht das geben konnte, was von ihm erwartet wurde, und er sich daher in Krankheit flüchtete? War die Zeit des Redens bereits abgelaufen? Erlebte er gerade sein Ende als Journalist, den Offenbarungseid eigener Unfähigkeit?

Sicherlich hatte Santos seine Nachricht überbracht. Doch hatte Álvarez sie erhalten? Er könnte versuchen, ihn anzurufen, den Zettel mit der Nummer besaß er noch. Aber aus irgendeinem Grund war er davon überzeugt, dass ein Anruf vergeblich sein würde. Er wälzte sich eine Stunde im Bett, sah zwischendurch das deutsche Frühstücksfernsehen mit den Nachrichten, was lustig war, weil ein kurzes Feature von alten Menschen handelte und dazu Gerda Strohm interviewt wurde, mit hundertzehn einer der ältesten Menschen in Deutschland. Er war gerade im Bad gewesen und hörte, wie die Interviewerin, eine etwa vierzigjährige Blondine mit blendend weißen Zähnen, fragte: »Liebe Gerda, was ist das Geheimnis Ihres langen Lebens?« Ah, die Ansprache mit dem Vornamen für eine verstärkte Großmutter-Identifikation seitens der Zuschauer, kombiniert mit einem respektvollen Sie. Das musste die Moderatorin mit der alten Dame genau so vorher verabredet haben. Strohm räusperte sich, lächelte auf eine wirklich bezaubernde Weise in die Kamera und erwiderte mit zittriger Stimme: »Meine Tasse Kaffe am Morgen, ein Likörchen am Abend, die frische Bremer Hafenluft und, ach, die Liebe. Die Liebe zu meinem Mann und meinen Kindern.«

»Ach, ach, die Liebe«, wiederholte er und klopfte mit der flachen Hand gegen die Schranktür, »he, Barrera, hattest du genug davon?« Er blies die Backen auf und versuchte, mit Kraft durch die Nase auszuatmen, was aber misslang.

»Liebe Gerda«, setzte die Moderatorin erneut an, »Sie haben den Ersten Weltkrieg erlebt, die Machtergreifung, den Zweiten Weltkrieg, erlebt, wie Ihr Mann krank aus Russland zurückkehrte und vor fast vierzig Jahren an den Folgen verstarb, und Sie haben einen Sohn durch einen Autounfall verloren. Verzeihen Sie, wenn ich so direkt frage, aber wie konnten Sie bei all dem

Ihren Lebensmut bewahren? Bitte«, bat die Moderatorin mit dem Ausdruck grenzenloser Ehrlichkeit, die ihm in diesem Moment auch gänzlich ungekünstelt erscheint, eine sehr rare Erscheinung im Fernsehen, »bitte, verraten Sie mir und den Zuschauerinnen und Zuschauern, wie Sie das geschafft haben.«

Das Lächeln der alten Damen öffnete sich wie eine Knospe zur Blüte. Neben ihren Mundwinkeln bildeten sich Grübchen, ihre Augen glänzten, als sie antwortete: »Wenn etwas furchtbar war, habe ich mich bemüht, Schönheit zu sehen. In Zeiten, wo es wenig zu lachen gab, habe ich mich bemüht, das Leben mit Heiterkeit zu betrachten. Und meine Kinder und Enkelkinder haben immer dafür gesorgt, dass es lustig zugeht. Wissen Sie, ich habe zehn Enkel, fünfzehn Urenkel und sogar schon einen Ururenkel. Was wollen Sie mehr?«

»Hör mal«, sagte er nasal in Richtung Schrank, aber schon wieder im Bett, »bilde dir bloß nichts auf deine Eleganz ein, wie war das mit der Heiterkeit? Wohl nichts zu lachen gehabt, was? He, he, he, wer hat hier überhaupt was zu lachen?«

Zu dieser Frage wollte er den Veroux konsultieren und fischte das Buch vom Nachttisch. Seite 348 in der Mitte: »Im zweiten Jahrzehnt des 19. Jahrhunderts notierte Eugénie de Mun, kaum zwanzig Jahre alt, in ihrem Tagebuch: ›Ich habe Lust zu sterben, weil ich Lust habe, dich zu sehen, mein Gott! Sterben ist eine Belohnung, weil es der Himmel ist. Nichts hat mir jemals das Wort Tod verdüstern können. Ich sehe ihn immer vor mir, klar, leuchtend …‹« Veroux schließt mit einer eigenen Bemerkung daran an: »Noch im 19. Jahrhundert lebte in bestimmten christlichen Kreisen die Vorstellung, dass das Glück darin bestehe, zu sterben.«

Sein Glück bestand darin, zu vergessen. Er schlief bei laufendem Fernseher wieder ein und erwachte davon, dass ein Vertreter der Grünen und der Anchorman Chera Jerboutay über Selbstmordattentate am Berliner Checkpoint Charlie diskutierten. Seine Ohren dröhnten, der Kopf pochte, die Nase lief, der Hals schmerzte ihn nicht mehr ganz so sehr, aber ihm war so heiß, dass er die Bettdecke mit einem Ruck vom Körper riss, aufstand, beide Fensterläden öffnete und anschließend den Fernseher ausschaltete.

Dann klingelte das Hoteltelefon. Er erkannte die Stimme der Concierge. Es sei Besuch für ihn da, ob er imstande wäre, für einige Minuten herunterzukommen. Er zog seine Jeans über die Schlafanzughose und einen Pullover über das Oberteil, wischte sich die Haare mit gespreizten Fingern aus der Stirn, wusch sein Gesicht und putzte sogar die Zähne, obgleich er nicht die geringste Lust dazu hatte.

Wieder das Mädchen. Diesmal in einer Unterhaltung mit der Concierge. Sie wirkte zunehmend seltsamer auf ihn. Seltsam interessant? Vielleicht. Heute sah sie sogar noch älter aus als beim letzten Mal, fast wie zwanzig, wenn nicht einundzwanzig. Wahrscheinlich auch, weil sie ein weißes Hemd zu blauem Sakko und Rock trug. Eine gänzlich andere Erscheinung als zuvor, jedoch unzweifelhaft die gleiche Person. Sogar ihre Haare hat sie geflochten und den Zopf zum Dutt eingerollt an ihrem Hinterkopf befestigt. Wahrscheinlich lässt sie genau dies älter erscheinen.

»Hi«, begrüßt sie ihn mit einem strahlenden Lächeln und kommt mit ausgebreiteten Armen auf ihn zu. Eine Erscheinung wie eine indische Erweckungslehrerin.

Ich will auch »Hi« sagen, aber es klingt mehr nach »Hey«, und ich lächle ebenfalls und breite auch die Arme aus, wohl wissend, dass die Concierge uns beobachtet und dieses Aufeinandertreffen von zwei alten Bekannten wahrscheinlich höchst merkwürdig findet. Doch ich begreife, was das Mädchen will, nämlich als Freundin oder beste Bekannte gesehen werden, also fallen wir uns in die Arme, und ich drücke ihr sogar einen Kuss auf die Wange.

»Nimm mich mit auf dein Zimmer«, flüstert sie mir ins Ohr.

Erschrocken flüstere ich zurück: »Unmöglich, ist ein schreckliches Chaos da.« Dabei fällt mir auf, dass sie Englisch mit britischem Akzent spricht und ich daher automatisch in der gleichen Sprache geantwortet habe.

»Unwichtig«, erwidert sie knapp, »muss sein.«

Ohne weiter zu widersprechen, löse ich mich aus ihrer Umarmung. Leider etwas unbeholfen, denn ich berühre versehentlich die Spitze ihrer linken Brust, was sie aber ignoriert oder einfach gar nicht zu bemerken scheint.

»Du siehst schrecklich aus«, verkündet sie in der Enge des Fahrstuhls.

Du nicht, denke ich, du siehst wunderbar aus. Einen Moment bin ich unfähig zu antworten. Ich bin absolut sicher, dass sie zu den Roma gehört. Selbst Inderinnen haben nur sehr selten eine so hohe Präsenz. »Ich habe Grippe«, sage ich, »Fieber«, kleine Pause, »mir geht's …«, ich verschlucke das letzte Wort.

»… sehr schlecht«, ergänzt sie. »Ha, deshalb bin ich ja da.«

Der Fahrstuhl kommt mit einem Nachbeben zum Stehen. Sie steigt als Erste aus, wartet aber direkt an der Tür, um mich vorbeizulassen. In meinem Zimmer, das schlägt einem beim Öffnen der Tür regelrecht entgegen, riecht es ungut. Doch bevor ich etwas sagen kann, stupst mich das Mädchen an den Schulterblättern hinein und schließt die Tür hinter uns.

»Trink das«, befiehlt sie und reicht mir eine kleine Flasche mit einer trüben bräunlichen Flüssigkeit. Smirnoff steht auf dem roten Deckel, also vormals ein Flachmann mit Wodka.

Obgleich der Inhalt wenig appetitlich aussieht, öffne ich den Deckel und nehme einen Schluck. Schmeckt nach Gewürzen, auch ein wenig nach Alkohol, brennt vor allem im Nachgang und fühlt sich irgendwie auch klebrig an. Ekelhaft, wie nur Medikamente schmecken können.

»Trink es bitte aus«, befiehlt sie plötzlich mit sanfter Stimme. Kaum geleert, nimmt sie die Flasche wieder an sich und wendet sich zur Tür.

»Wer bist du?«, frage ich. »Und wie heißt du?«

»Du hörst von uns«, antwortet sie und ist aus der Tür, bevor ich weitere Fragen stellen kann. Ihre eiligen Schritte klappern auf der Treppe, weil sie nicht den Fahrstuhl genommen hat.

Hey, hey, was sollte das? Drang erst in sein Zimmer ein und war dann wieder weg, als es interessant wurde. Musste zugeben, dass er sich darüber ärgerte. Aber wenigstens eine verlässliche Geliebte an seiner Seite, das Buch, Veroux, Seite 110: »Die junge Josephine de Lambriquet weiß, dass sie sehr krank ist. Es ist die Schwindsucht im Endstadium. Man hat zu ihrer Hilfe einen wundertätigen Jesuiten angeschrieben, den Ärzten vor Ort vertraut man nicht, doch ist es für jegliche Hilfe zu spät. ›Seht‹, sagt Josephine zu ihrer älteren Schwester Marine, ›ich bin nur noch durch einen dünnen Faden mit der Erde verbunden, meine Seele wird bald gehen und meinen Leib zurücklassen. Ich fürchte den Tod nicht. Ich habe das Leben gefürchtet, die Schmerzen und meine Krankheit. Doch nun fühle ich mich erleichtert. Ich sterbe jung wie die Heiligen. Ich trete glücklich vor Gott. Gedenkt meiner als glückliches Gotteskind.‹ In der Nacht vom 19. auf den 20. September empfängt Josephine die Letzte Ölung und schläft direkt nach dem Empfangen des Sakraments mit einem seligen Lächeln ein. So ist der Tod der Mystiker: ein Fest, eine Freude.«

Er fühlte sich zunehmend auch wie ein Mystiker, immerhin noch lebend. Die Dinge wurden immer rätselhafter. Schon am Nachmittag ging es ihm besser. Er schwitzte nicht mehr – das Fieber musste verschwunden sein. Seine Nase war wieder frei, der Kopf viel leichter, auch das Ohrensausen wieder weg. Gegen 17 Uhr ging er unter die Dusche, wusch sich die Haare und begab sich dann kurz vor sechs mit einem sehr guten Gefühl nach draußen. Ihre Wildheit hatte ihn am meisten beeindruckt.

Bereits auf der Rückseite der Giralda – Wetterhahn zu deutsch, was kurz zu seiner Erheiterung beitrug – verließ ihn dieses gute Gefühl wieder und er trat den Rückzug an. Ohnehin hatte er gar nicht gewusst, was er in der Richtung überhaupt wollen würde. Im Hotel lächelte ihn die Concierge auf eine sehr direkte Weise an. Er dachte sich aber nichts dabei. Bis er die Tür zu seinem Zimmer öffnete.

Das Mädchen liegt im Mantel und Schuhen auf seinem Bett und sieht fern. »They are better off with daggers in their back«, sagt ein großer Mann zu einem kleinen, einem Zwerg offenbar, der vor ihm auf dem Boden kauert. Eine amerikanische Serie im Original mit spanischen Untertiteln, der Name fällt ihm gerade nicht ein, aber die Folge musste er schon gesehen haben, denn er kennt das Personal. Am Ende wurde jemand gefoltert. Aber wird nicht in fast jeder Folge der Serie irgendwer irgendwie gefoltert? »Hey«, sagt der Zwerg, »you can untie me now.« Das Mädchen lauscht mit entrücktem, fast glücklich wirkendem Gesicht und winkt ihn herein, ohne die Augen vom TV-Gerät abzuwenden, aber er bleibt in der Tür stehen.

Hey, du darfst mich auch gern in den Schrank einsperren, wenn dir danach ist, stecken schon so andere Typen drin, würde er jetzt am liebsten sagen, beißt sich aber auf die Lippen und lächelt auf eine Weise, die so idiotisch wirken muss, wie er sich gerade fühlt. Was hat diese Kindfrau mit ihm vor? »Du hörst von uns«, hatte sie bei ihrem letzten, hektischen Abgang gerufen. Kann sein, dass er gewisse Dinge lieber nicht hören wollte. Und andere aber schon, auf die er aber lange warten müsste. Wenn nicht ewig und vergeblich.

»Hey«, sage ich, »jetzt verrate mir wenigstens, wie du heißt, wenn du schon ohne meine Erlaubnis in mein Zimmer eindringst.«

»Uh, Mann, dir geht's besser«, bemerkt sie und fischt die Flasche von vorhin aus einer braunen Lederhandtasche, die auf meinem Kopfkissen ruht wie ein unbekanntes Tier. Die Flasche ist neu aufgefüllt mit derselben bräunlichen Brühe. Ich erinnere mich noch sehr gut an den Geschmack.

»Am besten trinkst du's sofort«, sagt sie und hält sie in meine Richtung.

Ich schließe die Tür und gehe zu ihr. Aus irgendeinem Grund ist nichts seltsam in diesem Moment in meinem Zimmer mit dem Mädchen und ist gleichzeitig genau deshalb so extrem seltsam und unpassend, dass ich unbedingt sofort wieder gehen will.

»Widerstand zwecklos«, sagt sie und schüttelt gebieterisch die Hand mit der Flasche.

Sie musste ihre Fingernägel in der Zwischenzeit lackiert haben. Vorhin, so kommt es mir vor, waren sie noch nicht gelb gewesen.

Ich gebe auf, nehme ihr die Flasche aus der Hand und trinke sie in einem Zug leer.

»Perfekt«, lobt sie, lässt sich die Flasche zurückgeben, wirft sie in ihre Tasche und sagt: »Ich heiße übrigens Kala.« Danach hat sie offenbar keine Neigung weiterzureden, denn sie nimmt die Fernbedienung und dreht den Ton lauter. Gerade läuft Filmmusik. Die gibt es in dieser Folge nur einmal am Anfang und dann wieder am Ende – falls ich mich richtig erinnere.

Vergiss es, denkt er und setzt sich in den Sessel am Fenster. Von dort aus blickt er so schräg von der Seite auf den Fernseher, dass das Bild zu einem bunten Streifen gestaucht wird. Er schnappt sich den Veroux, der nicht weit entfernt auf dem Boden liegt, nicht weit auch von seinem Koffer entfernt, aus dem diverse Kleidungsstücke quellen, weil er noch immer keine Zeit gefunden hat, den Inhalt in den Schrank zu räumen. Schlägt das Buch wie schon zuvor an einer zufälligen Stelle auf, um mitten auf der rechten Seite mit wilder Entschlossenheit zu lesen anzufangen – während das Mädchen mit dem scheinbar gleichen Interesse wie für die Serie nun Werbung der sevillanische Biersorte Cruzcampo sieht.

Veroux, Seite 416: »Im Jahre 1669 entdeckte der deutsche Gelehrte, Ökonom und Alchimist Johann Joachim Becher, dass Leichen sich in fetten Lehmböden über die Jahre in Glasmumien verwandelten. Durch Experimente konnte er nachweisen, dass so verweste Leichname sich daraufhin trefflich zur weiteren Umwandlung zu Glas eigneten, woraus sich dann wiederum gläserne Medaillons fertigen ließen, die als kostbare Überbleibsel eines hingegangenen Menschen von den Hinterbliebenen am Leibe getragen werden konnten.«

Er schaut auf, streift das Mädchen mit einem Blick. Sie zuckt kaum wahrnehmbar mit den Schultern. Frage: Wer wird ihn nach seinem Tod als Medaillon tragen wollen? Ja, das ist ein ernsthaftes Problem. Niemand nämlich. Nach seinem Ableben wird man ihn möglichst günstig verscharren. Seine Jungs hätten weder Interesse an einer besonders pompösen Beisetzung, noch überhaupt ein Interesse an einer Grabstätte, wo sein Name draufsteht. Kein Wunder, die Gleichgültigkeit hatten sie ja auch von ihm geerbt. Tat aber weh, wenn man sich vorstellte, selbst an der Reihe zu sein.

Heute könnte man aus der Asche von Toten bereits Diamanten pressen lassen. Er als Damenschmuck. Funkeln bei Tag und in der Nacht. Damenschmuck, das konnte er an dieser Stelle mit voller Überzeugung sagen, war er noch nie gewesen. Zu klein, zu bauchig, zu unsportlich, wenigstens schnell im Kopf. Manche Sätze, die er am Bartresen von sich gegeben hatte, waren schon geeignet gewesen, weibliche Begleitung zu beeindrucken. Manche seiner Gedanken hatten gefunkelt, meistens in der Nacht nach einigen Gläsern, etwas seltener auch am Tag. Würde gern immer so weiter funkeln.

Ganz was anderes: Hat schöne Hände, so auf ihrem Bauch drapiert, lässige Unaufmerksamkeit.

Gedanken, die ihm entgleiten, wegsegeln, plötzlich zurückkehren wie ein Bumerang. Er: funkelnd an ihrer Hand. Seine Seele als Härte Zehn. Keine schlechte Vorstellung. Doch ganz schlechte Vorstellung. Will nämlich noch nicht tot sein. Hängt auf eine morbide Weise am Dasein. Und das Buch vom Tod erzählt eigentlich vom Leben, weiter auf Seite 417:

»Aus Angst, ein Sakrileg zu begehen, gab Becher das von ihm entdeckte Verfahren nicht preis, verdiente sich allerdings eine goldene Nase damit, wie der französische Architekt Pierre Giraud notierte, um daraufhin selbst einen Leichenverbrennungsofen zu konstruieren und damit ein eigenes Verfahren zur Verglasung menschlicher Gebeine. Girauds Ofen bestand aus vier Kesseln, die jeweils einen zuvor in Ätzlauge getauchten Leichnam aufnehmen konnten. Diese Lauge diente dazu, das Fleisch vor der Veraschung vom Körper zu lösen. Doch auch andere Zeitgenossen widmeten sich der Kunst, menschliche Gebeine in Glas zu verwandeln. Dieses so erhaltene Glas sei nun unverweslich, also unvergänglich, schwärmte Giraud, könne in jede Form gegossen werden, so auch in die Hohlform eines Porträts, welches man von der betreffenden Person noch zu Lebzeiten oder auf dem

Totenbett als Gipsabdruck erstellt hatte. Was bedeute es doch für die Familie, wenn die verstorbene Mutter, der geliebte Mann, das betrauerte Kind nun so gläsern verewigt auf der Anrichte in der Diele oder einer Stele in der Stube aufs Lebendigste zur Schau gestellt werden konnte. Als Sieg der Schönheit über Tod und Verfall, gewissermaßen …«

Dein Dasein feiert den Moment, denkt er und blickt zu ihr hin, dankbar für das Gefühl besonderer Gegenwart, ihrer Gegenwart, die auf ihn seltsam ansteckend wirkt. Zwei Frauen unterhalten sich über die Vorzüge von gesalzener Butter gegenüber ungesalzener. Das Bett ist leer, doch die Decke bewahrt noch ihren Umriss. Auch das eine Art von Tod.

»Was liest du?«, fragt das Mädchen, schon in der Tür.

»Die Kultur des Todes«, antworte ich.

»Interessant«, sagt das Mädchen und tritt in den Gang, ohne die Zimmertür beim Hinausgehen hinter sich zu schließen.

ACHTZEHN

Mit einem diffusen Gefühl wachte ich auf. Das Zimmer war in bleiches Licht getaucht. An der Tür stellte ich fest, dass sie lediglich angelehnt war. Ich schlüpfte ohne Socken in meine Schuhe, trat in den Gang vor meinem Zimmer und ging auf den Fahrstuhl zu. Die Fahrstuhltür öffnete sich ohne mein Zutun, als ich direkt davorstand. Ich ging hinein und drückte den Ground-Knopf. Die Tür schloss sich, und der Fahrstuhl setzte sich mit einer leichten Vibration in Bewegung. Ich hatte ein Abwärts-Empfinden, während er fuhr, spürte aber nicht, wie er wieder anhielt, denn plötzlich öffnete sich die Tür. Allerdings nicht zur Lobby, sondern in einen Keller, aus dem mir feuchte Luft entgegenschlug.

Ich empfand starken Widerwillen, zugleich aber auch eine ebenso große Neugier und trat mit derart gemischten Gefühlen aus dem Fahrstuhl in den Keller. An dem leise schleifenden Geräusch in meinem Rücken hörte ich, dass sich der Fahrstuhl gerade hinter mir wieder schloss und erneut in Bewegung setzte. Als ich mich daraufhin umdrehte, um den Knopf zum Rufen des Fahrstuhls zu betätigen, stellte ich fest, dass es keinen gab. Einen Moment dachte ich darüber nach, was jetzt zu tun wäre. Vor mir lag ein Gang, der dem zu meinem Zimmer ähnelte. Am hinteren Ende stand eine Tür offen, durch die Licht schien. Im Gegensatz zum Stockwerk mit meinem Zimmer gingen links und rechts des Ganges keine Türen ab. Ich hörte weder Geräusche von der Straße noch vom Hotelbetrieb und hatte das Empfinden, in eine Art Ruheraum zu tauchen, als ich langsam in Richtung Tür ging. Der Boden musste mit einem Teppich bedeckt sein, denn das Geräusch meiner Schritte wurde fast vollständig geschluckt.

Im Näherkommen veränderte sich das Licht, denn es schien zunehmend gelblich-warm. Dann trat ich in ein vollständig goldenes Zimmer. Kein zweites Material erzeugt diesen Glanz, diesen Schimmer, nur Gold sieht aus wie Gold. Staunend sah ich mich um. Wände und Decke waren vergoldet. Zwischen den Wänden und der Decke zog sich ein Spalt um den Raum, aus dem indirektes Licht schien. Selbst der Teppich unter meinen Füßen sah wie aus Goldfäden geknüpft aus. In der Mitte des Raumes erhob sich ein goldener Würfel von der Höhe eines Hockers, und ich setzte mich darauf, blickte mich um. Die Tür, durch die ich eingetreten war, musste sich unmerklich geschlossen haben und überhaupt auch gänzlich verschwunden sein, denn alle vier Wände sahen nun gleich aus. Ein Goldzimmer, ohne Ein- und Ausgang.

In einem goldenen Käfig, dachte ich und sprach meinen Gedanken dann auch halblaut aus. »Gefangen …« Die Wände schienen meine Worte aufzusaugen, als wollten sie sich davon ernähren. »… in einem goldenen Käfig.« Ich blickte mich um, vielleicht, um Reste von irgendetwas zu finden, hinterlassene Spuren. Nichts. »Gefangen …« Weg die Worte, als wären sie nie da gewesen. Ich versuchte zu singen, doch gelang es mir nicht, auch nur einen Ton zu treffen. Der Raum entriss mir den Klang, bevor er sich zu etwas Musikalischem entfalten konnte. Plötzlich hatte ich das Gefühl, das Goldzimmer würde meine Gedanken aufsaugen. »… in einem goldenen …«

Wieder sah ich mich um. Der goldene Raum hatte die Form eines Würfels. Auf der Grundfläche dieses Würfels erhob sich im Zentrum ein zweiter Würfel, auf dem ich saß. Ich stand auf, ging um den liegenden Würfel herum, besah ihn von allen Seiten, konnte aber keine Unebenheit, keinen Unterschied im Material oder der Struktur feststellen. Von allen Seiten gleichermaßen aus Gold und unverrückbar schwer. Denn natürlich stemmte ich mich dagegen, rüttelte mit aller Kraft daran, klopfte schließlich mit der Faust dagegen und trat zuletzt sogar mit dem Fuß gegen die Kante. Eindeutig massiv. Schließlich setzte ich den rechten Fuß darauf, stieß mich mit dem linken vom Boden ab, um mit beiden Beinen darauf zu stehen. Einen Moment mit beiden Armen balancierend, um nicht zu fallen. Mein Kopf, das sah ich sofort, befand sich damit exakt in der Raummitte.

Mein Kopf fing an zu dröhnen. Ich hörte ein Summen, nicht so hoch wie das Pfeifen im Ohr, sondern vielmehr ein Brummen, wie von einer aufgedrehten Bassbox, allerdings ohne Druck auf der Brust. Mir wurde schwindelig. Unwillkürlich schloss ich die Augen, was ganz falsch war, denn beinahe wäre ich deshalb von dem Kubus gefallen. Also riss ich die Augen wieder auf. Das Brummen in meinem Kopf war weg. Und ich entdeckte, dass ich durch die Wände blicken konnte. Ich sah eine Landschaft, die vollständig gelblich war. Eine Wüste, die sich hinter einer durchsichtigen Goldfolie oder Membran bis zum Horizont erstreckte. Tatsächlich ohne irgendeine Erhebung oder überhaupt irgendetwas, worauf der Blick hätte ruhen können. Langsam drehte ich mich auf dem Würfel einmal um die eigene Achse. Wohin ich auch blickte: das gleiche Bild einer sandbedeckten Ebene, so weit das Auge reichte. Langsam beugte ich die Knie und setzte einen Fuß neben dem Würfel auf dem Boden ab. Im gleichen Moment sah ich wieder goldene Wände, sah mich also erneut im Inneren eines goldenen Würfels gefangen.

Plötzlich wollte ich raus in die Wüste, raus in die Weite. Ich kletterte auf den Würfel zurück. Doch als ich wieder oben stand, erblickte ich stattdessen einen Dschungel. Wieder drehte ich mich einmal im Kreis, fand aber keine Lichtung, keinen Pfad, sondern eine geschlossene Wand aus Blättern, Ästen, fast grellbunten Blüten, die ich so noch nie gesehen hatte, aber kein Tier in diesem Urwald, nicht mal ein Insekt. Nach einer Weile, die mir lang vorkam, kletterte ich erneut vom Kubus, fand mich wieder im Goldraum und kletterte sofort auf den Kubus zurück. Diesmal sah ich eine Stadt. Zu sämtlichen Seiten, das stellte ich mit einer weiteren Umdrehung fest, gingen Straßen strahlenförmig ab. Menschen waren auf keiner der Straßen zu sehen, auch keine Autos, keine Fahrräder, Mülltonnen … kein einziges Lebenszeichen. Die Häuser waren teilweise sehr hoch, denn ich zählte mehr als zehn Stockwerke, doch besaßen sie keine verschließbaren Fenster, sondern Maueröffnungen, wo Fenster hineingehörten, auch keine Farbe, sondern waren im Zustand nackten und über die Jahre nachgedunkelten Betons belassen. Eine Stadt, nie zu Ende gebaut, offenbar unbewohnt, vielleicht aus mir nicht ersichtlichen Gründen überhaupt unbewohnbar, in fahlem Sonnenlicht liegend, dröge, trostlos, tot.

Wieder stieg ich vom Kubus, atmete nach dem Abstieg einmal tief durch, fand mich erneut zwischen den goldenen Wänden und kletterte daher gleich wieder hinauf. Jetzt erblickte ich Wasser, Wasser in sämtlichen Richtungen. Keine Wellen, nicht mal ein Kräuseln der Oberfläche durch den Hauch eines Luftzuges, keine Insel am Horizont, kein Schiff, nichts. Unbewegter Ozean, ozeanische Leere, das Nichts in flüssigem Aggregatzustand.

Ich sprang vom Kubus, kletterte aber, kaum dass ich gelandet war, wieder hinauf. Der neuerliche Anblick der Wüste war eine Erleichterung und wirkte vergleichsweise vertrauenerweckend auf mich. Ich nahm all meinen Mut zusammen, konzentrierte meine Kraft und sprang mit einem Satz vom Kubus in die Wüste. Dabei hatte ich tatsächlich das Gefühl, durch eine Membran zu springen, jedenfalls nicht, gegen eine Wand zu prallen, landete aber in keiner Wüste, sondern auf einer Galerie vor einem künstlichen See. Durch die Säulenarkaden blickte ich in den Palmengarten des Königspalastes. Hier war ich vor einigen Tagen bei einem meiner

Ausflüge schon einmal gewesen. Die Galerie am Quecksilberteich vor der Galerie des Grotesken hatte schon der Kameramann beim Dreh von *Lawrence of Arabia* besonders gemocht.

Eine enge Treppe führte hinunter in den Garten, der heute ungewöhnlich leer war. Ich hatte den Eindruck, plastischer als sonst zu sehen, und blieb gebannt vor einer Oleanderhecke stehen. Das satte Rot sprang mir mit nie gesehener Intensität in die Augen, und seltsamerweise hatte ich gleichzeitig einen Klang dazu im Ohr. Ich blickte mich um und machte eine verwirrende Erfahrung, nämlich Musik zu sehen. Was ich sah, war plötzlich Klang und der Garten erschien mir nun wie eine einzige Symphonie. Ich hatte das Gefühl, zu vibrieren, in Resonanz mit dem, was ich sah. Euphorisch wanderte ich durch den Garten, sah die Klänge des Eukalyptus, der Pappeln und Kastanien, hörte die Farben der Orchideen, des Ginsters, der Pfingstrosen. Seltsam: Der Park war leer, obwohl die Sonne hoch stand und die Besucher zu diese Zeit für gewöhnlich in besonders großer Zahl hineinströmten.

Schließlich hatte ich mich sattgehört und -gesehen, suchte den Ausgang nun, fand ihn aber nicht. Auch niemanden, den ich danach hätte fragen können. Während ich mich hektisch umsah, bedeckte sich der Himmel, Wind kam auf. Palmen und Bäume begannen sich zu biegen. Windböen rissen rote und gelbe Blätter von den Blüten, ließen sie wie Insektenschwärme durch die Luft segeln, Wirbel bilden und sich zu bunten Fähnchen formieren. Ich beschleunigte meine Schritte. Plötzlich wusste ich, wo der Ausgang zu finden war, denn ich trat in den Hof der Königsresidenz. Tausende Blütenblätter des Oleanders mussten losgerissen worden sein, denn sie flogen als als rote Wolke in der Luft. Und auf einer Bank an der Mauer, unmittelbar vor dem Torbogen nach draußen in die Stadt, saß eine Person.

Als ich auf diesen Menschen zugehe, erkenne ich, dass es der Älteste ist. Seine grauen Haare stehen wie elektrisch nach oben. Er trägt ein weißes Hemd und eine elfenbeinfarbene Hose und sitzt im Schneidersitz, die Hände im Schoß, die Augen geschlossen. Als ich direkt vor ihm stehe, öffnet er sie und blickt mich an. Seine Augen haben die Farbe gewechselt und leuchten nun in einem sehr hellen Rehbraun. Einen Moment starre ich ihn erschrocken an, doch er lächelt und sagt mit einer warmen und zärtlichen Stimme: »Schön, dass du mich gefunden hast.«

»Keine Ahnung, wie ich das geschafft habe«, antworte ich.

»Das ist dein Geheimnis«, sagt Álvarez und trommelt dabei mit den Händen auf seine Oberschenkel.

NEUNZEHN

«Hey«, sagt eine Mädchenstimme, die mir bekannt vorkommt, während ich an einer Schulter wachgerüttelt werde.

»Selber hey«, sage ich und drücke mir mit der Hand das Kissen auf den Kopf, weil ich nicht wach werden will.

»Du hast geträumt«, sagt sie, »und im Traum gesprochen.«

»Und?«, frage ich. »Konntest du verstehen, was ich gesagt habe?«

»Nein, aber ich weiß, wovon du geträumt hast, oder vielmehr von wem.«

»Von dir jedenfalls nicht«, erwidere ich, noch leicht verärgert, aber mit zunehmend wütender Tendenz. Immerhin weiß ich, dass ich meine Tür am Abend verschlossen habe. Aber das hat sie ja auch vorher nicht aufgehalten.

»Ich weiß«, sagt sie. »Mein Vater will dich sehen.«

»Kannst du bitte unten warten«, sage ich.

»Bring dein Gepäck mit«, erwidert sie, schon an der Tür. »Beeil dich.«

Heute sieht sie wieder fast so jung, ja, beinahe kindlich aus wie bei der ersten Begegnung. Sie trägt auch denselben Poncho. Das wilde Mädchen. Eine Romni, denkt er, nachdem sie das Zimmer wieder verlassen hat. Werden meistens sehr jung verheiratet. In ihrem Alter etwa. Ist sie verheiratet? Ziemlich sicher nicht. So was hätte er gespürt. Oder auch nicht. Halbbewusst dreht er sich aus dem Bett. Der Traum sitzt ihm noch in den Knochen, ein Zustand, der ihn nicht unbedingt vorantreibt.

Wieso das Gepäck mitbringen? Soll er jetzt bei dem Alten und ihr einziehen? Der Gedanke belustigt und erschreckt ihn. Trotzdem macht er, was sie gesagt hat, hebt also den geöffneten Koffer an die Ablage über dem Waschbecken und wischt alles, was dort steht oder liegt, hinein, wirft die Hemden aus dem Schrank mit den Bügeln in den Koffer, schmeißt die Hosen obendrauf, gewaschen, ungewaschen, alles durcheinander, hockt sich dann mit den Knien auf den Koffer, um die Schlösser zu schließen, was ihm gerade so eben gelingt. Hat aber leider vergessen, seine Tageskleidung anzuziehen, weshalb er die Schlösser nochmals öffnen muss, um schließlich ungekämmt, aber ansonsten fertig das Zimmer zu verlassen.

Das Mädchen erwartet ihn am Fahrstuhl und schleust ihn über einen Seitengang, der vom Foyer aus nicht einsehbar ist, am Hotelrestaurant vorbei auf die Straße. Derselbe Weg, auf dem er sie einmal verfolgt hatte. Checkout ohne zu bezahlen, eigentlich nicht sein Stil.

»Geht jetzt aber nicht anders«, kommentiert sie, »bibaxtalo.«

Da ist es wieder, ein Wort wie ein Schatten, der klebrig an einem hängt, einen verfolgt wie ein Geruch, den man nicht abschütteln kann. Es muss sehr früh am Morgen sein, die Straße liegt noch im Morgendämmer. Sie biegen in die Enge der Cantiljo, folgen ihr vielleicht hundert Meter, bis kurz vor die Kreuzung Cabeza del Rey. Das Mädchen läuft einige Schritte voran und so schnell, dass er mit dem vollen Koffer kaum hinterherkommt. Auf der Gegenseite wird ein Fenster im vierten Stockwerk aufgestoßen und ein Mann reckt seinen Kopf heraus. Das Mädchen zerrt ihn in einen Hauseingang, obwohl der Mann sie wahrscheinlich schon gesehen hat.

»Bibaxtalo«, zischt sie. Sie durchqueren einen Patio mit einem Brunnen in der Mitte, Bänken drumherum und rosa blühendem Oleander. Über die unterschiedlichen Rottöne des mediterranen Rosenlorbeers könnte er inzwischen Abhandlungen schreiben, doch dafür ist keine Zeit. Das Mädchen mahnt ihn zur Eile, als sie einen weiteren Hauseingang passieren und in eine dunkle Gasse treten. Die Häuser stehen so eng, dass der Himmel über ihnen nur ein schmaler Streifen ist. Hinter einem Gitter in der Hauswand beginnt ein Hund zu bellen.

Das Mädchen bleibt stehen, legt einen Finger an die Lippen. Als der Hund sich beruhigt hat, hören sie Schritte, die näher kommen. Das Mädchen packt ihn am Arm und reißt ihn mit einer solchen Kraft hinter sich her, dass er beinahe stolpert. Er hievt sich den Koffer auf den Rücken, um schneller gehen, nein, laufen zu können. Tatsächlich rennen sie durch eine Gasse, die leicht abschüssig ist. Die Gasse mündet in eine Straße, deren Namen er in der Eile aber nicht lesen kann. Das Mädchen zerrt ihn um die Ecke nach links, überquert die Straße und biegt in einen weiteren Hauseingang, hält wieder an, lauschend. Da die Stadt langsam erwacht, sind inzwischen weitere Geräusche zu hören. Ein Moped in der Ferne, Musik auch, irgendwas Klassisches, Stimmen, die aus irgendeinem Fenster bis hierher tragen. Und dann auch wieder Schritte, eilige Schritte, schnelle Schritte, bereits gehörte und bekannte Schritte, die ihnen gelten, weil sie ihnen auf den Fersen sind.

Das Mädchen zieht ihn am Arm weiter ins nächste Haustor neben einem noch geschlossenen Laden für Strickwaren. Der Gang ist so dunkel, dass er nichts erkennen kann und wie gegen eine schwarze Wand läuft, verkrampft bei dem Versuch, ein Stolpern oder eine Kollision mit einem Hindernis zu vermeiden. »Hier entlang«, hört er das Mädchen direkt vor sich sagen, während es ihn weiter am Arm zieht.

»Kann nicht schneller«, stöhnt er, »der Koffer …«

Eine Neonröhre geht flackernd an. Sie stehen vor einer Treppe, die offenbar hinab in einen Keller führt. Der Gedanke, dort hinunterzusteigen, gefällt ihm nicht. Das Mädchen geht voran. Er folgt ihm mit Widerwillen. Beginnt seine Schritte zu zählen. Lässt es bei der Zahl 111 aber wieder bleiben. Dumpfe Feuchtigkeit dringt ihnen entgegen. Die Wände nässen. Der Geruch von Schimmel sticht in der Nase. Die Angelegenheit hier wird ihm zunehmend unangenehm.

»Komm weiter«, sagt das Mädchen, als hätte es seine Gedanken gelesen, »du darfst jetzt nicht umkehren.«

Wieso das denn?, will er zurückfragen, unterlässt es aber und folgt ihr. Noch auf der Treppe geht das Licht aus.

»Warte«, befiehlt sie, dann wandert ein Lichtkegel von der Decke zum Boden. Sie hält eine Taschenlampe in der Hand und leuchtet ihnen den Weg aus.

Verdammt, denkt er. Denn nun war er ihr wirklich ausgeliefert. Wenn er jetzt nicht umkehrt, findet er allein womöglich nicht mehr hinaus. Gleich mehrere Filme laufen vor seinem geistigen Auge ab. Angekettet in einer feuchten Ecke im Keller, den Gestank von Schimmel und eigenen Exkrementen in der Nase, um Befreiung bittend, hungrig, durstig. Oder: durch Katakomben irrend und in Jauchekanälen watend wie Joseph Cotten als Verfolger von Orson Welles in »Der Dritte Mann«.

Das Mädchen hält an. Die Treppe ist zu Ende. Es lässt den Lichtkegel in dem sich vor ihnen öffnenden Raum wandern. Wahrscheinlich ein alter Weinkeller. Einige vermoderte Fässer sind in einer hinteren Ecke gestapelt. Davor liegt ein Kinderdreirad. Ein Rad fehlt. Zur Linken hat jemand alte Fahrradrahmen auf einen Haufen geworfen. Die Decke, das zeigt ein Blick nach oben, ist rundgemauert. Eine Kaverne, vielleicht so alt wie die Stadt selbst. Sie gehen auf einen Torbogen am hinteren Raumende zu. Dahinter öffnet sich ein weiterer Raum, so wenig attraktiv wie der zuvor. Hier liegen mehrere Matratzen auf dem Boden, schmutzig, teils von Schimmel bedeckt. In der Raummitte stoßen sie auf verkohlte Bretter, offenbar eine Feuerstelle.

»Weiter«, hält ihn das Mädchen zur Eile an. Er schultert den Koffer nun mit der linken Hand, weil der rechte Arm schon taub vom Tragen ist, beschleunigt dann seine Schritte, um es einzuholen. Wieder ein Tor zu einem nächsten Raum, dieser jedoch viel größer als die zuvor. Als das Mädchen den Lichtkegel über die Wand zu seiner Rechten wandern lässt, sieht er verblichene Darstellungen christlicher Motive. Die Muttergottes mit dem göttlichen Sohn im linken Arm, einen Mann mit Bart und Buch, ein Kreuz, mit Rosen bedeckt. Um den gesamten Raum, der ein langgezogenes Rechteck ist, zieht sich eine Balustrade in Sitzhöhe, eine steinerne Bank, Platz bietend für viele Menschen, hundert womöglich. In der Raummitte erhebt sich eine Plattform aus Stein, die ihm bis zur Brust reicht und über eine kleine Treppe an der Seite zu betreten ist. Ebenso fasziniert wie irritiert hält er an. Die Empore wirkt wie eine alte Opferstätte.

»Was ist das hier?«, fragt er das Mädchen, doch sie antwortet nicht, geht einfach weiter. Er folgt ihrem tanzenden Lichtkegel so schnell wie möglich, bedacht, nicht über irgendetwas zu stolpern, denn weil sie schon vorausgegangen ist, sieht er nicht, wenn etwas auf dem Boden liegt. Manchmal knirschen seine Schritte, manchmal knackt etwas unter den Sohlen. Er ist ganz froh, dass er nicht erkennen kann, was das ist.

Einige Meter vor ihm ruht der lichte Kegel plötzlich zitternd auf einem Fleck an der Wand. Nein, keine Wand, sondern sehr altes, schwarz gewordenes Holz, eine Tür. Das Mädchen wartet auf ihn, ohne die Tür zu öffnen. »Jetzt müssen wir leise sein«, sagt sie, zieht einen Schlüsselbund unter ihrem Poncho hervor, findet den passenden Schlüssel, öffnet damit die Tür, greift um die Ecke und betätigt einen Lichtschalter.

Im ersten Moment hat er Schwierigkeiten, zu begreifen, was er sieht – nämlich eine Küche. Jedenfalls ist alles darin zu finden, was eine Küche ausmacht, also Herd, Spüle, ein Küchentisch, vier Stühle drumherum und ein gefüllter Obstkorb darauf.

Hey, will sie hier mit ihm einziehen? Irgendeinen Hang zu Romantik, auch nur einen Hauch davon, hat er bei ihrem Ausflug noch nicht wahrnehmen können. Schweiß brennt in seinen Augen, während er den Koffer geräuschlos zu Boden gleiten lässt. Die erleichterte Hand zuckt und auch sein linkes Auge. Er spürt, dass er Angst hat.

Vor ihr? Womöglich will sie ihn loswerden, spürt seine Gedanken, spürt ein Interesse an ihr, spürt seine Neigung zu ihr, die, weiß er selbst, einfach nur abwegig ist. Dabei hatte sie sich auf sein Bett gefläzt. Rumgelegen, als wäre sie bei sich zuhause. Hätte jeder andere als eine Einladung begriffen. Hatte er natürlich nicht. Auch wenn er nicht die geringste Ahnung hatte, wie alt sie wirklich war, wirkte sie doch unübersehbar kindlich. Eine Kindfrau, die man auch vor den eigenen Missverständnissen und irrtümlich ausgesandten weiblichen Signalen schützen musste. Hatte er gemacht. Verdiente schon Applaus dafür. Hungerte ja auch schon sehr lange. Kein Wunder, dass ihm die Angelegenheit zu Herzen geht. Was wird das hier?, fragt er in Gedanken.

»Was ist das hier?«, fragt er leise, während das Mädchen die Tür hinter ihnen wieder verschließt.

»Das Refugium«, flüstert sie. »Hier bist du in Sicherheit.«

»Vor wem?«, flüstert er zurück und denkt: vor mir selbst?

»Vor denjenigen, die dich aufhalten wollen.« Sie berührt mit dem Zeigefinger der rechten Hand die Handfläche ihrer linken.

»Wer sind die?« Er möchte verstehen, was ihre Körpersprache ihm sagen will.

»Das wird dir mein Vater sagen.«

»Wann treffe ich ihn?«

»Er wird dich treffen. Hab Geduld.« Sie sieht ihn fast flehend an.

Es gibt alles in dieser Küche, etwa typisch sevillanisch gekachelte Wände, einen hellblauen emaillierten Herd mit Induktionsfeldern, einen Kühlschrank aus gebläutem Stahl mit goldenen Griffen, offensichtlich aus sehr teurer Fabrikation – nur keine Fenster. Allerdings eine weitere Tür, die in einen weiteren Raum führt, ebenfalls ohne Fenster, aber mit einem Sofa und Sessel als Aufenthaltszimmer eingerichtet, dazu ein Flachbildschirm an der Wand.

»Du kannst hier fernsehen«, sagt das Mädchen, »aber den Ton bitte nur über Kopfhörer.«

Warum protestiert er nicht? Weil die gesamte Situation so unglaublich seltsam ist?

Sie zeigt zu irgendwelchen Kopfhörern auf einem Beistelltisch. Das Kabel führt zum Bildschirm. »Der Schall trägt hier über die Mauern. Wir dürfen nichts riskieren.«

Er hat keine Fragen. Wahrscheinlich ist er zu erschöpft dazu. Die Hand, mit der er den Koffer zuletzt geschleppt hat, zittert immer noch.

Kala führt ihn in ein weiteres Zimmer. Ein Doppelbett unter einer mit rotgrünen Rauten gemusterten Decke. Schlägt die Decke zurück, sodass er das Bettzeug sieht. »Du siehst, es ist an alles gedacht. Ruh dich aus und warte.«

»Wie lange?«, fragt er irritiert, fast in normaler Lautstärke.

Wieder hebt sie einen Finger an die Lippen, um dann sehr leise zu sagen: »Bis wir dich holen.« Dann geht sie an ihm vorbei aus dem Zimmer, durchquert das nächste, schließlich die Küche und ist aus der Tür, bevor er Protest anmelden kann.

Er zählt leise im Geiste: 433, 443, 463 – die letzten drei Edlen, die mit einer Drei enden, unterhalb der profanen 500. Klack, klack. Gefangen.

An dem Klicken des Schlosses höre ich, dass sie es gerade von außen mit dem Schlüssel verschließt, was nun wirklich schlimm ist. Ich könnte schreien, toben, pfeifen, laut bellen, heulen, jammern, mit den Fäusten gegen die Tür hämmern, dagegentreten, mit dem Stuhl dagegenschlagen, den Tisch dagegenschleudern – all das könnte ich jetzt tun, denke ich, es wäre auch irgendwie logisch.

Und gleichzeitig dachte ich, dass ich dazu viel zu erschöpft war. Dass ich mich ihren Rate befolgend besser erst ausruhen und meine Situation in Ruhe überdenken sollte. Also öffnete ich nicht mal den Koffer, sondern kroch sofort und noch angezogen ins Bett und schlief tatsächlich auch sofort ein – wahrscheinlich deshalb, weil ich viel zu früh geweckt worden und daher noch müde war.

Er träumte unterschiedliches, ihm wirr erscheinendes Zeugs, und wachte mit dem Gedanken auf, nicht zu wissen, wer er träumt zu sein. Er hieß Ole, hatte einen zweiten Vornamen, Julius, mit dem er wenig bis gar nichts anfangen konnte, was seine leider verstorbene Tante nicht davon abgehalten hatte, genau diesen zu gebrauchen, heilsam verkürzt zwar, aber dennoch, vielleicht, um ihn genau damit zu kurieren. Wovon? Wahrscheinlich von Komplexen, wozu Kinder und Jugendliche nun mal neigen, was Tanten für gewöhnlich wissen, zumindest wenn sie Lieblingstanten sind. Und seine Lieblingstante war Luise zweifellos gewesen. Sie hatte ihn gesehen und wahrscheinlich gewusst, wer er träumte zu werden.

Ein Eingeschlossener in einem Keller, von dem Mädchen Refugium genannt. Ein Ort, an den man sich zurückzieht. Doch sie hatte ihn dort eingesperrt. Ein Zwangsrückzug also. Aus Rache? Weil er, ein vierundfünfzigjähriger, leider auch nicht besonders gut aussehender Kerl signalisiert hatte, dass sie ihm gefiel. Unsinn. Hatte er nicht signalisiert. Tatschlich nicht im Geringsten angedeutet. Ja, sie gefiel ihm. Wie einem so eine Wilde halt gefallen musste, gewissermaßen aus ethnologischer Perspektive, durch ihre Fremdheit. Und überhaupt, sie hatte Grenzen überschritten, während er diese gewahrt hatte.

Er stieß eine ganze Reihe Verwünschungen aus, allesamt aber mehr geflüstert als gerufen, und entdeckte dann eine schmale Tür, die in ein eher unspektakuläres Bad führte, ließ sich einige Minuten auf dem Lokus nieder, betrachtete sich beim Hinausgehen kurz im Spiegel, wich seinem Bild aber sofort wieder aus, weil er Angst hatte, sich vor sich selbst zu erschrecken, besuchte im Anschluss die Küche, nahm einen Pfirsich aus der Obstschale, wischte sich den Saft, der ihm aus den Mundwinkeln lief, vom Gesicht, wusch dann die klebrigen Hände unter der Spüle, nahm einen zweiten Bissen, wischte wieder den Saft weg, wunderte sich über die Frische des Pfirsichs, dachte, den musste jemand gestern oder heute hierhergebracht haben, und wusch sich schließlich erneut die Hände. Dann erregte der Herd seine Aufmerksamkeit, Luxusmarke ESSE, drei massive Klappen vor separierten Öfen, schwarz glänzendes Induktionsfeld. Besser ging es nicht. Interessierte ihn als Gelegenheitshobbykoch schon. Doch wollte er hier kochen? Er öffnete die Türen der Hängeschränke, inspizierte das Geschirr. Einiges davon sah gebraucht und alt aus. Der Kühlschrank wirkte mit seinen goldenen Griffen wie ein Tresor und beinhaltete unter anderem einige Tüten haltbarer Milch, zwei große Salami-Würste, von denen allein er eine Woche leben könnte, Tütensuppen verschiedener

Geschmacksrichtungen, eingeschweißte Käsestücke, alles lange haltbar. Er öffnete das Gefrierfach, fand ebenfalls eingeschweißten, gefrorenen Lachs, zwei tiefgefrorene Brotlaibe, eine Tüte mit gefrorenem Spinat. All das zusammengenommen, überschlug er im Kopf, dürfte für eine Person unrationiert rund zwei Wochen reichen. Wunderbar, tolle Aussicht.

Ich wüsste wirklich gern, wer ich träumte zu sein. Ich konnte ja einigermaßen einschätzen, wer ich war: ein ehemaliger Fotojournalist, der ein paar wenig erfolgreiche Bücher geschrieben hatte, die vielleicht gerade jetzt, in diesem Moment, wo ich wirklich im Keller war, durch die Decke der Amazon-Gesamtverkäufe schießen und mir auf lange Sicht vollständig neue Perspektiven bieten würden. Wer träumte ich also zu sein – ein erfolgreicher Autor mit ausverkauften Lesereisen? Oder doch lieber ein hoch bezahlter Modefotograf? Auch das ein Traum, der nie Wirklichkeit geworden war.

Wahrscheinlich am besten beides. Wenn man mich hier nicht davon abhielt. Die Küche, das war nicht zu übersehen, war geschmackvoll gestaltet. Am liebsten würde ich die gesamte Gerätschaft direkt nach Berlin in meine Wohnung verfrachten lassen. Ich trat aus der Küche ins Aufenthaltszimmer, nennen wir es doch Wohnzimmer, ließ mich in den Sessel fallen. Licht spendeten in den Wänden verankerte Leuchten, die wahrscheinlich einst Kandelaber für Kerzen gewesen waren. Der Sessel, in dem ich saß, war mit einem so dicken Leder bezogen, dass ich darin wie auf einem Brett thronte, wahrscheinlich vor Alter verhärtet. Die Tapete an der Wand war in einem dunklen Königsblau gehalten, trug sehr feine goldene Blütenornamente, wirkte aber wie vor langer Zeit nachgedunkelt und schloss mit einer goldenen Borte unter der Decke ab, die in einem hellen Blau getönt war. Wer hatte sich die Mühe gemacht, einen Keller so anspruchsvoll einzurichten? Sorry, mein Fehler, dies war ja: das Refugium.

Ich stand auf, ging ins Schlafzimmer, mit einem Umweg ins Bad zwecks flüchtigen Blicks zur Eigenbegutachtung in den Spiegel, dann von dort zurück in die Küche, nahm einen weiteren

Bissen von dem Pfirsich, der an den Bissflächen bereits nachgedunkelt war, wischte mir wieder den Mund mit der Hand ab, um diese erneut zu waschen, dann ins Aufenthaltszimmer zurückzukehren, mich darin erneut umzusehen. Ich wiederentdeckte meinen Koffer, der bemitleidenswert schäbig neben dem Sofa stand, Letzteres wahrscheinlich auch ein Stück Altertum aus der Zeit der spanischen Könige, was von meinem Koffer nicht zu behaupten war. Ich schleppte ihn mit neuer ausgeschlafener Leichtigkeit ins Schlafzimmer, öffnete ihn und blieb minutenlang davor stehen, unschlüssig, wie mit dessen Inhalt unter diesen Bedingungen zu verfahren sei.

Obenauf lag Veroux und schien mich anzublicken. Vom Cover fühlte ich mich auf eine seltsame Weise … gesehen. Mein Lieber, jetzt wäre es doch passend, sich mit dem Tod zu befassen, schien das Buch mir sagen zu wollen. Ja, kann man machen, antwortete ich innerlich und schloss den Koffer wieder, kann man aber auch lassen. Der Tod ist was für Verlierer, die nicht die Kraft haben, das Leben weiterzudenken, hatte ich in einem meiner Werke geschrieben. Genau das, an den Tod zu denken, war jetzt überflüssig, denn ich befand mich ja im Refugium, also in Sicherheit, beschützt, leider hinter einer verschlossenen Tür, die ich nicht öffnen konnte, zum Glück mit so viel an Nahrungsmitteln, dass ich ziemlich wahrscheinlich nicht verhungern würde. Aber ich hatte nun Durst. Davon war noch nicht die Rede gewesen. Also zurück in die Küche. Auch dafür war gesorgt, ich fand fünf Kisten mit Wasser, drei Flaschen Wein, einen Karton mit Teebeuteln, und den Wasserkocher gab es ja auch noch. Ich zog eine Flasche aus der obersten Kiste, trank ein Glas Wasser, wanderte zurück ins Schlafzimmer, blickte auf die Lampe an der Decke. Mit etwas Phantasie konnte man darin die Nachbildung eines Sonnensymbols sehen. Ich starrte also in die Sonne, blickte ohne zu blinzeln, bis mir die Augen tränten, versetzte mich dadurch irgendwie in einen meditativen Zustand mit erhöhter akustischer Wahrnehmung. Ich lauschte in die unterirdische Weite, versuchte Signale aufzufangen, irgendwelche Geräusche zu hören. Nichts. Absolute Stille. Bis auf eine periodisch auftretende Vibration, etwa eine Minute anhaltend, was ich mit einem Blick auf meine Uhr erkannte, und alle sieben Minuten wiederkehrend. Das musste die Straßenbahn sein, womöglich in der Nähe der Haltestelle Plaza Nueva, nein, Archivo de Indias, südlich der Plaza del Salvador, denn das wäre noch näher an der Kathedrale. Allerdings hatte ich bei der Flucht aus dem Hotel irgendwann die Orientierung verloren. Das Refugium konnte auch weiter nördlich sein.

Wie lange würde er warten müssen?

Einen Tag, zwei, eine Woche? Wohl kaum – allerdings, wenn das Mädchen recht hatte, bestand Gefahr für ihn, deshalb seine Unterbringung im Refugium. Wenn er jedoch in Gefahr war, musste auch der Älteste gefährdet sein und folgerichtig auch das Mädchen. Wurden sie aus irgendeinem Grund aufgehalten, dann konnte er sich auf einen langen Aufenthalt im Refugium einrichten. Um irgendwann in ferner oder nicht ganz so ferner Zukunft von einem Bohrtrupp gefunden zu werden. Als Haufen verblichener Knochen oder noch halb vermodert. Großartig, er begann, sein Dasein zu genießen.

»Mein Vater will dich sehen«, hatte sie gesagt. Damit hatte sie ihn aus dem Hotelzimmer gelockt. War das gelogen gewesen? Er erinnerte sich an die erste Begegnung, sie lauernd, ein Tier, auf dem Sprung. Sie hatte ihn mitgerissen und in ihre Höhle geschleppt. Jetzt brauchte sie nur noch abzuwarten.

Er fluchte halblaut vor sich hin und ließ es dann wieder sein.

Ein Bekannter hatte mir vor einigen Wochen ein Buch geschenkt, das ich kurz quergelesen und dann zur Seite gelegt hatte. In Dunkeltherapie beschrieb ein Psychologe den sogenannten »Nachtpfad ins Licht«, eine Anleitung zur Einheitserfahrung, die mit dem Blackout des Selbst schließen sollte, einer Art Seelentod im lebenden Körper, zu erreichen nach 49 Tagen in Isolation und vollständiger Dunkelheit. Den Gedanken hatte ich interessant gefunden, den Autor jedoch nach wenigen Seiten so obskur, dass ich nicht weiterlesen mochte. Jetzt hätte ich natürlich ideale Bedingungen. Bräuchte nur das Licht auszumachen, geborgen tief im Schoß der Stadt, geborgen in der Stille des Refugiums könnte ich in umfassender Finsternis dem Seelenblackout entgegenmeditieren.

Jedenfalls fühlte ich mich gerade auf einem Nachtpfad mit Licht, kein Bedürfnis, das Äußere auszuschalten, damit dann vielleicht das Innere angeht. Ich überlegte zusätzlich noch den Fernseher einzuschalten, die Aussicht, mit spanischen Telenovelas ein Kommunikations- und Mobilitätsdefizit auszugleichen, behagte mir aber nicht. Also schaltete ich sämtliche Lampen im Refugium an, drehte auch noch die Dimmer bis zum Anschlag auf, auch im Bad, betätigte grundlos die Spülung, begutachtete mich dann schließlich erneut und gründlich im Spiegel.

Ich: rötlichgrauer Drei-, wenn nicht Viertagebart vom Hals bis zum Haaransatz über den Ohren. Vergessen, wann zuletzt rasiert. Haare graublondbleichrötlich gelockt, fast bis auf die Schultern. Ausgeprägter Adamsapfel, noch kein Doppelkinn, leicht gebräunte Haut, eine schmale, relativ große Nase, leider minimal schief nach rechts gerichtet wegen nicht operierter Nasenscheidewand. Eigentlich relativ große blaue, manchmal auch blaugrüne Augen, eigentlich mit einem braunen Rand, der aber jetzt nicht erkennbar ist. Tatsächlich sind die Augen doch ziemlich klein, so gesehen, der Blick ist auch irgendwie unstet, wenn ich ehrlich bin. Ich möchte aber nicht ehrlich sein. Der rötliche Punkt auf dem linken Nasenflügel, wahrscheinlich vormals eine mit Talg verstopfte Pore, könnte sich in den nächsten Tagen zu einer unschönen Entzündung entwickeln.

Zugegeben: Ich bin eitel. Wenn ich an einer spiegelnden Glasfront vorbeigehe, blicke ich immer hinein, um mich selbst zu sehen, selbst zu begutachten, in der Hoffnung, Gnade vor mir selbst zu finden. Zu manchen Zeiten war das schwierig, gegenwärtig lief es eigentlich ganz okay. Bis heute Morgen jedenfalls. Denn jetzt sah ich im Spiegel einen irgendwie verhuscht wirkenden Typen, der in einem Keller hockte, gefangen auf eine nicht unkomfortable, aber dennoch unangenehme Weise, sich selbst im Spiegel konfrontierend. Wie zufällig sah ich meine Handhaltung dabei. Die Daumenspitze zwischen Ring- und Mittelfinger eingeklemmt. Meistens hielt ich die Daumen beider Hände so, dass die Daumenspitzen zwischen Zeige- und Mittelfinger vorlugten wie zwei neugierige Raupen. Das war die entspannte Haltung. Hatte natürlich auch schon bei anderen für Heiterkeit gesorgt. Die aktuelle Haltung war die Stressposition. Nahm ich unwillkürlich ein, wenn ich mich unwohl fühlte.

Sehr schnell wechselte ich in die Entspannungsposition, als wäre der Stress nur eine flüchtige Erscheinung gewesen. Ich bemerkte, dass ich auf eine idiotische Weise lächelte und wandte den Blick ab, weil ich diesen Ausdruck von Haltlosigkeit in genau diesem Moment am allerwenigsten ertragen konnte. Ich wollte mich souverän fühlen und auch genauso aussehen, schaute daher nochmals in den Spiegel, um mich genau so zu sehen, sah stattdessen aber wieder einen derangierten, verunsicherten Menschen, der sich sehr anstrengte, gegenteilig auszusehen. Ich drehte mich um und schaltete das Licht aus, sah mich dann im Dunkeln an. Sekundenlang sah ich einen blassen Umriss meines Gesichtes. Das gefiel mir schon besser. Ein Blackout meines Selbst, das wurde mir gerade klar, wäre unvermeidlich, wenn ich hier lange ausharren müsste – aber nur mit begleitendem Wahnsinn zu haben.

Ich habe Menschen kennengelernt, die in Stammheim inhaftiert waren. Isolation. Selbstgespräche. Blicke in den Spiegel. Bin ich noch der, der ich dachte zu sein? Kann ich überhaupt wissen, wer ich einmal war und sein werde? Ist auf irgendwas beim Selbst, also im Innersten, wirklich Verlass? Wie schnell wäre ich unter den Umständen von Einzelverwahrung, von Isolationshaft zerbrochen? Wie lange dauert die psychische Vernichtung des Selbst an einem Ort wie diesem? Oder lautet die Frage besser: Wie schnell löst sich das Selbst auf, zerfällt oder zerfließen seine Grenzen? Und: Mit welcher Geschwindigkeit wird das Ich dann zu einer amorphen Masse?

Ich hätte schreien können, aber ich tat es nicht. Toben? Auch nicht. Hm, ich könnte versuchen, die Tür aufzubrechen, sagte ich mir, versuchte es aber nicht. Ich verließ einfach nur das Bad.

Die Wände im Schlafzimmer waren knapp drei Meter hoch und mit der gleichen königsblauen Tapete bedeckt, die mit demselben goldenen Rand abschloss, der sich oben unter der Decke um den gesamten Raum zog. Vom Bad aus gesehen an der Stirnseite hinter dem Bett hing ein Bild in einem goldenen Rahmen, das eine biblische Szene zu zeigen schien. Ein Mensch mit schulterlangen Haaren und ausgemergeltem Oberkörper, aus dem die Rippen hervortreten, saß auf einem Sarg und hatte die rechte Hand mit einem Fingerzeig erhoben, der auf mich wie ein Peace-Zeichen wirkte. Die linke Hand hielt einen Speer mit einer goldenen Spitze. Oder hielt sich vielmehr daran fest. Um den Sarg herum lagerten drei müde Gestalten in mittelalterlichen Gewändern, jeder von ihnen mindestens so bemitleidenswert erscheinend wie die zentrale Figur. Die Hauptperson, mit der Jesus im Garten Gethsemane gemeint sein konnte, umgeben von den Jüngern Petrus, Jakobus und Johannes, machte einen abgekämpften, grundmüden, dennoch aktuell wachen Eindruck, während Petrus mit weit aufgerissenen Augen wie irr gen Himmel blickte, als hätte er ein Halluzinogen genommen. Jakobus und Johannes dagegen, die beiden Söhne des Zebedäus, von Jesus auch die »Donnersöhne« genannt, erscheinen auf dem Bild, als würden sie unter Opiaten stehen und gerade die Folgen einer Überdosis erleiden.

Minutenlang studierte ich das Bild, kam aber zu keinem weiteren Schluss, woraufhin ich um das Bett herum trat und mich schließlich direkt davorstellte, den unteren Rand griff und versuchte, es ein wenig hochzuheben. Was leider misslang. Offenbar war es in der Wand verankert. Links daneben stand ein Schrank, etwas höher als ich, vielleicht zwei Meter breit. Beide Flügel der Tür ließen sich öffnen. Ich fand zwei weiße Bademäntel darin, einige Handtücher, eine schwere Wolldecke, leere Bügel, leere Borde, keine verborgene Tür, die in die Freiheit führte. Und keine Spur von dem Menschen, der mich hierhergeführt hatte. Keine Spur von dem Mädchen. Nichts Persönliches.

Doch, Einspruch. Alles hier war persönlich. Denn ich war ganz persönlich hier unten von ihr eingeschlossen worden, und das könnte mich jetzt absolut persönlich erst recht runterziehen. Aber tat es das?

Ich ging an einer Kommode vorbei, die aus dem gleichen dunklen Holz bestand wie der Schrank, und erreichte den Durchgang ins Wohnzimmer. Es war wahrscheinlich genauso groß wie das Schlafzimmer, nämlich rund fünfunddreißig, wenn nicht knapp vierzig Quadratmeter, hatte auch die gleiche Deckenhöhe. Von mir aus gesehen links hing der Monitor an der Wand, darunter ein Schränkchen, das der Kommode im Schlafzimmer ähnlich sah und eine Fernbedienung sowie ein paar Gläser und einige Flaschen enthielt, vermutlich Brandy oder Whisky. So weit war ich zuvor bereits gekommen. Rechts stand das Sofa, daneben der Sessel und davor, sodass man vom Sofa wie auch aus dem Sessel bequem etwas daraufstellen konnte, ein flacher Tisch mit einer massiv aussehenden Holzplatte. Ich ging an der Wand hinter dem Sofa entlang, bemüht, irgendetwas zu entdecken, was ich vormals übersehen hatte, fand aber nichts.

Ebenso wenig in der Küche. Der Herd stand unverrückbar da. Daneben der Kühlschrank. Der Tisch gab auch keine Rätsel auf. Ich trat an die Eingangstür, bewegte die Klinke, zog an der Tür. Geschlossen. Abgeschlossen. Eingeschlossen.

Von ihr, dem wilden Mädchen. Vollkommen uneinschätzbar. Irgendwie grell und dunkel zugleich. Doch aus irgendeinem Grund vertraute ich ihr. Ich wusste, sie würde kommen und mich befreien. Wieso ich das wusste? Ich hatte es in ihren Augen gesehen. Wenn sie sich meiner einfach nur hätte entledigen wollen, so wäre das wahrscheinlich einfacher zu erreichen gewesen, ohne Preisgabe des Refugiums.

Ich ging zurück ins Aufenthaltszimmer, griff eine Flasche und ein Glas aus dem Schrank unter dem Fernseher. »Gran Duque d'Alba« stand auf dem Etikett.

Er öffnete den Verschluss, füllte das Glas zu einem Drittel, trank davon die Hälfte und musste zugeben, dass es köstlich war. Er stellte die Flasche zurück und nahm das Glas mit in die Küche, kehrte aber zurück, griff ein zweites Glas, um etwas Wasser zum

Wein zu trinken, fragte sich dabei, wo das Mädchen jetzt war, ob der Älteste ihn persönlich abholen oder wieder sie schicken würde. Wenn überhaupt jemand käme.

Was für eine Frage. Er war zu nahe gekommen. Dem Alten wie auch ihr. Er hatte sich ohne den geringsten Widerstand in den Kerker führen lassen. Wahrscheinlich hatte sie ihn mit ihren schwarz glänzenden Augen hypnotisiert. Er, ein Lamm, das geopfert werden wollte. Er, ein Riesenidiot.

Natürlich würden sie ihn hier unten lassen. Was für ein Interesse konnten sie schon haben, ihn zurück ans Tageslicht zu holen? Er hatte den Alten aufgespürt. Sie hatte ihn abwimmeln, in die Irre leiten wollen. Deshalb ihr erster Auftritt. Allerdings waren der Alte und das Mädchen ihm ja auch entgegengekommen. Ohne den Anruf des Alten wäre er zurück nach Deutschland geflogen. Allerdings konnten sie das nicht gewusst haben. Vielleicht hatten sie ihn für hartnäckiger gehalten als er sich selbst. Als so eine Art Jagdhund, der eine Schweißspur nicht mal bei der Bedrohung des eigenen Lebens aufgibt, sondern ihr sogar bis in den Tod folgt. Interessant, er schrieb sich gerade selbst ab. Fand Argumente, warum er hier unten verhungern könnte, womöglich müsste. Sollte bei Gelegenheit mal nachsehen, ob im Veroux für solche Fälle was Kluges zu finden war.

ZWANZIG

An dem Nachmittag lief er zwanzig Minuten im Uhrzeigersinn durch die Wohnung, das Bad ausgenommen. Dann dreißig Minuten gegen den Uhrzeigersinn. Wahrscheinlich, weil er keine Lust hatte zu lesen, sich für das Fernsehprogramm auch nicht interessierte, und er ein körperliches Bewegungsprogramm absolvieren wollte, bevor er sich wiederum seinem Drink widmete. Allerdings schob er die Verkostung der übrigen Flaschen zeitlich nach hinten und machte stattdessen hundert Sit-ups und vierzig

Liegestütze, im Anschluss dann diverse Dehnungen. Lief weitere Runden mit und gegen die Uhr, vergaß aber zu zählen, wie viele, und schloss mit dreißig erschöpfenden Kniebeugen. Jetzt hatte er sich einen Brandy oder Whisky, oder was auch immer der Alkoholschrank noch hergab, redlich verdient. Seltsamerweise hatte er aber kein Interesse mehr daran und trank stattdessen einen knappen Liter Wasser.

Danach schienen sich auch seine Gedanken zu verflüssigen. Wenn man pro Woche einen Euro in ein Sparschwein warf, so befanden sich nach einem Jahr 52 Euro darin, nach zehn Jahren 520, nach hundert 5.200 und nach fünfhundert 26.000. Die Begrifflichkeit der linearen Progression strömte durch sein Gehirn. Angenommen, der Älteste hätte am Tag der Geburt ein Sparbuch mit einem Guthaben von einem Gulden geschenkt bekommen, nach heutiger Rechnung ein Wert von etwa zehn Euro. Und dieses Guthaben wäre mit fünf Prozent pro Jahr verzinst worden, so ergäbe sich daraus ein exponentielles Wachstum mit einer Gesamtersparnis von sagenhaften 893 Milliarden, 232 Millionen und 618.000 Euro.

Klingelingeling, sagte die Kasse in seinem Gehirn. Mit der Rechnung machte der Keller noch mal einen ganz anderen Eindruck auf ihn. Mit einer knappen Billiarde könnte man wahrscheinlich ganz Spanien kaufen und Portugal noch mit dazu. Er konnte sich nicht entscheiden, ob diese Erkenntnis ihn beruhigte oder, im Gegenteil, sehr beunruhigte. Jedenfalls schenkte er sich jetzt doch einen Brandy ein, trank das Glas aber wieder nicht aus, sondern nippte nur daran.

Danach zog er den Stecker zur Stromversorgung des Fernsehers aus der Dose, löschte so die Stand-by-Leuchte, wanderte ins Badezimmer, löschte das Licht dort, betätigte auf dem Rückweg den Schalter für die Wandleuchten im Schlafzimmer, ging in die Küche, um das Licht auch dort auszuschalten, betätigte schließlich noch den Lichtschalter im Wohnzimmer, tastete sich dann zum Sessel, in den er sich mit dem Vorsatz fallen ließ, nun die Dunkeltherapie auszuprobieren. Es war jetzt wirklich unglaublich dunkel. So dunkel, dass er seine Hände vor den Augen bewegen konnte, ohne irgendetwas davon zu sehen. Das änderte sich allerdings nach gefühlten zehn Minuten, denn von da an huschte mit der Bewegung ein Schatten vor seinen Augen. Nach weiteren gefühlten zwanzig Minuten meinte er den Grund dafür erkannt zu haben – ein rötlicher Schimmer, der aus dem Bad kam, wahrscheinlich das Statuslämpchen des Durchlauferhitzers. Als er sich daraufhin mit dem Sessel in Richtung Küche drehte, wurde ihm deutlich, dass dort noch mehr Beleuchtung vor sich hin gloste, wofür vermutlich der formidable Kühlschrank verantwortlich war. In Richtung des Kühlaggregats konnte er die Umrisse seiner Hände noch deutlicher sehen und dahinter einen Blauschimmer.

Ich stemmte mich also aus dem Sessel und tastete mich auf dem Fußboden zwischen Kommode und Beistelltisch hindurch in Richtung des Türrahmens der Küche, erreichte den Türrahmen, blickte links um die Kante und sah die Bereitschaftslampe des Kühlers, ein sattes Leuchtdiodenblau. Dieses Licht war auf eine schummrige Weise so hell, dass ich das gesamte Kücheninventar in bläulichen Umrissen erkennen konnte. Während ich mich dem Schrank näherte, sah ich schon den Stecker, der kurz über dem Boden in einer Stromdose steckte. Ich zog den Stecker, drehte mich in der Hocke und lehnte mich mit dem Rücken und geschlossenen Augen gegen die Kühlschranktür. Das blaue Licht der Diode schimmerte noch eine Weile auf meiner Netzhaut nach. Als es schließlich auch in meinem Kopf dunkel war, öffnete ich die Augen. Und sah – tatsächlich: nichts.

Dieses Nichts war eine schwarze Wand, in die ich eindringen, eintauchen, ja, in der ich baden konnte. Einige Zeit beschäftigte mich der Gedanke, dass ich nun womöglich Stunden bräuchte, um einen der Lichtschalter zu finden. Was natürlich nicht stimmte, weil ich mich genau daran erinnern konnte, wo sie waren. Um diese Orientierung nun zu stören, bewegte ich mich etwas von dem Kühlschrank weg und drehte mich mehrfach um meine eigene Achse. Einige Male links, dann nach rechts. Bis ich keine Ahnung mehr hatte, wo der Kühlschrank war, die

Tür, der kleine Wandtisch mit den zwei Stühlen davor und der Durchgang zum Aufenthaltszimmer. Davon wurde mir etwas schwindelig, aber ich war mit dem Zustand zufrieden. Nachdem ich gegen einen Stuhl in der Küche gekrochen, die Kühlschranktür in der Kehrtwende gestreift und dann wiederum den Durchgang zum Aufenthaltszimmer gefunden und damit meine Orientierung wiedererlangt hatte, hätte man meinen können, jetzt müsste ich mich erneut im Kreise drehen, um das Lageorgan zu verwirren, doch eine Restirritation war geblieben und gab den nötigen Schub zur Schärfung meiner Sinne. Ich hatte das Empfinden, den Raum in der Finsternis dreidimensional zu spüren, obwohl ich ihn visuell nicht wahrnahm. Was nicht ganz stimmte, denn das rötliche Licht im Badezimmer glimmte ja noch, und als ich mich ins Schlafzimmer zurücktastete, nahm ich dessen Schein zunehmend wahr. Problemlos lokalisierte ich meinen Koffer, griff mit beiden Händen hinein und fand auf Anhieb die Utensilien fürs Badezimmer. Im Badezimmer öffnete ich das Necessaire, fummelte einige Streifen Pflaster heraus und klebte sie über das rote Lämpchen, bis fast nichts mehr davon zu sehen war, denn ein Stecker ließ sich bei dem Gerät nicht ziehen. Dann verließ ich das Badezimmer wieder, zog die Tür hinter mir zu und genoss die jetzt herrschende Dunkelheit im Schlafzimmer.

Das Regime der Dunkelheit war nun vollständig. Finsternis hatte mir noch nie Angst gemacht. Wenn das Licht aus war, fühlte ich mich in Sicherheit. Um mich zu finden, das wusste ich schon als Kind, musste man das Licht anschalten. Ich versteckte mich, wo ich nur konnte, wenn ich einen Bedarf dafür hatte, und Anlässe dazu gab es nicht wenige. Einmal drehte ich alle Glühbirnen im zweiten und dritten Stockwerk unseres Hauses heraus und versteckte mich im dritten Stock in einer Kommode, obwohl im Schrank oder unterm Bett mehr Platz gewesen wäre. Meine Mutter brauchte eine halbe Stunde, um eine Taschenlampe zu finden, die leeren Batterien darin gegen volle auszutauschen und mich eine knappe weitere halbe Stunde später zu finden, denn ich gab natürlich nicht den leisesten Laut von mir, als sie mich rief. Erst ruhig, dann zunehmend aufgeregt. Ich genoss ihre Aufregung und verhielt mich weiterhin still. Als sie mich schließlich fand, wurde auch sie still.

Finsternis, das schützende Gewebe aus samtiger Dunkelheit, umgab ihn nun vollständig. Er fühlte sich darin aufgehoben und geborgen und erlebte Minuten der Euphorie, denen eine gefühlte Stunde ozeanischer Stille und Ausgeglichenheit folgte. Da er wusste, wo die Kiste mit den Wasserflaschen stand, er eine angebrochene auf dem Tisch im Aufenthaltszimmer abgestellt hatte, daneben auch das Glas, aus dem er bereits Wasser getrunken hatte, tastete er dorthin, trank die Flasche leer, legte sich auf den Fußboden, der angenehm kühl, aber nicht zu kalt war, spürte in größeren Abständen als vorher die Vibration durch die Tram, woraus er schloss, dass der eingeschränkte Abendbetrieb bereits begonnen hatte, und fühlte sich so wohl wie wahrscheinlich zuletzt als Kind in der Kommode, bevor die Mutter ihn fand.

Damals hatte er nicht gefunden werden wollen. Und sich gleichzeitig nichts mehr als das gewünscht: gefunden zu werden, auch gesehen und erkannt zu werden. Die Spannung zwischen den widerstreitenden Wünschen, dieses innere Paradoxon hatte er nicht im Geringsten als quälend empfunden, sondern vielmehr als reizvoll, nämlich als die besondere Köstlichkeit in dieser Angelegenheit.

Er musste eingeschlafen sein, so auf dem Boden liegend, denn er erwachte mit einem leichten Frösteln. Die Augen noch geschlossen, blickte er wie in einen sehr zarten Sternenhimmel, sah feine Lichtpunkte auf einem inneren Firmament. Als er die Augen jedoch öffnete, wurde aus dem Firmament die vormals als gesehen wahrgenommene vollkommene Dunkelheit. Einen Moment wechselte er zwischen den Ansichten hin und her, schloss also die Augen, öffnete sie wieder, doch auch die Wahrnehmung des Firmaments mit geschlossenen Augen erwies sich als stabil. Was damit anzufangen war, würde sich womöglich noch zeigen, dachte er und hielt die Augen offen. Die Dunkelheit, die ihn umgab, hatte eine ganz eigene Tiefe, mehr als nur eine gedachte, angenommene, vorgestellte Tiefe, sondern eine wahrnehmbar strukturierte Finsternis, in der es Nahes und Fernes gab, was sich spüren ließ, auch wenn es nicht sichtbar war.

Mehrmals war das Gesicht von Álvarez vor seinem geistigen Auge erschienen. Einmal hatte der alte Herr ihm zugelächelt, ein weiteres Mal den Kopf weggedreht, dann ihm direkt in die Augen geblickt – ohne einen erkennbaren Ausdruck seiner Empfindungen dabei. Dieser direkte Blick hatte ihn einige Minuten beschäftigt, bevor er ihn wegwischen und sich erneut auf den Raum konzentrieren konnte. In der Küche war ihm dann das Mädchen in den Sinn gekommen. Sie hatte irgendetwas zu ihm gesagt. Er hatte sie aber nicht hören und ihre Lippenbewegung auch nicht lesen können. Vielleicht hatte sie ja auch nur ihre Lippen bewegt und unhörbar gesprochen. Auch diese Phantasie hatte ihn einige Zeit abgelenkt. Doch in der Küche war auch nichts gewesen.

Die Eingangstür, durch die er das Refugium betreten hatte, war von außen, wenn er das richtig erinnerte, aus Holz gewesen und hatte wie eine alte Kellertür gewirkt. Von innen betrachtet, war es eine massive Stahltür, fast wie bei einem begehbaren Tresor. Zumindest wie er sich so etwas vorstellte, denn einen Tresorraum hatte er noch nie betreten. Diese Tür schloss jedenfalls so dicht, dass an der Fuge nicht der kleinste Luftzug zu spüren war. Gute Frage: Wie wurde das Refugium überhaupt mit Sauerstoff versorgt? Wahrscheinlich zumindest durch das Rohr des Dunstabzugs über dem Herd. Es musste jedoch noch einen zweiten Luftschacht geben, doch das war nicht sein aktuelles Problem. Die Luft wirkte nicht abgestanden oder der Sauerstoff knapp. Atmen konnte er bestens.

Jetzt hatte er etwas gespürt. Etwas am Boden, genau, etwas im Boden, eine Auffälligkeit, wahrscheinlich eine Unebenheit. Er konnte sich nicht mehr genau erinnern, wo er dergleichen wahrgenommen hatte. Also drehte er eine weitere Runde. Während er damit beschäftigt war, fiel ihm auf, dass die Vibration aufgehört hatte. Es musste die Tram gewesen sein. Alles andere ergäbe nach seiner Einschätzung keinen Sinn. In der Nähe befand sich keine U-Bahn-Station. Pendelnde Busse wären nicht so pünktlich, außerdem auch nicht schwer genug. Die Tram musste es folglich gewesen sein. Die Abwesenheit der Erschütterungswellen erschloss ihm ganz neue Wahrnehmungsräume. Nun war es dunkel und zusätzlich noch vollkommen ruhig um ihn herum. Wieder saß er einige Zeit lang an die Wand gelehnt nur da, beobachtete seinen Atem, fühlte das Schlagen seines Herzens, nahm die einander überlagernden Rhythmen seines Körpers wahr, hatte sogar einen Moment lang das Empfinden, seinen eigenen Puls zu spüren, doch das war wahrscheinlich ein Irrtum und eine Verwechslung mit seinem Herzton. Erstaunlich, was für einen Lärm der eigene Atem in der Stille macht und wie laut einem das Herz in der Brust dabei schlägt.

Dann stieß er im Schlafzimmer auf das, was er wahrgenommen, aber nicht realisiert hatte: einen kleinen Absatz im Teppich auf dem Boden. Quadratisch, wie er daraufhin sehr schnell ertastete, und zwischen der Tür zum Badezimmer und dem Ende des von der Stirnseite in den Raum ragenden Bettes gelegen, halb von seinem geöffneten Koffer verdeckt, den er nun zur Seite schob. Bevor er sich mit dem Rücken an die Bettkante lehnte, um nachzudenken.

Das Refugium diente als Versteck, als Rückzugsraum, und war wahrscheinlich vor einem unbefugten Zugriff geschützt wie ein Bunker. Wer sich diese Räume mit ihrem teuren Interieur leisten konnte, konnte sich auch eine gesicherte Sauerstoffzufuhr leisten, durch die Eindringlinge nicht hineingelangen konnten, daher Gefangene auch nicht hinaus. Dies hatte er tatsächlich intuitiv und ohne nachzudenken bereits erkannt. Doch das Quadrat auf dem Boden war eine andere Sache. Er kroch zur Wand, wo seines Wissens der Lichtschalter war, hockte sich mit dem Rücken dagegen, schloss die Augen und betätigte den Schalter.

EINUNDZWANZIG

Auch mit geschlossenen Augen war das Licht in meiner dunkeltherapeutisch sensibilisierten Wahrnehmung gleißend hell. Als ich die Augen schließlich öffnen konnte, sah ich das Zimmer mit ungewöhnlicher Präzision. Auf dem Boden zeichnete sich ein leicht erhabenes Viereck unter dem Teppich ab. Eigentlich verblüffend, dass ich es nicht sofort entdeckt hatte, denn tatsächlich war diese geometrische Unebenheit kaum zu übersehen. Nach eingehender Untersuchung stellte ich fest, dass ich nicht mal den gesamten Teppich zur Seite rollen musste, sondern ein quadratisch ausgeschnittenes Stück an einer Ecke lösen konnte, denn die Aussparung klebte mit Heftstreifen auf einer Art Luke.

Ja, die Linien hatten sich verschoben, allerdings auf eine Weise, die mir Rätsel aufgab. Also zögerte ich, beobachtete minutenlang meine wachsende innere Agitation, bemüht, meine Aufregung über die Entdeckung zu überwinden. Schließlich zog ich den Teppich weiter vom Holz, um die Luke freizulegen, was aber gar nicht nötig war, weil ich in den Fasern des Teppichs verborgen auf einen Riemen stieß, den ich greifen und damit unter nicht geringem Kraftaufwand eine Tür im Boden öffnen konnte.

Ich blickte in ein Gewölbe unter dem Refugium, einen Raum, dessen vollständige Größe ich nicht erkennen konnte. Kühle drang herauf, auch abgestandene Luft. Ich blickte auf einen Steinboden, zu dem eine steinerne Stiege, eigentlich eine Leiter aus Stein, in fast vertikaler Linie hinab führte. Der Raum wirkte leer, eigentlich uninteressant, abgesehen von der Tatsache, dass sich hier ein Ausweg aus dem Refugium bot, was sich für mich aber wie ein Gefängnis anfühlte, komfortabel, aber ein Gefängnis. Das Gewölbe darunter wirkte weniger komfortabel. Trotzdem fischte ich das iPhone aus dem Koffer, schaltete es an. Natürlich kein

Empfang, hatte ich auch nicht erwartet, aber immerhin noch vierzig Prozent Akkuleistung.

Ich zog einen Wollpullover über mein Hemd, stopfte das Handy in die Tasche, stieg in den Keller und schaltete dann die eingebaute Taschenlampe auf Dauerbetrieb. Der Raum war nahezu vollständig leer, die Wände aus altersgrauem Sandstein, der Boden wahrscheinlich auch. In einer Ecke lagerten aufgeschichtet Ziegel, daneben ein Haufen durchsichtiger Plastikfolie. Bei genauerer Betrachtung fiel mir auf, dass dieser Raum wahrscheinlich dieselbe Grundfläche wie das Refugium darüber hatte. Es gab zwei Türen. Eine direkt unterhalb der Eingangstür zum Refugium, eine weitere an der gegenüberliegenden Raumseite, wahrscheinlich dort, wo sich im Refugium der unverrückbare Schrank befand. Auf diese Tür ging ich zu. Sie ließ sich öffnen, womit ich nicht gerechnet hatte, und führte in einen Tunnel, der so eng war, dass ich mich nur mit gesenktem Kopf darin bewegen konnte. Die Decke über mir war gerundet, die Seitenwände aus großen, massiven Steinquadern, wie ich sie auch in der Kathedrale gesehen hatte, und an einigen Stellen so feucht, dass ich sehr vorsichtig ging, um meine Kleidung nicht nass zu machen. Nach vielleicht zwanzig Metern, die ich in gerader Linie zurückgelegt hatte, weder abschüssig, noch ansteigend, gelangte ich in einen rund gemauerten, kleinen Raum, der auf mich wie ein Andachtsort, eine Kapelle gewirkt haben könnte, wenn sich irgendein konfessionelles Zeichen oder Bild darin befunden hätte. Doch ich sah nichts als nackte Wände, aus den gleichen massiven Steinquadern gemauert wie der Tunnel, der mich hergeführt hatte. Keine weitere Tür, dafür aber einen Hocker aus Holz direkt in der Raummitte.

Ich ging mehrfach um den Hocker herum, besah ihn von allen Seiten, rührte ihn aber nicht an und setzte mich auch nicht darauf. Der Raum war offensichtlich eine Sackgasse. Der Hocker wirkte, als hätte ihn jemand als Trost dorthin gestellt, damit sich der betrübte Besucher der Sackgasse daraufsetzen konnte, um über weitere, sinnvollere Schritte in seinem Leben nachzudenken. Ich spürte, dass ich ärgerlich wurde, und verließ den Raum, bevor ich meinen Ärger womöglich noch an dem Hocker ausließ.

Die Tür zur anderen Seite, also in dieselbe Richtung, aus der ich auch ins Refugium gekommen war, ließ sich ebenfalls öffnen. Doch was ich dort entdeckte, stimmte mich nicht fröhlicher: nämlich einen weiteren Raum, der eher wie eine Steinhöhle aussah, roh in den Fels gehauen. Fünf Gänge gingen von diesem Ort ab. Zwei ebenerdige und drei, die mit einer leichten Neigung weiter in die Tiefe führten, keiner nach oben in Richtung Stadt. Das Display meines Handys zeigte eine verbliebene Akkuleistung von fünfundzwanzig Prozent. Entweder funktionierte mein Handy nicht mehr einwandfrei oder die Leuchte verbrauchte mehr Energie als angenommen. Daher entschied ich mich, zunächst keinen weiteren Weg in die Freiheit zu suchen, sondern ging in den Raum mit der Steinstiege zurück. Ein innerer Widerstand hielt mich allerdings davon ab, nach oben ins Refugium zu steigen. Stattdessen ging ich in den Andachtsraum mit dem Hocker zurück, setzte mich darauf und schaltete das Handy aus.

Gegen diese Dunkelheit, das kann ich im Nachklang sagen, war selbst die Finsternis im Refugium noch hell. Die Abwesenheit von Licht ist nicht das alleinige Kriterium für Finsternis. Die Anwesenheit in einem lichtlosen Raum im fünfzigsten Stockwerk eines Hochhauses fühlt sich wahrscheinlich gänzlich anders an als mein Dasein hier unten, in der Tiefe unter der Stadt, in einem Raum, der nirgendwo hinführt. Ein Ort, den man nur über einen schmalen Zugang erreichen kann, um festzustellen, dass man sich an einem Endpunkt befindet, einer lichtlosen Endstation, in der die Dunkelheit nicht mehr samtig und weich ist, sondern von einer allumfassenden, allumhüllenden Konsequenz und durchdringenden Absolutheit und damit Härte. *Im Stollen kommst du zu den Trollen*, heißt es. Und der Troll war ich.

Zunächst machte ihm diese Erkenntnis Angst. Er war ein Verirrter, hatte sich verlaufen, steckte fest, gestrandet in einem Bauch unter der Stadt auf der Suche nach einem Menschen, zweifellos einem besonderen Menschen, den er auch gefunden, wieder verloren, vielleicht wiedergefunden hatte, aber womöglich mit dem Wissen, dass er in Wahrheit noch gar nicht wusste, was er wirklich von ihm wollte. Doch, er hatte ihm sein Geheimnis entreißen wollen. War das nicht das Schlimmste, das man einem Menschen antun konnte, ihm sein Geheimnis zu nehmen?

Er drehte sich auf dem Hocker in eine andere Richtung und betrachtete ein neues Stück Dunkelheit. Vielleicht ist ein Mensch die Summe seiner bewahrten Geheimnisse, überlegte er. Vielleicht ist ein Mensch die Summe seiner Geheimnisse, die es zu bewahren gilt, dachte er weiter. Doch was war er dann selbst? Ein Mensch ohne Geheimnisse? Ein Mensch, der nichts zu bewahren hat? Jemand, der gegeben, der verschleudert hat, ohne den eigentlichen Wert zu kennen. Jemand, der – so gesehen – arm ist. Ha, ha, arm, aber ehrlich? Womöglich gibt es eine Ehrlichkeit, die an Dummheit grenzt. Und am Ende dieses Weges der Dummheit findet man sich in einer Art Finalität der Idiotie wieder. Oder ist diese ehrliche Dummheit vielleicht eine Lüge auf einer anderen Ebene?

Er dreht sich im Kreis, starrt in wechselnde Ausschnitte von Finsternis und wird schließlich vollkommen still; körperlich unbewegt beobachtet er die Bewegung seiner Gedanken. »Mein Vater will dich sehen.« Damit hatte der Aufbruch in den Untergrund begonnen. War das ein Trick gewesen? Der Aufklärung dieses Geheimnisses sah er noch immer mit Optimismus entgegen. »Er wird dich treffen«, hatte das Mädchen noch gesagt. »Hab Geduld.«

Geduld, Geduld, Geduld. Genug Geduld zum Irrewerden.

Doch, ich hab ja Geduld. Ich habe jede Menge davon. Sieht man das nicht? Nein, niemand kann hier etwas sehen. Ich hocke in vollständiger Dunkelheit, absolut ruhig. In mir ist es so dunkel wie um mich herum. Ich bin vollkommen still. Alles ist hier still. So unglaublich still. Und ich bin absolut wach. Ich habe das Empfinden, in etwas zu ruhen, das man strahlende Schwärze nennen könnte. Keine tote Finsternis, sondern lebendige Dunkelheit. In dieser Dunkelheit bin ich womöglich wacher, bewusster, aufnahme- und erkenntnisfähiger als je zuvor bei Tageslicht. Leuchtende Schwärze umgibt mich. Sie umhüllt und trägt mich. Und durchdringt mich nach meinem Empfinden auch. Ich bin leuchtende Schwärze. Ich spüre, wie mir ein Schauer den Rücken herunterläuft. Und dann noch einer. Habe das Gefühl, an eine Art Stromkreis angeschlossen zu sein. Fühle mich elektrisiert.

Bilder aus der Vergangenheit blenden in meine Wahrnehmung wie Dias, auf eine Leinwand projiziert. Mein Vater, Vorstand eines Industriekonzerns, wie er am Morgen ein frisches Hemd vom hölzernen Diener im Ankleidezimmer streift. Das Hemd ist so weiß, dass es fast blendet, und wenn es nicht absolut perfekt gebügelt ist, schmeißt er es einfach in die Ecke und zieht ein neues, gleichermaßen weißes Hemd aus dem Kleiderschrank und vom Bügel, stülpt es über den Diener, um dessen Zustand zu überprüfen. Hält es dem nicht stand, verwirft er auch dieses. Einmal habe ich ihn sieben Hemden in Folge aus dem Schrank ziehen und verwerfen sehen. Ich glaube, das achte hat ihm auch nicht gepasst, aber er hat es trotzdem angezogen.

Meine Mutter hat dann die Haushaltshilfe angewiesen, die Hemden sofort in die Wäscherei zu bringen. Die Hilfe hieß Frau Brannhoff, war von runder Statur, kam die Treppen aber trotzdem mit einem geradezu aberwitzigen Tempo heraufgeschossen. Ihr Vorname lautete Gerlinde, und damit wurde sie von uns allen auch angeredet. Gerlinde wurde mit großer Höflichkeit begegnet, sämtliche Mahlzeiten nahm sie am Tisch mit uns ein. Sie hatte ein eigenes Zimmer im Erdgeschoss, bewegte sich im Haus aber mit der Selbstverständlichkeit und dem Selbstrespekt eines Familienmitgliedes. Diese Gleichstellung des Personals war meinen Eltern immer sehr wichtig gewesen. Doch dann verletzte sich Frau Brannhoff bei einem Sturz im Zuge eines privaten aushäusigen Termins und musste ersetzt werden durch eine Frau Lankwies, deren Vornamen ich nie erfuhr. Frau Lankwies verdonnerte mich einmal dazu, für eine halbe Stunde mit gesenktem Kopf und eingezogenen Schultern unter dem Küchentisch auszuharren, und sperrte mich anschließend für weitere dreißig Minuten in einen Küchenschrank. Keine Ahnung, was ich ausgefressen hatte. Danach hatten wir nur noch wechselnde Hilfen, die auch nur stundenweise kamen, um spezielle Aufgaben im Haushalt zu verrichten, und ich entdeckte meine Vorliebe für dunkle Ecken.

In der gegenwärtigen Finsternis fühlte ich mich geborgen wie in einem Meer. Der schwarze Ozean, das Dunkelmeer, umfing mich wie der Körper einer Mutter das noch ungeborene Kind. Minutenlang ruhte ich ohne irgendeinen greifbaren Gedanken oder überhaupt einen benennbaren Impuls in diesem tiefschwarzen Ozean der Stille. Ich fühlte mich zu Hause. Zu Hause angekommen. Nach Umwegen in die Heimat gelangt.

Dann sah ich meine Mutter, eine schmale Frau mit sehr dunklen, fast schwarzen Augen, die oft so erfüllt schienen wie die Nacht, die mich hier unten umgab. Es gab viele Fragen, die mit ihrer Existenz verbunden waren. Etwa: Was liebte sie eigentlich an meinem Vater? Warum zog sie mich meinen Geschwistern vor? Warum hatte sie diese liebevolle Geduld mit mir und konnte im nächsten Moment kalt reagieren, wenn ich mich zwischen sie und meinen Vater schob? Warum mochte sie sich selbst nicht, obwohl jeder andere sofort sah, was für ein reizender Mensch sie war? Warum wollte ich ihr immer näherkommen, als sie mich ließ? Das wahrscheinlich größte Rätsel überhaupt.

Gedanken zogen wie Wolken durch seinen Kopf, trugen Aufschriften wie Werbeflächen aus Wasserdampf. Lösten sich auf, bildeten sich neu, gaben Anlass zum Nachdenken, der sich wieder auflöste und Platz machte für weitere Anlässe, Begriffe, Verbildlichungen von Begriffen, Szenen aus der Vergangenheit, Erfahrungen jüngeren Datums, die sich wie Überblendungen ins Imperfekt hineinschnitten und Kommentaren des Präsens Platz machten, die wiederum wie aus einem inneren Ozean an die Oberfläche seines Bewusstseins stiegen. Das äußere Dunkelmeer und sein innerer Ozean kamen ihm wie eine Einheit vor, ein Ganzes. Lebendige, leuchtende, wache, bewusste Finsternis. Er suchte schließlich nach Worten, um zu beschreiben, was er aktuell fühlte, dachte und seinem Wesen nach war: ein schwarz leuchtendes Seelenmeer in einer Kapelle der Dunkelheit und Stille.

ZWEIUNDZWANZIG

Ich stand schließlich auf, weil ich Durst hatte. Entschloss mich, die Handyleuchte auszulassen, und tastete mich aus dem Raum der Stille in den Tunnel zurück, öffnete die Tür zum Gewölbe unter dem Refugium. Und gefror in der Bewegung. Über mir hörte ich Stimmen. Eine Frau und einen Mann, die leise Spanisch miteinander sprachen. Ich konnte nur Fetzen verstehen von dem, was sie redeten. Aber dass dort oben jemand war, war unüberhörbar.

Betont achtsam kletterte ich die Steinstiege hinauf, steckte den Kopf durch die Luke, sah aber niemanden. Die Stimmen kamen aus dem Fernseher, was nur an dem etwas zu voluminösen Klang zu erkennen war. Das Gerät hatte offenbar sehr gute Lautsprecher. Ich sagte nichts, sondern trat so leise wie möglich ins Schlafzimmer, verharrte einen Moment an der Luke, um zu lauschen, hörte aber kein Geräusch außer dem Fernseher, bewegte mich daraufhin möglichst geräuschlos am Bett vorbei und erblickte bereits eine Ecke des Tisches im Aufenthaltsraum. Dann die Kante des Sofas, hellbraune Slipper, die über die Armlehne ragten, hellblaue Socken und die ungebügelten Aufschläge einer braunen Nadelstreifenhose.

Auf dem Sofa lag Santos, der Heilige, Concierge aus dem Hotel, nicht in der gewohnten weißen Hoteluniform, sondern in besagter Hose und rotgrau kariertem Holzfällerhemd dazu, was einigermaßen seltsam aussah, nicht zuletzt auch in der Kombination mit den zwei Leberflecken im Gesicht, und schlief. So leise wie möglich, auch in dem Bewusstsein, dass er das Hotel ohne zu bezahlen verlassen hatte, schlich er zu dem Sessel gegenüber Santos, setzte sich hin und musterte den Heiligen. Seine rechte Hand hing auf dem Boden, während die linke zwischen der Rückenlehne des Sofas und seinem Körper nicht sichtbar eingeklemmt ruhte. Schlafend wirkte der Concierge deutlich jünger als im Wachzustand, was aber auch mit seiner liegenden Position zu erklären war. Ein Mensch in der Horizontalen sah nun mal fast immer jünger aus als dieselbe Person stehend.

Abgesehen von den zwei Leberflecken, über deren Entfernung man mit einem Schönheitschirurgen sicherlich nicht lange hätte diskutieren müssen, war Santos ein sehr gut aussehender Mann. Weil er die Haare auf den Leberflecken jetzt frisch rasiert hatte, sahen diese weniger unappetitlich aus. In der ruhenden Position traten seine Jochbeine besonders hervor, was seinem Gesicht eine schmale Kontur verlieh und dem Kinn etwas Markantes gab.

Er entdeckte einen Ausdruck im Gesicht des Heiligen, den er bei ihren vorigen Begegnungen übersehen hatte. Dieser Mensch, der hier vor ihm schlief, wirkte nicht im Geringsten servil, sondern wie ein Mensch der Tat, jemand, der einsame Entscheidungen treffen, verantworten und mit deren Folgen auch leben konnte.

Vielleicht fiel ihm all dies besonders auf, weil er gefühlt ewig keine zweite Person gesehen hatte, außer sich selbst im Spiegel, was natürlich absoluter Unsinn war, denn vor einigen Stunden war er noch in der Gesellschaft des Mädchens gewesen. Na ja, in seiner flüchtigen Gesellschaft, musste man wohl sagen. Erst lasziv auf seinem Bett, dann ein hektischer Aufbruch aus dem Basislager in den Abgrund, weil angeblich Sturm droht. In einer solchen Witterungslage kann man natürlich alles Mögliche behaupten. Und er hatte es geglaubt. Hatte ihr geglaubt. Ole, du Idiot. In den Kerker gelockt von ihr. Musst ja blöd sein, Meerzen, dass du ihr Folge geleistet hast. Töricht und wie toll ab in den Keller. Hinab am Haken eines unberechenbaren Kindes. Nein, kein Kind, sondern Kindfrau. Das ist ein Unterschied, der irgendwie in der Luft liegt. Hoj, Romni, jall mischto? Hoj, Romni, sar san? Bibaxtalo! Kleiner Teufel, hast mich gefangen!

Aber nun war ja Santos, der Heilige, zu seiner Rettung gekommen und schlief im Refugium. Ein Jahrhundert fiel von ihm ab, oder sollte er besser sagen, fünfhundert Jahre?

Die vergangenen Stunden hatte er als ozeanische Zeitspanne erlebt, als stillen Ozean innerer Ruhe im Samtgewand der Dunkelheit, doch plötzlich kam wieder Rhythmus in sein Leben, Wellen am Strand der Zeit. Er hörte Santos atmen. Bei jedem Einatmen, tatsächlich unmittelbar bevor sich sein Atem ins Ausatmen verkehrte, vernahm er ein leises Klicken wie das sehr langsame Ticken eines Sekundenzeigers bei einer mechanischen Uhr, ein Geräusch, das aus der Nase des Heiligen zu kommen schien und eines jener Geheimnisse von Schläfern war, die man in ihrem Wachzustand nicht erahnen konnte.

Er überließ sich vollständig diesem perkussiven Ritardando in der Unterteilung der Zeit, spürte, wie sich auch sein Atem zu verlangsamen schien, die rhythmische Annäherung an Santos suchend, während er gleichzeitig dessen Gesicht studierte. Einmal öffnete der Heilige den Mund, und er erblickte zwei Reihen sehr weißer und gepflegter Zähne. Der Heilige schloss ihn aber gleich wieder, woraufhin ein zweifaches Klicken ertönte wie eine Extrasystole im Herzrhythmus. Dieser Moment erschreckte ihn, und er musste ein Geräusch gemacht haben, denn Santos öffnete die Augen und setzte sich mit einer einzigen eleganten Bewegung auf, an deren Ende er eine Pistole in der linken Hand hielt, woraus man schließen konnte, dass er Linkshänder ist.

»¡Hola«, sagte ich.

»¡Hola«, echote der Heilige und wedelte mit der Pistole, um sie dann lässig in seinen Schoß sinken zu lassen, sich offenbar bewusst, dass auch diese Position vollkommen ausreichte, um mich in respektvoller Distanz zu halten.

Ich wusste nicht, was ich weiter sagen sollte, daher sagte ich nichts und sah den Heiligen einfach unverwandt an. Plötzlich erkannte ich, dass er wie auch Kala ein Rom sein musste, und murmelte »Bibaxtalo«, in der Hoffnung, damit Vertrauen aufzubauen.

Aber Santos wackelte nur mit dem Kopf und etwas verzögert auch mit der Waffe, dann erwiderte er in pastoral klingendem, überdeutlich gesprochenen Spanisch: »Steh auf und trage vor.«

Ich verschluckte mich fast bei dem Versuch, meine erste Reaktion auf diesen biblisch anmutenden Ausspruch zu unterdrücken, auch aufgrund des überraschenden Du. Doch es gelang mir – mit dem Blick auf die Pistole –, nicht in Gelächter auszubrechen. Was wollte dieser Mensch von mir? Was konnte er von mir als verlängerter Arm des Ältesten mit einer Pistole in der Hand wollen?

Ein Zeichen, vermutete ich und drückte mich langsam aus dem Sessel, bis ich vollkommen gerade und aufrecht vor ihm stand.

»Ich heiße Ole Meerzen«, begann ich, obwohl er das als Concierge des Hotels, in dem ich namentlich als Gast untergebracht gewesen war, wissen musste, hielt mich dann für die Dauer eines Lidschlags mit der Frage auf, ob er gekommen war, die nicht bezahlte Rechnung einzufordern, verwarf den Gedanken aber sofort wieder, »geboren in Bremen, aufgewachsen in Hamburg, nicht besonders gut in der Schule, aber später im Beruf, weil ich mich für Menschen interessiere.«

Ich sah Santos in die Augen, auf der Suche nach einer Reaktion, fand aber keine. Er blickte mich mit einer seltsamen Mischung aus Langeweile und Aufmerksamkeit an, ein Ausdruck, den ich schon bei anderen Zigeunern beobachtet hatte, aber bereits da nicht hatte einordnen können.

»Ich habe immer geglaubt, ich würde die Menschen lieben«, redete ich weiter, bemüht, wahrhaftig zu klingen, auch wirklich zu meinen, was ich sagte, oder vielmehr zu sagen, was ich wirklich meinte, denn darauf kam es nach meinem aktuellen Empfinden an, »aber es kann sein, dass ich mir das nur eingeredet habe, weil ich mir vorgenommen hatte, ein guter Mensch zu sein.«

Ich machte eine Pause.

Keine Reaktion. Derselbe Blick.

»Da unten.« Ich zeigte auf den Boden, den Keller meinend, »in dem Raum am Ende des Tunnels, da hat die Welt aufgehört zu existieren. Ich habe das innere Licht nicht gesehen. Aber das war auch gar nicht nötig, denn ich habe die Finsternis wiederentdeckt. Die Dunkelheit macht mir keine Angst mehr. Vielleicht bin ich schon tot und muss vor nichts und niemandem mehr Angst haben, auch vor Ihnen nicht. Ich weiß nicht, was Sie mit mir vorhaben, aber ich will den Ältesten sehen, ich will Álvarez de Cádiz treffen. Bringen Sie mich jetzt zu ihm.«

Santos sah mich regungslos an. Ein Blick ohne die geringste für mich wahrnehmbare Emotion. Dann öffnete sich sein Mund und zwei Silben schlüpften heraus, zwei kleine Geräuschblasen, deren erste zu einem großen O heranwuchs und mit dem abschließenden K platzte. »O. K.«

INTERLUDE I

Sie haben keinen schützenden Panzer, sondern nur eine Haut, die ihnen Stabilität verleiht. Wie bei Hummern der Panzer wird auch diese Haut ihnen regelmäßig zu eng. Dann müssen sie sich häuten. Zeiten der Häutung sind Zeiten des Rückzugs. Dann verstecken sie sich tief in ihrem Gehäuse. Manchmal noch zusätzlich in einer eigens ausgehobenen Grube, die unkundige Beobachter mit einem Grab verwechseln könnten, denn der Einsiedler verharrt dort nahezu regungslos vier bis acht Wochen lang.

Man möchte ihm zu Hilfe eilen, nachschauen, ob er noch lebt, ihm womöglich dabei helfen, sich aus seiner alten Haut zu schälen. Doch dies würde ihn in seinem Innersten irritieren und seinen sicheren Tod bedeuten.

Seine alte Haut muss er ohne fremde Hilfe und aus eigener Kraft abstreifen, damit sich eine neue bilden kann. Dafür wird er auch sein bisheriges Gehäuse verlassen. Das ist für ihn der Moment größter Gefahr.

Einsiedlerkrebse haben ein weiches Hinterteil. Bleibt es ungeschützt, sind sie eine leichte Beute für Jäger. Daher suchen sie sich eine sichere Behausung, meistens das verlassene Gehäuse einer Meeresschnecke.

Es gibt Arten, bei denen die linke Schere größer ist als die rechte. Man könnte sie als Linkshänder bezeichnen und die anderen als Rechtshänder. Allerdings hat eine Art aus der Tiefsee gleich große Scheren – was auch immer das bedeuten mag.

Einsiedler einer in der Gezeitenzone beheimateten Art führen regelmäßig ein seltsames Menuett auf. Im wahrsten Sinne des Wortes einen Gesellschaftstanz. Und der geht so: Weil sie ja wachsen, benötigen sie immer wieder ein neues, passendes Gehäuse. Um in den Besitz eines möglichst geeigneten zu kommen, tauschen sie ihre Gehäuse auch untereinander aus. Ein Tausch, der einer ausgeklügelten Choreografie wie bei einem Menuett folgt.

Benötigt ein Einsiedlerkrebs ein größeres Gehäuse, so macht er sich auf die Suche danach. Wird er fündig, bezieht er seine Behausung allerdings nicht sofort, sondern wartet, bis sich weitere Artgenossen dort einfinden. Alle stellen sich nun der Reihe nach in einem Kreis auf. Der größte und älteste Einsiedler positioniert sich an erster Stelle am vorgefundenen größeren Gehäuse, verlässt aber seine bisherige Behausung noch nicht. Erst wenn der Reigen komplett ist, gibt der Älteste sein altes Gehäuse auf, um es sich in dem neuen, weiträumigeren bequem zu machen. Der Nächste in der Reihe, also ein etwas jüngerer und damit weniger großer Krebs nimmt daraufhin das vormalige Gehäuse des Ältesten in Besitz, gefolgt von dem nächsten. Und so weiter. Ein äußerst komplizierter Ringtausch. Das Menuett der Einsiedlerkrebse eben.

Es vollzieht sich meistens friedlich, doch manchmal kommt es vor, dass einer der Einsiedler sich weigert, seine bisherige Behausung zu verlassen. Dann wird er von den anderen dazu gezwungen. Und verliert sein Anrecht auf eine neue Behausung aus der Reihe. Muss also selbst eine neue, für ihn passende suchen. Das misslingt in der Regel. Deshalb irrt dieser Krebs nun auf sich allein gestellt schutzlos umher. Und wird höchstwahrscheinlich gefressen. Das ist die harte Wirklichkeit am paradiesisch schönen Strand seines Lebens.

Ach ja, und noch etwas haben Biologen herausgefunden: Das sensibelste und am wenigsten angriffslustige Männchen von ihnen ist immer das zeugungsfähigste. Also am besten geeignet für den maskulinen Beitrag zur Erhaltung der Art.

DREIUNDZWANZIG

Der Heilige schleppte meinen Koffer. Ich weiß nicht, was ihn dazu bewogen hatte. Aber es schien, als wäre er doch ein wirklich feiner Mensch und kein Gangster, wie es den ersten Anschein im Hinblick auf die Waffe hatte. Die hielt er zwar immer noch in der Hand, aber eher, so kam es mir nun vor, um mich damit zu beschützen. Denn er lief voraus. So schnell, dass ich kaum hinterherkam. Einen anderen Weg als der, auf dem ich gekommen war, noch gewundener und komplizierter als der erste, noch weniger später zu erinnern. Auch gut, ich hatte keine Neigung, das Refugium ein weiteres Mal betreten zu wollen. Wir stoppten schließlich an einer Treppe, die relativ steil nach oben führte und daher mit Bedacht erklommen werden wollte. Sie führte in einen kargen Patio. Aus dem Patio traten wir auf eine schmale Gasse, die aber im Dunkeln lag, weil es offenbar mitten in der Nacht war. Wir durchquerten einen weiteren Patio, überquerten eine weitere Gasse, die von einem trüben Licht aus dem Fenster eines Hauses angeleuchtet wurde, und traten in den gegenüberliegenden Hauseingang, um erneut in einem Patio zu landen, gleichermaßen schummrig wie zuvor, diesmal mit einer schemenhaft erkennbaren Galerie im ersten und zweiten Stockwerk.

Santos nahm den Aufgang zur Galerie im ersten Stock, klingelte an einer Tür, die von einem Hausmädchen mit weißer Schürze und einem gleichermaßen bleichen wie emotionslosen Gesicht geöffnet wurde, trat vor mir ein, sagte zwei unverständliche Sätze, wahrscheinlich wieder Romanes, denn ich glaubte den Sprachklang wiederzuerkennen, ging dann an ihr vorbei, setzte meinen Koffer in der Mitte des Eingangszimmers ab und verschwand durch eine Seitentür. Ich folgte dem Hausmädchen mit meinem Koffer, während ich gleichzeitig zur Kenntnis nahm, dass die Einrichtung hier dem Interieur des Refugiums glich. Ähnliche schwere Möbel, offensichtlich gleichermaßen alt, die gleiche blaue Tapete mit der goldenen Borte unter der Decke, ähnliche Kandelaber an den Wänden, die vormals Kerzenleuchter gewesen waren.

Plötzlich steht Kala vor mir. Schwarze Augen, leuchtender Blick, rötlicher Schatten auf den Lidern.

»Hey«, sagt sie.

»Eh«, erwidert er müde. Sie führt ihn in ein Zimmer, offensichtlich ein Gästezimmer und wie ein Hotelzimmer ausgestattet, nämlich mit einem eigenen Bad; sagt, dass sie ihn in zehn Minuten holen werde, und schließt die Tür hinter sich. Er wartet allerdings vergeblich darauf, die Umdrehung eines Schlüssels im Schloss zu hören.

Hatte sie sich gefreut, ihn zu sehen? Warum sollte sie? Aber er konnte doch zufrieden sein. War dem Verlies entronnen. Was wollte er mehr? Freude? Wozu? Na ja, es gäbe da schon Überlegungen. Hatte er unten angestellt. Aber: aussichtslos. Würde er also für sich behalten.

»Bibaxtalo«, bemerkt er mit leiser Stimme, wühlt ein frisches Hemd aus seinem Koffer, streift es über, nachdem er sich unter den Achseln gewaschen hat.

Eine halbe Stunde später in einer Art Empfangszimmer, näher am Eingang, dunkelroter Teppich, gestreifte Tapete in pastelliertem Blaurot, daran gerückt ein Schrank aus fast schwarzem Holz mit roten Verzierungen, ein Tisch mit einem von innen beleuchteten Globus, davor zwei Sessel, die jenem im Refugium gleichen, im rechten der alte Herr, schwarzer Anzug, weißes Hemd, keine Krawatte, offener Kragen bis zum zweiten Knopf, weißes Einstecktuch, dazu die dezente Andeutung eines Lächelns.

»Por favor«, sagt Álvarez und weist mit einer einladenden Handbewegung auf den Sessel ihm gegenüber, jedoch mit einigen Metern Platz dazwischen. »Jetzt sind Sie mein Gast. Nun heiße ich Sie herzlich willkommen.« Er lächelt. »Ich hoffe, Sie werden sich hier mehr zu Hause fühlen als im Refugium.«

»Ich war gerade dabei, mich dort unten einzurichten«, antworte ich und setze mich. »Die Stille und die Dunkelheit haben mir gutgetan.«

»Ich gehe manchmal dorthin«, erklärt er. »Dort, in dem letzten Raum, wo auch Sie waren, kommen mir die besten Gedanken. Nur echte Dunkelheit bringt solche Gedanken hervor. Sie wandern aus der Dunkelheit in meinen Kopf. Ich muss nichts dafür tun, nur da sein und sie in Empfang nehmen.« Er senkt den Kopf, betrachtet sein Hände, hebt dann wieder das Gesicht, was seltsamerweise nun schmaler als in meiner Erinnerung wirkt. Die Narbe unter seinem linken Auge ist kaum zu sehen, auch die Flecken an den Schläfen scheinen ein wenig verblasst. Er sieht mich direkt an. »Was haben Sie dort unten gefunden? Dort unten, tief unter der Stadt?«

»Einen Teil von mir selbst«, erwidere ich, »den Teil, der die Dunkelheit liebt.«

»Ah«, sagt Álvarez und atmet dabei aus. »Ich wusste, dass es so etwas sein musste, sonst hätte Jal Ihnen noch etwas Zeit gegeben.«

Seltsamerweise werde ich bei der Möglichkeit einer verlängerten unterirdischen Unterbringung entgegen meinem Willen nicht ärgerlich. Aber der alte Herr gibt mir auch gar nicht die Zeit, mich aufzuregen, sondern sagt mit einem ungewöhnlich warmen Ausdruck in der Stimme: »Erheben Sie sich und bekennen Sie.«

Die alte Frage also in neuer Form. Demnach werde ich ihr nicht entkommen können. Ich bin in seiner Hand. Was kann ich tun? Protestieren? Wahrscheinlich wäre ich dann sehr schnell draußen vor der Tür. Wenn ich noch nicht bemerkt hätte, dass ich vollständig in seiner Hand bin, müsste man die Klarheit meines Verstandes anzweifeln, und ich fühle mich gerade sehr klar. Also stehe ich langsam auf. Habe ich leider schon in der Schule gehasst. Doch plötzlich spüre ich ein eigenartiges Kitzeln am Scheitel meines Kopfes und Wärme, die mein Gesicht flutet, und fühle, wie meine Augen feucht werden. Mein rechter Fuß fängt an zu zittern, dann auch mein linker, schließlich zittern beide Beine, kurz darauf beginnt mein gesamter Körper zu vibrieren.

Der Alte blickte mich unverwandt und mit der Andeutung eines Lächelns an.

Irgendwie kann ich mich von seinem Blick nicht lösen, will es aber auch gar nicht, tauche vielmehr in seine Augen und finde dort auf einmal die Finsternis wieder, in die ich tief unten, am Ende des unterirdischen Pfades in dem Raum auf dem Hocker eingetaucht war. Ich starre in diese Dunkelheit. Und dann habe ich das Empfinden, wie wenn sich Haut vom Körper schält. Eine Häutung wie bei einem Reptil, die oben auf dem Kopf beginnt. Eine Art Membran, zarter als meine eigentliche Haut, aber von der Struktur her aufgeschäumter Milch ähnlich, jedoch durchsichtig dabei, beginnt sich von meinem Körper zu lösen und als Folge der Vibration wie eine durchsichtige Haut aus Gallert, die zu weit geworden ist, langsam zu Boden zu sacken, was ein geradezu erstaunliches Empfinden von Befreiung verursacht. Gehäutet, geschält, ja, freigelegt und mich dabei auch befreit fühlend, stehe ich schließlich ruhig da, auch körperlich beruhigt – und spüre, dass ich zu lächeln beginne. Dieser Ausdruck unerwarteter Zufriedenheit irritiert mich umso mehr.

Der Alte sieht mich immer noch an, beide Arme ausgestreckt auf den Lehnen des Sessels, als würde er sie im nächsten Moment heben wollen, um mich aus dieser Position heraus zu umarmen. Und ich fühle mich gesehen. Sein Blick, das spüre ich auf eine angenehme, warme Weise, will mich wirklich erkennen, mich wahrnehmen bis in die Tiefe meines Seins. Álvarez schaut mich, ohne mit den Augen zu blinzeln, so liebevoll an, dass ich mich tatsächlich einen winzigen Moment lang frage, woher er all diese Liebe hat. Aus welcher Quelle strömt all das? Ich stehe in diesem Strom, der aus seinem Blick fließt, fühle, wie mich eine geradezu kindliche Heiterkeit erfasst, und verspüre den Drang, etwas zu sagen.

»Ich bekenne«, sage ich und muss dabei lachen. Die Worte purzeln aus meinem Mund. Die Worte sind Murmeln, die durch den

Raum kullern und sich dann irgendwohin verkriechen. Worte, registriere ich trotz Heiterkeit, haben ein Eigenleben.

»... dass ich einen ganz schönen Wirbel gemacht habe, um Sie zu finden«, murmele ich lachend weiter. Und nun kullern ziemlich viele Worte auf einmal durchs Zimmer, wie beim Flippern, wenn mehrere Spielbälle gleichzeitig auf dem Spielfeld sind.

Und der Alte blickt mich immer noch unverwandt an, scheint zu strahlen dabei, als würde er sich freuen.

Steht da, der Gast, der Besucher und Reporter, will einen nächsten Satz beginnen, verliert aber den Faden, denn in seinem Kopf setzt etwas aus. Er spürt, dass eine Welle auf ihn zurollt. Die Woge baut sich auf, und er fühlt die Macht, mit der sie ihn gleich erreichen wird. Eine Vorahnung wie am Strand, wenn das Wasser sich zurückzieht, bevor der Tsunami kommt, ausgelöst von einem unterirdischen Beben in der See. Alle Vorzeichen stehen in einem direkten Zusammenhang und sind absolut folgerichtig. Wer sie wahrnimmt und deuten kann, springt rechtzeitig auf und rennt die nächste Anhöhe hinauf, um sich in Sicherheit zu bringen. Auch vor dieser Welle, die ebenfalls ganz eigene Vorzeichen hat, könnte er sich in Sicherheit bringen. Doch das wäre ein großer Verlust und das wirkliche Ende seiner Reise. Ein vorzeitiges Ende. Ein unbefriedigendes Ende. Ein Scheitern. Und das will er nicht. Also wartet er auf die Welle.

Diese Welle, die nun kommt, so denke ich in dem Bruchteil einer Sekunde mit kristalliner Klarheit meines Bewusstseins, dieser Welle werde ich mich überlassen, werde mich ihr hingeben. Und wenn ich sie womöglich auch noch reiten kann, so werde ich dies genießen – selbst wenn dies die letzten Momente meines Lebens sind.

Der Alte blickt mich an. Ich sehe, dass er der Älteste ist.

Was sieht er?

Einen Menschen, der sich auf den Weg gemacht hat. Ehemals Fotoreporter, Autor. Suchender, Irrender, Verirrter, Aufbrechender und nun als Gehäuteter, Verwandelter in Ruhe abwartend.

Und dann ist die Welle da, erfasst ihn mit einem Pulsieren, das vom Steiß hoch in den Scheitel steigt, hebt ihn, trägt ihn.

Was soll er sagen?

Nichts. Er fühlt sich in unendlich viele Teile zersplittert. Ein tausendfacher Ole Meerzen tanzt seine Ekstase auf der Welle des Lebens.

Er ist eine Wolke, die man nicht mehr greifen kann. Er ist da und dort und überall und außerdem auch noch hier. Ein Rätsel, das sich selbst als Rätsel wahrnehmen kann. Wie wunderbar!

Damit möchte er sich nun ausgiebig befassen.

Álvarez stemmt sich aus dem Sessel – ohne ihn mit seinem Blick loszulassen, tritt zu ihm hin, greift seine rechte Hand und drückt sie mit einer schnellen Bewegung an die eigenen Lippen.

Was soll das jetzt?, fragt er sich noch.

Und hat das Gefühl zu fliegen. Er fliegt. Fliegt durch den Raum seines Bewusstseins.

Fliegt. Schwebt. Taucht in etwas ein. Taucht zur Wurzel der Welt. Tief hinab. Tief und noch tiefer. Umkreist dort unten in der Tiefe einen leuchtenden Stamm, der aus der Wurzel der Welt erwächst. Er schwimmt in einem Schwarm um den Stamm herum. Seinesgleichen, tausendfach, wenn nicht mehr. Der leuchtende Stamm ist das lichte Zentrum im Meer des Geistes. Sein Selbst kreist nun um dieses Zentrum, umkreist es als Teil eines Schwarms. Der Schwarm ist bewegliches Bewusstsein und verändert die Form, bildet Gedanken, Gefühle und Vorhaben ab. Er möchte diese Gedanken, Gefühle und Absichten lesen und verstehen lernen. Er ist ein Teil der Form und studiert sie, als könnte er von außen daraufblicken.

Der Schwarm wird zu einem rotierenden Ball, der sich um seine innere, leuchtende Achse dreht, schneller und schneller, sich schließlich in einen Diskus verwandelt und dann zu einem Torus wird, einem wirbelnden Wulst, der langsam aufzusteigen beginnt. Der Wulst ist die eigentliche geistige Form seines Gehirns. Die Milliarden seiner Gehirnzellen, die gemeinsam denken und sich auf ein Ich geeinigt haben und nun wie Fische im *Ozean des Geistes* schwimmen. Schwimmend umkreisen sie das leuchtende Zentrum. Wir sind wer?, fragt sich Ole Julius Meerzen und sieht, wie der Torus die Wasseroberfläche durchbricht. Ein Licht leuchtet aus der Tiefe wie ein einziger Scheinwerfer in den Himmel. Der Torus rotiert um dieses Licht, leuchtend, wie aus Abertausenden winziger Lichtfunken bestehend.

Wir sind. Innen und außen. Mittendrin und außen vor. Ich ist eine Ahnung. Ein Wort von gestern. Ein Begriff aus dem Keller unserer Seele. Unser Ich gehört begraben, denn wir sind mehr als das. Alles, wirklich alles, dreht sich um unser höheres Selbst. Wir sehen dieses leuchtende, Funken schlagende Selbst von außen, können es von außen betrachten. Und sind gleichzeitig mittendrin. Ein Gedanke wie ein Fisch, der fliegen kann. Im Zerbersten des Torus verwandeln wir uns in Milliarden von fliegenden Fischen. Wir fliegen über die Oberfläche, jagen zu fernen Welten, tauchen in fremde Ozeane, beheimaten uns in noch tieferen Meeren.

Im Auseinderfliegen fand er sich auf dem Boden wieder. Alles drehte sich in ihm. Aber er war allein. Der Älteste musste sich irgendwie entfernt haben.

Er fühlte sich bodenlos, auf eine seltsame Weise verrückt. Wahrscheinlich war er das auch, denn er hockte neben seinem Koffer, beide Arme um seinen Oberkörper geschlungen, als wollte er sich selbst umarmen und sich ein Gefühl von Geborgenheit geben. Ihm liefen die Tränen – im eigens für ihn hergerichteten Zimmer.

VIERUNDZWANZIG

Omelette mit Frühlingszwiebeln, Cherry-Tomaten und Jamón stand vor ihm auf dem Tisch, dazu zwei Ensaïmada und ein Napf mit Marmelade aus Granatapfel für die süßen Brötchen sowie eine Karaffe mit frisch gepresstem Orangensaft, gebracht von Jal Santos mit einem verschwörerischen Lächeln.

Er stürzte sich mit Heißhunger darauf.

Er aß mit einem Appetit wie selten in seinem Leben.

Er genoss das Omelette mit einer geradezu pastoralen Langsamkeit. Jeder Bissen wurde zum Gebet. Die vergangenen achtundvierzig Stunden, so viel war bereits jetzt erkennbar, hatten ihn Demut gelehrt.

Nach dem Frühstück ließ er Wasser in die Badewanne laufen und legte sich hinein, wäre beinahe darin eingeschlafen und stieg erfrischt, mehr als nur körperlich gereinigt, wieder heraus, putzte sich die Zähne, trocknete die Haare und genoss sein überirdisches Dasein.

Er war noch nicht fertig angezogen, als es an der Tür klopfte. Er hatte Santos erwartet, aber es ist das Mädchen. Oder vielmehr: der Mensch, den er kennt und aufgrund verwandter Erscheinungsmerkmale mit ihr identifizierte und deshalb bisher »das Mädchen« genannt hat. Heute sieht sie jedenfalls gänzlich anders aus als je zuvor. Sie trägt die Haare als Turm auf dem höchsten Punkt des Kopfes, was auf ihn immer irgendwie asiatisch wirkt, gehalten durch goldene, in die Haare geflochtene Bänder. Das Gesicht hell, fast bleich geschminkt, was sie wiederum älter aussehen lässt. Dazu gelben Lidstrich um die Augen und orangefarbenen Lippenstift. Eine insgesamt grelle, eher jugendliche Kombination, die allerdings nicht so wirkt. Sie trägt ein knöchellanges, hochgeschlossenes rotes Kleid, das die Arme frei lässt, weshalb sie noch zarter und zerbrechlicher aussieht, als sie ohnehin schon ist.

»Hey«, sagt sie, »mein Vater würde dich gern sehen. Bist du bereit?«

Was für eine Frage! Er nickt nur, woraufhin sie sich mit einer schnellen, raschelnden Bewegung umwendet und vorangeht. Er muss sich beeilen, um hinterherzukommen. Seine Gedanken fliegen. Er hat Häuser sehr wohlhabender, auch reicher Menschen gesehen. Meistens so geschmackvoll eingerichtet, wie es die besten Einrichtungszeitschriften vorgaben. Dazu ein echter Matisse oder

Mondrian an der Wand, einmal auch Brueghel. Pieter, der Jüngere, um es genau zu sagen. Eine Marktszene mit einem wirklich magischen Licht, etwa 1630 gemalt, wie ihm die Hausherrin versicherte. Doch was er in Álvarez' Haus sieht, ist etwas anderes, nämlich sehr altes, ja, uraltes Geld. Es klebt wie eine Patina an der grünen Tapete mit ihren goldenen Rautenmustern. Nichts wirkt vordergründig teuer oder um der Kostbarkeit willen angeschafft, sondern vielmehr auf eine selbstverständliche und dadurch wertvolle Weise hineingewachsen und gegenwärtig. Sie wandern über einen Flur, in dem man die Schritte nicht hört, obwohl Kala auf hohen Hacken geht, gelangen in einen ovalen Raum, der in eine Bibliothek mit deckenhohen Bücherborden führt – der Älteste hat offenbar ein Faible für runde oder ovale Räume bei geistigen Tätigkeiten, denn der unterirdische Introspektionsraum war ja auch ein Rondell gewesen.

Doch sie durchqueren die Bibliothek lediglich, um in eine daran anschließende Halle zu gelangen. Zu beiden Seiten hängen großformatige Bilder mit abstrakter Kunst. Die auf der linken Seite wirken wie visuelle Dschungel. Neugierig tritt er näher und bemerkt, dass die Oberfläche von reliefartiger Struktur ist. Plötzlich meint er, darin den Querschnitt eines Gehirns zu erkennen. Noch näher hat er das Empfinden, durch eine neuronale Tür zu treten und die Verschaltungen des Unterbewusstseins zu erblicken. Er spürt ein Kitzeln im Nacken, während er den Namen Amon Marlie in der Signatur liest.

Grell, grob, geometrisch und weniger mäandernd im Gegensatz dazu die Bilder auf der rechten Seite. Am besten vielleicht als Farbstenografien zu beschreiben. Auch sie tragen eine Signatur, doch nicht in der linken oder rechten unteren Ecke, sondern im Zentrum des unteren Drittels. Wieder hält er inne, tritt näher und erkennt ein schwungvoll ausgeführtes K.

Er blickt sich um, will das Mädchen fragen, ob sie die Malerin ist und wie der Dialog mit den Marlie-Werken zu verstehen ist. Aber Kala ist schon vor ihm an einer s-förmig geschwungenen Treppe angelangt, steigt bereits die Stufen hinauf, deshalb lässt er den Gedanken ziehen. Die Treppe führt direkt zwei

Stockwerke hinauf, überspringt also eines, was natürlich sofort seine Neugier weckt, und mündet in eine Galerie, die den gesamten Raum umschließt. Das Mädchen öffnet eine Flügeltür und führt ihn in ein überglastes Studio im offenbar obersten Stockwerk des Hauses.

Die Mitte des Raumes nimmt ein ovaler Tisch ein, der mit dunkelbraunem Leder bespannt ist und etwa zwanzig Personen Platz bieten würde, wenn mehr als die vorhandenen fünf Stühle hingestellt worden wären. Die Tischplatte muss sehr massiv sein, denn die Kante ist aus einem sehr dunklen Holz und verläuft als eine schräge Ablage einmal um das gesamte Oval, breit genug, um darauf bequem einen Notizblock abzulegen und zu schreiben. Diese Borte war mit hellen Intarsien versehen, und als er sich, von Kala aufgefordert, auf dem Stuhl ihr gegenüber niederlässt, entdeckt er, dass die Intarsien ägyptischer Keilschrift ähnlich sehen, einer seltsamen Mischung also aus Piktogrammen und Buchstaben ähnlichen Zeichen, die ich allerdings nicht deuten kann. Ein Symbol gleicht einem Vogel, gefolgt von einem durchgestrichenen H, dann einer Art Kelch, gefolgt von einem Rosensymbol und einem Dreieck. Seltsam.

Doch die größte Seltsamkeit ist ein Porträt an der Stirnseite des Studios. Das muss sie sein. Zumindest denkt er das im ersten Moment, denn die Person in dem Gemälde hat den gleichen Ausdruck, trägt ihre Haare ebenfalls aufgetürmt, gehalten durch goldene Schnüre, und hat auch ein rotes, ärmelloses Kleid an, allerdings nicht eng geschnitten, sondern weit mit einem entsprechenden Faltenwurf, der eine der Finessen des Bildes ist. Auch die dargestellte Frau ist sehr bleich, jedoch nicht bleich geschminkt, sondern bleich, weil in einem bleichen Licht wie bei Vollmond gemalt. Dieses Licht gibt der Darstellung eine luzide Stimmung mit einer fast fiebrig anmutenden Aufmerksamkeit und erinnert eher an Vermeer als an Rembrandt. Die Frau scheint aus einer gänzlich anderen Zeit mit einer für ihn nicht einschätzbaren Gemütslage in die Gegenwart zu blicken und bewirkt, dass ihm ein Schauer über den Rücken läuft und sein Körper auf dem Stuhl, auf dem er inzwischen sitzt, einen Ruck macht, wie wenn er aufspringen und davonlaufen wollte, während er gleichzeitig in das Bild hineinspringen und in diesen Blick eintauchen möchte.

Er schaut zur Seite, blickt zu Kala. Springt sekundenlang mit den Augen hin und her. Das Mädchen sieht ihn abschätzend an, so, als wollte sie seine Frage an sie spiegeln und ihm auf diese Weise beantwortet zurückgeben. Er will sie trotzdem fragen, wer die Frau auf dem Bild ist, doch die Tür schwingt auf und Álvarez tritt ein. Auch er sehr gut, wenn nicht feierlich gekleidet, dabei aber so selbstverständlich wirkend, dass in dem Gast der Verdacht aufkommt, dass der Älteste und das Mädchen zu Hause immer so herumlaufen und nur für Ausflüge nach draußen in die Öffentlichkeit eine Art Mimikry-Bekleidung anlegen. Bei dem Mädchen hat er das besonders vielfältig und gut studieren dürfen.

Der Älteste kommt mit einem freudigen Ausdruck im Gesicht auf ihn zu. »¡Hola, mein lieber und verehrter Freund«, sagt er und reicht ihm seine Hand, als würden sie sich hier zum ersten Mal sehen. »Fühlen Sie sich nun wirklich von Herzen willkommen. Wir haben so selten Besuch. Schön, Sie bei uns zu haben.«

Ganz meinerseits, will er erst artig zurückgeben, doch erscheint es ihm zu offensichtlich albern, dann schießt ihm die Frage durch den Sinn, wann die beiden denn zuletzt Besuch gehabt hätten, bereits in diesem Jahrhundert oder noch im vorigen, was natürlich noch alberner ist, und so sagt er erst einmal gar nichts und lächelt einfach nur zurück, bis ihm eine Frage einfällt, die gleichzeitig eine Antwort ist: »Ich habe die Prüfung offenbar bestanden.«

»Ja.« Álvarez nickt und setzt sich ihm gegenüber. »Und jetzt können Sie fragen. Was auch immer Sie wissen wollen.«

Da ist er also: der Durchbruch. Seltsamerweise kommt er ihm plötzlich selbstverständlich vor. Selbstverständlich wie das Interieur in diesem Haus und die Wände, die alle überflüssigen Gedanken und Gefühle einfach zu schlucken scheinen, bis nur noch das Echte und Wahre übrig bleibt, freigelegt durch eine sehr alte, gewachsene Achtsamkeit, die sich vor allem eines leisten kann: Geduld. Eine Fähigkeit, die bei ihm, zugegeben, eher mangelhaft ausgebildet ist. Umso mehr fällt ihm auf, wenn sie gerade gegenwärtig und aktiv ist.

»Hey«, sagt das Mädchen und zwinkert ihm aufmunternd zu. »Dir muss ja die Seele brennen.« Sie hat ihre Hände auf den Tisch gelegt, die Hände über Kreuz, die kleinen Finger ineinander verschränkt. Ihr schwarzer Nagellack glänzt, beginnt sich an einigen Stellen aber schon zu lösen.

Seltsame Haltung, denkt er noch, vergisst den Gedanken aber sofort wieder. »Warum hast du mich dort unten eingesperrt? Im …«, einen Moment lang herrscht in seinem Kopf ein schreckliches Durcheinander.

»Im Refugium, meinst du«, sagt sie mit warmer und auch ein wenig mitleidiger Stimme.

Ihr Tonfall ärgert ihn. »Hatte ja keine Ahnung, wie lange ich dort unten …«

»Verehrter Gast«, unterbricht ihn der Älteste, »Sie brauchten, nun ja, eine Zeit der Rückbesinnung. In der Stadt und in Ihrem Hotel war es zu unruhig geworden. Außerdem … Sie haben es bereits selbst gesagt, das Refugium hat Ihnen gutgetan.«

»Verstehst du denn nicht? Ich musste dich einsperren. Du hättest sonst versucht, das Refugium auf eigene Faust zu verlassen.« Kala löst ihre Finger, die Hände, streicht sich mit beiden über die Oberarme.

Zugegeben, Geduld heißt keine seiner herausragenden Charaktereigenschaften.

»Du hast ziemlich viel Lärm gemacht«, erklärt das Mädchen weiter. »Wir mussten uns schützen. Auch vor dir. Wir bitten dich, das zu verstehen.«

Auf dem Mittelfinger ihrer linken Hand ist der Nagellack bis zur Hälfte abgeplatzt, beim kleinen Finger der rechten hat er sich bereits vollständig abgelöst. Wie bröckelnder Putz an königlicher Fassade, ein morbider Kommentar zu einer verstörend erwachsenen und dabei weiblichen Jugendlichkeit.

Jetzt registriert er die Wärme in ihren Worten und verzeiht ihr im selben Moment, fühlt sich dabei aber ein wenig wie ein kleiner dummer Junge, was ihm wiederum nicht gefällt. »Danke«, erwidert er trotzdem und meint das sogar. »Deshalb der schnelle Aufbruch aus dem Hotel?« Eine Frage, die eigentlich eine Antwort ist.

»Ja«, sagt sie ruhig und klar.

Er sieht ihre Klarheit, studiert ihre Ruhe. Und gerade durch diese fast greifbare Klarheit und Ruhe irritiert ihn ihre Schönheit umso mehr. Sie, Kala, ihm gegenüber, und die junge, noch namenlose Frau im Gemälde. Getrennt und auf eine seltsame Weise verbunden. Die Frau im Bild muss ihre Mutter sein, altmeisterlich gemalt, im Gegensatz zu Kala aber eine erwachsene Frau.

Kala sieht seinen wandernden Blick, verschränkt die nackten Arme vor der Brust, legt den Kopf kaum merklich in den Nacken, nimmt so die Position der gemalten Doppelgängerin ein, auch ihr Gesichtsausdruck nun zwischen widerstrebenden Empfindungen schwebend wie der auf dem Bild.

Er spürt, wie sich ihm die Haare im Nacken aufrichten. Beide Personen scheinen in seiner Wahrnehmung auf einmal identisch zu sein, Menschen aus verschiedenen Zeiten, die sich in der Gegenwart versammeln und zu einer Person werden, einem Individuum.

»Die Frau in dem Gemälde …«, sagt er zu Kala.

»… bin ich nicht«, antwortet sie.

»Aber natürlich bist du das«, widerspricht ihr der Älteste und streicht mit den Fingerspitzen beider Hände über den Tisch. »Du willst es nur nicht wahrhaben. Noch nicht.«

»Bapu, darüber reden wir ein andermal«, sagt Kala mit plötzlicher Schärfe in der Stimme, »bitte …«

»Bitte«, sage ich und ärgere mich im gleichen Moment darüber, eine Auseinandersetzung zu unterbrechen. »Es tut mit leid, wenn ich Probleme bereitet habe.«

Ich spüre mein Unbehagen. Was soll diese Irritation gegenüber Kala? Verlegenheit gegenüber einem Kind, lächerlich. Es gibt rein logisch keinen Anlass dazu. Ich stelle Fragen und bekomme Antworten. Die Antworten sind nachvollziehbar und wirken nicht ausweichend. Das sollte mich beruhigen. Und ich bin in seinem Haus. Das sollte mich noch mehr beruhigen.

Dass ich in seinem Haus bin, will etwas heißen, denke ich, auch wenn ich gar nicht genau weiß, was eigentlich. Doch, ich denke, der Älteste ist … ja, eine sehr extreme Art von Exot. Wer von ihm erfährt, an seine Existenz glaubt, auf seine Spur kommt, ihn sogar trifft und kennenlernt, will unbedingt mehr von ihm erfahren. Und sei es das Geheimnis seines hohen Alters. Allein das reicht aus, um die Spürhunde auf seine Fährte zu locken. Wer will nicht mehr darüber wissen? Ein hohes Alter lockt die Neider.

Mit einhundertzwanzig noch fit wie ein Dreißigjähriger – ist ja schon ein Wunder der Medizin. Will genauestens untersucht und studiert werden, kardiologisch, neurologisch und natürlich genetisch. Wo liegt das Geheimnis gesunden Alters und heilsamen Alterns? Fünfhundert wäre ein Donnerschlag für die Medizin und zugleich ihr Infarkt. Das vorzeitige Ende einer Ära plausibler Annahmen und brauchbarer Erklärungen. Und ein Stoff, mit dem man als Mediziner berühmt wird, wahrscheinlich sogar einen Nobelpreis gewinnt.

Der Älteste, seine Tochter, und die Frau auf dem Bild – drei Menschen, die einen ganz eigenen Zusammenhang bilden. Offensichtlich und rätselhaft zugleich, ein Widerspruch, der nicht zu übersehen ist.

Sie müssen sich etwas dabei gedacht haben, mir diesen Zusammenhang so direkt und unübersehbar zu präsentieren. Aber worauf genau basiert die Ähnlichkeit? Und wieso verstehe ich den Zusammenhang nicht?

Vater und Tochter blicken mich an. Und auch die Frau auf dem Bild. Ich mache im Geiste ein Foto von ihnen. Ich verstehe, dass ich mir diesen Moment und dieses Bild unbedingt merken muss.

»Warum gerade an dem Morgen?«, fragt er schließlich, obwohl ihn das andere viel mehr interessierte. »Warum musste ich das Hotel ausgerechnet an dem Tag …?«

Sie in seinem Bett. Nein, auf seinem Bett. Und vollständig angezogen. Das darf man hier nicht vergessen oder gar missverstehen. Hey, Nachricht ans Gehirn: Diese Gedanken in dieser Richtung sind überflüssig. Bitte abschalten, ausschalten, will nichts mehr davon hören. Hört ihr?

»Warum musste ich mein Zimmer so schnell verlassen?«

»Genau, du musstest es fluchtartig verlassen. Ich hatte dich eigentlich schon früher holen wollen. Aber du warst zu krank dafür. Erinnerst du dich daran, dass im Hotel jemand gestorben war?« Kala beugt sich in seine Richtung.

Klar erinnert er sich: »Ein Gast im Nebenzimmer, angeblich ein Herzinfarkt.« Die Concierge hatte ihn angerufen, gefragt, ob er Arzt sei. »Aber gestorben, das wusste ich nicht.«

»Man hat ihn ermordet.« Kala zieht die Stirn in Falten. »Doch der Anschlag, so glauben wir, hatte eigentlich dir gegolten.«

»Warum sollte man mich ermorden wollen?« Die Frage beruhigt ihn seltsamerweise.

»Sie hätten dich befragt«, erklärt sie mit leiser Stimme. »Sehr genau befragt. Mit ausweichenden Antworten hätten sie sich nicht zufrieden gegeben.«

»Und wenn sie alles, was sie von Ihnen zu erfahren hofften, auch erfahren hätten, dann wären Sie gestorben. Genau so wie der Gast im Nebenzimmer«, sagt Álvarez und streift ihn mit einem Blick.

»Aber wieso gleich Mord?«, fragt er weiter.

Der Älteste macht eine Bewegung mit den Händen, als wollte er etwas zaubern. »Was sehen Sie, wenn Sie sich in meinem Hause umschauen?«

»Sehr altes Geld«, antwortet er nach einem Augenblick des Nachdenkens, »über die Zeit gewachsenen Wohlstand. Ich sehe gereiften Reichtum.«

»Ich war bereits mit siebzig mehr als wohlhabend«, sagt Álvarez. »Ich wusste ja nicht, dass ich so viel länger leben würde. Haben Sie eine Ahnung, was das bedeutet?«

Er schüttelt den Kopf, obgleich er das sehr wohl ahnt.

»Ab einem gewissen Wohlstand wird es schwer, sich zu verstecken. Großes Geld fällt auf. Sehr großes Geld will verwaltet werden«, ergänzt Kala.

»Und Sie wollten nicht auffallen«, vermutet er.

»Ab einer bestimmten Einkommensgrenze wird es mit der Selbstverwaltung schwierig«, kommentiert Kala, »dann benötigt man fremde Hilfe.«

»Ich hatte viel Zeit, um Neider anzuziehen, und keine Zeit, sie wieder los zu werden«, sagt der Älteste mit Trauer in der Stimme und blickt zu seiner Tochter.

Wahrscheinlich hat er keine Vorstellung, was der Älteste durchgemacht hat. Wie sollte er auch?

»Also habe ich meine Identitäten immer wieder gewechselt. Wie, werde ich Ihnen später einmal erzählen. Aber ein Arzt hat mich verraten.«

»Fünfhundert Jahre lang konnten Sie sich verstecken?«, fragt er.

»Die ersten Hundert waren kein ganz großes Problem«, lächelt Álvarez, »doch dann wurde es zunehmend schwierig.«

»Und dann bin ich nach Sevilla gekommen und habe noch mehr Leute aufgescheucht.«

»Es gab andere«, mischt sich das Mädchen ein, »doch die haben schneller aufgegeben als du. Außerdem …«

»Außerdem was?«, fragt er nach einer kurzen Zeit des Wartens, in der das Mädchen aber nicht weiterredete.

»Außerdem redet er gern mit dir.« Sie schaut den Gast mit einer abwartenden, überlegenen Freundlichkeit an, die fast an Arroganz grenzt.

Irgendwie funktioniert sein Kopf nicht mehr richtig, denn ihm fällt absolut nichts ein, was er jetzt sagen könnte.

Plötzlich ist die Stille laut, als würde die gesamte, geballte Grabesstille von fünf Jahrhunderten in diesem einen Augenblick zu einer zähen, lastenden Lautlosigkeit konzentriert, die aus dem Teppich, den Tapeten und kultiviert gealtertem Interieur in sein Gemüt kriecht und sich wie ein Parasit darin einrichtet, um einem uferlosen, tumben Schweigen Raum zu geben, einen Raum akustischer Flaute, in den man sich immer nur tiefer verirren konnte wie in ein unterirdisches Labyrinth, in dessen letzter, finaler Sackgasse das endgültige Verstummen als alles verschlingender Dämon auf einen warten würde. Vielleicht hat ihm der Besuch im Refugium und unterirdischen Sanctuarium doch nicht so gutgetan, wie er bisher dachte. Einen ewig erscheinenden Augenblick lang denkt er, dass er vielleicht nie wieder etwas sagen kann, dass von nun an die Worte seinem Kopf fernbleiben werden wie ein Schwarm Vögel, der sich auf einem anderen, weit entfernten Baum niedergelassen hat, um in dessen Krone weiterzuzwitschern.

Álvarez und Kala schauen mich an. Ich registriere die Intensität ihrer Blicke. Und bemerke jenseits von Worten und daraus geformten Sätzen in meinem Gehirn, dass ich wieder gelesen werde. Warum hatte er mich bei unseren ersten Begegnungen überhaupt gefragt, wenn sie beide das auch so konnten – mich lesen? Auslesen wie die Datenbank auf einem Server. Milliarden von Erinnerungen, mein individuelles Weltwissen, mein Memory-Stick, wird kraft dieser Blicke aus meinem Gehirn gesogen. Ich spüre ein Kitzeln an den Schläfen und eine Vibration unter dem Schädeldach und fühle mich gehackt wie ein Computer. Fast genau so hatte ich mich vorhin schon einmal gefühlt: unter Entnahme.

Die beiden sehen mich an. Kala lächelt. Sie muss auf etwas gestoßen sein, was bei ihr Freude oder einen Anflug von Heiterkeit auslöst. Álvarez scheint durch mich hindurchzublicken, ruhig beobachtend, abwartend.

Worauf wartet der Alte? Das ist der erste Gedanke, den ich bewusst habe und als solchen auch zur Kenntnis nehme, allerdings in einem Zustand des Sediert-Seins. Der Gedanke dringt wie durch einen Nebel in mein Bewusstsein. Während ich ihn festhalte, mich auch an dem Gedanken festhalte, erkenne ich, dass ich die Möglichkeit hätte, mich gegen dieses mentale Abgeschöpft-Werden zu wehren. Ich könnte den beiden Einhalt gebieten, dicht machen, doch spüre ich, dass ich das gar nicht will, sondern vielmehr teilen möchte, was ich habe. Und bei diesem Gedanken empfinde ich so etwas wie Fröhlichkeit, Zuversicht, vielleicht sogar Glück und ich höre mich selbst lachen, was schön und zugleich seltsam ist.

»Ach ja«, sage ich, muss wieder lachen, und dann ist es gut

und ich fühle mich in ihrer Welt angekommen. Ein Gast zwar, aber willkommen, so wie ich bin, ohne ein Restgeheimnis, das mich noch mehr irritieren könnte als sie, was mir auf einmal unglaublich erleichternd vorkommt. Vielleicht kennen sie mich jetzt besser als ich mich selbst oder irgendeine andere Person mich je gekannt hat und kennen wird. Aus irgendeinem Grund ist das beruhigend für mich.

»Ja«, sage ich, »natürlich habe ich jede Menge Fragen.« Ich mache eine Pause, formuliere im Geiste die erste, für mich die Kernfrage überhaupt. »Fünfhundert. Sind Sie wirklich so alt?«

»Der Körper, den Sie sehen«, erklärt Álvarez und schaut mich mit einem schweren Blick an, »ist sogar noch etwas älter. Der in der Zeitung angegebene Geburtstag und Geburtsmonat sind falsch, nur das Jahr ist richtig, 1517.«

»Kurz bevor du nach Sevilla gekommen bist, haben wir seinen Geburtstag gefeiert«, sagt das Mädchen und klingt kindlich und naiv dabei.

Später, so nehme ich mir vor, werde ich auch sie fragen, wie alt sie eigentlich ist.

»Angelo Francisco Álvarez de Cádiz heiße ich allerdings schon lange nicht mehr.«

»Über vierhundertsiebzig Jahre, hast du mir mal gesagt«, kommentiert das Mädchen.

»Exactamente, den Namen habe ich vor sehr langer Zeit abgelegt. Danach wählte ich einen anderen. Und dann noch andere. Sonst …«

»Sonst hätte man Sie viel früher entdeckt?«, frage ich.

»Sonst hätte ich nicht überlebt.«

»Warum nicht?«, frage ich.

»Weil ich, lieber Freund, nun mal anders altere als andere Menschen. Irgendwann falle ich immer auf. Dann wird es Zeit weiterzuziehen und die Identität zu wechseln.«

»Wie viele Male haben Sie das im Laufe Ihres Lebens schon getan, die Identität gewechselt?«

»Bapu spricht zwölf Sprachen fließend, in weiteren zehn kann er sich gut verständigen«, antwortet das Mädchen.

»Ich habe fast in jedem Land in Europa gelebt«, erklärt der Älteste und berührt mit den Fingerspitzen der rechten Hand den Tischrand.

»Ah, ein Europäer, bevor es Europa in heutigem Sinne gab«, stelle ich fest.

»Die meiste Zeit in Spanien und England, hast du mir mal gesagt«, meldet sich Kala.

»Auch in Ägypten, außerdem in Russland, der Mongolei und in China. Einige Jahre auch in Amerika, Mexiko, Kolumbien und in Indien und in Pakistan.«

»Sie sind …«, sage ich.

»Ja, weit gereist.«

»Schon vor vierhundert Jahren warst du ein Weltreisender«, sagt Kala.

»Wahrscheinlich einer der ersten überhaupt«, bemerke ich.

»Vielleicht der erste Weltbürger überhaupt«, mutmaßt Kala und lächelt mich dabei an.

»Meistens habe ich mit einem Wechsel der Identität auch das jeweilige Land verlassen.«

»Wie heißen Sie zurzeit?«

»Dacio Emanuel de Braganza.«

»Klingt nach portugiesischem Adel«, sage ich.

»Ich brauche bisweilen die Distanz und die Ruhe, die ein Name ausstrahlt.«

»Ich habe gehört, dass Kala Sie einmal Nano genannt hat.«

»Va, Sie haben richtig gehört, Nanosh Dzosi hieß ich davor. Der Nachname Dzosi leitet sich eigentlich von der indischen Kaste der Astrologen ab, die eine Unterabteilung der Brahmanen ist, der höchsten in Indien. Doch davon wussten die slowakischen Sinti nichts mehr, als ich mir von ihnen den Namen entlieh.«

»Entlieh? Was meinen Sie damit?«

»Dass er den Namen gekauft hat«, erklärt Kala.

»Ist das so einfach, einen Namen zu kaufen?«, frage ich.

»Es ist jedenfalls einfacher, einen Sinti-Namen zu kaufen als einen portugiesischen Adelsnamen.«

Da ist es wieder, das Tippen mit den Fingern. Rechte Hand: zweimal Zeigefinger, einmal Ring-, dreimal kleiner, einmal Zeige-, zweimal Mittelfinger, einmal der Daumen. Und wieder von vorn. Ich habe genau hingesehen. Ruhige Bewegungen, aber rhythmisch präzise.

»Weniger teuer jedenfalls«, redet das Mädchen dazwischen.

»Sie müssen ja die Biografie mit erwerben und damit die persönlichen Papiere. Die Identität eines Menschen zum Beispiel, der keinen Führerschein hat, nützt mir nichts. Das Passende zu finden ist nicht immer einfach. Menschen sterben, andere Menschen, meistens die nächsten Angehörigen, wünschen einen Vorteil daraus zu ziehen. Das eröffnet mir Möglichkeiten. Verstehen Sie, lieber Freund?«

Wie soll ich ihn in Zukunft anreden? De Cádiz wahrscheinlich nicht. Ebensowenig Dzosi. Doch de Braganza erscheint mir auch nicht passend. Tatsächlich habe ich bisher eine namentliche Anrede meistens vermieden und im Geiste immer Álvarez gedacht. Oder der Älteste. Letzteres ist er jedenfalls mehr als alles andere. Ob ich verstehe? Wahrscheinlich.

»Nennen Sie mich gern weiter Álvarez«, sagt der Älteste.

»Wie fühlt es sich an, so alt zu sein?«, frage ich.

Daraufhin blickt er mich einen Moment lang abwartend an, als wäre die Frage so noch nicht zu Ende gestellt, schiebt dann kaum merklich den Unterkiefer vor, was ihn beinahe ärgerlich erscheinen lässt.

»Verzeihen Sie die Frage«, sage ich, »würde ich wirklich gern wissen.«

»Wie fühlt es sich an, vierundfünfzig zu sein?«, fragt Kala zurück, mit dem Ansatz eines Grinsens, fast schadenfroh. »Ich meine, für dich?«

»Okay«, sage ich langsam, die Stimme fast rau. »Verstehe. Schwierige Frage.«

»Ja, aber mich interessiert jetzt doch deine Antwort.« Sie lächelt.

»Weiß nicht. Im Spiegel sehe ich mein Alter. Erkenne es auch an der Reaktion der Menschen mir gegenüber. Meistens aber denke ich gar nicht daran. Dann bin ich alterslos. Irgendwas zwischen dreißig und neunundvierzig, jedenfalls unter fünfzig. Aber wenn ich krank bin, fühle ich mich wie sechzig oder siebzig. Und wenn jemand in meinem Umfeld stirbt.«

»Dein Alter ist also stimmungsabhängig.« Sie streicht sich mit beiden Händen über die Wangen.

Perfekter Moment. Jetzt könnte ich mich nach ihrem erkundigen. Fragen, wie alt sie eigentlich ist. Gerade würde ich sie auf siebzehn schätzen. Tatsächlich schon siebzehn? Oder jünger? Womöglich älter? Falls ja, wie viel älter? Immerhin ist sie die Tochter des Ältesten.

Doch Álvarez tippt mit dem kleinen Finger der rechten Hand auf den Tisch und räuspert sich: »Ja, ich fühle mich alt, aber nicht schwach. Ich fühle mich alt, weil mich der Tod begleitet. Der Tod der anderen. Die Leute um mich herum, ständig sterben sie weg, doch ich lebe, lebe weiter. Können Sie sich vorstellen, wie das ist? Weiterzuleben, während die anderen sterben?«

Was könnte ich darauf antworten? Von Gerson anfangen. Ja, auch ich habe Verluste erlitten. Allerdings? Genau. Ich schweige besser, weil ich Zweifel habe, ob ich meinen eigenen Worten in dieser Angelegenheit wirklich trauen kann.

»Weil ich schon so lange lebe, hatte ich natürlich sehr viele Gelegenheiten, den Tod zu studieren«, erklärt Álvarez.

»Und was haben Sie bei Ihrem Studium herausgefunden?«

»Vor allem, dass er mich verschont.«

»Ist das nicht auch ein Privileg?« Ich mache eine kurze Pause, um die Worte sorgfältig zu wählen. »Einzigartig in der mir bisher bekannten Welt.« Im Veroux aufgeschnappte Gedanken fallen mir dazu ein. Der Tod als der Morast, in dem die Lebenden versinken. Langsam, bei vollem Bewusstsein. Wie Venedig.

»Würden Sie wirklich mit mir tauschen wollen?« Álvarez legt die Daumen beider Hände aufeinander. »Überlegen Sie sich das gut. Wissen Sie, worauf Sie sich einlassen würden?«

Klar. Auf mehr Zeit. Allerdings Zeit wofür?

»Das ist die eigentliche Frage«, bestätigt der Älteste, der meine Gedanken gelesen haben muss. »Was würden Sie mit der Zeit anfangen wollen? Hätten Sie einen Plan?«

Fünfhundert Jahre, dann blieben mir noch rund 450. Keine Ahnung, darüber muss ich nachdenken …

»Sie haben gesagt, ein Arzt habe Sie verraten«, sage ich in dem Versuch, das Gespräch in eine etwas andere Richtung zu lenken. »Wie konnte er Sie verraten? Was hat er gefunden, das er verraten konnte?«

»Bueno, Sie haben mich gehört.« Der Älteste nickt. »Mein Zahnarzt. Der letzte. Ohne meine Erlaubnis hat er ein Stück von einem Zahn analysieren lassen.«

»Asparaginsäure-Racemisierung«, meldet sich wieder das Mädchen. »Schon mal davon gehört? Weißt du, was das ist?«

Ich schüttele verneinend den Kopf.

»Im Laufe eines Lebens werden Proteine in den Zähnen eingelagert. Diese kann man im Labor datieren. Feiner als bei jedem anderen Verfahren, nämlich auf Jahre genau.«

»Der Goldstandard unter den Altersbestimmungen«, wirft das Mädchen ein, lächelnd, aber gleichzeitig mit einer senkrechten Falte auf der Stirn.

Ich atme langsam aus und dann wieder ein. Er ist es also wirklich: der Älteste.

»Schön zu sehen, dass wenigstens Sie zufrieden sind«, sagt Álvarez mit Bitterkeit in der Stimme.

»Der Test hat ergeben, dass mein Vater mindestens vierhundertneunzig Jahre alt ist«, erklärt das Mädchen. »Das bringt natürlich Probleme.«

»Glücklicherweise halten die meisten Wissenschaftler den Test für falsch«, fährt der Älteste fort. »Sie glauben, die Probe stamme von einem Toten, der zur Zeit von Leonardo da Vinci und Hieronymus Bosch lebte, geboren etwa zwanzig Jahre nach der Entdeckung Amerikas.«

»Das war unser Glück«, bemerkt das Mädchen. »Niemand konnte oder wollte sich vorstellen, dass ein so alter Mensch wie mein Vater lebt. Die Meldung in den Zeitungen war ein letzter, verzweifelter Versuch von dem Zahnarzt, vorangetrieben, um seinen angeschlagenen Ruf zu retten. Und natürlich hat mein Vater auch nie, wie in der Zeitung stand, selbst behauptet, fünfhundert Jahre alt zu sein.«

»Die Kollegen …«, beginne ich und weiß plötzlich nicht, wie ich den Satz zu Ende bringen soll.

»Es waren einige hier und haben Nachforschungen angestellt«, sagt Álvarez und tippt wieder mit den Fingern, als wolle er dem Tisch geheime Botschaften übermitteln.

»Doch du hast eben als Einziger nicht aufgegeben«, sagt sie.

Aus ihrem Blick ist nicht herauszulesen, ob sie das ganz gut findet oder sehr schlecht.

»Sí.« Álvarez lächelt. »Und jetzt wissen wir nicht, was wir mit Ihnen anfangen sollen.«

»Doch, Bapu«, korrigiert Kala, »wir haben ja einen gemeinsamen Entschluss gefasst.«

FÜNFUNDZWANZIG

Unterhalten sich Drillinge im Mutterleib. Nennen wir sie Anat, Batya und Chaim, auch wenn sie später anders heißen werden. Sie haben es warm. Sie sind aufgehoben. Allerdings wissen sie nicht genau, wo. Es gibt ja kein Fenster, um schon mal hinauszuschauen. Ihre Geburt rückt näher, und in ihrer Höhle ist es inzwischen so eng, dass es kaum auszuhalten ist. Sie fangen langsam an, sich zu wundern.

Kinder, ist das eng hier, stöhnt Chaim.

Mensch, du quetschst gerade mein Bein, sagt Batya zu Chaim.

Anat schläft noch.

Sorry, entschuldigt sich Batya und bewegt sich etwas zur Seite, was nun Anat weckt.

Hey, Leute, sagt Anat und reibt sich den Schlaf aus den Augen. Sie ist die Kleinste der drei.

Batya rekelt sich und streckt Anat aus Versehen die Hand ins Gesicht.

Puh, du liegst hier ganz schön fett in der Gegend rum, beschwert sich Anat.

Vertragt euch!, mahnt Chaim.

Ja, ja, weiß schon, wir sollen gut miteinander auskommen. Aber verdammt klein, der Raum hier. Batya verzieht das Gesicht.

Schätze, es wird bald vorbei sein, mutmaßt Chaim.

Wenn das so weitergeht hier, werden wir noch zerquetscht, bemerkt Batya.

Hast du Angst?, fragt Chaim.

Du meinst, vor dem Ende?, fragt Batya zurück.

Ihr redet von der Geburt?, meldet sich Anat.

Klar, sagt Batya, die Geburt ist der Tod. Unser aller Tod.

Man hört die Furcht in ihrer Stimme.

Ich denke, die Geburt ist erst der Anfang, erklärt Anat.

Von was?, fragt Batya.

Dem Leben nach der Geburt, erwidert Anat. Unserem Leben nach unserer Geburt.

Ach ja? Sag uns doch mal, wie so ein Leben nach der Geburt für uns aussehen wird, fordert Batya.

Wir werden Licht sehen, antwortet Anat. Und unsere Mutter. Und es wird wunderschön sein, unser Leben.

Was soll das sein, eine Mutter?, fragt Chaim.

Wir sind in ihr drin, erwidert Anat. Wir sind in ihrem Bauch. Sie trägt uns. Sie nährt uns.

Nur, weil wir diese Schläuche haben? Chaim bewegt verneinend seinen Kopf. Ha, Mutter? Was für ein Unsinn!

Aber das weiß doch jeder, dass wir eine Mutter haben, sagt Anat, plötzlich den Tränen nah.

Haha, jeder. Wer soll das sein? Zeig mir einen davon. Chaim klingt nun wütend. Ich sehe nur uns hier. Wir sitzen in dieser Grotte fest, aus der es kein Entkommen gibt.

Bin auch skeptisch, pflichtet Batya ihm bei. Ich kenne jedenfalls niemanden, der es geschafft hat.

Richtig, bekräftigt Chaim, einen solchen Jemand gibt es nicht. Dies hier wird enden. Und wie es aussieht, nicht gut.

Im Gegenteil, widerspricht Anat. Es wird eine Befreiung sein. Ihr werdet es erleben.

Wie kommst du darauf, Baby?, fragt Batya.

Wir sind doch hier, um zu wachsen und reif zu werden, sagt Anat. Reif für das Leben.

Blödsinn, mault Batya. Du weißt ja gar nicht, was das ist, Leben.

Doch, wehrt sich Anat, nun wirklich in die Ecke getrieben. Leben ist Weite. Leben ist Freiheit. Und ich freue mich schon darauf.

Sorry, entschuldigt sich Chaim. Tut mir echt leid, dass ich dir diese Illusion nehmen muss. Aber ich kann dir sagen, was dieses sogenannte Leben ist, Leiden bis zum bitteren Ende. Geburt, Verenden, Tod.

Nein, falsch, widerspricht Anat, damit geht es erst richtig los, Wir werden krabbeln, laufen, und wir werden mit unseren Mündern essen.

Wozu sollten wir mit dem Mund essen, wenn wir doch die Schnur haben? Ist so doch viel praktischer, wendet Batya ein.

Du weckst falsche Hoffnungen, sagt Chaim, macht mich richtig ärgerlich. Und überhaupt, Krabbeln, Laufen, keine Lust dazu.

Ihr Miesepeter, sagt Anat. Wie gut zu wissen, dass es ein Leben nach der Geburt gibt. Ihr macht euch hier immer mehr breit. Bin froh, wenn ich bald raus bin. Draußen in der Welt ist mehr Platz. Da können wir uns erst mal aus dem Weg gehen.

Papperlapapp, es gibt nur das hier. Diese Gruft. Unsere kleine Welt. Nichts als das. Und unser baldiges Ende. Chaim hat die Stimme erhoben bei diesen Worten.

Vielleicht können wir noch etwas zusammenrutschen, sagt Batya. Dann geht es hoffentlich nicht ganz so schnell.

»Verstehen Sie?«, fragt der Älteste.

»Ein Höhlengleichnis«, sage ich.

»Hat Rabbi Tuckachinsky gern seinen Schülern erzählt«, sagt er. »Ich bin ihm einmal begegnet. Man muss versuchen, über den Rand zu blicken.«

»Und gleichzeitig aufpassen, dass man nicht runterfällt«, sagt Kala und grinst.

Es ist der Abend einer Verkostung. 1922, habe ich später herausgefunden, begann in Europa die Zeit der Zersetzung.

Josef Stalin wurde Generalsekretär der KPdSU, Reichsaußenminister Rathenau von Mitgliedern der rechtsnationalen Operation Consul ermordet. In Irland begann der Bürgerkrieg und Mussolini marschierte nach Rom. 1929 gärte es über die Grenzen Europas hinaus. Auf den schwarzen Donnerstag an der New Yorker Börse folgte ein noch schwärzerer Freitag und die Weltwirtschaftskrise nahm ihren Anfang. Und der Völkische Beobachter, eigentlich in München gedruckt, erschien zum ersten Mal in einer Berliner Ausgabe.

Álvarez begann jedoch in umgekehrter Reihenfolge mit einem Mouton Rothschild aus dem Pauillac, Jahrgang 1929, also Schwarzer Freitag und Weltwirtschaftskrise, allerdings ohne Auswirkungen auf die Weinqualität. Ein Bouquet von Trüffeln und schwarzer Schokolade mit einem Hauch von Pfeffer. Gefolgt von einem Marqués de Riscal Reserva aus dem Jahre 1922. Als ob man die Geschichte trinkend zurückdrehen könnte. Hier nun Noten von Johannisbeergelee, Waldboden, Walnuss, etwas Bitterschokolade wie zuvor, jedoch in noch feinerer Artikulation. Ja, weiß ich, klingt falsch, ist es auch, weil ich von Wein keine Ahnung habe. Meiner Zunge muss man die Information Bitterschokolade einreden, damit es zu keiner Verwechslung mit Salmiak kommt.

Doch Álvarez spricht von der Harmonie des Geschmacks und dem Ausdruck größter Eleganz.

Kala schneidet eine Grimasse und macht eine alberne Bemerkung über Geister aus der Flasche und ihre erhabene Schönheit.

»Ganz im Gegensatz zur tatsächlichen Stimmung in dem Jahr«, sagt der Älteste und merkt an, dass er die größten Weine aus den grässlichsten Zeiten getrunken habe.

»Und die Gegenwart?«, frage ich in die Pause nach dem Anstoßen der Gläser hinein, »bricht nun wieder Chaos aus? Ich meine, in Europa?«

»Hey, Mama, in deinem Bauch rumort es«, sagt Kala und grinst.

»Überall Unzufriedenheit, Wehklagen«, sage ich und blicke zu Kala hinüber. »Wenn du mich fragst, es gärt schon.«

»Trägt ja auch Mehrlinge aus, die Grande Dame«, sagt Kala und verzieht die Stirn. »Welche Frau wäre nicht überfordert damit?«

»Die Einschläge kommen näher«, erwidere ich, unsicher, ob sie oder der Älteste mich ernst nehmen.

»Wie meinst du das?«, fragt Kala nun ernsthaft nach.

»Die Inghimasi …«, sage ich.

»Das verläuft sich wieder«, meldet sich der Älteste, das Glas noch in der Hand.

»Aber wird die Brut im Bauch von Mama damit ruhig sein?«, frage ich. »Proben doch regelmäßig den inneren Aufstand. Was soll das werden?«, frage ich.

»Ein handfester Streit, wenn's blöd läuft«, bemerkt Kala.

»Man spürt schon das vorrevolutionäre Pathos der Gegenwart«, sage ich, weil mir der Satz irgendwie auf der Zunge liegt.

»Sie sind ein Romantiker«, sagt der Älteste und lächelt mir zu.

»Außerdem ein Protestant«, bemerkt Kala mit Heiterkeit in der Stimme.

»Das sind die Schlimmsten«, bestätigt Álvarez und nimmt einen Schluck.

Ich bin verwirrt.

Kala kommt mir zur Hilfe: »Du hast immer wieder selbst gesagt, wie traurig du die Streitereien findest, Bapu.«

»Ist es bisher nicht immer blöd gelaufen?«, frage ich.

»Sie haben recht, das könnte man meinen«, bestätigt der Älteste.

»Wieso schaffen die das nicht, Harmonie?«

»Wahrscheinlich, weil sie zu blöd sind«, sagt Kala und wischt sich eine Locke aus der Stirn. »Vielleicht balgen sie sich auch gern im Bauch.«

»Sie wissen, dass sie sich vertragen müssen, um zu überleben«, erwidert der Älteste. »Doch es ist wirklich eng. Zu viel Berührung, zu viel Reibung. Sie haben gute Vorsätze. Doch all ihre frommen Wünsche reichen für den ein oder anderen Waffenstillstand und eine Art Frieden. Nicht für Harmonie. Zu hart sind die Realitäten.«

»Wenn man zum Beispiel den Ellenbogen eines anderen ins Gesicht gerammt bekommt«, sage ich, froh, nun ernster genommen zu werden. »Deshalb haben Sie also die Geschichte vom Rabbi erzählt.«

»Nein, nicht deshalb«, erwidert Álvarez. »Trotzdem gibt es Grund zur Hoffnung.«

»Gerade sieht es doch wieder nicht so gut aus«, sage ich.

»Man kann sich eben nicht aus dem Weg gehen.« Kala schüttelt den Kopf und macht dabei ein übertrieben empörtes Gesicht.

Doch ich möchte das Gespräch nicht entgleiten lassen. »Es heißt, ein Rückfall drohe«, sage ich. »Vielleicht in Nationalstaatlichkeit. Vielleicht sogar in den Faschismus.« Unpassenderweise muss ich grinsen. Und was noch seltsamer ist, ich spüre, wie mir Tränen in die Augen steigen.

»Lieber Freund«, sagt der Älteste, stellt sein Glas ab und berührt meine Schulter. »Bei meiner Geburt lebten fünfhundert Millionen Menschen auf der Erde, bei Ihrer fünf Milliarden. Die sieben Milliarden heute verhalten sich im Vergleich wesentlich friedfertiger. Der Hunger und die Krankheiten von damals gehören weitgehend der Vergangenheit an. Besonders in Europa sieht es, so betrachtet, eigentlich gar nicht so schlecht aus.«

»Aber …«, erwidere ich, irgendwie etwas derangiert.

»Aber«, wiederholt Álvarez, »ich kann verstehen, warum ein so junger Mensch wie Sie das pessimistisch sieht.«

»Sie meinen«, sage ich, »weil ich im Vergleich zu Ihnen noch in der Gebärmutter festsitze, also eigentlich noch gar nicht geboren bin?«

»Hey, du junger Kerl«, kichert Kala und bringt ihr Glas an meinem zum Klingen. »Jetzt bloß nicht traurig sein.«

»Hey«, echoe ich, rede aber nicht weiter, sondern nehme einen weiteren Schluck. Tatsächlich fange ich an, die Ausführungen des Ältesten zu Volumen und Abgang zu genießen.

»Aber«, sagt Kala einige Zeit später mit plötzlichem Ernst in der Stimme, »ich finde, dass die Welt wirklich in Bewegung ist. Etwas ist in Unordnung geraten.« Sie blickt mich von der Seite an. »Etwas Wesentliches.«

Ich blicke zurück. Nur ihre Augen lächeln. Ein Ausspruch des Dalai Lama fällt mir ein: »Vielleicht ist die Welt in Unordnung, weil Dinge geliebt und Menschen benutzt werden.« In Ordnung sei es aber, wenn Dinge benutzt und Menschen geliebt werden. Davon ist jedoch wenig zu spüren. Die Leute an der Bushaltestelle starren ständig auf ihre Handys, weil sie sie so lieben, andere Menschen würdigen sie keines Blickes.« Ich wende mich an Álvarez. »Was meinen Sie? Vielleicht doch ein Grund, sich Sorgen zu machen?«

»Der Dalai Lama ist ein kluger Mann.« Der Älteste nickt bekräftigend. »Und er hat, nein, hatte kluge Ratgeber. Aber dies ist die Zeit der Neuordnung, nicht der Unordnung. Noch nicht. Wenn die Menschen dafür benutzt werden, den Dingen zu dienen, dann haben wir wirklich ein Problem.«

»Hmm«, sage ich, »aber haben wir heute nicht vor allem der Gewinnmaximierung zu dienen? Ist das etwa kein Ding?«

Kala zwinkert mir daraufhin zu: »Dingdong. Ich fühle die Vorahnung einer Revolution. Das sind schon die Geburtswehen hier.«

»Vielleicht ist es naiv zu denken, dass die Leute das auf Dauer mit sich machen lassen«, pflichte ich ihr bei.

»Noch kommt der Mensch vor den Dingen«, erwidert der Älteste, »auch wenn er in vielen Dingen benutzt wird. Und die Dinge werden geliebt. Gleichzeitig sind sie dafür gemacht, Menschen zu dienen. Der Mensch hat also noch die Macht über sie, doch die Welt der Maschinen und Menschen vermischt sich. Und es könnte sein, dass dem Menschen die Macht abhandenkommt und die Maschinen sie übernehmen.«

»Menschen entgleitet so einiges dieser Tage«, erklärt Kala mit einem stoischen Gesichtsausdruck und Ernst in der Stimme, doch habe ich den Verdacht, dass sie das nur meinetwegen sagt.

»Halten Sie das für eine entfernte oder nahe Möglichkeit?«, frage ich Álvarez.

»Näher, als Sie denken.«

»Einerseits ist die Zukunft denkbar«, meint Kala grinsend, »aber garantiert anders als man denkt.«

Es amüsiert mich, wie sie den Ernst des Gesprächs runterbricht. Wieder ein Kōan. Schnee, der auf Zedern fällt. Der Frühling ist geduldig. So was hatte sie schon mal gesagt. Ich muss schmunzeln. Und frage mich im gleichen Moment, was der Grund dafür ist.

»Angenommen«, sage ich, »die Menschheit schläft. Vielleicht verschläft sie gerade ihre Zukunft.«

»Dann«, sagt der Älteste und lächelt, »liege ich immerhin seit Jahrhunderten wach.«

Plötzlich ist die Stimmung gelöst. Kala blödelt mit ihrem Vater herum. Ich fühle mich wie ein Zaungast, irgendwie außen vor. Und bin gleichzeitig fasziniert, so nah dran zu sein. Und nach drei Gläsern und begleitend servierten, wahrhaft köstlichen Oliven, verschiedenen Sorten von Käse unterschiedlichster Geschmacksintensität sowie zwar nebenbei gegebenen, aber dennoch sehr aufschlussreichen Erklärungen verstehe ich den gemeinschaftlichen Entschluss meiner Gastgeber gut genug, um mein Einverständnis damit erklären zu können und meine durchaus seltsame Lebenssituation durch eine weitere Seltsamkeit bereichert zu wissen.

SECHSUNDZWANZIG

Nein, die Formulierung »wissen« ist falsch, bestenfalls ahnt der unerfahrene Genießer dies als Präkognition künftigen Wissens. Aber jetzt fühlt er sich im Besitz einer Eintrittskarte.

Jal Santos, der die Köstlichkeiten serviert und auch gereicht hat, bekommt von dieser Wendung der Dinge wahrscheinlich nichts mit, da er das Studio im Anschluss an seine Verrichtungen genauso still, wie er eingetreten ist, auch wieder verlassen hat, woraufhin der Gast den Ältesten schließlich fragt, ob er Angst habe.

»Angst?«, fragt Álvarez mit halblauter Stimme. »Was meinen Sie, wovor sollte ich Angst haben?«

»Dass auch andere Leute Sie finden.«

»Nicht unwahrscheinlich, sicher. Aber davor habe ich keine

Angst. Sie haben mich gefunden. Habe ich den Eindruck gemacht, das würde mir Angst machen?«

»Nein, nein, natürlich nicht«, beeilt sich der Gast zu sagen. »Aber andere …?«

»Sie meinen weniger nette Menschen als Sie?« Álvarez blickt den Gast mit der Andeutung eines Schmunzelns an.

»Sie haben gesagt, dass Sie Neider hatten.«

»Sí.« Ein Lachen bricht aus dem Ältesten heraus, allerdings nicht heiter wie zuvor. »Und ich habe sie immer noch. Es wären noch viel mehr geworden, wenn die Leute glauben würden, was die Zeitungen über mich geschrieben haben.« Sein Blick lässt das Gegenüber los, scheint sich nach innen zu wenden. »Sie haben recht. Vor Neid könnte ich Angst haben. Aber ich kenne meine Neider. Ich weiß genau, wer sie sind. Und ich habe schon lange keine Angst mehr vor ihnen.«

»Wer …?«, fragt der Gast.

Der Älteste schüttelt den Kopf. »Nicht jetzt. Ich möchte diesen Moment nicht mit Namen … beschweren.«

»Beschmutzen«, sagt Kala.

»Was meinst du, Rakli?« Der Älteste wendet sich zu seiner Tochter. »Sollten wir Angst haben?«

Das Thema ist auf einmal wie eine Wolke im Raum. Nebel, der sich verdichtet, nun graue Formen annimmt, geboren aus Dunkelheit und Neid. Der Gast spürt das Lichtlose in dieser klebrigen Präsenz. Diesmal hat er sich mit dem Rücken zum Porträt gesetzt. Doch nun fühlt er sich von hinten beobachtet und schaut sich um. Dunkle Augen, die ihn anblicken, fast schwarz wie ihre. Wie von oben herab. Die Frau im Gemälde hat ihren Kopf ganz leicht in den Nacken gelegt. Vielleicht wirkt das aber auch nur so, weil er aus sitzender Position, also schräg von unten zu ihr aufschaut.

Angst. Die letzten Wendungen des Gesprächs haben diesen finsteren Geist aus dem Schlaf erweckt. Auf einmal hockt der Geist der Angst bei ihnen, hässlich wie ein Gnom. Gleich, so aufgeladen wirkt der Moment, könnte der Gnom um sich schlagen. Er, der Besucher, schon spürbar angetrunken, würde ihn gern wieder besänftigen, den Gnom zurück in den Schlaf wiegen. Seine Gegenwart vergessen machen. Doch wenn die Angst einem aus dem Hals gekrochen kommt, das weiß der Besucher aus eigener Erfahrung, dann drängt ihn auch ein plötzlicher Anfall von Furchtlosigkeit allerhöchstens für kurze Zeit dorthin zurück, wo er eigentlich hergekommen ist, nämlich in den Orkus der eigenen Seele.

Der Gast blickt zum Ältesten, der sein halb volles Glas von einer Seite zur anderen neigt und den Schlierenlauf des Rotweins an den Innenseiten beobachtet. Dann zu Kala, die scheinbar ungerührt Klammern aus ihrem Haarturm löst.

Angst, denkt der Gast, hat er das nicht schon einmal gehört, dass sie mit dem Alter wächst? Diese Art Widerling, einmal erweckt, lässt sich womöglich nie wieder vertreiben oder besänftigen.

»Was meinst du, Rakli?«, wiederholt der Älteste, »habe ich Grund, Angst zu haben?«

»Ja, Bapu, viele Gründe.« Sie löst ihre Haare, bis sie ihr in einer langen Welle über die Schultern fallen.

Einen Moment lang ist der Gast sprachlos. Mit jeder Wendung ihres Kopfes sieht sie anders aus. Ihre Schönheit macht ihn stumm. Nach einigen gedehnten Sekunden schwerfälliger Stille erklärt er mit belegter Zunge: »Ich an Ihrer Stelle, ich hätte Angst. Ich glaube, ich hätte große Angst.«

Angst, denkt er, ist also ein Gefährte des Alters. Je höher das Alter, umso mehr Angst also? Er spürt den Alkohol als Woge in seinem Kopf, die zwischen Frontal- und Schläfenlappen schwappt. Mittendrin ragt etwas heraus, scharf wie eine Felskante aus dem Meer. »Ist Angst nicht an beängstigende Erfahrungen gebunden?«, fragt er weiter.

Ist es vielleicht so, dass Ängste sich stetig vermehren? Parasiten, die in der Seele nisten und sich von Fantasien ernähren? Von parasitären Phantasien der Angst könnte der Gast berichten. Ja, er hat Erfahrung damit. Widerlinge, die sich nicht so leicht vertreiben ließen.

»Mein Freund«, sagt der Älteste und nippt an seinem fast leeren Glas Wein, bereits der Reserva, also Bitterschokolade mit Beigeschmack. »Sprechen wir doch einmal von Ihren Ängsten.«

Er horcht in sich hinein. Horcht in das Rauschen der Alkoholwoge in seinem Kopf. Und dann hört er es. Leise. Kaum mehr als eine Ahnung, dennoch unüberhörbar da. Sein Ohrengeräusch. Eine feine und gleichzeitig konzentrierte Erscheinung. Ein hohes Piepsen, nun an der Grenze des gerade noch Hörbaren. Die Vertrautheit der Erscheinung erschüttert ihn. Und beruhigt ihn gleichzeitig. Ein Halt in der Brandung seines beinahe schon seekrank erscheinenden Gehirns.

Angst ist sein Thema, seit er denken kann.

In den Klang der im Tinnitus verankerten Stille hinein sagt er: »Ich habe Angst, seit ich denken kann. Je mehr … Je mehr …«

»… Erfahrungen«, mutmaßt Kala.

»Ja, je mehr schlechte ein Mensch gemacht hat …« Seine Zunge klebt am Gaumen, lässt sich nur mit Anstrengung lösen.

»… umso mehr Gründe hat er, ängstlich zu sein«, führt Álvarez den Gedanken seines Gastes fort. »Hmm, meinen Sie das?«

»Ist dir nicht wohl?«, fragt Kala und schickt einen mitfühlenden Blick in seine Richtung.

Er spürt, wie seine Ohren warm werden.

»Ich bin gut«, erwidert er und legt den Kopf auf die rechte Seite, um sich besser konzentrieren zu können. Und tatsächlich herrscht wieder angenehme Ruhe in seinem Kopf. »Deshalb sind die meisten Menschen mit siebzig vorsichtiger als mit zwanzig.«

»Verstehe.« Der Älteste nickt. »Demnach müsste ich geradezu monströse Ängste haben und sehr, sehr vorsichtig sein.«

»Wäre jedenfalls folgerichtig«, entgegnet er. Seine Stimme klingt klar. Das Pulsieren im Kopf ist weg, der Ton aber noch da. »Sie haben die längste Erfahrung. Sie hatten also extrem viel Gelegenheit, Angst zu bekommen.«

»Da haben Sie recht.« Wieder ein Nicken von Álvarez. »Ich hatte mehr Gelegenheit, als Sie wahrscheinlich ermessen können.«

»Was wäre, wenn?«, fragt er und hält sich innerlich an seinem Ohrengeräusch fest. »Wenn es beim nächsten Mal noch schrecklicher wird? Kennen Sie solche Gedanken? Mehr als jeder andere Mensch hatten Sie die Möglichkeit, sich eine fürchterliche und furchterregende Zukunft vorzustellen.«

Als der Älteste nicht reagiert, spricht er trotzdem weiter, die Zunge weiterhin gelöst. »Ich habe Ihnen von meinem Flug nach Sevilla berichtet. Luftlöcher, Panik, herumfliegendes Gepäck. Nun werde ich bei weiteren Flügen wahrscheinlich fürchten, dass es wieder passiert. Wieder und immer wieder. Und meine Angst vorm Fliegen wird wachsen. Je älter man wird, umso mehr der Gedanke, was alles passieren kann. Genährt aus Erfahrung. Sie haben mehr Erfahrung als jeder andere. Haben Sie deshalb auch mehr Angst? Das ist meine Frage.« Endlich hat er es geschafft.

Wieder nickt der Älteste. »Sí, ich kenne, wovon Sie sprechen. Die ersten sechzig Jahre meines Lebens hatte ich Angst zu sterben, Angst vor Schmerzen, Angst vor Krankheit.« Álvarez hält inne, streicht sich mit den Händen übers Gesicht. »Ich hatte Angst vor Fieber und blutigem Husten, vor Auswurf, der nach Fäkalien riecht, vor faulenden Wunden und dem Gestank der Verwesung. Ich hatte Angst vor Schwindsucht und großer Pestilenz, vor gelber und vor schwarzer Galle. Doch schwer krank wurden immer nur die anderen. Sie starben, ich lebte. Es machte mir Angst, dass ich anders war als andere. Die Angst vor Krankheit und Tod aber verblasste. Heute habe ich andere Ängste.«

Álvarez steht mit überraschender Leichtigkeit auf.

Der Gast erhebt sich auch. Allerdings eher schwerfällig. »Welche anderen Ängste?«, möchte er noch erfahren.

»Dummheit«, erwidert der Älteste, »Dummheit macht mir Angst.«

»Was meinen Sie mit Dummheit? Welche Form davon? Mangelnde Intelligenz, Blödheit …?«

»Nein, die noch am wenigsten. Vielmehr fürchte ich Dummheit, die sich intelligent verkleidet. Viele Jahre, in Wahrheit die längste Zeit meines Lebens, hatte ich mit der monströsen Dummheit religiöser Eiferer zu tun. Diese konfessionelle Idiotie trat klug auf und machte auch mir das Leben schwer. Die dummen Fanatiker bereiteten mir größte Angst. Die früheren Jahrhunderte waren ja voll von ihnen. Doch diese Zeiten sind vorbei. Jetzt …« Der Älteste blickt zu Kala, dann wieder zum Gast.

»Und jetzt?«, fragt der nach.

»Jetzt habe ich Angst, falsche Entscheidungen zu treffen. Jetzt …« Álvarez hält inne.

Einen Augenblick hat der Gast den Eindruck, dass der Alkohol auch bei dem Ältesten Wirkung zeigt, doch der Eindruck trügt wahrscheinlich. So gesammelt und ruhig, wie er sich jetzt verabschiedet.

Das Mädchen geleitet den Besucher mit einem so unergründlich wie gleichzeitig überlegen wirkenden Lächeln bis an die Zimmertür. Zu seiner Überraschung geht er, ohne zu schwanken. Als er die Tür hinter sich zuzieht, wartet er wieder darauf, dass Kala sie von außen abschließt, doch das passiert auch jetzt nicht.

Leider hat er vergessen, eine Frage zu stellen, die ihn besonders interessiert: wie nämlich die Entdeckung des annähernden Alters zur Entdeckung des ursprünglichen Namens führen konnte und damit zur Entdeckung des absoluten Lebensalters ihres Vaters, denn Álvarez de Cádiz hieß der Älteste, wenn er die beiden richtig verstanden hatte, seit über vier Jahrhunderten nicht mehr. Ein weiteres Rätsel, das er zu lösen wünschte, wenn der gemeinschaftlich getroffene Entschluss seiner Gastgeber und seine anschließenden Verlegenheitsfragen zum Thema Angst ihn nicht davon abgelenkt hätten.

Obgleich es schon sehr spät ist, liegt er im Gästezimmer wach, wälzte sich, bewegt von den Wogen in seinem Kopf, im Bett hin und her, glücklicherweise verschont von alkoholbedingten Umwälzungen in seinem Magen, und konnte dennoch lange nicht einschlafen. Der Entschluss, den sie gefasst haben, und seine Zustimmung dazu gingen ihm nach. Er versuchte, die Konsequenzen zu bedenken, schlief dann aber doch ein, bevor er zu einem Ergebnis gekommen war.

SIEBENUNDZWANZIG

Fünfhundert Jahre gelebtes Leben und dann ein einziges Wort: jetzt. Die Gegenwart am Ende der Ewigkeit. Ist seine Gegenwart lediglich ein Anhängsel seiner endlosen Vergangenheit? Ist die Gegenwart wie ein Nachklang von etwas Größerem? Jetzt. Ein Echo, Nachhall des Eigentlichen. Daran angehängt ein unausgesprochener Satz. Wo sollte der nicht geäußerte Gedanke hinführen? Bloß aus dem Abend in die Nacht, aber nicht darüber hinaus?

Vielleicht …

Doch jetzt …

Die Erinnerung an den Abend weckte mich als leicht schaler Nachgeschmack im Magen und dumpfer Druck im Hinterkopf. Ich hatte wieder geträumt. Im ersten Moment erinnerte ich mich nicht genau daran, was, doch dann fiel mir ein, dass ich mich durch eine Röhre bewegt hatte. Einen unterirdischer Tunnel, von einem fahlen Licht erfüllt. Ich war auf einer Spiralbahn durch den Tunnel gerannt und hatte dabei sogar die Schwerkraft außer Kraft gesetzt. Diese seltsame Bewegung gab mir das Gefühl, mich in etwas hineinzuschrauben oder zu bohren. Bis plötzlich alles sehr hell geworden war. Und von der Helligkeit war ich aufgewacht.

Allerdings lag das Zimmer im Dunkeln. Im ersten Moment fühlte ich mich ins Refugium zurückversetzt, doch während ich mich umblickte, erkannte ich die Konturen des Mobiliars meines neuen Gästezimmers. Der Schrank erhob sich als dunkel drohendes Rechteck. Durch die Ritzen der Tür zum Badezimmer direkt daneben drang ein schwacher Lichtschimmer, weswegen dieses zweite, benachbarte Rechteck im Gegensatz zum ersten wie ein leuchtendes Himmelstor erschien. Dort gab es offenbar eine Notbeleuchtung, damit man bei nächtlichen Ausflügen kein weiteres Licht anzuschalten brauchte.

Ich blickte auf mein Handy und wunderte mich, weil es gerade mal halb vier Uhr morgens war, entschied mich aber dennoch aufzustehen, tat dies auch ohne eine fühlbare Wirkung des Restalkohols in meinem Blut, streifte meine Hose und das Hemd von gestern über und öffnete die Zimmertür. Der Gang lag im Dunkeln. Ich wollte mich gerade wieder umwenden und ins Zimmer zurückkehren, als ich es hörte. Töne, eine Melodie, sehr leise. Jemand hörte so früh am Morgen Klaviermusik.

Ich trat zurück ins Zimmer, löste das Handy vom Netzkabel, entsperrte den Bildschirm, trat mit dem nun leuchtenden Handy zurück in den Gang und wandte mich in die Richtung, aus der die Töne kamen. Zu beiden Seiten hingen goldgerahmte, mannshohe Gemälde, die in Prachtgewänder gehüllte Einzelpersonen oder kleine Gruppen zeigten. Ich blieb kurz stehen, um die Leuchtdiode zu aktivieren und eines der Bilder eingehender zu betrachten, doch das Licht konnte es nur teilweise ausleuchten, was wenig befriedigend war, daher folgte ich dem ursprünglichen Lockruf, der Klaviermusik.

Der Gang knickte nach etwa zwanzig Metern in einem rechten Winkel nach links ab. Auch hier setzte sich die Galerie fort, allerdings unterbrochen von Fenstern, durch die man in einen zweiten Patio hätte blicken können, wenn das morgendliche Licht schon hell genug gewesen wäre. So ahnte ich die Existenz dieses zweiten Innenhofs mehr, als dass ich ihn sah. Ich folgte dem Gang, doch endete mein Ausflug leider an einer verschlossenen Tür an der Stirnseite.

Auch die Klaviermusik war nicht mehr zu hören. Ich legte ein Ohr an die Tür und lauschte. Nichts. Ich ließ mich an der Tür hinabgleiten, setzte mich mit dem Rücken dagegen und schaltete die Handyleuchte aus.

Jetzt fühlte ich mich tatsächlich ins Refugium zurückversetzt. Fast jedenfalls, denn es macht, wie gesagt, einen Unterschied, ob man sich in unterirdischer oder überirdischer Dunkelheit befindet. Ich kann nicht genau sagen, worin dieser Unterschied an dieser Stelle besteht. Oder doch: Im Wissen, dass die Sonne in wenigen Stunden aufging und die Morgendämmerung bereits einzusetzen begann, würde alles momentan noch Unsichtbare zunehmend sichtbar werden. Dies kündigte sich bereits an.

Und dann setzte das Klavier wieder ein. Tatsächlich fühlte es sich an, als wenn die Töne in mich hineinpurzelten, strömten, schließlich auch jagten, denn die Tür war ein Resonanzverstärker. Plötzlich hörte ich jeden Anschlag, jeden Tritt auf die Pedale. Und ich hörte, dass der Spieler – denn dies konnte nicht von einer CD oder Schallplatte kommen –, ich hörte, dass ein großer Könner an den Tasten saß, und spürte, wie ich langsam, bewegt von den Wogen der Arpeggien, eine Gänsehaut auf dem Rücken bekam. Dann füllten sich meine Augen mit Tränen und ich begann lautlos zu weinen. Ich kannte das Stück, konnte aber nicht sagen, von wem es war, denn so wie in diesem Moment hatte ich es noch nicht gehört.

Jetzt. Mehr als ein Nachklang. Ich erhob mich so leise wie möglich, wischte die Tränen mit dem Hemdsärmel weg und wanderte zu meinem Zimmer zurück, zog die Tür hinter mir zu, der Klavierspieler hatte seine Darbietung ohnehin beendet, legte mich angezogen ins Bett und schlief auch sofort wieder ein, wurde aber sehr bald von einem Klopfen an der Zimmertür erneut geweckt. Ich wollte sie öffnen, aber Santos stand schon im Zimmer, bevor ich die Türklinke erreicht hatte.

»Buenos dias«, begrüßte mich der Heilige.

»¡Hola«, erwiderte ich und gab ihm zu verstehen, dass ich mich erst fertig machen müsste. Ich wollte ihn nach dem Klavierspiel fragen, doch hatte er das Zimmer schon wieder verlassen. Ich empfand eine geradezu irreal anmutende Leichtigkeit meiner emotionalen Befindlichkeit. Etwas war aufgegangen. Und das war mehr als das Tor zum Gespräch. Ich versuchte mich an mögliche Verhaltensauffälligkeiten unter Alkoholeinfluss während der gestrigen Nacht zu erinnern, aber mir fiel nichts ein, was ebenfalls beruhigend war. Auch das Ohrengeräusch war weiterhin weggeblieben, nur ein hübsches Restrauschen ließ sich noch hören. Die Erinnerung an den Abend bereitete mir ein gutes Gefühl, obgleich ich heute auf einer rationalen Ebene noch weniger als gestern, also ungenügend bis gar nicht, ermessen konnte, was meine Reaktion auf Álvarez' Vorschlag für mich in Folge bedeuten würde.

Ich war wirklich angekommen, Besucher und Gast in einer ganz neuen Welt. So fühlte es sich zumindest an.

Auch bei Tageslicht offenbarten die Bilder an den Wänden ihr tieferes Geheimnis nicht. Ihre Gegenständlichkeit gewährte keinen greifbaren Vorteil gegenüber den abstrakten Werken in dem eingangs durchwanderten Treppenraum. Der Gast bemühte sich, leider ohne Erfolg, eine Verwandtschaft bei den unterschiedlichen dargestellten Gesichtern zu erkennen. Versuchte dann im Vorbeigehen, eine stilistische Systematik innerhalb der Darstellungen zu erkennen, um so einen Zeitbezug zu einer Periode der darstellenden Kunst herzustellen, was aber gleichermaßen erfolglos blieb, wahrscheinlich deshalb, weil er nun mal kein Kenner in dieser Sache war. Wieder einmal bereute er, nicht Kunstgeschichte, sondern Biologie studiert zu haben, mit einem Umweg von zwei konfusen Semestern Architektur zuvor, was er aus seiner jetzigen Perspektive immerhin einigermaßen hilfreich fand.

Santos führte ihn mit versteinertem Gesicht und der offenkundigen Wunsch, nicht weiter angesprochen zu werden, in einen blauen Raum – tatsächlich hellblau wie der Himmel über Sevilla –, wo eine große Schale mit Obst auf den Gast wartete, eine Karaffe mit frischem Orangensaft, eine Flasche Wasser sowie eine Kanne mit grünem Tee. Weil er nur ein Essbesteck sah, wartete er nicht auf weitere Gesellschaft, sondern fing sofort an zu essen. Aus irgendeinem Grund hatte er sehr großen Appetit, schälte eine Mango, dann noch eine, verspeiste mehrere sehr saftige Birnen, gefolgt von einer überreif aussehenden Banane, die so süß schmeckte wie nach seiner Erinnerung noch keine zuvor.

Während er die auf dem Tisch ausgebreiteten Zeitungen überflog, dachte er über das Verschwinden seiner Ohrengeräusche nach. Warum der hohe Ton plötzlich aus dem Nichts auftauchte, um dann genau so plötzlich weg zu sein, als wäre er nie da gewesen, gab einige Rätsel auf. »US on the brink«, titelte das Wall

Street Journal. Der Independent fragte, ob der republikanische Präsidentschaftskandidat an Parkinson erkrankt sei. Die FAZ betrauerte den Tod von Leonard Cohen, den dritten großen Verlust nach Prince und David Bowie.

Noch vor einiger Zeit hätten ihn Fragen des politischen Lebens mehr interessiert als Nachrichten des popkulturellen Ablebens. Jetzt nahm er beides einigermaßen emotionslos zur Kenntnis und legte die Zeitungen halb überflogen wieder zur Seite. Kaffee fand er in diesem Ensemble nicht. Auch gut, der Tee machte ihn hinreichend wach.

»Mein lieber Freund, wie geht es Ihnen?« Mit dieser Frage betritt der Älteste das Studio, in das mich Santos nach dem Verzehr des Frühstücks wieder geführt hat.

»Bestens«, sage ich, »gut ausgeschlafen, kein Hangover. Außerdem in aller Herrgottsfrühe ein Klavierkonzert gehört. Sehr schön für den Anfang des Tages.«

»Ah«, sagt Álvarez und nimmt mir gegenüber Platz. Direkt neben ihr, im Bild.

»Waren Sie das, der Spieler?«, frage ich.

»Hat es Ihnen gefallen?«, fragt er zurück, ein Lächeln im linken Mundwinkel, und tippt gleichzeitig mit den Fingerspitzen der rechten Hand auf die abgeschrägte Tischkante.

»Die besten Pianisten sind vielleicht die, die niemals öffentlich auftreten«, sage ich. »Schade eigentlich bei so viel Talent.«

»Woher wissen Sie, dass ich niemals aufgetreten bin?« Der Älteste blickt mich mit leicht gesenktem Kopf direkt an.

»Sind Sie?«

»Natürlich nicht. Die erste Reihe war nie für mich reserviert. Was das Klavier angeht, so gab es Zeiten, in denen ich das bedauerlich fand.«

»Sie hätten …«

»Nein, hätte ich nicht. Meine Talente müssen sich im Verborgenen zeigen.«

»Ah, verstehe«, sage ich und denke, ›fast‹, dies auch etwas irritiert, weil mir meine Tränen wieder einfallen und mich gleichzeitig der Blick auf ihn und das Bild in Kombination mit einer Erkenntnis zu seiner klopfenden Fingerbewegung durcheinanderbringt.

»Ich hoffe, verehrter Freund«, sagt er, meinen zwischen ihm und dem Bild hin- und herwandernden Blick registrierend, »Sie haben es sich über Nacht nicht wieder anders überlegt.«

»Natürlich nicht«, sage ich, was auch der Wahrheit entspricht. »Darf ich?« Ich positioniere mein Aufnahmegerät frontal vor ihm und betätige den Aufnahmeknopf. »Ist es in Ordnung für Sie, wenn ich unser weiteres Gespräch aufzeichne?«

»Sí«, sagt der Älteste.

»Test, Test«, sage ich.

»Jek, duj, trin«, zählt Álvarez und klopft dazu mit dem Daumen auf den Tisch.

Als ich die Aufnahme später anhöre, ist besonders laut das Klopfen zu hören. »Methusalem wurde gemäß Bibel 969 Jahre alt. Abraham angeblich nur noch 205 Jahre. Und die Drittälteste, Sarah, nur 140. Mit einem tatsächlichen Lebensalter von fünfhundert Jahren sind Sie also die Nummer zwei in der Reihe …« Ich verschlucke mich bei dem Wort. »… ein lebender Mythos …«

»Nicht der einzige«, erwidert Álvarez. »Es gibt andere, weitere wie mich.«

»Wie?«, frage ich ziemlich laut.

Aber der Älteste schneidet mir das Wort ab: »Mehr kann ich Ihnen dazu nicht sagen. Ich darf nur über mich sprechen.«

Diese Mitteilung bringt den Frager einen Moment lang aus der Fassung. Hätte er sich eigentlich denken können. Wenn es einen Menschen so hohen Alters gibt, dann sehr wahrscheinlich auch einen zweiten und dritten.

Darauf wird er später zurückkommen, jetzt möchte er so beiläufig wie möglich weiterforschen: »Wie konnten Sie so alt werden?«

»Wir haben besonderes Blut.«

Kala, denkt er, sie auch? Er möchte nachfragen, doch Álvarez blickt ihn mit leicht gerunzelter Stirn an. Plötzlich spürt er den Gedankenbrei in seinem Kopf. Schwappt von der linken Seite zur rechten, drückt auch gegen das Schädeldach, bereitet fast eine Art dunklen Schmerz, der ihn zu lähmen droht.

Er hätte darauf besser vorbereitet sein müssen. Gedanken, die wehtun. Alter, sein Alter, je nach Stimmungslage anders zu sehen. Er weiß, jetzt müsste er fragen, was genau der Älteste mit »besonderem Blut« meint. Aber der Gedanke bleibt wie Nebel in seinem Gehirn. Viel konkreter geht ihm durch den Kopf, dass er selbst für sein Alter nicht jung aussieht. Auch wenn das für ihn nur schwer einzuschätzen ist, so ist doch offensichtlich, dass er immer mehr Falten um die Augen bekommt, seine Stirn nicht mehr so glatt ist wie früher und sich unter seinem Kinn mehr als nur der Ansatz eines doppelten zeigt. Manche Menschen sehen mit fünfzig aus wie fünfunddreißig und manche mit sechzig alterslos. Zu der Sorte gehört er definitiv nicht, und das hat ihm auch noch nie etwas ausgemacht, weil er findet, dass er auf eine nicht uncharmante Weise Patina bekommt.

Wie alt ist das Mädchen? Hat Kala es auch? Er möchte diese Fragen stellen. Sie kriechen ihm aus dem Kopf wie die Arme einer Krake. Er presst die Lippen aufeinander. In dieser Sache sollte er souverän agieren. In seinen Augen wirkt sie ein Jahrhundert jünger als er. So viel jünger, dass er sich wie ein Pädophiler vorkäme, wenn er den Gedanken zuließe, sie attraktiv zu finden.

Er spürt den Einschlag in seinem Kopf. Ein Meteorit, mit maximaler Bahngeschwindigkeit direkt in den Gedankenbrei in seinem Kopf gestürzt. Plötzlich ist sein Kopf ganz leer und aus dem Meteoriten wird ein Gummiball. Der prallt von seinen Schädelknochen ab, springt hin und her, wird reflektiert und weiter reflektiert, um nicht mehr zur Ruhe zu kommen. Ja, er findet sie attraktiv. Das ist sein erster Gedanke. Besonderes Blut sein zweiter. Doch der Älteste dreht verneinend den Kopf. Keine Antwort auf diese Frage, jetzt, so versteht er das. Also zurück zur ersten Überlegung. Kala.

Nein, nur das nicht, wenn ich es mit Álvarez nicht verderben will. Es gibt Gedanken, die man sofort töten muss. Das Mädchen? Kein Interesse. Verstanden, Ole?

Einige quälende Sekunden bin ich so aus dem Konzept, dass ich keine weitere Frage stellen kann.

»Verstehe«, sagt der Älteste, lacht leise. »Das würde mich an Ihrer Stelle auch irritieren.«

»Wie viele Kinder haben Sie?«, frage ich, nachdem ich mich gefangen habe.

»An meinem dreihundertsten Geburtstag wären es zweiundfünfzig gewesen – wenn alle noch gelebt hätten.« Álvarez macht eine Pause, blickt an mir vorbei, dann wieder auf seine Hände, dann auf das Aufnahmegerät und schließlich wieder mich an. »Aber es lebten nur noch zwölf. Dann …«, er blickt auf seine Hände, »lebte ich einige Zeit zurückgezogen. Bis zu meinem vierhundertsten Geburtstag wurde ich weitere achtmal Vater. Aber fünf dieser Kinder starben im ersten Jahr nach ihrer Geburt. Und von den zwölf davor lebte nur noch eins. Von insgesamt sechzig Kindern hatten fünf die Chance, ebenfalls sehr alt zu werden. Bis auf einen Sohn und Kala sind alle tot.«

»Ihr Sohn?«, frage ich. »Wo lebt er?«

»Bei seiner Mutter.«

Sein Gesicht, so kommt es mir vor, hat sich für einen Moment zugezogen. Ich spare mir weitere Fragen zum Sohn und seiner Mutter für später auf und nehme allen meinen Mut zusammen: »Wie alt ist Kala?«

Álvarez lacht, schüttelt schließlich mit einem Lächeln den Kopf. »Das dürfen Sie meine Tochter selbst fragen.«

Wieder Stille. Doch diese ist wie Lärm. Ein Lärm, den ich gerade nicht ertragen kann. »Fünfhundert Jahre, ein halbes Jahrtausend. Was glauben Sie, wie alt Sie noch werden können?«

Auch diese Frage erheitert ihn. »Warum sollte ich das besser wissen als Sie? Oder kennen Sie, verehrter Freund, Ihr eigenes Todesdatum?«

»Verzeihung«, entschuldige ich mich. »Ich bin zuversichtlich, dass ich die nächsten Tage und Wochen nicht sterbe, aber mehr weiß ich auch nicht.«

»Sie sagen es.«

»Sie meinen …?«

»Ich habe den Tod oft gesehen. Sehr oft. Aber er ist immer an mir vorbeigegangen.«

»Warum?«

»Ein Mysterium. Zum Teil jedenfalls.«

»Manche Menschen nennen es Gnade.«

»Ich nenne es Bürde.«

»Ihre Bürde also …«

»Sie wird mir wahrscheinlich kein weiteres Jahrhundert zuteil werden. Möchte ich auch gar nicht. Ich habe genug Verluste erlitten.«

»Die Mütter Ihrer Kinder …«

»Habe ich immer wieder begraben müssen. Können Sie sich vorstellen, wie traurig das ist?«

Kann ich das? Wahrscheinlich nicht. Dazu hätte ich aber auch einige Fragen an Kala, falls sich die Gelegenheit ergibt. Gleichzeitig habe ich die Ahnung, dass es mir schwerfallen wird, sie zu fragen, wie alt sie ist.

500 – eine Zahl wie ein Wolkenkratzer. Zwei mal 250, vier mal 125, fünf mal 100, zehn mal 50. Ihre innere Architektur ist sichtbar wie durch eine gläserne Fassade. Direkt daran angelehnt: das Irrationale, die edle 499, undurchdringlich, unbegreiflich, ein Mysterium, ein Engel. Der nächste folgende Heilige wäre 727, der letzte vorausgehende 383. Sie sind Wesen noch höherer Ordnung und überstrahlen als Palindrome tatsächlich alles. Und der Wolkenkratzer wird von ihnen bewacht. Warum ist das so schwer verständlich?

Er weicht dem Blick des Ältesten aus. Seine Gedanken hängen in der Luft. Reif für die Entladung. Was wäre das? Eine Erklärung? Eine Geste? Direkte Hinwendung? Der Versuch einer Annäherung? Wird er langsam verrückt?

Noch vor wenigen Augenblicken hatte er einen gegenteiligen Eindruck: wachsende Klarheit, Konzentration, die Fähigkeit zuzuhören. Und jetzt das: In Gedanken nur noch mit ihr beschäftigt. Was hat der Älteste gerade gesagt? Hat er dessen letzte Sätze überhaupt gehört? Hat er etwas überhört?

Er schaut zu Álvarez, sucht erneut Augenkontakt, taucht in dessen Blick und findet kein Anzeichen von Schmerz darin, nur Kontrolle und abwartende, abwägende Achtsamkeit.

Wer bin ich, fragt sich der Gast, dass ich an die Tochter denken muss, wenn sich der Vater zu öffnen beginnt?

Beschämt blickt er zur Seite und gleich wieder hin, denn in den Augen des Ältesten zeigt sich keine Verletzung. Lediglich der Ausdruck von Trauer jenseits von Schmerz nach durchlebten Jahrhunderten.

Wer bin ich, denkt der Gast, dass ich eine Ahnung haben könnte, wie sich das anfühlt – ein so langes Leben? Abschiede und Verluste gehören mit zunehmendem Alter zwangsläufig dazu. Im Fall des Ältesten also sehr viele Abschiede und Verluste.

Ein Zehntel seiner Zeit hat der Besucher bisher in dieser Welt verbracht. Sicher, auch er hat Verluste erlebt. Menschen, die er kannte, sind gestorben. Darunter waren auch sehr traurige Abschiede. Zusammengenommen waren das nicht wenige traurige Erfahrungen. Doch so wie er nun dem Ältesten gegenübersitzt, kommt ihm sein bisheriges Leben kurz und flüchtig vor wie ein Wimpernschlag. Ein Dasein mit weit weniger Tiefe und emotionaler Dimension.

Nein, denkt er in diesem Moment, man stumpft mit dem Alter nicht ab. Womöglich tun Schmerzen sogar immer noch mehr weh. Genau wie man mit zunehmendem Alter immer mehr Angst empfindet. Je mehr man in die Möglichkeiten des Lebens eintaucht, umso mehr wird man mit Einschränkungen und Unmöglichkeiten konfrontiert und macht sich seine Gedanken dazu.

Auch das tut weh. Und es wächst die Angst, auch die Angst vor der Angst.

Seine eigenen Nöte, seine individuellen Ängste, persönlichen Probleme und gegenwärtigen Schwierigkeiten, von Kala und seinem Anflug einer Schwärmerei gar nicht zu reden, sind nichts, absolut nichts dagegen. Oder doch, sie sind etwas: nämlich vergleichsweise lächerlich.

»Sie müssen unzählige Enkelkinder, Urenkel und Ururenkel haben, die ja längst auch wieder Kinder haben …«, sage ich, um hoffnungsvollere Töne anzuschlagen.

»Ja, ich könnte ein glücklicher Großvater und Urgroßvater sein. Bin ich aber nicht. Ein Großvater wie ich, das bringt Probleme.«

»Was für Probleme?«, frage ich.

»Eifersucht, Gier. Sie haben keine Ahnung, wie gierig und wie eifersüchtig die nächsten Familienangehörigen sein können. Sie waren eine Zeit lang mein größtes Problem.«

»Bitte erklären Sie mir das näher«, bohre ich vorsichtig nach.

»Alle, nein, fast alle wollen möglichst schnell an mein Geld kommen, bevor ich sterbe. Könnte ja sein, dass ich sie im Testament vergessen habe. Also hetzen sie Anwälte auf mich. Oder ganz einfach Kriminelle, die mich bedrohen und etwas herauspressen sollen. Manchmal haben sie damit auch Erfolg, denn ich bin ja erpressbar. Ich bin auf der Flucht vor dem Leben der anderen. Dem kurzen Leben der anderen, die deshalb voller Neid auf mein vergleichsweise langes blicken. Ein viel zu langes in ihren Augen. Deshalb darf ich eigentlich gar nicht sein. Haben Sie eine Vorstellung, wie unangenehm das ist?«

Nein, eine Ahnung hat er wahrscheinlich auch in dieser Sache nicht. Das Wort »unangenehm« kann nur eine Untertreibung sein, die Vokabel »furchtbar« wäre wahrscheinlich passender. Oder müsste es eigentlich »schrecklich« oder »entsetzlich« heißen?

Er schüttelt den Kopf.

Was weiß er überhaupt?

Bei dieser Begegnung scheint ihm sein gesamtes bisher erworbenes Wissen zu entgleiten. Von vielen Dingen glaubte er, eine Ahnung zu haben, doch jetzt meint er zu begreifen, dass dies ein Irrtum war. Jedenfalls ist er weit unwissender, als er sich bisher eingestehen mochte, und vollkommen kritiklos war er ja auch die letzten Jahre nicht durchs Leben gegangen. Er fühlt sich wie entleert, kaum existent, eine beiläufige Erscheinung, die die Zeit streift, aber kaum eine Spur im vielschichtigen Gewebe der

Historie hinterlässt. Schon in der Gegenwart fühlt er sich wie etwas Vergangenes, und auch die Tatsache, dass der Älteste und das Mädchen eine ihn betreffende Entscheidung mit wahrscheinlich weitreichenden Folgen für seine Zukunft getroffen haben, kann daran nichts ändern. Die bloße Gegenwart des Ältesten reicht aus, um ihm auf eine seltsame Weise das Empfinden von Auflösung und Verlöschen zu geben.

ACHTUNDZWANZIG

Ich habe das Gefühl, mich von innen nach außen aufzulösen, von meinem Zentrum zum Rand hin.

»Wie fühlt es sich an, so alt zu sein?« Ich hatte diese Frage bereits gestellt, als Antwort aber eine Gegenfrage erhalten. Nun ist vielleicht ein geeigneterer Moment, denke ich, doch höre ich einen fast aggressiven Unterton in der eigenen Stimme, während ich die Frage stelle und sie mir selben Moment idiotisch und überflüssig vorkommt.

Álvarez schaut mich ohne erkennbare Regung an, als würde er mich wie einen Fremden zum ersten Mal und dabei ohne jegliches Interesse sehen. Während sein Blick auf mir ruht, erkenne ich, dass er die untere Lippe minimal unter die obere geschoben hat, vielleicht ein Anzeichen für den Hauch einer Irritation, aber ich kann mich auch genauso gut irren und der mimische Ausdruck hat nicht die geringste Bedeutung. Langsam, als würden sie aneinander kleben und gegen einen Widerstand von den Rändern zur Mitte hin aufreißen, löst sich die Oberlippe von der Unterlippe, als er die Antwort gibt.

»Ermüdend.«

Ich werfe einen Blick auf das Aufnahmegerät. Die rote Statusleuchte zum Anzeigen des Aufnahmemodus leuchtet. »Haben Sie schon einmal daran gedacht, sich das Leben zu nehmen?«

»Ho«, sagt er und bläst die Backen auf. »Unzählige Male. Sie können sich nicht vorstellen, wie oft ich sterben wollte, wie sehr ich mich nach dem Tod gesehnt habe.«

Seine Antwort überrascht mich. Und gleichzeitig auch wieder nicht. Wieder irre ich einige Sekunden lang durch nebulöse Stille, bis ich die nächste, eigentlich logisch daran anschließende Frage stellen kann: »Als Sie diese Sehnsucht spürten, wussten Sie da auch, wie Sie sterben wollten?«

»Sí.« Er nickt mit schwerem Kopf. »Nach dem Tod meiner ersten Frau dachte ich daran, Gift zu schlucken. Viele Jahre, tatsächlich ein halbes Jahrhundert lang, trug ich einen Arsenring.«

»Warum haben Sie ihn dann doch nicht benutzt?«

»Ein Freund brachte sich damit um. Er hatte den Ring bei mir gesehen, wusste, was er barg, und ihn an sich gebracht. Ich fand ihn im Sterben. Er wand sich in Krämpfen, erbrach schließlich Blut, starb an Atemstillstand und musste mit einem zur Fratze erstarrten Gesicht begraben werden.«

»Damit war die Methode gestorben, aber die Sehnsucht lebte weiter?«

Die Frage ist brutal, er weiß das, doch hat er den Eindruck, dass der Älteste eine direkte Sprache schätzt. Ein Blick in das gefasste Gesicht seines Gegenübers gibt ihm recht. Er sieht keine negative Reaktion.

»Gift kam danach nicht mehr infrage. Doch die Möglichkeiten der damaligen Zeit waren begrenzt. Ich hätte ins Meer hinausschwimmen können. Weit und immer weiter. Bis eine Rückkehr unmöglich würde. Aber ich bin ein sehr guter Schwimmer. Ich bin schon sehr weit geschwommen. Und habe es immer geschafft, zurückzukommen.«

»Sie hätten sich von einer Klippe stürzen können.«

Der Älteste lacht. »Ich habe Höhenangst.«

Das ist in der Tat so seltsam, dass auch der Frager sich ein Lächeln nicht verkneifen kann. »Aber wäre es dann nicht umso naheliegender gewesen, sich von einem Felsen, einem Turm, einer Brücke in die Tiefe zu stürzen? Immerhin stirbt dann auch die Angst.«

»Aber zuvor muss man in die Tiefe blicken. Das konnte ich nicht.«

»Verstehe. Sie wählten also lieber einen anderen Weg.«

»Exactamente«, erwidert Álvarez, als er ihm davon erzählt. »Ich habe mir dann eine Pistole zugelegt.«

»Ah«, sagt der Interviewer, ohne zu wissen, warum.

»Zu der Zeit sehr primitiv. Radschloss, anfällig für Fehlzündungen.«

»Sie haben sie also nicht benutzt, jedenfalls nicht, um sich das Leben zu nehmen.«

»Sie war einschüssig. Sie werden es nicht wissen, aber es ist schwierig, sich mit einem Schuss das Leben zu nehmen. Viele, die es versuchen, treffen nicht richtig und sterben einen langsamen und qualvollen Tod.«

»Also hielt Sie die Angst vor Schmerzen ab?«

»Auch. Aber ich konnte mir einfach nicht vorstellen, hässlich zu sterben. Mit einer Fratze oder einem zerfetzten Gesicht, das kam nicht infrage.«

»Weil Sie dafür zu eitel sind?«

»Wahrscheinlich. Vor allem aber wollte ich meinen Kindern diesen Anblick auf dem Totenbett ersparen.«

»Sie hätten doch einfach verschwinden können. Die Identität wechseln und mit neuer Identität unbekannt dahingehen können.«

»Da haben Sie recht. Das wäre möglich gewesen. Doch wo auch immer und wie auch immer, jemand hätte mich wahrscheinlich gefunden. Ein Selbstmörder ist immer ein trauriger, ein furchtbarer Anblick. Auch das wollte ich niemandem zumuten. Außerdem …«

»Ja, außerdem …?«

»… war ich in den ersten beiden Jahrhunderten meines Lebens noch nicht so weit, extra meinen Namen zu wechseln, um mir mit einer neuen Identität das Leben zu nehmen.«

Die Überlegungen des Ältesten faszinieren ihn. »Wie meinen Sie das, Sie waren noch nicht so weit?«, fragt er daher weiter.

Das Gesicht des Ältesten verdüstert sich. »Zwar wechselte ich meinen Namen, versuchte aber Kontakt zu einigen Kindern und

Kindeskindern zu halten. Ich entzog mich mit einem Wechsel der Identität ja vor allem dem Zugriff der Inquisition und bestimmter Königshäuser und Fürstentümer. Zu der Zeit waren besonders sie mir auf den Fersen, noch nicht die eigene Familie.«

»Können Sie ein Beispiel nennen?«

»1750, zum Beispiel, war ein besonderes Jahr.«

Der Besucher überschlägt im Kopf die Zahlen. »Da waren Sie bereits über zweihundertdreißig Jahre alt.«

»Ich heiratete zum siebten Mal, Roja Abravanel, eine Jüdin aus Toledo, schön, klug, wohlhabend, Tochter einer Bankiersfamilie, die auf eine sehr gekonnte und nicht unbedingt legale Weise Anteile der untergegangenen Florentiner Bankhäuser Bardi und Peruzzi sowie Überreste von deren europäischem Filialsystem an sich gebracht hatte. Wissen Sie, Spanien war zu der Zeit schon nicht mehr reich. Eine dreckige Armut, die auf den schmutzigen Reichtum gefolgt war, der mit den Kreuzzügen begonnen, sich mit Raubzügen in Mexiko und Peru fortgesetzt hatte und nach einer Zeit beispielloser Verschwendung in Armut zerronnen war. Die Spanier, sie hatten Gold gesehen und immer noch Gold in den Augen. Das Gold glänzte in ihren Gedanken und verstrahlte ihre Sinne. Und ja, alles hatte sich um zweihundert, wenn nicht zweihundertfünfzig Prozent verteuert. Man wollte sich wieder und noch gnadenloser bereichern. Zwar hatte es bereits vor meiner Geburt das sogenannte Alhambra-Verdikt gegeben, das alle Juden zum Konvertieren zwang, doch die großen Verfolgungen begannen erst, kurz nachdem wir geheiratet hatten. Mischehen waren eigentlich kein Problem. Ich galt als Christ, heute würde man sagen, als Katholik, obgleich mich Konfessionen nie interessiert haben. Die Dummheit im Glaubensgewand verlangte von meiner Frau, sie solle zum Christentum übertreten. Doch sie weigerte sich. Ich versuchte, ihr zuzureden, um sie schützen, aber es half nichts. Sie war einflussreich und eigensinnig und glaubte, ihr Reichtum würde sie schützen. Irrtum. Das Gegenteil war der Fall. Das immer hungrige Toledo, Zentrum der europäischen Waffenschmiede, Hochburg der Kultur, wo Hocharabisch, Hebräisch, Lateinisch und Romanisch-Kastilisch gesprochen wurde und Übersetzungen großer

Werke der Literatur angefertigt wurden, war noch gieriger geworden. Und besonders gierig in der Gestalt von Luis de la Rosa, Jesuit und Provinzial von Toledo. Am Tag der Heiligen des Herrn ließ de la Rosa meine Frau holen und auf dem Marktplatz steinigen.« Álvarez senkt den Kopf.

Zum ersten Mal meint er, Tränen in den Augen des Ältesten glitzern zu sehen.

»Haben Sie sie sterben sehen?«, fragt der Gast mit belegter Stimme.

»Ja. Ich habe sie nicht retten können. Aber die Schande, in meiner Abwesenheit zu sterben, musste ich ihr ersparen.«

Die Not der Erinnerung umgibt den Ältesten als Aura des Schmerzes. Der Frager schämt sich für seine Fragen, ist aber gleichzeitig auch froh, sie zu stellen, und fiebert neugierig weiteren Antworten auf kommende Fragen entgegen.

Álvarez sitzt bewegungslos da, abwartend.

Vielleicht möchte er sich mitteilen, denkt der Besucher. Vielleicht gibt es ihm etwas, sich einem Fremden zu öffnen. Einem Gast aus einer anderen Welt.

»In Toledo konnten Sie danach wahrscheinlich nicht mehr bleiben«, sagt er.

»Nein«, bestätigt der Älteste, »wieder verließ ich Spanien, diesmal mit dem Schiff, und lebte einige Zeit in Piräus, heiratete ein weiteres Mal, wurde wieder Vater, verlor die beiden Söhne aber durch die Pocken. Auch diese Frau begann sich bald über mich zu wundern. Also verließ ich auch sie und setzte nach Alexandria über.«

»Nordafrika«, sagt er, mehr zu sich selbst als zum Ältesten. »Sie haben also Europa den Rücken gekehrt.«

»Im Europa von Galilei bis Newton und Alexander von Humboldt … In diesem Europa der sehr klugen Köpfe hatten christliche Glaubenseiferer die Macht. Päpste lenkten Könige und Kardinäle, die Heerscharen von Fanatikern mobilisierten. Diese Heere hatten Häretiker und Hexen in Massen verbrannt und massakrierten immer noch Moslems und Juden, wenn sie sie nicht gnädigerweise vertrieben. Das Europa von Kepler bis Darwin, den Lichtgestalten und Begründern wissenschaftlichen Fortschritts, dieses Europa, Wiege aufkeimender Vernunft, war bis ins 19. Jahrhundert hinein die Stätte maximaler Unvernunft. Die Idiotie kleidete sich in Roben und Talare. Sie kam in Kutten daher und gab sich bescheiden und gottesfürchtig, doch sie war das genaue Gegenteil. Eine herrschsüchtige und mörderische Meute. Eine menschliche Dummheit, von der Europa insgesamt infiziert schien.«

»Glauben Sie selbst an Gott? Haben Sie jemals geglaubt?« Er weiß, wie unsinnig diese Frage gerade klingt, trotzdem …

»Sie meinen, an diesen Typen im Himmel? Wenn es einen Riesenunsinn gibt, dann diesen: die Legende vom Bärtigen da oben.« Álvarez zeigt mit dem Finger in Richtung Zimmerdecke. »Ein unsichtbarer Bartträger, der alles beobachtet, was wir tun. Jederzeit, an jedem Ort der Welt?«

Der Frager muss grinsen.

Doch Álvarez kommt erst richtig in Fahrt. »Und der Unsichtbare herrscht über eine Liste mit zehn Ge- bzw. Verboten. Übertritt man nur eins davon, landet man zur Strafe an einem schrecklichen Ort. Ein Ort voller Feuer, voller Rauch, voller Schreie, voller Verzweiflung, voller Folter und Horror, Hölle genannt.«

»Heilige Scheiße«, kommentiert der Gast, »Sie zitieren den amerikanischen Komiker George Carlin.«

Der Älteste lächelt. »Diese Hölle muss man sich als gewaltigen Bratrost vorstellen. Darauf wird den sündigen Seelen so richtig eingeheizt.«

Álvarez kneift die Augen zusammen. »Wirklich infernalisch eingeheizt bis ans Ende aller Zeiten.«

Der Frager ahnt, was nun kommt.

Der Älteste faltet die Hände, macht eine dramatische Pause und spricht dann weiter. »Aber, sagen die sichtbaren Vollstrecker des großen Unsichtbaren, die Priester, zu den Lämmern, Gott ist gnädig.«

Der Gast kann sich ein Lachen nicht verkneifen. »Denn Gott braucht Geld«, führt er den Satz des Ältesten fort.

»Sí, sehr viel Geld. Extrem viel Geld. Denn er kennt zwar alles, kann auch alles und weiß auch alles, doch Geld braucht er trotzdem. Mehr Geld nämlich, als der Mensch sich vorstellen kann. Und deshalb gewährt er dem Menschen eine Gnade. Nämlich die, sich von seinen Sünden freizukaufen.«

»Wieso hat das so viele Jahrhunderte so reibungslos geklappt?«, will der Gast nun wissen.

»Weil Gott vielleicht gnädig ist, die Priester aber ganz sicherlich schlau. Vor und nach dem Handel haben sie den Menschen gesagt, dass Gott sie liebt. Und die Leute wollten genau das glauben. Wenn das keine unglaubliche Geschichte ist.«

»Bis Luther kam.«

»Mit ihm schlugen sie sich auch noch gegenseitig die Köpfe ein.«

»Also bloß weg übers Meer?«

»Damals noch weit weg. Alexandria, Stadt der verbrannten Bibliothek, aber ein Ort bis dahin nicht genossener Freiheit.« Der schwärmerische Ton in Álvarez' Ausführungen berührt den Frager. Fast spürt er so etwas wie Neid. Er kennt Kairo. Aber dieses Ägypten der jüngeren Vergangenheit scheint vom alten so weit entfernt wie der Mond von der Sonne. Laut und bunt wie viele islamische Städte. Aber ein Ort der Freiheit? Nein.

»Damals schon«, erklärt der Älteste. »Sunniten vertrugen sich mit Schiiten und Aleviten, Katholiken mit Orthodoxen und Kopten. Parsen trafen auf Jesiden. Alle handelten mit Juden. Selbst Hindus und Theravada-Buddhisten waren in der Stadt zu sehen. In den Kaffeehäusern wurde ohne Furcht gesprochen. Man rauchte die Shisha und debattierte über Gott und die Welt wie zu Sokrates' Zeiten. Manchmal gab es Meinungsverschiedenheiten, doch sie konnten meistens friedlich beigelegt werden. Dieser Friede war ein Gut, das alle bewahren wollten. Paradiesisch. In seiner Schönheit fast erschreckend im Vergleich zum Leben in Europa.«

»Trotzdem haben Sie das Paradies wieder verlassen?«

»Meine Kinder«, erwidert Álvarez, »verteilt über mehrere Städte in Europa. Und das heiße Klima machte mir zu schaffen. Und weil ich eine Zigeunerseele habe und im Grunde meines Wesens ruhelos bin.«

»Verluste und immer neue Abschiede«, erwidert er. »Gibt es etwas, worunter Menschen mehr leiden?«

»Krankheiten«, erwidert Álvarez. »Daran können sie noch mehr leiden.«

»Waren Sie denn nie krank?«

»So gut wie nie. Die Male, wo ich eine Erkältung bekommen habe, kann ich zählen. Manchmal wäre ich gern krank gewesen. Krankheit kann erholsam sein, damit auch heilsam. Krankheit kann einen von anderen Problemen ablenken. Ich war immer so gesund, dass ich mich meinen Problemen mit voller Kraft zuwenden konnte, auch meinem Schmerz.«

»Sie hatten also sehr viel Gelegenheit, sich den Tod zu wünschen, sich Ihr Ableben vorzustellen und die geeignete Methode dafür zu wählen«, lenkt er auf das anfängliche Thema zurück.

»Ja, aber damit wuchs ein innerer Konflikt.«

»Wie meinen Sie das?«

»Verstehen Sie nicht? Jegliche Freude war aus meinem Leben verschwunden. Manchmal erlebte ich Genuss, doch keine Freude. In Momenten des Genießens sehnte ich mich umso mehr nach dem Tod, weil die Abwesenheit der Freude dann umso auffälliger wurde. Also dachte ich über den Tod nach, stellte mir meinen vor, zelebrierte ihn in meiner Phantasie. Und konnte ihn selbst doch nicht ausführen.«

»Wenn Sie nicht imstande waren, Ihren Tod selbst herbeizuführen, hätten Sie die Sache doch einem ihrer Widersacher überlassen können.«

»Nein, ich hatte den geeigneten Zeitpunkt dafür verpasst. Und zwar vor langer Zeit. Doch das verstand ich erst, als es zu spät war.«

Seltsame Antwort. Darüber muss er nachdenken. Nach seiner bisherigen Vorstellung fragt ein Selbstmörder nicht nach dem passenden Zeitpunkt für seinen Suizid. Wer sich das Leben nehmen will, weil er es satt hat, tut das, ohne vorher um Erlaubnis zu fragen. »Was für einen Zeitpunkt kann man verpassen, wenn man genug vom Leben hat und es verlassen will?«, fragt er daher weiter.

»Den Zeitpunkt, wo es für einen selbst mit Wirkung für die Umwelt akzeptabel ist?«

»Diesen Zeitpunkt gibt es doch nie. Jeder Suizid ist maximal unpassend«, widerspricht er mit leicht erhobener Stimme, denn im selben Moment fällt ihm Gerson wieder ein.

»Verzeihen Sie mir bitte, mein lieber Freund«, erwidert Álvarez mit entwaffnender Höflichkeit, »aber das sehe ich gänzlich anders. Denn ich nehme mich und mein Bedürfnis, dieses Leben zu verlassen, weniger wichtig als die Bedürfnisse und Notwendigkeiten anderer, die mit meinem Leben verbunden sind.«

»Aber hat dieses Problem nicht jeder, der sich selbst töten will?« Er hört den Unterton von Empörung in der eigenen Stimme. Gerson war nicht der Erste und auch nicht der Letzte in seinem Umfeld gewesen, der Suizid begangen hatte. Der Zeitpunkt dafür war, rückblickend gesehen, immer falsch, und der jeweilige Anlass erschien im Nachhinein marginal und unzureichend.

»Kann es einen richtigen Zeitpunkt für einen Suizid geben? Oder einen angemessenen Grund?«, fragt er und bemerkt eine seltsame Schärfe in der eigenen Stimme. »Die Angehörigen leiden. Das gesamte Umfeld wird in Mitleidenschaft gezogen. Ehepartner sterben in gewisser Weise mit. Manche erholen sich während ihres gesamten weiteren Lebens nicht von dem Verlust. Noch schlimmer ist es für Eltern, wenn das eigene Kind sich das Leben nimmt.«

»Sie haben recht«, stimmt der Älteste ihm zu. »Das ist furchtbar. Doch in meinem Fall waren die Folgen ab einem gewissen Zeitpunkt noch weitreichender. Ich habe eine Verantwortung, die über Schmerz und Trauer der Angehörigen hinausgeht.« Er macht eine Pause. »Verzeihen Sie, wenn ich das sage, aber Sie sind nicht alt genug, um das zu verstehen.«

Sein Blick schweift ab, wandert über die dunkelgrüne Tapete zu ihrem Bild. Der Rahmen hat die Form eines geflochtenen Zopfes und gibt dem Gemälde eine Art organischen Rand. Das Blattgold ist an einigen Stellen abgeplatzt und wellt sich schon an anderen. Das rote Kleid scheint auf die untere Seite des Rahmens zu fallen. Die Falten leuchten und lenken den Blick strahlenförmig zu den

Händen. Sie liegen im Schoß ineinander. Die rechte in der linken, an deren Mittelfinger ein Ring mit einem ungewöhnlich großen grünen Stein zu sehen ist. Der Stein passt auf eine seltsame Weise zur Tapete. Doch das ist eine Nebensächlichkeit, die einem wahrscheinlich nur auffällt, wenn man das Bild schon mehrfach betrachtet hat. Die Frau in dem Gemälde schätzt er nun auf Mitte bis Ende zwanzig, jünger als vormals gedacht.

Ihre Schönheit lähmt ihn, weil sie nicht losgelöst von der Erinnerung an Kala zu genießen ist. Die sehr dunklen Augen der Frau haben einen fast mongolischen Schnitt. Sie blicken leicht von der Seite, weil sie ihren Kopf ein wenig nach rechts geneigt hält. Dadurch zeigt sich die feine Kontur ihrer Nase, die in einer Spitze endet und so den ungewöhnlich kleinen Mund betont. Unter- wie Oberlippe sind gleichermaßen schmal, doch ruht die Oberlippe deutlich geschwungen auf der geraden Unterlippe. Die Lippenhaltung zeigt eine stille Entschlossenheit, die bei dem Betrachter einen inneren Raum der Ruhe zu eröffnen scheint.

Er hört sich selbst ausatmen. Wer war diese Frau, der Kala so ähnlich sieht? Von der Álvarez gesagt hat, sie und Kala seien ein und dieselbe Person?

Relativität ist wahrscheinlich ein zentrales Element bei der Betrachtung von Lebenszeit, und die meisten Menschen sind sich dieser Tatsache wahrscheinlich nur eingeschränkt bewusst. Er gehört eindeutig auch dazu. Manchmal kommt er sich alt vor, meistens nicht. Manchmal gibt er vor, jünger zu sein, als er ist, kleidet sich dementsprechend und kommt sich gleichzeitig albern vor. Hin und wieder hat er das Gefühl, in seiner Entwicklung, er könnte auch sagen, in seiner Reife, stehen geblieben oder zumindest gehemmt zu sein, doch dieses wenig komfortable Empfinden stellt sich erfreulicherweise nicht allzu häufig ein. Meistens in Momenten, wo er mit eigenen emotionalen Defiziten konfrontiert wird und durch die Umstände gezwungen ist, diese auch zur Kenntnis zu nehmen, was peinlich und in diesem Sinne auch peinigend sein kann. Doch all dies ereignete sich bis zu diesem Zeitpunkt in dem Zeitfenster einer als angemessen empfundenen Lebenszeit mit all ihren Versäumnissen, Wiederholungen,

Umwegen, Abwegen, Möglichkeiten, Unmöglichkeiten, Irrtümern, Dummheiten und trotzdem erfolgten, manchmal auch erzwungenen Lernprozessen, also in seinem insgesamt sehr unterhaltsamen, immer wieder auch sehr spannenden Dasein. Allerdings mit dieser Autorität in die Vorpubertät verwiesen zu werden, das war ihm zuletzt vor rund vierzig Jahren passiert – also in seiner Kindheit. Für Álvarez befindet sich der Gast in gewissem Sinne offenbar immer noch in dieser Phase. Das könnte ihn ärgern. Tut es aber nicht. Er findet es vielmehr interessant.

»Würden Sie mir das bitte genauer erklären?«, fragt er daher so sachlich wie möglich.

Doch Álvarez schüttelt den Kopf. »Noch nicht. Nicht jetzt. Wir haben Zeit.«

»Sie wahrscheinlich mehr als ich«, erwidert er und erschrickt im selben Moment über das Gesagte.

Doch daraufhin lächelte der Älteste nur.

Die Erinnerung an dieses Lächeln begleitete ihn auf sein Zimmer. Als er die Tür hinter sich schloss, verstand er, warum ihm in der Nacht zuvor die Tränen gekommen waren. Álvarez am Klavier. Er hatte es gewusst, weil er es gehört hatte – den Klang der Ewigkeit.

NEUNUNDZWANZIG

Ein Ausflug? Interessante Idee. Womit? Mit dem Auto. Ah! Señor Álvarez am Steuer. Wie ich das finde? Na ja, spannend, um es vorsichtig zu sagen. Wenn ich ehrlich bin, gehe ich dem nun mit gemischten Gefühlen entgegen. Wie viele Tage habe ich jetzt keinen Himmel gesehen? Kommt mir wie ein Jahrhundert vor. So gesehen, bin ich begeistert. Großartig. Der Älteste wird mich im Auto mitnehmen, hat Kala eben angekündigt. Sie am Gaspedal wäre nach meinem Empfinden auch keine Beruhigung. Soll ich Álvarez bitten, mich fahren zu lassen? Man könnte denken, dass einer nach fünfhundert gelebten Jahren besser die Hände vom Lenkrad lässt oder zumindest eine Überprüfung der Fahrfähigkeiten angebracht wäre. Die Reaktionszeit, das ist neurologisch dokumentiert und allgemein bekannt, lässt mit fortschreitendem Alter zunehmend nach. Der Zenit der Hirnleistung, und das ist so gut wie gar nicht bekannt, ich habe es auch erst kürzlich gelesen, wird jedoch erst mit rund vierzig Jahren erreicht. In dem Alter sind die schnellsten Reaktionen messbar, auch die Gedächtnisleistung ist dann am größten. Erst von da an beginnt ein fortschreitender Abbau der hauchfeinen Hüllen, die jede einzelne Hirnzelle umgeben. Mit der zunehmenden Zersetzung der Schutzhüllen der Hirnnerven kommt es zu kurzschlussähnlichen Fehlfunktionen und in Folge zu Fehlinformationen, die das Gehirn ausgleichen muss, was Zeit kostet und in beiden Hemisphären zu übergreifender Verlangsamung führt. Deshalb, habe ich mir sagen lassen, bewegen sich alte Menschen auch langsamer als junge – selbst wenn sie keine anderweitig medizinisch begründeten Gehprobleme haben.

Ich weiß, das klingt an dieser Stelle irgendwie albern, weil Álvarez ein Stadium jenseits jeglicher Messbarkeit erreicht zu haben scheint. Wie ein alter Mann bewegt er sich allerdings auch nicht, sondern steuert mit schnellen und konzentrierten Schritten auf die sich öffnende Tür eines Fahrstuhls zu, einen Bund mit Autoschlüsseln in der linken Hand, die mit jedem Schritt ein leise klirrendes Geräusch abgeben.

Meine verstorbene Tante Luise hatte sich nie ans Steuer gewagt. Vielleicht früh ahnend, dass sie ein hohes Alter erreichen würde und daher auf die gesamte Lebenszeit gerechnet ohnehin viel Zeit im Taxi verbringen würde, weshalb sie auf das eigenständige Lenken eines Automobils gleich von vornherein verzichtet hat. Ich denke, um andere Verkehrsteilnehmer und sich selbst nicht zu gefährden, weiß das aber nicht sicher. Bei mir selbst habe ich noch keine Einschränkung der Fahrtüchtigkeit feststellen können, würde einer Überprüfung jedoch auch lieber aus dem Wege gehen. Bereits zu meiner Zeit wurde die Fahrerlaubnis mit beträchtlichen Härten erworben. Ich schaffte die Prüfung erst beim zweiten Mal. Ein Freund brauchte sogar einen dritten Anlauf. Wer gibt den teuren Führerschein schon freiwillig und gern wieder ab? Besonders ältere Menschen sehen darin eine nicht geringe Demütigung. Der Verlust markiert häufig den Beginn der Senilität. Diese und weitere Gedanken gehen mir durch Kopf, während ich nach Álvarez in den Fahrstuhl steige.

Die Tiefgarage unter dem Haus offenbart einen staunenswerten Fuhrpark. Diverse BMW im Mittelklasse-Format, ein Opel Corsa und zwei Brabus Smart Fortwo, keine Luxus-Marken wie Bentley, Rolls Royce, Ferrari oder Jaguar.

»Zu auffällig«, kommentiert Álvarez und steigt in einen der Smarts. Während er den Wagen startet, fällt mir auf, dass der Älteste nach Sandelholz riecht. Eine Wahrnehmung, die ich schon einmal hatte, auch wenn ich mich nicht erinnern kann, wann zum ersten Mal. Er schiebt das Faltdach nach hinten. Ich habe das Aufnahmegerät dabei, aber es ergibt keinen Sinn, es einzuschalten. Seine Bemerkung, er habe »besonderes Blut«, fällt mir wieder ein, und ich nehme mir vor, ihn später danach zu fragen. Immer wieder bin ich erstaunt, wie begeistert einige Leute vom Autofahren sind. Ihre Augen beginnen zu leuchten, sobald sie das Lenkrad berühren und den Fuß von der Bremse nehmen. Im Falle des Ältesten kann ich das sehr gut verstehen. Immerhin ist er Nutznießer der gesamten Geschichte der Mobilität. Mit Pferden, Kutschen und der Kunst des stilvollen Flanierens aufgewachsen, hatte er drei Jahrhunderte Zeit, sich darin zu üben. Denn vor dreihundert Jahren, so weiß ich heute, wurde das Laufrad erfunden und fast zeitgleich mit den ersten Automobilen auch das Fahrrad. Um 1880 nahm die Angelegenheit insgesamt Fahrt auf. Das erste Elektroauto rumpelte noch vor dem ersten Verbrennungsmotor übers Kopfsteinpflaster.

»Wann sind Sie zum ersten Mal in einem Automobil gefahren?«, frage ich Álvarez, während wir aus einem automatischen Tor auf die Straße rollen. Ich weiß nicht sofort, wo wir sind. Die Straße ist so schmal, dass selbst der Smart kaum zwischen die Kantsteine passt.

»1902 in einem Oldsmobile Curved Dash in der Rennversion, einer Art Pferdedroschke mit Lenkrad und Benzinmotor, entsetzlich langsam für heutige Verhältnisse, schrecklich laut, aber unglaublich schnell für damalige, nämlich fast fünfzig Kilometer pro Stunde. Das schaffte zu der Zeit keine Postkutsche auf Dauer und auch nur ein Rennpferd auf kurze Distanz. Ich war natürlich begeistert. Nachdem die Dash im Hafen von Rotterdam entladen worden war, bildete sich ein Spalier von Schaulustigen. Am Vortag hatte der im gleichen Jahr gegründete Stichting Betaald Voetbal Excelsior sein erstes Heimspiel, was mir im Gedächtnis blieb, weil ich den Namen des Fußballklubs so seltsam fand, und die Stadt war voller Zugereister. Die Menschen standen staunend um das Auto herum.«

Die Reifen quietschen. Der Älteste muss den rechten Bordstein gestreift haben. »Das kommt mir wie gestern vor. Burton Ast, ein Angestellter von Oldsmobile, hatte sich extra mit verschifft, um mir vor Ort Vorzüge und Bedienung der Curved Dash zu zeigen. Er war wohl einiges gewohnt, mit einer solchen Menschenansammlung hatte er aber nicht gerechnet. Er wurde ständig rot bei seinen Ausführungen und verhaspelte sich.«

Álvarez bremst abrupt, beinahe hätte er an der Ecke Calle Huelva die rote Ampel übersehen. »Aus irgendeinem Grund dauerte es eine Stunde, bis die Dash nach unzähligen Fehlzündungen zum ersten Mal ansprang. Da hatten viele der Schaulustigen das Interesse bereits verloren und der Angestellte seine Ruhe schließlich wiedergewonnen. Doch als wir dann losfuhren, rannten die Leute jubelnd bis nach Kralingen neben uns her. Ast ließ mich ans Steuer, bueno, und ich begann, langsam Auto zu fahren. Ich rauschte ins Zeitalter der Individualität, doch heute weiß ich, dass ich damit das Zeitalter der Persönlichkeit hinter mir ließ. Aber das können Sie wahrscheinlich nicht verstehen. Ich bin dann immer die schnellsten Autos gefahren.«

Der Älteste bedenkt mich mit einem Seitenblick, während die Ampel auf Grün umspringt. »1947 der Ferrari 125 S, 118 PS, 130 Kilometer pro Stunde – stellen Sie sich vor, was das für eine Freude war. Ich habe ihn selbst aus Italien geholt. Bei einem Ferrari lässt man keinen Fremden ans Steuer. Mein Freund Umberto wäre gern mitgekommen, aber er durfte nicht mehr. Die

Kommunisten hatten ihn, den letzten Savoyen, im Vorjahr aus dem Land gejagt. Das Grabtuch aber musste er dalassen. Ich habe es einmal über seinem Bett hängen sehen.« Mit einem zischenden Geräusch zieht er Luft durch die Lippen und stoppt den Smart, um eine Frau mit einem Kinderwagen die Straße überqueren zu lassen.

»Haben Sie jemals einen Führerschein gemacht?«

»Selbstverständlich.« Er wirft einen Blick in meine Richtung, grinst. »Ja, Wien, November 1902. In dem Jahr hatte es früh geschneit. Der Prüfer, ein langer Kerl, ursprünglich aus dem Katasteramt, zwängte sich niesend in die Dash, denn damals musste man noch sein eigenes Auto zur Überprüfung mitbringen. Einmal hätte ich fast ein Pferdefuhrwerk gerammt, bekam die Fahrerlaubnis aber trotzdem. Eine der ersten behördlich ausgestellten überhaupt. Natürlich unbrauchbar mit dem nächsten Wechsel meiner Identität, aber dennoch ein Riesenspaß. Ach ja, fast auf den Tag genau einhundert Jahre zuvor, als es mich schon einmal nach Wien verschlagen hatte, also 1802, erlebte ich im Kaffeehaus am Prater einen höchst seltsamen Auftritt.«

»Wieso seltsam? Wovon sprechen Sie?«

»Nun, ein grobschlächtiger Mensch hockte sich an den Flügel im Kaffeehaus«, erwidert er und trommelt mit den Fingern der linken Hand aufs Lenkrad. »Dieser Goliath hatte ein Gesicht, das wie geprügelt aussah. Er lümmelte mit seinen Pranken wie ein Flegel an den Tasten und sprach dröhnend laut, weil er schon damals fast taub war.«

Àlvarez macht eine Pause. Ich blicke ihn abwartend von der Seite an.

»Er stellte sich als Ludwig van Beethoven vor.«

Kaum zu glauben, was ich da gerade höre, während der Älteste vor der nächsten roten Ampel bremst. »Und dann?«

»Dann begann er zu spielen. Was er spielte und wie – nie zuvor hatte ich etwas Derartiges gehört. Klavierkonzert in B-Dur. Zwischendurch phantasierte er in Es-Dur, modulierte nach a-Moll, um mit einer, heute würde man sagen, fast atonalen Kadenz, wieder bei B-Dur anzukommen. Ein Mensch wie ein Rausch.«

»Sie erinnern Namen und Daten aus dem letzten und vorletzten Jahrhundert. Sind die früheren Jahrhunderte denn ebenso präsent?«, frage ich, obwohl ich die Antwort schon weiß. Wer seine Kindheit so genau erinnert, wird wahrscheinlich auch später keinen Filmriss haben.

Während wir die Maestranza passieren und in die Uferstraße abbiegen, warte ich auf eine Antwort, bekomme aber keine, was ich als Zustimmung verstehe. Froh über die wiedergewonnene Orientierung und gleichzeitig überwältigt von der Präsenz von Historie an meiner Seite, lege ich den Kopf in den Nacken. Fahrtwind fächelt mein Gesicht. In der Ferne höre ich das Signal eines Krankenwagens. Ich öffne die Augen wieder, weil mir schwindlig wird. Der Himmel über uns klar und hellblau, doch auf der gegenüberliegenden Seite des Guadalquivir drücken dunkle Wolken. Die Sonne sinkt bereits, strahlt die Wolken von hinten an und lässt sie an den Rändern rötlich glühen. Auf einmal beginnt es zu regnen, und der Regen fällt in glitzernden Strängen, die über dem Fluss einen reflektierenden Vorhang bilden. Hoch über uns kreist ein Schwarm Möwen, löst sich auf, fliegt in weiten Spiralen durcheinander, um dann erneut einen Schwarm zu bilden und schreiend in die Wetterscheide zu tauchen. Álvarez summt ein Lied mit einer Flamenco-Melodie. Die Melodie kommt mir bekannt vor, doch kann ich nicht benennen, warum. Plötzlich habe ich Angst, dass der schöne Moment sich in etwas Hässliches verwandeln könnte.

Der Älteste stoppt den Wagen vor der Taberna Del Romero. Fast alle Tische sind noch leer. Wir nehmen den mit dem besten Blick auf den Fluss. Der Regen ist vorbei, der Schwarm wieder da. Kann aber auch sein, dass nun andere Möwen über dem Fluss kreisen, auf den Steinen in den Stromschnellen sitzen und auf Beute lauern.

»Nun packen Sie schon Ihr Aufnahmegerät aus«, sagt Álvarez mit einem Lächeln, nachdem wir jeder gebackenen Fisch und Cruzcampo bestellt haben. »Ich sehe doch, Sie brennen darauf, weitere Fragen zu stellen.«

DREISSIG

Brennen? Er? Ja, etwas brennt in ihm. Was genau, kann er noch nicht exakt benennen. In der Sache glüht er gewissermaßen gerade vor. In einer anderen fühlt er sich gerade wohltemperiert. Das ist vielleicht auch seltsam, weil der Stoff ja an sich heiß ist, wie Kollegen jetzt sagen würden. Doch hitzig fühlt sich die Angelegenheit hier gerade nicht an. Auch nicht kühl oder unterkühlt. Sondern auf eine seltsame Weise richtig. Falls er sich das nicht einbildet. Gerade ruht er in der Begegnung mit dem Ältesten. Hatte er sich so nicht vorgestellt. Und gleichzeitig auch gehofft. Die Schicksalslinien haben sich verschoben. Das ist sicher. Sicher ist auch, dass er mehr von ihm und über ihn erfahren möchte. Doch das innere Vibrieren, diese unangenehme Rastlosigkeit und Ungeduld der vorausgegangenen Tage ist einem seltsam zeitlos wirkenden Schwebezustand gewichen. Er ist nach wie vor sehr neugierig – und gleichzeitig in der Gegenwart des Ältesten in einen Zustand jenseits von Fragen eingetreten. Klingt das logisch? Wahrscheinlich überhaupt nicht. Und doch fühlt es sich folgerichtig an.

Und ich fühle mich gut damit. »Fünfhundert Jahre«, sage ich so wohlartikuliert, als hätte ich die Zahl eben erst entdeckt. »Sie sind ein wandelndes Lexikon der Geschichte.«

»Nein«, widerspricht der Älteste mit ruhiger Stimme. »Ich bin nur ein ungewöhnlich dickes Buch mit sehr vielen Geschichten.«

»Wie meinen Sie das?«, frage ich nach.

»Dass es die Geschichte im Sinne einer einzigen wahren Geschichte für alle nicht gibt.«

»Und die Geschichte der Menschheit der letzten fünfhundert Jahre?«

»Ist ein riesiger Haufen von sehr unterschiedlichen Geschichten, erzählt aus sehr unterschiedlichen Perspektiven. Je nach

Perspektive klingt dieselbe Geschichte, als wäre es eine ganz andere.«

»Manche davon sind aber offensichtliche Lügengeschichten …«

»Und andere wahre Geschichten?« Álvarez blickt mich ruhig abwartend an, spricht dann aber gleich weiter. »Mehr oder weniger.«

»Okay«, sage ich gedehnt.

»Verstehe«, sagt er, »das hören Sie nicht so gern. Kein Wunder, bei Ihrer Geschichte.«

»Wie …?«

»… ich das meine? Es gibt wahrscheinlich heute noch Menschen, die denken, die Erde sei eine Scheibe mit einem Rand, von dem man herunterfallen kann. Doch das sind nur noch sehr wenige. Manche Menschen glauben, dass die Erde das Zentrum des Universums ist und die Sonne um die Erde kreist. Aber auch das sind nur wenige. Einstmals glaubten die Christen, wenn sie gegen die Muslime in den Krieg ziehen, Jerusalem befreien und dabei fallen, fahren sie direkt hinauf in den Himmel und landen selig in der Gegenwart Gottes. Heute glauben das nur noch sehr wenige von ihnen. Dafür glauben nun immer mehr Moslems, wenn sie sich als lebende Bomben auf die Christen stürzen und als heilige Krieger dabei umkommen, kommen sie ins Paradies. Warum tun sie das?«

»Bitte sagen Sie es mir.«

»Sie tun das, weil sie an eine Geschichte glauben – die Geschichte, die ihnen gerade plausibel und passend erscheint.«

»Klingt nach einem sehr pessimistischen Blick auf die Welt«, kommentiere ich.

»Jeder Mensch«, erwidert der Älteste, »nimmt zwei Dinge wahr. Erstens das, was ihn umgibt, also Landschaft, Wohnstätten, andere Menschen. Zweitens, was in ihm vorgeht, also Gefühle und Gedanken in der jeweiligen Umgebung. Das Erstere ist seine äußere Realität, das Zweite seine innere.«

»Jetzt klingen Sie wie ein Soziologe«, bemerke ich.

»Es gibt noch etwas Drittes.«

Tatsächlich weiß ich gerade nicht, worauf er hinauswill.

»Das, was uns vom Tier unterschiedet: Storys.«

»Woher wissen Sie, dass Schimpansen sich keine Geschichten erzählen?«, frage ich.

»Sí, Sie haben recht. Vielleicht erzählen Affen sich Geschichten. Allerdings, haben Sie schon einmal einen Affen gesehen, der gelernt hat, seine Geschichte aufzuschreiben?«

Kopfschütteln meinerseits.

»Ich denke deshalb, die heutigen Affengeschichten handeln vielleicht von Besuchern im Zoo, sind aber noch genau so primitiv wie jene, als es noch keine zoologischen Gärten gab. Ganz anders die Menschheit. Ein Haufen von Geschichten verbindet sie.«

»Sie meinen ihre Historie.«

»Sí, doch diese Verbindung ist nicht stabil.«

»Den Eindruck könnte man gewinnen, wenn man sich in der Welt umschaut.«

»Das Verbindende ist instabiler, als die meisten Menschen wahrhaben wollen.«

»Weil die Geschichte den Interessen der Beteiligten folgt?«

»Weil sie den vorherrschenden Interessen folgt.«

»Aber es gibt doch die Wissenschaft, objektiv im besten Sinne«, wende ich ein. »Galileo, Sie haben ihn bereits erwähnt, nach Ihnen geboren. Nein, die Sonne dreht sich nicht um die Erde. Wenige Jahre später Kepler und seine Fallgesetze. Warum der Apfel vom Baum auf den Boden fällt und nicht vom Boden auf den Baum. Aufblühende Wissenschaft. Heute die Zeit der Reifung. Lichtgeschwindigkeit und Quantenverschränkung. Und zur objektiven Realität der Menschheit gehören Bilder vom Mond, Sonden zum Mars und mehr.«

»Sí«, bestätigt der Älteste mit einem Nicken. »Aber alles nur Geschichten. Mehr oder weniger plausibel. Mehr oder weniger unterhaltsam. Mehr oder weniger mitreißend. Und sehr viele davon nicht nachprüfbar. Oder sogar schrecklicher Unsinn – wie die angebliche Existenz eines unsichtbaren Bärtigen im Himmel.«

»Das sagen ausgerechnet Sie?«, frage ich fast empört und auch ein wenig enttäuscht. »Sie, der Älteste? Zeuge von fünfhundert Jahren und dem größten Entwicklungssprung der Menschheit seit Beginn ihrer Existenz?«

»Ich verstehe Ihre Enttäuschung«, erwidert Álvarez. »Aber je mehr ich weiß, umso mehr weiß ich, dass …«

»… ich nichts weiß«, vervollständige ich den Satz.

»Nein, dass ich nicht wissen kann«, korrigiert er mich.

»Platon«, sage ich.

»Sokrates«, erwidert er.

»Oder Karl Popper«, sage ich.

»Vor allem Monty Python«, sagt der Älteste.

»Gut zu wissen«, erwidere ich. »Sie gehen also ins Kino.«

»Ich mag Bildergeschichten, besonders wenn sie lustig sind. Die verlangen gar nicht erst, ernst genommen zu werden.«

Absurde Frage, ich weiß, trotzdem: »Es kann nur einen geben … *Highlander*, der Film, kennen Sie ihn?«

Die Frage erheitert Álvarez. »Logisch, dass Ihnen der einfällt. Gibt ja auch Parallelen.«

»Die Filmfigur des Connor McLeod ist 1518 in Schottland geboren, also ein Jahr nach Ihnen«, bemerke ich.

»Man könnte meinen, der Film habe mit mir zu tun, handele womöglich sogar von mir«, erklärt Álvarez. »Aber …«

»… der Autor …«, führe ich seinen Satz fort.

»… ein Filmstudent, ist tatsächlich von allein auf die Idee gekommen. Ich habe den Film 1986 im Kino gesehen, mochte ihn wie Sie, und wollte wissen, wie der Student darauf gekommen ist, zog also Erkundigungen ein. Aber so ist das ja häufig. Dinge liegen in der Luft, man muss sie nur sehen und greifen.«

»Sie haben gesagt, Sie sind nicht der Einzige. Es kann also mehr als einen Ältesten geben.«

»Und ich habe Ihnen geantwortet, ja. Aber Sie müssen bei mir bleiben.«

»Verzeihen Sie«, entschuldige ich mich.

»Entschuldigungen nehme ich schon lange nicht mehr an«, erwidert Álvarez mit ernstem Gesicht, während die Lachfalten um seine Augen versteckte Heiterkeit zeigen.

»Gibt es nach fünf Jahrhunderten überhaupt noch etwas, das Sie ernst nehmen?«

Das Lachen um seine Augen verblasst. »Auch das habe ich Ihnen schon gesagt.« Seine Stimme klingt ungeduldig. »Mein Leben, meine Aufgabe, meine Last in diesem Leben, all das, was ich unmittelbar und direkt selbst erlebt habe. Die Landung auf dem Mond gehört aber nicht dazu. Mein bisheriges Leben hat stattgefunden, das weiß ich sicher. Die Mondlandung vielleicht nicht. Und viele andere Dinge, die für andere Menschen selbstverständlich sind, vielleicht auch nicht. Sie sind lediglich Geschichten, auf die sich Leute geeinigt haben.«

»Dann erzählen Sie mir bitte noch eine Geschichte, von der Sie überzeugt sind, eine wahre Geschichte, die Sie betrifft.« Ich halte für einen Atemzug inne. »Was sind Ihre frühesten Erinnerungen?«

Eine Frage, die mich beschäftigt, seitdem ich von Álvarez in der Zeitung gelesen habe. Woran erinnert sich ein Mensch, der fünfhundert Jahre alt ist? Überlagern sich die Jahre, wenn es so viele sind? Verwischen sich die Eindrücke durch die bloße Masse? Setzt mit zweihundert eine Art Amnesie ein? Kollabiert das Gehirn irgendwann? Letzteres kann ich natürlich jetzt schon verneinen, allein schon wegen seines guten Zahlengedächtnisses.

»Meine Erinnerungen, lieber Freund«, antwortet Álvarez nun mit ruhiger Stimme, »beginnen mit den Fanfaren im Thronsaal des Paço da Ribeira in Lissabon. Dom João wird zum König gekrönt. Meine Mutter flüstert mir ins Ohr, ich solle meinen Vater beobachten, der direkt an der Empore steht und zu João aufblickt. Mein Vater trägt eine dunkelgrüne Robe, einen Hut in der gleichen Farbe, und er lächelt. João wurde am 19. Dezember 1521 gekrönt. Ich war damals also viereinhalb Jahre alt und sah nur wenig jünger aus. Die sichtbare Verlangsamung meiner Entwicklung begann erst in diesen Jahren. Wir waren gerade aus Cádiz geflohen, doch daran habe ich keine Erinnerungen. Ich habe ein Gefühl, als würde ich meinen Vater zum ersten Mal sehen, auch zum ersten Mal glücklich.«

»Warum musste Ihre Familie Cádiz verlassen?«, erkundige ich mich weiter mit einem Blick auf das Aufnahmegerät. Die Statuslampe blinkt rot, wie sie soll.

»Mein Vater war beim spanischen König in Ungnade gefallen. Doch auch mit João wurde es bald schwierig. Er hatte von den Künsten von Leonardo da Vinci und Raffaello Sanzio da Urbino erfahren, träumte nun davon, Gemälde von ihnen zu besitzen und sandte deshalb meinen Vater mit einem Beutel voll Gold nach Rom.«

»Und Sie?«, frage ich. Ein weiterer kontrollierender Blick auf das Aufnahmegerät.

»Meine Mutter und ich durften mit. Eine Kutsche brachte uns nach Málaga. Im Hafen bestiegen wir eine Karavelle und segelten mit guten Winden nach Rom. Was für eine schreckliche Stadt! Auch Lissabon hatte seine schlimmen Seiten. Die Arroganz der reichen Händler und Edelleute war kaum zu überbieten. Ohne Wohlstand war man den Edelleuten ausgeliefert. Bettler wurden niedergeritten. Ständig wurden Händel mit Schwertern und Säbeln ausgetragen. Unschuldige wanderten in den Kerker, Schuldige kauften sich frei. Lissabon war voller kriegerischer Launen und Gewalt. Doch Roma, die ewige Stadt, kannte keine Grenzen mehr. So was hatte selbst mein Vater noch nicht gesehen. Am Vatikan standen die Prostituierten Schlange, geiferten ihn an, tätschelten nach mir. Der Nabel der westlichen Welt war eine heruntergekommene Kloake. Die Leute liefen in bunten Narrenkostümen. Frauen ließen ihre Brüste aus runden Löchern in ihrer Kleidung hängen. Männer trugen ihr Gemächt in ausladenden Beuteln zu Schau, griffen Frauen im Vorbeigehen an die Brust, bekamen ein kokettes Lachen oder eine Ohrfeige dafür. Doch weder das eine noch das andere schien irgendwen zu stören. In dunklen Häuserecken wurde schamlos dem Geschlechtstrieb gefrönt. Alles war irgendwie anrüchig: Rom stank nach Verfall und Verwesung. Leonardo war seit fünf Jahren tot, und keines seiner Bilder stand zum Verkauf. Raffael lag im Sterben. Über einen Agenten erwarb mein Vater ein Selbstporträt. Michelangelo hörte von der Anwesenheit meines Vaters und lud uns in sein

Atelier. Was für ein grässlicher Mensch öffnete uns da die Tür! Faulige Zähne, Haare, die ihm aus Ohren und Nase wuchsen und im Gesicht zu einem schmierigen Bart verflochten waren. Ein kleiner Gnom mit bösen Augen und kratziger Stimme, der einen mit offensichtlicher Schäbigkeit ansah und nur mit Mühe ein paar wenige Worte herausbrachte. Doch dann führte er uns hinein und in mir wurde es ganz still. Ein Diener von ähnlicher Statur und dem Geisteszustand eines Kretins faselte etwas von kommenden Centenni und der dauerhaften Größe seines Herrn Michelangelo. Ich sah das Gesicht meines Vaters, und selbst ich, ein Kind, knapp acht Jahre alt, wusste, jedes der Worte dieses Menschen ist wahr. Wir bestaunten die Skizzen zur Erschaffung Adams und des Jüngsten Gerichts für die Sixtinische Kapelle. Mein Vater erwarb zwei Zeichnungen von männlichen Akten und eine kleine Statue des Heilgen Johannes des Täufers. Damit kehrten wir zurück. Das jedenfalls sind meine frühesten Erinnerungen.«

Leonardo, Michelangelo, ihre Zeit – unvorstellbar weit weg. Matthias Grünewald, das habe ich nachgelesen, während ich das Interview transkribierte, malte den Isenheimer Altar, für mich eines der größten Kunstwerke überhaupt, zwei Jahre vor Álvarez' Geburt. Leonardo war zwei Jahre danach gestorben. Fünf Jahre vor der Geburt des Ältesten hatte Michelangelo die »Erschaffung Adams« in der Sixtinischen Kapelle fertiggestellt. Michelangelo starb, das habe ich nachgerechnet, als mein Gegenüber gerade 53 Jahre gelebt hatte.

»Was für eine Geschichte«, sage ich mit leiser Stimme, gedämpft von der Dimension des Gesprächs, während ein Kellner gleichzeitig zwei Flaschen Bier und Gläser in den kurzen Moment des Schweigens stellt.

»Kranke Phantasien, würden Historiker aus dem Vatikan dazu sagen.«

»Ich würde eher in weltlichten Geschichtsbüchern nach Übereinstimmungen mit Ihrer Darstellung suchen.«

»Ah, wie kommen Sie darauf, dass Sie diesen Historikerschinken mehr Glauben schenken können?«

Ich habe keine Antwort auf die Frage.

Er hat keine Antwort. Er ist verunsichert. Der Kellner schenkt jedem von ihnen nach, weicht dann mit einem Kopfnicken.

»Wie reagierte der König auf die Käufe?«, erkundigt er sich schließlich.

»Nicht begeistert«, erwidert der Älteste. »Er hatte ein cholerisches Gemüt und beschimpfte meinen Vater wegen seiner unseligen Wahl.«

»Sie genossen jedenfalls eine fürstliche Kinderstube«, stellt der Interviewer fest, in der Hoffnung, einigermaßen beiläufig zu klingen, und kontrolliert erneut das Aufnahmegerät, denn diesen Mitschnitt möchte er unbedingt gesichert wissen. Die rote Lampe blinkt weiterhin, auch sieht er die Pegelausschläge. Sehr wahrscheinlich nimmt das Gerät auf. Um sicher zu sein, müsste er es jedoch anhalten und in die bereits vorhandene Aufnahme hineinhören. Unterbrechen will er allerdings auch nicht. »Wie haben Sie Ihre weitere Kindheit erlebt?«, fragt er daher nach.

»Voller Angst. João zeugte viele Kinder mit vielen Frauen; die meisten wuchsen im Palast auf. Doch mit João war etwas nicht in Ordnung, denn seine Kinder starben früh. Ab einem gewissen Alter, nämlich zwischen acht und zehn, begannen sie zu verkümmern, konnten schließlich nicht mehr aus dem Bett aufstehen und starben. Auch ich war seltsam – weil ich nicht so wie die anderen alterte. Mit zehn sah ich noch aus, als wäre ich gerade fünf geworden. Da waren Joãos Kinder, die gleich alt waren wie ich, schon fast alle tot, und die Jüngeren bereiteten sich gerade auf das Sterben vor. Ich hatte jüngere Geschwister, die aber älter aussahen als ich und trotzdem nicht starben.«

»Das fiel natürlich auf.«

»Ja. Mein Vater war sehr eng mit dem König. Doch dass die Kinder des Königs früh verwelkten, ich aber in einen Jungbrunnen gefallen war, gefiel João nicht. Er liebte Kinder und hätte uns nie etwas angetan, doch seine Trauer war im ganzen Palast zu spüren und machte mir große Angst. Diese düstere Wolke drückte auf uns alle. Bis zu dem Tag, als er vergiftet wurde und wir zurück nach Spanien flüchten mussten.«

»Vergiftet, warum?«

»Sein Bruder Gerome wollte die Macht.«

»Erinnern Sie sich, wann und wie es passierte?«

»Ja, am 2. März 1529, also zwei Tage vor meinem zwölften Geburtstag. João trank jeden Tag ein Glas mit Ziegenmilch. Sein Zwillingsbruder Gerome tat Aconitum in die Milch. João bekam Schüttelfrost, Krämpfe und Lähmungen und starb mit verzerrtem Gesicht. Gerome, der João zum Verwechseln ähnlich sah, regierte als João weiter und behauptete, Gerome sei an einer Fischvergiftung gestorben. Der Koch wurde geköpft. Mein Vater konnte die Zwillinge unterscheiden und kannte wahrscheinlich als Einziger den eigentlichen Hergang. Wir mussten fliehen, bevor uns ein ähnliches Schicksal zuteilwurde. Also flohen wir, wie wir gekommen waren: auf Eselskarren. Eine große Demütigung für meinen Vater.«

»Fand Ihre Familie hier Ruhe?« Der Himmel über ihnen hat wieder etwas aufgeklart, wölbt sich aber nun im langsam dunkelnden sevillanischen Blau der demnächst untergehenden Sonne.

»Auch in Andalusien hatten sich die Herrschaftsverhältnisse gewandelt. Ein Freund meines Vaters war Präfekt in Sevilla und nahm uns auf. Wieder lebten wir in einem fremden Palast, wieder als Edelleute, doch nicht mehr königlich wie zuvor. Das nagte an meinem Vater und er ließ sich auf das zweite grässliche Abenteuer seines Lebens ein.«

»Was war das erste gewesen?«, fragt er so ruhig wie möglich, um Chronologie bemüht.

»Darüber las ich später in den Aufzeichnungen meines Vaters. Die Reise an der Seite von Hernando Cortéz nach Havanna, Yucatán und Tenochtitlán. Mit weniger als einem Dutzend Schiffen und knapp 350 Mann landeten sie 1519, also zwei Jahre nach meiner Geburt, in San Juan de Ulúa.« Der Älteste wischt sich mit beiden Handflächen über sein Gesicht. »Der Azteken-Kaiser Moctezuma ließ ihnen zunächst den Zutritt zur Hauptstadt verweigern. Kein Wunder, denn die Spanier müssen für ihn geradezu furchterregend gestunken haben. Die Azteken hingegen legten großen Wert auf Körperpflege. Sie wuschen und parfümierten sich. Der Haufen der Spanier war auf der Reise noch mehr verwildert als zu dem Zeitpunkt, als sie aufgebrochen waren. In ihren langen Bärten wuselten die Läuse zwischen Speiseresten. Wenn sie sprachen, entwich ihren Mündern der Hauch der Verwesung. Nicht wenige litten zusätzlich unter eiternden Geschwüren und faulenden Wunden. Sie verpesteten die Luft auf eine so bestialische Art, dass die Einheimischen ihre Aufmärsche mit Räucherwerk begleiteten. Später hieß es, die Azteken hätten die Spanier für Götter gehalten. Welch ein Unsinn! Dazu stanken die Ankömmlinge zu menschlich verwahrlost. Den feinsinnigeren Azteken waren die fremden Barbaren schlichtweg zuwider.« Die letzten Sätze spricht der Älteste sichtlich angewidert.

»Doch Cortéz …«, bemerkt der staunende Hörer.

»Ließ sich nicht aufhalten«, führt Álvarez den Gedanken fort. »Wir Spanier, erklärte er dem Gesandten, den der Kaiser ihnen geschickt hatte, leiden an einer Krankheit des Herzens, gegen die Gold das einzige Mittel ist. Tatsächlich brachte Cortéz ein schlimmes Leiden mit, doch das wusste er noch nicht. Cortéz gewann die Tolonaken, ein von den Azteken unterworfenes Volk, als Verbündete. Mit ihrer Hilfe, so stand es in den Aufzeichnungen meines Vaters, rückten sie nach Tenochtitlán vor.«

Der Interviewer fühlt sich wie in einer Parallelwelt. Das heutige Mexiko vor fünfhundert Jahren. Mexiko-Stadt wurde auf den Ruinen von Tenochtitlán errichtet. »Es heißt, Tenochtitlán sei eine Stadt der Wunder gewesen, wie keine zweite in der damaligen Welt«, sagt er, ohne zu wissen, woher er das weiß.

»Es war eine Stadt auf Stelzen, in den Texcoco-See gebaut, über hölzerne Brücken mit dem Ufer verbunden. Damals eine der größten Städte der Welt, bewohnt von fast einer Viertelmillion Menschen. Staunend und voller Ehrfurcht, so schrieb mein Vater, betrat er Tenochtitlán. Eine Stadt mit gewaltigen Tempeln, Säulengängen, Arkaden und spitzen Säulen, botanischen Gärten, Menagerien und Dämpfbädern, Krankenhäusern und ausgedehnten Arsenalen und dabei so sauber, dass man sich überall direkt niederlassen konnte. Voller Begeisterung beschrieb mein Vater die wundersamen Dinge, die er sah. Auf vielen Tagebuchseiten las ich, wie kultiviert und feinsinnig die Bewohner dieser

Stadt waren, Menschen mit einer ganz eigenen Noblesse, die meinen Vater sehr berührte, während er gleichzeitig anmerkte, wie abgestoßen er von dem ihn umgebenden spanischen Mob war. Ein Haufen von Raufbolden, gewalttätig und gierig. Eine Meute, mit Mühe im Zaum gehalten von Cortéz. Dem Vorbild des Azteken-Herrschers folgend, ließ er sich jeden Tag von seinem Diener die Finger maniküren. Zu seiner Ehre muss man wohl sagen, dass er als einer der wenigen anwesenden Spanier Manieren hatte. Moctezuma brachte Cortéz, meinen Vater, einen Gesandten der Inquisition und eine Gruppe besonders ergebener Soldaten im Palast seines eigenen, verstorbenen Vaters unter und bewirtete sie dort königlich.«

»Ich verstehe immer noch nicht«, bemerkt der Interviewer nun. »Wieso hat der Azteken-Kaiser die Eroberer überhaupt in die Stadt gelassen?« Die Unlogik in der Sache irritiert ihn.

»Sí«, bestätigt Álvarez. »Das erscheint wie ein Rätsel. Allerdings müssen Sie sich das wohl so vorstellen: Moctezuma herrschte über ein Reich mit mehreren Millionen Menschen. Er hielt sich selbst für das Zentrum der Welt. Zwar hatten die Spanier Riesenlamas, also Pferde dabei, auf denen sie reiten konnten, trugen außerdem glänzende Rüstungen, die sie unverwundbar machten, dazu lange funkelnde Klingen und konnten darüber hinaus aus Kanonen und Feldgeschützen Blitz und Donner schicken. Doch sie waren so wenige an der Zahl, dass sie dem Reich nicht ernsthaft gefährlich werden konnten. Das muss der Azteken-Kaiser jedenfalls geglaubt haben, denn er ließ sie schließlich in die Stadt.«

Der Älteste streift sein Gegenüber mit einem Blick, während zwei Möwen schreiend über ihre Köpfe hinwegfliegen. »Er sei ein Botschafter des spanischen Königs, hatte Cortéz bei der Ankunft erklärt. Und er komme in friedlicher Absicht. Der Azteke ließ kunstvoll gegarten Truthahn servieren, dazu süße Chocolatl, Pulque, ein berauschendes Getränk, und Yetl, einen auf köstliche Weise aromatisierten Tabak.«

Von der Straße her ist lautes Hupen zu hören. Ein Geräusch, das mit den Darstellungen von Álvarez nicht in Einklang zu bringen ist.

»Aber die Stimmung kippte«, sagt er, in der Hoffnung, dem Ältesten das geeignete Stichwort zu liefern.

»Nicht sofort. Zu Beginn, so schrieb mein Vater, wurden Höflichkeiten ausgetauscht, die ausgesuchten Speisen und Getränke gelobt. Cortéz hielt eine Rede, bedankte sich für den freundlichen Empfang. Dann stand auch Moctezuma auf, hieß die Gäste nochmals willkommen. Allerdings verhaspelte sich der Übersetzer, und das sorgte für Verwirrung. Die Spanier blickten irritiert um sich, einige sprangen auf. Es entstand eine gewisse Aufregung, doch der Azteken-Herrscher beruhigte die Gäste. Einer der Spanier, Luca Sanz Torres, begann sich über ihn lustig zu machen und imitierte das Verhalten von Moctezuma bei Tisch. Der Azteken-Kaiser glaubte zunächst, dies sei ein gut gemeinter Scherz, ein Spaß, mit dem sich die Spanier gern beim Essen belustigten.«

»Wenn Sie erzählen«, bemerkt er bewundernd, »hat man das Gefühl, unmittelbar dabei zu sein.«

»Aber es stellt sich die Frage, ob das so angenehm ist«, erwidert der Älteste. »Und die Frage ist auch, ob Sie sich auf diese Sicht einlassen wollen. Vielleicht stoßen Sie später bei der Durchsicht der Aufnahmen auf Widersprüche und denken sich, ach ja, das hat er sich nur ausgedacht, dieser angeblich so alte Mann. Vielleicht werden Sie das denken, weil Sie es denken möchten, damit die Widersprüche gegenüber der Ihnen bekannten Geschichte nicht zu groß werden. Verstehen Sie?«

»Ja, ich verstehe, was Sie mir sagen wollen. Alles ist eine Wahl. Auch das, was ich von der Welt und ihrem Lauf halte. Doch ich möchte Ihre Version hören. Ihre ganz eigene. Deshalb bitte ich Sie, weiter zu berichten.«

Der Älteste nickt, lächelt. »Lačho e lačheder! Torres hatte in einem früheren Kampf seinen rechten Arm verloren und besaß eine kunstvoll gemachte Armprothese, die sogar einen komplizierten Greifmechanismus besaß, der über Druckknöpfe unter Einsatz der linken Hand zu bedienen war. Moctezuma war von der Kunsthand fasziniert. Etwas so Artifizielles und wissenschaftlich Präzises hatte er noch nicht gesehen. Daher nahm er Torres seine Frechheit bei Tisch zu Anfang noch nicht übel, sondern glaubte, es müsse damit eine besondere Bewandtnis haben und die Sache würde sich schon aufklären. Doch als Torres immer noch frecher wurde, verstand er, dass der Spanier ihn herausfordern wollte. Das war der Moment, in dem Cortéz das Zeichen gab. Torres hielt auf einmal ein Messer in seiner künstlichen Hand und rammte es dem Azteken in die Wange. Schwerter wurden gezogen, die Garde des Kaisers umgebracht, Moctezuma verletzt gefangen genommen. Aufgestachelt von den Worten des Prälaten, der von Menschenopfern bei bestimmten religiösen Handlungen der Azteken erfahren hatte und nun behauptete, Tenochtitlán sei der Sitz des Teufels, fielen die Spanier im Blutrausch über die Hauptstadt her. Etwas so Ekelhaftes, schrieb mein Vater, habe er vorher noch nicht gesehen.«

Álvarez hält inne, senkt den Kopf, schweigend für einen Moment, blickt dann wieder auf. »Selbst als Gefangener versuchte Moctezuma noch großzügig zu sein und gab Cortéz seine Lieblingstochter zur Frau. In der Nacht hörte man die Angstschreie der Azteken-Frauen, wenn sie von den Spaniern vergewaltigt wurden. Verstehen Sie? Die aztekische Kultur war vielleicht die größte Hochkultur der damaligen Welt. Es gab Warmwasserleitungen und ein kompliziertes Postsystem, eine bisher noch nicht gesehene Goldschmiedekunst. Auf diese Errungenschaften prügelte der Haufen in einer grausam entfesselten Weise ein. Die Azteken begannen sich schließlich zu wehren, inthronisierten einen neuen Kaiser, warfen die Spanier sogar zeitweise aus der Stadt. Doch diese kehrten umso gieriger zurück, rafften, was glänzte, schlachteten ab, wer sich ihnen in den Weg stellte, brannten nieder, was sie nicht brauchten. Und was die Rotte nicht zerstörte, das vernichtete schließlich der Ansturm der Pocken. Einer der afrikanischen Sklaven von Cortéz hatte die Pustelkrankheit eingeschleppt. Sie gab der Kultur der Azteken schließlich den letzten Todesstoß.«

Wieder hält der Älteste inne, den Blick in die Ferne gerichtet, durch mich hindurch: »Ich bin meinem Vater dankbar für diese Aufzeichnungen. Er verheimlichte nicht seine Mitschuld an diesem Verbrechen. Er beschrieb die Scham, die er darüber empfand. Es gelang ihm schließlich, vor diesem entsetzlichen Morden zu flüchten. Voller Schuld, aber mit den Taschen voller Gold, segelte er nach Spanien zurück. Mein Vater erhob Einspruch, als der spanische König die gesamte Beute verlangte, und fiel darüber in Ungnade. Ich kannte meinen Vater nur als gebrochenen Mann.« Wieder blickt er den Frager direkt an. »Meine Kindheit war von Schuld begleitet.«

»Was war das zweite grässliche Abenteuer im Leben Ihres Vaters?«, fragt der daraufhin. Vielleicht ein allzu kalter und fast gewalttätiger Versuch seinerseits, dieses Gespräch im sensationellen Sinne fortzusetzen. Doch die Zeit, in der Álvarez ein Kind gewesen war, interessiert ihn so sehr, dass er ihren Geist auch in möglichen Nebenschauplätzen erfahren möchte, nicht ahnend, dass er damit in einem weiteren historischen Hotspot landen wird.

»Francisco Pizarro, ein Bastard und entfernter Verwandter von Cortéz, weit weniger gebildet als dieser, aber ein gewitzter Schurke, der laut Darstellung meines Vaters wie ein Schweinehirt fluchen konnte und einer wohlhabenden Familie von Schweinezüchtern entstammte, hatte nach den Erfolgen von Cortéz versucht, das sagenhafte Goldreich Eldorado zu finden, zwar ohne Erfolg, aber dabei die Ureinwohner auf der Insel Hispaniola unterworfen, was ihm zu einem gewissen Ruhm verholfen hat. Als stellvertretender Kommandeur begleitete Pizarro diverse Raubzüge zu Eingeborenen an der Pazifikküste, doch ganz große Reichtümer brachten ihm diese nicht. Doch 1522 berichtete ihm in Panama ein Kaufmann und Entdecker von den gewaltigen Goldschätzen des Reiches Birú. Pizarro verbündete sich mit Diego de Almagro, einem wenig gebildeten Draufgänger, wie er selbst einer war, und einem Priester.«

»Warum der Priester?«, wagt er den Ältesten zu unterbrechen.

»Hernando de Luque hatte Kontakt zu einem Juristen, der reiche Händler und Großgrundbesitzer kannte und das erforderliche Geld für eine erste Expedition beschaffte. 1528 erreichte Pizarro den Norden von Birú und tauschte bei Eingeborenen

Waren gegen Gold. Mit großen Hoffnungen segelte er nach Panama zurück, um nun mit mehr Schiffen und mehr Kämpfern zurückzukehren und Birú zu erobern. Doch der Gouverneur hielt nichts von der Unternehmung und versagte ihm jede Hilfe.«

»Wieso keine Hilfe, wenn Pizarro bei den Eingeborenen doch Gold gesehen hatte und bei einem weiteren Raubzug mit großen Gewinnen zu rechnen war?«

»Der Gouverneur, alter spanischer Adel, verachtete Leute wie Pizarro. Für ihn ein Bastard, der die Welt erobern wollte. Solche Typen widerten ihn an. Doch Pizarro war so etwas gewohnt. Er ließ sich davon nicht aufhalten und begab sich nach Spanien zurück, um den König für sich zu gewinnen. Carlos hatte von seinen Erfolgen gehört. Und er brauchte dringend Geld. Also sagte er ihm seine Unterstützung zu.«

»Worin bestand diese Unterstützung?«, erkundigt er sich, erneut berauscht vom Redefluss des Ältesten.

»Geduld, mein Freund«, erwidert Álvarez. »Das Geld zur Deckung der Reisekosten, die sehr hoch angesetzt waren, weil Pizarro viele Schiffe brauchte, gaben die Fugger. Aber König Carlos, ein Habsburger, ließ seine Verbindungen nach Augsburg spielen. Doch die Banker winkten zuerst ab. Sie finanzierten keine königlichen Ausgaben, die im kostspieligen spanischen Hof versandeten. Sie wollten Gewinne machen. Gewinne in der neuen Welt. Sehen Sie, werter Hörer, wieder eine Geschichte zur Geschichte.«

»Sind Sie sicher?«, unterbricht der, »die Fugger-Bank finanzierte den Raubzug nach Peru?«

»Ganz sicher«, bestätigt der Älteste.

EINUNDDREISSIG

Bin sprachlos. Die ›Aufnahme‹-Leuchte blinkt. Sehr gut. Ein Motorrad nähert sich mit dem Sägezahnsound eines über Megafon verstärkten Rasenmähers. Dann ertönt der Knall einer

Fehlzündung und schallt als Echo vom gegenüberliegenden Flussufer zurück. Eine junge Frau an einem der Nachbartische reißt vor Schreck ihr Bierglas um; sie und ihr Gegenüber springen gestikulierend auf. Ich weiß nicht, was ich auf Álvarez' Erklärung sagen soll.

»Sagen Sie gar nichts«, bemerkt der Älteste und lächelt mir zu, nippt gleichermaßen an seinem Bier, setzt das Glas sehr langsam wieder ab, lässt beide Arme zurück auf die Stuhllehnen sinken, stützt sich mit den Ellenbogen ab und legt die Fingerspitzen beider Hände aufeinander »Pizarro hatte auch die Fugger überzeugt. Die Banker trauten diesem primitiven und groben Kerl einen Raubzug in der Größenordnung zu. Daraufhin öffnete der König seine Gefängnisse und ließ geeignet erscheinende Straftäter für die Überfahrt frei. Auch der Präfekt von Sevilla wollte nun in das Vorhaben investieren. 1530 segelten die Conquistadores, überwiegend ein Haufen von Mördern, Dieben und anderen Kriminellen, los. Allerdings nicht ohne meinen Vater. Denn der Präfekt hatte darauf bestanden, dass sich mein Vater als Person seines Vertrauens mit einschiffte.«

»Das klingt wie der Beginn einer wirklich angenehmen Reise«, sage ich und schäme mich im selben Augenblick für den plumpen Kalauer, doch der Älteste reagiert nicht darauf.

»Cortéz war ein gnadenloser Mensch gewesen, aber mein Vater hatte auch seine feinen Seiten erlebt. Cortéz konnte das Ritterepos Tirant lo Blanc auswendig. Gern stellte er sich vor seine Leute hin und deklamierte weite Passagen aus de Galbas Werk. Pizarro aber war nahezu vollständig ungebildet und brutal und hatte sich mit seinem Begleitpersonal ein Bestiarium der Tücke und Hinterhältigkeit zusammengesucht. Begleitet von seinen nicht weniger bösartigen Brüdern Hernando, Gonzalo, Juan und siebzehn weiteren verachtungswürdigen Getreuen, die fast alle aus der Region Extremadura stammten, und einem Haufen von rund 170 weiteren mörderischen Beutegeiern, brachen er und mein Vater auf. Schon auf der Hinfahrt gingen einige im Zuge von Händeln über Bord, andere erreichten das Ziel in Ketten. Allein diese Reise muss entsetzlich gewesen sein.«

Der Älteste nimmt einen Schluck Cruzcampo, befeuchtet sich mit der Zunge die Lippen. »1532 landete der Haufen in Cajamarca, der Hafenstadt der Inka, goldhungrig, durch Schlägereien auf den Schiffen auch bluthungrig. Atahualpa, der Inka-Herrscher, empfing sie mit tausenden Getreuen, aber alle unbewaffnet. Pizarro vermutete eine Finte und schickte seinen Bruder Juan und meinen Vater zu Verhandlungen vor. Der Inka, nach Aussage meines Vaters wiederum ein ungewöhnlich feiner und kultiviert erscheinender Mensch, Moctezuma nicht unähnlich, reagierte wie geblendet auf die helle Hautfarbe der Spanier. Außerdem gab es Probleme mit dem Übersetzer. Nach anfänglichen Missverständnissen, die aber ausgeräumt werden konnten, zog sich der Inka mit seinen Leuten zurück und überließ Pizarro die Stadt. Der versuchte, seine Leute zurückzuhalten, doch sie wollten Beute machen und begannen, die Häuser zu durchsuchen. Der Inka-Herrscher erfuhr davon und kehrte wenige Tage später erneut mit großem Gefolge zurück, diesmal jedoch bewaffnet. Pizarro lud ihn freundlich in die Stadt. Atahualpa folgte der Einladung mit zwölf unbewaffneten Getreuen aus seiner Garde.«

»Wie konnte das sein?«, frage ich nach. »Der Inka muss doch gesehen haben, mit was für Leuten er es zu tun hatte.«

»Mein Vater beschrieb ihn als so liebenswürdig und zuvorkommend, dass es an Naivität grenzte. Der Inka kannte offenbar keine Menschen wie Pizarro und seine Leute. Außerdem, wie gesagt, die helle Hautfarbe irritierte ihn. Sie erschien ihm als Zeichen göttlicher Herkunft. Die Götter ließ man freundlich ins Haus, man lud sie mit größtem Respekt zu sich ein. Und genau das hatte Atahualpa getan. Er schenkte den weißen Göttern sein Vertrauen.«

»Doch es waren die bleichen Götter des Verderbens«, bemerke ich.

»Mehrfach beschrieb auch mein Vater sein Befremden darüber. Der Inka handelte, als wünschte er geradezu, wie ein Lamm zur Schlachtbank geführt zu werden. Pizarro spuckte, wenn er sprach, denn ihm fehlten die oberen Schneidezähne. Ein wirklich ekelhafter Typ. Sein Bruder Hernando hatte einen unappetitlichen

Blutschwamm auf der rechten Hälfte seines Gesichts. Gonzalo hatte offene Hände, mit faulenden Schwären bedeckt. Warum reagierte ein gepflegter Mensch wie der Inka so zuvorkommend auf sie? Ich kann es Ihnen nicht genauer erklären.«

Das Glas vor mir auf dem Tisch, drei Viertel voll. Daneben die Flasche Cruzcampo, drei Viertel leer. Kommt mir vor, als sähe ich es zum ersten Mal. Will das Glas greifen, greife stattdessen aber die Flasche, nehme einen Schluck. Nicht mehr kalt. Immerhin noch nicht warm. Die bleichen Götter des Verderbens. Ihre Nachfahren leben auch in dieser Stadt, sitzen vielleicht am Nachbartisch. Was Geschichte angeht, wird mir jetzt bewusst, da bin ich zu ahnungslos, da weiß ich viel zu wenig.

»Mitten im Gespräch«, berichtet der Älteste weiter, »bei dem auch mein Vater zugegen war, hob Pizarro die Hand, Daumen nach oben wie in der Arena im antiken Rom. Seine Soldaten zückten die Schwerter und töteten die Garde des Inka. Vicente de Valverde, der begleitende Dominikaner-Priester, trat mit einer Bibel in der Hand und mit einem nur als grotesk zu bezeichnenden Ausdruck von Hochmut vor Atahualpa, so beschrieb es jedenfalls mein Vater, und befahl mit lauter Stimme: Höre das Wort Gottes. Um sich freizukaufen und den Vormarsch der Meute auf die Inka-Hauptstadt Cusco aufzuhalten, ließ Atahualpa einen Saal bis zu einer Höhe wo er mit der Hand hinreichen konnte, mit Gold auffüllen, dann zwei weitere mit Silber. Als Pizarro erkannte, dass mehr nicht zu holen war, beschuldigte er den Inka des Verrats, des Brudermords und weiterer Vergehen. Er ließ ihn mit der Garrotte qualvoll erdrosseln und nahm erst Atahualpas Witwe zur Frau, dann auch die Schwester des Inka-Herrschers. Schändliche und barbarische Taten eines furchtbaren Menschen. Auch Pizarro hatte ein Leiden, das nur mit dem Besitz von Gold und Silber zu lindern war: eine geradezu grenzenlose und primitive Gier. Und wie Cortéz, den er nun zu übertrumpfen sehnte, hatte er noch andere, tödliche Erreger im Gepäck, zum Beispiel die Masern und die Pest. Der schwarze Tod rollte nun wie eine zweite Woge des Verderbens über das Land. Und wen die Pest nicht niederwarf, der starb an den Masern oder einer gewöhnlichen Grippe. Auch von dieser Reise kam mein Vater reich zurück, im Frühling 1534 war das, jedoch nun an Venerie erkrankt, heute Syphilis genannt. Diese hat ihn zusätzlich zerstört.«

Beide Daumen trommeln auf die Tischkante, erzeugen ein leises, schepperndes Geräusch. »Ach ja«, sagt Álvarez nach einer Weile des Schweigens. »Hätte ich fast vergessen. Die Fugger finanzierten mit den Riesengewinnen aus Pizarros Raubzügen in Birú und den daraus angefallenen Zinsen die industrielle Revolution in Europa. Und das steht in keinem Geschichtsbuch.«

»Warum nicht?«, fragt er nach.

»Ja, warum nicht?«, wiederholt der Älteste. Als müsste sich die Antwort aus der Wiederholung ergeben.

Ich nehme einen zweiten Schluck aus dem Glas. Und dann noch einen. Álvarez lässt seins stehen. Minutenlang spricht keiner von uns. Die Vorstellung, dass der Fortschritt in Europa und auch damit verbundene soziale Errungenschaften auf der Auslöschung eines Volkes und seiner Kultur, also auf einem der gravierendsten Verbrechen der Menschheitsgeschichte beruhen könnten, diese Möglichkeit macht mich tatsächlich sprachlos.

Doch der Älteste ist noch nicht fertig: »Der Präfekt von Sevilla hatte die Schutzlosigkeit meiner Mutter in der Zwischenzeit ausgenutzt und seine Macht auch mich und meine Geschwister spüren lassen. Unter einem Vorwand setzte er meinen Vater nach seiner Rückkehr fest und eignete sich große Teile seines Goldes an. Meine Mutter, meine Schwester Antonia und ich lebten nun als seine Gefangenen. Antonia hat er wenige Tage nach ihrem dreizehnten Geburtstag vor den Augen der Bediensteten gewaltsam defloriert. So wie sie habe ich zuvor noch niemanden schreien hören. In meiner Erinnerung der Beginn der wirklich schrecklichen Jahre. Mein Vater wurde zunehmend irre und der Despot unser Peiniger. Er begann Hinrichtungs-Fiestas abzuhalten. Selbst die Kinder mussten dabei anwesend sein.«

»Was für ein Grauen«, erwidere ich, »und Sie mussten alles mit ansehen?«

»Ich war siebzehn, für damalige Verhältnisse schon ein Erwachsener, sah aber aus wie ein Kind. Ich musste hinschauen, konnte aber nichts tun. Später habe ich noch furchtbarere Dinge erlebt, doch kamen sie mir weniger furchtbar vor, weil ich etwas tun konnte. In meiner Lebenszeit, das kann ich Ihnen sagen, hat sich einiges angesammelt. Viel davon möchte ich nicht noch einmal erleben. Leider …« Álvarez macht eine Pause.

»… kann man sich manches nicht aussuchen«, sage ich in dem Versuch, die Gedanken des Ältesten aufzunehmen.

»Das Meiste nicht«, korrigiert der mich.

»Macht Ihnen das keine Angst?«

»Manchmal.« Er blickt an mir vorbei, dann wieder zu mir hin. »Meistens gelingt es mir ganz gut, die Kontrolle über mein Leben zu behalten.«

»Und in den seltenen Fällen, wo nicht, da stürzten Sie in tiefe Verzweiflung?«

»Da …« Er blickt mir direkt in die Augen. »Sí, es gab Zeiten der Verzweiflung.«

»Wie konnten Sie all das Schlimme, das Sie in Ihrer Jugend erlebten, hinter sich lassen?«

»Ich habe es nicht hinter mir gelassen. Ich bin in Angst und Verzweiflung eingetaucht. Ich bin in diesem Ozean der Not geschwommen.«

»Warum sind Sie darin nicht untergegangen?«

»Ich habe gedacht, ich würde irre werden. Doch dieser Zustand hat mich auch fasziniert. Ich begann, ein Leben auf der Kippe zu leben.« Er wandert mit seinem Blick über mein Gesicht, als würde er etwas darin suchen. »Sie denken wahrscheinlich, nach fünfhundert gelebten Jahren kennt man sich langsam aus.«

»Ja«, sage ich. »Das ist wahrscheinlich meine Annahme.«

»Und Sie haben recht. Ich kenne mich aus. Nach fünfhundert Jahren weiß ich, wie Vieles läuft. Und habe gleichzeitig keine Ahnung. Ich bin das Eine. Und gleichzeitig auch das genaue Gegenteil davon.«

»Ein lebender Widerspruch«, sage ich. »Meinen Sie das?«

»Ambivalent«, erwidert er und legt die flachen Hände aufeinander. »Ich fühle mich ambivalent. Und dieses Gefühl wächst, je älter ich werde.«

»Ist Eindeutigkeit nicht die Geburt der Langeweile? Ambivalenz klingt spannender.«

»Ho«, sagt Álvarez, »ich bin froh, wenn ich etwas eindeutig finde.«

»Das klingt nach Chaos«, antworte ich. »Doch Ihr jetziges Leben wirkt sehr durchorganisiert und geschützt.«

»Ja, Kala, meine eindeutig wunderbare Tochter, hilft mir dabei. Aber wie ich Ihnen schon gesagt habe, es gibt Lücken. Deshalb haben wir ja auch Sie, mein Freund, um Hilfe gebeten.«

ZWEIUNDDREISSIG

Als die Sonne hinter den Villensaum von Triana sinkt, riskiere ich eine Frage, die mir bereits seit dem Anflug auf Sevilla durch den Kopf geht. Viele meiner Freunde sind zum zweiten Mal verheiratet, manche auch zum dritten Mal. »Wie oft …«, ich setze mein Glas ab, blicke ihm direkt in die Augen, »wie oft waren Sie verheiratet?«

»¿Con qué frecuencia?«, – schon mit dem Beginn der Frage lächelt Álvarez, als wisse er, was kommt. »Wieso ›war‹? Ich bin es immer noch, verheiratet mit meiner dreizehnten Frau, der Stiefmutter von Kala, auch sie eine Romni. Sie werden sie kennenlernen.«

»Wie alt ist sie?« Ich bin überrascht und schäme mich etwas für meine Direktheit.

»Zweiundneunzig. Sie ist schon sehr alt.« Er sieht mich prüfend an. »Sie müssen keine Scheu haben, fragen Sie, was Sie wollen. Sagen Sie, was Sie wollen. Ich werde Ihnen nicht böse sein.«

»Im Vergleich zu Ihnen ist Ihre Frau jung«, erwidere ich. »Sie sind der Älteste. Verglichen mit Ihnen ist Ihre Frau eine Jugendliche.«

»Nein«, widerspricht er mit Trauer in der Stimme, »meine Frau ist viel älter als ich. Sie werden sehen.«

Es ist dem Gast nicht gelungen, die Fasern des Seebarschs so sauber von den Gräten zu lösen wie Álvarez. Bei dem Ältesten liegt nur noch das sorgfältig filetierte Fischskelett auf dem Teller. Daneben Gabel und Messer in einem sehr beabsichtigt wirkenden Nähe-Distanz-Verhältnis. Der penibel geleerte Teller des Ältesten erscheint wie eine Welt für sich. Darin zeigt sich die alte Ordnung als lückenlose Historie eines einzelnen Menschen, geboren zu einer Zeit, als die Welt in den Köpfen einiger Zeitgenossen tatsächlich noch eine Scheibe wie der Teller war und die gerade aufkommende Vorstellung von der Erde als Kugel mit dem Glauben gepaart war, dass deren Rückseite unbewohnbar wäre.

Auf dem Teller des Gastes dagegen herrscht eine unappetitliche Unordnung, die dann stellvertretend für die globale Unordnung der Gegenwart zu verstehen wäre. Eine geschichtslose Gegenwart, der die Folgerichtigkeit im viel zu schnellen Wechsel der Generationen und Innovationen abhandengekommen ist. Zumindest ist das seine Meinung.

Wäre die Welt besser, wenn ihre Geschicke in den Händen von Menschen wie Álvarez lägen, Menschen mit einem Elefantengedächtnis und einem sehr langen Leben?

Er wünscht sich, dass der Kellner kommt und abräumt. Das Chaos auf seinem Teller ist ihm peinlich. Doch vielleicht ist es auch das Gespräch. Er möchte Dinge erfahren, die er selbst ungern oder vielleicht gar nicht verraten würde.

»Meine zweite Frau«, sagt Álvarez mit belegter Stimme. »Lassen Sie mich Ihnen von meiner zweiten Frau erzählen. Sie starb mit siebenundsechzig an der Fäule, heute nennt man es Krebs. Es ging sehr schnell, sie hat kaum gelitten. Aber die Jahre davor waren furchtbar. Ich war vierundsiebzig, als wir heirateten, sie siebzehn. Ich sah nur wenig älter aus als sie. Doch das änderte sich sehr schnell.«

»Sie meinen, es entstand eine Kluft.«

»Ich liebte sie sehr, verstand meinen Zustand aber noch nicht. Sie bekam sehr schnell fünf Kinder. Erst wurde ich der Bruder unseres ältesten Sohnes, dann schien ich gleichaltrig mit der jüngeren Tochter, doch dann überholte mich auch sie. Und dann musste ich mir etwas einfallen lassen.«

»Was haben Sie getan?«

»Ich habe die Familie verlassen.«

»Sie haben erwähnt, es gibt außer Ihnen noch mehr Menschen, die sehr alt sind. Alt wie Sie?«

»Nicht ganz. Aber fast.«

»Sie sagten, Sie dürften über diese ebenfalls sehr, sehr alten Menschen nichts verraten, könnten nur über sich selbst reden, und das habe ich verstanden. Dennoch: Warum haben Sie keine Frau geheiratet, die so alt ist wie Sie, so alt wird wie Sie selbst?«

»Ach, lieber Freund«, sagt Álvarez leise. »Hätte ich gern. Sie können sich nicht vorstellen, wie gern. Doch mit hundert wusste ich nicht, dass ich zweihundert werden würde. Mit zweihundert allerdings konnte ich mir vorstellen, vierhundert zu werden. Mit zweihundert kannte ich einige andere sehr Alte und Älteste. Wir sind nur wenige. Eine passende, im wahrsten Sinne des Wortes altersgemäße Frau war für mich nicht dabei. Jedenfalls habe ich sie nicht gefunden. Und selbst wenn …«

»Warum sprechen Sie nicht weiter?«

»Weil …« Der Interviewer beobachtet sein Gegenüber. Wartet ab.

Álvarez schüttelt den Kopf, »… es auch riskant ist, wenn wir uns vermischen.« Sein Gesicht hat sich verschlossen.

Der Frager macht eine Notiz in seinem Kopf.

Der Älteste muss das im gleichen Moment bemerkt haben. »Bin dann mit Gitanos nach Norden gezogen. Ihre Sprache kannte ich bereits, aber das ist eine andere Geschichte, die ich Ihnen ein anderes Mal erzähle. Jedenfalls wurde ich einer von ihnen, ein Umherziehender, ein Nomade.«

»Aber die Gitanos altern schnell.«

»Sie altern sehr schnell, aber sie haben kein Gedächtnis. Sie leben zu extrem und sterben zu früh, um sich zu erinnern. Zwischen den frühreifen Gitanos konnte ich mich bewegen, ohne Aufmerksamkeit zu erregen. Die ersten sechzig Jahre meines Lebens sah ich ja aus, als wäre ich noch nicht achtzehn. Doch unter den Tsigani fiel nicht auf, dass ich von Jahr zu Jahr kaum älter aussah. Denn ich verschwand, bevor es sichtbar wurde. Das dauerte etwa sechs Jahre, dann wurde es kritisch. Länger als zehn konnte ich so gut wie nie bleiben. Ich lebte mit französischen Manouche, bei deutschen Sinti, englischen Gypsies, reiste mit rumänischen Kalderasch, serbischen Lovari, albanischen Ursuri und finnischen Kale, wechselte zwischen Stämmen und Clans und wanderte durch ganz Europa mit Abstechern nach Russland und China.«

»Sie sprechen also auch die unterschiedlichen Romani-Dialekte?«

»Und es gibt etwas, worauf ich stolz bin.« Sein Gesicht öffnet sich zu einem fast freudigen Lächeln. »Mein WÖRTERBUCH DES ROMANES. Daran habe ich einige Jahrzehnte gearbeitet. Ein Diktionär mit vergleichender Grammatik der mir bekannten Dialektvarianten.«

Álvarez reibt sich mit beiden Händen die Schläfen, lässt sie dann wieder auf den Tisch sinken. »Wenn Sie im Internet nachschauen wollen. Es ist unter meinem späteren Namen Ioan Lasculesculan erschienen. Allerdings seit knapp zweihundert Jahren vergriffen. Einige Exemplare habe ich aber noch. Sobald wir zurück sind, gebe ich Ihnen eins.« Zur Bekräftigung des letzten Satzes klopft er mit den Fingernägeln seiner linken Hand auf die Tischplatte. Eine weitere rhythmische Variante.

Verdichtetes Leben. Wahrscheinlich gibt es auch eine Massendichte des Daseins. Bei einem langen, könnte man annehmen, verteilt es sich wahrscheinlich. Er mag den englischen Begriff dazu lieber als die deutsche Dichte. Jedenfalls fällt ihm das Wort »Density« in diesem Moment ein. Er wartet einen Moment ab, in der Hoffnung, dass sich die Dichte des Gesprächs irgendwie unter dem freien Himmel verteilt, und bemerkt schließlich: »Sie sagten, Ihre zweite Frau starb an Krebs. Aber Sie hatten sie doch verlassen …«

Álvarez blickt an dem Gast vorbei in die Ferne, dann durch ihn hindurch – und dann beginnt sein Blick, ihn erneut zu erfassen, scheint ihn fast zu greifen und zu ergreifen. »Mein verehrter Freund, Sie können sich nicht vorstellen, wie ich Ana Teresa, wie ich die Kinder vermisst habe. Sie kam aus einem einflussreichen spanischen Haus, war belesen, auch naturwissenschaftlich gebildet, doch begann sie zu glauben, ich sei verhext oder besessen, glaubte, die Kinder vor mir beschützen zu müssen. Unsere Kinder, meine. Ich habe Wege gefunden, sie immer wieder zu sehen. Zu sehen, wie sie Erwachsene werden, heiraten, selber Kinder bekommen. Ohne dass sie mich sehen. Ihre Mutter wurde eine alte Frau. Es war furchtbar, sie so altern zu sehen. Dann wurde sie sehr krank.«

Der Älteste senkt den Blick, schaut in die Innenflächen seiner Hände, als könne er darin lesen. »Ich nannte mich damals Roman Bajramowic. Ich war ein osteuropäischer Zigeuner, und ich sah auch so aus. Ich wurde ein Diener in ihrem Haus. Einmal blickte sie mich an, als würde ich sie an jemanden erinnern. Auch mein Ältester schaute mich manchmal so an, als würde er mich erkennen. Doch ich kam aus einer anderen Welt. Unsere Welten begegneten sich nur in Form von Befehlen und Kommandos, von Handreichungen und zugeteilten Aufgaben. Als sie das Bett nicht mehr verlassen konnte, sorgte ich dafür, dass ich sie pflegen durfte. Das waren geschenkte Tage und Wochen vor ihrem Tod. Und ich war bei ihr, als sie starb. Ihr junger Diener, der in Wahrheit älter war als sie, nur nicht so krank, nicht so allein und nicht so verzweifelt. Am Ende hat sie vor Schmerz geschrien und nach ihrem Mann gerufen, doch nur dieser junge Zigeuner saß an ihrem Bett.«

Ob er ihr vor Eintritt des Todes enthüllte, wer ihr Pfleger war, will der Interviewer nachfragen, kommt aber nicht dazu, weil der Älteste weiterspricht.

»Oft waren die Kinder und Enkelkinder mit im Zimmer. Dann zog ich mich auf einen Stuhl in der Zimmerecke zurück. Still, der helfende Schatten, unsichtbar, solange ich nicht gebraucht wurde. Doch dann sah ich ihren Tod kommen. Ich dachte, die

Kinder würden bleiben und ihren Wechsel in die andere Welt begleiten, aber sie verschwanden nacheinander. Danach trat sie in die Sterbephase ein. Plötzlich hatte sie keine Schmerzen mehr und war ganz klar. Ich setzte mich an ihr Bett, nahm ihre Hand und erzählte ihr, wer ich war. Sie blickte mich starr an. Einen Moment dachte ich, was habe ich nur getan? Jetzt wird sie mit Angst und Verwirrung aus dem Leben gehen. Aber ihr Blick wurde weich. Sie schien mich zu erkennen, hauchte, du, schloss die Augen und starb mit einem Lächeln. Ich verließ das Haus, um weiteren Fragen zu entgehen. Meine Kinder behaupteten später, ich hätte gestohlen, und ließen mich verfolgen. Ich habe sie nie wiedergesehen. Das war im Jahr 1608. Im gleichen Jahr starb Duarte Nunes de Leão, ein Edelmann aus Lissabon, der meinem Vater zur Flucht verholfen hatte und dies in seiner Historie der portugiesischen Krone auch niedergeschrieben hatte. Ein Buch, das es heute noch gibt.«

Interessant, der Älteste äußert Zweifel an der Geschichtsschreibung und weist doch selbst darauf hin. »Wenn man die Dummheit der Kirche und ihrer Diener einmal weglässt – wie würden Sie einem Menschen der Gegenwart die Zeit zwischen dem Ende des 16. und Anfang des 17. Jahrhunderts beschreiben?«

»Ha, mein Freund, was für eine Frage! Es war die Zeit der Persönlichkeiten, noch nicht die Zeit der Individuen.«

»Wie meinen Sie das?«

»Die Menschen der Zeit reiften, und dieses Reifen erfüllte sie. Sie waren Knospen, die zu Blüten wurden, aufgingen und durch Erfahrung zur Reife gelangten, erfüllender Reife, einer Reife der Weisheit. Weisheit muss sich nicht separieren. Weisheit wirkt. Die Menschen von heute grenzen sich ab, manche durch Wissen, die meisten durch Besitz. Sie betonen damit ihre Individualität und wirken in ihrem Egoismus wie leere Töpfe. Darin kocht etwas, doch es bleibt ein Nichts, Leere, die ernüchternde und vor Ungeduld vibrierende Abwesenheit von Fülle und Erfüllung, ein Hunger, der nicht zu stillen ist. Das ärgert die Individuen, und ergo versuchen sie, den Mangel durch noch mehr Egoismus auszugleichen. Verstehen Sie?«

»Ja, leider, nur zu gut.«

»Immerhin sind Sie ehrlich. Dann besteht Hoffnung.« Álvarez lächelt ihm sehr direkt und fast zärtlich zu. »Wenn man die Dummheit der Kirche außer Acht lässt und nur menschliche Spiritualität sieht, dann waren die ersten hundert Jahre meines Lebens erfüllt von dem Blick auf das Erhabene. In allem, was sie sahen, erkannten die Menschen göttliches Wirken. Jeder versuchte, seine Arbeit mehr als gut zu machen, um dem Allerhöchsten zu dienen, und fühlte sich erfüllt davon. Heute ist die Welt rational und wissenschaftlich, flach in ihren Begründungen und verlogen in ihren Ausflüchten. Damals war sie magisch und unergründlich, und die Versuche, sie in ihrer Unergründlichkeit zu beschreiben, waren tief und von größtem künstlerischen Wert.«

Der Besucher fühlt sich auf eine Weise gesehen, die ihm nur zum Teil angenehm ist. »Die Zeit der Persönlichkeiten«, sagt er, »dem Allerhöchsten dienen, magisch und unergründlich, von höchstem künstlerischem Wert. Klingt sehr schön, nach Licht ohne Schatten.«

»Was für ein Missverständnis!«, entgegnet Álvarez und lacht. »Denn man kann die Dummheit der Kirche nicht weglassen. Wie gesagt, als ich geboren wurde, drehte sich alles um Gott. Der Nachfolger des Apostels Petrus regierte in Rom per Bulle und Bann. Die Kirche exekutierte im Volk, was Papa befahl, und auch Könige hatten sich dem zu beugen. Und …« Der Älteste schaut ihn suchend an.

»Und?«, wiederholt der Besucher fragend, um das Interview nicht abbrechen zu lassen.

»Und gleichzeitig«, erklärt der Älteste mit einem Lächeln, »war die Welt vergleichsweise leer. Wie schon gesagt, es lebten damals ja nur fünfhundert Millionen Menschen. Man musste sich also ganz schön anstrengen, wenn man jemandem begegnen wollte.«

Álvarez lacht. »Nein, lieber Freund, verzeihen Sie mir meine Albernheit. Sicher, es gab weniger Menschen, aber dafür rochen die wenigen viel mehr. Tatsächlich herrschte, verglichen mit heute, ein entsetzlicher Gestank. Dieser Gestank verfolgte einen. Menschen faulten bei lebendigem Leibe. Zwar war die Zeit der großen Pestepidemien vorbei, doch erschien der Schwarze Tod trotzdem regelmäßig wieder, übertragen von Ratten und Flöhen in unsauberen Zeiten. Dafür traten die Pocken nun umso häufiger auf. Ebenso Typhus. Und am Fleckfieber Erkrankte taumelten durch die Gassen, erbrachen und schissen in die ohnehin stinkenden Gossen, wälzten sich delirant mit offenen Wunden in Kot und Erbrochenem. Oder es erwischte sie das Antoniusfeuer. Mit absterbenden Gliedmaßen, aber einem wilden Wahn in den Knochen stürzten sie aus dem Haus, schreiend und mit Schaum vorm Mund. Doch das schlimmste Unheil richtete Lues an. Ehemänner bezichtigten ihre Ehefrauen, sie absichtsvoll zu infizieren. Liebesverrat war allgegenwärtig. Ein Schatten senkte sich über die Sinnlichkeit und Intimität. Der menschlichste und irdischste, der hingebungsvollste und erhabenste, der höchste und gleichzeitig wundervoll niederste Akt des Menschen wurde mit tiefstem Misstrauen infiziert und so zum zweiten Mal nach der Vertreibung aus dem Paradies mit Sünde behaftet. Doch diese zweite Sünde war keine lustvolle und liebevolle, keine romantische und abgründige mehr, sondern wie eine einzige qualvolle und höllische Verdüsterung, die sich über ganz Europa senkte. Es begann eine Zeit wie eine andauernde Sonnenfinsternis, ein ständiger Winter.«

Die dunkle Zeit – er hatte in Büchern darüber gelesen, doch war das Gelesene abstrakt geblieben.

»In dieser Dunkelzeit ritten die edlen Leute auf Pferden durch den Unrat, traten über Leichen ohne sie anzusehen und stiegen möglichst nur im eigenen Hof ab. Auch ich stammte ja aus einem hohen Haus, doch lebte ich als Gefallener, ein Zigeuner, ein Herumtreiber, nichts wert, zu nichts gut, außer zum Bedienen. Umso genauer war darauf zu achten, dass dieser Diener seine Herren nicht bei der nächstbesten Gelegenheit bestahl. So kam ich viel herum, unauffällig, doch ständig in Gefahr. Es herrschte die Inquisition. Protestanten wurden als Ketzer verfolgt, außerdem war seit Jahrzehnten Krieg. Die Republik der Sieben Vereinigten Niederlande hatte sich von Spanien unabhängig erklärt. Die spanische Krone schickte den Herzog von Alba, einen bekanntermaßen grausamen Menschen, und seine Truppen. Die säbelten bis Xanten am Rhein und mordeten in Brüssel über sechstausend Aufständische. Einer aus meinem Clan hat miterlebt, wie Albas Ritter die Aufständischen auf dem Marktplatz in einem öffentlich zur Schau gestellten Blutrausch zerhackt haben. Doch damit ging die Erhebung erst richtig los. Die Niederländer verteidigten sich mit Armbrüsten, Schwertern, Hämmern und Messern. Wechselnde Seuchen behinderten beide Parteien. Mit dem Anbruch des 17. Jahrhunderts änderte sich die Kriegsführung. Mit beweglichen Lafetten wurden gegnerische Stellungen aus der Distanz beschossen, gestürmt wurde mit dem Feuer von Luntenschlossmusketen. Doch für den eigentlichen Sieg mussten immer noch die Blankwaffen gezogen werden. So zog sich der Krieg fast auf den Tag genau achtzig Jahre hin. Am Ende gewann Spanien den südlichen Teil der Niederlande, halb Europa wurde verwüstet und ich, wie ich Ihnen schon sagte, wurde reich. Schon für damalige Verhältnisse sehr reich. Doch damals ahnte ich noch nicht, dass es mehr ein Fluch denn ein Segen sein sollte.«

»Seuchen, Kriege, Verwüstungen«, meldet sich der Interviewer. »All das wurde mit göttlichem Willen und dem Wirken des Höchsten erklärt?«

»Sie haben ja keine Vorstellung, mit welcher Naivität die Leute selbst Kriege und Katastrophen als Teil der göttlichen Verheißung sahen.« Álvarez blickt ihn abwartend an.

Was soll er darauf antworten? Nein, er hat keine Vorstellung.

»Doch«, sagt der Älteste, »darf man auch nicht vergessen, dass Gott da schon in einen Hinterhalt geraten war.«

Es dauert einige Sekunden, bis der Interviewer zu verstehen meint: »Sie sprechen wieder von Luther und der Reformation? Begonnen im Jahr Ihrer Geburt.«

Álvarez nickt.

»Der Übersetzer der Bibel«, erwidert der Interviewer, »als Attentäter auf den Glauben. Schwer zu glauben.«

»Nein, ein Attentäter auf Kirche und Konfession«, erwidert der Älteste. »Zwar begründete Luther eine eigene, doch was war das?«

»Bitte sagen Sie es mir.«

»Eine vergleichsweise blasse Geschichte«, erklärt der Älteste. »Und Luther war nur der Anfang. Es folgte Descartes. ›Ich denke, also bin ich.‹ Eine Feststellung, die Gott aus dem Zentrum allen Seins katapultierte. Der Mensch trat hinein. Und übernahm die Geschäfte mit den Mitteln der Menschenfreundlichkeit, dem Humanismus. Doch es war keine freundliche Amtsübergabe. Selbst als Nietzsche verkündete, ›Gott ist tot‹, zuckte der Bart Gottes noch im Himmel. Und auf der Erde wüteten seine Helfershelfer. Erst heute ist Gott endgültig tot. Und, glauben Sie mir, das ist für mich ein großer Segen. Wenn nicht der Größte überhaupt.«

»Sie sind also Atheist.«

»In konfessionellem Sinne, ja.«

»Und in anderem Sinne?«

»Bin ich ein Suchender.«

»Was suchen Sie?«

»Antworten, wie Sie.«

»Können Sie mir eine gute Frage verraten«, bittet der Interviewer mit ruhiger Stimme, »die Sie zu einer wirklich guten Antwort geführt hat?«

Darüber muss Álvarez nicht lange nachdenken. Die Erwiderung erfolgt ohne Pause. »Was ist Freiheit?«

»Und die Antwort, die Sie auf die Frage gefunden haben.«

»Wo die Freiheit am größten scheint, ist sie wahrscheinlich am geringsten gegeben.«

»Ein Kōan«, wundert sich der Interviewer.

»Ein Rätsel«, sagt der Älteste. »Die wesentlichen Fragen lassen sich nur mit ihren inneren Widersprüchen beantworten.«

Der Kellner muss sich extra im Hintergrund gehalten und abgewartet haben, um ihr Gespräch nicht zu stören, denn jetzt ist er plötzlich an ihrem Tisch, räumt die Teller ab und bringt zwei weitere Flaschen Bier, obwohl weder der Interviewer noch der Älteste ihn darum gebeten haben. Er möchte eine Frage riskieren und tut dies, während Álvarez in Gedanken verloren und abwesend scheint, nach einem kurzen Moment des Abwartens auch.

»Haben Sie Menschen getroffen, von denen Sie wussten, dass sie Verbrecher sind?«, erkundigt er sich und lässt den Ältesten dabei nicht aus den Augen, »Menschen, die Ihnen trotz ihrer Verbrechen sympathisch waren. Menschen, die Sie mochten …«

»… obwohl es politisch, wie man heute sagt, eigentlich nicht korrekt war? Ja, habe ich. Sogar mehr Menschen, als Sie vielleicht denken. 1813, kurz vor dem 24. Dezember, speiste ich mit Joseph Bonaparte, dem Bruder Napoleons, es war die Zeit nach seinem Abdanken als spanischer König, in der Lissabonner Residenz. Joseph Bonaparte brauchte meine Hilfe, um die iberische Halbinsel lebendig zu verlassen, und ich gewährte sie ihm, obgleich er ein Verbrecher war. Mit seiner illegitimen Herrschaft hatte er Spanien zermürbt. Widerstände versuchte er, eigenhändig mit einer treuen Rotte und unvorstellbarer Grausamkeit zu vernichten. Bekannt für seine Neigung, im Blutfieber zu morden, war er eine Hassfigur, die ich mir auch genau so vorgestellt hatte, abstoßend, liederlich, widerwärtig. Aber ich traf einen in höchstem Maße gebildeten Mann, von dessen Verfehlungen ich zweifelsfrei wusste, dem ich in der direkten Begegnung meine persönliche Antipathie aber wider besseren Wissens nicht entgegenbringen konnte. Ich mochte ihn. Wir scherzten bei Tisch. Ich half ihm, zu entkommen. Später traf ich ihn Florenz wieder, ein gebrochener Mann, auch einsichtig, was die eigenen Verfehlungen anging, und ich bereute umso weniger, dass ich ihm geholfen hatte. Auch wenn damit seine Verbrechen nicht abgegolten waren.«

»Es gab weitere, sagten Sie?«

»1832 oder 1823, ich verdrehe die Zahl immer in meiner Erinnerung, traf ich den damaligen Sekretär des Papstes Pius in Rom. Auch mit ihm aß ich zu Abend. Kardinalstaatssekretär Leo Lombreschugi wünschte meine Hilfe für den finanziell angeschlagenen Heiligen Vater und hatte mich daher zu einer privaten Unterredung gebeten. Eine solche Unterredung kann man nicht einfach ausschlagen, also ging ich hin. Wohl wissend, dass Lombreschugi eine sexuelle Vorliebe für Kinder hatte. Ich muss Ihnen nicht sagen, wie verachtenswert ich das Ausnützen kindlicher Ohnmacht und kindlichen Vertrauens finde.

Trotzdem überraschte mich der Sekretär als sehr sympathischer, auch weltoffener Mann, der die Kurie mit kritischen Augen sah und sogar Witze darüber machte. Ihm und seinem Auftraggeber half ich jedoch nicht.«

»Menschen, die Ihnen Angst gemacht haben?«

»Einige. Vor allem die, die selbst keine Angst haben. Wenn sie auch noch dumm sind, machen sie mir umso mehr Angst. Und noch mehr Angst machen sie mir, wenn sie auch noch gewalttätig sind und selbst keinen Schmerz empfinden.«

»Solche Leute haben Sie erlebt?«

»Durch alle Jahrhunderte. Es gibt viele Gründe, warum Menschen stumpf werden, abstumpfen auch für die Empfindung von Schmerz. Solche Leute sind extrem gefährlich. Wenn man ihnen ausgeliefert ist, wird es grässlich. Mein Freund, hüten Sie sich vor solchen Typen. Es gibt zwar keine Hölle, aber diese Menschen können sie einem bereiten. In meinem gesamten bisherigen Leben bin ich auch damit beschäftigt gewesen, solchen Leuten aus dem Weg zu gehen.«

»Was verraten Sie niemandem? Und was mögen Sie auch sich selbst gegenüber nicht eingestehen?«

»Na«, sagt der Älteste, wieder trommelnd. »Das werde ich Ihnen, verehrter Freund, jetzt gewiss auch nicht verraten.«

»Gibt es Schwächen, die Sie bei sich selbst festgestellt haben, aber nicht losgeworden sind?«

»Ja, sicher, aber ich werde nicht müde in meinen Versuchen, sie doch noch zu überwinden.«

»Was ist das Mutigste, das Sie jemals getan haben?«

»Habe ich Ihnen zuvor erzählt. Als Diener zu meiner zweiten Frau zurückzukehren und bis zu ihrem Tod als Diener bei ihr zu bleiben.«

»Haben Sie sich über die Jahrhunderte verändert? Oder haben Sie das Gefühl, der Gleiche geblieben zu sein?«

»Beides. Ich bin Derselbe und nicht der Gleiche. Ich bin der Gleiche und nicht Derselbe. Und gleichzeitig bin ich schon längst nicht mehr der Gleiche und auch nicht Derselbe.« Der Älteste blickt mich mit einem Ausdruck an, der mir fast wie Hilflosigkeit erscheint. »Sie und ich«, sagt er, »wir beide sind Rätsel. Mit dem grundsätzlichen Unterschied, dass ich als Rätsel viel länger als Sie in Ihrer Rätselhaftigkeit existiere. Also auch viel mehr Zeit hatte, mich über mich selbst zu wundern.«

Eine Antwort, die den Gast an eigene Gedanken erinnert. Gedanken in der Dunkelheit. Er fragt daher weiter: »Haben Sie jemals gehasst?«

»Ja, immer wieder. Und immer wieder habe ich mich dafür geschämt.«

»Wenn Sie sich im Spiegel anschauen, was sehen Sie?«

Anstelle einer Antwort wendet der Älteste den Blick von seinem Gast ab. Auch der Gast hat die drei Männer gesehen. Sie saßen an einem Tisch rechts von ihnen. Aber plötzlich sind alle drei aufgestanden, schauten zu ihnen herüber, als hätten sie sie eben erst bemerkt, was natürlich nicht sein kann, weil zumindest einer von ihnen bereits in den Minuten zuvor immer wieder herübergesehen hatte.

»Bitte, wir müssen gehen«, fordert Álvarez mit leiser Stimme. »Tun Sie nun genau, was ich Ihnen sage. Gehen Sie rüber zu den drei Männern, fragen Sie sie, ob sie sich in Sevilla auskennen und ob sie ein Flamenco-Lokal empfehlen können. Sie seien als Tourist hier und würden sich über einen guten Tipp freuen. Nein, sagen Sie, Sie seien Journalist. Das ist noch besser. Ich begleiche währenddessen die Rechnung und warte drinnen bei dem Kellner auf Sie. Schreiben Sie die Empfehlung auf und kommen Sie damit zu mir. Das wird die Männer irritieren und uns etwas Zeit geben.«

Zwei der Männer sehen einander so ähnlich, dass er sie für Brüder hält. Der Dritte ist etwas älter, vielleicht knapp über vier zig. Alle drei tragen Anzüge, die Sakkos geöffnet und schwarze Gürteltaschen aus Leder, die beiden Brüder Krawatten dazu, der Dritte, Ältere aber nicht. Ihn spricht er an. Der Mann lächelt seltsam indifferent, bevor er ihm eine Antwort gibt.

»Tablao el Arenal. Etwas Besseres gibt es in ganz Andalusien nicht. Sie sind Journalist? Aber dann müssten Sie es doch kennen? Interessieren Sie sich wirklich für Flamenco? Oder was machen Sie hier?«

Der letzte Satz endet in einer Grimasse.

Die 739397 ist eine wahrhafte Herrscherin. Löscht man links die Sieben, bleibt 39397 übrig, eine weitere Edle. Zieht man links auch die Drei ab, bliebt 9397, eine nächste Edle. Edel sind selbstverständlich auch 397, 97 und 7. Ebenso, wenn man rechts mit dem Wegstreichen beginnt. 73939 ist eine Edle, 7393 auch, 739 ebenso, und 73 und 7 sowieso. Deshalb ist die Ausgangszahl wirklich göttlich und steht damit als numerischer König einsam und exponiert da.

Er bedankt sich für die Information, verspricht, möglichst heute Abend noch dort hinzugehen und nimmt den direktesten Weg durch die Tische ins Innere des Restaurants. Beim Hinausgehen mit dem Ältesten sieht er, dass die Drei draußen miteinander diskutieren. Etwas muss geklappt haben. Er weiß nur noch nicht genau, was.

DREIUNDDREISSIG

Álvarez lenkt den Smart auf einer weiten Spiralbahn durch die Außenbezirke zurück ins Zentrum der Stadt. Sie erreichen die Einfahrt in die Tiefgarage etwa eine Stunde nach Einbruch der Dunkelheit. Niemand ist zu sehen, als sich das Tor hinter ihnen schließt und Álvarez den Wagen die engen Serpentinen hinunterfährt.

Einer der BMWs fehlt.

»Kala«, sagt der Älteste und klopft mit den Daumen beider Hände aufs Lenkrad, während er in eine Parkbucht steuert. »Sie liebt nächtliche Fahrten.«

Irgendwie überrascht den Besucher, dass sie einen Führerschein besitzt. Unwahrscheinlich jedenfalls, dass jemand, der so jung aussieht wie sie, einfach ohne fährt. »Ihre Tochter«, traut er sich schließlich im Fahrstuhl zu sagen, »ist sie …« Er muss seine Frage unterbrechen, weil er einen Frosch im Hals hat. »… älter?«

»… als Sie?« Álvarez verkneift sich sichtbar ein Lachen. »¡Por fin!«, sagt er. »Lieber Freund, ich verstehe, wenn Sie das beschäftigt. Warum haben Sie Kala nicht schon längst selbst gefragt? Allerdings … ist es ja auch nicht besonders charmant, eine Dame nach ihrem Alter zu fragen.« Álvarez nickt, lacht jetzt doch. »Aber … es wird Zeit, dass Sie sich an manche Gedanken gewöhnen. Alter ist relativ.«

Kala, das Kind. Kala, das Mädchen. Kala, die junge Frau. Einmal auch die Dame. Ja, all das hat er in ihr gesehen. Ja, der Älteste hatte bereits angedeutet, sie sei älter, als sein Gast annehme. Doch etwas in ihm musste sich gegen diese Information gesträubt haben. Weswegen sie ihm wieder entglitten ist. Einfach vergessen. Jedenfalls hatte ihn Kala vom ersten Moment an irritiert. Wieso, hätte er nicht benennen können. Tatsächlich kann er es immer noch nicht. Die Erinnerung an sie in Verbindung mit dem gegenwärtigen Wissen über sie ist in diesem Moment ihrer Abwesenheit mindestens so rätselhaft wie seine vergangene Unwissenheit in den Momenten ihrer Gegenwart.

Er muss zugegeben, dass er sich ein wenig darüber ärgert, denn er fühlt sich, wie gesagt, nicht alt, aber altersgemäß. Kalas Existenz bringt alle mit ihm selbst getroffenen Verabredungen, die das Alter betreffen, durcheinander. Álvarez ist in dem Zusammenhang irgendwie jenseits. Jenseits seiner Zeitrechnung, jenseits eines Vergleichs. Kala nicht. Die Bemerkung des Ältesten über sie gibt ihm umso mehr ein Gefühl des Verblassens. Er fühlt sich schwinden, wenn er nur an sie denkt. Diese Empfindungen in Verbindung mit ihr hatte er auch schon vorher, doch waren sie ihm nicht bewusst. Dieses neue Bewusstsein ist wie ein Angriff. Er fühlt sich davon geschlagen, ja, körperlich attackiert.

Das gibt ihm den Mut, einen Wunsch zu äußern, dessen Konsequenzen er ahnt, aber nicht vollständig ermessen kann. »Ich habe auch eine Bitte«, sagt er und erkennt, dass der Älteste sofort versteht, was er mit »auch« meint. Während er im Geiste die Frage vorformuliert hatte, musste ihm entgangen sein, dass sie bereits vor der Tür zu seinen Räumlichkeiten angekommen waren.

Während er die Tür öffnet, konzentriert er sich so gut es geht.

Diese Sache ist von weitreichender Bedeutung, geht also über sein Eigeninteresse und seinen journalistischen Eifer hinaus. Er möchte sehr, dass der Älteste ihn nicht abweist, obwohl er sich gleichermaßen nicht vorstellen kann, dass er eine positive Antwort bekommen könnte.

Er wendet sich Álvarez daher auf der Türschwelle wieder frontal zu. »Ich möchte eine Blutprobe von Ihnen. Ich bitte Sie um etwas von Ihrem Blut.« Blickt ihm dabei direkt in die Augen. »Sie haben gesagt, dass es besonders sei.« Sein Blick ruht auf ihm. »Diese Besonderheit Ihres Blutes hat einen medizinischen Wert, deshalb würde ich es gern untersuchen lassen. Etwa fünfzig Milliliter bräuchte ich dafür.« Wieder macht er eine Pause, dehnt sie noch künstlich. »Denn mit Ihrer Erlaubnis würde ich auch Ihr Genom sequenzieren lassen.«

Er weiß nicht, ob Álvarez den letzten Teil seiner Anfrage überhaupt gehört hat, denn der Älteste lässt den Gast einfach stehen. Ist mit einer Drehung um die Ecke und im Gang verschwunden, während der wie sediert in der Tür stehen bleibt, unschlüssig, was er nun tun soll.

Kurz darauf hört er wieder das Klavier. Er folgt den Tönen und gelangt in einen schlichten Raum mit einem Flügel. Findet den Ältesten in sich zusammengesunken davor. Seine Hände schweben wie Vögel über den Tasten. Fliegende Jäger, bereit zum Niederstoßen. Álvarez hockt krumm da, wie geschrumpft, eher kindlich denn ältlich. Ein Kammerspiel, so wie er die Tasten schlägt. Verlangsamt, in Zeitlupe. Töne tropfen aus Pausen. Die Stille zwischen den Tönen sei die eigentliche Musik, heißt es. Der Älteste spielt die Pausen, spielt mit den Pausen, spielt mit der Ruhe zwischen den Tönen, verdichtet die Stille. Und lächelt dabei konzentriert in sich hinein. Eine Musik wie ein langsames Ein- und wieder Ausatmen. Ein fünfhundert Jahre altes Kind, das mit den akustischen Lücken in der Welt experimentiert. Will der Älteste die Frage von eben in einer dieser Lücken verschwinden lassen?

Der Gasthörer spürt, dass er nicht Teil dieser Pausen ist, und zieht sich so ruhig wie möglich zurück. Álvarez' Klavierspiel beansprucht den gesamten Raum für sich allein.

Ich wachte davon auf, dass in meinem Kopf ein ultraschallartiges Zirpen zu hören war. Außerdem schlug mein Herz so stark, dass ich wie unter Nachbeben erzitterte. Ich fragte mich, was ich am Abend falsch gemacht hatte, aber die naheliegende Antwort befriedigte mich nicht. Also blieb ich im Bett liegen und wartete ab. Nach einer Stunde stellte sich eine gewisse Entspannung ein, doch das konnte auch der heilsame Nebeneffekt gefühlter Langeweile sein.

Als ich auf mein Handy blickte, stellte ich fest, dass es drei Uhr morgens war und fünf Anrufe eingegangen waren, jedoch keine Nachricht auf meiner Mailbox hinterlassen worden war. Daraufhin durchforschte ich sämtliche, innerhalb der vergangenen drei Tage eingegangenen Mails und checkte zusätzlich meinen Facebook-Account auf Absonderlichkeiten, konnte aber in beidem, abgesehen von den üblichen Pornospams, nichts von Bedeutung finden. Dabei stieß ich auf eine SMS, die ich übersehen hatte, obwohl sie im Sperrbildschirm angezeigt gewesen sein musste.

Inhalt: Keine Geheimdienstfolter in Berliner und Madrider Wohnungen (Think of Michael Jackson).

Interessant. Eine SMS wird ja von Handy zu Handy geschickt, also musste sich der Absender unter dem I-Button im Nachrichtenprogramm anzeigen lassen. Ich betätigte den Button, sah aber nur eine seltsame Zeichenfolge: ■■16i2h23LJ22kS66

Da die Zeichenfolge vom Telefon als anrufbar angezeigt wurde, drückte ich die Ruftaste. Anstelle eines Wähltons ertönte Rauschen. Wie das Rauschen im Fernseher nach Programmschluss. Zumindest so, wie ich es von früher kannte, denn ich selbst besaß seit zwanzig Jahren keinen mehr. Allerdings gab es seit einigen Jahrzehnten auch keinen Programmschluss mehr.

Ich kappte die Verbindung und versuchte angestrengt an Michael Jackson zu denken. Mir fiel das Übliche ein. *Billy Jean*, *Thriller*, Jacksons Nase und die roten Totenlichter in den Tagen nach seinem Hingang rund um die Urania-Weltzeituhr auf dem Berliner Alexanderplatz inmitten von liebevoll drapierten Jackson-Fotografien und -Devotionalien. Ich versuchte, die *Thriller*-Melodie zu summen, traf aber nicht die Töne.

Der Morgen graute, als ich mich von der linken auf die rechte Seite drehte und plötzlich, einer Eingebung folgend, die im Zusammenhang mit der Nachricht stehende Zeichenfolge einer weiteren Prüfung unterzog. Tatsächlich: Die beiden Quadrate standen für Nullen, also 001, die Vorwahl für die USA. Und der Rest? Klar, eine Kodierung des Namens Michael Jackson. Aha, ich hatte einen Toten in der Leitung gehabt.

Also wählte ich die Nummer ein weiteres Mal und studierte einige Minuten das Rauschen, sagte auch ein paar Mal Hallo und dann auch einmal Ahoi, um mich nicht zu wiederholen, doch die einzige Antwort blieb Rauschen.

Einige Minuten davon schnitt ich mit. Wer weiß, wozu es noch dienen konnte. Ich drehte mich wieder auf die andere Seite und begann, Daten-Back-ups von den Interviews mit dem Ältesten zu machen. Dabei bekam ich die nächste SMS: Stromschläge gegen Passanten, denn sie laden die Wolken auf (Think of George Michael).

Ich musste lachen, während der I-Button folgende Zeichen preisgab: +hi436r436i2H2e5

Ich rief auch diese Nummer umgehend an. Man kann sich denken, was die Folge kodierte. Wieder ein Rauschen, nicht ganz so hell, man könnte auch sagen, nicht ganz so weiß, wie das von Jackson, aber Rauschen, ein etwas dunkleres allerdings. Ich sprach zu diesem Rauschen, sagte, Hello, Mr. Michael und Dear George. Keine Reaktion auch hier, bloß dunkles Rauschen.

Ich schnitt auch einige Minuten dieses Rauschens mit.

Erst dann dachte ich an George Michael. So konzentriert wie möglich. Redete sogar im Geiste mit ihm. Ohne irgendeinen Erfolg. Zu ihm hatte ich auch in seinen besten Zeiten keine besondere Verbindung gehabt. Eine Melodie von einem seiner Songs fiel mir beim besten Willen nicht ein.

Er war kaum damit fertig, als es an der Tür klopft. Aha, denkt er, die frühen Vögel fliegen schon, zieht die Tagesdecke vom Bett, schlingt sie um seine Hüften und tappt auf nackten Füßen zur Tür.

»Surprise, surprise«, sagt das Mädchen und hüpft vor ihm vom linken aufs rechte Bein. Auch sie noch in einem Schlafrock und mit nackten Füßen. Ihre Fußnägel, das sieht er sofort, sind grün lackiert.

Kala kichert. »Mein Vater möchte dich sehen.«

»Was hüpfst du hier so herum und kicherst?«, fragt er, zusätzlich irritiert. Plötzlich wirkt sie wieder wie unter zehn.

»Geheimnis, Geheimnis«, flötet sie und klopft ihm mit der flachen Hand auf den Bauch.

»Was soll das heißen? Was für ein Geheimnis?«, entgegnet er, viel zu ernst, weil unangenehm berührt, was ihm im gleichen Moment peinlich ist.

»Mein Vater möchte dich sehen«, wiederholt sie und bleibt ruhig vor ihm stehen, ernst wie er, dabei sogar seine Haltung imitierend.

Jetzt muss er doch lachen. »In fünfzehn Minuten. Ist das okay?«

»Machen wir zehn daraus«, erwidert sie mit überraschend tiefer Stimme. Wahrscheinlich auch dies ein Versuch, ihn nachzumachen.

Er will noch etwas sagen, doch sie ist schon weg. In wenigen Schritten um die nächste Ecke getanzt. Er hört noch ihr helles Lachen im Gang.

Während er sich fertig macht, entdeckt er eine dritte SMS auf seinem Display: Die Mächte reiben sich und elektrisieren das Feld (Think of Leonard Cohen).

An Cohen zu denken, würde ihm leichtfallen. Er kann sogar einige Songs auswendig. Großes Album, das letzte.

Den Anruf nimmt er sich für später vor.

Er findet Álvarez mit einem Teller Rührei im Studio. Santos bringt eine Kanne Tee, zwei Tassen. Fragt, ob sie noch weitere Wünsche haben. Er schüttelt den Kopf, der Älteste verneint mit leiser Stimme. Isst. Schweigend.

Auch der Gast spricht dem, was auf seinem Teller liegt, in Ruhe zu.

Das Haus atmet eine seltsame Stille in diesen Morgenstunden. Vielleicht aber auch den ganzen Tag. Das ist ihm schon auf dem Weg von seinem Zimmer zum Studio aufgefallen. Einmal rechts um die verschwiegene Ecke. Durch den langen, gedämpften Flur mit der Bildergalerie. Eingerahmte Stummheit. Die geschwungene Treppe hinauf. Blicke in lautlose Fluchten. Durch die Bibliothek. Stille, hundertfach, wenn nicht tausendfach zwischen Buchdeckeln interniert. Im Studio dann die erwärmende Lautlosigkeit der aufgehenden Sonne. Von der Straße: kein Laut.

Die Geräusche der Stadt, denkt er, scheinen hier keinen Zutritt zu haben.

Hörbar atmet der Älteste.

Der Gast kaut so leise wie möglich.

»Was garantieren Sie mir dafür?«, fragt Álvarez nach einer gefühlten Ewigkeit gemeinsamen Schweigens.

»Dass das Ergebnis nicht mit Ihnen in Verbindung gebracht wird.«

»Das können Sie nicht garantieren, höchstens beabsichtigen.«

»Dann garantiere ich hiermit diese Absicht.« Er macht eine Pause, um seine weiteren Worte in Ruhe zu wählen. »Die Analyse Ihres Blutes könnte bahnbrechend für die Genforschung sein. Auch wenn niemand erfahren würde, dass das Spenderblut von einem Fünfhundertjährigen stammt.« Er macht wieder eine Pause. »Sondern wenn man annehmen würde, dass es meins wäre.«

Álvarez erhebt sich vom Stuhl, umkreist den Tisch, bleibt einige Minuten vor dem Bild stehen, während der Blick des Gastes auf seine eigenen Hände fällt, die so auf der Tischkante liegen, dass Zeigefinger und Daumen nach dem Symbol einer Sonne zu greifen scheinen.

Für Geld hat er sich nie sonderlich interessiert. Mit monetären Angelegenheiten war er immer nachlässig umgegangen. Im Nachhinein ärgerte er sich wiederholt darüber, änderte jedoch nichts Grundlegendes daran. Als fester freier Fotograf hatte er ein Gehalt bekommen, selbst aber nie nach einer Erhöhung verlangt, bis man sie ihm selbst vorgeschlagen und ihn in Ermangelung einer positiven Reaktion seinerseits dazu schließlich sogar genötigt hatte.

Deutlich mehr als Geld faszinierten ihn Machtzentren. Ist das nicht dasselbe, Geld und die Zentren der Macht? Oft, aber nicht immer. Manchmal versammelte sich das Geld auch ohne Macht, und das fand er dann tatsächlich so seltsam, dass es ihn im Vorbeigehen auch interessierte. Bei der Macht hielt er jedoch an. Menschen im Zentrum der Macht schwiegen, denn nur verschwiegen konnten sie im Zentrum auch bleiben. Umso lieber redeten die Menschen in der Nähe der Macht. Sie ahnten, dass sie niemals ins Zentrum gelangen würden, wünschten sich aber mehr Macht, daher verrieten sie ganz gern, was in ihrer Macht stand. Sehr gern ihm, dem Fotografen, denn im Gegensatz zu den Textreportern vermittelte er als bildlich Schaffender den Eindruck von Harmlosigkeit, was natürlich unzutreffend war, weil er seine Erkenntnisse sehr gern mit den Textern teilte und schließlich auch in eigenen Büchern verarbeitete.

Die Menschen in der Nähe der Macht wussten mehr als machtferne. Leute vom äußersten Rand der Macht konnten über alles Mögliche vollkommen frei reden, das war auch immer wieder sehr unterhaltsam, blieb jedoch wie jedes Kneipengespräch ohne irgendeine ernstzunehmende Folge. Die Menschen der Macht jedoch agierten folgenreich, häufig auf eine Weise, die ihm nicht gefiel. Doch dafür war er ja Journalist geworden. So konnte er sein Missfallen wirkungsvoll äußern. Mit Fotos, wie soll das gehen?, könnte man jetzt nachfragen wollen. Da steckt doch keine Meinung drin. Irrtum. Visuelle Kommentare gehen viel tiefer als verbale. Visuelle Kommentare sind subtiler und zugleich effektiver als verbale. Optische Signale werden viel länger erinnert als geschriebene Sätze. Das ist neurologisch längst bewiesen. Erst wenn ein Slogan oder Motto ikonografisch wird, kann ein einprägsamer Satz genauso gut und lange memoriert werden wie ein einprägsames Bild. Hat er jedenfalls einmal gelesen. Wahrscheinlich ist er auch deshalb Fotograf geworden. Er wollte etwas liefern, was hängen bleibt.

Mit seinem Interesse war er in diverse Machtzentren vorgedrungen, hatte Menschen und Situationen fotografiert und seine Fotos hatten immer wieder Wirkung gezeigt und daher war er mit der Wahl seines Berufes grundsätzlich zufrieden gewesen. Natürlich musste man das Reisen dafür lieben. Für Menschen, die sich gern dauerhaft an einem Ort niederlassen und dort auch möglichst wenig wieder wegbewegen, war das natürlich nichts. Aber damit hatte er nie ein Problem gehabt. Man konnte ihn mitten in der Nacht anrufen und sagen, sei in zwei Stunden am Flughafen, und er würde dort sein, wenn die Sache für ihn einen Sinn ergab. Bis auf wenige Ausnahmen hatte er keinen Auftrag abgelehnt. Aleppo, das war ihm tatsächlich zu riskant erschienen. Hatte dort niemanden gekannt. Ohne Vertrauensperson in ein Kampfgebiet? Nein. Hatte die Redaktion auch sofort verstanden und jemand vor Ort beauftragt.

Als er später die Bilder sah, war er einen Moment lang traurig gewesen. Aber das ging ihm bei allen verpassten Chancen so. Auch wider besseres Wissen. Doch nun ist ja alles anders. Wenn er Fotos machen wird, dann höchstens mit dem iPhone. Seine Kamera, gestorben, höchstens durch Einschicken wieder zu beleben. Ein Fotograf ohne Kamera. Merkwürdig. So gesehen ist die ganze Sache hier eine echte Innovation. Keine Kamera, aber ein Aufnahmegerät, eine Recherche wie im Journalismus, doch nicht als Vorbereitung für die Erstellung von Bildern, sondern von Text. Für seine Bücher hatte er ja so gut wie gar nicht recherchiert, sondern im Sinne eines Gelegenheits- und Hobby-Autors agiert. Die Tage hier in Sevilla, das fühlt er deutlich, sind seine Chance. Die Größe dieser Chance wird ihm erst langsam bewusst. Aber das ist ganz gut so, denn an einige Gedanken muss er sich besser langsam gewöhnen.

»Sie verlangen sehr viel, mein Freund«, sagt Álvarez, als er schließlich wieder vor ihm sitzt. »Ich kann Ihnen jetzt noch keine Antwort geben, werde aber darauf zurückkommen. Haben Sie weitere Wünsche?«

Ja, habe ich. Ich positioniere mein Aufnahmegerät. Álvarez nickt.

»Wenn ich Sie richtig verstanden habe, sind Sie eigentlich ständig auf der Flucht. Gestatten Sie mir einen seltsamen Vergleich. Angenommen, Sie hätten eine Bank ausgeraubt und wären mit dreißig Millionen auf der Flucht, was wäre eigentlich der Unterschied zu Ihrer gegenwärtigen Situation?«

Ich sehe die Erheiterung in seinen Augen. Ein Lächeln, das sein zuvor verschlossenes Gesicht wieder öffnet. »O ja, verehrter Freund, da gibt es einen Unterschied. Der Bankräuber wird schneller gestellt als ich. Und falls nicht, nimmt er sein schlechtes Gewissen viel früher mit ins Grab. Leute wie ich rauben keine Banken aus. Haben wir nicht nötig. Ist tatsächlich unmöglich zu verarmen, wenn man so viel Zeit hat, Reichtum anzuhäufen. Ich kenne, wie schon gesagt, einige wie mich, mehr Männer als Frauen, tragischerweise. Keiner von ihnen ist arm. Aber alle, wirklich alle sind auf der Flucht. Flüchten von einer Identität in die nächste. Flüchten aus Familien, die sich gegen sie wenden. Flüchten vor der Konsequenz ihres Daseins.«

Es kann nur einen geben – die zentrale Idee aus dem Film *Highlander* fällt mir plötzlich wieder ein.

Diesmal weicht der Älteste nicht aus. »Wir Alten flüchten«, sagt Álvarez, als habe er meine Gedanken gelesen, zum Teil zumindest. »Aber nicht voreinander. Voreinander müssen wir uns nicht verstecken.«

»Wenn Sie sich voreinander nicht verstecken, dann gibt es also Treffen«, bemerke ich. »Regelmäßige Treffen?«

Álvarez schüttelt den Kopf. »Kann ich Ihnen leider nicht sagen.«

Schade. Und ich hatte schon gehofft, doch noch eine Antwort zu erhalten. »Was würde geschehen, wenn Sie Ihr Alter öffentlich machten?«, frage ich daher weiter, »wenn Sie eine medizinische Untersuchung zulassen würden? Wenn Ihr tatsächliches Alter wissenschaftlich begründet würde?«

Álvarez' Blick wandert über mein Gesicht. Was sieht er, wenn er mich anschaut? Sieht er mich genau so verblassen wie ich mich selbst im Vergleich zu Kala? Irgendwie schwindend, weil gerade noch da, doch demnächst schon wieder weg, weswegen man in diesem Moment am besten die passende Aufgabe für den nächsten gibt, bevor die Zeit dafür zu knapp wird. Diese Empfindung hatte ich jedenfalls, als er mit mir die Vereinbarung traf.

Er blickt an mir vorbei, als er schließlich antwortet. »Sie können sich nicht vorstellen, wie oft ich mir selbst diese Fragen gestellt habe. Die Antworten haben sich über die Jahrhunderte verändert, sind im Ergebnis aber gleich geblieben.«

»Was meinen Sie damit?«

»Als ich vierzig war, aber aussah wie zwölf – was meinen Sie, was mit mir passiert wäre, wenn ich einen Beweis für mein wahres Alter geliefert hätte?«

»Bitte verraten Sie es mir.«

»Die Idiotie in Gestalt der spanischen Inquisition war auf dem Höhepunkt ihrer Macht. Erst wurden die Conversos verfolgt, hauptsächlich zum Katholizismus übergetretene Protestanten. Dann die Morsicos, bekehrte Muslime. Und dann kamen die Hexen und Zauberer dran. Also die Gruppe, zu der man mich zählen würde. Der Beichtvater des Königs, ein zum Kardinal ernannter Dominikaner herrschte in der Dunkelwelt der Verleumdung und üblen Nachrede. Das war Christos de Govara, Nachfolger des Großinquisitors Tomás de Torquemada – der zweite ein noch größerer Schlächter als der erste. Auf dem Vorplatz der Kathedrale von Sevilla wurde geköpft, gepfählt, auf Scheiterhaufen verbrannt, wurden Glieder abgetrennt, Gedärme herausgerissen, Köpfe gespalten. Die Menge grölte, jauchzte, johlte angesichts des Leids der Verurteilten. Ich habe Ihnen davon ja schon berichtet, aber Sie können sich trotzdem nicht vorstellen, was das für Zeiten waren. Ich habe sie ja durchlebt, die blutigen Jahrhunderte. Zeiten, in denen ganze Bevölkerungsgruppen und Regionen schrien, sich aber nicht wehren konnten. Das ging bis ins 19. Jahrhundert. Erst 1834 erklärte die katholische Kirche die Inquisition für beendet. Was hätte ich Ihrer Meinung nach tun sollen? Mich hinstellen und sagen, ich weiß auch nicht, warum, aber ich altere nicht wie ihr. Vielleicht bin ich sogar unsterblich. Mein Leben war immer in Gefahr. Und ist es auch immer noch, wie Sie ja bemerkt haben werden.«

»Heute aber nicht mehr, weil Sie so alt sind, sondern weil Sie sehr reich sind – wenn ich Sie richtig verstanden habe«, sage ich.

»Und weil ich zu viel weiß«, fügt Álvarez nickend hinzu.

»Wovon«, frage ich, »wissen Sie zu viel?«

Álvarez schüttelt den Kopf. »Lassen Sie mich einen Moment von Ihnen reden. Mit dreißig wussten Sie mehr als mit zwanzig. Und mit vierzig mehr als mit dreißig. Mit fünfzig konnten Sie über Politik anders reden als mit zwanzig. Mit fünfzig haben Sie Minister kommen und auch wieder abtreten sehen, haben Konflikte aufkeimen und hoffentlich auch wieder enden sehen. Die Dauer Ihres Daseins ist mit fünfzig ausreichend genug, um bestimmte Vorgänge aus der Erfahrung heraus zu beurteilen. Mit zwanzig haben Sie eine Meinung. Die ist aber nicht auf Erfahrung gegründet. Sie sind vierundfünfzig Jahre alt. Ich vermute, seit rund dreißig Jahren sind Sie wahrscheinlich ernsthaft damit beschäftigt, sich über die Welt Gedanken zu machen. Sie sind neugierig, versuchen hinter das Offensichtliche zu blicken, wollen Geheimnisse ergründen und sind deshalb ja auch Journalist geworden. Richtig?«

Obwohl ich das sofort bejahen kann, zögere ich einen Moment. Vielleicht, weil mir meine Eltern und die Abgründe ihrer Generation einfallen und das schwierige Erbe daraus. Eigentlich ein Grund mehr, sehr interessiert zu sein. Trotzdem fühle ich mich in der Frage seltsam ambivalent.

»Versetzen Sie sich nun in meine Lage«, sagt der Älteste. »An meinem hundertsten Geburtstag starb Rebecca Rolfe. Ich sah aus wie zwanzig und hielt mich zu der Zeit in England auf. Sie war zweiundzwanzig und eine sehr schöne Frau mit einer eigenartigen und starken Ausstrahlung. Ihr Englisch war nicht besonders gut, man hörte immer ihre indianische Herkunft. Sie hatte einen Silberblick und lernte auch nie, sich auf hohen Hacken elegant zu bewegen, und wurde doch sehr umworben. Ich habe sehr viele Menschen kommen und auch wieder gehen sehen. Wenn manche von ihnen gingen, war dies ein großer Verlust, bei anderen empfand ich eine Befreiung für mich, denn der Weggang gewisser Leute, die sich selbst als unverzichtbar betrachteten, war ein Segen für die Menschheit an sich. Rebecca aber war ein sehr großer Verlust. Und das sage ich, obwohl ich sie nur zweimal traf.«

»Verzeihung«, unterbreche ich ihn. »Wer war Rebecca Rolfe?«

Er lächelt bei meiner Frage. Ein zauberhaftes Lächeln, würde ich sagen, wenn er eine Frau wäre. Und denke gleichzeitig: was für ein Blödsinn! Auch Männer können bezaubernd lächeln, und genau das tut er gerade, eingetaucht in eine Erinnerung, die zauberhaft sein muss. Das zarte Lächeln eines Fünfhundertjährigen. Während ich diesem Gedanken nachhänge, wird mir bewusst, dass er mir gerade eine Antwort gegeben hat.

»Wenn es Sie interessiert: Man kennt Rebecca heute unter ihrem Mädchennamen.«

Vor über fünfzehn Jahren verbrachte ich knapp zwei Wochen auf Island und traf fast täglich Björk. Sie war gerade Mutter geworden und am Anfang ihrer Karriere. Ein Mensch wie eine Orchidee, unglaublich fremd und unfassbar schön dabei. Als Fotograf durfte ich sie aus vielen Blickwinkeln bestaunen, mit dem Ergebnis einer sehr schönen Serie. Doch wenn die Kamera aus irgendwelchen Gründen ruhte, genoss ich ihre Gegenwart ohne professionelle Ambitionen. Ich brauche nur an Björk zu denken und fange sofort an zu lächeln. Selbst die Erinnerung an sie ist immer wieder bezaubernd. So, als hätte ich sie gerade gestern erlebt.

»Ich musste immer an eine Gitana denken, wenn ich Rebecca sah. Aber …«, er streicht sich über den Hinterkopf, »ich wollte Ihnen eigentlich etwas anderes erzählen.«

Die Lampe am Aufnahmegerät blinkt. Gut. Ich wünsche mir sehr, dass die Welt später hören kann, was Álvarez in diesen Minuten zu mir sagt. Er berichtet von königlichen Intrigen und fürstlichem Verrat am spanischen, englischen und französischen Hof und den Machenschaften der Machthungrigen in der zweiten und dritten Reihe.

»Nach hundert gelebten Jahren, nach einem Jahrhundert der Heimlichtuerei, der Verschleierung der eigentlichen Herkunft verbunden mit ständigen Ortswechseln, nach einem solchen Jahrhundert haben Sie auch genug andere Heimlichtuer und Geheimnisbewahrer kennengelernt, um einschätzen zu können, was in der Welt vorgeht. Und mit jedem weiteren gelebten Jahrzehnt kam ein Vielfaches an Erfahrungen hinzu. Erfahrungen potenzieren sich ja. Sie wissen, was ich meine, oder?«

»Ja«, erwidere ich erneut. »Sie wollen mir sagen, dass Sie so lange konspirativ leben und im Zuge dieses konspirativen Lebens geradezu zwangsläufig auch so viele Geheimnisse erfahren haben, dass Sie für manche Menschen unbequem sind.«

»Manche Menschen, oder vielmehr Organisationen von Menschen, betreiben eine Art Amnesie. Gewisse Verbindungen und Zusammenhänge, dies wünschen und betreiben sie, sollen in Vergessenheit geraten. Aber ich vergesse auch nach fünfhundert Jahren nicht.«

»Ein gutes Gedächtnis in Verbindung mit viel Geld«, sage ich mehr zu mir selbst als zu ihm, »das kann natürlich schon sehr gefährlich sein.«

»Verstehen Sie jetzt, warum ich leben muss?« Álvarez blickt mich ruhig abwartend an.

Aber auch ich warte. Seine Antwort kann nur besser sein als meine.

»Ein gutes Gedächtnis in Verbindung mit viel Geld kann sehr viel bewegen. Hin zum Besseren. Nur dafür lebe ich. Lebe ich noch. Das ist die Aufgabe meines Lebens. Um sie immer weiter zu erfüllen, lebe ich weiter und will auch weiter leben, ungeachtet der Tatsache, dass ich gleichzeitig eine andere Sehnsucht habe. Aber nun, nach meinem fünfhundertsten Geburtstag, denke ich, dass ich nicht mehr ganz so viel tun kann. Denn die Zeit läuft mir vielleicht davon. Auch ein Grund, mit Ihnen zu reden.«

»Gibt es noch einen weiteren?«

»Ja, aber den kennen Sie ja schon.«

Am Abend desselben Tages, allein in seinem Zimmer, nun von seinen eigenen Gedanken bestürmt, wählt er schließlich die Nummer der Cohen-SMS, hört statt des Rauschens aber ein dunkles Brummen. Er überlegt, was er dem dahingegangenen Meister noch sagen, summen oder singen könnte. Doch ein geeigneter Nachruf fällt ihm nicht ein. Daher zieht er es vor, das Brummen kommentarlos aufzuzeichnen.

Er geht früh zu Bett, viel zu wach für einen baldigen Wechsel in den Schlaf, und fischt schließlich nach langer Abstinenz den Veroux aus seinem Koffer, liest Seite 538: »Im modernen Europa wurde der Tod mit dem Anbruch der Moderne vollständig aus dem alltäglichen Leben evakuiert. Diese radikale Verbannung markiert den Bruch mit der Sterblichkeit. Es beginnt die Ära der Verheißung auf das ewige Leben.«

VIERUNDDREISSIG

Rund eine Woche würde das Sequenzing laufen und die Computer rechnen, bis ein Resultat zu erwarten war. Der Durchsatz der Analysegeräte konnte unter der Prämisse einer 100-fachen Base um den Faktor 100.000 gesteigert werden, hieß es in der Werbebroschüre. Trotzdem müssten Leseweiten, Bereiche minderer Coverage und Gaps aufwendig einberechnet werden, sodass eine Gesamtsequenzierung für das Screening von verbreiteten Erbkrankheiten für den Alltagsgebrauch noch nicht infrage kam.

An Alltagsgebrauch war er allerdings auch gar nicht interessiert.

Die Kapazität und der Datendurchsatz von Speichermedien wie auch deren Integrationsdichte verdoppelten sich laut mooreschem Gesetz jährlich, was einer Duplizierung der SPEC-Werte entsprach. Die Fortschritte in der DNA-Sequenzierung übertrafen diese ohnehin schon rapide Entwicklung jedoch. Heutige Hochleistungssequenzierungstechnologie lieferte, nicht zuletzt durch Daten-Sharing, innerhalb weniger als der Hälfte der Zeit des Vorjahres ein deutlich schärferes Gesamtbild. So leistete Elysium ToSeq 3.000 bei einer Leseweite von drei mal 100 bp bereits einen Datendurchsatz von 2.000 Gigabyte innerhalb von fünf Tagen. Das weltweit beste Ergebnis für eine Genom-Sequenzierung.

»Vielleicht«, erklärte ihm Dr. Isabelle Rochette vom Elysee-Institut für Humangenetik in Genf, »reicht bei Ihnen aber

Elysium HiSeq 2.500 aus. Das hat immerhin noch eine Leseweite von zwei mal 125 bp und einen Datendurchsatz von 1.000 Gigabyte innerhalb von sechs Tagen und kostet knapp tausend Franken. Was meinen Sie?«

Gar nichts. Und so Einiges. Doch das möchte er ihr nicht verraten. Verzeihung, Verehrteste. Das Gebäude lähmte ihn mit seiner weißen, antiseptischen Präsenz. Die Frau ermüdete ihn mit ihrem ebenso freundlichen wie freudlosen Lächeln. Er hatte die Blutproben dabei, bereits in den Röhrchen von den zwei in der Schweiz gebräuchlichsten Herstellern aufgezogen – und das jeweils in doppelter Ausführung. Gut gekühlt lagerten sie in der Ledertasche, die er sich lässig über die Schulter gehängt hatte, um keinerlei Verdacht zu erregen.

Der Älteste hatte noch am selben Nachmittag eingewilligt, Kala ihm dann sogar bei der Wahl des geeigneten Instituts geholfen. Klar, die Schweiz. Schweizer Uhren, Schweizer Messer, CERN und Elysee, kalte Perfektion bei vergleichsweise laschen Zollkontrollen. Falls er in die USA gewollt hätte, zu Craig Venter ins TIGR Institute for Genomic Research in Maryland, was vielleicht noch besser war, wäre er mit den Proben spätestens kurz nach der Landung gestrandet, wahrscheinlich aber schon vor dem Abflug in Sevilla aufgehalten worden. Landung und Zollabfertigung in Zürich hatten dagegen reibungslos geklappt. Er hätte auch direkt von Sevilla nach Genf fliegen können, aber das wäre nach Meinung des Ältesten eine nicht vertretbare Steigerung des Risikos gewesen.

Nun saß er Dr. Rochette in einem Bauhaussessel aus weißem Leder gegenüber, blickte an ihr vorbei in einen Park, in dem Rehe ästen, nippte zwischendurch an einem Glas Wasser und versuchte die Erklärung, warum er sein Genom so genau wie nach dem aktuellen Stand der Verfahren machbar sequenziert haben wollte, so vertrauenerweckend wie möglich zu formulieren. Eine überflüssige Anstrengung. Frau Doktor Freudlos quittierte seine Darstellung einer sehr seltenen und temporären Augenkrankheit in der Kindheit, das *Dancing Eyes*-Syndrom, mit einem trockenen Niesen und bemerkte: »Ah, OMS,

Opsoklonus-Myoklonus-Syndrom. Hat man bei Ihnen Neuroblastome gefunden?«

»Nein, das Zucken verschwand wieder. Ich glaube, als ich sieben oder acht Jahre alt war.«

Die Ärztin putzte sich die Nase. »Wie alt sind Sie?«

»Vierhundertfünfzig.«

»Wie bitte?« Sie schaut ihn an, als wollte sie eine Fliege von ihrer Nase verscheuchen.

»Vierundfünfzig«, korrigiert er sich.

Die Antwort stellt Dr. Rochette offenbar zufrieden. Sie faltet ihre Hände im Schoß und fährt fort: »Als Sie ein Kind waren, gab es weder einen Namen noch Erkenntnisse zu der Krankheit. Wieso kommen Sie jetzt damit?«

»Es besteht die Möglichkeit, dass ich noch mal Vater werde. Ich möchte wissen, ob ich genetisch belastet bin.«

Die Ärztin grinste: »Verstehe. In dem Fall würde ich auch die beste Methode wählen.«

»Außerdem«, fügte er noch an, »hätte ich gern auch ein möglichst umfassendes Blutbild.«

Rochette nickte. Er musste einige Einwilligungen unterschreiben, auch was den Datenaustausch anging. Eine Helferin erschien, ließ sich seinen Ausweis zum Kopieren geben, verschwand damit, woraufhin eine weitere Helferin kam und ihn in den Raum zum Blutabnehmen führte. Er ließ den linken Arm stechen, um den rechten bei Bedarf frei zu haben.

Kala, der Älteste und er hatten diverse Möglichkeiten durchgespielt, wie der Austausch der Röhrchen zu bewerkstelligen sei. Tatsächlich war alles sehr einfach. Die Helferin zog ein weiß-braunes Serum-, ein orangefarbenes Heparin-, zwei rote EDTA- und ein grün-violettes Citrat-Röhrchen auf. Und, so unglaublich es klingt: verließ das Zimmer.

Einfacher ging es nicht. Innerhalb von einer halben Minute hatte er die Röhrchen ausgetauscht und freute sich über seinen gelungenen Betrug. Kurz darauf kam die Helferin mit einem irgendwie entrückt wirkenden Lächeln zurückgeschwebt, sagte etwas in einem so unverständlichen Schwiizerdütsch, dass er nachfragen musste. Aber das war nur die sehr nette Ermahnung, das Pflaster einige Minuten zum Schutz seines Oberhemdes auf der Einstichstelle zu lassen. Er bedankte sich, nachdem er 1.500 Franken per EC-Karte bezahlt und seine Handynummer hinterlegt hatte, um mit einem mehr als komischen Gefühl das Weite zu suchen.

Noch am selben Abend flog er über London nach Sevilla zurück. Weder auf dem Flug nach Heathrow noch nach dem erneuten Start in Gatwick segelten Becher durch die Luft. In der Höhe von La Coruña schrie ein Kind, aber aus Langeweile, wie er annahm. Einige Reihen vor ihm saß eine jüngere Frau, die sich mehrmals nach ihm umsah. Am Förderband, wo sie offenbar auf ihren Koffer wartete, sah er sie wieder, wollte gerade mit seinem Handgepäck an ihr vorbeigehen, als sie ihn ansprach. Sie kenne ihn aus dem Berliner Verlagshaus, erklärte sie und gab sich als ehemalige Kollegin zu erkennen, mit der er aber nie direkt gearbeitet hatte. Ob er in Sevilla Urlaub machen würde und wie ihm London gefallen hätte? Sie habe ihn sofort im Flugzeug wiedererkannt.

Er bedankte sich für die nette Begegnung, wissend, dass er abgeholt würde. Während er sich zum Gehen wandte, griff sie ihren Koffer und blieb noch einige Schritte an seiner Seite. Doch beim Verlassen des Flughafengebäudes verlor er sie aus den Augen und dachte auch nicht mehr an sie. Auch nicht, als er bei Kala im Auto sitzt und sie ihn fragt, wie die Reise gewesen war.

»Effektiv«, antwortet er.

Eine seltsame Schwere scheint über der Stadt zu liegen, und er versteht nicht, warum. Empfindungen dieser Art sind ja meistens leichter zu benennen als zu begründen. Jedenfalls hat Spanien seines Wissens während seiner Abwesenheit nicht im Fußball verloren. Real Madrid hat auch nicht gegen FC Barcelona gespielt. Weder gab es einen terroristischen Anschlag, noch einen politischen Untergang.

53, 59 und 503 sind die einzigen Edlen rund um die monolithische 500, in der Fünfen vorkommen. Und auf eine Fünf endet überhaupt nur eine, nämlich die Fünf, so gesehen eine ganz besondere Heilige.

»Es liegt so eine Schwere über der Stadt«, bemerkt er. »Gibt es einen Grund dafür?«

»Mein Vater freut sich schon darauf, mit dir zu reden«, erwidert sie.

FÜNFUNDDREISSIG

»Es liegt so eine seltsame Schwere über der Stadt«, sage ich. »Haben Sie vielleicht eine Erklärung dafür?«

Der Älteste zieht ein Lederetui aus der Tasche, öffnet den Reißverschluss und legt es geöffnet auf den Tisch. Der Inhalt erinnert ein wenig an meine homöopathische Reiseapotheke, verrät aber bereits beim ersten Hinblicken eine etwas andere Art der Verwendung: Drei Ampullen aus Glas, mit Pfropfen verschlossen, zwei schmale Röhrchen aus Gold, außerdem eine Rasierklinge, an drei Seiten zur besseren Handhabung in Gold gefasst.

»Die Linien haben sich wieder verschoben«, sagt Álvarez und öffnet eine der Ampullen mit dem Daumennagel seiner rechten Hand.

»Wir müssen uns verändern.« Er klopft mit der Kuppe des Ringfingers leicht und sorgfältig auf den Boden der Ampulle, während er sie gleichförmig über den Tisch bewegt und so zwei perfekte Lines auf den Tisch zieht.

»Ich bin zu lange in der Stadt. Meine Feinde konnten sich formieren. Die Wahrscheinlichkeit, dass sie zuschlagen und uns auch treffen, wächst von Stunde zu Stunde. Wir können nur noch eine sehr kurze Zeit bleiben.«

Mit der Rasierklinge zerkleinert er verklumpte Kristalle, begradigt mit schnellen, eleganten Bewegungen die Lines, nimmt dann einen der goldenen Strohhalme aus dem Etui und saugt eine Line ins rechte Nasenloch, lehnt sich zurück, schließt die Augen und streicht sich mit Daumen und Zeigefinger über die Nasenflügel. Für die zweite Line nimmt er sich etwas weniger Zeit. Einen Moment lang fühle ich mich fast beleidigt, weil übergangen, was bei näherer Betrachtung jedoch unsinnig erscheint, da ich, abgesehen von einer sehr kurzen Phase zwischen neunzehn und zwanzig, keine Drogen nehme. Und schon gar kein Kokain, Amphetamin oder Heroin. Verblüfft bin ich allerdings sehr wohl.

Doch Álvarez wirkt zu beschäftigt, um mein Erstaunen zu bemerken, und redet nun mit erhöhter Geschwindigkeit weiter.

»Mein lieber Freund, man weiß, dass Sie in der Schweiz waren, jedoch nicht zu welchem Zweck. Man weiß von diesem Haus, aber ziemlich sicher nichts vom Refugium. Man hat wahrscheinlich eine grobe Vorstellung davon, wie viel ich besitze, kennt aber nicht die Fonds, Konten und Mittelsleute dazu. Sie beobachteten uns, um weitere Kenntnisse zu erlangen. Sie kreisten uns ein und rücken näher. Nun stehen sie beinahe am Tor, bereit, mit Gewalt einzudringen, denn ich habe alle Versuche einer gütlichen Einigung ignoriert. Das ist ihre Methode. Sie nähern sich freundlich und packen dann mit aller Härte zu. Seitdem Sie jedoch in der Stadt sind, kommen sie schneller und aggressiver näher. Sie wissen nun, dass sie nicht mehr lange Zeit haben. Das bestärkt sie in ihrer Entschlossenheit. Sehr bald werden sie mit allen Möglichkeiten einzudringen versuchen. Ihre Radikalität kennt keine Grenzen. Welche Möglichkeit sie auch sehen, sie werden sie ergreifen.«

Santos erscheint fast unhörbar im Studio, stellt eine Karaffe mit Wasser und Gläser vor uns ab, wischt die Reste des Pulvers vom Tisch, verstaut die Ampulle, das Goldröhrchen und die Klinge wieder im Etui, steckt es in die Hosentasche, um dann den Raum, so leise, wie er gekommen ist, wieder zu verlassen, jedoch Minuten später erneut aufzutauchen. Diesmal mit einer Flasche Rotwein, dessen Etikett nur noch als Restfetzen unleserlich auf der Flasche klebt, und einer weiteren Karaffe mit dem dekantierten Inhalt der Flasche.

»Möchten Sie?«, fragt Álvarez, begutachtet die leere Flasche, riecht an dem herausgezogenen Korken, hält dann die Karaffe gegen das Licht und schenkt mir ein, als ich nicke.

Er weiß, wie barbarisch er sich verhält, als er das Glas mit einem Schluck zur Hälfte leert, aber es ist ihm egal. »Wer sind diese Leute, von denen Sie gerade gesprochen haben?«, fragt er in der Hoffnung, nun eine genauere Antwort zu erhalten.

»Nachkommen von Nachfahren, deren Vorfahren schon meinten, dass ich ihnen etwas schulden würde, weshalb die Nachkommen nun meinen, dass ich ihnen noch mehr schulde.«

»Also nicht Mitglieder einer eigenen, und sei es früheren Familie?«

»Nein, die Neider aus dem eigenen Stall konnte ich vor hundertfünfzig Jahren hinter mir lassen. Sie sind ganz einfach auf natürliche Weise ausgestorben. Geblieben ist ein Klan, der sich an eine Überlieferung hält. Immer wieder gelingt es ihnen, mir auf die Spur zu kommen. Der Text in der Zeitung hat sie natürlich noch direkter zu mir geführt.«

»Können Sie mir Namen nennen?«

»Was nützen Ihnen Namen? Sie haben einige dieser Leute bereits erlebt. Und werden Sie womöglich noch näher kennenlernen. Geduld, mein Freund. Unheil nähert sich meistens schneller, als man will.« Der Älteste hält inne, blickt ihn abwartend an. »Doch nutzen wir die Zeit nun für weitere Fragen. Sie haben doch sicherlich noch welche.«

Weil er aus den letzten Sätzen heraushört, dass Álvarez mit weiteren Fragen eigentlich andere meint, baut er den Rekorder auf, schaltet auf Aufnahme, inspiziert vorsorglich die Statusleuchte und sagt dann in das blinkende Licht hinein: »Sie nehmen Drogen. Würde man von einem Fünfhundertjährigen eigentlich nicht erwarten.«

Álvarez lächelt, wie erleichtert von der Wendung des Gesprächs, was angesichts des Themas ja eigentlich nicht zu erwarten ist: »Habe damit auch erst vor knapp achtzig Jahren angefangen. Kokain kann hilfreich sein, wenn ich wichtige Entscheidungen treffen muss.«

»Woher wussten Sie, dass ich keine Drogen nehme? Sie haben mir ja nichts angeboten.«

»Ich wusste es nicht. Aber Sie sind einfach zu jung dafür. Warten Sie, bis Sie neunzig sind. Wenn Sie es dann immer noch wollen, dann würzen Sie Ihr Alter damit. Das ist meine Empfehlung an Sie.«

Der Gast muss lachen bei dieser Ermahnung. Der Inbegriff moderner politischer Korrektheit. Klar, Leute, könnt ihr Drogen nehmen. Heroin, Kokain, Speed, Chrystal Meth, LSD, egal was, aber bitte erst mit neunzig, denn vorher seid ihr einfach zu unreif dafür. Wenn er je wieder in Berlin sein sollte, beschließt er in diesem Moment, wird er sich ein Schild mit dem Text um den Hals hängen und sich damit ans Kottbusser Tor stellen. Wieso ist er eigentlich nicht schon vorher da draufgekommen? Das löst die Drogenprobleme dieser Welt. All diese vorpubertären Konsumenten – nicht reif für den Rausch. Erst kurz vor hundert kann man sich so was leisten. Muss unbedingt Elmang fragen, wie er drogentechnisch so drauf ist.

Der Älteste ignoriert seinen Heiterkeitsausbruch und redet mit ruhiger Stimme weiter: »Wer zu jung ist für die Begegnung mit den Dämonen, der wird von ihnen zermalmt. Für Drogen jeglicher Art braucht man Reife. Bei mir hat es ja auch einige Jahre gedauert.«

»Sind Sie nie von irgendetwas abhängig geworden?«

»Doch, natürlich. Ich war abhängig von der Liebe zu Frauen, zu meinen Kindern. Inzwischen habe ich eine größere Freiheit erlangt. Doch übrig geblieben ist Unfreiheit gegenüber meiner Aufgabe. Ich fühle mich dazu bestimmt, sie zu erfüllen. Ich darf sie nicht ignorieren. Das klingt wahrscheinlich seltsam in Ihren Ohren. Meine Bestimmung hat etwas Zwanghaftes, denn sie zwingt mich zu meiner Aufgabe. Aus diesem Karussell gibt es kein Entkommen. Diese Abhängigkeit wiegt schwerer als jede zuvor und schmerzt am meisten. Darin bin ich gefangen. Aber Substanzen? Nein. Ich trinke sporadisch, rauche sporadisch und nehme sporadisch Kokain.«

»Würden Sie sagen, dass Sie ein gesundes Leben führen?«

»Das einzig Ungesunde an meinem Leben ist seine ungesund lange Dauer. Doch Verkürzen ist, wie ich Ihnen schon erklärt habe, nicht möglich. Abkürzungen sind aus den genannten Gründen für mich verboten. Mein Leben will vollständig zu Ende gelebt werden.«

»Sie reden wie ein Buddhist«, kommentiert der Gast. »Auch die Buddhisten meinen, das Leben solle ganz gelebt und ausgelebt werden. Nur aus der gelebten und erlebten Fülle erwachse die Reifung für die nächste Ebene, nämlich die Erleuchtung und damit Erlösung aus dem Rad der Wiedergeburt. Glauben Sie an Karma?«

»Jedenfalls weiß ich von den Auswirkungen meines Handelns. Selbst meine Gedanken haben eine Wirkung. Wenn Sie fünfhundert Jahre gelebt haben, hatten Sie genug Zeit, um sich mit den Gesetzen von Ursache und Wirkung vertraut zu machen. Bewusstsein und Bewusstheit sind für mich das Wichtigste.«

»Steht der Gebrauch von psychisch wirksamen Substanzen nicht im Widerspruch zu einem bewussten Sein?«

»Für Sie? Ja. Für mich? Nein. Ich lebe lange genug, um diese Konsequenzen überblicken zu können. Ich lebe lange genug, um zu wissen, was Achtsamkeit ist. Ich habe auch keinen Bedarf an Menschen, die mir sagen, was ich brauche und was nicht, was ich tun und was ich lassen soll. Ich brauche Menschen, die auf meiner Seite sind, mich darin unterstützen, meiner Bestimmung zu folgen und meine Aufgabe zu erfüllen.«

»Sagen Sie mir bitte noch einmal ganz genau, welche Aufgabe das ist.«

»Ich habe es Ihnen noch nicht gesagt«, erwidert der Älteste mit glänzenden Augen.

»Sie haben gesagt, ein gutes Gedächtnis in Verbindung mit viel Geld könne sehr viel bewegen, hin zum Besseren. Dafür würden Sie leben.«

»Ah«, sagt Álvarez und schaut mit starrem Blick durch mich hindurch. »Sie denken, ich bin das, was man heute einen Gutmenschen nennt. Richtig?«

»Nein«, sagt der Gast und muss lachen, »ich denke eher an einen Philanthropen ganz alter Schule. Womöglich mit einem über die Jahrhunderte gewachsenen Helfersyndrom.«

»Könnte sein, dass Sie sich irren. Denn so nett bin ich auch wieder nicht.«

»Wenn Sie nicht so nett sind, was sind Sie dann?«

»Vor allem ziemlich gut informiert. Und das nicht erst seit gestern.«

»Und was tun Sie mit Ihren guten Informationen?«

»Wie Sie schon bemerkt haben, bewahre ich sie, indem ich versuche, am Leben zu bleiben.«

»Und?«, fragt der Gast.

»Touché! Sie haben recht. Es gibt noch etwas.« Álvarez lächelt. Seine Pupillen haben fast die Größe der Iris erreicht; sie scheinen leuchtende Schwärze zu verströmen. Die Gedanken des Gastes taumeln in zwei Tunnel. Er hört metallische Klänge wie von läutenden Glocken.

Doch dann schließt Álvarez die Augen und lässt ihn los. »Ich möchte …«

Er möchte auch etwas: den Ältesten verstehen. Ja, das möchte er wirklich. Aber das Gegenteil scheint der Fall. Je länger er ihn kennt, umso rätselhafter erscheint er ihm. Tatsächlich geht ihm das ja mit allem so. Die Rätsel der Welt vermehren sich auf eine rätselhafte und gespenstische Weise. Allerdings hatte er gehofft, durch die Begegnung mit dem Ältesten würden sich einige der übrigen Rätsel auflösen. In Wahrheit ist in seiner Gestalt ein weiteres hinzugekommen. Sitzt nun vor ihm und erklärt sich. Bereitwilliger, als er zu hoffen gewagt hatte. Doch seine Erklärungen lassen den Ältesten nur noch rätselhafter erscheinen.

»Ich möchte«, wiederholt Álvarez und reißt die Augen wieder auf, »dass mein langes Leben …«

»… nicht umsonst ist?«

»… dass ich dadurch etwas bewegen kann, was mir sehr, sehr wichtig ist.«

»Sie machen es aber spannend«, erwidert der Gast. »Darf man fragen, wen oder was Sie bewegen wollen und wohin?«

»Sie werden sehen«, antwortet der Älteste. »Es ist besser, wenn Sie es sehen, denn dann werden Sie es auch verstehen.«

»Sie wollen mir also nicht verraten, wie Sie die Welt zu verbessern gedenken?«

»Ich habe nicht gesagt, dass ich die Welt verbessern will, denn vielleicht möchte die Welt keine Verbesserung.«

»Aber will das nicht im Grunde jeder, die Welt verbessern? Über das Wie herrscht Uneinigkeit und Streit. Daraus ergeben sich womöglich die aktuellen Irrtümer.«

Der Älteste schüttelt den Kopf. »Nein, da bin ich anderer Meinung. Einige wollen vielleicht eine bessere Welt, aber nur für sich selbst, und dafür nehmen sie eine Verschlechterung für alle anderen in Kauf. Manche wollen alles für sich und nichts für die Übrigen. Die Mehrheit wünscht vielleicht sogar eine Verbesserung für alle, hat aber eigentlich keine Idee, wie das zu machen ist. Dafür aber jede Menge moralische Anmerkungen, die eine Idee vorgeben, wo keine ist.«

»Und Sie können das beurteilen?« Bei allem Respekt, denkt er, fügt es aber nicht hinzu.

»Wer, wenn nicht ich?«, entgegnet Álvarez und lässt seinen Blick auf dem Gegenüber ruhen. »Ich bin der Älteste, auch der Älteste der Alten. Mein Wissen ist meine Aufgabe. Und meine Bürde. Begreifen Sie?«

Ja, langsam immer mehr, denkt er in diesem Moment.

»Ich könnte rufen, kommt alle her, ihr Feinde«, erklärt Álvarez, »erschießt mich und vernichtet mein Gedächtnis und mein Wissen. Nehmt mir all mein Geld ab und sorgt auch dafür, dass ich bald vergessen werde. Ihr tut mir einen Gefallen. Mein Dasein ist schon lange eine Last für mich. Ich hungere nach Erleichterung. Also bloß weg damit.« Der Älteste senkt den Kopf und schaut ihn aufblickend an. »Es wäre ein Leichtes, diesem Pfad zu folgen. Glauben Sie, dass die Angst vor dem Sterben mich davon abhält?«

»Nein«, antwortet er. »Ich denke, so gut kenne ich Sie inzwischen.«

»Sehr gut«, sagt Álvarez, »dann haben Sie immerhin etwas verstanden.«

Ein Gefühl von Schwindel in seinem Kopf. Er fühlt sich wie ein kleiner Junge, der in einer Vollmondnacht heimlich aus einem Fenster gekrabbelt ist, um einen Freund zu treffen. Nachdem sie einige Abenteuer der Nacht genossen haben, liegen sie schwer atmend nebeneinander auf einer Wiese und blicken in den wolkenlosen Himmel. Über ihnen der Mond, in dem man mit bloßem Auge ein Gesicht erkennen kann, die Milchstraße, einige sehr helle Sterne und Satelliten, die auf geraden Bahnen kreuzen. Vielleicht hoffen beide darauf, Sternschnuppen zu sehen. Doch dann sagt der eine: »Mein Opa ist vorletzte Woche gestorben und nun da oben.«

»Vielleicht kann er uns sehen«, sagt der andere.

»Glaube ich nicht«, erwidert der erste Junge.

»Warum«, fragt der zweite, »wenn er doch jetzt im Himmel ist?«

»Weil er um die Zeit immer schläft«, antwortet der erste.

»Ich glaube, im Himmel schläft man nicht«, sagt der zweite.

»Du meinst, da ist man immer wach?«

»Ja. Und man hat wahnsinnig viel Zeit.«

»Ich hätte auch gern so viel Zeit«, sagt der erste Junge nach einer Weile des Schweigens. »Ich möchte nie mehr ins Bett gehen und schlafen müssen.«

»Ja«, bekräftigt der zweite. »Wach sein ist wunderschön.«

»So wach sein wie jetzt«, sagt der erste, »möchte ich von nun an immer.«

Der erste Junge war sein Freund Gerson gewesen, der zweite er selbst. Damals war das Leben noch so jung und unbekannt, dass es umso schöner war, altklug darüber zu reden. Einige Wahrheiten jener Jahre führten auf Abwege, andere verleiteten zu grobem Unfug.

Gerson entwickelte einige Wochen nach ihrem nächtlichen Ausflug eine sonderbare Angst vor dem eigenen Spiegelbild. Es begann, so hat er es jedenfalls berichtet, eines Abends beim Zähneputzen. Als er damit fertig gewesen sei und den Kopf gehoben habe, hätte er im Spiegel in die eigenen Augen geblickt.

»Was hat dir dabei denn Angst gemacht?«, fragte er daraufhin seinen Freund. »Ich sehe mir ständig im Spiegel in die Augen.«

»Weiß nicht«, antwortete Gerson und sah zu Boden dabei. »Ich glaube, es war die Macht, und ich habe sie erkannt.«

»Was für eine Macht denn?«, fragte er weiter, sehr interessiert.

»Weiß nicht«, echote Gerson, immer noch zu Boden blickend. »Ich glaube, die Macht meiner Möglichkeiten.«

Vielleicht, so denkt er heute, hat Freund Gerson damals schon seinen eigenen Tod gesehen.

Manche Menschen erlauben sich Abkürzungen, die für andere unter allen Umständen zu vermeiden sind. Und die Macht des Blickes hat er inzwischen ja durch den Ältesten auch schon mehrfach erlebt. Nur im Hinblick auf den eigenen im Spiegel ist ihm bisher noch nichts Ungewöhnliches aufgefallen.

Ich schaue den Ältesten mit der Absicht an, mich in seinem Gesicht wie in einem Spiegel zu sehen. Doch es gelingt mir nicht.

»Glauben Sie an das ewige Leben?«, frage ich fahrig, mich plötzlich an die letzten im Veroux gelesenen Sätze erinnernd. Auch die Sache mit den Glasmumien fällt mir wieder ein.

Álvarez schaut mich mit seinen vergrößerten Pupillen an. Wieder berührt er mich. Etwas in mir beginnt zu vibrieren und dann zu zittern. Doch diesmal ist es nur mein linkes Bein und die Erwartung weiterer Seltsamkeiten.

»Das habe ich Ihnen schon gesagt«, erwidert er. »Auch das fürchte ich.«

Was fürchte ich? Schon im Anflug auf Sevilla hatte ich gespürt, dass etwas in der Luft lag. Beim Auschecken verstärkte sich der Eindruck, nur kurzzeitig gemildert durch die Ablenkung bei der Begegnung mit der Frau, die ich als anziehend wahrgenommen hatte.

Aber vielleicht, so denke ich jetzt, ist sie Teil des Problems.

Kala hatte auf dem vereinbarten Platz in einem der BMWs auf mich gewartet. Sehr erwachsen geschminkt und in ein dunkelblaues Kostüm gekleidet, was sie tatsächlich ein Jahrzehnt älter erscheinen ließ. Beim Einsteigen musste ich gegen den Impuls ankämpfen, sie zu bitten, mir ihren Führerschein zu zeigen. Als ich dann doch kurz davor war, diesem Impuls zu folgen, verwarf ich die blödsinnige Idee allerdings im selben Moment wieder, obwohl ich, verständlicherweise, schon sehr neugierig darauf war. Erst als sie den Motor beim ersten Startversuch abwürgte und wütend gegen das Lenkrad schlug, begriff ich, wie nervös sie eigentlich war.

Sie verließ das Flughafengelände mit leicht überhöhter Geschwindigkeit, fädelte sich aber fast betont langsam in den Verkehr in Richtung Stadtzentrum ein. Bemüht ruhig hatte sie mich nach dem Verlauf meiner Reise gefragt, nach meiner knappen Antwort aber auch nicht weiter nachgefragt und auch meine Frage zur seltsamen Stimmung in Sevilla unbeantwortet gelassen.

Als wir die Bueno Monreal passierten, bemerkte ich eine Kolonne von Polizeifahrzeugen. Die Beamten lehnten in schusssicheren Westen an den geöffneten Türen und rauchten. Eine Gruppe kühlte die Füße im Brunnen. Ein Bild der Entspannung in der Anspannung. Die Frau aus dem Flugzeug fiel mir wieder ein, doch erzählte ich Kala nicht von ihr. Die Begegnung erschien mir zu marginal.

Während wir am archäologischen Museum mit seinem sehr schönen Park vorbeifuhren und uns in Richtung Plaza de España wandten, erkannte ich den Anlass des Polizeiaufgebots, nämlich eine Fahrraddemonstration. Ich entspannte mich ein wenig.

»Vielleicht habe ich mir eine Schwere in der Stadt doch nur eingebildet«, sagte ich, bekam aber auch darauf keine Reaktion. Gern hätte ich mich mit Kala unterhalten, an ihrer Haltung hinter dem Steuer sah ich jedoch, dass sie keine weitere Ablenkung wünschte.

Als wir in den Kreisverkehr der Avenida Carlos V einbogen, sah ich plötzlich die Frau aus dem Flugzeug, die ihren Rollkoffer zog. Sie blickte in unsere Richtung, möglich, dass sie mich in diesem Moment im Auto wiederentdeckt hatte.

»Die Frau mit dem Koffer saß mit mir im Flugzeug«, sagte ich daraufhin zu Kala. »Bei der Ankunft haben wir kurz geredet. Eine ehemalige, entfernte Kollegin.«

Jetzt reagierte Kala mit einem kaum sichtbaren Zucken des

rechten Mundwinkels auf meine Erklärung, fragte jedoch wieder nicht nach.

All dies berichte ich Álvarez nun.

Darauf er: »Ihre Bekannte gehört zur gegnerischen Seite, das ist vollkommen klar für mich. Konnten Sie sich bereits an sie erinnern, als sie sich im Flugzeug nach Ihnen umgedreht hat?«

»Nein«, erwidere ich. »Erst als sie mir erzählte, sie sei eine Kollegin und habe in der Nachbarredaktion im Kulturressort gearbeitet, kam sie mir irgendwie bekannt vor.«

»Sehen Sie, verehrter Freund, so funktioniert Manipulation. Eine fremde Frau, jemand, den Sie in Wahrheit nicht kennen, dem Sie tatsächlich noch nie begegnet sind, spricht Sie an, gibt vor, Sie über die Arbeit zu kennen, erzählt Ihnen von sozialen und kulturellen Berührungspunkten, und schon sind Sie geneigt, ihr zu glauben, und füllen die Lücken in ihrer Erinnerung mit nachträglicher Erfindung. Geschichten, die an Geschichten anknüpfen, Wahrheit vorgeben, doch in Wahrheit erfunden sind. So funktioniert Geschichtsschreibung. Plötzlich glauben Sie die Lüge. Was haben Sie ihr erzählt?«

»Nichts. Sie hat aber auch nicht gefragt. Weil ich wusste, dass Kala wartet, beeilte ich mich sehr beim Verlassen des Flughafengebäudes. Wahrscheinlich konnte sie nicht mit mir Schritt halten und hat mich ganz einfach verloren. Sie hatte ja einen großen Koffer dabei.«

Nun wirkt Álvarez tatsächlich besorgt. »Es ist noch dringender, als ich bislang dachte.«

»Hin bin ich genau so gereist wie von Ihnen vorgeschlagen. Mit dem Hochgeschwindigkeitszug nach Madrid.«

»Auffälligkeiten auf dem Bahnhof Atocha?« Der Älteste will es genau wissen.

»Die Bäume unter der Kuppel wirkten vertrocknet. Aber nein, niemand ist mir gefolgt.«

»Und am Golfklub von Bajaras haben Sie das Taxi zum Flughafen gewechselt?«

»Auch das, genau wie besprochen. Allerdings hätte ich von da aus auch zu Fuß zum Flughafen laufen können.«

»Wäre zu auffällig gewesen. Und am Flughafen von Madrid?«

»Nichts. Eingescheckt, den Koffer mit den Röhrchen problemlos direkt bis nach Zürich aufgegeben. Eine Stunde Wartezeit auf dem Flughafen Charles de Gaulle. In der Zeit gelesen, nichts Bemerkenswertes, Abflug Zürich, halb leeres Flugzeug, nach der Landung mit dem Taxi zum Bahnhof, zwanzig Minuten in der Halle bis zur Abfahrt des Zuges nach Genf.«

»Sind Sie angesprochen worden?«

»Nicht in auffälliger Weise.«

Der Älteste scheint zufrieden mit den bisherigen Ausführungen. »Was haben Sie mit den übrig gebliebenen Röhrchen und meinem Blut gemacht?«

»Vernichtet, wie von Ihnen verlangt.«

»Und die Rückflüge?«

»Von Genf nach Heathrow, ruhig, nur Geschäftsleute.« Ich schließe kurz die Augen, um mich besser zu erinnern. »Ins Taxi nach Gatwick. Der Fahrer war ein Asiate, Chinese wahrscheinlich, denn über seiner Windschutzscheibe klebte ein Foto vom Eingang zur Verbotenen Stadt in Peking.«

»Ungewöhnlich«, erklärt Álvarez. »Chinesische Taxifahrer sind in London selten. Erzählen Sie weiter.«

»In Gatwick fast zwei Stunden Wartezeit. Burger gegessen, Kaffee getrunken, gelesen. Die Abflughalle voller Touristen. Keine besonderen Vorkommnisse. Der Rückflug nach Sevilla dann ausgebucht. Sonst nichts Bemerkenswertes. Bis auf die Frau.«

»Dann«, sagt Álvarez nach einer Weile stillen Nachdenkens, »ist die Verbindung nach Genf vielleicht noch nicht hergestellt. Sicher können wir aber nicht sein, müssen uns also bewegen. Bereiten Sie sich vor. Gleich morgen früh brechen wir auf.«

SECHSUNDDREISSIG

Kala steht mit einem Rucksack in der Tür. »Für dich«, sagt sie und wirft ihn quer durch den Raum auf sein Bett. »Deinen Koffer sollst du hierlassen. Zu unhandlich. Nimm nur das Nötigste mit. Kannst du in einer halben Stunde bereit sein?«

37, 47, 67, 71. Zur Not würde er es auch in siebzehn Minuten schaffen. Doch das sagt er ihr nicht. Der Rekorder muss mit. Veroux auch. Der Rasierapparat nicht. Duschgel dürfte auch verzichtbar sein. Hemden zum Wechseln nicht. Das zweite Paar Schuhe muss er ebenfalls zurücklassen.

Trotzdem braucht er länger als gedacht. Schließlich treffen sie sich vorm Fahrstuhl. Zu viert, erwartet er, doch Jal Santos wird bleiben.

Seltsam, denkt er, fragt aber nicht nach. Als der Fahrstuhl sich in Bewegung setzt, überkommt ihn eine merkwürdige Empfindung. Er hat das Gefühl, ins Bodenlose zu sinken, in einen Abgrund zu schweben. Für den Bruchteil einer Sekunde sieht er das entsprechende Bild vor seinem geistigen Auge.

Álvarez spricht mit Kala in einer unverständlichen Sprache, wahrscheinlich nicht Romanes, denn keines der Worte kommt ihm bekannt vor, selbst der Sprachklang insgesamt erscheint ihm fremd.

»Wi jer se tepa!«, sagt sie mit erhobener Stimme zu ihrem Vater.

Der schüttelt als Antwort nur den Kopf. »Sifu!« Spuckt das Wort geradezu aus.

»Chemlo derro se mer«, erwidert sie, lächelt.

»Ho«, antwortet der Älteste, die Stimme leicht erhoben, schüttelt dann wieder den Kopf.

Seine mangelnde Sprachbegabung hat ihn immer wieder in unbequeme Situationen gebracht, zum Glück aber noch nie in Gefahr. Beide bemerken sein Unwohlsein und wechseln ins Spanische.

»Mierda!«, flucht der Älteste mit ruhigerer Stimme, »sie sind schon an der Tür.«

»Bibaxtalo, zwei Männer und eine Frau«, bestätigt Kala und hält dem Gast ihr Smartphone hin.

Er erkennt sofort die Frau vom Flughafen und einen der drei Männer aus dem Restaurant.

»Schau dir genau an, wie sie dastehen«, sagt Kala. »Beiläufig und natürlich wie ein Reinigungstrupp. Sie haben sogar Eimer und Besen dabei. Doch zum Reinigen sind sie sicherlich nicht gekommen.«

»Wozu sind die dann gekommen?«, fragt er.

»Um uns die Hölle heiß zu machen.« Álvarez lächelt. »In ihren Eimern haben sie alles dabei, was man so braucht, um Informationen aus Menschen herauszuquetschen. Sie sind bestens geschult für diese Aufgabe, aber sie erwischen uns nicht unvorbereitet. Das ist unser Glück. Für dieses Mal bleibt es bei einem vergeblichen Besuch.«

»Was wird Jal Santos tun?«, fragt er weiter.

»Sie hereinbitten«, antwortet Kala.

»Und sie ins Leere laufen lassen«, beendet der Älteste ihren Satz.

»Wird es für ihn gefährlich werden?«

»Nein«, sagt Kala. »Jal weiß, was zu tun ist.«

In der Garage brennt Licht. Aber sie ist leer, keines der Autos steht da. Kala hebt abwehrend eine Hand. Er verkneift sich seine Fragen, während sie mit geschmeidigen Bewegungen vorauseilt. Auch Álvarez ist schneller als er. Sie biegen in die Auffahrt, was für ihn keinen Sinn ergibt. Bis Kala eine Tür an der rechten Seiten der Rampe öffnet. Er ahnt, wohin das führen wird. Darf er sagen, dass ihm solche Wege inzwischen widerstreben? Ende der Diskussion. Er hat keine Wahl. Der Älteste wartet, also schlüpft er an Álvarez vorbei. Hinter ihm schließt sich die Tür, Dunkelheit umfängt ihn und gleich wieder Licht. Wie zuvor hält Kala eine Taschenlampe in der Hand. Er hört metallisches Knirschen, als Álvarez hinter ihnen zuschließt, blickt sich aber nicht um, sondern folgt Kala und dem zitternden Lichtkegel wie schon einige Tage zuvor. Der zunächst leicht abschüssige Weg ist so eng, dass sie hintereinander gehen müssen.

Manchmal spürt er den Atem des Ältesten im Nacken. Sie gehen sehr schnell. Der Rucksack ist viel bequemer als der Koffer, allerdings drücken die Gurte in die Schultern und ein Schweißfilm bildet sich auf seinem Rücken. Er muss mit dem Blick auf den Boden gerichtet gehen, ständig in Angst zu stolpern. Einmal wäre er beinahe gefallen, doch der Älteste packt ihn gerade noch rechtzeitig an der rechten Schulter. Die Luft ist schwer und riecht abgestanden. Er hat zunehmend Schwierigkeiten zu atmen. Weder Kala noch Álvarez scheint das etwas auszumachen. Inzwischen ist er lauter als seine Begleiter und muss immer wieder zum Verschnaufen anhalten.

»Weiter«, mahnt Kala mit gepresster Stimme.

Er spürt, wie seine Stimmung in den Keller geht.

Jal weiß, was zu tun ist, hatte Kala erklärt. Was ist zu tun? Er hat tatsächlich nicht die geringste Ahnung. Um gute Manieren wird es dabei jedenfalls nicht gehen. Der Abstieg in den Untergrund, aus welchen gegebenen Gründen auch immer, erscheint ihm zunehmend unattraktiv. Langsam bekommt er Seitenstechen und verflucht zum hundertsten Mal seine Unsportlichkeit.

Der Älteste und seine Tochter haben nach seiner gegenwärtigen Kenntnis kein bequemes Leben. Offenbar gehen sie mit Unbequemlichkeiten jedoch anders um als er. Er möchte anhalten und lamentieren. Ob sie ihn dann zurücklassen würden? Wahrscheinlich, was bliebe ihnen auch anderes übrig?

Also keucht er weiter, hinter sich den ruhigen Atem des Ältesten, und fragt sich schnaufend, ob ein bequemes Leben womöglich zu vorzeitiger Alterung und Tod führt. Wieder eine Treppe, diesmal steil hinab, mit glitschigen Holzstufen.

»Gib acht«, sagt Kala. »Ich will nicht, dass du fällst und mich runterreißt.«

»Danke«, ächzt er und verlangsamt das Tempo. Offenbar auch Álvarez hinter ihm, denn sonst wäre er in ihn hineingelaufen.

Was zu tun ist … Er wüsste auch gern, was zu tun ist. Wenn er ehrlich ist, wusste er das in seinem gesamten bisherigen Leben noch nie so genau. Er hat Dinge getan, in der Hoffnung, dass sie sich als richtig erweisen würden. Sehr oft war das nicht der Fall gewesen. Dann hatte er vor dem Scherbenhaufen seiner versammelten Irrtümer gestanden und sich nachdenklich am Kopf gekratzt. Was ist zu tun? Ist was zu tun? Zu tun ist was?

Gute Frage. Vor allem in der gegenwärtigen Situation. Mitreißend, wie sie ist.

Die Vereinbarung wird weitreichende Konsequenzen für sein zukünftiges Leben haben, wenn sie denn wirklich mit den angekündigten weitgreifenden Konsequenzen für alle Beteiligten umgesetzt wird. Noch klingt das Gespräch darüber irgendwie märchenhaft in seinen Ohren nach. Vielfach hatte er daran gedacht, doch wirklich darüber nachdenken und die möglichen Auswirkungen auch auf sein Leben bedenken, das konnte er nicht. Vielleicht fehlte die Zeit dazu. Wahrscheinlich ist er den Gedanken dazu bisher ausgewichen. Vielleicht, weil es sinnlos ist, über Dinge nachzudenken, deren Auswirkungen so fremdartig und extrem erscheinen, dass sie mit dem Kontext des Bekannten überhaupt nicht einzuordnen sind. Vielleicht auch, weil er zu bequem ist, um über unbequeme Fragen lange nachzugrübeln. Vielleicht … Ganz gewiss muss man für einen derartigen Schritt höchstwahrscheinlich alles Bekannte und Vertraute, alle Gewohnheiten und erprobten Verhaltensmuster über den Haufen werfen, weil ein vollständig neues Kapitel beginnt. Und vielleicht hatte dieses Kapitel längst begonnen. Und er bildete sich nur ein, noch eine Wahl zu haben.

Momentan hat er jedenfalls keine. Immer wieder drängt ihn Kala zur Eile, ohne irgendein erkennbares Zeichen eigener Schwäche. Der Gang ist nun so eng, dass er sich mit den Händen von den Wänden links und rechts abstoßen kann. Er spürt eine klebrige, schlüpfrige Nässe in seinen Händen, und ihm fällt auf, dass seine Handflächen klebrig werden. Plötzlich riecht er Aasgeruch, hört, wie der Älteste hinter ihm schnaubt, offenbar auch wenig begeistert. »Hier müssen Ratten verendet sein«, hört er Kala vor sich sagen. »Jetzt noch der Abstieg, dann sind wir so gut wie da.«

Was sie mit »Abstieg« meint, erkennt er wenige Minuten später, als sie an einem Sockel mit einem Absatz landen. Kala weist ihn an, über den Absatz zu blicken. Dahinter geht es über eine weitere Treppe steil nach unten. Ein Ende der Treppe ist im Licht der Lampe allerdings nicht sichtbar.

»Wir kennen den Weg«, erklärt sie. »Du nicht. Wir bitten dich daher, voranzugehen. Langsam, achtsam. Die Treppe führt tief hinab. Es geht nur so, dass ich von hier oben leuchte, denn du brauchst beide Hände, um dich festzuhalten. Wir können auch nicht riskieren, dass du die Lampe verlierst. Geh langsam, damit du auch mit dem wenigen Licht auskommst. Dann werden sich deine Augen an das wenige Licht gewöhnt haben, wenn du schließlich ans Ende der Treppe kommst. Warte dort unten auf uns. Gehe auf keinen Fall weiter. Bleibe ruhig. Habe keine Angst. Wir folgen dir gewiss. Doch bevor wir gehen, werden wir das Licht löschen. Wir können uns in der Dunkelheit sicherer bewegen. Verhalte dich also still, sobald das Licht erlischt. Du könntest Furcht bekommen, glauben, wir würden dich dort unten allein zurücklassen wollen. Doch du wirst erleben, dass wir zu dir kommen. Aber du musst unbedingt ruhig bleiben und still auf uns warten. Wirst du das können?«

Im Refugium und dann im Raum der Stille darunter hatte er gedacht, tiefer in den Abgrund der Seele könne es kaum gehen, schlimmer werde es nicht kommen. Falsch gedacht.

Jerome Samu, ein Schamane aus Algerien, veranstaltete in den Katakomben von Florenz Darkness-Retreats. Nicht 49 Tage lang wie bei der Dunkeltherapie, sondern nur 78 Stunden. Allerdings war man während der drei Tage dort unten vollständig allein, ausgerüstet nur mit etwas Nahrung und sehr viel Wasser, während die »Dunkeltherapie« für Gruppen gedacht war, man also gemeinschaftlich in Lichtlosigkeit ausharrte. In der unterirdischen Eremitage im Zuge des Darkness-Retreats war man hingegen lediglich in der womöglich sehr finsteren Gesellschaft der eigenen sinistren Gedanken. Eine Vorstellung, die ihm damals sehr abstoßend erschienen war. Eine Bekannte hatte versucht, ihn zur Teilnahme zu überreden. Wahrscheinlich hätte sie ihn gern in der Nachbarkatakombe gewusst. Als er immer weiter zögerte, hatte sie sich allein bei Samu angemeldet. Und dann ziemlich schnell wieder abgemeldet. Es hieß, manche Teilnehmer hätten Psychosen entwickelt, weswegen der Schamane das Retreat auch nur kurze Zeit angeboten hatte. Auch er ein Psychologe, angeblich mit einem abgeschlossenen Studium in Lyon, der vor allem mit geführten Drachengängen über glühende Kohlen seinen Lebensunterhalt bestritt.

Die Zahlen 31, 331, 3331, 33331, 333331, 3333331, 33333331 sind Edle. Doch auf die Fortsetzung der Reihe ist kein Verlass. 333333331 ist eine Scheinheilige, denn sie ist durch 17 teilbar, und wenn man auf sie trifft, tut sich plötzlich ein Abgrund auf.

Jetzt, so sein Gefühl, wird er direkt in die Hölle steigen, tief hinunter in den Hades. Und obwohl er in Gesellschaft ist, das eigentliche Darkness-Retreat tatsächlich vor Tagen ohne erkennbaren psychischen Schaden hinter sich gebracht hat und ihm rational betrachtet auch keine Dunkeltherapie droht, fällt ihm der Schamane ein und er fühlt Angst, Angst im Bauch, Angst im sich zuschnürenden Hals. Die Angst, an seinem eigenen inneren Abgrund anzukommen. Gleich, wenn er die ersten Schritte machen wird. Diesmal ganz bewusst.

Will er das?

Klare Antwort: nein.

Wird er es trotzdem tun?

»Ja«, sagt er.

Álvarez legt ihm eine Hand auf die Schulter und erwidert: »Sie erstaunen mich. Und auch wieder nicht.«

Wie schön, denkt er. Da war er schon auf dem Weg. Roch förmlich die Gefahr. Eine Mischung aus verbrauchter, sauerstoffarmer Luft, geruchsaktiven Resten der verwesenden Kadaver und seinem eigenen sehr intensiv duftenden säuerlichen Angstschweiß, geboren aus einer für ihn selbst rätselhaften, weil sehr pessimistischen Anwandlung, da er doch eigentlich der optimistischen Überzeugung war, dass sie ihn tatsächlich brauchten und ihn daher sicherlich nicht hier unten vergessen wollten.

Er kletterte in die Dunkelheit und hatte gleichzeitig das Empfinden, als würde sein eigenes Dasein wie in Zeitlupe die Konturen verlieren, während das Licht langsam gedimmt erschien und er bedächtig einen Schritt nach dem anderen in den Untergrund setzte, hinein in die ihn umfangende Dunkelheit, in einen Orkus der unmöglichen Auswege, ans Ende seiner Welt.

Schließlich wichen die Wände. Das fühlte er. Sehen konnte er schon seit Minuten nichts mehr. Er horchte in die Finsternis. Hörte kein Geräusch. Nichts.

19, 29, 59, 79, 89, 109, 139, 149, 179, 199, 229, 239, 269, 349, 359, 379, 389, 409, 419, 439, 449, 479, 499, 509, 569, 599, 619, 659, 709, 719, 739, 769, 809, 829, 839, 859, 919, 1009, 1019, 1039, 1049, 1069, 1109, 1129, 1229, 1249, 1259, 1279, 1289, 1319, 1399, 1409, 1429, 1439, 1459, 1489, 1499 – die Reihe der Edlen bis 1500. Zwischen 269 und 349 klaffte eine obszön große Lücke. Zwischen 919 und 1009 auch. Sein Fehler. Er hatte die 929 vergessen. Zwischen 1319 und 1399 wieder eine ungebührlich große Kluft, allerdings mathematisch richtig so. Dann wieder vergleichsweise dicht gedrängte Folgen von Zahlen mit einer Neun am Ende. Eine Nähe, an der man sich reiben konnte.

Doch jetzt zum ihm: ein seltsamer Heiliger, allein unter der Erde. Ein Einsiedler im falschen Gehäuse. Was krebst er hier rum? Man möchte sich auf die Seite drehen und zum Hummer werden. Hat er den Verstand verloren, sich auf so etwas einzulassen?

Durchlebte Momente der Panik, laut klopfend nur sein Herz, ein Gefühl, als wollte etwas in ihm zerspringen, ja, bersten. Längste Sekunden seines Lebens, lange Gedanken. Schmerz, das weiß er schon lange, auch Angst, weil eine Form von Schmerz, dehnt die Zeit. Kann Stunden, Tage, Wochen fast endlos in die Länge ziehen. Damit auch das Leiden. Fünfhundert Jahre Schmerz fühlen sich wahrscheinlich an wie tausend, wenn nicht nach noch mehr. Ein Mensch solchen Alters muss eigentlich ein Ozean unausweichlichen Unglücks sein. Zeit in einer anderen Dimension der Zeitlichkeit.

Und er?

1733, 1433, 1373, 1303, 1033, 733, 433, 383, 373, 353, 337, 331, 313, 233 – der Countdown der Edlen, die zwei Dreien besitzen ab Zweitausend. Bei der 233 findet die Reihe ein abruptes und, in seinen Augen, unrühmliches Ende.

Was endet hier mit ihm? Jedenfalls noch nicht die Zeit. Seine Zeit raste. Ja, in der Verlangsamung zur Zeitlupe. Das »Unterirdische« in seinem Empfinden dehnte und stauchte die Zeit gleichermaßen.

Wann? Wieso? Jemals wieder? Womöglich nie? Hoffentlich doch. Wahrscheinlich nicht. Oder? Zersplitterte Gedanken, Erkenntnis in Fetzen, Bewusstsein aus der Form, förmlich wahnhaften Sinnes. Er war außer sich. In ihm war Wachs, erstarrte Stille, lärmende Taubheit. Und er spürte eine Welle der Kakophonie in seinem Kopf.

Die Woge schrecklicher Angst, die in die Hemisphären krachte und Teile seines Selbst vom Festland eingebildeter Gewissheiten löste, der Brandungslärm einer beginnenden Psychose. In seinem Kopf läutete es, die Sturmglocke seiner in Not geratenen Seele, und er dachte, nun ist mein Tinnitus zurück, ein sirrend quietschender Halt, mein singender Begleiter. Mein einziger, wenn da die seltsamen Heiligen der Mathematik nicht wären. 11, 101, 113, 131, 151, 181, 191, 211, 311, 911. Die Reihe der Edlen mit zwei Einsen unter Eintausend. Der Abstand der letzten beiden war tatsächlich extrem groß. Der eine wie auf dem Mond, der andere wie vom Mars, konnten sie sich durchs Weltall zuwinken, zurufen aber nicht.

Hey, Mann, was geht? Alles frisch in der Grube? Jetzt noch Erde drauf. Den Rest erledigen die Nager. Na ja, so ganz kampflos wird er sich nicht ergeben. Oder doch?

Dann schließlich fällt ihm sein iPhone ein. Warum ist er nicht gleich darauf gekommen? Licht …

Bevor er sich entschließen kann: ein zusätzlicher Laut im Ohrengeräusch …

Rascheln, Flüstern …

Das sind sie. Wieder bei ihm. Augenblicklich herrscht Ruhe in seinem Kopf. Die Berührung des Ältesten an seinem Arm. Kalas

Flüstern in seinem Ohr. »Bun«, haucht sie. »Bueno«, flüstert der Älteste. Geschafft. Fast jedenfalls.

Er hatte erwartet, jetzt vor der Tür des Refugiums zu stehen, doch sie hatten den Eingang umgangen und näherten sich der Zuflucht nun von unten, denn er erkennt schließlich die Gabelgänge am Eingang in der Steinhöhle. Sie durchqueren die Höhle, stehen schließlich vor der Holztür, die in die Gewölbe unter dem Refugium führen.

Kala öffnet sie so leise wie möglich mit einem kaum hörbaren Knirschen. Die Decke dieses Raumes ist mit hölzernen Bohlen abgestützt, doch der Boden besteht aus Fels. An der Stirnwand läuft er zu einer natürlichen Mauer hoch, in der ein breiter Durchgang den Zutritt zu dem Gewölbe unter dem Refugium gewährt. Während der Lichtkegel der Taschenlampe über die Wände läuft, sieht er Details, die ihm bei der schwachen Handyleuchte während des früheren Besuchs entgangen waren. Die Decke in dem Gewölbe ist aus Beton, also offensichtlich nachträglich eingezogen. Anzunehmen also, dass hier ursprünglich ein natürlicher Hohlraum war, eine Kammer im Fels, in die das Refugium später als unterirdisches Domizil hineingebaut worden war.

Die Luke über ihnen ist geschlossen, doch muss jemand im Refugium das Licht angelassen haben, denn es dringt schwach durch die Ritzen. Der Älteste greift ihn am Arm, Kala legt zwei Finger auf ihre Lippen. Da hört er es auch: eine leise Stimme, die ihm sofort bekannt vorkommt. Er hatte sie schon in seinem Hotelzimmer gehört. »… und der Geschmack des Nordens für den Süden, Cruzcampo.« Die Sprecherin aus der sevillanischen Bierwerbung.

Kala und der Älteste unterhalten sich flüsternd. »Hast du das TV-Gerät angelassen?«, fragt ihn sehr leise das Mädchen.

Er schüttelt verneinend den Kopf.

»Bibaxtalo«, flüstert Kala und reicht dem Ältesten die Lampe. Mit der anderen, freien Hand greift der erneut nach seinem Arm, während das Mädchen in angespannter Haltung die Stiege hinaufsteigt, jeden Tritt mit Handgriffen sichernd, um schließlich mit der einen Hand die Luke sehr langsam von unten nach oben aufzudrücken.

Vielleicht wird die positive Auswirkung auf das Bildungsniveau maßlos unterschätzt, wenn Telenovelas die wichtigen gesellschaftlichen Fragen verhandeln. Trotzdem glaubt er, dass das spanische Fernsehen mindestens so schlecht wie das deutsche ist. Die Fetzen, die er gerade davon hört, geben jedenfalls keinen Anlass zu anders gearteten Hoffnungen. Kala ist inzwischen in der Zuflucht verschwunden und der Älteste gibt ihm ein Zeichen, dass sie beide nachkommen sollen. Ihm ist zwar unklar, woher Álvarez die Sicherheit nimmt, dass dies okay ist, denkt aber, der Älteste wird es schon besser wissen als er.

Álvarez steigt vor ihm hinauf, tritt ins Schlafzimmer. Woraufhin die Stimme aus dem Fernseher verstummt. Er hört nun das Mädchen, während er folgt, leise, ruhig, kann aber nicht verstehen, was Kala sagt.

Dann ist auch er im Schlafzimmer, allein. Als er den Aufenthaltsraum betritt, das Bild einer sehr seltsamen Versammlung. Auf dem Sofa, wie schon einmal: Jal Santos, aber sitzend. Neben ihm der Mensch, den er im Restaurant nach dem Flamenco-Lokal gefragt hatte. Auf der rechten Sofaseite an die Seitenstütze gelehnt: seine angebliche Kollegin aus dem Flugzeug. Alle drei lächeln und wirken insgesamt gelöst. Auch Kala, ihnen gegenüber auf der linken Seite, zeigt eine entspannte Körperhaltung, lächelt aber nicht. Den Gesichtsausdruck des Ältesten sieht er nicht, denn Álvarez steht etwas nach links versetzt vor ihm und zeigt ihm den Rücken.

SIEBENUNDDREISSIG

1698 begann in Kizzuwatna die Erde zu beben. Der Burgfelsen blieb fast vollständig verschont, doch die über zehntausend Jahre alte unterirdische Stadt Isuchar stürzte in weiten Teilen ein. Die

Schreckensschreie verängstigter Bewohner hallten durch die Gänge in der Tiefe, als Tausende verschüttet wurden und erstickten. Eine Katastrophe wie diese hatte es in dieser Gegend seit Beginn der Geschichtsschreibung nicht gegeben. Auch gegen fremde Armeen hatte sich die Bevölkerung, deren Wurzeln bis zu den Hethitern reichten, immer gut verteidigen können. Angreifer waren in den Felsstollen und Katakomben regelmäßig in Sackgassen aus Finsternis, Durst und Hunger gelandet. So verzweigt und komplex war die unterirdische Stadt, dass sich eine ganze Armee dort unten verirren konnte. Die Bewohner räumten einfach weiter oben liegende Räume und wichen in immer tiefer liegende Stockwerke aus. Es gab Brunnen dort unten und ein System von Wasserleitungen. Nach Bedarf konnte der Zufluss gesperrt oder umgeleitet werden. Auch weggeleitet werden von Eindringlingen. Nur wer sich auskannte, kam dort unten nicht um.

Doch 1698 ereilte die Bevölkerung von Kizzuwatna ein ähnliches Schicksal wie die Moskowiter rund hundertfünfzig Jahre später durch Napoleon. Anstelle eines Feuers brach ein Erdbeben los. Statt napoleonischer Truppen fiel die Goldene Horde über sie her. Sie kamen aus Sarai, hatten Timurid überrannt, sich in Mazar und Astrakhan ausgeruht und satt gegessen, und wollten weiter im Westen noch reichere Beute machen. Feinde pfählten sie und ließen die Körper aufgepflanzt in der Sonne verdorren. Mumien säumten ihre Wege und es war dank dieser Wegmarken unwahrscheinlich, dass sie später nicht in ihre Heimat zurückfinden würden. Kizzuwatna erreichten sie allerdings fast entkräftet. Die Gegend des heutigen Kappadokien ist nicht wasserreich. Wer dort Siege erringen will, ist auf kundige Führer angewiesen.

Man war mittlerweile zu weit von den eigenen Dörfern entfernt, deshalb wunderte es einen nicht, dass keiner verborgene Wasserstellen kannte. Und Wasser war inzwischen mehr als knapp, die Essvorräte gingen ebenfalls zur Neige. Mato Khan und seine Horde standen kurz vor Isuchar, als die ersten Pferde zusammenbrachen. Die Männer mussten sie liegen lassen, ohne sie auszuweiden. Wasser war nun das dringlichere Problem.

Und dann begann das Beben. Aus den Einstiegsrampen stiegen Staubfontänen auf, als die Gewölbe tief unter der Erde einzustürzen begannen. Menschen strömten zu Hunderten keuchend und schreiend ans Tageslicht. Mato brauchte sie nur zusammentreiben zu lassen. Unter den Vielen waren genug der Wenigen, die zu reden bereit waren. Innerhalb eines halben Tages verfügte die Goldene Horde über frische Vorräte und unbegrenzten Zugriff auf Wasser. Als jeder sich gelabt und ausgeruht hatte, begann das große Töten. Die Horde überrannte den Burgfelsen und meuchelte innerhalb von 78 Stunden mehr als zwanzigtausend Menschen, die gesamte Bevölkerung von Isuchar. Danach zog sie sich nach Astrakhan zurück, und die Gegend wurde zu einer Wüste, die sie auch heute noch weitgehend ist.

So jedenfalls berichtet es Kala, immer wieder ergänzt durch den Ältesten. Ein ungewöhnliches Zusammenspiel. Während die Tochter spricht, hängt er an ihren Lippen und spricht weiter, wenn sie nicht weiterweiß. Doch was sie weiß, kann sie nur von ihm erfahren haben.

»1722«, sagt der Flamenco-Mann mit einem Kratzen in der Stimme und einem Akzent, der bei der Begegnung im Restaurant nicht aufgefallen war.

»1722 reiste mein Vater nach Kizzuwatna«, sagt Kala. Sie spricht langsam und mit ungewöhnlich tiefer Stimme. »Er fand dort auch die Ruinen von Isuchar.«

»Das wollen wir jetzt sehr genau von ihm selbst hören«, sagt die angebliche Kollegin aus dem Flugzeug gepresst.

Der Älteste ruht in einem der Sessel, die Augen halb geschlossen, als würde er schlafen, doch dann redet er, ohne die Augen zu öffnen. »Als ich dort ankam, lebte von den einstigen Bewohnern niemand mehr. Überlebende des Massakers waren längst gestorben oder hatten die Gegend verlassen. Es war inzwischen wieder möglich, in Teile der unterirdischen Stadt zu gelangen, und auch der Burgfelsen war begehbar. Doch Reichtümer waren dort oben nicht zu finden. Die Eroberer hatten die Felsenhöhlen sorgfältig geplündert.« Er macht eine Pause und zuckt mit dem Fuß, als würde er im Traum vor etwas flüchten. Daraufhin beugt sich Kala zu ihm und streicht ihm mit einer sehr feinen und koordinierten Bewegung über den Kopf. Der Älteste öffnet für einen kurzen Moment die Augen, schließt sie aber gleich wieder und redet weiter.

»Wir hatten einen Führer, Ioannis Gjurdschajan Torguschijew, einen Armenier, den ich bei den Sängerkriegen in Tiflis kennengelernt hatte. Torguschijew war ein sehr interessanter Mann, bezeichnete sich als Biologe und Geologe, obwohl er niemals eine Universität besucht hatte, besaß aber dennoch einen Gelehrtenstatus und sehr viele Schüler. Seine Schüler verehrten ihn und waren bereit, alles für ihn zu tun. Vielleicht lag es an den seltsamen Aufgaben, die Torguschijew ihnen gab, oder an seinem hypnotischen Wesen, vielleicht auch an beidem zugleich. Jedenfalls lebte Torguschijew mit ihnen auf einem großen Anwesen östlich von Tiflis und ließ sie in der Nacht nach dem Zufallsprinzip zu vollkommen unvorhersehbaren Zeiten wecken, um sie beispielsweise anzuweisen, eine Grube im Garten zu graben, einen Baumschössling hineinzupflanzen oder sich selbst hineinzulegen. Oft ließ er sie bis zum Morgengrauen dort sitzen oder liegen. Bis er ihnen die Erlaubnis gab, sich wieder zu erheben und zu Bett zu gehen. Nicht wenige seiner Schüler, hieß es, nahmen sich verwirrt das Leben oder lebten wirr im Kopf weiter, doch das schreckte diejenigen, die einen klaren Verstand bewahren konnten, nicht im Geringsten ab. Tatsächlich wuchs Torguschijews Einfluss noch mehr. Und seine Gefolgschaft überstieg bald die Tausend.«

Wieder macht der Älteste eine Pause, blickt zu Kala dabei. »Mein Vater«, erklärt sie, »hatte auch von den Explorationen Torguschijews gehört.«

»Die hypnotischen wie magnetischen … Einsetzungen interessierten mich weniger«, fährt der fort, »aber der Armenier hatte sich auch einen Namen als Entdecker gemacht. Er behauptete, sogar zum Nordpol gewandert zu sein. Angeblich hatte er die Wüsten Sahara und Gobi bereist.«

Er habe einen sehr differenzierten Countertenor gehabt und ganze Erzählungen singen können, als Álvarez ihn zum ersten

Mal in Georgien erlebte. Eine handelte von einem sagenhaften Diamentenhort in der verlassenen Stadt Isuchar. Andere Hörer hielten die Geschichte für ein Märchen.

»Doch mein Vater hat die Wahrheit gespürt, die darin verborgen lag. So hast du es mir jedenfalls mehrfach erzählt, Baba.« Kala wirft ihm einen liebevollen Blick zu.

Stille füllt den Raum. Unterirdische, angenehm kühle Stille. Doch der Flamenco-Mann wedelt ungeduldig mit dem Kopf. Er hat winzige Schweißperlen auf seiner Stirn. Sie glänzen wie Morgentau im Licht der aufgehenden Sonne. Aber es ist nur das Licht der Stehlampe, das darin gebrochen wird.

Er habe sich von Torguschijews besonderer Kraft berührt gefühlt, berichtet der Älteste weiter. Und Torguschijew habe ihm geantwortet, er sei der Mann, auf den er lange gewartet habe.

Einige Wochen später machten sie sich auf den Weg. Eine kleine Gruppe von zehn Personen, sechs Pferden und sechs Hunden. Der Armenier hatte alles zusammengestellt. Sie würden in Sänften reisen – je eine für ihn und eine für den Ältesten, getragen von jeweils zwei Pferden, die von einem vorausgehenden Reiter geleitet wurden, aber auch aus den Sänften gelenkt werden konnten, falls die Reiter ausfielen. Damit blieben sechs Männer übrig. Läufer, die für Erkundungsdienste, die Jagd und das Auffinden von Quellen und Wasserstellen zuständig waren. In den Satteltaschen steckten außerdem Lauffedern, die sich die Teilnehmer der Expedition unter die Füße schnallen sollten, um die Felswüste schneller durchqueren zu können. So lautete jedenfalls die Erklärung Torguschijews, der die Sahara wegen des Treibsands auf meterhohen Stelzen durchquert zu haben behauptete, nachdem erst sämtliche Pferde verdurstet gewesen seien, gefolgt von dem Austrocknen der Dromedare, weshalb die Stelzen eine lebensverlängernde Erfindung gewesen seien und ebensolches nun auch von den Lauffedern erwartet werden dürfe.

Der Älteste hebt den Kopf, blickt von der angeblichen Arbeitskollegin aus Hamburg zum Flamenco-Mann. »Ich hielt das für ausgemachten Unsinn, behielt diesen Gedanken aber für mich.«

So brachen sie auf. Erst Richtung Süden, nach Ganja im heutigen Aserbaidschan, dann schwenkte die Gruppe nach Westen, überquerte das Astaf-Gebirge in der Schlucht von Qaramurad, erreichte schließlich Wardenis. Allerdings ohne die Pferde, die Sänften und auch ohne die Federn. Der Armenier hatte sie den Hunden auf den Rücken schnallen wollen, als die Gruppe das Gebirge überquerte, aber die Federn waren zu schwer für die Tiere. Und die Läufer wollten sie auch nicht tragen. Von den sechs waren ohnehin nur drei geblieben. Torguschijews hypnotische Fähigkeiten versagten bei dieser Exkursion. Auch Álvarez vermochte nicht, die Männer zu halten, ohne gleichzeitig den Argwohn des Armeniers zu wecken. Entlang am Südufer des Sewan erreichte die Expedition schließlich die gleichnamige Stadt. Der Armenier wollte hier neue Pferde und neue Sänften kaufen, doch konnte der Älteste ihn davon abbringen, weil es ja weitere Höhenzüge zu überwinden galt. Und dies erwies sich als weise. Durch die Talsohle am Fuße des Aragaz erreichte die Gruppe schließlich Eriwan. Was für eine Stadt! Die Festung Erebuni müsse man gesehen haben, erklärt der Älteste. Wieder wollte Torguschijew Pferde und Sänften kaufen. Wieder brachte Álvarez ihn davon ab, denn die Gruppe musste über die Ausläufer des Ararat weiter. Pferde und Sänften hätten sie nur erneut aufgehalten. Stattdessen wurden fünf Maultiere erworben. Die waren leichter zu lenken als Esel, doch ihre Rücken waren härter als die von Pferden; dafür hatten sie aber einen sicheren Tritt, waren also für Gebirgsregionen und Pässe geeigneter, hielten länger durch als Pferde, und niemand musste laufen. Weil dem Armenier die Maulesel so gut gefielen, wurden kurz vorm Verlassen der Stadt noch weitere sechs dazu gekauft, die endgültige Entscheidung gegen Esel als Lasttiere.

Álvarez blickt mit einem suchenden Blick in die Runde, redet aber sofort weiter. »Jetzt gab es genug Lasttiere und Reittiere für den Armenier, mich und die verbliebenen drei Läufer.« Die übrigen Mulis hätten Dörrobst, Dörrfleisch, Hartbrot und Wasser getragen. Mehr, als die Expedition eigentlich brauchen würde. Sie kamen gut voran, erreichten über die Höhenzüge des

Gesetzesberges die Stadt Igdir und ließen auch Agri und Erzurum innerhalb von eineinhalb Wochen hinter sich. Daraufhin wollte die Gruppe sich in Richtung des weiter nördlich gelegenen Sivas wenden, entschied sich aber nach kurzer Diskussion für den Versuch, Kizzuwatna direkt durch die Wüste zu erreichen. Die Maultiere waren gesund. »Auch meine Begleiter und ich waren in bester Verfassung«, sagt Álvarez, »und wir waren freudig erregt und optimistisch«.

Doch sieben Tage von Erzurum entfernt geriet die Gruppe in einen Staubsturm.

»Drei Tage konnten wir kaum atmen, obwohl wir unsere Köpfe auf arabische Art verhüllt hatten.« Daraufhin brachen drei der Mulis aus und stürzten in eine Schlucht, weil sie deren Kante übersehen hatten. Ein empfindlicher Verlust für die Expedition. Plötzlich waren die Wasservorräte halbiert. Zwar waren alle Schläuche gefüllt gewesen, doch für den direkten Weg durch die Wüste wurde genau diese Menge auch gebraucht. Hatte jedenfalls der Armenier geglaubt. Trotzdem setzte die Gruppe ihre Reise fort. Und geriet in den Klüften von Merlogaze in einen Hinterhalt.

»Wir wurden mit Steinschleudern angegriffen. Halbnackte Reiter nahmen uns gefangen. Offensichtlich hatten wir uns bereits sehr weit von der Zivilisation entfernt.«

Alle Versuche, sich mit ihnen zu verständigen, scheiterten. Sie sprachen keine bekannte Mundart und verschleppten die Gruppe nach Norden ans Ufer eines sehr großen und unglaublich blauen Sees, wo sie ein Jurtenlager aufgeschlagen hatten. Ihre Frauen liefen ebenfalls teilweise nackt herum und die ganze Horde wirkte geradezu steinzeitlich. Jeden Abend, in der letzten Stunde vor Sonnenuntergang, wurden Schaukämpfe veranstaltet. Der Armenier sollte als Erster gegen einen der ihren antreten, bewaffnet nur mit den Fäusten.

»Einen solchen Kampf hatte ich noch nie gesehen. Torguschijew bewegte sich schneller und geschickter, als ich es ihm zugetraut hätte. Sein Gegner kam nicht an ihn heran.« Da dieser Kampf mit dem Tode eines der Kontrahenten enden sollte, erklärt der Älteste, haben sie ein ernstes Problem gehabt. Der Zweikampf habe sich bis Mitternacht hingezogen. Bis Torguschijews Gegner tatsächlich an Entkräftung gestorben sei, wahrscheinlich durch Herzversagen, ohne den Armenier auch nur ein einziges Mal körperlich berührt zu haben.

Der Älteste blickt nun direkt zu ihm, seinem Gast und Mitläufer im Refugium, wie suchend, fast fragend. Auch der Gast hat viele Fragen, doch den Moment betreffend nur eine – und die passt gerade gar nicht. Also schweigt er und unterdrückt auch jegliche mimische Reaktion.

Álvarez lächelt. »Am nächsten Morgen ließen sie uns ziehen, schenkten uns obendrein noch vier ihrer Pferde.«

Mit vollen Wasserschläuchen brach die Expedition in Richtung Südwesten auf. Doch der Armenier wurde mit jedem Schritt seltsamer. Vielleicht hatte der Kampf ihn verändert. Nachts hörte Álvarez ihn im Schlaf von seltsamen Köpfen phantasieren, tagsüber hielt er sich abseits und reagierte unwillig, wenn er ihn ansprach. Mehrmals täglich nahm der Armenier ein Pulver zu sich. Er schlief nur noch wenige Stunden und immer nach dem Ältesten ein und war auch vor ihm wieder wach. Sein Misstrauen seinem Begleiter gegenüber schloss zunehmend auch die Läufer mit ein, zu denen Álvarez wiederum ein gutes Verhältnis pflegte. Im Zustand wachsender Dissonanz erreichten sie schließlich Isuchar. Wie erwartet, lag die Stadt vollkommen verlassen vor ihnen. Eine staubige Ruine, durch die Eidechsen und Wüstenratten huschten. Der Armenier wirkte plötzlich wie ausgetauscht, machte Witze und munterte die erschöpften Leute auf.

»Gemeinsam drangen wir in die erste Ebene vor«, berichtet Álvarez weiter.

In dieser ersten Ebene fanden sie die Räume und Gänge bis auf die nordwestlichen Bereiche weitgehend intakt vor. Die Bewohner mussten in größter Angst alles stehen und liegen gelassen haben, im Anschluss durchwühlt von den Plünderern, denn Geschirr und Kleidung lagen überall verstreut herum, dazwischen die Skelette der Toten, so wie die Tiere sie zurückgelassen hatten. Im zweiten Stockwerk darunter war ebenfalls der nordwestliche Teil eingestürzt, dazu auch weitere Bereiche des nördlichen. Auch hier fanden sich keine Gegenstände von Wert, allerhöchstens Artefakte von historischem Nutzen. Die Plünderer hatten jeglichen Schmuck, alles Gold und Silber mitgenommen wie auch sämtliche Gewürze, damals eine im gesamten Orient wahlweise anstelle von Edelmetallen gebräuchliche Form der Rücklage für Notzeiten – denn nichts dergleichen fand sich auf der ersten und zweiten Ebene.

Noch tiefer, nämlich auf der vierten Ebene, änderte sich die Innenarchitektur im Vergleich zur ersten, zweiten und auch dritten Ebene. Die Räume hier waren größer. Die nördlichen, nordwestlichen und auch Teile der nordöstlichen Räumlichkeiten waren nicht zugänglich. Die südlichen zeigten im Licht der Fackeln einen ungeahnten Reichtum. Sämtliche Wände waren kunstvoll mit Mustern, die an Blüten, Blätter und Kristallformen erinnerten, verziert. Obwohl die Farben wahrscheinlich vor sehr langer Zeit bereits verblichen waren, war die einstige Farbenpracht noch zu erahnen. Der Älteste fertigte einige Zeichnungen davon an, während sich der Armenier nicht im Geringsten für die künstlerische Raumgestaltung zu interessieren schien. Er hielt plötzlich eine Karte in der Hand, die er mitgebracht, aber bisher geheim gehalten hatte.

»Jedenfalls zeigte er sie mir nun«, erinnert sich Álvarez. Die Stadt war darauf als dreidimensionales Gebilde dargestellt. Die oberen drei Stockwerke waren klar als Wohnbereiche zu erkennen, denn die Räume dort waren kleiner. Das vierte Stockwerk war weiträumiger aufgeteilt und nach dem Schachbrettprinzip unterteilt wie auch die drei Stockwerke darüber, nur eben weitläufiger. Im fünften hingegen fand sich im Zentrum eine Rotunde. In diesen zentralen Rundsaal im Zentrum, von dem horizontale Gänge sternförmig wegliefen, wollte Torguschijew unbedingt gelangen, denn dort vermutete er den erwähnten Diamantenhort. Doch der Weg dorthin war verschüttet. Der Armenier brauchte die Hilfe der anderen, um dennoch hinzugelangen. Daher die neuerliche Freundlichkeit.

»Um es gleich zu sagen«, bemerkt der Älteste mit einem weiteren Blick in die Runde. »Den Diamantenhort fanden wir dort nicht.«

»Kann schon sein«, sagt der Flamenco-Mann.

»Aber Sie fanden etwas anderes«, mischt sich die angebliche Arbeitskollegin ein.

»Va«, sagt Álvarez. »Weitere Leichen.« Bei einigen der Frauen auf dieser Ebene, erklärt er, hätte sich auch Schmuck befunden. Bis hierhin waren Plünderer also nicht gelangt. Sie wagten sich daraufhin auch ins sechste Stockwerk darunter und fanden dort weit größere Bereiche der Räumlichkeiten erhalten. Diese ähnelten den großzügigen Wohnräumen im vierten Stock. Der Armenier wie auch Álvarez vermuteten im Siebten darunter ähnliche räumliche Verhältnisse wie im Ersten, Zweiten und Dritten. Ein weiteres Vorstoßen erschien daher uninteressant. Doch auf dem Weg nach oben entdeckte die Gruppe, dass der Armenier fehlte. Niemand konnte sich erklären, wann und wie er verschwunden war.

Doch alles Rufen half nichts und ihr Suchen blieb ergebnislos. Vor allem, da die Fackeln langsam zur Neige gingen und sie zum Aufstieg zwangen. Oben angekommen, stellten sie fest, dass sämtliche Mulis verschwunden waren. Unwahrscheinlich, dass sie sich von allein losgerissen hatten.

»Der Lump«, sagt Álvarez, »hat die Diamanten entdeckt und sich damit fortgemacht.«

»Nein, hat er nicht«, widerspricht die Frau. »Er ist auch nicht einfach so abgehauen.«

»Sie haben ihn unten in der Stadt zurückgelassen«, sagt der Flamenco-Mann.

»Denn Sie haben dort etwas gefunden«, ergänzt die Frau.

»Wovon reden die?«, fragt Kala, schaut zu ihrem Vater.

»Von Köpfen«, antwortet der Flamenco-Mann mit erhobener Stimme. »*Den* Köpfen.«

»Was immer es dort unten gab«, erklärt Álvarez. »Der Armenier hat es mitgenommen.«

»Nein, hat er nicht«, echot die Frau.

»Sie haben die Köpfe gefunden und Torguschijew in der unterirdischen Stadt gelassen«, bekräftigt der Flamenco-Mann.

»Woher wollen Sie das wissen?«, fragt Kala weiter.

»Von einem der Begleiter. Er erhob starke Anschuldigungen gegen Sie.« Die Frau blickt langsam in die Runde und richtet ihren Blick dann gezielt auf Álvarez. »Die Köpfe dürfen Sie nicht behalten.«

»Der Rest«, sagt der Flamenco-Mann weiter, »interessiert uns nicht. Wir verlangen nur die Köpfe.«

ACHTUNDDREISSIG

Die Geschichte von Jal Santos, so, wie er sie mir später selbst erzählt hat: »Mein Ururgroßvater, Negru Sodan, starb 1745 vollkommen verarmt in Temeschburg in der Walachei, wo er auch geboren ist. Negru stammte aus einer ehrbaren Familie von Händlern, die jedoch nach der Eroberung der Stadt durch Prinz Eugen von Savoyen in Ungnade gefallen war. Die Familie Sodan verlor ihren Adelstitel, wurde enteignet und Negru verschlug es im Alter von achtzehn Jahren über viele Umwege nach Budapest, wo er Ioannis Gjurdschajan Torguschijew kennenlernte. Torguschijew war ein charismatischer Mann mit einer wachsenden Gefolgschaft und Negru glaubte, dass er unter seinem Schutz ein Auskommen haben würde. Also wurde er erst sein Schüler und dann seine rechte Hand. Er begleitete Torguschijew auf einer Entdeckungsreise nach China und durch die Wüste Gobi, starb beinahe an Typhus, konnte sich aber erholen und wäre danach fast den religiösen Säuberungen von Kaiser Kangxi zum Opfer gefallen, der nach einem Streit mit christlichen Missionaren alle Fremden aus Qing verbannen wollte und dazu auch seine Truppen gegen Ausländer einsetzte. Negru wurde öffentlich geschlagen und verlor ein Ohr, Torguschijew passierte nichts. Jedoch mussten er und seine Leute das Land schnellstmöglich verlassen.

Über diese Kränkung sprach Torguschijew später nie. Es passte nicht zu seinem Bild als strahlender geistiger Anführer. Obgleich Negru an seiner Fürsorge und Autorität zu zweifeln begann, blieb er doch bei ihm. Und ergriff die Gelegenheit, als eine Gruppe von Ausgewählten mit Torguschijew und einem fremden Gönner nach Kizzuwatna reisen sollte, um in einer uralten unterirdischen Stadt, die teilweise zerstört war, drei besondere und extrem wertvolle Köpfe zu finden. Zwei davon aus Bergkristall oder Glas und durchsichtig, einer aus Obsidian oder schwarzem Glas und undurchsichtig. Doch der schwarze Kopf sollte der wertvollste sein.

Torguschijew redete gern von einem Diamantenschatz, der dort versteckt sein sollte, um Geldgeber zu finden, glaubte selbst aber nicht an dessen Existenz. Er besaß jedoch eine alte Karte, wo die exakte Lage des Heiligtums markiert war, und die feste Überzeugung, mit dieser Karte die Köpfe zu finden und an sich bringen zu können. Nach seiner wenig erfolgreichen Unternehmung in China fehlten ihm jedoch die dafür notwendigen Mittel. Umso glücklicher wurde er, als der Gönner an ihn herantrat und versprach, die Reise nach Ost-Anatolien auszurichten. Mit dem erklärten Ziel, den dort vermuteten sagenhaften Diamantenhort zu finden und an sich zu bringen.

Die Gruppe brach auf, wie Sie wissen, und gelangte in die unterirdische Stadt. Torguschijew fand die Köpfe, doch sein Gönner forderte sie von ihm. Zwar gegen eine weitere Ausgleichszahlung, doch deren Höhe sollte so gering ausfallen, dass Torguschijew sich nicht darauf einlassen mochte.

Mein Ururgroßvater hinterließ ein Heft mit Aufzeichnungen, die er auf dieser Reise angefertigt hatte. Mein Urgroßvater fand dieses Heft in seiner Hinterlassenschaft, befand es aus irgendeinem Grund aber nie für nötig, darin zu lesen. Ebenso mein Großvater, der in der Hoffnung auf eine bessere Zukunft nach Spanien ausgewandert war und den Familiennamen Sodan in Santos geändert hatte. Auch er warf das Heft nicht weg, las aber höchstwahrscheinlich ebenso wenig darin wie sein Vater, obwohl es zu den wenigen greifbaren Dingen gehörte, die er aus Rumänien nach Spanien mitführen konnte. Erst mein Vater las in dem Heft, las es noch mal und begann es schließlich zu studieren.

Sein Ehrgeiz erwachte, und er versuchte nun, Nachfahren des Gönners ausfindig zu machen.

Dieses Vorhaben misslang. Tatsächlich versetzte es die Familie erneut in Armut, weil mein Vater, wie besessen von seinem Bestreben, keine Mittel und Möglichkeiten ungenutzt ließ. So habe ich meinen Vater gekannt: als einen Menschen, der die Scham mehrerer Generationen mit sich herumtrug und zwanghaft an dem Gedanken festhielt, die Familie mit einem großen Wurf erlösen zu können. Doch alle Versuche, mit Nachfahren in Kontakt zu treten, liefen ins Leere. Es schien einfach keine zu geben. Der reiche Gönner, ein rumänischer Zigeuner, der als Händler orientalischer Waren beträchtlichen Wohlstand erworben und Jahre nach seiner Rückkehr aus Isuchar einen Diktionär für Zigeunerdialekte verfasst hatte – jener Ioan Lasculesculan – schien gestorben zu sein, ohne einen Nachkommen zu hinterlassen. Psychisch und schließlich auch physisch zerstört, gab mein Vater auf.

Doch ich forschte an seiner Stelle weiter. Ich studierte damals europäische Geschichte an der Universität von Bukarest, Genealogie war meine besondere Neigung. Als Student und sehr bald Mitarbeiter des Fachbereichs konnte ich besonders schwierige Recherchen ausführen. Doch auch ich fand Ioan Lasculesculan nicht. Ich fand keine Nachkommen von ihm, kein Grab. Nur sein Buch. Es lag bald als ständiger Begleiter auf meinem Schreibtisch. Ein sehr gutes Buch, verdienstvoll, weil einmalig in Umfang und Akribie. Schließlich begann auch ich mich für Zigeunerdialekte zu interessieren. Allein die Frage *Wie geht's?* klingt in den unterschiedlichen Dialekten völlig unterschiedlich. Rumänische Kalderasch sagen: *Jall mischto*? Serbische Gadschikamo-Roma fragen: *Sar san*? Ich lernte beide Dialekte. Und dann kam ich auf die Idee, nachzuforschen, wer sich außer mir noch für den Diktionär interessierte. Es gab nur noch wenige Exemplare davon. Sie wurden teuer gehandelt. Auf Bücher dieser Art waren zu der Zeit nur einige wenige Antiquariate spezialisiert. Als Mitarbeiter einer Universität war es einfach für mich, Kenntnis zu bekommen, an wen ein solches Buch verkauft wurde, wenn es denn den Besitzer wechselte. So fand ich Kala. Sie fiel mir sofort auf, weil sie viel zu jung für diese Art Buch und zudem eine spanische Gitana war. Eine extrem exotische Ausnahme im Vergleich zu den übrigen Käufern, die ausnahmslos dem universitären Bereich zuzuordnen waren.

Ich gewann ihr Vertrauen, lernte ihren Vater kennen und wurde in Dienst genommen. Ich heiße eigentlich Jael, doch sie redeten mich mit Jal an. Ich verehre, wenn ich das so sagen darf, den alten Herren und seine Tochter. Bald begriff ich, mit wem ich es eigentlich zu tun habe, und verehrte ihn dafür umso mehr. Ich habe ihn nicht verraten. In Wahrheit ist meine Loyalität noch gewachsen. Ich würde alles zu seinem Wohl tun. Tatsächlich habe ich auch genau das versucht. Umso mehr betrübt mich, dass von seiner Seite aus inzwischen wahrscheinlich Zweifel hinsichtlich meiner Person bestehen.«

NEUNUNDDREISSIG

Karen Köning, meine angebliche Kollegin, und ihre Geschichte, von ihr selbst erzählt: »Verzeihen Sie mir bitte, dass ich Sie angelogen habe, um Ihr Vertrauen zu wecken. Ich habe nie bei einer Zeitung gearbeitet und war daher auch nie Ihre Kollegin. Ich hatte allerdings ein sehr tief gehendes Gespräch mit Hannelore von Noretzki. Das werden Sie vielleicht nicht wissen, aber sie musste die Chefredaktion der Berliner Tagespost kurzfristig verlassen, brauchte also keine albernen Loyalitäten mehr zu beachten, und hat mir daher sehr bereitwillig Auskunft gegeben – für etwas Geld natürlich.

Sie, lieber Ole Julius Meerzen, in den letzten Jahren ein eher frustrierter Fotojournalist mit schwindender Auftragslage und außerdem ein Hobbyschriftsteller mit überschaubarer Leserschaft, Sie, Verehrtester, sind da in etwas reingerasselt. Ich muss Ihnen leider sagen, so traurig das für Sie auch sein mag, zumal Sie ja auch finanzielle Mittel dafür aufgewendet haben: Diese Sache ist zu groß für Sie. Ich vermute, Sie mögen solche Ratschläge nicht hören und haben sie in der Vergangenheit ausnahmslos ignoriert, aber für die Gegenwart ist das keine gute Idee – und über Ihre Zukunft reden wir noch. Schauen Sie, ich möchte nicht, dass Sie zu Schaden kommen, denn das haben Sie wirklich nicht verdient. Sie sind ein Zaungast in der ganzen Sache, zufällig reingeschlittert, na ja, Ihre Neugier hatte natürlich auch großen Anteil daran. Aber so ganz ohne Auftrag, alles auf eigene Kosten, was für ein Risiko! Warum haben Sie sich das angetan? Klar, es ist reizvoll, mit einem von ihnen in Kontakt zu kommen. Diese Menschen haben natürlich mehr zu erzählen als Ihre übrigen Bekanntschaften. Sofern sie denn wirklich etwas preisgeben. Ich weiß nicht, was Gerome Bartholomée Ihnen erzählt hat. Ah, ich sehe Ihr erstauntes Gesicht. Den Namen hat er Ihnen noch nicht verraten? Fragen Sie ihn danach.

Ach nein, fragen Sie nicht, denn Sie werden wahrscheinlich gar keine Gelegenheit mehr dazu haben. Bartholomée verweigert der Welt ihr Weltkulturerbe. Die Köpfe stammen wahrscheinlich aus sumerischer Kultur und sind knapp dreitausend Jahre alt. Womöglich aber auch aus Ägypten, dann könnten sie sogar bis zu fünftausend Jahre alt sein. Oder sie sind noch ganz anderen Ursprungs und noch wesentlich älter, was von einigen Wissenschaftlern, die sich mit deren Existenz befasst haben, angenommen wird. Doch all das sind Annahmen, denn noch niemand hat die Köpfe gesehen. Wir wissen lediglich, dass sie existieren. Es gibt Darstellungen, Hinweise in alten Texten. Manche Forscher meinen, diese Köpfe seien das Allerheiligste der Menschheit, kostbarer als die Bundeslade und die Gesetzestafeln. Ich gebe nur wieder, was man mir gesagt hat.

Bartholomée ist im Besitz der Köpfe. Was will er mit ihnen? Warum hält er sie versteckt? Warum verweigert er ihre Herausgabe? Warum streitet er sogar ihre Existenz ab? Haben Sie eine Idee, wie fragwürdig, nein, verwerflich das ist?

Ich bin von Haus aus Historikerin. Meine Doktorarbeit untersuchte den Ritus bei der Mumifizierung im Ägypten des Alten Reiches, also im sogenannten Goldenen Zeitalter unter Cheops.

Sehr interessant, die alten Ägypter glaubten an den Fortbestand eines höheren Selbst nach dem Tode. Danach schrieb ich über die ästhetische Entwicklung der Monstranz von ihrer Einführung beim Konzil von Vienne bis heute. Auf demselben Konzil war übrigens die Arme Ritterschaft Christi und des salomonischen Tempels, der Orden der Tempelritter, von dem Vorwurf der Blasphemie und Häresie freigesprochen worden. In meiner Habilitation beschrieb ich dann die Umwälzung der Werte in der islamischen Welt, basierend auf dem Quran und den Hadithen.

Diese Welt, in der wir leben, entwickelt sich in eine sehr ungesunde Richtung, wenn Sie mich fragen. Es gibt keine übergeordneten, verlässlichen und verbindlichen Normen mehr. Jeder glaubt, was gerade komfortabel erscheint. Regierungen verabschieden ständig neue Gesetze, die vor allem den Regierungsmitgliedern nützen.

Ja, verstehe, Sie sind irritiert, fragen sich, was ich Ihnen eigentlich sagen will. Aber das ist doch eigentlich offensichtlich. Die Köpfe bergen eine Botschaft, davon sind wir überzeugt. In ihnen verbirgt sich ein Weltwissen. Wahrscheinlich äußerst hilfreich in unserer aktuellen Notlage. Begreifen Sie, wie wichtig dieses Wissen ist? Vielleicht hat es sogar Auswirkungen auf diverse Technologien. Vielleicht ist ein Sprung möglich, der zur jetzigen Zeit noch unmöglich erscheint. Ja, ja, nachhaltige Energien, Erderwärmung. Wir hoffen, aktuelle Probleme in der Zukunft lösen zu können. Doch vielleicht hoffen wir darauf vergeblich. Einerseits. Und andererseits könnten diese Köpfe ein Schlüssel sein, ein Türöffner für einen Raum kaum vorstellbarer, nein, unvorstellbarer Erkenntnisse. Sie müssen doch sehen, wie wichtig das ist. Sie als Journalist. Wer, wenn nicht Sie?

Jael lernte ich auf einem Historiker-Kongress in Barcelona kennen. Thema: kultureller Austausch zwischen dem Reich Sumer und dem alten Ägypten. Ich war einer der Keynote-Speaker und referierte über den akkadischen Einfluss auf das Gilgamesch-Epos. Darin spielen auch die Köpfe eine Rolle, weshalb ich sie in meinem Vortrag erwähnte.

Santos sprach mich hinterher an. Er musste dem Vortrag mit größtem Interesse gefolgt sein, denn er hatte sehr kluge Fragen dazu. Auf diese erste Begegnung folgten weitere. Den Rest wissen Sie.

Vielleicht denken Sie jetzt, verrückte Frau, alles Phantasterei. Allerdings gibt es ähnliche Köpfe, kleinere, unbedeutendere, die man sogar in Museen bestaunen kann. Einer befindet sich im British Museum in London. Er ist aus durchsichtigem Bergkristall und nicht ganz lebensgroß. Ein weiterer, noch etwas kleinerer Kristallkopf kann im Pariser Musée du quai Branly inspiziert werden. Der einzige bisher gefundene Kristallkopf in Lebensgröße befindet sich in Privatbesitz, kommt aber wohl auch nicht im Entferntesten an die von Bartholomée heran.

Ich habe alle drei Köpfe gesehen. Sie sind sehr differenziert gearbeitet. So fein, dass manche Forscher glauben, die Zivilisation, aus der die Köpfe zu stammen scheinen, wäre zu ihrer Herstellung gar nicht imstande gewesen. Einen validen Beweis für ihre Herkunft außer den Fundorten gibt es nicht. Die Fundorte deuten auf eine Entstehung in der Inka-, Azteken oder Maya-Kultur hin.

Ich selbst glaube, dass sowohl die Steinschleifer der Inka wie die der Azteken als auch der Maya versiert genug waren, die Köpfe aus dem harten Material herauszuarbeiten. Doch dies ist nur meine Vermutung. Wahrscheinlich geboren aus dem Unwillen, jedes angebliche Mysterium mit übernatürlichen Kräften zu erklären.

Doch wie auch immer …

Lassen Sie uns zu einem klugen Entschluss kommen.

Ja, Sie fragen sich, was will diese seltsame Frau? Okay. Ich weiß, Sie sind ein interessierter Mensch. Kleine Zwischenfrage am Rande, sagen wir, um es nicht unerwähnt zu lassen: Welche von den verstorbenen Persönlichkeiten des Jahres 2016 ist Ihrem Empfinden nach viel zu früh gestorben? Michael Cimino? Umberto Eco? George Michael, Prince oder David Bowie? Für Michael Jackson, würde ich jetzt vermuten, haben Sie sich ja nicht so interessiert, richtig? Erzählen Sie mir jetzt nicht, Sie hätten darüber nicht nachgedacht. Ich weiß aus sicherer Quelle, Sie haben …

Und ich weiß auch, dass Sie mit Bartholomée eine Verabredung treffen konnten und sich nun gebunden fühlen. Es ist schön, dass Sie ein loyaler Mensch sind, doch gebe ich zu bedenken, dass jede Loyalität eine Grenze haben muss. Und diese Sache, das sage ich Ihnen, reicht weit über diese Grenze hinaus. Nach allem, was vorgefallen ist, sind Sie nicht mehr verpflichtet. Sollten Sie sich doch noch verpflichtet fühlen, dann nur, weil Sie an etwas festhalten, das Sie selbst bereits als ungerechtfertigt erkannt haben. Ich gebe Ihnen nun die Zeit, über all das nachzudenken. Denken Sie gründlich nach. Überlegen Sie gut. Aber überdehnen Sie nicht die Zeit. Es hat sich etwas verschoben. Und Sie sind jetzt gezwungen zu reagieren. Hören Sie genau hin, jetzt spielt die Musik.«

VIERZIG

Die Geschichte von Kala, von ihr selbst berichtet: »Ich heiße Kala Enrique Marie Nanosha Dzosi, geboren im Quartier ›Fakultät‹ in Sofia, von den Bulgaren ›Scheißhaufen‹ genannt, weil nur Zigeuner da leben. Meine Daj hieß Lisa Dzosi und war das Oberhaupt unseres Klans, eine weise Frau, wie man im Westen sagt, eine Zauberin bei uns, die mit ihren Gedanken heilen und Dämonen vertreiben konnte. In ihrer Jugend, da muss sie ein unwahrscheinlicher *head turner* gewesen sein. Das weiß ich, weil ich Fotos von ihr gesehen habe. Ja, ja, einfach unglaublich schön. Bapu muss sehr glücklich mit ihr gewesen sein, das hat er später jedenfalls oft zu mir gesagt. Wenige Jahre nach meiner Geburt bekam sie die Fäule, bei euch Dyphterie genannt. Woran sie genau starb, wissen wir nicht. Ihr Herz hörte schließlich zu schlagen auf. Bapu saß wie versteinert an ihrem Bett, hielt ihre Hand. Nach ihrem Tod kam ich für vier Jahre zu einer Nanny.

Dann holte mich mein Vater. Es waren die Jahre vor dem Krieg. Wir reisten über Kiev, was gefährlich war, weil Zigeuner, als die wir ja galten, hier bereits verfolgt wurden, und gerieten in den Holodomor, den großen Hunger. Menschen erschlugen einander auf der Straße. Mein Vater wollte nicht, dass ich es sah, aber ich sah es doch. Wir reisten über Menesk und Wilno nach Varschevia. Aber auch dort war die Bevölkerung in Unruhe und wir in Gefahr. In Danzig bestiegen wir ein Handelsschiff, das uns nach Kaupmannahöfn brachte.

Hier hatte mein Vater eigentlich einige Zeit mit mir bleiben wollen. Aber Juden und Zigeuner waren auch hier nicht willkommen. Es gab Belästigungen und Übergriffe. Wir sahen anders aus und wurden einmal auf der Straße sogar angehalten. Mein Vater spürte die wachsende Gefahr und brachte mich nach London. Es war das Jahr, in dem King Edward abdankte. Er kaufte ein Haus in Bisham Gardens, direkt am Highgate-Park. Bis dahin wusste ich nicht, dass mein Vater reich ist. Er hatte seinen Nachnamen als Dorsi eintragen lassen, und als Marie Dorsi besuchte ich die Elementary von Highgate. Ein Mitschüler war Richard Mountbatten, Mitglied der englischen Königsfamilie. Mit Richard verstand ich mich gut, doch dann mussten wir wieder umziehen und ich den Kontakt abbrechen, weil ich ja anscheinend nicht älter wurde. Außerdem brach der Krieg aus.

Mein Vater brachte mich nach Béal Feirste in Éirinn. Das war damals gar kein richtiger Staat, und so blieben wir hier vom Krieg verschont. Zwei Jahre lebten wir in einer Villa am Stoirmhonadht, wieder sehr schön, direkt am Park gelegen. Manchmal ging ich mit Bapu dort spazieren, die Frau, die meine Stiefmutter werden sollte, begleitete uns. Aus meinem Kinderzimmer sah ich das Schloss. Eine private Lehrerin bereitete mich auf den Besuch der Dara Grád vor. Eigentlich wäre ich gern direkt in die höhere Schule gekommen, doch die Leitung verweigerte das, obwohl meine Leistungen mehr als ausreichend waren.

Als ich dreizehn wurde, sah ich immer noch aus wie mit fünf. Die Lehrer hielten mich körperlich für zurückgeblieben, Mitschüler verspotteten mich, doch mit meiner Intelligenz hielt ich sie auf Abstand. Mein Vater nahm mich von der Schule und ließ mich ein Jahr lang privat unterrichten. Einige Mädchen gleichen Alters kamen mit zwölf schon in die Pubertät, doch ich blieb vollständig Kind. Die Bediensteten im Haus fingen an, sich zu wundern, berichteten ihren Bekannten von diesem seltsamen Mann, der selbst schon alt war und eine Tochter hatte, die nicht erkennbar älter wurde, und dazu eine sehr junge, sehr schöne Frau, die kein Wort Englisch beziehungsweise Gälisch sprach, während Vater wie Tochter sich fließend unterhalten konnten, obwohl auch sie Ausländer waren, nämlich sehr reiche Zigeuner aus Rumänien, was noch mal seltsamer war.

Wieder verschwand mein Vater für einige Zeit, diesmal aber nur für knapp drei Monate. Gearmailteachd, dein Land, hatte inzwischen den Krieg verloren und es herrschte wieder Frieden in Róinn Eorpa. Nach der Rückkehr meines Vaters zogen wir wieder um. Nun nach Liospóin in An Phortaingéilin. Oh, tut mit leid! Ich mag die Sprache so sehr, dass ich jede Gelegenheit nutze. Ich meine Lissabon. Mein Vater mietete eine große Etagenwohnung in der Altstadt. Diese Stadt, das kann ich rückblickend sagen, liebe ich mehr als jede andere sonst. Bapu erzählte bei jeder Gelegenheit, ich wäre sechs Jahre alt und eine Ausnahmeintelligenz, denn ich beherrschte mit meinen angeblichen sechs Jahren mehr als die meisten klugen Kinder mit achtzehn. Und ich fühlte mich auch extrem schlau, wenn ich das sagen darf. Ich sprach Romanes, Englisch und Gälisch fließend, konnte Gleichungen mit zwei Unbekannten lösen und bekam nun Privatlehrer, um Spanisch, Portugiesisch, Latein und Griechisch zu lernen, meine Kenntnisse in Algebra zu vertiefen, höhere Geometrie und Wahrscheinlichkeitsrechnung zu studieren. Eine ziemlich bekannte Pianistin sollte mich auf Vaters Wunsch außerdem für das Klavier begeistern, denn er lehnte es ab, mich zu unterrichten. Doch das gelang ihr nicht, wahrscheinlich auch deshalb nicht, weil sie entsetzlich nach faulen Zähnen aus dem Mund roch. Daraufhin durfte ich zur Geige wechseln. Und landete beim Cello, doch das erst einige Jahre später.

Ich mochte meine Stiefmutter. Eine stolze Frau. Stolz auf ihre Schönheit, stolz auf meinen Vater, der sie tatsächlich auf Händen trug und ihre Wünsche zu erahnen schien, stolz auch auf mich, meine Klugheit in Verbindung mit meiner Kindlichkeit. Sie kam aus einer jener sehr seltenen, sehr gebildeten Zigeunerfamilien in Bukarest. Beide ihrer Eltern waren Musiker, sie selbst hatte an der staatlichen Musikschule im Opernfach studiert, sang einen sonoren Alt und spielte außerdem sehr gut Geige, manchmal im Duett mit Bapu am Klavier. Bald bestritt auch ich Duette mit ihr, und Vater liebte das. In Lisboa bzw. Lissabon kamen wir einige Jahre zur Ruhe. Ich galt als Wunderkind, eine Cigana, und wusste, dass ich anders war als andere, aber noch nicht genau, warum. Da mein Vater meine Geburt nachdatiert und meine Urkunden dementsprechend geändert hatte, wie ich aber erst später erfuhr, wunderte sich auch niemand darüber, dass ich in meiner körperlichen Entwicklung stehen geblieben schien. Auch mein Vater wurde mit den Jahren nicht älter. Aber das war weniger auffällig. Es gab solche Männer. In reifem Alter schien die Zeit sie für einige Jahre oder gar Jahrzehnte zu verschonen. Meine Stiefmutter begann sich zu fragen, warum sie sichtbar und schnell alterte, ihr Mann und ihre Stieftochter aber so gar nicht.

Meinen achtzehnten Geburtstag feierten wir als meinen achten; die Zahl hatte immerhin etwas mit der Wirklichkeit zu tun. Ich wurde seit einigen Jahren nur noch von Privatlehrern unterrichtet. Die mussten ständig wechseln, um keinen Verdacht zu erregen. Mein Vater bezahlte Professoren der Universität, damit sie mich unterrichteten. Die begannen sich natürlich auch zu wundern, also kamen neue dran. Mein Vater sagte, ich würde unter einer seltenen hormonell bedingten Wachstumsstörung leiden, einem »hypophysären« Kleinwuchs. Einer meiner Lehrer, ein Mathematiker, der aber auch Medizin studiert hatte, behauptete, diese Diagnose könne nicht zutreffen, und wollte mich zu einem befreundeten Arzt schicken. Professor Lo Choi mochte mich sehr. Er unterrichtete mich auch in Taekwondo, erkannte daher meine Körperintelligenz und begann Doktorarbeiten und Habilitationen über kindliche Entwicklungsstörungen zu studieren. Einen Fall wie mich fand er nirgends.

Wieder zogen wir um. Nun nach Madrid. Hier herrschten die Faschisten. Die Stadt war entweder zu kalt oder zu heiß, doch immer gleich grau, und die Bewohner wie Schatten. Ich hasste die Stadt, aber mein Vater meinte, wir müssten einige Zeit bleiben. Menschen wurden grundlos verhaftet, unsere Angestellten verhielten sich wie geprügelte Hunde. Im Schatten von Franco wären wir sicher, erklärte mein Vater. Gitanos, deren Familien im Guerra Civil Española auf der Seite der Volksfront gekämpft hatten, wurden gejagt. Wer für die Putschisten gewesen war, aber geschützt. Ich fragte meinen Vater, wieso man uns hofierte, während andere ins Gefängnis kamen, erhielt aber keine Antwort. Es gab auch schöne Zeiten wie die jährliche Fiesta im Barrea Hermandad. Ich tanzte Flamenco, sah die Freude meines Vaters, hörte sein Lachen, war glücklich.

Dann bekam meine Stiefmutter das heilige Feuer, sah Gesichter, hörte Stimmen, schrie, schlug sich selbst und mit dem Kopf an die Wand. Bibaxtalo, mein Vater holte die besten Ärzte. Sie wurde wieder klar, doch kurz darauf bekam sie Lungenfäule. Wochen vor ihrem Tod verlangte sie von meinem Vater die Wahrheit. Bapu sagte sie ihr. Und auch mir. An dem Tag starb meine Kindheit. Bis dahin hatte ich geglaubt, mein Vater wäre ein sehr wohlhabender Händler rumänischer Herkunft aus einem kleinen Dorf bei Hermannstadt, aber nun erfuhr ich, wer er wirklich war. Wie reich er aber tatsächlich war, konnte ich damals noch nicht ermessen. Wie alt er war, aber schon. Meine Stiefmutter, Siumbiulla, wurde mit jedem Tag weniger. Ich war bei ihr, als sie starb. Sie verfluchte ihn und mich mit ihren letzten Worten. Trotzdem erfüllte Bapu ihren Wunsch und brachte sie nach Rumänien.

Wir blieben in Spino, einem Tsigan-Quartier bei Bukarest. Gheorghiu-Dej hatte kurz zuvor România zum kommunistischen Staat erklärt. Mein Vater musste seinen Reichtum verstecken – doch das war unter dem neuen Regime sogar einfacher als zuvor. Herrlich, die Jahre in Spino! Ich spielte in einer *grup de muzică*, tanzte, sang. Mein Unterricht aber ruhte, private Lehrer waren nicht zu bekommen. An der Universität wäre ich aufgefallen. Also lernte ich für mich weiter. Das waren die freien Jahre. Doch dann nahm mein Vater mich zu den Unionea nach London mit. Wir trafen besondere Menschen, siebenundzwanzig mit Bapu, denn ich zählte noch nicht. Elf Frauen und sechzehn Männer. Alle drei Jahre finden sie sich an wechselnden Orten zusammen. Wie Familienausflüge sollen diese Treffen nach außen wirken. Einige Kinder sind dabei, doch, bis auf mich und den Sohn einer der Frauen, nur als Teil einer möglichst unauffälligen Erscheinung.

Gerome Bartholomée wird mein Vater von den Unionea genannt, und ich bin Kala Bartholomée. Erst in jenen Tagen verstand ich, wer mein Vater ist und worin meine Aufgabe für die Zukunft bestehen würde. All das sage ich dir, weil du es bereits zum Teil weißt, weil wir eine Vereinbarung getroffen haben, und im absoluten Vertrauen. Niemandem, wirklich niemandem, darfst du es weitererzählen.«

EINUNDVIERZIG

Die Geschichte von Tomás Cavalho, dem »Flamenco-Mann«, eigentlich ein Portugiese, geboren in der kleinen Fischerstadt Nazaré in der Estremadura, hier nun von ihm selbst erzählt: »Ich bin in ärmlichen Verhältnissen aufgewachsen. Wir bewohnten das schäbigste Haus in der Stadt. Seit dem großen Sturm im Herbst 1987 hielt das Dach nicht mehr dicht, es regnete an mehreren Stellen ins Haus und im Winter bildete sich ein rötlicher Schimmelflaum auf den Wänden. Die Sporen stachen in der Lunge und machten meine Mutter krank. Ihr erster Mann war im fünften Jahr ihrer Ehe plötzlich gestorben. Es hieß, er hatte einen Herzanfall, doch ich glaube, dass er sich zu Tode getrunken hat, auch wenn meine Mutter zeit ihres Lebens etwas anderes behauptete. Der zweite Mann, den sie dann heiratete, mein Vater, war noch ärmer als der erste. Ein glückloser Fischer, zehn Jahre jünger als sie und weit weniger klug. Das eine wie das andere machte ihn zunehmend wütend, und er begann, sie zu schlagen. Während meine Mutter mit mir schwanger war, schlug er ihr im Streit zwei Zähne aus. Noch kurz vor meiner Geburt ging er auf sie los. Ich wurde mit Prügeln großgezogen. Davon gab's immer reichlich, zu essen nicht. Meine Eltern schickten mich in die Schule, denn sie kostete nichts und sparte eine Mahlzeit. Und wenn die Schule aus war, strich ich durch die Stadt und übte mich im Stehlen. Als meine Mutter davon Wind bekam, nahm sie mich zur Seite, damit der Vater nichts davon merkte, und ermunterte mich, möglichst geschickt vorzugehen und so zum Unterhalt der Familie beizutragen. Ich stahl immer genau so viel, wie wir zum Überleben brauchten. Und wurde nie erwischt. Heute denke ich, dass man mich mit Absicht nicht erwischte, denn meine Diebstähle taten niemandem weh. Ich achtete darauf, meine Raubzüge möglichst gerecht zu verteilen, und ich glaube, deshalb drückten sie ein Auge zu. Wissen Sie, Portugiesen sind großzügig, sie drücken gern ein Auge zu.

Was uns fehlte, besorgte ich. Der Vater wurde trotzdem immer unzufriedener. Einmal schlug er die Mutter fast tot. Als ich ihn aufzuhalten versuchte, ging er auf mich los. Eine Woche konnte ich nicht laufen. Die Lehrerin kam zu uns an die Tür und verlangte eine Erklärung für mein Fehlen. Mutter sagte, ich hätte die Grippe. Daraufhin ging sie wieder. Sobald ich wieder laufen konnte, rannte ich weg. Weder Mutter noch Vater sah ich wieder. Wie ich später erfuhr, starb mein Vater im selben Jahr. Er soll im Meer ertrunken sein. Meine Mutter folgte zwei Jahre später. Sie ertrank in Gram und Einsamkeit.

All das weiß ich nur, weil ich Jahre später Nazaré besuchte. Zugegeben, das war so eine Regung des Gefühls. Ich wollte mein Geburtshaus sehen, herausfinden, was aus den Eltern geworden war. In jenen Jahre war ich schon ein angesehener Dieb. Ich hatte die Hautevolee in Cannes, Nizza und Marbella bestohlen und erste Erfahrungen im Aufbrechen von Tresoren erworben. Auch pflegte ich guten Kontakt zu Kollegen und genoss einen gehobenen Lebensstil. Ich fuhr ein Austin-Healey-Cabriolet mit dem Steuer auf der rechten Seite, weil ich es aus England hatte kommen lassen, und bedachte meine Freunde mit großzügigen

Einladungen, um sie gewogen zu halten, achtete aber auch darauf, immer ausreichende Rücklagen für mehrere Jahre zu haben. Ich pendelte zwischen Ländern und Städten und wurde schließlich an mehreren Orten sesshaft. Schließlich besaß ich zwei Familien mit insgesamt fünf Kindern, die aber sehr bescheiden lebten und nichts von meinem Wohlstand sowie den kriminellen Einkünften wussten. Für sie war ich ein fahrender Händler, der Waren zwischen Spanien, Frankreich und China verschiffte und zur sorgfältigen Abwicklung der Geschäfte regelmäßig vor Ort sein musste. Meine Legende, der Wechsel zwischen den Familien, die unsteten, überraschenden Besuche bei der einen oder anderen, all das lief vollkommen reibungslos und für mich sehr angenehm. Auch als Vater, das möchte ich hier betonen, habe ich meine Sache gut gemacht. Ich habe kluge Kinder, die später studieren und aus ihrem Leben etwas machen werden, besser als ich vielleicht, aber ganz gewiss gleich gut, denn ich habe etwas aus meinem Leben gemacht. Und wie ich Ihnen ja schon sagte, sah es zu Beginn erst gar nicht gut aus. Ich wäre in Nazaré verhungert oder an Langeweile gestorben, wenn der Vater mich nicht vorher totgeschlagen hätte, was gar nicht so unwahrscheinlich gewesen wäre, denn ich konnte nicht nur ihn ganz schön reizen.

Mit neununddreißig ereignete sich dann eine große Wende in meinem Leben und ich galt als verschollen. Wieso das?, werden Sie jetzt wahrscheinlich fragen, denn ich sitze ja vor Ihnen, rede mit Ihnen. Lassen Sie mich erklären … Kurz vor meinem neununddreißigsten Geburtstag – aber der zeitliche Zusammenhang mit meinem Geburtstag hatte eigentlich keine Bedeutung – kontaktierte mich eine Gruppe von einflussreichen Leuten. Sie suchten Zugang zu einem Zirkel von angeblich sehr alten, sehr reichen und noch einflussreicheren Menschen als sie selbst. Menschen, die so einflussreich sein sollten, dass nur die zweite Reihe der Macht überhaupt etwas von ihrer Existenz mitbekam. Diese zweite Reihe der Macht ist für Normalsterbliche auch nicht die erste Reihe der Macht. Denn auch die zweite Reihe ist unsichtbar. Sichtbar ist erst die dritte, also noch eine Stufe darunter. Auf dieser Stufe befinden sich die gewählten Präsidenten von Staaten, aber auch Diktatoren und Leute wie Bill Gates, George Soros und andere bekanntermaßen reichen Leute. Die meisten Menschen halten Bill Gates oder Soros für reich, doch sie sind in Wahrheit nur wohlhabend. Das haben mir jedenfalls die Leute gesagt, die mich kontaktierten. Gates, Soros, der amerikanische Präsident, wahrscheinlich auch der russische und chinesische seien Akteure der dritten Stufe, doch hätten sie einen gewissen Zugang zur zweiten Reihe, denn aus dieser zweiten Reihe bekämen sie Anweisungen. Diese Anweisungen seien indirekt. Sie geben Richtungen vor, so gut wie nie konkrete Handlungen.

Auch der Papst gehört in die dritte Reihe, nicht aber die englische Queen. Sie ist vielleicht der einzige sichtbare Vertreter der zweiten Reihe mit einem unmittelbaren und direkten Zugang zur ersten.

Wir kennen keine Personen aus der ersten Reihe. Eine nicht von allen geteilte Vermutung ist, dass die Queen eigentlich in die erste Reihe gehört, jedoch so auftritt, dass man annehmen kann, sie gehöre in die zweite oder dritte. Im direkten Umfeld des Heiligen Vaters in Rom gibt es mehrere Personen, die für eine Position in der zweiten Reihe infrage kommen, angeblich aber nicht für eine Position in der ersten.

Die zweite Reihe, so wurde mir erklärt, agiere auf direkte Anweisung der ersten. Diese Anweisungen würden durch Kassiber erfolgen, hinterlegt an geheimen Orten. Sie kommunizieren also mit geheimdienstlichen Methoden. Nur, dass es sich nicht um Geheimdienste von nationalen Regierungen handelt, sondern um den Dienst für eine nicht sichtbare Organisation.

Warum, fragte ich meine Auftraggeber, glaubt ihr, dass ausgerechnet ich, ein kleiner Dieb … na ja, ich weiß, ist leicht untertrieben, denn in Wahrheit war ich schon lange kein kleiner Dieb mehr … warum glaubt ihr, dass ich diese Leute für euch ausfindig machen kann? Es wäre extrem schwer bis unmöglich für mich, einen direkten Kontakt zu einem Staatspräsident zu bekommen. Und jemand wie Soros kann ich auch nicht einfach anrufen und sagen, hey, George, hast du Zeit für einen Galao? Wie soll das dann mit der zweiten und der ersten Reihe gehen?

Ihre Antwort, wollen Sie sie wissen? ›Sie haben doch auch den Bilderberg Club beklaut. Oder etwa nicht?‹

Bingo. Bei einem Treffen im Gran Hotel de la Troja in Spanien hatte ich vor einigen Jahren sehr gut abgeräumt. Da ist ja immer viel Bargeld im Spiel. Wird nun mal gebraucht für Überzeugungsarbeit. Wo lassen die Leute ihre nicht registrierten Noten aus ihren schwarzen Kassen? Jedenfalls nicht einfach so in ihren Suiten. Klar, das Geld wandert in den Hotelsafe. Da ist es sehr gut aufgehoben. Für mich. Denn ich muss nur zu einem günstigen Zeitpunkt reingreifen und es herausnehmen. Diesen Zeitpunkt finde ich immer. Man muss sich natürlich etwas einfallen lassen. Keine große Sache für mich. Allzu hohe Sicherheitsstufen wollte man bei diesen Treffen auch wieder nicht. Im Royal Club Evian Hotel, Ermitage Hotel in Évian-les-Bains in Frankreich war ich dann drei Jahre später wieder dabei. Etwas schwieriger, sie hatten natürlich dazugelernt. Hinterher nichts davon in den Medien. 25 Millionen – Cash, also keine kleine Sache. Diese beiden Coups hätten mich eigentlich für den Rest meines Lebens saniert.

Dann der Kontakt, die Anfrage. Seltsam. Spannend. Okay. Mal sehen, was machbar ist. Ganz ehrlich. Ich war skeptisch. Ich glaubte die Sache mit der ersten, zweiten und dritte Reihe nicht. Menschen mit einer Neigung zu überhöhten Vorstellungen und Phantasien tendieren dazu, sich solche Sachen auszudenken, weil sie daran glauben wollen. Womöglich geht ihnen einer ab, wenn sie an einen Kreis von besonders exklusiven Strippenziehern denken.

Ich hatte die Grupo Bilderberg zwei Mal ausgekundschaftet. Das waren ehemalige Politiker vermischt mit europäischem Hochadel und Wirtschaftsbossen. Nach meinem Empfinden nichts Besonderes. Klar, ein Klub, exklusiv, aber nicht das, was viele Leute darüber denken. Sicher, ein gut funktionierendes Netzwerk, angloamerikanischer Hintergrund, mit einem gewissen Einfluss. Aber mehr als das? Ich würde sagen, nein. Jedenfalls keine geheime Weltregierung. Warum nicht? Ich denke, das wäre mir aufgefallen. War ja nahe genug dran.

Das habe ich meinen Auftraggebern nicht vorenthalten. Daraufhin haben sie umso mehr darauf gedrängt, dass ich ihren

Auftrag annehme. Ich genieße wirklich einen sehr guten Ruf. Geheime Gesellschaften und überhaupt Gruppen und Zirkel mit einem Bedarf an geheimen Kassen sind ideal, um bestohlen zu werden. Sie versuchen, sich gut zu schützen. Doch wenn sie einmal bestohlen wurden, gehen sie damit nicht an die Öffentlichkeit. Sie schalten auch nicht die Polizei ein, sondern beauftragen lieber private Ermittlungsdienste. Vor denen muss man natürlich auf der Hut sein, denn sie halten sich nicht an Gesetze und scheuen keine noch so abwegigen Praktiken. Auch damit hatte ich zu tun. Eine weitere Expertise.

Ich kenne mich mit der United Grand Lodge of England aus, ebenso mit Rotary International und in eher eingeschränktem Maß auch mit dem Opus Dei. Keiner dieser Organisationen traue ich eine Position in der zweiten oder gar ersten Reihe zu. Darunter sind zwar Leute, die ernsthaft versuchen, Einfluss zu nehmen – aber nur als eine Art Lobbyisten mit Einfluss auf die dritte Ebene. Ich weiß, wer einige dieser Leute sind, wo sie sich treffen, was sie beabsichtigen, wen sie in die Zange nehmen, wen sie hofieren, wen sie wieder fallen lassen. Es gibt Einschätzungen ihrer langfristigen Interessen, doch ganz große Geheimnisse verbergen sich darin nicht. Vielleicht spiegeln ihre Aktivitäten die Absichten und Ziele der zweiten und ersten Reihe etwas besser als die vagen Proklamationen und Aktionen der G7-Staaten. Allerdings gehören China, Indien und Russland nicht dazu, also fast die Hälfte der Menschheit.

Meine Auftraggeber behaupten, die G7 tanzen nur nach einer Pfeife von oben. Allerdings gibt es unter ihnen auch einige, die meinen, die G7 seien die Pfeife, allerdings nicht ihre Präsidenten, sondern eben die Leute der zweiten und ersten Reihe über ihnen.

Tja, ich gebe nur wieder, was mir erklärt wurde. Was ich selbst denke, ist damit noch nicht gesagt. Ja, ich bin nur ein ungebildeter Dieb, aber ich habe mich selbst weiter schlau gemacht. Was sehen Sie, wenn Sie sich in der Welt umblicken?

Sie schütteln den Kopf? Sie wissen es nicht? Ich sage es Ihnen: Macht. Macht in einer nie zuvor erlebten Konzentration.

Aber wer hat schon die Macht?, werden Sie jetzt zurückfragen? Der russische Präsident etwa? Der chinesische? Der amerikanische? Nun, der indische in seinem Wallewallegewand jedenfalls nicht. Oder doch? Vielleicht gerade der …

Genau. Sie wissen es nicht. Sie können es nicht wissen. Sie werden es nicht wissen. Aber vielleicht wollen Sie es wissen. Was machen Sie also? Recherchieren. Sind ja Journalist. Ich kenne Typen wie Sie. Sie behaupten ständig, etwas herausgefunden zu haben. Sorry. So gut wie nie finden Sie etwas, was nicht gefunden werden will. Sie finden nur, was sehr absichtsvoll darauf wartet, entdeckt zu werden.

Ich weiß, das gefällt Ihnen nicht. Sie fühlen sich in Ihrer Ehre gekränkt. Tut mir wirklich leid für Sie. Aber lassen Sie es mich in aller Deutlichkeit sagen, es braucht Diebe wie mich, um die wirklich gut versteckten Sachen aufzuspüren. Sachen, die niemand finden soll. Sachen, die keiner finden darf.

Was sind Sie dagegen, Herr Journalist? Genau, ein Opfer. Leidtragender modernster Suggestions- und Manipulationstechnologie. Sie glauben wahrscheinlich an das freie World Wide Web, an freie Informations- und Sozialmedien. Irrtum. Der Kampf um diese Freiheit ist längst verloren. Lassen Sie sich das von mir sagen. Einem Dieb, der bei seinen Diebereien einige Geheimnisse entdeckt hat.

Diese Leute, die mich beauftragt haben … wie soll ich das sagen? Sie wollen das ganz große Geld. Klar wollen sie das. Und sie wollen mehr als das. Ich weiß, das klingt sicherlich komisch für Sie … diese Leute … für mich sind die so eine Art moderne Robin Hoods. Ja, sie wollen eigentlich dienen. Und um besser dienen zu können, haben sie mich engagiert. Und das ist einer der Gründe, warum ich eingewilligt habe, für sie zu arbeiten.

Ich bin ein kleiner Räuber, der zu einem großen Dieb geworden ist. Ein Dieb mit einem sehr, sehr guten Ruf. Ein Dieb, der noch nie gefasst worden ist. Ein Dieb, der eine Zeit lang wie ein Fürst residiert hat und dann immer bescheidener geworden ist, weil er gelernt hat, dass es klüger ist, in den Hintergrund zu treten. Ich habe erst Gold gestohlen, dann Geld in großen Mengen entwendet und dann Geldflüsse umgelenkt. Aber noch viel kostbarerer können Informationen sein.

Verstehen Sie, warum ich verschwinden, mich wirklich unsichtbar machen musste? Als ich mich dann für meine Auftraggeber umzuschauen begann, habe ich tatsächlich einige Leute gefunden. Am interessantesten waren ihre Reaktionen auf mich. Als Erstes ein Venezolaner. Lebte in sehr bescheidenen Verhältnissen in Caracas, in keiner Weise auffällig. Er drückte eine Taste auf seinem Telefon und zerbiss eine Kapsel mit Gift, bevor ich ihn befragen konnte. Dann eine Frau, Sekretärin bei den Vereinten Nationen, auch sie unauffällig. Warf sich vor einen Bus, als ich ihr auf den Fersen war. Schließlich die Person Nummer drei. Wieder ein Mann, Jurist, Partner einer Pariser Kanzlei für Wirtschaftsrecht. Bei ihm war ich vorsichtiger. Ich nahm ihn erst in die Zange, als ich sicher war, dass er kein Gift bei sich trug und niemanden warnen konnte. Doch der Mann redete nicht. Kein Schmerz konnte ihn dazu bringen, den Mund aufzumachen. Er war vollkommen schmerzunempfindlich.

Diese Leute gehörten zu einer Art Elite. Sie agierten allein und so vorsichtig, dass ich keinerlei Hinweise auf Hintermänner fand. Das war auffällig. Ich berichtete meinen Auftraggebern von meinen Erkenntnissen und sie gaben mir Karen. Ausgebildet vom FSB, zuletzt in Israel tätig, dort offiziell verschollen. Und Karen machte Santos ausfindig, auch er ein Soldat. Und Santos redete. Er redete viel und wir glaubten ihm. Wir glaubten die Geschichte von seinem Vater, weil sie sich nachprüfen ließ, zumindest teilweise. Und wir glaubten seinen Erzählungen über Gerome Bartholomée. Wir glaubten ihm umso mehr, als wir bemerkten, dass auch Sie, ein Journalist, den Alten suchten. Bartholomée ist jemand aus der ersten Reihe.

Warum ich Ihnen das erzähle? Leute wie ich, neugierige Menschen, aufmerksame Menschen, die sich Fragen stellen und keine Angst haben, die Antworten auch wirklich zu finden, sind ihm und seinen Freunden seit Jahrhunderten auf der Spur. Sie suchen nach Verbindungen. Sie wollen verstehen, wofür ihr Leben eigentlich zu kurz ist. Was die Alten mit uns vorhaben. Wie sie uns manipulieren, um ihre Ziele zu erreichen.

Ja, ich weiß, Sie sind irritiert. Sie glauben mir nicht. Aber wir wissen, wie sie uns manipulieren. Und ich denke, das wissen Sie als Journalist eigentlich auch, wenn Sie es sich nur eingestehen. Und wenn man es nicht beweisen kann, so kann man es doch benennen, weil man es spürt. Man spürt die Lenker im Hintergrund, spürt die heimlichen Gestalter. Sie spielen mit den Strippen der Zivilisation und lenken ganze Gesellschaften. Sie nehmen Einfluss auf die Medien und lenken die Berichterstattung. Ja, das müssen Sie doch viel besser wissen als ich, wie das geht. Lob für das, was man haben will. Kritik gegenüber dem Unliebsamen, vernichtende Kritik gegenüber dem Unerwünschten. Von oben nach unten weitergereicht. Niemals offensichtlich. Das Gewünschte ist wie eine helle Wolke, das Unerwünschte wie der umgebende Schatten. Jeder will sich aus dem Schatten zur lichten Wolke hinbewegen. So einfach ist das. Die Lenker wollen nicht auffallen. Sie zeigen nur, wo das Licht ist und wo der Schatten. Wir sollen das Gefühl haben, selbst verantwortlich zu sein, doch wir sind es nicht, wir sind nur Marionetten. Sie spielen Theater mit uns. Sie manipulieren uns mit Lob und Kritik. Mit Geld und drohendem Geldmangel, mit dem Versprechen von Reichtum oder der Drohung des Bankrotts. Warum sie das so einfach machen können? Ganz einfach, weil sie über Geld verfügen, über extrem viel Geld. Sie schicken es wie Gott die Heuschreckenschwärme. Und diese Plage ist die fürchterlichste, die es je gab. Ihr kann niemand widerstehen. Nicht mal die Kommunisten in der Sowjetunion konnten es. Auch Kuba musste kollabieren. Geld macht gefügig. Sehr viel Geld besiegt jeden Widerstand. Und wir reden hier von Mitteln, die kaum eine Regierung zur Verfügung hat. Schon gar nicht, wenn sie so verschuldet ist wie die meisten heutigen Regierungen.

Die Köpfe, von denen Ihnen schon meine Kollegin berichtet hat, sind von höchstem Wert. Wer sie besitzt, ist reich. Vor allem in symbolischem Sinne. Wenn Bartholomée sie besitzt, was anzunehmen ist, dann muss er sie herausgeben. Sie seien eine Art Schlüssel, haben unsere Auftraggeber erklärt. Sie könnten Türen öffnen. Ja, ganz neue Perspektiven und Erkenntnisse ermöglichen.

Ganz ehrlich, ich weiß nicht, ob das stimmt, bin auch weiterhin skeptisch. Meine Kollegin ist da überzeugter als ich. Bartholomée streitet jedenfalls entschieden ab. Warum mit dieser Entschiedenheit? Warum so rigoros und unversöhnlich? Aus genau diesem Grund denke ich, dass er lügt. Der Alte könnte uns die Wahrheit sagen, doch wie es aussieht, lügt er. Niemand weiß, wie reich er wirklich ist. Niemand kennt die Größe seiner Macht. Wir alle vermuten nur, wir beobachten und ziehen unsere Schlüsse. Und diese Schlüsse sind ernst zu nehmen! Wenn man ihn darauf anspricht, dann lügt er weiter. So wie er seit Jahrhunderten gelogen hat und immer weiter lügen wird. Verstehen Sie?

Sie werden es verstehen, denn viel Zeit bleibt uns nicht. Das Leben ist ein Song, der viel zu kurz ist. Wir Kurzlebigen werden bald sterben. Aber eines natürlichen Todes wird das nicht sein, glauben Sie mir. Denken Sie an meine Worte, wenn die Zeit gekommen ist. Es wird im kleinsten Kreis sein. Denken Sie an meine Worte, wenn es eng wird. Wenn Sie sich im richtigen Moment erinnern, dann haben wir vielleicht doch eine Chance. Überlegen Sie gut. Seien Sie sehr gründlich bei Ihren Überlegungen. Treffen Sie eine gut begründete Entscheidung. Vergessen Sie auf keinen Fall, was ich Ihnen gesagt habe. Auf das, was Sie denken, kommt es an.«

ZWEIUNDVIERZIG

Ich gelobe Ahimsa und lasse vom Töten und Verzehren von Lebewesen ab. Dazu gehören alle Tiere, aber auch Pflanzen und sogar Wasser, denn es lebt. Ich gelobe Satya, die wahrhaftige Rede, und verzichte auf jegliche Lüge, und sei sie noch so klein und unbedeutend. Ich gelobe Asteya und greife nicht nach fremdem Eigentum. Ich gelobe Brahma, Keuschheit. Und ich gelobe Aparigraha, den Verzicht auf jegliche Güter, die ich nicht zum Überleben brauche. Das sind die fünf Mahavratas, die fünf großen Gelübde der Jina, und sie sind für alle Nonnen und Mönche bindend. Die drei kleinen Gelübde betreffen die Laien. Für sie gelten Ahimsa, also Gewaltlosigkeit gegenüber beseelter Existenz, Aparigraha, Verzicht auf Überfluss, und Satya, Wahrhaftigkeit.

Mahavira, der große Held, wurde knapp sechshundert Jahre vor Christus in Kundapura, einem Bezirk von Vaishali, geboren und war der erste Furtbereiter der Sieger, *Jina* auf Sanskrit. Heute zählen die Jina etwas über vier Millionen Anhänger. Nur zweihunderttausend davon leben nicht in Indien.

Ich hatte mir manchmal gewünscht, einen von ihnen zu treffen. Doch als ich in Indien war, hatte ich kaum Zeit, und als ich welche hatte, war kein Jina zur Stelle. Keine Lüge, nicht die geringste aus Not, keinerlei Tötungen durch eigenes Vertun – wie soll das gehen?, hätte ich gern gefragt. Da ist der Katholizismus die modernere Religion. Zwar auch nicht mit dem aktuellen Stand der Physik vereinbar, aber immerhin gibt es Beichte und Ablass. Noch zeitgemäßer ist Scientology. Geld und Macht als die eigentlichen Götter. Demnächst siedeln sie wohl auf dem Mars. Und Buddhismus? Sogar mit Quantenphysik vereinbar.

Die vier Millionen Edlen der Jina verlangen das Absolute, das Unmögliche und bewirken Scheitern. Vier Millionen gescheiterte Existenzen – wie mögen sich die unsauberen Edlen fühlen? Machen sie auf perfekt, während sie eigentlich mangelhaft sind? Ahimsa, schön als Idee, aber unmöglich in diesem Leben – sieht man das nicht sofort? Schuld und Existenz sind direkt verknüpft. Mit jedem Atemzug sterben Millionen von Kleinstlebewesen im biologischen Körper, und wo auch immer ich meinen Fuß hinsetze, kommt etwas zu Tode. Oder sollte ich sagen, jemand?

Man hat mich aufgefordert, nicht zu berichten, was im Refugium vorgefallen ist, kurz bevor wir es wieder verließen. Und auch über die Vorkommnisse während der anschließenden Stunden in Álvarez' Haus möge ich besser Stillschweigen bewahren, denn ich solle Satya wahren, hatten der Älteste und Kala übereinstimmend gemeint, auch wenn es für Ahimsa zu spät sei. Ich möchte an dieser Stelle der Absicht Ausdruck verleihen, dass ich meine Reaktion auf ihre Aufforderung zur Geheimhaltung sehr gut bedenken werde. Es gibt triftige Gründe dafür – aber auch starke Argumente dagegen. Ich werde beides in Ruhe abwägen, nicht zuletzt die Worte des Flamenco-Mannes noch im Ohr.

Ganz ehrlich: Ich zweifle an dem Wert seiner Aussagen. Nur die Ausführungen von Karen Köning erscheinen mir noch dubioser. Ich denke, sie hat versucht, mich mit Halbwahrheiten auf ihre Seite zu ziehen. Er hingegen hat mir direkt ins Gesicht gelogen, um seine Haut zu retten und die Angelegenheit zu seinen Gunsten zu wenden. Die Geschichte seiner Kindheit, okay, warum sollte er sie erfunden haben? Die Sache mit dem Stehlen wird also ebenfalls stimmen. Denn warum sollte jemand behaupten, ein Dieb zu sein, wenn er keiner ist? Allerdings, dass er die Bilderberger bestohlen haben will, erscheint mir unglaubwürdig. Erstens lagern sie gewiss keine Koffer voller Geld in Hotelsafes und verstecken auch keine Goldbarren hinter Bettkästen oder unter Matratzen. Und zweitens, selbst wenn sie das täten, gäbe es diverse logistische Probleme bei einem Raub, die gewiss nicht von einem Dieb allein – und sei es einem Meisterdieb – bewältigt werden könnten. Die Zeiten, wo Tresore einfach so geknackt werden konnten, sind lange vorbei.

Als Journalist weiß ich von der Existenz einer solchen Gruppe, glaube aber gleichzeitig, ihre Wichtigkeit wird überwertet und von Verschwörungstheoretikern jeglicher Couleur lediglich genutzt, um sich als Opfer eines weltweiten totalitären Netzwerks zu sehen und auf dieser Tatsache tränentraurig herumreiten zu können. Dann bekommen selbst Kondensstreifen am Himmel eine beklagenswerte Bedeutung und aus Fernsehern und Handymasten werden furchterregende Abhöranlagen.

Ich bin mir der Tatsache bewusst, dass immer mehr Menschen meinen, immer mehr Gründe zu haben, um sich zu beklagen und zu beschweren. Die meisten dieser Gründe, behaupte ich, erscheinen bei näherer Betrachtung an den Haaren herbeigezogen. Es sind eingebildete Gründe. Gründe, die man sich zurechtlegt, weil man den Wandel nicht wahrhaben will. Genau. Die Welt ist nicht mehr so, wie sie in den Achtzigerjahren war. Nicht mehr so wie in den Neunzigern des vergangenen Jahrhunderts. Und mit der Jahrtausendwende ist wirklich jedem aufgefallen, dass sich der Wandel mit einer geradezu atemberaubenden Geschwindigkeit vollzieht. Ja, das beklagen nun immer mehr Leute. Der wachsende Chor der Klagenden verunsichert zunehmend auch die, die eigentlich keinen Grund zum Klagen haben. Dass immer mehr Menschen begründet wie auch unbegründet klagen, verunsichert aber auch all jene, die sich bisher als Zivilisationsoptimisten bezeichnet haben. Plötzlich sagen auch sie, ja, ja, die Polkappen schmelzen, der Wald stirbt, die Ozeane siechen, die Meinungsfreiheit krankt und die Populisten siegen, weil die Demokratie versagt. Demnächst gehen wir sowieso unter. Weil die Meeresspiegel steigen oder weil die Flut der Flüchtlinge uns wegschwemmt. Bald gibt es keine Kirchen mehr, werden ja ohnehin immer leerer, sondern nur noch Moscheen. Die Muezzins rufen dann in London, Paris, Madrid und Berlin. Wenn wir nicht vorher den Anschlägen islamischer Terroristen zum Opfer fallen oder die Nordsee und die Staatsverschuldung uns bis zum Hals stehen.

Was für ein Unsinn! So friedlich wie heute, hat der Älteste gesagt, war es in Europa noch nie zuvor. Funktionierende Sozialsysteme, medizinische Versorgung, freie Wahlen, Mitbestimmung, Demonstrationsrecht, funktionierende Geldautomaten, Parlamentarismus – große Errungenschaften, die man vor allem sieht, wenn man alt genug dafür ist. Johannes Elmang, denke ich, weiß die Gnade zu schätzen, sich im Alter viel freier bewegen zu können als in seiner Jugend. Warum das so ist? Die Antwort ist ein Zauberwort: Demokratie. Die allergrößte Errungenschaft der vergangenen Jahrhunderte, zu bestaunen vor allem während der vergangenen sechzig. Und immer weniger Menschen wissen sie zu schätzen. Warum? Weil sie nicht genug Erinnerungen haben. Weil ihr Leben zu kurz ist für eine angemessene Einschätzung des Wertes der Demokratie, in der sie leben. Es ist ein bisschen so wie mit der modernen Medizin. Ist Mode geworden, daran herumzumäkeln und nach Alternativen zu suchen, die, vorsichtig ausgedrückt, als zweifelhaft anzusehen sind, und mein früherer Kollege ist ja inzwischen ebenfalls in diesem Bereich tätig. Gut und schön, aber vor zweihundert Jahren, und das soll man nicht vergessen, sind die Leute noch bei lebendigem Leib verfault und unter entsetzlichen Qualen gestorben, wenn sie etwa Krebs bekamen. Was lindert heute ihre Not? Vor allem die Errungenschaften der Medizin. Ich finde, dass man dies im Gedächtnis bewahren soll, bei allem Positiven, was Alternativen zu bieten haben.

Ähnliches gilt für die Demokratie. Der Älteste verkörpert, so gesehen, die Geschichte Europas und damit die Entstehung der Demokratie. Ja, es ist Mode geworden, an ihr herumzumäkeln, ihr Sterben herbeizufantasieren, über ihren Untergang zu orakeln und hinter all dem eine Verschwörung zu sehen. Warum sollte der Älteste sich an etwas so Unsinnigem beteiligen? Und persönliche Bereicherung ergibt bei ihm nach fünfhundert Jahren gewachsenen Reichtums sicherlich auch keinen Sinn mehr. Oder?

Was ich an dieser Stelle ohne jede Einschränkung verraten kann: Ich erreichte Dr. Rochette in der Schweiz. Sie hatte bereits sehnsüchtig auf meinen Anruf gewartet. »Hören Sie«, befahl sie am anderen Ende der Leitung und schickte einen einladenden Singsang durch den Äther. Ich müsse sofort kommen. Plötzlich waren auch Álvarez und das Mädchen daran interessiert.

Aufgrund der Analyse der mtDNA, erfuhr ich nach meiner Ankunft, bestehe eine direkte genetische Verbindung zu dem sogenannten Mungo Man. Der MM war 1974 am australischen Lake Mungo in New South Wales gefunden worden, rund 40.000 Jahre alt und damit wohl wesentlich älter als der Keilor-Schädel, der bis dahin älteste entdeckte Überrest eines modernen Menschen.

Der Fund von MM hatte unerwartet weitreichende Folgen. Die bisher gültige und auch von mir bisher geglaubte *Out-of-Africa*-Theorie zur Herkunft des Homo erectus musste bezweifelt werden, da MM Übereinstimmungen mit asiatischen Genpools aufwies und einen bisher ausgestorbenen Ast im Stammbaum der mitochondrialen DNA repräsentierte. Darauf folgende Analysen der mtDNA australischer Aborigines zeigten allerdings, dass von MM zu einigen Stämmen von ihnen eine direkte und nahezu ungestörte Entwicklungslinie bestand, zu anderen aber nicht.

Schlussfolgernd war nun anzunehmen, dass Australien in mindestens zwei Wellen vom asiatischen Kontinent her besiedelt worden war. Und dies zu einer Zeit, in der gleichzeitig Migrationen aus Afrika stattgefunden haben mussten. Die Aufspreizung beider Entwicklungslinien aus einem gemeinsamen Stamm musste sich also zu einem viel früheren Zeitpunkt ereignet haben als bisher angenommen. Es war also überhaupt nicht mehr sicher, wo die Wiege der Menschheit wirklich lag, ob in Asien oder doch Afrika. Sicher war nur: Ich bin eine genetische Sensation.

So erklärte es mir jedenfalls Dr. Rochette, der ich, wie schon einmal, im Bauhaussessel gegenübersaß, auch jetzt wieder an ihr vorbeiblickend, um im Park nach den Rehen zu sehen. Aber entweder waren sie in der Zwischenzeit geschlachtet worden oder sonstwie absentiert. Nur die farblich verwandten Nager wieselten um die Stämme, sprangen munter von Ast zu Ast, während ich wieder an einem Glas Wasser nippte und noch hilfloser als beim ersten Mal nach einer Erklärung suchte, weil Rochette eine lückenlose Darstellung meiner Familienchronik verlangte. Die Sache mit der Erbkrankheit war jedenfalls vom Tisch. »Die gute Nachricht«, wie die Ärztin sich mit einem rollenden R ausdrückte, denn Anzeichen dafür hatten sich nach der Sequenzierung nicht ergeben. Im ersten Moment bezog ich das auf mich und dachte, prima, also kein OMS, wahrscheinlich auch keine Neigung zu cancerogenen Zelldegenerationen, denn das hätte sie mir an dieser Stelle sicherlich auch gesagt, aber dann fiel mir ein, dass es ja nicht mein Blut gewesen war, sondern das von Álvarez.

Die Ärztin zuckte mit den Schultern und dann mit den Augen. »Sie werden einige Tage in Genf bleiben müssen. Wir bringen Sie im President Wilson unter. Es ist bereits arrangiert. Sie logieren in der Crown Suite mit Blick auf den See und den Mont Blanc. Sie hatten ja ohnehin einige Tage eingeplant, können sich also über einen schönen Aufenthalt freuen. Ich darf Ihnen jetzt schon sagen: Diese Reise werden Sie nicht bereuen.«

DREIUNDVIERZIG

Rechts am Fenster stand ein Fernrohr auf einem Dreifuß. Mit hundertfacher Vergrößerung entdeckte er eine Gruppe Bergsteiger kurz unter dem wolkenverhangenen Gipfel und einen Ruderer auf dem See, der mit verkniffenem Gesicht auf den Segelhafen zu paddelte. Von der französischen Seite her zog eine dunkle Wolkenfront auf. Der Ruderer legte sich in die Riemen und kam nun sehr viel schneller voran, doch weil der Wind ungünstig stand, landete die vom linken Blatt aufgewirbelte Gischt regelmäßig in seinem Gesicht. Von den Bergsteigern war nichts mehr zu sehen. Wahrscheinlich, weil die Wolken langsam den Hang herunterkrochen. Doch dann hörte er einen Helikopter, sah ihn aber nicht, sondern entdeckte stattdessen eine Frau auf der Uferpromenade.

Als er das Glas auf sie richtete, sah er, dass es die ihm bekannte Dr. Isabelle Rochette war. Sie saß auf einer Bank am Ufer, hatte sich über die Rücklehne in einer durchaus elegant wirkenden Wendung zu ihm gedreht und blickte zu ihm herauf, wahrscheinlich nicht wissend, dass sich in der Crown Suite ein Fernglas befand und er sie also erkennen konnte. Da er das Licht nicht gelöscht hatte, musste sie seine Anwesenheit im Zimmer annehmen. Vielleicht sah sie ihn am Fenster stehen, jedoch gewiss nicht das Fernglas. Dafür war er einfach zu weit von ihr entfernt.

Einige Minuten lang blickte sie zu seinem Fenster herauf. Er schaltete auf hundertfünfzigfache Vergrößerung und konnte tatsächlich die Farbe ihrer Augen erkennen. Dr. Rochette trug eine rote Baskenmütze, unter die sie ihre blonden Haare gestopft hatte, doch einzelne Strähnen hingen ihr über Wangen und Hals. Sie bewegte die Lippen. Im ersten Moment dachte er, sie führte Selbstgespräche, aber dann entdeckte er das weiße Kabel zu ihrem rechten Ohr und das unter ihrem Kinn baumelnde winzige Mikrofon.

Offenbar telefonierte sie. Einmal lächelte sie, und dabei ging das sonst sehr konzentrierte Gesicht auf und sie erinnerte ihn an eine Schauspielerin aus einem Film. Sie wirkte durch das Glas und in der Vergrößerung fast hübscher als bei der Begegnung zuvor, und einige Momente lang überlegte er, ob er vielleicht runter zu ihr gehen sollte, um sie auf ein Getränk heraufzubitten, doch im selben Augenblick wurde ihm bewusst, wie wenig Interesse er in Wahrheit daran hatte. Die Überlegung war lediglich ein alter Reflex gewesen. Bei dem Gedanken stieß er gegen das Fernrohr, verstellte den Fokus und fand anschließend weder sie noch die Bank wieder. Als er die Bank dann doch wiederfand, war die Frau weg.

Er ließ die Jalousien in Seerichtung herunter und ging ins Bad, um sich die Zähne zu putzen. Das Marmorbecken und die goldenen Wasserhähne konnten ihn nicht mehr beeindrucken, seit er das Haus von Álvarez betreten hatte. Tatsächlich fand er diese Art von Luxus schon immer geschmacklos. Kurz darauf klingelte das Telefon. Er schaffte es aber nicht, ranzugehen, weil er im Bad gerade anderweitig beschäftigt war. Als er jedoch wieder zurück ins trat, klingelte es an der Tür. Da er den Concierge wegen einer Bestellung erwartete, öffnete er im Bademantel.

»Hey«, sagte Isabelle Rochette, drängte sich an ihm vorbei ins Zimmer, ließ sich in den grünen Oxford fallen, schlug die Beine übereinander und stützte sich mit den Ellenbogen auf die Armlehnen, während sie erklärte: »Ich müsste Sie noch mal zur Ader lassen.«

»Jetzt?«, fragte er mit unnatürlich hoher Stimme und zwang sich zu einem Lächeln, um sein Erschrecken zu verbergen.

»Nein, nein«, erwiderte sie und grinste. »Besser morgen, im Institut.«

»In Ordnung«, erwiderte er, »wozu?«

»Sehen Sie«, sagte sie und kniff die Augen zusammen, »plötzlich wollen alle Ihr Blut.«

Zum ersten Mal bemerkte er den schwarzen Fleck in ihrer linken Iris, der fast wie eine zweite Pupille aussah. Beim Blick durch das Fernglas musste er ihn übersehen haben. Da war er aber auch mehr auf die rechte Gesichtshälfte fokussiert gewesen.

»Wer ist alle?«, fragte er.

»TIGR in Maryland, GATC Biotech und Sanger Seq.«

»Sie haben also Werbung für mich gemacht«, antwortete er. »Prima. Dann werde ich jetzt wohl berühmt.«

»Sie sind es schon«, gab sie mit einem Lächeln zurück und entblößte zwei Reihen ineinandergeschobener Schneidezähne. »Es gibt da weitere Auffälligkeiten in Ihrem Genom, die meine Kollegen um jeden Preis weiter erforschen wollen. Wir waren leider etwas unachtsam mit Ihrem Blut, haben die Reste nicht aufbewahrt. Was aber üblich ist.«

»Zu welchem Preis?«, griff er ihre Bemerkung auf.

»Ah.« Sie atmete hörbar aus und zeigte wieder ihre Zähne. Entweder hatte sie zu viele davon oder ihre Kiefer waren zu klein. In ihrer Mundhöhle sah er etwas metallisch glitzern und dachte: wahrscheinlich ein Zungenpiercing. Außerdem war sie vermutlich jünger, als er bisher angenommen hatte, vielleicht drei- oder vierunddreißig, jedenfalls unter vierzig. Allerdings war ihm seit den Begegnungen mit Álvarez und Kala das Koordinatensystem für die Einschätzung von Lebenszeit und biologischem Alter irgendwie abhanden gekommen.

Das Mädchen, Kala, die Frau dieses Namens, manchmal wirkte sie wie fünfzehn, manchmal knapp zwanzig, doch nie deutlich älter. Trotzdem war sie es womöglich, nein, höchstwahrscheinlich. Und dabei fast noch kindlich schön. Irritierend schön. Unübersehbar schön. Immer wieder fast aggressiv und einschüchternd schön. Eine Schönheit, die sich auch aus besonderen Kontrasten schöpfte. Manchmal wirkte sie fast asiatisch mit ihrer sehr blassen Haut und den schmalen Augen. Doch für eine Asiatin standen sie zu eng. Und ihre Nase wirkte auf eine schweizerische Art klein und damit fein. Vielleicht war das nur ein Vorurteil, aber in seiner Vorstellung haben Schweizer sehr kleine Nasen an sehr quadratischen Köpfen. Quadratisch war an Kala allerdings nichts, aber wie sie die Nase runzeln und sich die Nase dabei an den Flügeln zu kräuseln begann, das hatte schon etwas Schweizerisches. Jedenfalls hatte ihr Gesicht eine mitteleuropäische Symmetrie, wie ihm in diesem Moment bewusst wurde, während er im direkten Vergleich zu Rochette blickte und dann an ihr vorbei zum Fenster und darüber hinaus zu der Person in seiner Erinnerung. Kala, die Romni. Er sah sie direkt vor sich. Ihre helle Haut, die sehr dunklen Haare, der schmale Hals, die kleinen Ohren, ihre fast schwarzen Augen.

»Hmm«, machte das Mädchen und blickte ihn mit einer seltsam wilden Überlegenheit an.

»Hmm«, gurrte Rochette und gewann damit erneut seine Aufmerksamkeit.

Der Mont Blanc war inzwischen in vollständige Dunkelheit gehüllt. Der Himmel hatte sich zugezogen und die Dämmerung vorzeitig eingesetzt. Der Rücken von Rochette und sein Gesicht spiegelten sich in der Scheibe. Er hatte jedenfalls keine kleine, schweizerische Nase, die Ärztin allerdings schon. Eigentlich saß sie auf eine elegante Weise vor ihm im Sessel, in gewisser Hinsicht sogar perfekt, denn ihre Haltung wahrte die sehr feine Balance von Entblößung und Verhüllung.

Er mag dieses weibliche Gleichgewicht; tiefe Dekolletés, das kann er mit Sicherheit sagen, nerven ihn, weil sie eine Art Sog ausüben. Meistens dann, wenn man am wenigsten davon wissen will. Das geht nicht nur ihm so, sondern auch einigen Freunden, ist also weniger exotisch, als man meinen könnte. Einer hatte mal gemeint, das Dirndl müsste man eigentlich aus den gleichen Gründen verbieten wie die Burka. Er empfinde beides als pornografisch.

Aus dem Gespräch ist er seinerzeit ziemlich schnell ausgestiegen, und die Freundschaft hat sich dann auch verlaufen.

»Was wollen Sie?«, verlangte die Ärztin nun von ihm zu wissen. Der Punkt im linken Auge machte sie irgendwie interessant. Die Zahnstellung war auch nicht hässlich, sondern nur ungewohnt. Gerade bei Ärzten hatte er so etwas schon oft gesehen. Jeder andere hätte in der Kindheit eine Spange getragen oder auch noch in ihrem Alter. Sie wahrscheinlich aus Angst vorm Zahnarztbesuch nicht. Sie lächelte ihm zu.

Was wäre jetzt die beste Antwort? Letzte Nacht hatte er geträumt, er würde Álvarez auf einem Bahnhof verabschieden. Der

Bahnhof war eine alte Stahlkonstruktion mit einem gewölbten Dach und auch das Abteil wirkte wie aus dem vorigen Jahrhundert. Er trug dem Ältesten den Koffer in den Speisewagen. Ein livrierter Ober erschien, ein weißes Tuch über dem linken Unterarm. Er zog eine Flasche Champagner aus einem silbernen Kühler und schenkte erst dem Ältesten und dann ihm ein. Sie stießen auf irgendetwas an. Dann setzte der Älteste sich und er verließ den Zug. Auf dem Gleis erwartete ihn Kala. Sie trug einen ausladenden, rotbraunen Hut und einen hellgrauen Seidenschal und lächelte ihn an. Er wollte sich vor ihr verbeugen und ihre Hand küssen, aber sie hielt ihn auf und nahm ihn in den Arm. Er spürte, wie sie ihren ganzen Körper an seinen presste und er daraufhin innerlich zu vibrieren begann. Davon wachte er auf.

»Ich weiß es nicht«, antwortete er.

»Verstehe«, erwiderte sie, entflocht ihre Beine, setzte die Füße nebeneinander und zog ihren Rock etwas nach unten, während sie gleichzeitig aufstand. Sie war einen halben Kopf kleiner als er, und weil sie plötzlich direkt vor ihm stand, nahm er sie in den Arm. Sie ließ den Kopf auf seine Schulter sinken, und minutenlang standen sie einfach so da. Still. Vielleicht auch, weil keiner wusste, was er sagen wollte. Dann stieß sie sich mit einer Hand von ihm ab, durchquerte den Raum und war aus der Tür, bevor er doch noch etwas zu ihr sagen konnte.

Kurz darauf klingelte das Telefon. Sie rief aus der Lobby an.

»Wen mochten Sie lieber, Michael Jackson oder Prince?«, fragte sie.

»Prince«, erwiderte er, ohne nachzudenken.

»Fünf«, sagte sie.

»Fünf was?«, fragte er.

»Fünfhunderttausend.«

»Zu wenig«, erwiderte er und legte auf.

Danach belästigte sie ihn nicht mehr.

Um kurz vor drei signalisierte sein Handy den Empfang einer Nachricht, und er sah, dass er wieder eine SMS erhalten hatte: Die Reihen stehen: Es knistert an allen Fronten, weil der Frühling naht (Think of Lemmy Kilmister).

Klang irgendwie verheißungsvoll, weniger dunkel als die SMS zuvor. Er dachte natürlich sofort an Rochette. Die ganze Zeit hatte sie seine Handynummer gehabt. Die wahrscheinlich nicht ganz triviale Herausforderung, SMS-Nachrichten über dubiose Server, etwa in Polen oder Russland, umzuleiten und dann mit den kryptischen Absendern auf seinem Telefon erscheinen zu lassen, war ihr durchaus zuzutrauen.

Hawkwind, Lemmys erste Band, war eigentlich besser gewesen als die berühmtere zweite, Motörhead. Aber eigentlich hatte er beide nicht gemocht. Ein wenig widerwillig tätigte er den Anruf, nahm das Rauschen auf, was aber eigentlich kein Rauschen war, sondern viel mehr ein Rascheln, und wollte dann eigentlich schlafen, tat es aber einer Eingebung folgend nicht.

Als er gegen vier Uhr morgens aus dem Hotel trat, wäre er beinahe gestürzt, so glatt war das Kopfsteinpflaster in der Auffahrt. Ungewöhnlich für die Jahreszeit. Die Temperatur musste unter null gefallen sein. Dem Concierge hatte er erklärt, er könne nicht schlafen, woraufhin der verständnisvoll genickt hatte, obwohl er seine Reisetasche in der Hand hielt. Um fünf Uhr dreißig ging ein Flugzeug nach Amsterdam. Das würde er kriegen und von dort aus weiterfliegen. 199, 211, 233, 277, 311, 499, 599, 811, 877, 911, 977, 1033 und dann, eine halbe Ewigkeit später, 1277, also fast göttlich, wenn man so will.

VIERUNDVIERZIG

Ich begann mich langsam zu wundern, warum keine SMS von David Bowie kam. Klar, ich hätte mich auch gewundert, wenn eine gekommen wäre. Gewundert nur auf eine andere Art.

Die vierundzwanzig Stunden im Refugium hatten mich gefordert – um es zurückhaltend auszudrücken –, nicht zuletzt, weil sie über weite Strecken chaotisch verlaufen waren. Und die daran anschließenden zwei Tage und Nächte in Álvarez' Haus waren auch nur die räumliche Aufteilung betreffend geordneter gewesen.

In dieser Zeit hatte ich zwar sehr viel erfahren, aber gleichzeitig die Hoffnung auf eine spätere Veröffentlichung des mitgeschnittenen Materials verloren. Trotzdem nahm ich weiterhin auf und speicherte die Mitschnitte auf Micro Cards, einer Technik, der ich eigentlich misstraute. Tonbänder waren grundsätzlich verlässlicher, nahmen aber auch viel mehr Platz weg.

Die Interviews waren zum Ritual geworden, im journalistischen Sinne wahrscheinlich sinnentleert, aber gleichzeitig methodisch zu interessant, um darauf zu verzichten. Und tatsächlich fragte ich anders, sobald ein Rekorder lief. Und auch die interviewte Person antwortete konzentrierter. Selbst Kala und der Älteste bildeten da keine Ausnahme und schätzten dies offenbar auch selbst. Als würden sie sich auf diesem Wege selbst reflektieren und etwas über sich selbst erfahren, was sie zwar wussten, weil sie es ja sonst nicht hätten formulieren, allerdings in einem normalen Tischgespräch nicht so direkt und verdichtet hätten äußern können. Und das wollte etwas heißen, da Álvarez und seine Tochter ohnehin nie einfach nur so daherredeten.

Jael bzw. Jal Santos war da schon schwieriger zu befragen gewesen. Und bei Karen Köning waren bei den späteren Unterredungen einige Überredungskünste notwendig geworden, obwohl sie ja eigentlich ein Interesse daran hatte, mich auf ihre Seite zu ziehen, was sie auch unüberhörbar geäußert hatte. Ihr Begleiter hingegen hatte eine Befragung zunächst kategorisch abgelehnt. Um dann allerdings durchaus umfänglich zu sprechen. Was immer davon im Ergebnis auch zu halten war.

Gegen Mittag – ich war eigentlich noch nicht bereit, aufzustehen – sah ich mein Handy aufleuchten und wusste, dass ich eine Nachricht erhalten hatte. Der Absender war eine Überraschung. Okay, Eagles, Hotel California, nie gemocht, passte eigentlich nicht in die Reihe des guten Geschmacks. Meiner Meinung nach. Inhalt: Die Geschichte ist fast zu Ende, Entspannung droht plötzlich (Think of Glen Frey).

Aber was zählte hier schon meine Meinung?

Ich tätigte den Anruf. Kein Rauschen. Kein Rascheln. Eine Art Knarzen. Ich nahm auch das auf, ohne es mir aber anzuhören.

Tatsächlich wollte er augenblicklich eigentlich gar nichts mehr hören.

Weder von K. K. noch über den Flamenco-Mann …

Allerdings …

Vielleicht will es nun doch berichtet werden …

Kurz gesagt: Die beiden hatten hart verhandelt. Weder von den Diamanten noch von den Köpfen war da noch lange die Rede gewesen. Diese Themen waren vom Tisch, als sich die Machtverhältnisse umgekehrt hatten.

Eine Zeit lang hatte die Sachlage schwankend ausgesehen. Plötzlich waren auch die beiden anderen Typen aus dem Restaurant wieder aufgetaucht und um das Haus geschlichen. Nachdem sie sich verzogen hatten, stand ein Pärchen, das keiner von ihnen bisher gesehen hatte, vor der Haustür und klingelte. Und als keiner öffnete, machten sie sich an dem Seiteneingang neben der Garageneinfahrt zu schaffen. Doch die Schließanlage hielt sämtlichen Versuchen, sich gewaltsam Zutritt zu verschaffen, stand.

Anfangs wunderte ich mich über die Dreistigkeit, mit der diese Externen nun versuchten, ins Interne vorzudringen. Doch weder Kala noch der Älteste nahmen das Pärchen ernst. Auch als es ihnen gelang, das Garagentor zu öffnen und die Kameras zeigten, wie sie gemütlich in die Tiefgarage schlenderten, sorgte das bei Álvarez für keine weiteren Anzeichen von Aufregung. Einige Male verschwand Santos jedoch für mehrere Minuten, tauchte dann aber wieder auf und gab mit einem Nicken zu verstehen, dass alles in Ordnung sei.

Am frühen Nachmittag verließ das Pärchen die Garage wieder. Unverrichteter Dinge, wie es schien. Die versteckte Tür in der Auffahrt hatten sie offenbar übersehen. Am frühen Abend standen die beiden Typen aus dem Restaurant wieder vorm Haus. Sie blieben aber auf der gegenüberliegenden Straßenseite und hielten Pappbecher in der Hand, aus denen sie schluckweise tranken.

Hin und wieder wandten sie sich zueinander und unterhielten sich. Doch längere Gespräche wurden das nicht.

»Sie langweilen sich ganz schrecklich«, bemerkt Kala.

»Sie wollen lediglich Präsenz zeigen«, erklärt der Älteste.

»Mehr können sie gerade nicht riskieren«, ergänzt Kala.

»Sie wissen, dass wir Gäste haben.« Der Älteste lächelt.

»Und es gefällt ihnen nicht«, sagt Kala ohne erkennbare Regung.

»Nein«, sagt der Älteste, immer noch lächelnd. »Es gefällt ihnen gar nicht, weil sie unser Verhältnis zu unseren Gästen nicht einschätzen können.«

Karen Köning und der Flamenco-Mann, die bei diesem Wortwechsel zugegen sind, blicken wie gebannt auf die Monitore, die wechselnde Bilder der Überwachungskameras zeigen.

»Es werden mehr kommen«, meldet sich der Flamenco-Mann.

»Es werden mehr kommen, und die werden weit weniger freundlich sein als wir«, sagt K. K.

»Die da sind nur Fußvolk«, kommentiert der Flamenco-Mann und sticht mit dem ausgestreckten Zeigefinger in Richtung Monitor.

»Sollen zeigen, dass der Strom nicht abreißt«, erklärt K. K. und schürzt die Lippen, als hätte sie in eine Zitrone gebissen.

»Aber unsere Auftraggeber werden ein Standby nicht hinnehmen«, führt der Flamenco-Mann aus.

»Und sehr bald wird es hier eine kompetente Versammlung geben«, merkt K. K. an.

»Wie bedauerlich«, erwidert Kala mit betonter Langsamkeit. »Aber dann werden wir nicht mehr hier sein.«

»Verehrte Gäste«, adressiert Álvarez daraufhin die Runde, während Santos eine Flasche Champagner entkorkt. Das Ploppen, als der Druck entweicht, bildet einen durchaus interessanten Kontrast zu dem blasierten Gesichtsausdruck des Heiligen, der seine Pflichten als Ober offensichtlich sehr ernst nimmt, ein Glas einschenkt und es dem Flamenco-Mann reicht, ein weiteres dann K. K., ein nächstes mir und so weiter.

Diese Uneinigkeit bestürze ihn, erklärt der Älteste mit dem Kelch in der Hand. Derartige Differenz sei wirklich ermüdend.

Konfrontation dieser Qualität bereite ihm körperliche Schmerzen. Müsse das wirklich sein? Wäre Einigkeit nicht vielmehr der weniger holprige Weg? Er gebe zu bedenken, ob wir nicht in Wahrheit das Gleiche wollen, nur mit unterschiedlichen Mitteln? Jedenfalls würde er vorschlagen, dass wir die verbleibende Zeit in größtmöglicher Harmonie mit uns selbst und der geteilten Freude am Miteinander verbringen.

Kala nickt kaum merklich, grinst und trinkt als Erste. Erst jetzt fällt mir der orangefarbene Nagellack an ihren Fingern auf. Keine Ahnung, wann sie die Zeit hatte, ihn aufzutragen. Sie streift mich mit einem Blick. Ich meine, Unsicherheit darin zu lesen, und habe plötzlich das Empfinden wachsender Bedrohung. Der Flamenco-Mann nippt mit leichtem Zittern seiner Gesichtsmuskulatur am Champagner. K. K. schaut mit leerem Blick. Sie schien das Glas zwischen ihren Fingern sofort wieder vergessen zu haben.

Danach trat die Verhandlung in die sogenannte weiche Phase ein. K. K. und der Flamenco-Mann forderten am Ende nur noch, das Haus verlassen zu dürfen. Als Gegenleistung versprachen sie lebenslanges Schweigen.

Was geloben wir nicht alles lebenslang? Und wie viele Schwüre, für die Ewigkeit ausgesprochen, werden in Kürze gebrochen. Selbst mit meinen eigenen Irrwegen könnte ich die Welt mehrfach umrunden. Warum sollten K. K. und der Flamenco-Mann in der Sache klüger sein?

Unsere kleine Versammlung wirkt plötzlich disparat. K. K. blickt wie ein verwundetes Reh. Der Flamenco-Mann versteckt sich hinter Missmut. Auch der Älteste wirkt plötzlich angespannt. Nur Kala wieselt zwischen den Beteiligten hin und her, unbekümmert, jugendlich und mit einer geradezu staunenswerten körperlichen Koordination. Unfassbar elegant windet sie sich, gleitet an mir vorbei, schlüpft sogar zwischen K. K. und dem Flamenco-Mann hindurch, Tänzerin und Kampfkünstlerin zugleich.

Ihr Dasein, so wirkt es jedenfalls auf mich, folgt direkten Wegen und klugen Abkürzungen. Meine Existenz dagegen kommt mir wie eine Aneinanderreihung von Umwegen und kräftezehrenden

Irrtümern vor. Kann es sein, dass sich meine Freiheit zunehmend dadurch zeigt, heute im Vergleich zu gestern, weniger anstrengende Abstecher und Abwege zu wählen, die immer seltener in trostlosen Sackgassen enden?

Welche Freiheiten er habe?, fragte sich der Gast und presste die Zähne aufeinander. Die allgemeine Anspannung war raumgreifend, doch das Mädchen tänzelt darüber hinweg. Worin besteht ihre Freiheit? Genau darin? Kann er tatsächlich nicht einschätzen. Vielleicht, weil er sie glorifiziert. Die Freiheit des Ältesten? Ein Mensch auf der Flucht. Auch vor seiner eigenen menschlichen Größe. Sein Leben – ein Anker, der einen über die Gegenwart hinaus in die Zukunft zerrt. Wieder und wieder, über jedes Maß hinaus. Selbstgänger sehr alter Verpflichtungen. Lastende und belastende Beständigkeit. Eine Durabilität, die man dubios finden könnte. Ein Flüchtiger wie er selbst konnte das eigentlich nur als sehr zweifelhaft ansehen.

Und die anderen Flüchtigen hier?

Haben inzwischen Angst zu verblassen. Betteln nun um ihr Leben. Versprechen hoch und heilig, was ihnen noch zur Verlängerung ihres Daseins einfällt.

Diese Qualen möchte der Älteste uns und ihnen ersparen. Ein Abschied sei unvermeidlich, verkündet er schließlich, als wäre dies tatsächlich eine Neuigkeit, auf deren Konsequenz er mit größter Sensibilität hinzuweisen habe.

Da hat Santos die Gesellschaft schon mit einigen freundlichen Anweisungen in einen etwas größeren Nebenraum umgelagert. Auch hier befindet sich der Besucher nun zum ersten Mal. Offensichtlich ein weiteres Zimmer im Souterrain, wahrscheinlich in der geografischen Mitte des Hauses. Flügeltüren gehen zu allen vier Seiten ab. Der Raum ist ein perfektes Karree mit einer bunten Rosette im blau-grün gefliesten Boden. Um dieses zentrale Ornament herum stehen sieben Stühle.

Einen davon stellt der Heilige zur Seite, löst dann die Vorhänge aus schwerem dunkelblauem Samt aus den Schlaufen und zieht sie nacheinander vor die Türen. Die Stimme des Ältesten klingt gedämpft, als er uns bittet, uns wieder zu setzen. Der Ort und die Situation strahlen eine seltsame Feierlichkeit aus.

K. K. stellt ihr leeres Glas am rechten Vorderbein ihres Stuhles ab und faltet die Hände wie zum Gebet. Es ist zu sehen, wie sie den Mund öffnet und atmet, doch zu hören ist es nicht.

Der Flamenco-Mann lächelt und dreht den Champagner-Kelch zwischen Daumen und Zeigefinger seiner rechten Hand, während er ihn gleichzeitig mit der flachen linken von unten stützt. Er hat noch nicht ganz ausgetrunken. Der Rest im Glas perlt und reflektiert, funkelnd wie tausend Diamanten, das Licht eines runden und ungewöhnlich flachen Lüsters an der Decke.

Je weiter man sich vorwagt, umso seltener werden die Edlen. Eine sehr sonderbare Heilige ist auch die 1193. Denn wie auch immer man ihre Bestandteile durcheinanderwirft – sie ergeben sicherlich wieder eine Edle, nämlich 1931 oder 3119 und 9311. Müsste eigentlich Kala oder den Ältesten einmal fragen, was ihrer Meinung nach davon zu halten sei.

»Wie?«, fragt Álvarez, tritt neben K. K. und streicht ihr mit einer sanften Bewegung über den Rücken.

Sie wendet den Kopf, schaut zu ihm auf. Ruhig. Gefasst. »Schnell und schmerzlos, bitte.« Sie verzieht das Gesicht zu einem derangierten Lächeln.

»Wir können leider nur eins von beidem bieten«, erwidert der Älteste. »Ich bitte Sie, sich zu entscheiden.«

Daraufhin wählt K. K. die schmerzlose Variante. Hätte der Beobachter an ihrer Stelle ebenfalls. Freundlich winkend aus der Tür gehen kann er jedenfalls auch nicht mehr – mit all seinem Wissen. Oder würden sie ihn jetzt noch ohne weitere Rückversicherung ziehen lassen?

»Und Sie?« Der Älteste blickt zum Flamenco-Mann, lässt sich dann auf den Stuhl ihm gegenüber sinken.

»Auf die alte Art.« Auch der Portugiese lächelt. Ja, lächelt auf eine geradezu unwirkliche Weise befreit.

Aber reden wir jetzt doch einmal von der 709. Sie und die 907 sind Zwillinge von nobelster Art. Ach, ihr beiden Edlen, ihr seid unteilbar schön. Jeder sich selbst genug und doch untrennbar verbunden. Eure Verbindung ist ein Rätsel. Aber zusammentun darf man euch nicht, denn dann summiert sich etwas Unedles daraus. Nur auf sich allein gestellt kann diese Noblesse erhalten bleiben. Die Edlen existieren auf eine Weise, die für ihre profane Umgebung unerreichbar bleibt. Ihre unteilbare und damit unzerstörbare Identität erhebt sie auf eine Art Pantheon jenseits der sonst üblichen Diskussion. Eigentlich sollte das ein Jeder begreifen können, doch nicht jeder kommt überhaupt in die geeignete Position, um darüber nachzudenken. Das ist eine Ungerechtigkeit, die tatsächlich als himmelschreiend anzusehen ist. Der Beobachter bewundert den Umgang des Ältesten damit. Aber auch Kala und Santos sind Profis.

Am Ende ist die Runde in den Zustand einer gemeinsamen Harmonie eingetreten. Bis auf den Beobachter selbst vielleicht. Seine Phantasie irrlichtert durch den gedämpft ausgeleuchteten Raum, bricht sich an den gedeckt geweißten Wänden, verhakt sich in den Falten der schweren Vorhänge, deren Schatten wie dunkle Gitterstäbe wirken, und kreist schließlich um das Symbol im Boden.

Er würde der steinernen Rose gern eine Bedeutung beimessen. Es gäbe durchaus ein paar geeignet erscheinende Möglichkeiten dafür, doch die bekannten Kandidaten für eine geheime Bedeutung sind seiner Meinung nach längst disqualifiziert. Aber darüber reden wir noch, denkt er in diesem Moment. Und findet, dass dieser Gedanke wie eine versteckte Drohung klingt.

Ihn irritiert dieses freudig geteilte Miteinander in Erwartung einer Finalität, die eben noch furchterregend und diskussionswürdig schien, doch nun von den Beteiligten mit einer geradezu totenstillen Demut angenommen wird. Er selbst empfindet sich plötzlich als alleiniger Fremdkörper. Ein Außenstehender, der spätestens jetzt ein ernst zu nehmender Zeuge werden wird. Damit kennt er Interna, ist auch intern angekommen, aber noch lange nicht intern aufgenommen. Darauf wird er wahrscheinlich sogar ewig warten dürfen. Trotz der Verabredung. Trotz ihres Einvernehmens. Bei aller Sympathie. Trotz seiner zunehmend freundschaftlichen Verbundenheit mit dem Ältesten und dessen

Tochter. Eine Erkenntnis, die noch im Moment des Erkennens zur Wunde wird und bei jeder Betrachtung erneut aufreißt wie eine Verletzung der Mundwinkel, die nicht heilen will. Wahrscheinlich wünscht er sich inzwischen nichts sehnlicher, als dazuzugehören. Allerdings bildet sein eigenes biologisches Verfallsdatum eine undurchdringliche Wand davor. Und diese Wand hat nichts mit dem sehr bald erfolgenden Weggang von K. K. und dem Flamenco-Mann zu tun.

Das Wissen um die Wand sitzt wie ein Stachel in seinem Kopf. Mit der Annäherung an den Ältesten spürt er einen Stich. Er würde den Stachel gern abschütteln. Aber alle Versuche, ihn loszuwerden, haben bisher zu einem eher gegenteiligen Empfinden geführt. Mit jedem Tag sticht der Stachel tiefer und schmerzt noch mehr.

Der Rest der eilig Verblassenden dieser Welt müsste sich sowas eigentlich denken können. Doch die flüchtigen Schatten bilden sich manchmal ein, sie könnten den Geist von etwas viel Größerem sehen, aber das sind nur unnatürlich aufgeblähte Reflexionen des eigenen Selbst. In ihren Häusern und Wohnungen haben sie sich wie in Höhlen verbarrikadiert, weil der Tod um sie herum schleicht und den Abglanz von Auflösung und Untergang an die Wände wirft. Diesen Typen einen Freund fürs Leben zu nennen, wie es einige Leute in fatalistischer Verbrüderung gern tun, zeigt nur umso mehr, wie hilflos sie diesem fiesesten aller fiesen Widersacher ausgeliefert sind. Dagegen kann der angekündigte Gnadentod, so seltsam das hier auch klingen mag, eigentlich nur eine willkommene Erlösung sein.

Der Beobachter muss einige Minuten weggedöst sein oder vielleicht sogar tief geschlafen haben. Denn er wacht davon auf, dass Kala ihm über den Rücken seiner rechten Hand streicht.

Ihm gegenüber sitzen K. K. und der Flamenco-Mann. Links neben ihm hat sich Álvarez niedergelassen, seine Arme vor der Brust gekreuzt. Und rechts neben Kala hantiert Santos. Beim ersten Hinschauen versteht er nicht, was der Heilige gerade tut. Aber dann erkennt er, dass Santos eine Spritze in der linken Hand hält und aus einer Glasampulle in seiner rechten aufzieht. Das scheint gar nicht so einfach zu sein, weil er dabei den Kolben mit dem Daumen herausziehen muss, während er gleichzeitig die Düse mit dem gebeugten Zeige- und Mittelfinger nach vorn schiebt.

Der Heilige hat seinen Unterkiefer selbstvergessen so weit über den Oberkiefer geschoben, dass man seine unteren Schneidezähne sehen kann. Eine Haltung, die seinem Gesicht nicht die Ausstrahlung eines plötzlichen Zugewinns an menschlicher Intelligenz schenkt. Doch seine Konzentration wiederum verleiht ihm die Aura eines wahrhaft heiligen Ernstes. Ich kann nicht erkennen, ob Spritze und Nadel aus dem persönlichen Besteck des Ältesten stammen, aber wen interessiert das noch in diesem Moment? Santos klopft mit dem Zeigefinger gegen den Kolben, um die restlichen Luftbläschen nach oben in Richtung der Kanüle zu befördern. Als die Luft entweicht, bildet sich ein feiner Schaum an der Nadelspitze und reflektiert das Licht. Die Konzentration, mit der Santos seiner Arbeit nachgeht, beeindruckt den Beobachter tatsächlich so sehr, dass er seinen Blick nicht abwenden kann.

Ob sie bereit sei, fragt der Älteste nun. Und als K. K. nickt, füllt sich der Raum mit leisem Gesang. »Der Choral der Heiligen von Cortona«, flüstert Kala dem Beobachter an ihrer Seite ins Ohr. »Jetzt nehmen die Engel die Wanderin an die Hand.«

Die Frau, die vorgab, seine Kollegin zu sein, verzieht das Gesicht. Er bemerkt Tränen in ihren Augen.

Die Heiligen von Cortona summen ein Madrigal, öffnen dann ihre Stimmen und scheinen den Hörer mit ihren gläsernen Gesängen körperlich zu heben. Und der Beobachter wird leicht, fühlt sich in den Himmel gehoben. Etwas dreht sich in ihm und er beginnt wie über Wolken zu kreisen, getragen von Klang. Er umkreist ein lichtes Zentrum, eine Art geistige Mitte. Das ist die Rosette im Boden. Sie ist leuchtend aufgegangen, erblüht zu voller Pracht. Wie Blütenblätter gruppieren sich die Anwesenden um die Rose in ihrer Mitte als strahlenden Angelpunkt.

Wie aus der Vogelperspektive sieht er, wie der Heilige sich zu K. K. hinüberbeugt. Sie reicht ihm ihren entblößten Arm. Ein

Moment unfassbarer Intimität. Zart wie zärtlich, als er die Nadel setzt. Sie lässt ihren Kopf in den Nacken sinken, schaut auf wie zum Allerhöchsten. In ihrem Gesicht zeigt sich nicht einmal mehr der geringste Rest von Widerstand. Alle Verweigerung von vorhin scheint aus ihrer Mimik getilgt, jeglicher Protest scheint aus ihrer Physiognomie radiert, als wäre er nie vorhanden gewesen.

Die Frau im Flugzeug, die Frau mit dem Koffer an der Kreuzung, die Frau im Refugium, die Frau im Interview, diese manipulative Person, die sie vor Kurzem noch war, ist nun ein vollkommen anderer Mensch, zum Besseren verändert im Vergleich zu vorhin. Jetzt, das war das Ende jeglichen Konflikts. Jetzt begann der Abschied in Schönheit.

Ob sie noch etwas zu sagen wünsche, erkundigt sich der Älteste mit halblauter Stimme.

Sie schüttelt den Kopf. Die Worte haben ihren Körper bereits verlassen. Der Heilige rückt zu ihr hin und stützt sie, als sie zur Seite zu rutschen droht. Als sich weißer Schaum in ihren Mundwinkeln bildet, steht er auf, hebt sie mit einer einzigen kraftvollen Bewegung hoch und verlässt mit ihr den Raum, als würde er eine geraubte Frau über die Schwelle ins nun gemeinsame Haus tragen.

Und die Heiligen von Cortona singen. Sie singen hoch und sie singen schön. So schön, dass es fast wehtut.

FÜNFUNDVIERZIG

»Was bedeutet ›auf die alte Art‹?«, flüstere ich, an Kala gewandt.

»Das kann man nicht beschreiben«, erwidert das Mädchen so leise, dass ich es kaum hören kann.

Die Höhlenbewohner sehen nur Wände. Sie sind gefesselt. Sie können ihre Köpfe nicht wegdrehen. Sie sind gezwungen, die Schatten zu sehen. Was sagen ihnen die Schatten? Sagen sie mehr als die Wände?

»Wir müssen hinsehen«, erklärt der Älteste mit singender Stimme. »Wir haben die Aufgabe, unseren Respekt zu zeigen. Wer, wenn nicht wir?«

Und die Heiligen von Cortona singen. Sie singen rein, und sie klingen wundervoll. So wundervoll, dass es fast wehtut.

Ich weiß, dass ich später niemals werde erklären können, was ich jetzt erlebe und dabei empfinde.

Ich weiß auch, dass andere Menschen mich wahrscheinlich fragen werden, warum ich nicht versucht habe, die Ereignisse in eine andere Richtung zu lenken. Was soll ich diesen Leuten sagen? Sie urteilen aus ihrer Perspektive. Verurteilen mich, so gesehen, wahrscheinlich auch zu Recht. Auch ich selbst kann mir meine eigene Ruhe in diesen Stunden kaum erklären. Ich fühle mich wie betäubt von der Gegenwart.

Der Älteste ist der Zeremonienmeister einer anderen Wirklichkeit. Fragt nun den Flamenco-Mann, ob er noch etwas zu sagen habe.

»Ja«, sagt der Portugiese, steht auf, tritt einen Schritt vor seinen Stuhl. »Wir haben unser Glück versucht. Wir kannten die Risiken. Ich sollte jetzt wohl Angst haben. Wäre ja zu erwarten. Aber ich empfinde …« Er sucht nach Worten. »… vielmehr … Dankbarkeit …« Er blickt zu Álvarez, streift mich dann mit den Augen, schaut zu Kala, wendet sich zu Santos, der unhörbar zu uns zurückgekehrt ist. »Auf die alte Art … Ich habe immer geglaubt, dass ich kein langes Leben haben würde. Bei meinen riskanten Unternehmungen war Ruhe im Alter nie vorgesehen.« Sein Blick wandert wieder zu Álvarez. »Ich nahm also an, ich würde eines Tages erschossen werden. Keine schlechte Vorstellung. Rauchende Colts. Na ja, in Wahrheit mit Schalldämpfer und ohne Rauch. Aber trotzdem heldenhaft. Habe ich mir jedenfalls eingebildet. Besser zumindest, als erstochen zu werden.« Er verlagert sein Gewicht vom rechten aufs linke Bein.

Einen Moment lang denke ich, das könnte der Anfang eines Fluchtversuchs sein. Doch der Gedanke ist unbegründet. Der Flamenco-Mann hat nicht vor zu flüchten.

Er lässt seinen Blick zwischen uns wandern. »Mehrfach war es kurz davor gewesen. In Lausanne hatte mich die Security gestellt. In Saragossa war mir ein Bodyguard auf den Fersen. In Budapest lag ich angekettet, die Taurus am Kopf. Jedes Mal hatte ich abgeschlossen. Und … es hatte sich gut angefühlt. Nun … auf die alte Art. Ein Abenteuer. Ja, ich denke, ich bin bereit … Mein Ende ist ein Anfang … Wir können beginnen…«

Er tritt einen Schritt zurück, lässt sich wieder auf den Stuhl sinken, schaut mich nun direkt an, als hätte er alles nur mir und für mich gesagt.

Ich frage mich, was ich ihm antworten könnte, aber mir fällt rein gar nichts ein.

Der Heilige bittet ihn, sein Hemd auszuziehen, und der Portugiese streift es daraufhin über den Kopf, lässt es neben sich auf den Boden fallen und entblößt einen offensichtlich geschundenen Körper. Neben seiner rechten Brustwarze scheint eine zweite von der gleichen Größe zu sitzen, allerdings keine Erhebung, sondern eine Vertiefung. Wahrscheinlich ein vor längerer Zeit verheilter Lungenschuss. Auf der linken Seite, der Längsrichtung der Rippen folgend: ein dunkler Strich, Überbleibsel einer Schnitt- oder Stichwunde. Am Bauch und im Schulterbereich: grafisch wirkende Hautverfärbungen, die ein Andenken an stumpfe Gewalteinwirkung sein könnten.

Die Blöße meines Gegenübers erscheint monolithisch. Es ist ja oft von Körperskulpturen die Rede. Vom Leben aus dem Leben gemeißelt. Der Torso des Portugiesen hat eine Präsenz, die ohne Frage künstlerisch genannt werden muss.

Aus den Augenwinkeln sehe ich Kala. Zurückgelehnt, Hände im Schoß. Der linke Daumen streicht über die Kuppe des rechten. Verhaltener Blick, keine erkennbare Emotion.

Der Älteste dagegen, leicht nach vorn gebeugt, Hände im Schoß gefaltet, sehr gesammelt und ganz gegenwärtig, voller Respekt vor dem ehemaligen Gegner, tatsächlich ihm zugewandt nun, fast gütig wirkend dabei. Geradezu liebevoll, könnte man meinen.

Der Portugiese richtet sich auf. Kleine Wellen wandern vom Bauch hoch bis in die Brustmuskulatur, wie eine Windbö, die durch ein Kornfeld streicht. Eine Bewegung, die einen daran erinnern soll, dass auch etwas Vollkommenes niemals statisch sein kann. Denn nicht mal der Tod ist statisch, er heißt nur fälschlicherweise *ewige* Ruhe. Doch Stillstand ist von ihm nicht zu erwarten. Genauso gut könnte er auch ewige Unruhe heißen. Wahrscheinlich käme das der Wahrheit viel näher.

Staunend mustere ich den Flamenco-Mann. Sein Körper schimmert matt im Licht des Lüsters. Santos kniet nun vor ihm, ein kleines Messer mit einer mandelförmigen Klinge in seiner linken Hand. Der Heilige kniet und streicht dem Portugiesen mit der rechten Hand über den Bauch, während die Heilgen von Cortona erneut ihre Stimmen erheben. Sie singen hoch. Und sie singen schön. Eine Schönheit, die wehtut. So gesehen.

Mehrfach streicht Santos mit der freien Hand über den Bauch des Portugiesen, streichelt ihn sogar. Dann folgt plötzlich die Hand mit dem Messer und zieht einen wagerechten Schnitt. So schnell und gekonnt, dass ich diese Aktion erst Sekunden später realisieren kann.

Der Portugiese schaut an sich hinab, als wolle er sich selbst vergegenwärtigen, was gerade geschehen ist. Und er lächelt, während sich an den Schnitträndern feine Blutstropfen bilden.

Auf die alte Art – ich hatte keine Vorstellung davon! Santos stützt den Portugiesen mit seiner rechten Hand am Arm, während er langsam mit der anderen das Messer auf den Boden legt. Die Klinge ist ohne sichtbare Spuren. Der Heilige muss sie noch in der Bewegung abgestreift haben. Dann ist seine Hand wieder am Bauch, die Fingernägel am Einschnitt. Mit feinen Bewegungen der Finger öffnet Santos die Wunde, während er gleichzeitig die Kuppen hineindrückt, um nach und nach seine Hand in einer einzigen langsamen Regung in den Körper des Portugiesen wandern zu lassen.

Die Heiligen von Cortona sind wie in einem gemeinsamen Hauch verstummt. Stille ergreift den Raum und die Anwesenden darin. Der Portugiese lächelt. Es ist ein ruhiges, hingebungsvolles und friedliches Lächeln, ein Lächeln, das sich verströmt, reich und generös wie der letzte lange Atem eines menschlichen

Riesen, der sein riesenhaftes Dasein in einem einzigen finalen Atemstrom in die Welt hinaushauchen möchte, bevor er fortgeht, um auf eine neue und erhabenere Ebene zu gelangen. Dieser Fortgang kann keine Endstation sein, sondern nur ein Aufbruch. Und auf der Reise wünscht er sich und den anderen, dass in dieser Angelegenheit nicht das geringste Missverständnis besteht. Also lächelt er. Lächelt sein großzügiges Riesenlächeln. Denn er ist nun bereit, sich vollständig hinzugeben.

»Sie sind also bereit«, stellt Álvarez fest.

»Ja«, bestätigt der Portugiese.

»Gibt es jetzt noch etwas, das Sie gern sagen würden?«

»Danke«, erwidert der Portugiese.

»Bist du so weit?«, fragt der Älteste nun Santos.

»Va, domnul meu.«

Das Lächeln lebt weiter, als der Heilige die Hand im Bauch des Portugiesen bewegt, die Aorta ertastet, sie mit einer raschen Bewegung abklemmt und so den inneren Wind ohne den geringsten Schmerz zum Erliegen bringt.

SECHSUNDVIERZIG

Der Gesichtsausdruck des Portugiesen wird ihn noch sehr lange begleiten. Vielleicht sein Leben lang. Noch nie hat er jemanden so wie den Flamenco-Mann Abschied nehmen sehen. Wie schon gesagt, auch er selbst hatte Verluste erlebt. Saß auch schon an einem Sterbebett. Jene Übergänge wurden allerdings weder von Freude begleitet noch mit Leichtigkeit angenommen und schon gar nicht mit Hingabe zelebriert. Ihnen wohnte etwas Zerstörerisches inne, nämlich die Zerstörung einer weiterführenden Lebensperspektive. Diese Endgültigkeit hatte für die Beteiligten keinerlei Sexappeal. In diesem Zusammenhang von einer *Erotik des Aufbruchs* zu sprechen, nun, das wäre fast pornografisch gewesen.

Er weiß, dies ist keine belastbare Rechtfertigung. Weder dafür noch dagegen. Doch der Gedanke *Das darf nicht sein!* ist womöglich auch nur eines von vielen Totschlagargumenten. Diese Killerphrasen verkleistern die Wahrscheinlichkeit einer wahrhaftigen Betrachtung. Zweifelsohne könnte man meinen, erzwungene Abschiede müssten durch die Aura des Gewaltsamen zuinnerst und unentrinnbar verdorben und verpestet sein. Doch der Aufbruch des Flamenco-Mannes war auf eine überraschende Weise leicht gewesen. Von himmlischem Gesang begleitet und gleichzeitig sphärisch wie Musik. Voller Respekt und von Achtsamkeit erfüllt. Natürlich hätte der Älteste auch eine andere Art von Gnade walten lassen können. Doch dies, das verstand der Besucher ebenfalls, ohne lange darüber nachdenken zu müssen, hätte noch viel größere Probleme mit sich gebracht.

Es klingt grausam, er weiß das, aber die terminale Lösung des Problems war unvermeidlich, um eigene, noch größere Lebensgefahr zu verhindern. Für K.K. und den Portugiesen konnte es keinen anderen Ausgang geben. Als Leute vom Fach hatten sie diese Notwendigkeit als Erste selber verstehen und akzeptieren müssen, wie sie ja auch ihre eigenen, gegenteiligen Absichten und deren Folgen akzeptiert hätten, nämlich großen Schaden für den Ältesten und seine Tochter sowie sämtliche Zeugen – wovon einer nun mal der Erzähler gewesen wäre.

Ich war nicht überrascht von der nun folgenden Eile. Sie würden das Haus schnell verlassen müssen. Weitere Verfolger würden ihnen sehr bald sehr dicht auf den Fersen sein, erklärte der Älteste. Die Zwei aus dem Restaurant und das Pärchen blieben jedoch verschwunden. Vorerst jedenfalls. Es konnte allerdings nicht lange dauern, bis sie wieder auftauchen würden. K.K. und der Portugiese, dieses Problem hatten der Älteste und Santos wirklich souverän gelöst. K.K. hatte zunächst geglaubt, der Heilige sei auf ihrer Seite gewesen. Tatsächlich hatte sie noch nach der Rückkehr aus dem Refugium ins Haus an diesem Gedanken festgehalten, obwohl da meiner Meinung nach längt eindeutig klar war, dass Santos eben nicht auf ihrer Seite war. Eigentlich logisch, denn was auch immer seine historischen Beweggründe gewesen waren – die Nähe zum Ältesten und dessen Tochter und der Zugang zu fast unbegrenzten Mitteln hatten ihn eines Besseren belehrt.

Santos' Geschichte habe ich ja ebenfalls gehört und auch verstanden, warum er sie mir in genau dem Moment genau so erzählt hat.

Ich sprach den Ältesten schließlich darauf an. Das war noch in seinem Haus gewesen, wenige Stunden vor unserem hektischen und endgültigen Aufbruch. Wieder im Studio, in einem der Räume also, den K. K. und der Portugiese nicht hatten betreten dürfen.

»Mein verehrter Freund, ich wusste natürlich, wer Jael war. Oder glauben Sie, dass ich jemanden in meine Nähe gelassen hätte, den ich nicht genau kenne? Als Jal resp. Jael bei mir erschien, wusste ich bereits alles über ihn und es dauerte kaum einen Tag, bis er seinen Irrtum einsah, tatsächlich ein generationenübergreifendes Missverständnis. Jedenfalls konnten wir es ausräumen. Auch die Schreiber von Tagebüchern können sich täuschen. Eine falsche Information wird nicht wahrer, wenn sie über Generationen weitergetragen wird. Und ich bin nun mal ein lebendes Lexikon. Niemand kann mir etwas vormachen, wenn ich selbst dabei war.«

»Was ist in der unterirdischen Stadt wirklich vorgefallen?«, frage ich daraufhin, rühre den Wein aber nicht an, den der Älteste gerade eingeschenkt hat.

»Torguschijew war ein Psychopath. Manche Psychopathen sind große Seher und Entdecker. Andere große Poeten. Und wieder andere große Menschenverführer. Torguschijew war all das und mehr, ein krankes Genie, besessen vom Finden der Köpfe. Die Diamanten interessierten ihn weniger. Den Köpfen maß er einen Wert bei, der seiner Meinung nach sämtliche bisher für irgendein Gut gezahlte Kaufsummen übertraf. Die Diamanten waren wertvoll, sehr wertvoll sogar …«

»Aber die Köpfe bedeuteten ein Königreich?«, werfe ich fragend ein.

»Torguschijew glaubte mir nicht, dass ich kein Interesse an ihnen hätte. Aber ich war nicht im Geringsten interessiert, denn ich glaubte nicht eine Sekunde an ihre Existenz. Aber von der Existenz der Diamanten war ich überzeugt.«

»Und?«, fragt er. »Haben Sie sie tatsächlich nicht gefunden?«

»Was denken Sie, lieber Freund? Wenn ich eine solche Reise mit einem solchen Menschen auf mich nehme, dann garantiert nicht für einen Misserfolg.«

»Und der Armenier?«

»Hat sich in seinem Wahn in Isuchar verlaufen. Wir haben ihn gesucht, aber nicht gefunden. Das ist die simple Wahrheit.«

»Warum haben Sie niemandem von den Diamanten erzählt? Wäre es nicht fair gewesen, den Fund zu teilen?« Ich nehme jetzt doch einen Schluck aus dem Glas, während ich gleichzeitig an die letzten Atemzüge von K. K. denken muss. Ihre … Finalität – bei Weitem nicht so eindrucksvoll wie das Ableben des Portugiesen.

Álvarez trinkt sein Glas mit einem einzigen Schluck leer, stellt es geräuschlos wieder ab und verschränkt die Hände auf dem Tisch. In manchen Momenten hat er ihn fast zerbrechlich erlebt. Da nahm der Älteste mental Raum ein, körperlich aber kaum. In solchen Momenten wirkte er physisch tastend und subtil. Ein sehniger, sogar fast akrobatisch anmutender Mann, der feinstmotorisch agieren konnte und insgesamt einen sehr koordinierten Eindruck machte. Einen Weinkelch konnte er auf eine weiblich-anmutige Weise greifen und zum Mund führen. Der folgende Schluck wirkte, als würde er irgendwie auf seinen Lippen zergehen, während er den Kopf dabei leicht in Richtung Brust sinken ließ. Sein ungewöhnlich kleiner Mund sah mit den schön geschwungenen Lippen ohnehin weiblich und dank gleichmäßiger Pigmentierung alterslos aus. Den Ältesten in dieser Außenwirkung als filigran zu bezeichnen, ist sicherlich übertrieben, da gleichzeitig eine südländische Maskulinität von ihm ausging. Wahrscheinlich klingt es seltsam, vom Sexappeal eines Fünfhundertjährigen zu reden, und doch ist es bei ihm sehr passend.

Ich weiß, denke ich, innerlich seltsam ruhig, Männer können so etwas bei anderen Männern nicht beurteilen, danach muss man Frauen fragen. Wie oft hatte er schon zu einer Bekannten gesagt, schau mal, dieser Mann da, sehr gut aussehend, nicht wahr? Sie: Bist du von allen guten Geistern verlassen? Den würde ich sofort von der Bettkante stoßen. Man sieht also, Irrtümer sind an dieser Stelle nicht auszuschließen. Doch so wenig aussagekräftig mein Urteil an sich auch sein mag, ich spreche hier ja über den Ältesten, und ich denke, da sollen mir diese Betrachtungen gestattet sein, denn in diesem Moment, und deshalb erzähle ich all das überhaupt – in diesem Moment wirkt Álvarez so massiv präsent, so körperlich wie mental vital gegenwärtig, so physisch und psychisch anwesend, dass man sich von seiner Gegenwart an die Wand gedrückt fühlen könnte. Als würde ich mit meinem Stuhl, auf dem ich ihm am Oval des Tisches gegenüber sitze, allein durch seine bloße Anwesenheit und Ausstrahlung langsam weggeschoben werden.

Die Narbe unter seinem linken Auge leuchtet weiß. In seinen nach hinten gekämmten, weißen Haaren sind noch die Spuren des Kamms zu erkennen. Die ebenfalls weißen Augenbrauen enden jeweils in einem kleinen Wirbel vor den Schläfen und erinnern an die Schwalbenschwänze des gleichnamigen Schmetterlings. Doch die feine Eleganz seiner Erscheinung wird in diesen Minuten von etwas anderem überlagert. So wuchtig wie jetzt gerade habe ich ihn bisher noch nicht erlebt.

In einem Traum, erinnere ich mich, sah ich ihn einmal als einen Wolf. Kraftvoll und schön, alt und jung zugleich. Ein Lebewesen, aus der Tiefe der Zeit in der Gegenwart aufgetaucht. Vollständig wach stand er ruhig da, schaute mit seinen graublauen Wolfsaugen zu mir hin. Bereit für Angriff, Flucht oder Zutrauen und Verweilen. Ein nächster Gedanke, die geringste Bewegung, ein Wimpernschlag oder Atemzug würde die Entscheidung bringen. Doch dann wandte er langsam den Kopf, um mit unglaublich leichten und koordinierten Bewegungen von mir wegzutrotten, jeweils zwei Läufe dabei gleichzeitig in der Luft. Ich erinnere mich noch genau, wie traurig ich aus dem Traum erwachte und wie unmöglich es für mich war, anschließend erneut einzuschlafen. Als ich Álvarez davon erzählte, lachte der nur.

Auch jetzt lacht er. Doch anders als damals. Dieses Lachen nun ist von einer besonderen mimischen Direktheit und es bewegt mich wie auf unsichtbaren Schienen tatsächlich noch weiter weg von ihm.

»Sie haben keine Ahnung«, erklärt der Älteste mit dunkler Stimme und streicht mit den Fingerkuppen der linken Hand seine linke Augenbraue glatt, während sich sein Lächeln auf dem Kontinent seines Gesichtes verliert, »mit was für Leuten ich damals unterwegs war. Wenn ich nur einem von ihnen einen begründeten Verdacht für den Fund geliefert hätte, hätten sie mich sofort beraubt und getötet. Können Sie sich vorstellen, in was für einer Welt ich damals unterwegs war?«

»Sie waren im Niemandsland unterwegs«, erwidere ich, kann mich aber kaum konzentrieren, weil mich die Gegenwart des Ältesten mehr und mehr irritiert.

»Ja, und das Niemandsland wurde regiert durch Gewalt und Geld. Wo Geld vermutet wurde, nahte die Gewalt. Und in der Wildnis war diese Nähe eine vollständig andere als in der Stadt. Ich musste abwägen, klug agieren. Und das habe ich, deshalb lebe ich noch. Santos hat mehr von mir bekommen, als er und seine Nachkommen jemals verbrauchen werden, solange sie es jedenfalls weise verwalten. Auch deshalb lebe ich noch. Verstehen Sie, verehrter Freund?«

Wahrscheinlich. Ich starre ihn an. Sein Gesicht wechselt die Farbe. Für einen Moment sehe ich es plötzlich bläulich und voller Adern, dann wechselt es ins Rötliche, um gleich darauf gelblich und geglättet auszusehen, als wären sämtliche Falten auf einmal verschwunden. Er hält den Kopf leicht geneigt wie ein Vogel. Auf einmal meine ich, eine Krähe in ihm zu erkennen, dann bilde ich mir ein, einen Raben zu sehen. Sogar seine Augen haben einen gelben Stich, aber das ist vielleicht auch nur das Tageslicht, das sich in der Iris bricht. Dann wird die Einbildung wieder von dem vertrauten Anblick des Ältesten überlagert. Jedoch kommt es mir so vor, als würde ich ihn nun ein wenig schärfer sehen.

»Ich lebe noch«, sagt er, »weil ich großzügig war.« Er streicht mit den Handflächen über seine Oberarme. Die robusten Jeans der vergangenen Tage hat er gegen einen hellblauen Zweireiher eingetauscht. Der Hemdkragen offen wie immer, doch das weinrotweiß gepunktete Einstecktuch verstärkt noch den Eindruck ästhetischer Autorität. Lediglich die hervorgewölbten Tränensäcke unter den tief ruhenden Augen und ein Zug von Trauer um den Mund verweisen auf die Anstrengungen der letzten Tage. Ich hatte mir eingebildet, ihn inzwischen ein bisschen zu kennen. Doch das ist ziemlich sicher ein Irrtum.

»Je älter ein Mensch ist, umso mehr hat er zu verantworten«, sage ich im Bewusstsein meiner versammelten und irritierenden Irrtümlichkeit. »Wie ertragen Sie die in Ihrem Leben angesammelte Schuld?«

»Kaum«, erwidert er. »Darüber haben wir schon einmal gesprochen. Das ist wahrscheinlich mein größtes Problem. Sehr viele Menschen richten in ihrer Umgebung Unheil an. Aber sie sterben, bevor sie sehr großes Unheil anrichten können.«

»Abgesehen von besonders kriminellen Ausnahmen, die Massenmorde auf dem Gewissen haben.«

»Von denen rede ich jetzt nicht. Lieber Freund, ich meine die ganz normalen, kaum auffälligen Menschen, die ihre Untaten im Verborgenen der Familie verrichten und niemals öffentlich werden. Würden diese Menschen deutlich älter, würde sich der Radius ihrer destruktiven Möglichkeiten vergrößern und das Ausmaß ihres negativen Tuns hätte viel weitreichendere Folgen. Auch wenn sie gar nicht aus bösen Absichten handeln, sondern nur aus Unkenntnis zum Schaden anderer.«

»Kein Mensch ist ohne Schuld, das wollen Sie mir sagen?«

»Wie weitreichend diese individuelle Schuld ist oder vielmehr wie wenig weitreichend, auch das ist Gnade, zu einem großen Teil jedenfalls nach meiner Erfahrung. Denn niemand kann sicher das Ergebnis seiner Handlungen im Voraus wissen. Und selbst liebevoll gemeinte Handlungen haben sehr häufig negative Auswirkungen. Niemand, wirklich niemand kann das Resultat seines Tuns vollständig abschätzen. Und das ist ein Problem. Und es nimmt mit dem Alter noch zu. Können Sie sich also vorstellen, wie groß mein Problem ist?«

»Es ist jedenfalls während der vergangenen drei Tage nicht kleiner geworden«, entgegne ich.

Danach sitzen wir minutenlang wortlos beieinander. Schließlich sage ich: »Der Portugiese wünschte sich einen Tod auf die alte Art. Woher wussten Sie so genau, was er meinte?«

»Er wusste, dass ich mit Zigeunern gereist bin und Jal ein Rom ist. Und er kannte das alte Ritual des Baxtalo Meripe. Den schönen Tod schenkte man dem Feind, um ihn zu ehren. Damals, in den alten Zeiten, als die Klans noch mächtig und ihre Anführer einflussreich und wissend waren.«

Der Älteste scheint guter Stimmung zu sein. Daher erkundige ich mich nochmals nach den Hintermännern des Portugiesen und seiner Begleiterin, erwarte aber eigentlich keine Antwort darauf, weil er darauf schon einmal ausweichend geantwortet hatte.

Diesmal ist es anders. »Eine Familie«, erklärt der Älteste nun prompt und knapp.

»Mafia?«, frage ich.

»Nein, das sind gewöhnliche Verbrecher. Sie haben kein Gedächtnis. Sie kommen und gehen.«

»Also eine andere geheime Gesellschaft?«

»Ursprünglich eine Familie aus Salamanca. Gebildet, aber kein Adel, wohlhabend, aber nicht reich. Ursprünglich einfache Händler, die durch klugen Handel und ein sehr weites Handelsnetz schließlich doch reich wurden.«

»Wie Sie?«

»Nicht ganz. Sie gehörten eher zur Konkurrenz. Aber eine Konkurrenz, die nicht vergaß.«

»Also letztlich Menschen wie Sie selbst, langlebige?«

»Nein, nein.« Er blickt mich unwirsch an. »Nur ihr Gedächtnis war langlebig. Jedenfalls, was mich betraf. Und schließlich nicht nur mich.«

»Wie meinen Sie das?«

»Diese Leute verstanden früh, dass ich anders war. Und sie gaben nicht auf, nach mir und schließlich auch meinesgleichen zu suchen. Und was sie dabei herausfanden, das ging nicht verloren. Sie gaben es von Generation zu Generation weiter. Und ich habe einen großen Fehler gemacht.« Er blickt mich abwartend an.

Ich blicke abwartend zurück, denn meine nächste Frage ist so offensichtlich, dass ich sie nicht stellen muss.

»Ich habe einmal versucht, mich freizukaufen. Im Winter 1679 war das. Frankreich und Spanien hatten in Aachen gerade Frieden geschlossen. Ich hatte mich über Brügge, das verwüstete Ath, Tournai, Lille und St. Omer nach Calais durchgeschlagen, dort eine Schaluppe nach Bilbao bestiegen und war nach einer stürmischen Fahrt durch den englischen Kanal auch dort angelangt. Nur wenige Tage nach meiner Ankunft wurde ich von der Familie kontaktiert. Ich weiß bis heute nicht, wie sie mich gefunden haben.«

»Warum haben Sie die Kontaktaufnahme nicht einfach ignoriert?«

»Ich wollte meine Ruhe, keine Scherereien mit den Kirchenhirten der Inquisition. Und damals hatte ich ja noch keine Ahnung …«

»Von der Ausdauer Ihrer Verfolger?«

»Nein, die hatten sie gerade unter Beweis gestellt. 1679 war ich 162 Jahre alt. Damals rechnete ich mit einigen weiteren Jahrzehnten an Lebenszeit. Und ich hielt es für eine gute Idee, mir mit etwas Geld Luft zu verschaffen.«

»Mit etwas *mehr* Geld vermutlich«, werfe ich ein.

»Sí, mit viel zu viel Geld. Denn nun blieben sie mir erst recht auf den Fersen. Nämlich für weitere Jahrhunderte.«

»Keine Chance, sie abzuschütteln?«

»1695 hätte ich sie beinahe abgeschüttelt. 1648 hätte in Europa Frieden einkehren können. Nach dem achtzigjährigen Krieg zwischen den Niederlanden und Spanien und dem damit verbundenen Dreißigjährigen Krieg wider die Herrschaft des Heiligen Römischen Reiches Deutscher Nation schien zunächst jeglicher weitere Kampfgeist erloschen. Doch ich irrte mich. Das Unheil setzte sich mit dem französisch-spanischen Krieg bis 1659 fort, um dann in einer Reihe von Kleinkriegen auszuklingen. Bis im Frühling 1694 weite Teile von Frankreich und dem heutigen Deutschland von extremen Wolkenbrüchen heimgesucht wurden. In deren Folge kam es zu Überschwemmungen, aber auch Stürmen und wiederholten Hagelschauern. Die Ernten wurden fast vollständig zerstört. Nach den Kriegen schlug nun der Hunger zu. Ganze Städte verwaisten, Dörfer starben. Bauern durchwühlten ihren Acker nach Resten von Wurzeln. Menschen kippten auf der Straße einfach um oder krochen entkräftet auf allen vieren. Ja, in den Jahren hätten sie mich beinahe aus den Augen verloren.«

»Wer sind diese Leute heute? Immer noch eine Familie?«

»Schon längst nicht mehr. Als Familie zerstritten sie sich. Das viele Geld, selbstverständlich. War auch meine Hoffnung gewesen. Doch ein Flügel begann sich zu organisieren, wurde durch europaweiten Handel und kluge Investitionen in Kriegsanleihen wirtschaftlich sehr erfolgreich. Und diese Leute behielten mich im Auge.«

»Und nicht nur Sie, haben Sie eben gesagt.«

»Ja, es ging dann nicht mehr um mich allein.«

»Die Unionea?«, frage ich, nun wirklich sehr gespannt.

»Ich weiß, Kala hat Ihnen davon erzählt.«

»Die anderen Ältesten …«

»Auch sie haben mich schließlich gefunden. Jeder Mensch hinterlässt eine Spur. Sichtbar vor allem für Menschen, die ihm wesensverwandt sind.« Álvarez' Miene versteinert. »Wir können nur erkennen, was uns schon vertraut ist.«

Es sieht so aus, als würde der Älteste das Gespräch beenden und aufstehen wollen, doch aus irgendeinem Grund folgt er diesem Impuls nicht, sondern bleibt bei mir sitzen, schenkt sich ein weiteres Glas Wein ein und trinkt.

Mir fällt auf, dass ich meins kaum angerührt habe, fühle aber auch keine weitere Neigung dazu. Ich will fragen, wie die Familie aus Salamanca hieß, weiß aber nicht, ob ich so fragen darf.

Der Älteste muss meinen inneren Konflikt bemerkt haben. »Tojada Fernández«, erwidert er. »Später nannten sie sich dann Estimados amigos.«

Die netten Freunde. Ich muss lachen. »Was wollen diese gar nicht so netten Freunde heute von Ihnen? Außer Geld?«

»Einfluss. Und noch mehr Geld. Noch viel mehr Geld.«

»Macht also?«

»Mehr noch, Herrschaft.«

»Über wen?«

»Ganze Staaten.«

Verstanden. Bruderschaften, Geheimbünde, geheime Gesellschaften. Viel darüber gelesen. Diverse Bücher dazu im Schrank. Wie sagt man noch mal? Ach ja, genau, bei dem Thema kriegt man lange Zähne. Vor allem er als ehemaliger Journalist.

»Wie meinen Sie das?«, fragt Álvarez belustigt.

Wenn man mit gewissen Leuten über die allgemeine Weltlage zu diskutieren beginnt, bekommt man meistens die Antwort, ja, die Leute im Hintergrund. Man sieht sie nicht, aber sie sind da. Eigentlich wie Gott im Himmel, nicht greifbar. Aber sie müssen ja da sein, weil man sich darauf nun einmal verständigt hat. Unsichtbare Leute, die an unsichtbaren Strippen ziehen, weshalb sich sichtbar so einiges bewegt, was aber nur erklärbar scheint, wenn es die unsichtbaren Strippen gibt, weshalb es auch die unsichtbaren Strippenzieher geben muss, also Leute in geheimen Bünden und Gesellschaften, die das Marionettentheater namens Welt gestalten. Eine Art kybernetisches Schattenkabinett, rekursiv begründet und in sich geschlossen. Als Männer hinter Männern hinter Männern hinter weiteren Männern, die etwas wollen, was vor allem Männer wollen und Frauen eher nicht, weshalb auch nur von Männern die Rede ist und nicht von den wenigen Frauen, die vielleicht trotzdem ihre Finger im Spiel haben. Als ob das plausibel erscheint in einer Welt, in der nicht einmal mehr die Chefs von Goldman Sachs verstehen, wie der Highspeed-Börsenhandel wirklich funktioniert. Die Gegenwart, davon ist er überzeugt, ist zu komplex, um von irgendwelchen Bruderschaften oder wem auch immer von oben herab gelenkt zu werden – und seien es jene zwölf Personen, die angeblich ein Drittel des gesamten Weltvermögens besitzen.

»Nein«, widerspricht Álvarez, »es gibt das Geschwür des Heimlichen und Geheimen. Frisst sich wie Krebs in die Kultur und Zivilisation. Was diese Heimlichtuer insgeheim anstreben? Macht. Und noch mehr Macht. Also Kontrolle, möglichst vollständige, also Herrschaft.«

»Aber Regierungen …«, wendet der interessierte Befrager ein.

»… sind machtloser, als die meisten Menschen meinen«, erwidert Álvarez.

»Und was hat das mit den netten Amigos zu tun?«, erkundigt sich der Interviewer weiter.

»Haben Sie jemals von einem Mann namens Schmedentorff gehört?

»Schmedentorff? Nein, wer soll das sein?«

»Ein Toter«, antwortet Álvarez, »den einige Leute, die noch am Leben sind, verehren.«

Kein Zweifel, die Sache wird immer seltsamer. »Was haben der Tote und seine lebenden Verehrer mit Ihnen zu tun?«

»Ich kannte ihn und habe ihn nicht gemocht. Auch das hat den netten Freunden nicht gefallen. Umso mehr wollen sie nun meinen gesamten Besitz an sich bringen. Alles, auch wenn der Portugiese behauptet hat, nur die drei Köpfe zu wollen. Der Portugiese und K. K. waren jedenfalls nicht die Nachhut.«

»Und was können Sie dagegen tun?«, frage ich schließlich, mehr zu mir selbst, eigentlich nicht mit einer Antwort rechnend.

»Ich kann mein Gedächtnis bewahren«, erwidert Álvarez mit leiser Stimme, und ich spüre, wie ein Muskel in meinem Bauch zu zucken beginnt.

SIEBENUNDVIERZIG

Wir haben das Haus verlassen, auch das Hotel inzwischen zum dritten Mal gewechselt, nur kurz gefrühstückt und uns dann von Sevilla aus in Richtung Madrid verabschiedet. Der Älteste,

Kala, ich und drei unscheinbare Koffer, Trollcys aus dem Bestand von Álvarez, auch als Handgepäck im Flugzeug zugelassen. Doch jetzt befinden wir uns in einem eigenen Abteil im Zug. Unter der fedrigen Decke morgendlichen Nebels verborgen, fliegt die Meseta an uns vorbei. Wir fahren wie über Wolken. Hin und wieder ragen die Wipfel von Bäumen, die Dächer einzelner Häuser oder ganzer Ortschaften mit dem spitzen Turm einer Kirche im Zentrum aus dem Nebel heraus. Über Nacht sind die Temperaturen gen null Grad gesunken und die Wärme der aufsteigenden Sonne ergießt sich nun über das südspanische Hochland.

Immer wieder musste ich an den Namen Schmedentorff denken und seine Verehrer, doch etwas hielt mich davon ab, den Namen bei Wikipedia einzugeben. Aber hier im Zug, das habe ich schon herausgefunden, gibt es für mich keinen Empfang. Eine joviale und exzeptionell dicke Frau vom Zugservice hat uns zwei Kaffee und einen Tee gebracht. Der Tee ist für mich. Und aus irgendeinem Grund beginnt die Frau mit mir über die Vorzüge von schwarzem gegenüber grünem zu reden. Ich kann nicht ganz folgen und bemerke, es sei doch eigentlich anders herum, der grüne gesünder als der schwarze, freie Radikale und so.

Der Älteste blickt mich daraufhin irritiert an und sagt als unüberhörbaren Rauswurf »Danke« zu der Frau. Wie intensiv er nach Sandelholz riecht, fällt mir erneut auf. Ich mag den Geruch. Er ist zu einer Art olfaktorischer Heimat für mich geworden. Ein alter Duft, ein Geruch aus einer anderen Welt, nicht alt im Sinne von ältlich, sondern alt im Sinne von ehrwürdig. Die Überlegung wirkt vielleicht idiotisch, doch frage ich mich nicht zum ersten Mal, ob der Sandelholzduft womöglich sein eigener Körpergeruch ist.

In Córdoba steigen weitere Reisende ein, wandern aber an unserem Abteil vorbei, obwohl noch drei Plätze frei sind. Kurz vor Puertoliano, etwa auf halber Strecke also, haben Álvarez und Kala die zweite Tasse getrunken, ich hingegen bin noch bei meiner ersten. Kala und er kommunizieren einsilbig auf Romanes, wenn ich das für mich unverständliche Idiom richtig identifiziere. Veroux schläft im Koffer, bedauerlicherweise ziemlich weit unten, weswegen ich trotz wachsender längerer Weile zu faul bin, ihn herauszuziehen, aufzuschlagen und inhaltlich zum Leben zu erwecken.

Wann er mit dem Klavier begonnen habe, frage ich den Ältesten, und bekomme die knappe Antwort: »Als es erfunden wurde.«

Hätte ich mir eigentlich selbst denken können. Bedauerlicherweise weiß ich nicht, wann das war.

»Vorher Orgel«, erklärt er schließlich, vielleicht, weil ich ihm mit meiner sichtbaren Unwissenheit leidtue. »Ich durfte schon als Kind an die Orgel in der Catedral Sé Patricial in Lissabon. Aber die Orgel hatte noch kein Manual, keine Tasten. Man musste an Latten ziehen. Ich war natürlich begeistert. All das Pfeifen und Brummen ...«

Fast fünfhundert Jahre Musiker. Ich spüre eine Welle aus Neid, die mir im selben Moment sehr unangenehm ist. Frage daher, ob er jemals gearbeitet habe.

Seine Antwort: »Immer wieder.«

Als ich konkreter nachfrage, weicht er aus, bittet mich dann, ihm eine andere Frage zu stellen. Auf Anhieb fällt mir keine ein, denn die Amigos und Schmedentorff liegen mir irgendwie noch quer im Magen. Außerdem denke ich, dass ihm weitere Fragen dazu im Moment auch nicht angenehm sein werden. Doch als Kala sagt, sie werde sich ein wenig im Zug umsehen, und daraufhin das Abteil verlässt, ich also mit dem Ältesten allein bin, ermuntert er mich zu weiteren Fragen.

Ich erinnere mich an ein früheres Gespräch, in dessen Verlauf er mir gesagt hatte, er habe ein tief sitzendes Empfinden von Ambivalenz, so, als würde ein scheinbar eindeutiges Empfinden gleichzeitig auch sein Gegenteil hervorrufen. Der Álvarez hatte daraufhin erklärt, sein ganzes Leben sei irgendwie auf der Kippe, ein Dasein im Antagonismus. So hatte ich es jedenfalls verstanden. Das widersprach allen meinen Beobachtungen, denn der Älteste agierte sehr kontrolliert und handelte erst, nachdem er jegliches Für und Wider sorgfältig gegeneinander abgewogen hatte.

Darauf spreche ich ihn jetzt an. Seine knappe Antwort: »Sie müssen hinter die Oberfläche sehen.«

»Wie meinen Sie das genau?«, erwidere ich.

»Meine Kontrolle, mein Abwägen …« Er streicht sich die Haare aus der Stirn. »Ich schaue mir selbst dabei zu. Und bin immer wieder verblüfft, wie das Unwägbare doch die Oberhand gewinnt. Meistens durch einen dummen Fehler. Etwas Unbedachtes. Die Realität, das sage ich Ihnen, ist so gesehen eine einzige Anomalie. Sie findet außerhalb der Ordnung statt. Die Ordnung ist nur eingebildet. Eigentlich regiert das Chaos.« Er bläst die Wangen auf. »Und ich sitze nun hier mit Ihnen und versuche der Unordnung etwas abzugewinnen, einen Hauch von Sinn und Nachhaltigkeit. Und das, glauben Sie mir, ist unglaublich schwierig.«

Die dunklen Worte irritieren mich. Um dem Gespräch eine angenehmere Wendung zu geben, sage ich: »Freiheit, wir haben schon darüber gesprochen. Wie viel davon glauben Sie zu besitzen?«

Anstatt einer Antwort lächelt der Älteste. Doch dieses Lächeln nun sehe ich bei ihm zum ersten Mal, denn es wirkt leicht. Nicht befreit, denn dann hätte es noch den Nachklang von Gewicht. Nein, frei von einer Last, als hätte es nie etwas Belastendes gegeben, was natürlich nicht sein kann. Allein wegen der belastenden vergangenen Tage und Stunden. Umso mehr fällt seine Antwort nun ins Gewicht.

»Sehen Sie«, sagt Álvarez, »ich kann mein Glas heben und auf Sie und Ihre Frage trinken. Ich kann es abstellen, Wein nachschenken, weiter trinken oder es lassen. Ich kann mich auch dagegen entscheiden, das Glas zu heben und auf Sie und Ihre Frage zu trinken. Zum Beispiel, weil ich meine, dass Ihre Frage keinen Sinn ergibt. Oder weil ich denke, dass meine Antwort überflüssig ist. Ich könnte auch aufstehen und einfach gehen, Sie aber hier sitzen lassen. Ich könnte mich jetzt entscheiden, kein einziges Wort mehr mit Ihnen zu reden. Oder ich könnte denken, dass dies der Beginn weiterer, fruchtbarer Gespräche ist, weil Freiheit als Thema interessant ist und ich mir auch die Freiheit nehme, dies interessant zu finden, weshalb ich gern weiter mit Ihnen sprechen möchte, um zu sehen, wo dies uns in unserer gemeinsamen Freiheit hinführen wird. Was meinen Sie dazu?«

»Dass wir also alle Freiheit haben?«, frage ich zurück. Der Nebel hat sich verzogen. Wir gleiten durch eine hügelige Landschaft. Ab und zu Dörfer mit geduckt wirkenden Häusern. Einmal ein Hirte mit einer Ziegenherde in den ausgedörrt aussehenden Dünen.

»Die eben beschriebene meine ich jedenfalls zu besitzen«, erwidert Álvarez.

»Und was«, frage ich weiter, »antworten Sie Hirnforschern, die Ihnen jetzt erklären würden, Ihre angebliche Freiheit sei lediglich eingebildet? Eingebildet, weil Ihre Entscheidung für oder gegen einen weiteren Schluck Wein, für oder gegen das weitere Gespräch mit mir bereits neurologisch, also in Ihrem Gehirn elektrochemisch entschieden wurde, bevor Sie die Fragestellung überhaupt bewusst realisiert haben?«

»Va«, entgegnet der Älteste, »ich kenne diese Theorie. Und ich kenne die Versuche der Neurobiologen und -physiologen, die sie begründeten.«

»Bezweifeln Sie die Versuche oder die Schlussfolgerungen daraus oder beides?«

»Die Versuche sind eindeutig. Im Gehirn wird eine Entscheidung getroffen, bevor das Bewusstsein sie realisiert.«

»Also keine Freiheit?«

»Nicht so voreilig, mein Freund. Die Versuche sind stimmig, nicht aber die Schlüsse daraus.«

»Worin liegt der Fehler? Immerhin ist die Freiheit doch nun ernsthaft in Gefahr.« Die Ironie kann ich mir nicht verkneifen.

»Es ist eine ganze Reihe von Fehlern und unvollständigen bis falschen Annahmen. Das größte Problem dabei ist das Bewusstsein.«

»Wir haben eins«, bemerke ich, »wo ist also das Problem?«

»Dass wir eins haben, man aber nicht mit dem Finger darauf zeigen kann.« Der Älteste schmunzelt.

Ich freue mich an seiner Freude und antworte daher so naiv wie möglich: »Sie können mit dem Finger auf mich zeigen, dann berühren Sie auch mein Bewusstsein.«

»Das sagen Sie«, antwortet der Älteste, »aber die meisten, nein, nahezu alle Neurologen meinen, dass man im Gehirn danach suchen müsse. Und weil sie es aber bisher nicht gefunden haben, behaupten sie, das Bewusstsein gebe es eigentlich gar nicht. Ist auch nur eingebildet wie die Freiheit des Bewusstseins. Alles bloß eine Hirnfunktion.«

»Das Selbst als Getriebe. Kompliziert, aber eine Art Automat.«

»Sí, ungeheuer kompliziert. Deshalb auch all die komplizierten Typen, und ich bin einer davon.«

»Mit einem superalten Getriebe«, sage ich und muss grinsen. »Immerhin fünfhundert Jahre alt. Ein steinalter Automat, bei allem Respekt.«

»Nein«, freut sich der Älteste, »Sie müssen sich nicht entschuldigen. Und dennoch, diese Vorstellung ist ohne jeden Respekt. Sie ist der Tod des Menschen an sich. Jede Liebe wäre dadurch entwertet. Jede Freude wertlos. Jedes Glück brüchig. Gefühle an sich austauschbar. Nur elektrochemische Weichenstellungen im Getriebe. Was für ein Blödsinn!«

»Dass Sie es dumm finden, heißt noch nicht, dass es falsch ist.«

»Perdóname, Señor, die Wissenschaft ist faul geworden. Sie akzeptiert nur Substanzielles. Weil Forscher keine Substanz des Bewusstseins gefunden haben, behaupten sie, der Neokortex sei diese Substanz. Doch dass Bewusstseinsprozesse physiologische Effekte in der Großhirnrinde bewirken, heißt noch längst nicht, dass dieses kognitive Feuerwerk das Bewusstsein selbst ist. Oder vielmehr die Illusion davon.« Der Älteste blickt mich ruhig abwartend an.

»Also wieder die Frage nach der Henne und dem Ei«, sage ich, weil mir nichts Besseres einfällt, »und was zuerst da war.«

»Nicht ganz«, widerspricht Álvarez. »Die faulen Forscher wollten nicht länger mit der Ungewissheit eines unauffindbaren Bewusstseins leben, deshalb haben sie es einfach für nicht existent erklärt.«

»Eine Art Mord, so gesehen«, sage ich.

»An der Menschheit«, erwidert mein Gegenüber und blickt an mir vorbei.

Ich folge seinem Blick und bemerke, dass wir wieder in einen Bahnhof hineinfahren. »Das kann man beklagen«, sage ich. »Doch zurück zur anfänglichen Frage. Was ist Ihre Freiheit?«

»Zum Beispiel die Möglichkeit eines kurzen oder sehr langen Lebens. Ich habe mich für die Möglichkeit eines langen entschieden, weil mir ein kurzes aus vielen Gründen unmöglich schien. Doch dies war meine freie Entscheidung. Ich hätte mich anders entscheiden können.«

»Sie hätten sich, was den Portugiesen angeht und K. K. betrifft, auch anders entscheiden können«, sage ich, während der Zug gerade mit vibrierenden Bremsen hält.

Menschen wandern an unserm Fenster vorbei. Ich schaue die Gesichter an, denke aber gleichzeitig an etwas ganz anderes.

»Sí«, sagt Álvarez schließlich. »Ich hätte mich auch in der Sache anders entscheiden können. Zu welcher Alternative hätten Sie mir geraten?«

Über die Frage habe ich natürlich nicht nur einmal nachgedacht. Meine Antwort? Keine. Ja, ganz ehrlich. Eine Gegebenheit, die mich selbst traurig macht, denn ich hätte gern eine Antwort. Eine gute Antwort. Nicht irgendeine. Keine moralisch verklärte. Keine Bullshit-Antwort. Von diesen Antworten gibt es selbstverständlich jede Menge. Sie alle beinhalten eine Verurteilung des Täters und aller Mittäter, inklusive der Zeugen, die behaupten, gar nichts getan zu haben, weil sie nichts tun konnten, außer Zeugen zu sein. Eine *Lose-lose*-Situation.

»Unsere gegenwärtige Gesellschaft«, sage ich einige Augenblicke später, »wie frei ist sie in Ihren Augen?«

Der Älteste schüttelt langsam den Kopf. »Die Antwort werden Sie nicht mögen.«

»Warum?«, frage ich.

»Weil sie politisch nicht korrekt ist.«

»Dann eben politisch unkorrekt«, erwidere ich.

»Das System ist der Feind der Freiheit.«

»Sie meinen die Demokratie?«, sage ich. »Aber sie soll der Freiheit dienen. Nämlich der Entfaltung der Freiheit des Einzelnen.«

»Und tut sie das? Glauben Sie daran?« Álvarez blickt mich prüfend an.

»Ich habe immer wieder Zweifel«, gebe ich zu, »aber hat die nicht jeder?«

»Weil sie berechtigt sind«, erwidert er. »Der Entfaltung der individuellen Freiheit zu dienen … Wieder eine dieser Legenden … Vom System in die Welt gesetzt, um die Freiheit des Einzelnen auf eine äußerst perfide Weise beschneiden zu können.«

»Wie beschneiden?«, frage ich.

»Indem sie den Menschen die Zeit raubt, die der Mensch nun mal braucht, um seine Freiheit zu entfalten.«

»In einem früheren Gespräch haben Sie von den Errungenschaften moderner Zivilisation gesprochen«, entgegne ich. »Sie meinten, es gäbe Anlass zu Hoffnung. Weniger Krankheit, weniger Krieg im Verhältnis zur Bevölkerungszahl als je zuvor. Was Sie jetzt sagen, klingt konträr.«

»Nein«, erwidert der Älteste. »Ich benenne nur den Schatten des Fortschritts. Nämlich rapide schwindende Freiheit und eine Zunahme der Illusion von Freiheit. Dass manche Diktaturen ihre Bevölkerungen noch unverschämter um Zeit berauben als die angloamerikanischen Demokratien, ist keine Entschuldigung für deren schändliches Treiben. Die heutigen Demokratien versinken in der Diktatur der Bürokratie und setzen ihre Bevölkerungen mit künstlich erzeugten, aber unstillbaren Sehnsüchten gefangen. Mein lieber Freund, Sie haben gelernt, dass jede Diktatur schlimmer sein muss als die mangelhafteste Demokratie. Ich sage Ihnen: Wirklich schlimm ist Tyrannei. Und eine furchtbare Tyrannei ist auch die in demokratischem Gewand. Denn davon lassen sich die Bevölkerungen so einlullen, dass sie die Proteste dagegen verschlafen.«

»Was ist der Unterschied zwischen echter und vorgegaukelter Freiheit?«, frage ich unvermittelt nach.

»Echte Freiheit ermöglicht Auswege aus mangelnder Freiheit. Die Illusion von Freiheit ist das Feigenblatt zunehmender Sklaverei.«

»Können Sie das näher erklären?«, frage ich. Der Halt auf dem Bahnhof zieht sich aus irgendeinem Grund hin.

»Claro.« Er lächelt mich an. Fast mitleidig. So kommt es mir jedenfalls vor. »Als ich geboren wurde, herrschten Kaiser, Könige und ihre Vasallen. Aber das Volk wurde drangsaliert, behaupten die Historiker der Gegenwart. Sí, von den Härten der Zeit habe auch ich Ihnen mehrfach berichtet. Doch die individuellen Freiheiten waren damals größer als heute. Es gab keine Grenzen, wo Pässe vorgezeigt werden mussten. Menschen konnten gehen, wohin sie wollten. Und sie besaßen die Oberhoheit über ihre eigene Zeit. Zwar waren die meisten von ihnen Ackerbauern, also von Tages- und Jahreszeiten und dem Ertrag ihrer Ernten abhängig, doch innerhalb der Grenzen ihrer Lebensumstände verfügten sie über viel größere Freiheiten. Das darf ich sagen, weil ich es erlebt habe. Glauben Sie, die Menschen der Gegenwart leben ein freieres Leben, weil sie in einer Demokratie leben, Fernsehen gucken und die Zeitung lesen können?«

Mir fällt nichts ein, was ich darauf antworten könnte, und ich zeige daher wahrscheinlich ein ratloses Gesicht.

»Schauen Sie nach draußen.«

Ich folge seiner Aufforderung.

»Was sehen Sie?«

Einen Bahnhof. Menschen auf einem Bahnsteig, die es eilig haben. Mit einem Becher in der Menge bettelnd ein Mann um die dreißig. Ich versuche, das, was ich sehe, innerlich in Worte zu fassen. Doch die Worte scheinen mir absichtlich zu entgleiten.

»Was sehen Sie?«, wiederholt Álvarez.

»Getriebe«, sage ich. »Und Sand im Getriebe.«

»Freiheit und Sklaverei sind nicht verwechselbar«, erklärt Álvarez. »Auch wenn die aktuelle Verwirrung diesen Eindruck vermitteln könnte. Denn Freiheit macht Freude und wirkt erfüllend, während Sklaverei wehtut und krank macht. Freiheit ist eine Eröffnung, Sklaverei ein Ende und eine Endstation.« Er hält inne, streift mich mit seinem Blick. »Da draußen sehen Sie jede Menge Krankheit. Warum sind all diese Menschen so krank? Die Antwort habe ich Ihnen gerade gegeben.«

Auch das eine *Lose-lose*-Situation, denke ich, schaue wieder nach draußen und spüre, wie mein Blick sich zwischen den Menschen verliert.

ACHTUNDVIERZIG

Als der Zug endlich wieder anfährt, ist Kala noch nicht zurück. Wahrscheinlich wäre mir meine nächste Frage in ihrer Gegenwart peinlich gewesen, jedenfalls nutze ich die Gelegenheit zu folgender Erkundigung: »Sexualität im Alter wird in unserer Kultur als anrüchig, irgendwie unpassend angesehen. Darüber spricht man nicht, das macht man nicht, und überhaupt all die vielen alten Männer mit ihren jungen Frauen, das wird als eine dekadente, widernatürliche Mode von reichen Lustgreisen angesehen, die es sich leisten können.« Ich mache eine kurze Pause. »Reich sind Sie ja auch. Wie sehen Sie das?« Ich muss mich etwas überwinden, um den Gedanken mit einer abschließenden Frage zu Ende zu bringen: »Haben Sie mit fünfhundert Jahren noch Sex?«

Wieder reißt etwas auf. Der Älteste lacht hell und frei auf, greift schließlich nach dem Einstecktuch in seinem Sakko, um sich damit die Tränen zu trocknen, und erwidert: »Wenn es nach der in Europa vorherrschenden Kultur ginge, hätte ich seit mindestens vierhundertvierzig Jahren keine Frau oder keinen Mann mehr. Ich habe beides gehabt. Denken Sie etwa, ein Mensch, der so lange existiert wie ich, wird sich in vorgefertigte Geschlechterrollen fügen und sich an gesellschaftlich akzeptierte Zeitfenster der Erotik halten?«

»Sie haben recht«, sage ich, dankbar für die Leichtigkeit und Klarheit der Antwort. Trotzdem oder vielleicht gerade deshalb fallen mir im selben Moment der Portugiese und K. K. wieder ein, die bizarren Stunden mit ihnen im Refugium, die nicht ganz einfache Rückkehr in Álvarez' Haus und der dortige Abschied von den beiden. Und jetzt das, Leichtigkeit, Heiterkeit, als hätte es die Dunkelheit zuvor nicht gegeben. Als hätte es die beiden … Ich spüre die seltsame Anwesenheit von Abwesenheit. Vor drei

Tagen noch gelebt, geatmet, diskutiert, argumentiert, schließlich gefleht, dann Frieden. Endstation ihres Weges gefährlicher Freiheiten und tödlicher Irrtümer, letzten Endes nur tödlich für sie selbst. Dank der Klugheit des Ältesten und der Virtuosität von Santos. Dann weg und verschwunden, als hätte es sie nie gegeben. Weiterer Beweis von Santos' fast künstlerischer Raffinesse. Das hatte sogar ich mit meinen begrenzenden moralischen Vorstellungen zugeben müssen.

»Sie haben recht«, wiederhole ich daher. »Das wäre in jedem Falle überflüssig und besonders in Ihrem.« Ich studiere den Ausdruck andauernder Heiterkeit in seinem Gesicht.

»Sie werden doch bemerkt haben, ich bin ein Genießer«, antwortet er.

Ja, das habe ich in der Tat bemerkt, tatsächlich auch als besonderen Charakterzug bei ihm ausgemacht.

»Genuss verfeinert sich mit den Möglichkeiten zum Genuss. Menschen mit einem kurzen Leben verfügen nur über eine kurze Zeit zur Verfeinerung. Ich aber hatte sehr lange Zeit dafür und ich habe diese Zeit genutzt.«

»Dann sind Sie also der größte lebende Genießer?«

»Es gibt andere, das habe ich Ihnen schon gesagt. Ja doch, der größte Genießer jedenfalls, den Sie kennen. Aber Kala kommt mir nach.«

»Was ist Genuss für Sie?« Töten, so denke ich in diesem Moment, gehört für ihn ziemlich sicher nicht dazu. Auch wenn andere Menschen das aus anderen Perspektiven wahrscheinlich anders sehen und daher das Gegenteil unterstellen würden.

»Genuss erwächst aus der Freiheit der Entscheidung für das Angenehme und gegen das weniger Angenehme. Da beides sehr vielfältig ist, ist Genuss also die Fähigkeit zur Unterscheidung zwischen dem Angenehmen, weniger Angenehmen und Unangenehmen. Diese Fähigkeit nimmt mit dem Alter zu, denn sie erwächst aus eigener Erfahrung und bewirkt eben Verfeinerung, nämlich die Befähigung zur immer feineren Unterscheidung. Diese Verfeinerung betrifft sämtliche Sinne und deshalb auch Sinnlichkeit überhaupt.«

»Also auch Erotik und Sexualität?«

»Aber sicher, was denken Sie denn?«

»Nun, ich habe gelesen, dass die Libido mit dem Alter nachlässt.«

Er schüttelt langsam den Kopf. »Dazu kann ich nur sagen, jedenfalls nicht bei mir. Ich bin seit rund vierhundertfünfzig Jahren …«

»Sie meinen, aktiv?«

Er lächelt.

Wie wunderbar, sich mit einem Fünfhundertjährigen über Erotik und Sex zu unterhalten. Ich freue mich in diesem Augenblick. Tatsächlich habe ich den Abgrund der letzten Tage für einen Moment vergessen.

»Sie waren also beim ersten Mal fünfzig Jahre alt?«, frage ich weiter.

»Ja, ich sah sehr lange wie ein Kind aus und war auch eins. Es dauerte lange, bis ich ein Mann wurde.«

Plötzlich erinnere ich mich an meine Pubertät, in meiner Erinnerung zwei, drei wirklich schreckliche Jahre, an die ich lieber nicht zurückdenken möchte. »Wie lange dauerte es, bis Sie vom Jungen zum Mann wurden?«, frage ich sehr direkt.

»Fast zwanzig Jahre.«

»Wie furchtbar!«, entfährt es mir. »Das muss schrecklich gewesen sein.«

»Ich war allein.«

»Weil Sie niemanden mit einer ähnlich verlangsamten Entwicklung kannten?«

»Ich galt als krank. Meine Familie musste mich schließlich verstecken. Ich wurde ja gefährlich für sie.«

»Was haben Ihre Eltern getan?«, frage ich, als Kala in der Tür zu unserm Abteil erscheint, ruhiger Gesichtsausdruck, mehr Kind als Frau in diesen Tagen. Ein sehr besonnenes und erwachsenes Kind allerdings, unübersehbar wahrscheinlich auch für Außenstehende. Ein Restrisiko, wenn sie und ihr Vater sich im öffentlichen Räumen bewegen. Sie fallen auf, allein durch ihre Präsenz. Nicht offensichtlich erkennbar vielleicht auf den ersten Blick, auf den zweiten aber gewiss. So denke ich jetzt, nach all der Zeit, die ich mit ihnen bereits verbracht habe und einer gewissen, bereits gewachsenen Vertrautheit mit ihrer Nähe.

Kala signalisiert mit einer Kopfbewegung, dass sie auch ans andere Ende des Zuges gehen will.

»Va, Rakli«, sagt Álvarez, wendet sich daraufhin wieder mir zu und spricht weiter: »Nachdem der sevillanische Präfekt meinen Vater wieder freigelassen und er zumindest einen Teil seines Besitzes zurückerhalten hatte, reiste er nach Paris zu Jacques Gohory, um sich auszukurieren. Gohory, Schüler des Theophrastus von Hohenheim, galt als der berühmteste Alchimist und Arzt Frankreichs und Spaniens. Von ihm versprach sich mein Vater die Heilung seiner Venerie, denn Gohory hatte die Rezepturen des Paracelsus erlernt. Auch was mich und mein verlangsamtes Wachstum betraf, erhoffte mein Vater Antworten. Also nahm er mich mit.«

»Was stellte Gohory fest?«

»Eine verzögerte Entwicklung.«

»Also nichts.«

»Sí.« Sein Ja klingt wie ein Peitschenhieb, während der Zug erneut langsamer wird, um in Toledo haltzumachen. »Absolut nichts. Er verordnete mir Magisterium Mercurius, ein quecksilberhaltiges Pulver. Hätte ich es eingenommen, wäre ich wahrscheinlich lange tot. Auf der Rückreise bin ich dann von meinen Eltern davongelaufen. Gitanos nahmen mich auf. Ich reiste mit ihnen und anderen Tsigan-Gruppen zehn Jahre lang durch Europa, lernte dabei weitere Sprachen und wurde schließlich in Sancta Maria de Ratis in Südfrankreich zum ersten Mal verheiratet. Feri hieß das Mädchen, eine Manouche aus der Gegend von Arles. Ihr Vater war ein bekannter Kaku, der Menschen verschwinden und wieder auftauchen lassen konnte. Das glaubten zumindest seine Leute. Also ein gefürchteter Mann. In seiner Familie genoss ich besonderen Schutz.«

»Wie alt war Ihre Frau?«

»Vierzehn, damals eigentlich schon alt für eine Romni, die verheiratet werden soll. Ich sah jünger aus als sie, und immer wieder lachte sie mich dafür aus. Sie lehrte mich die Liebe. Die erste wirklich schöne Zeit in meinem Leben. Ihre Familie war in Arles sesshaft geworden, brach alter Gewohnheit entsprechend aber einmal pro Jahr nach Osten auf.«

Wieder gleiten die Gesichter von Menschen auf dem Bahnsteig vorbei, als der Zug langsam zum Stehen kommt. Mitreisende steigen aus, neue Gäste ein.

»Sie reisten auf Pferdewagen?«, frage ich.

»Va. In jenen Zeiten herrschte eine ungeheure Mobilität. Alle waren irgendwie unterwegs. Jeder wollte irgendwohin. Das kann man sich heute kaum noch vorstellen. Egal, ob zu Fuß, auf dem Rücken eines Esels, eines Ochsen, zu Pferd, mit dem Pferdewagen oder in der Kutsche. Es herrschte ein ständiges Getriebe, ein permanentes Kommen und Gehen, ein geradezu unglaublicher Verkehr. Und nicht nur die Manouche und Gitanos waren die Reisenden. Mönche zogen von Kloster zu Kloster, Prediger von Stadt zu Stadt. Künstler wanderten, um die Werke anderer Künstler zu besichtigen. Söldner wanderten, um sich auf unterschiedlichsten Schlachtfeldern zu verdingen, Kaufleute zogen Handel treibend umher. Die Gelehrten pendelten zwischen den Bibliotheken. Die ganze Welt war in Bewegung, sämtliche Stände und Zünfte pendelten über Reichs- und Landesgrenzen hinweg, und die Heilkunst, beispielsweise, wurde nahezu ausschließlich im Umherziehen ausgeübt. Wir reisten tatsächlich meistens mit Pferdewagen. Einmal über Konstantinopel bis nach Hazāradschāt. Ein anderes Mal über die Walachei nach Odessa und Astrachan. Meistens aber nach București, wo die Familie ursprünglich herkam. Wir kauften im Osten ein und verkauften im Westen.«

Nach dem Sturz von Ceaușescu hatte ich Rumänien bereist, auch die Zigeunersiedlungen in Bukarest besucht, war in den Jahren zudem mehrfach in der Türkei gewesen, allerdings bisher nicht in Istanbul. »Wie haben Sie Konstantinopel erlebt?«, frage ich daher nach, während draußen auf dem Gang zugestiegene Fahrgäste an unserem Abteil vorbeilaufen. Wieder ohne anzuklopfen und den Wunsch zu äußern, sich zu uns zu setzen.

»Ich stopfte mir Wachs in die Ohren, bevor ich meinen Fuß in die Stadt setzte«, erklärt Álvarez mit einem Lächeln. »Konstantinopel war entsetzlich laut. Alle schrien durcheinander. Die Händler auf den Basaren priesen ihre Waren mit unüberhörbarem Gebrüll an, wenn die Muezzins nicht riefen, läuteten die Glocken, denn Konstantinopel war auch voller Kirchen. Die Gassen waren erfüllt von den frommen Gesängen der islamischen Vorbeter und ihrer christlich-orthodoxen Konkurrenz. Dazwischen wieherten die Pferde, brüllte das Vieh. In den offenen Werkstätten wurde gehämmert, geklopft und gesägt. Nur Paris war noch lauter. Dort tönte zusätzlich das Gegröle trunkener Randalierer aus den Wirtshäusern, während die metallbeschlagenen Hufe der Pferde nach den Pflastersteinen traten und die vielen Kutschen mit ihren Eisenrädern krachend darüberfuhren. In großen Städten wie Rom war es damals viel lauter als heute. Denn es war überall laut, in den Häusern wie auf den Plätzen, in den Straßen und Gassen.«

»Können Sie den Geist dieser Zeit beschreiben? Wie dachten die Menschen damals?«

»Sie machten sich über die Päpste Clemens, Paul und Pius als Lieblinge der Kurtisanen lustig, bezeichneten den Vatikan als die Metropole der Hurerei und waren gleichzeitig von Mystik erfüllt. Es herrschte eine wilde, ungestüme und ungezügelte Frömmigkeit. Wenn ich mich nun dazu zwinge, diese allgemeine Verdummung positiv zu sehen, dann würde ich sagen, die Menschen erkannten in alltäglichsten Dingen das Wirken Gottes. Sie lebten in der Gegenwärtigkeit des Heiligen, hatten Visionen und immer wieder auch sehr erschreckende Begegnungen mit dem Antichristen. Die Furcht vor dem Satan ließ ganze Städte immer wieder in eine Euphorie des vereinten Irrsinns verfallen. Die Nähe zum Tod aufgrund von Seuchen und Krieg bewirkte einen aus heutiger Perspektive krankhaft erscheinenden Fatalismus. In gemeinschaftlichen Ansteckungsorgien, Totentänze genannt, fielen ganze Bevölkerungsgruppen lustvoll übereinander her und zelebrierten ein Ballfest gemeinschaftlichen Untergangs.«

»Das haben Sie selbst miterlebt?« Ich muss nachfragen, weil es mir unglaublich erscheint.

»Mehrfach. In kleinen Städten wie in großen. In Spanien wie in Italien. Ich bin ins Jahrhundert der Gegenwärtigkeit hineingeboren worden. Aus heutiger Sicht ins Jahrhundert der Ausschweifungen und Exzesse. Damals gingen die Leute ins Badehaus, doch das waren eigentlich Bordelle für beide Geschlechter. ›Alles ist ein Nun‹, hat Meister Eckhart, der größte Philosoph der damaligen Zeit, gesagt. Alles war vollkommen unmittelbar und ungebremst da. Das Schöne wie das Hässliche, das Höchste wie das Niederste, und diese Gegenwärtigkeit bewirkte einen besonderen Zauber. Die damalige Welt war voller Gier und Lust und gleichzeitig erfüllt von einem fast kindlichen Staunen.«

»Heute wird diese Zeit, auch die des ausgehenden Mittelalters, ja die dunkle genannt«, bemerke ich.

»In der heutigen Welt herrscht eine ernüchternde und damit furchterregende Leere. Eine für mich manchmal geradezu liederliche Verflachung und Flachheit des Seins. Der Mensch von heute erscheint mir oft als ein geradezu unwirklich und glänzend aufpoliertes, sich selbst aber als höchst individuell bezeichnendes Nichts.«

Was könnte er zur Ehrenrettung seiner Zeitgenossen und seiner selbst sagen? Nun, dass die Welt inzwischen zu kompliziert ist für einen kindlichen Umgang damit. Dass man nach seinem Dafürhalten im hektischen Wechsel der Generationen nun einigermaßen erwachsen geworden ist, an Humanismus und Aufklärung gereift, zwar auch versachlicht dabei und aufs Monetäre fixiert, aber, orchestriert von den neuesten Erkenntnissen der Physik, das Mechanische bereits hinter sich lassend nach einer neuen Transzendenz und einem neuen Verständnis von Spiritualität greifend. Schon möglich, dass die Persönlichkeit auf dem Altar der Individualität geopfert wurde, doch, das denkt er wirklich, wartet etwas jenseits der Individualität: nämlich ein neues Wir. Eine neue Ebene des Miteinander – die neuronal vernetzte. Klar wird das seine Tücken haben. Der einzelne Mensch wird durchsichtig dabei, wird sich immer weniger verstecken können. Vielleicht gehört das individuelle Geheimnis einmal gänzlich der

Vergangenheit an. Manchen wird diese neue Offensichtlichkeit fast obszön erscheinen. Primitiv und roh in ihrer Eindeutigkeit. Doch er glaube, den Menschen der gar nicht so fernen Zukunft erwarte Persönlichkeit auf einer neuen Ebene.

Er äußert dies aber in diesem Moment nicht, sondern fragt lediglich mit dem etwas gepressten Unterton des leicht Verärgerten: »Meinen Sie das ernst?«

Der Älteste blickt ihn ruhig und auf seine direkte Art an. »Diese Zeit damals war nicht dunkel, sie war hell, denn sie erhellte die Seelen von Persönlichkeiten. Die Menschen heute versuchen, möglichst individuell zu sein, und dieses zum Scheitern verurteilte Vorhaben verdunkelt ihre Seelen. Umso verbissener versuchen sie, ihren Verstand mit künstlicher Nachdenklichkeit zu erhellen, und selbst das läuft ja meistens ins Leere.«

So aggressiv hatte er den Ältesten bisher noch nicht gehört. Um dieser Stimmung keinen weiteren Raum zu geben, fragt er: »Wie war die politische Situation in jenen Zeiten?«

»Verworren. Es waren die Geburtsjahre der magischen Zirkel und Geheimbünde. Und die Wurzeln heutiger Verbindungen reichen bis in diese Zeit. Die Königreiche und Herzogtümer des Westens und Ostens waren in Aufruhr. Stadtstaaten stritten mit Stadtstaaten und Fürstentümern. Der Kaiser des Deutschen Reiches bekämpfte die Franzosen, die Engländer die Spanier, die sie auch besiegten, und alle zusammen kämpften gegen die Mauren, die Wien belagerten. Es war die Zeit der geheimen Depeschen und geheimen Dienste. Ignatius von Loyola gründete die Gesellschaft Jesu. Sie kennen sie als Jesuitenorden. Und schuf eine ganz eigene gemeinschaftliche Ordnung damit, seinem Wesen nach ein geheimer Bund und Vorbild für die spätere Freimaurerei und andere im Verborgenen aktiven Gesellschaften.«

Der Älteste hält inne, blickt sich um, als würde er sich über die Gegenwart wundern. »Wie diese Zeiten waren, wollen Sie wissen? Wunderbar, bewegend und gefährlich. Auch wenn so viel gereist wurde in diesen Zeiten, so war das Reisen für die meisten Reisenden doch sehr riskant, nicht aber für den Klan des Kaku. Sultan Süleyman schätzte seine Kenntnisse und hätte ihn gern ständig in seiner Nähe gehabt. Auch von Loyola habe ihn mehrfach rufen lassen, erzählte er mir einmal. Aber die Gesellschaft Jesu war ihm nicht geheuer. Er wahrte lieber seine Unabhängigkeit. Wenn wir in ein Dorf kamen, war sein guter Ruf bereits da, und wir wurden gastlich aufgenommen. Wir lebten vom Handel, wie schon gesagt. Damals begründete auch ich meinen Reichtum. Und fand zudem etwas Glück. In den wenigen Jahren jedenfalls, in denen Feri gesund war. Bis sie in Odessa an einer Darmvergiftung starb. Mit ihr starb unser jüngster Sohn und meine Hoffnung auf ein normales Leben, denn meine älteste Tochter sah bereits älter aus als ich. Ich ließ sie in der Obhut des Kaku und zog mit einem anderen Klan weiter, mehrte meinen Wohlstand, meine Verantwortung, meinen Einfluss und mein Unglück.«

»Wie«, beginnt der Frager nach einer Zeit des Schweigens erneut, »wie stellen Sie sich Ihren Tod vor, wenn die Zeit dafür gekommen ist?«

»Als eine Erlösung«, erwidert der Älteste. »Und doch werde ich diesen Moment so lange wie möglich hinausschieben, weil das nun mal meine Bestimmung ist. Meine Bestimmung und meine Last. Aber eines Tages werde ich diese Last abwerfen. Und ich kann Ihnen versprechen, das wird ein Freudentag sein. Ich werde meinen Tod mit größter Freude willkommen heißen. Ich darf nicht auf ihn zugehen, doch wenn er auf mich zukommt, dann werde ich ihn mit Dankbarkeit empfangen. Es wird ein Fest für mich sein, aus diesem langen, endlos langen Leben zu gehen.«

»Wohin, glauben Sie, werden Sie dann gehen?«, fragt er. Der im Veroux erwähnte Tod der Mystiker fällt ihm dazu ein, der vom Sterbenden freudvoll erwartete Tod.

»Ins ewige Bewusstsein«, erwidert Álvarez knapp.

Eine Antwort wie ein Blick in den Himmel.

Ins ewige Bewusstsein. Der Satz erzeugt einen Nachhall in seinem Kopf.

»Wollen Sie, dass Ihr Ableben gefeiert wird?«, erkundigt er sich daher weiter, berührt von der Ehrlichkeit des Ältesten.

»Wenn Sie nicht vorzeitig aus der Sache aussteigen, mein lieber Freund, werden Sie wahrscheinlich dabei sein. Und Sie werden es nicht bereuen.« Der Älteste räuspert sich, sagt dann mit fast sanfter Stimme: »Sie haben in den vergangenen Tagen und Stunden schlimme Sachen gesehen. Noch mal: Denken Sie, ich hätte mich von den beiden berauben und töten lassen sollen?«

Der so Gefragte schüttelt den Kopf. Es ist wahr, ihm fällt auch nichts anderes ein. Und das, genau das ist eine Bankrotterklärung für seine Kultur und Zivilisation. Denn er hat nicht die geringste Hoffnung, dass der Älteste durch einen Gang an die Öffentlichkeit überleben würde. Hätten sie die Polizei dort unten im Refugium rufen können? Nein. Hätte es für Álvarez irgendetwas Positives gebracht, wenn sie es doch getan hätten? Nein. Die Meute der kurzlebigen und damit Langlebigkeit gegenüber grundeifersüchtigen und missgönnerischen Menschheit hätte sich als ein einziges hungriges Rudel auf Álvarez geworfen, um ihn zu vernichten. Dazu braucht es eigentlich keine netten und nicht so netten Amigos oder sonstige Klans und schlechten Gesellschaften. Einen wie ihn darf es nicht geben. Mehrere seines Schlages schon gar nicht. Punkt.

Das wirft eine entscheidende Frage auf. Warum ist er eigentlich nicht eifersüchtig auf den Ältesten? Oder ist er es, ohne es bemerkt zu haben? Wartet er insgeheim darauf, ihn bei passender Gelegenheit zu Fall zu bringen?

Doch seine Überlegungen werden unterbrochen durch eine einzige, in diesem Moment in den Mittelpunkt tretende und damit übergeordnet erscheinende Frage. »Wo bleibt Kala?«, fragt der Älteste und tippt mit den Fingerspitzen beider Hände eine nur für ihn hörbare Melodie in die Armlehnen seines Sitzes.

NEUNUNDVIERZIG

Ich liege auf dem Boden. Um mich herum knien Menschen, die mir irgendwie bekannt vorkommen, obwohl ich gleichzeitig weiß, dass ich sie nicht persönlich kenne. Vielleicht habe ich die Gesichter von einigen schon einmal im Fernsehen oder bei öffentlichen Anlässen gesehen. Kann aber auch Einbildung sein. Ich spüre Unsicherheit gegenüber diesen Menschen. Ich weiß nicht, was sie von mir wollen und möchte es auch nicht herausfinden. Ich versuche, einen Arm zu heben, ein Bein zu bewegen, den Kopf zu drehen. Doch es gelingt mir nicht. Offenbar halten sie mich mit großer Kraft fest. Frauen, Männer unterschiedlichen Alters. Sie haben ernste Mienen und schauen mich direkt an. Es ist eine seltsame Perspektive. Während ich aus dem Liegen hochblicke, unfähig, den Kopf zu bewegen, sehe ich einen Kranz von Köpfen, getragen von nackten Hälsen und ebenfalls nackten Oberkörpern.

Ich habe einen Tunnelblick, starr nach oben gerichtet, wodurch die Körper künstlich in die Länge gezogen, die Hälse ungewöhnlich lang und die Köpfe im Verhältnis dazu klein wirken. Ich will den kleinen Giraffenköpfen etwas sagen, sie fragen, was das alles soll, sie bitten, mich loszulassen, kriege aber kein Wort heraus oder kann die eigene Stimme nicht hören. Vielleicht sind sie auch zu weit von mir entfernt, um mich zu verstehen. Sie ragen wie Bäume über mir auf mit ihren langen Stämmen und kleinen Kronen, die Gesichtern ähneln. Bäume, die sich im Wind wiegen.

In den Gesichtern öffnen sich Münder wie Mäuler und Schnauzen. Und dann höre ich Gesang. Stimmen, die einander überlagern, in einem gleichen Rhythmus, aber nicht mit derselben Melodie. Ich höre unterschiedliche Melodien, in einem einheitlichen Tempo gesungen, manchmal wie in einem Kanon, dann wieder scheinbar ohne Tonart oder überhaupt einer Stimmung auseinanderdriftend. Bis auf den Rhythmus, der alles zusammenhält.

Es ist derselbe Rhythmus, in dem mein Herz pocht. Denn das ist es, was ich jetzt spüre: die Erschütterung in meinem Körper durch das Klopfen meines Herzens. Den eigenen Atem, das fällt mir auf, spüre ich nicht. Ich will aufstehen und meinen Atem suchen, möchte mich bewegen können und meinen Atem finden. Denke, er ist doch mein Leben, aber ich spüre nur mein Herz, das auch mein Leben ist, oder vielmehr die verbliebene Hälfte davon, denn etwas von mir scheint gestorben zu sein, erstarrt, locked-in.

Bumm, bumm. Winzige Pause. Bumm, bumm. Pauken in meinem Körper. Wellen der inneren Erschütterung mit einer äußeren Resonanz, denn es wird ja dazu gesungen. Sehr hässlich, leider, wenn ich das so sagen darf. Kann nicht verstehen, was gesungen wird. Ich denke, der Gesang muss einen Sinn haben. Ich will diesen Sinn erfassen und tauche in den Singsang ein, doch ich erkenne nur Klang, Stimmen, die miteinander, nebeneinander und gegeneinander singen. Ausdruck von etwas sehr Unangenehmem, was ich aber nicht verstehe.

Bumm, bumm. Mein Herz, das spüre ich, marschiert der Angst entgegen. Bumm, bumm. Mein Herz schlägt gegen meine Brust, als wollte es mich von innen verprügeln. Bumm, bumm. Dazu dieser Gesang. Kehlig. Unverständlich. Ohne Worte. Massiv aus den winzigen Mündern, den Rachen und Schlünden in den kleinen Gesichtern der kleinen Köpfe, wie aufgespießt auf viel zu langen Hälsen.

Ich liege auf dem Boden. Mir ist kalt. Man hält mich fest. Aus irgendeinem Grund bin ich nicht in der Lage zu protestieren. Ich spüre, wie mein Herz gegen das Innere meines Brustkorbs hämmert. Bumm, bumm. Schneller. Jeder Schlag erzeugt kleine Nachbeben und nach diesen Nachbeben noch ein Vibrieren bis zum nächsten Schlag. Bumm, bumm. Ich habe Angst. Ich fürchte, man will mich zerschlagen.

Die Münder und Mäuler in den winzigen Gesichtern öffnen und schließen sich. Die Köpfe entfernen sich, wachsen langsam über mich hinaus, werden zu menschlichen Wolkenkratzern. Dieser Gesang ist eine kakofonische Macht, die im Gleichtakt wie in einem Gleichschritt in mein Gehirn marschiert, weil sie mich vernichten will.

Bumm, bumm. Ich habe schreckliche Angst. Und mir ist furchtbar kalt. Was wollen diese in den Himmel wachsenden Köpfe von mir? He, hört auf!, möchte ich schreien. Bin ich hier denn nur von Entrückten oder Verrückten umgeben? Aber ich kriege kein Wort heraus.

Bumm, bumm. Zu den Pauken mischt sich ein zweiter Klang. Ich sehe Bewegungen und erkenne, dass sie in die Hände klatschen. Sie klatschen im Takt meines Herzens und singen dazu. Was für ein entsetzlicher Gesang! Ich möchte diesem atonalen Angriff entfliehen, winde mich innerlich, äußerlich starr. Und das Klatschen tut weh. Es schmerzt am gesamten Körper. Und ich begreife, dass ich geschlagen werde. All diese Menschen um mich herum schlagen mit ihren flachen Händen auf meinen Brustkorb, meinen Bauch und meine Oberschenkel, die nackt sein müssen, weil ich das Klatschen ihrer Handflächen darauf höre.

Warum werde ich geschlagen? Hört auf damit!, will ich schreien, doch kein Laut verlässt meinen Mund, den ich nicht mal öffnen kann. Mein Körper brennt. Ich versuche wieder, mich zu bewegen, irgendwie zu regen. Unmöglich. Nicht die geringste Positionsveränderung gelingt. Nur der Schlag des eigenen Körpers, die Kälte und meine Angst erschüttern mich, während ich gleichzeitig starr daliege.

Wie tot.

Wie tot, denke ich.

Bin ich tot?, frage ich mich.

Dann wären die Schmerzen doch nicht da, würde mein Herz nicht mehr klopfen, würde ich kein Klatschen hören und auch keinen Gesang.

Diese Gedanken mussten ihn geweckt haben. In seinem Zimmer ist es schrecklich laut. Der Lärm überfällt ihn wie eine Armee, rummst durch die sensorische Pforte in sein Gehirn. Das Klopfen eines Presslufthammers marschiert durch seinen Kopf und vermischt sich mit dem Singsang einer Polizeisirene oder eines Krankenwagens. Der Kronleuchter über ihm wächst ihm wie ein leuchtendes Raumschiff entgegen. Er wird wohl vorm Einschlafen vergessen haben, das Licht auszuschalten.

Er will aufstehen und den Schalter betätigen, auch die Fenster schließen, weil er sie in seiner Nachlässigkeit wohl offen gelassen hat, was er aber nicht sehen, nur vermuten kann.

Denn er ist unfähig, sich zu rühren. Er versucht, eine Hand zu bewegen, dann ein Bein, dann den Kopf. Vergeblich.

Wie ist es möglich, dass mir mein Körper nicht gehorcht?, fragt er sich und will den Mund öffnen, um die Frage laut auszusprechen, doch auch das gelingt ihm nicht.

Er muss sich in der Nacht aufgedeckt haben, denn ihm ist sehr kalt, er friert. Durch die Kälte brennt sein Körper, als sei er geschlagen worden. Und plötzlich erinnert er sich an seinen Traum.

Leute, die um ihn herumsitzen, singend, mit den Händen klatschend und auf ihn einschlagend. Vielleicht hatte der Traum ihn warnen und wecken wollen. Vielleicht, damit er sich in Sicherheit bringt. Wahrscheinlich sollte er jetzt dringend aufstehen und sich bewegen.

Genau das muss es sein. Er konzentriert all seinen Willen, um wenigstens den Daumen der rechten Hand zu bewegen. Hat nicht mal gezuckt. Die linke Hand? Nichts. Der rechte Fuß? Keine Reaktion. Der linke? Auch nichts.

Die schmerzende Haut spannt um seinen Körper wie ein Gehäuse oder Panzer. Er spürt die Bewegung seines Atems in seinem Körper durch die wechselnde Spannung im Panzer. Und während er in den eigenen Panzer hineinhorcht, fühlt er, wie der eigene Herzschlag gegen die Innenwand seines Gehäuses kracht. Innere Bewegung und äußere Unbeweglichkeit stehen in einem krassen Gegensatz, und er will jetzt wirklich aufstehen. Konzentriert seinen gesamten Willen. Ohne Ergebnis.

Der Presslufthammer schlägt von draußen dagegen an. Der Leuchter über seinem Kopf klirrt bei den Schlägen. Erst jetzt wird ihm bewusst, dass er selbst seine Augen nicht bewegen kann. Sie sind starr zur Decke gerichtet. Gefangen in diesem einen Blick. Er versucht, die Augen zu schließen. Aber auch das gelingt ihm nicht.

Seine Augen beginnen zu tränen, und der Leuchter über seinem Kopf verändert die Form. Tatsächlich im Rhythmus seines Herzschlags, wie er kurz darauf bemerkt. Jeder Schlag tut weh, denn er prallt schmerzhaft von den Innenwänden seines Panzers ab. Er fühlt sich in ein Gehäuse gestaucht und spürt, dass er es von innen heraus zum Bersten bringen muss, während die Außenwelt im Takt seiner donnernd schließenden Herzklappen zu wabern beginnt.

Er ist jetzt starr vor Angst, atmet gepresst und versucht, die inneren Schläge durch Geduld und Gleichmut zu dämpfen. Aber er möchte nur schreien, brüllen, wüten und wüten auch gegen sich selbst. Er ist wie ein Stein, der atmet und ein Herz hat, das schlägt. Liegt wie versteinert da. Und die Befehle, die er aus dem Gehirn sendet, kommen in den Gliedmaßen nicht an.

Gelähmt, paralysiert, eben noch träumend, doch nun wach, aber noch wie in einem Traum gefangen, unfähig, den Mund zu öffnen, die Lippen oder die Zunge zu bewegen. Eine Haltung zum Wahnsinnigwerden.

Dann erstirbt draußen der Presslufthammer. Die Sirene entfernt sich. Und er fühlt eine Art Bersten in seinem Panzer. Rumpf und Gliedmaßen geben Raum. Weichende Erstarrung. Auf einmal kann er sich wieder bewegen, wackelt mit den Beinen, reckt Arme und Hände, streckt sie über den Kopf, dehnt gleichzeitig die Beine.

Etwas fällt in diesen Momenten von ihm ab. Vielleicht eine alte Begrenzung seiner Persönlichkeit? Vielleicht etwas anderes? Jedenfalls spürt er die Rückkehr vertrauter Kontrolle …

… Er greift nach der Decke, die er in der Nacht weggestrampelt hat, zieht sie über die nackten Beine, den Bauch und vergegenwärtigt sich minutenlang die neue Herrschaft über seinen Körper. Fast ein Gefühl, zu schweben. Erleichtert. Frei.

Wenn ihn nicht im selben Moment die Rückkehr der Erinnerung beschweren würde. Alle Vorsicht fahren lassend, waren sie durch den Zug geirrt. Der Älteste und er in entgegengesetzte Richtungen, dann noch mal gemeinsam in Fahrtrichtung, dann dagegen. In alle Abteile geschaut, sogar in jedes Klo. Dafür manchmal minutenlang gewartet. In der zunehmend verzweifelten Gegenwart des Ältesten. Der Zug plötzlich wie ein Tunnel, in dem sie festsitzen, vereint in einem Tunnelblick auf etwas, das nicht hätte passieren dürfen – ihre Abwesenheit.

Sie fragen, wer sie gesehen hat. Viele im Zug, durch den Zug. Einige auf dem Bahnsteig von Toledo. Allein. Sicher? Ja, absolut, allein.

»Wieso allein?«, hatte der Älteste gefragt. Das ergab keinen Sinn. Mit anderen, die sie bedrohten, das schon. Doch andere Personen neben ihr, mit ihr, hatte keiner der Zeugen gesehen.

Schnellstmöglich waren sie mit dem Taxi aus Madrid nach Toledo zurückgekehrt. Hatten in der ganzen Stadt gesucht. Doch plötzlich hatte sie niemand mehr gesehen. Nicht im Bahnhof, nicht davor. Keiner der Taxifahrer. Absolut niemand.

Schließlich hatte jeder sein Zimmer aufgesucht. Der Älteste in seins mit Blick auf die Plaza de Zocodover, er nach hinten hinaus, freie Sicht auf Burger King und McDonald's. Sie wussten, sie mussten schlafen. Also war er sofort zu Bett gegangen, Álvarez' Empfehlung folgend. »Es gibt augenblicklich nichts mehr für Sie zu tun, mein Freund.«

Wo ist Kala? Eine Frage wie eine Wunde, die sich entzünden wird. Er sagt im Geiste die Reihe der Edlen rückwärts ab Tausend auf, zappelt mit den Gliedern, um aufzustehen, doch noch gehorchen sie nicht ganz so wie gewohnt. Also bleibt er liegen und lauscht auf die Geräusche der Stadt. Das Hupen von Autos, jemand, der etwas ruft, und ein Brausen, das die Summe von allem übrigen Lärmenden ist. Er greift sein Handy vom Nachttisch. Selbsttätig abgeschaltet wegen zu geringer Akku-Leistung. Stöpselt es also ans Stromnetz, beobachtet, wie es schließlich wieder hochfährt. Eine neue Nachricht wird angezeigt. Inhalt: Die Linien kreuzen sich, denn eine Außerirdische ist in unserer Mitte (Think of David Bowie).

Ärgerlich legt er das Handy auf den Nachttisch zurück. Die Musik von David Bowie hat er mehr als jede andere gehört. Er hat gerade ein anderes Problem: das Mädchen. Oder vielmehr: das fehlende Mädchen. Nämlich: das Fehlen des Mädchens.

Du fehlst, denkt er. Du wirst vermisst. Will sehen, wie du deine unbändigen Locken von der Stirn und den Wangen streichst. Will sehen, wie du deine schmalen Finger ineinanderschiebst, die feinen Hände verschränkst. Will sehen, wie du dein linkes Bein über dein rechtes legst und mit der linken Fußspitze den Boden berührst. Will sehen, wie du beide Augen zukneifst, wenn du mir konzentriert zuhörst. Will sehen, wie du lachst, wenn man dich zum Lachen bringt. Will sehen, wie du aufspringst und dich katzenhaft bewegst, wenn dich ein Gedanke bewegt. Will dein Parfüm riechen und deinem Atem lauschen. Will deinen Herzschlag spüren, wenn du in meinen Armen liegst. Will hören, was du mir noch zu sagen hast. Denn Ole Meerzen vermisst dich, hörst du?

Ja, das denkt er an diesem Morgen und spürt dabei einen Kloß im Hals und einen Klumpen im Bauch. Und denkt gleichzeitig: Darf er das?

Hey, Ole, du darfst hier gar nichts, denke dich nicht um Kopf und Kragen, du Idiot.

Aber womöglich ist sie älter als bisher gedacht, vielleicht sogar eine Greisin in einem Mädchenkörper. Da würden dann andere Regeln gelten.

Ihre Abwesenheit ist ein Angriff. Furchtbar auch für den Ältesten. Nein, von einer beabsichtigten Absenz im Sinne einer freiwilligen Unternehmung ist nach allem, was an den Vortagen passiert ist, nicht auszugehen.

Kala, du fehlst, denkt er und dreht sich von einer Seite auf die andere und zurück. Er würde sich gern mit der Lösung eines mathematischen Rätsels zerstreuen, doch fällt ihm kein ungelöstes ein, und die Reihen der Edlen haben in dieser Sache inzwischen auch immer weniger zu melden.

Um sich abzulenken, ruft er wie zuvor den Absender an. Wieder Rauschen in der Leitung, doch irgendwie rhythmisch, als periodisch wechselndes Summen, Brummen und Rauschen erkennbar. So, als würde man einen Song aus den tiefsten Tiefen eines sehr dichten und damit dämpfenden Nebels hören, jeglicher Melodie, aber auch der Dynamik eines Schlagwerks beraubt.

Ein Sinn lässt sich darin ebenso wenig wie in den kryptischen Sätzen ausmachen. Daher nimmt er das Rhythmus-Rauschen zwar ebenfalls auf, legt das Handy aber desinteressiert direkt im Anschluss weg.

Sie hatten geplant, von Madrid nach Tanger zu fliegen. Von dort aus entweder nach Rom oder direkt nach Malta. Der Flug geht morgen am frühen Abend. Doch jetzt sieht es natürlich nicht so aus, dass sie ihn erreichen werden.

Álvarez und Kala hatten ihn aufgefordert, gemeinsam in eine neue Identität einzutauchen. Was das bedeuten würde, was für Folgen es nach sich ziehen würde, konnte und kann er kaum ermessen. Je mehr er darüber nachdenkt, was er tut, wenn ihn andere Überlegungen nicht ablenken, umso weniger glaubt er, irgendetwas zu verstehen, zu wissen, als verlässliche Größe in seinem Kopf gewissermaßen.

Bisher war das Leben für ihn, wenn er es ehrlich bedenkt, grundsätzlich leicht gewesen. Er war seinen Interessen gefolgt und hatte damit ganz komfortabel leben können. Immer wieder hatte er Interessen auch vernachlässigt, später dann aber festgestellt, dass es aus guten Gründen geschehen war, weil er stattdessen neuen Interessen gefolgt war. Ein hedonistisches Leben also, geleitet von alten und neuen Interessen, von denen manche ihm erhalten blieben und zu treuen Gefährten wurden, während sich andere auf Nimmerwiedersehen verabschiedeten, was bei aller Treulosigkeit trotzdem genauso passend war, weil der Logik und Folgerichtigkeit seiner individuellen Existenz entsprechend. Mist, nein, er war eigentlich immer sehr unzufrieden gewesen. Eine ziemliche Scheißlogik und Scheißfolgerichtigkeit also – rückblickend betrachtet.

Doch mit der Reise nach Sevilla hatten sich die Koordinaten verschoben und das bisherige Gehäuse seines Daseins passte nicht mehr. Es hatte sich in eine Art Druckkammer verwandelt. Schleichend wie ein unmerklich einsetzender Kopfschmerz. Doch als er die Veränderung schließlich bemerkte, war es plötzlich gar nicht mehr so weit bis zu dem Empfinden, dass ihm der Kopf zu bersten drohte. Und er begreift, dass es das Bewusstsein des nahenden Todes ist.

In der Gegenwart des Ältesten, noch mehr sogar in der Anwesenheit von Kala, hat er zunehmend das Gefühl, im nächsten

Augenblick sterben zu müssen. Durch ihre Existenz verkürzt sich seine auf eine furchterregende Weise. Eine Badewanne, aus der jemand ganz plötzlich den Stöpsel herausgezogen hat. Vielleicht ist es bereits im Moment ihrer ersten Begegnung geschehen. Jedenfalls hat er seither den Eindruck, das Leben fließt ihm unter dem Hintern weg.

Natürlich ist er ein Profi, kann bei der Arbeit Gefühle ausblenden, um sich so rational wie möglich darauf zu konzentrieren. Vielleicht wird Kala im Vergleich zu ihm fast ewig leben. Der Älteste lebt bereits eine Ewigkeit und wird ihn womöglich trotzdem überleben. Ganz ehrlich, er hasst Eifersucht und verachtet eifersüchtige Menschen aus ganzem Herzen.

Doch der Begriff Arbeit ist im Verhältnis zu dem Ältesten und Kala schon längst nicht mehr angebracht. Tatsächlich ist er zum Zeugen geworden, zunächst ihrer Existenz, dann schließlich auch ihres Überlebens. Nicht im eigentlichen Sinne Mittäter, doch diese Grenze, das weiß er nur zu gut, ist fließend.

Die Gegenwart sprengt seine Vergangenheit. Er ist ein Krebs, den jemand auf den Rücken geworfen hat. Zappelt mit den Beinen in der Luft, findet aber keinen Halt, um sich wenden. Solange er so in der Luft hängt, kann er sich aber nicht häuten. Vor allem die Unmöglichkeit tut weh, denkt er. Und dass der Älteste wahrscheinlich schon mit dem Frühstück auf ihn wartet.

Er will gerade den Hörer des Hoteltelefons abnehmen, um Álvarez anzurufen, als das Telefon klingelt und der Älteste dran ist.

»Ist sie zurück?«, fragt er und ärgert sich über die Dummheit seiner Frage, denn wie kann Kala zurück sein, wenn sie doch gar nicht weiß, wo ihr Vater überhaupt zu finden ist.

»Nein«, sagt Álvarez. »Kommen Sie zum Frühstück?«

FÜNFZIG

»Wir müssen nach Barcelona«, erklärt der Älteste und köpft sein gekochtes Ei mit einer Eleganz, die an ein Wunder grenzt.

»Wieso Barcelona?«, frage ich.

»Weil wir ausgemacht haben, wo wir uns treffen, falls wir uns einmal verlieren und nirgendwohin zurückkehren können.«

»Barcelona«, sage ich mit einem Blick auf die Uhr. »Schaffen wir heute noch.«

»Sí«, erwidert er. »Wenn Sie sich mit dem Frühstück etwas beeilen, sind wir in fünf Stunden da.«

Ich bin unsicher, ob die Reise einen Sinn ergibt, doch der Älteste ist nicht davon abzubringen. Nach Madrid, ins dort bereits auf uns wartende, weil bezahlte Hotelzimmer will er nicht.

»Was ist mit Santos?«, frage ich und versuche, mir gleichzeitig ein mit Käse belegtes Brötchen in den Mund zu schieben.

»Ist mit unserem Gepäck unterwegs. Momentan aber nicht erreichbar.«

»Wir sind also auf uns allein gestellt.«

Eine sehr dicke Frau, noch dicker als die im Zug, bricht einige Tische weiter in wieherndes Gelächter aus. Ihre ungeheure Fleischmasse beherbergt einen winzigen Mund und sehr listige Augen, die trotz ihrer Dunkelheit zu leuchten scheinen. Die Frau spricht in ein Handy, telefoniert offenbar und redet sehr schnell, denn ihr Mund bewegt sich mit großer Geschwindigkeit, während ihre Augen nach links und rechts und oben und unten blicken und ihr ausladender Brustkorb zwischendurch vor Begeisterung zu hüpfen beginnt. Dann wird sie von einer weiteren Welle der Heiterkeit erfasst. Der Berg erschüttert, von Beben und Nachbeben bewegt, und eine zweite Woge des Gelächters detoniert im Frühstücksraum.

Ich hatte mir an diesem Morgen Ruhe gewünscht und einen Albtraum aus lärmender Erstarrung und Todesangst gefunden.

Jetzt löst sich all dies in lautstark geäußerter Lebensfreude auf. Und eigentlich sollte es mir gefallen und Freude bereiten, aber es macht mich nur umso trauriger.

»Ah, lieber Freund«, sagt der Älteste und streift mir über den Arm.

Im gleichen Moment klingelt mein Telefon. Ich erkenne, dass es eine deutsche Nummer ist, sehe aber keinen Namen. Doch dann höre ich die Stimme und weiß, dass es meine ehemalige Kollegin ist, Hannelore von Noretzki, inzwischen auch ausgeschieden, allerdings unfreiwillig.

»Ahoi, Hanne«, sage ich. »Wie läuft's?«

»Die Linien haben sich verschoben«, höre ich sie am anderen Ende sagen, ihre Stimme klingt zittriger als sonst. »Think of Prince.«

»Was sagst du da?«, rufe ich ziemlich laut ins Telefon, brülle fast.

»Hast du die Nachrichten nicht bekommen?«, fragt sie zurück, ruhiger jetzt, jedenfalls nicht mehr mit einem Beben in der Stimme.

»Doch, klar habe ich diese dämlichen Nachrichten erhalten. Jedes Mal auch angerufen. Du auch? Hast du dieselben erhalten?« Wieder brülle ich. Jedenfalls spreche ich immer noch sehr laut, denn Álvarez blickt mich erstaunt und dabei wenig begeistert an.

»Nein. Denn wir haben dir diese Nachrichten geschickt.«

»Wozu?« Es gelingt mir, meine Lautstärke zu drosseln.

»Damit wir dich in Ruhe orten können.«

»Wer ist wir?«, frage ich so beherrscht wie möglich und registriere, dass meine Achseln feucht werden.

»Frag nicht«, erwidert sie. »Was du wissen kannst, weißt du schon.«

»Was wollt ihr?«, forsche ich weiter.

»Je hundert Millionen Euro auf zehn verschiedene Konten. Sage ihm das genau so. Dann sieht er Kala wieder.«

»Auf welche Konten?«

»Ein Kuvert liegt auf deinen Namen an der Rezeption eures Hotels.«

»Wie erreiche ich dich?«, sage ich schnell, befürchtend, sie könnte auflegen.

»Nicht nötig«, antwortet sie.

»Hanne«, sage ich. »Wofür gibst du dich her?«

»Für sehr viel Geld, Meerzen. Wundert es dich etwa, dass ich käuflich bin? Hör zu! Achte darauf, dass dein Handy immer geladen ist und du erreichbar bist.« Daraufhin wird die Leitung stumm.

In einer solchen Aufregung hatte er den Ältesten bisher noch nicht gesehen. Das Geld schien ihm egal zu sein. Immerhin eine Milliarde insgesamt. Keine Ahnung, wie man solche Beträge schnell bewegt. Aber das war ja auch nicht sein Problem.

Was war sein Problem? Dass Noretzki ihn verraten hatte? Dass sie das gute kollegiale Verhältnis von einst zu ihrem eigenen, kriminellen Vorteil nutzte? Wunderte ihn das? Eigentlich nicht im Geringsten. Eine besondere moralische Leuchte war sie noch nie gewesen.

Tatsächlich machte ihm Kalas Verschwinden mehr und mehr zu schaffen. Die Vorstellung, dass sie festgehalten und unter Druck gesetzt wurde, machte ihm Angst. Angst, die er auch in den Augen ihres Vaters sah. Eine Angst, die von Stunde zu Stunde schmerzhafter wurde.

Man wusste, in welchem Hotel er und der Älteste abgestiegen waren. Die einzelnen Stationen ihrer Reise waren also auch bekannt. Man hatte es vorgezogen, Kala als Druckmittel zu benutzen. Andere Varianten wären auch denkbar gewesen.

Álvarez war sofort zur Hotelrezeption gegangen, hatte sich den Umschlag geben lassen und telefonierte nun von mehreren Telefonen gleichzeitig, wohl wissend, dass die Gespräche wahrscheinlich mitgehört würden, also sämtliche früheren Maßnahmen zur Gewährleistung unserer Sicherheit missachtend. Das Personal verstand allerdings nicht den Grund für seine Not, denn er sprach ausschließlich Romanes oder eine noch ungewöhnlichere Sprache, und auch er, der Beobachter und Begleiter, verstand kein einziges Wort, hörte nur manchmal den Namen Kala heraus.

Er ging schließlich in den Frühstücksraum zurück, aß das angebissene Brötchen, wechselte von grünem zu schwarzem Tee.

Die mächtige Frau am hinteren Tisch saß immer noch da, lächelte ihm nun verschwörerisch zu und stieß sich mit den Fäusten von den Stuhllehnen ab, riss dabei ihre Kopfhörer aus den Ohren, warf beim Aufstehen eine Flasche Mineralwasser um und fegte zu guter Letzt auch noch den Brotkorb vom Tisch. Danach stand sie minutenlang lachend im Raum, wackelte dann mit dem Kopf und stampfte in seine Richtung.

Direkt an seinem Tisch kam die massige Gestalt zum Stehen. »Sorry, sind Sie Mr Emerson?«, fragte sie mit zusammengezogenen Augenbrauen und amerikanischem Akzent.

»Ist tot«, erwiderte er ohne nachzudenken, »gestorben 2016 wie die anderen.« Und fragte dann fast verächtlich, weil er Prog-Rock nun mal selbst in den Anfängen nicht leiden konnte, zurück: »Sind Sie Ms Lake oder Ms Palmer?«

Daraufhin riss die Dicke ihren Mund auf und lachte, bewegte sich dann kichernd zur Tür und verschwand im Fahrstuhl.

Nun allein im Frühstücksraum, zog er sein Handy hervor, checkte seine E-Mails, forschte nach Auffälligkeiten auf seiner Facebook-Seite, auch auf LinkedIn, konnte aber nichts Ungewöhnliches entdecken, wollte gerade das Handy wieder wegstecken, als er das Signal für eine weiter Nachricht hörte: Die Linien haben sich verschoben (Think of Prince).

Was für ein Mist! Warum jetzt noch diese Nachricht? Den Inhalt kannte er doch schon. Auch den Zusammenhang. Sie hatten sich keinen Zentimeter vom Hotel wegbewegt. Sein Handy war eingeschaltet. Genervt steckte er es in die Tasche, ging auf sein Zimmer und wühlte das Buch aus seinem Koffer. Womöglich hatte Veroux etwas dazu zu sagen. Seite 274, zufällig aufgeschlagen, der Beginn des Absatzes auf der Seitenmitte: »Die Bruderschaften des 14. bis 18. Jahrhunderts waren eine Weiterentwicklung der klösterlichen Gemeinschaften und Dritten Orden. Sie agierten im Geheimen, nutzten aber bereits bürokratische Methoden zur Selbstorganisation und kommunizierten über verschlüsselte Kassiber mit anderen geheimen Gruppen, die ähnliche Ziele verfolgten, denn sie einte bereits ein höheres Ziel: die Entstehung eines neuen, magischen Menschentums. Der Mensch, so glaubten sie, war der werdende Gott und in die Metamorphose einer ungeheuren Wandlung eingetreten, nun im Begriff, über sich selbst hinauszuwachsen und sogar den Tod zu überwinden. Der Mensch, sagten sie, sei der enthüllte Gott. Kein Teil mehr in ihm, das nicht von Gott ist, also nicht übermenschlich. Die Tafeln vom Sinai erweckten einen falschen Eindruck, behaupteten sie. Götter könnten keine Sünder sein. Götter zeigen sich in ihrer Göttlichkeit. Es sei daher an der Zeit, die Göttlichkeit in jedem zu erwecken. Dabei dachten die Brüder des Ordo Templi Orientis und der Societas Rosicruciana allerdings vor allem an sich selbst.«

Interessant. Auf allen Seiten, die er bisher in dem Buch aufgeschlagen und gelesen hatte, war von Bruderschaften und geheimen Orden noch nicht die Rede gewesen. Klarer Fall von Murphy's Law und der quasi-magischen Verdichtung von Realität.

Weil er wieder nicht weiß, was er sinnvollerweise als Nächstes tun könnte, holt er erneut das Handy hervor, ruft nun auch die Prince-Nummer an. Kein Rauschen, kein Summen, Brummen, Rascheln, sondern eine Art Kratzen und Knarzen. Auch das nimmt er auf.

Der Älteste sitzt noch am Telefon. Offensichtlich nicht ansprechbar. Also streift er durchs Haus. Am Ausgang kommt ihm die gewichtige Amerikanerin entgegen, biegt aber ab, bevor er etwas zu ihr sagen kann. Im Frühstücksraum hat niemand abgeräumt. Der Müllhaufen auf ihrem Tisch scheint unberührt. Er bleibt einen Moment angeekelt stehen, studiert ihr Chaos, als müsste sich irgendetwas daraus lesen lassen, setzt sich dann an seinen alten Platz zurück, pellt sein liegen gelassenes hartes Ei, isst es mit Salz und Pfeffer und stellt fest, dass seine Ohrengeräusche zurückgekehrt sind. Ein Fiepen in seinem Ohr, sehr leise, eigentlich nur wahrnehmbar in Momenten der Stille wie diesem gerade. Wenn er den Kopf auf die linke Seite legt, hört er es vor allem rechts, und umgekehrt.

Interessant, Nummer zwei: Er belauscht sein Ohrengeräusch, bemerkt, dass sich die Tonhöhe wiederkehrend, also periodisch ändert, weswegen der hohe Ton in seinen Ohren wie eine zu Zeitlupe verlangsamte und gleichzeitig extrem hohe Polizeisirene klingt.

Während er sich am Büfett einen Kaffee einschenkt, aber dort stehen lässt, weil es einen Cappuccino-Automaten gibt, den er bisher übersehen hat, legt er den Kopf abwechselnd auf die eine und die andere Seite, auch unterschiedlich weit abgeknickt, und beobachtet, wie sich die Geräusche in seinen Ohren dabei verändern.

Am Platz, vor seiner aufgeschäumten Tasse, fällt ihm etwas ein und er zieht wieder das Handy hervor, um alle erhaltenen Nachrichten, die mit toten Popmusikern verbunden sind, einer neuerlichen Untersuchung zu unterziehen.

Die erste Nachricht: Keine Geheimdienstfolter in Berliner und Madrider Wohnungen (Think of Michael Jackson). Zeichenfolge: ■■16i2h23LJ22kS66

Die zweite Nachricht: Stromschläge gegen Passanten, denn sie laden die Wolken auf (Think of George Michael). Zeichenfolge: +hi436r436i2H2e5

Die dritte Nachricht: Die Mächte reiben sich und elektrisieren das Feld (Think of Leonard Cohen). Zeichenfolge: ■■153oN2732oh36

Die vierte Nachricht: Die Reihen stehen; es knistert an allen Fronten, weil der Frühling naht (Think of Lemmy Kilmister). Zeichenfolge: ■■1l3668k45m478e7

Die fünfte Nachricht: Die Geschichte ist fast zu Ende, Entspannung droht plötzlich (Think of Glen Frey). Zeichenfolge: ■■14le6n3r39

Die sechste Nachricht: Die Linien kreuzen sich, denn eine Außerirdische ist in unserer Mitte (Think of David Bowie). Zeichenfolge: ■■1328i3bow43

Schließlich dann die Siebte und kürzeste Nachricht: Die Linien haben sich verschoben (Think of Prince). Zeichenfolge: ■■1p7in23ro43r7n3l76n

Die Nachrichten ergeben als Folge gelesen einen gewissen Sinn und man könnte durchaus einen Countdown zur Entführung von Kala herauslesen. Doch warum sollten ihre Entführer das tun? Sie vorwarnen? Wozu?

Es ergibt keinen Sinn. Er nimmt sich die Zeichenfolgen vor, einfache Verschlüsselungen der Namen, eigentlich zu offensichtlich, um auf eine verborgene Weise bedeutsam zu sein. Jedenfalls findet er keinen Hinweis darin und beschließt, diese Angelegenheit für den Moment ruhen zu lassen.

Oder die Edle 733. Die Mutation 337 ist auch eine Edle und 373 im Sinne der Symmetrie sogar eine Heilige. Er muss kurz aufs Zimmer, kehrt aber sofort in den Frühstücksraum zurück. Dort ist noch immer nicht abgeräumt und der Älteste sitzt an ihrem Tisch, graue Ringe unter den Augen, nippt an einer Tasse Kaffee und verdrückt ein Croissant.

»Stellen Sie Ihr Aufnahmegerät an«, sagt Álvarez anstelle einer Begrüßung oder einer weiteren Erklärung.

Zum Glück hat er es dabei, positioniert es also vor dem Ältesten und schaltet es ein.

»So, so«, sagt der. Das Aufnahmegerät blinkt, während er weiterspricht: »In der Nacht vom ersten auf den zweiten Februar 1959 starben im nördlichen Ural am Osthang des sogenannten Berges der Toten, von der lokalen Bevölkerung Cholat Sjachi genannt, die neun Mitglieder einer Expedition unter bis heute ungeklärten Umständen. Die Gruppe hatte in einem Zelt kampiert, dieses trotz einer Außentemperatur von über zwanzig Grad Minus verlassen, nur notdürftig bekleidet oder halbnackt, offenbar in Panik. Der Suchtrupp, der wenige Tage nach dem Unglück auf das Zelt stieß, fand erhaltene Fußspuren, da es nicht wieder geschneit hatte. Weswegen auch die Leichname der Geflüchteten schnell gefunden waren. Ihre Gesichter waren entsetzlich und schienen bei Eintritt des Todes um Jahre, wenn nicht Jahrzehnte gealtert.«

»Warum erzählen Sie mir das?«

Keine Reaktion des Ältesten. Álvarez spricht: »Außerdem war ihre Haut bräunlich verfärbt gewesen. Eine Obduktion ergab keine Hinweise auf eine mögliche und erklärbare Todesursache. Der Brustkorb einiger Leichname schien eingedrückt, also wie von innen vakuumiert. Eine äußere Todesursache nach den bekannten Maßstäben äußerer Gewalteinwirkung wurde ausgeschlossen. Ohnehin waren keine fremden Fußspuren in der Umgebung der Toten gefunden worden. Der sowjetische KGB belegte die Untersuchungen mit der höchsten Geheimhaltungsstufe. Doch sogar Fotos der Leichen gelangten schließlich an die Öffentlichkeit. Ein weiterer Zeuge, ein Angehöriger des Militärs, der bei dem Suchtrupp dabei gewesen war, erklärte später, dass die Baumkronen in der Gegend um das Zelt herum verbrannt waren. Vielleicht haben Sie davon gehört?«

»Nein.« Der so Gefragte schüttelt den Kopf.

»Gewisse Leute glaubten an die Rückkehr der alten Meister des Himmels. Sie behaupteten, die Expedition im Ural sei den irdischen Tempeln der alten Meister zu nahe gekommen. Zwar seien die Tempel zu dem Zeitpunkt verlassen gewesen, doch hätten sie als Basen für die Rückkehr gedient und seien daher auf besondere Weise gegen Eindringlinge geschützt. Mit Möglichkeiten, die wir selbst heute noch nicht haben. Verstehen Sie, mein Freund?«

Nein, tut er nicht. »Warum erzählen Sie mir das?«

»Die Köpfe …«

»Sie haben mir gesagt, sie existieren nicht.«

»Das war nicht ganz die Wahrheit.«

»Okay …« Seltsame Wendung. Bei allen bisherigen Seltsamkeiten hatte er den Ältesten immerhin für ehrlich gehalten. Wahrhaftig ihm gegenüber.

»Sie sind in meinem Besitz.«

»Warum haben Sie mir das nicht schon vorher erzählt?«

»Ich hatte meine Gründe, verehrter Freund.«

»Aha.« Der Freund hat ein Empfinden, als würde ihm die Brust abgeklemmt. Das Gefühl, beleidigt und hintergangen worden zu sein. Doch darin will er jetzt nicht eintauchen. Gibt Wichtigeres zu tun. Tatsächlich sind ihm die Köpfe momentan auch vollkommen egal. Trotzdem fragt er: »Was ist mit diesen Köpfen?«

»Sie sehen anders aus.«

»Anders als was?«

»Sie und ich zum Beispiel.«

»Sind ja auch aus Stein.« Er hat nicht die geringste Idee, worauf der Älteste hinaus will. Und überhaupt, eigentlich möchte er nur an Kala denken. Und vielleicht auch nur über sie reden.

»Die Köpfe, sie sind nicht von dieser Welt. Und sie verleihen Fähigkeiten.«

Plötzlich ist er doch hellhörig. »Wovon sprechen Sie?«

»Sie haben es am eigenen Leib erlebt.« Álvarez beobachtet ihn, abwartend, ob er versteht.

EINUNDFÜNFZIG

Was ich so alles am eigenen Leib erlebt habe: eine ziemlich wackelige Anreise nach Sevilla, der seltsame Beginn einer Suche, komische Verkäufer und ein merkwürdiger Typ in einem Laden, der angeblich alles unterrichten, aber selber kein gescheites Englisch sprechen kann. Das Auftauchen des Mädchens. Zunehmende Verwirrung meinerseits. Dann sie und der Älteste und ich mit ihnen in der Kathedrale. Oder nach der Rückkehr aus dem Refugium, die Lesungen, Auslesungen meines Gehirns. Meint er Letzteres?

Ich blicke den Ältesten an.

Álvarez nickt. Wieder scheint sein Gesicht kurz die Farbe zu wechseln.

Besondere Fähigkeiten können sie jetzt in ihrer Situation gut brauchen. »Wo sind diese Köpfe nun?«, frage ich den Ältesten.

»Nicht in unserem Gepäck.«

»Ist das eine gute oder eine schlechte Nachricht?«

Der Älteste schüttelt den Kopf. »Wir hatten Besuch. Einmal vor etwa dreihunderttausend Jahren. Dann noch einmal vor ca. fünfundsiebzigtausend Jahren. Und zuletzt vor etwa zwölftausend. Wir wissen sicher, dass es diese Besuche gab. Wir haben eine ziemlich genaue Kenntnis, wozu sie dienten. Doch es gibt einige Ungewissheiten. Die Köpfe, ziemlich wahrscheinlich bergen sie das Geheimnis. Wir wissen aber nicht, auf welche Weise, denn wir haben das Rätsel der Köpfe noch nicht geknackt.«

»Noch mal, warum erzählen Sie mir das, ich meine, gerade jetzt?« Ich schaue dem Ältesten direkt ins Gesicht, suchend, obgleich ich gar nicht weiß, was ich eigentlich finden will. Außer Kala.

»Weil es möglich ist, dass Kala etwas passiert. Und mir auch. Ihnen aber vielleicht nicht.«

Unwahrscheinlich, das, denke ich. So nah, wie wir einander nun sind. Aber das Thema hatten wir noch nicht: Außerirdische. Schon mal von welchen entführt worden? In den Orbit translokiert, fremde Sprache zwar, aber Übersetzungsautomat an Bord, dann die Extraterrestrischen selber, nette Leute mit langen Gesichtern und Augen, wo bei uns die Ohren sitzen, einem Mund anstelle der Nase und einem Ohr anstelle des Mundes. Feine Sache, das. Etwas seltsam auch, aber man gewöhnt sich ziemlich schnell an fast alles. Im Ernst, wie waren die Leute vom anderen Planeten so? Und überhaupt die Inneneinrichtung im Raumschiff? Was Besonderes bei der Verpflegung bemerkt? Hand aufs Herz, was halten Sie eigentlich von Aliens? Hey, Mann, haben wir nicht vor einiger Zeit nachts auf dem Parkplatz welche getroffen?

Ja, könnte er jetzt lapidar genau so fragen, wenn die Lage nicht so ernst wäre.

»Diese Köpfe«, sage ich also zu Álvarez. »Sie meinten, sie seien nicht von dieser Welt. Das heißt, dass sie außerirdischen Ursprungs sind. Das sind auch die Sternschnuppen, die vom Himmel fallen. Habe selbst so einen Klumpen zuhause. Warum sind die Köpfe mehr als das?«

»Weil sie nicht vom Himmel gefallen sind, sondern extra hergebracht und hiergelassen wurden. Weil sie besondere Eigenschaften haben. Und weil diese Eigenschaften einen Sinn ergeben. Und weil diese Annahme und die Fakten, die wir kennen, in sich schlüssig sind.«

»Von welchen Fakten sprechen Sie?«

»Kumulative Evidenz.« Der Älteste schürzt die Oberlippe.

Unterschiedliche Fakten, die auf einen übergeordneten, gemeinsamen Tatbestand hinweisen. Okay. »Doch welcher könnte das in diesem Zusammenhang sein?«

»Ganz einfach«, der Älteste lächelt, »dass der Mensch nicht vom Affen abstammt. Oder vielmehr, nicht nur vom Affen.«

»Sie reden über das Missing Link?«

»Nein, ich rede über den Samen. Beim ersten Besuch, um homo in die Welt zu bringen. Beim zweiten Besuch für die Korrekturen zum homo sapiens. Und beim dritten, um das vorläufige Ergebnis zu begutachten und eine Art Endkorrektur vornehmen zu können. Bei der zweiten Visite wurden wahrscheinlich auch die Köpfe dagelassen. Außerdem verborgene Stützpunkte errichtet. Zum Beispiel die am Cholat Sjachi.«

Ich spüre, wie mir Hitze in den Kopf steigt, vielleicht aus Ungeduld, weil mich der Verbleib von Kala viel mehr interessiert als die Herkunft der Ein-Prozent-Genetik, die mich vom Affen unterscheidet. Sorry für die Ignoranz!

»Verstehen Sie«, sagt Álvarez ein weiteres Mal. »Die Entführer von Kala wissen, was ich Ihnen gerade angedeutet habe, doch ziehen sie vollkommen andere Schlüsse daraus. Sehr falsche und sehr gefährliche Schlüsse.«

Als ich daraufhin nichts sage, spricht er weiter: »Diese Leute, sie bekämpfen den Verstand, die Logik und rationale Folgerichtigkeit. Sie behaupten, das Zeitalter der Gottwerdung des Menschen wäre nah. Und diese Gottwerdung wollen sie zu ihrem eigenen Vorteil nutzen. Leute wie mich und Kala können sie dabei nicht gebrauchen. Wir sind Fehler im System. Diese Fehler müssen ausgemerzt werden. Sie wollen die Macht. Sie beanspruchen ebenfalls die Deutungshoheit über die Geschichte. Und wir stören sie dabei. Vor allem ich störe sie, so gut ich kann. Und glauben Sie mir, wenn ich etwas kann, dann das. Leute stören, die glauben, sie können andere Leute für dumm verkaufen.«

Absolut edel ist auch die 311, denn 3 plus 1 plus 1 macht 5, also in der Quersumme wieder eine Edle. Ebenso 199 und die Mutationen 919, 991, Quersumme 19, eine Edle. Warum hat er solche Schwierigkeiten, sich zu konzentrieren? »Warum«, fragt er und versucht den Nebel in seinen Gedanken zu lichten, »gerade jetzt und in der Härte?«

»Sie werden stärker, und sie nutzen die modernen Medien sehr geschickt. Das gibt ihnen das Gefühl, der Sieg sei nah.«

»Sie reden von einer Art Endsieg.«

»Ja«, sagt der Älteste. »Aber diese Leute sind keine in die Jahre gekommenen Faschisten und auch keine Nazis. Das Nationalistische ist ihnen vollkommen egal. Sie denken in größeren Dimensionen. Wenn es ihnen hilft, dann erschaffen sie einen Gegner, um ihre Kräfte durch einen gemeinsamen Feind zu bündeln. Aber eigentlich wollen sie etwas jenseits jeglicher Feindschaft.«

»Was wollen diese Leute also?«

»Kontrolle.«

»Worüber?«

Der Älteste wirkt abwesend, als würde er in eine andere Dimension blicken oder in ein Paralleluniversum. Seine Hände sind allerdings wieder sehr gegenwärtig aktiv, er tippt mit den Fingerspitzen der linken Hand auf die der rechten. Wartet einen Moment ab, spricht aber nicht weiter, sondern schaut sein Gegenüber an und dann an ihm vorbei.

Wie oft habe ich mich das schon gefragt: Wer kontrolliert eigentlich Berlin? Die zehn wohlhabendsten Berliner Familien. Ich kenne einige davon. Sie haben Einfluss, aber keine Kontrolle. Wer kontrolliert Deutschland? Der Kanzler oder die Kanzlerin jedenfalls nicht. Die Banken? Reden mit. Die Autoindustrie? Möchte gehört werden. Die Waffenindustrie? Spricht hinter vorgehaltener Hand. Der Bundesnachrichtendienst? Reicht Einschätzungen weiter, ist aber eigentlich machtlos, obwohl sein Berliner Neubau gegenteilig wirkt. Die zehn reichsten Personen Deutschlands? Halten sich eher bedeckt und versuchen,

Steuererhöhungen durch geschickten Lobbyismus zu vermeiden. Ja, Deutschland funktioniert. Aber nicht kontrolliert.

Warum nicht kontrolliert? Weil die Wirtschaft sich längst jeglicher Kontrolle entzieht. Weil die moderne Ökonomie des freien Handels ein Organismus ist, gebildet aus Tausenden von Datenbanken, Servern sowie ultraklugen und effizienten Programmen, die all das organisieren und verwalten. Und zwar so komplex und kompliziert, dass es kein einzelner Mensch mehr versteht. Kontrolle? Abgegeben.

Wenn das immer noch gut organisiert erscheinende Deutschland mit seinen funktionierenden lokalen Verwaltungssystemen, seinen Polizeipräsidenten, Landgerichten, Finanzbehörden, Länderparlamenten, Bundesrat und Bundestag eigentlich außer Kontrolle ist und lediglich als Selbstläufer einer vormals gegebenen Ordnung und Ordnungsmacht funktioniert –, wenn eigentlich organisiertes Chaos herrscht, was bedeutet das für Europa?

Na ja, dass es niemand mehr versteht. Und dass immer mehr Menschen glauben, dass Europa auch gar nicht zu verstehen ist. Okay, dann also Amerika. Das Imperium. Kontrolliert die Weltmeere, hält Nordkorea, China und Russland in Schach. So gesehen der Oberhirte. Hat der amerikanische Präsident also die Kontrolle. Immerhin schleppt er ja den Koffer mit den roten Knöpfen mit sich herum und damit die Macht, den Planeten zu zerstören.

Doch hat er die wirklich? Ein Blick ins Land selbst. An allen Großstädten der USA wuchern Ghettos wie Furunkel. Riesige Stadtgebiete, in die sich Polizei nur noch mit Kriegswaffen traut. Kontrolle dort? Aufgegeben. Gegenden wie Wüsten, in denen es keine Krankenversorgung gibt, keine Sicherheiten außer denen, die Banden gewährleisten.

Hatte der Portugiese nicht etwas ganz Ähnliches gesagt?

Oder China. Na ja, die chinesische KP klammerte sich noch an die Macht. Doch wer in China besitzt sie wirklich? Chinesen könnten zur nächsten großen Welle werden, wenn nämlich die Machtlosigkeit des chinesischen Präsidenten offenkundig würde, ein Menschen-Tsunami, der dann über alles hinwegfegt. Als Erstes über die Panzer auf dem Tian'anmen-Platz. Der Platz des Himmlischen Friedens? Himmlisch und Frieden ist offenbar eine gefährliche Kombination. Jedenfalls ist der Platz eigentlich eine Farce, längst außer Kontrolle.

Oder Indien. Uterus der westlichen Zivilisation. Anarchie als sozialer Aggregatzustand. Fast eineinhalb Milliarden Menschen, von denen sich jeder einzelne als so besonders empfindet, dass er kaum zu Arbeiten in Gruppen zu bewegen ist. Zugegeben, ein Stereotyp, aber man muss ja nur sehen, wie die Inder Fußball spielen, um zu erkennen, wovon die Rede ist. Ein Chaos. Wer ist hier der Kapitän? Jeder und keiner. Das allgegenwärtige Chaos bildet lediglich Muster, die nach Ordnung aussehen.

Und all das zusammengenommen – wer sollte so eine Welt kontrollieren und damit beherrschen können? Einzelne Köpfe jedenfalls nicht. Vielleicht Computerprogramme in der Zukunft. Bis dahin kann man nur hoffen, dass das gegenwärtige Chaos nicht allzu offensichtlich wird.

»Das ist Ihre Meinung?«, beendet der Älteste mit weicher Stimme die Zusammenfassung dieses ziemlich ausufernden Monologs.

»Wahrscheinlich«, erwidere ich.

»Sie irren sich«, entgegnet Álvarez knapp. Und erzählt wieder von den alten Meistern des Himmels, einem verborgenen Reich, versteckten Stützpunkten und Hoffnungen, die sich auf das Dach der Welt im tibetischen Teil des Himalaja beziehen.

Erneut tippt der Älteste mit den Fingern, was mich zum ersten Mal wirklich nervös macht.

Ich lächle und spüre, wie mir mein Lächeln verrutscht. »Sie glauben also wirklich, dass wir Besucher hatten?«

»Es gibt ein verborgenes Reich der alten Meister des Himmels. Dieses Reich existiert nur noch in Ruinen und Überresten, denn die Meister haben uns bereits im Archaikum wieder verlassen.«

»Sie meinen, dass sie uns aus der Ferne kontrollieren?« Interessant. Eine Frage, die ich mir so noch nie gestellt habe.

»Nein, sie haben uns Bewusstsein geschenkt und kognitive Möglichkeiten, also jede Menge Freiheiten. Ich denke, es ist nicht in ihrem Interesse, diese gegebenen Freiheiten auf dem Wege der

Kontrolle wieder einzuschränken. Außerdem bezweifle ich, dass sie diese Möglichkeiten haben. Allerdings …«

»Allerdings was? Bitte sprechen Sie weiter.« Spätestens jetzt haben die Darstellungen des Ältesten meine volle Aufmerksamkeit.

»Wenn allerdings die Menschen nicht aufhören, ihre eigene Existenzgrundlage zu vernichten, so können das die alten Meister des Himmels nur als einen Verrat an ihren großzügigen Gaben sehen. Warum sollten sie das einfach so hinnehmen und geschehen lassen? Sehr bald, so denke nicht nur ich, könnten sie sich daher gegen uns wenden.«

»Wer sind sie? Wer sind diese alten Meister des Himmels?«

»Das weiß niemand genau. Sicher ist nur, es gab sie. Sie haben Menschen gezeugt. Diese Menschen haben nach und nach, Schritt für Schritt, die Herrschaft über die Welt an sich gerissen. Und nun beherrschen sie die Welt. Eine Herrschaft, die gute, sogar schöne Seiten hat, gleichzeitig aber schreckliche Gefahren birgt. Und diese Gefahren nehmen zu – weswegen eine Herrschaft des Schreckens droht. Wann die Schwelle dafür endgültig überschritten ist, kann ich Ihnen nicht sagen. Immer wieder denke ich, wir stehen unmittelbar davor. Falls das so ist, fürchte ich, werden die alten Meister nicht mehr lange warten, bis sie in Erscheinung treten.«

»Und dann?«, frage ich weiter.

»Dann gibt es Krieg.«

»Mit den alten Meistern?«

»Nein, zuerst zwischen den einzelnen Interessengruppen der Welt. Es reicht, dass die Meister in Erscheinung treten, und sie schlagen sich die Köpfe ein.«

»Wieso das?« Diese Erklärung erscheint mir tatsächlich sehr unlogisch.

»Weil jeder der beste Erfüllungsgehilfe der neuen Ordnung sein will.«

»Aber was die neue Ordnung sein wird, kann doch niemand wissen, solange die Meister nicht verkünden, wie eine solche Ordnung hergestellt wird und noch dazu funktionieren soll?«

»Das brauchen sie nicht. Es reicht, wenn sie abwarten und beobachten. Sichtbar, aber aus sicherer Ferne. Dazu werden sie leicht in der Lage sein. Sie sind ja technisch viel weiter als wir. Sie schauen einfach zu und beobachten, was passiert. Und die Meister werden als Beobachter gesehen werden wollen.«

»Das denken Sie«, bemerke ich und widerspreche. »Was ist, wenn sie nicht gesehen werden wollen? Wenn sie sich nicht zeigen und uns lieber aus dem Verborgenen heraus beobachten wollen? Beobachten, bis sie eine Entscheidung getroffen haben, wie sie weiter mit uns verfahren wollen ...«

»Va«, stimmt der Älteste zu, »schon möglich, doch halte ich es nicht für wahrscheinlich. Wenn sie verborgen bleiben wollten, hätten sie keine Hinweise auf ihre Existenz hinterlassen. Nein, ich denke, wenn sie zurückkommen, sollen die Menschen auf der Erde ihre Rückkehr sehen. Ihre Ankunft soll eindeutig sein. Und die Menschheit soll sich gesehen fühlen. Soll wissen, dass die alten Meister sie beobachten.«

»Das hat natürlich einen Effekt«, sage ich. »Mehrfach beschrieben von Stanislaw Lem und anderen.«

»Und das Ergebnis wird sein, dass jeder der Erste sein will, der in ihrem Sinne handelt. Sie können sich denken, was dann passiert. Vorauseilender Gehorsam, geboren aus einer Neigung zu servilem Dienen. Ja, das haben die Menschen in sich. Es ist der ärgste Feind der Freiheit und des Friedens.«

»Alle Szenarien, die von einem Kontakt ausgehen«, wende ich ein, »gehen davon aus, dass sich die zutiefst zerstrittene Menschheit im Moment des Kontakts geradezu anfallartig verbündet. Egal, ob der Kontakt von außen friedlich oder kriegerisch oder sehr distanziert erfolgt – eine mögliche Bedrohung von außen wird sie einen.«

»Irrtum!« Der Älteste hat die Stimme erhoben. »Diese Bedrohung ist längst bekannt. Von einer globalen Einheit kann nicht die Rede sein. Und der erbitterte Versuch, mir die Köpfe abzujagen, ist ja auch kein Anzeichen für eine friedliche Einigung. Man hätte mir sehr wohl vorschlagen können, sie für internationale wissenschaftliche Untersuchungen zur Verfügung zu stellen. Doch das nicht passiert.«

»Würden Sie sich jetzt noch dazu bereit erklären?«, frage ich.

»Nicht, solange ich die Köpfe auch als Faustpfand für das Leben von Kala brauche.« Álvarez steht auf, geht zum Büfett und kehrt mit Resten von roter Marmelade auf einem frischen Teller und Toastbrot zurück. Er bestreicht das Brot in ungeröstetem Zustand mit der Marmelade und kaut schweigend, mich zwischendurch immer wieder anblickend.

Weil ich nichts zu sagen habe – oder vielmehr so viel, dass ich nicht weiß, wo ich jetzt anfangen könnte –, schweige ich ebenfalls und nehme einen Schluck des vor gefühlten Jahrhunderten erkalteten Cappuccino aus meiner stehen gelassenen Tasse.

»Wie im Falle eines Kontakts zu verfahren ist, darüber wird inzwischen seit einem Jahrhundert gestritten. Die Amigos waren zu ungebildet, um sich dafür zu interessieren, doch in anderen Gesellschaften wurde das Thema diskutiert. 1918 etwa, als ein gewisser Freiherr Ludger von Schmedentorff von der Existenz der Köpfe erfuhr. Schmedentorff, ursprünglich in Deutschland geboren, verstand sich vor allem als Europäer. Er gehörte zum inneren Zirkel der Freimaurer, war außerdem Martinist, also Rosenkreuzer in leitender Funktion, und kannte sehr viele Leute. Wohlhabende Leute, die von einer besseren Welt träumten.«

»Hmm«, kommentiere ich, obwohl mir unklar ist, wo diese Erklärungen eigentlich hinführen sollen.

»Schmedentorff war Mitglied der Führungselite in der Zeit unmittelbar nach dem Ersten Weltkrieg.«

»Eine wilde Zeit und eine ziemlich lange Zeit vorbei«, bemerke ich.

»Ja, und Schmedentorff ist seit 1945 tot, Selbstmord nach der deutschen Kapitulation.«

»Also ein Nazi«, bemerke ich.

»Nein, er unterstützte erst Lenin und seine Bolschewiki in Russland, dann Mussolini und die Faschisten bei der Machtübernahme in Italien, dann die Machtergreifung Hitlers. Schmedentorff und seine Leute wollten Chaos in Europa säen, um in der Zeit der Wirren die Macht an sich zu reißen. Sie haben Zerstörung über die Grenzen Europas hinaus gefördert. Es ging ihnen aber nie um die Vernichtung von Volksgruppen und Ethnien. Schmedentorff und seine Leute, ein Netzwerk von sehr reichen und sehr einflussreichen Menschen aus der gesamten Welt, wollten die Macht über alle, ausnahmslos alle.«

»Das ist ihnen jedenfalls nicht gelungen«, erwidere ich.

»Woher wissen Sie das?«, fragt Álvarez.

Seine Augen ruhen auf mir. Ich spüre die Schwere seines Blicks. Fast eine Last in diesem Moment. »1945«, sage ich.

»1945 endete der Krieg.«

»Endete die Vernichtung in Lagern.«

»Aber das Chaos erreichte die nächste Ebene, die des Kalten Krieges. Denken Sie, dass damit wirklich etwas gewonnen war?«

Das Töten in großem Stil in Europa war jedenfalls vorerst beendet, doch in Russland, China, Vietnam und anderswo, nicht zuletzt Afrika, ging es weiter. Nicht so methodisch und kalt wie in Deutschland, aber zahlenmäßig …

»Aber nach dem Kalten Krieg«, sage ich, »das vermeintliche Ende der Geschichte?«

»Nein.« Álvarez schüttelt ziemlich entschieden den Kopf. »Damit geht die Geschichte erst richtig los. Jetzt bekommt die historienschwere Gegenwart einen ganz neuen Schub.«

»Sie meinen den Schub der Massensuggestion?«, frage ich und denke: So gesehen ist heute ja alles Werbung.

»Ich würde es Manipulation nennen und den Versuch einer vollständigen Kontrolle durch das Netzwerk im Hintergrund.«

»Also doch Verschwörungstheorie«, bemerke ich.

»Eher Verschwörungspraxis«, entgegnet der Älteste.

»Wie weit sind diese Leute gekommen?«, frage ich.

»Über Neben- und Unterorganisationen bis in die Vorstände von Banken und Regierungen.«

»Sie wollen mir sagen, dass auch Regierungen auf eine Neuordnung nach dem Kontakt hinarbeiten?« Die Vorstellung, ganz ehrlich, kommt mir so abgehoben vor, dass es mir schwerfällt, sie überhaupt ernsthaft zu erwägen.

»Ja, genau das versuche ich Ihnen zu erklären. Allerdings, so wie ich es sehe, haben Sie Schwierigkeiten, meinen Erklärungen zu folgen.« Wieder die Andeutung eines Lächelns, dann erneutes Trommeln mit den Fingern.

»Vielleicht gibt es keinen Kontakt«, wende ich ein. »Ich meine, keinen weiteren.«

»Vielleicht«, erwidert der Älteste. »Aber es gibt die Erwartung. Und es gibt die Köpfe.«

»Aber was geben uns die Köpfe?«, frage ich weiter.

»Sie nähren die Erwartung«, antwortet Álvarez daraufhin. »Und sie geben uns auch etwas in die Hand.«

»Was?« Ich weiß, mit derselben Frage bin ich vor einigen Minuten schon einmal ins Leere gelaufen und werde es vermutlich wieder tun, aber ich irre mich.

Er sagt: »Die Gewissheit ihrer Existenz. Und noch einiges mehr.«

Auch gewisse Fähigkeiten, hatte der Älteste zuvor gemeint. Und ich sei damit bereits in Kontakt gekommen. In meinem Kopf wabert ein Brei. Diesmal aber keine Auslesung meiner Gedanken. Schmedentorff wird darin gewälzt, auch diverse Suizide 1945. Nürnberg habe ich einmal in Ausschnitten gesehen. Blasierte Gesichter, uneinsichtig, dämlich. A. H. und seine Meute müssen Drahtziehern wie Schmedentorff irgendwie entglitten sein.

Der Älteste erzählt von den Netzwerken der Theosophie, Anthroposophie, Freimaurerei, des Ordo Rosicruciana und Ordo Templi Orientis, der Fraternity of the Dark Light und den Builders of Chains and Bridges – sie alle hätten mit Schmedentorff Kontakt gehabt und bestanden als Organisationen nach 1945 ja weiter. Genährt nun von dem Schatten des Toten, der auch Ron Hubbard, Gründer von Scientology, mehr als nur gestreift habe.

Sorry. Tut mir leid, aber ich kapier's einfach nicht. Die Existenz solcher Netzwerke wirkt auf mich wie an den Haaren herbeigezogen. Wenn es sie nicht gäbe, müsste man es erfinden. Erfinden allein schon, um den Tod von K. K. und dem Portugiesen zu rechtfertigen. Auch wenn man ihn eigentlich nicht zu rechtfertigen braucht, denn ihr Ableben geschah eindeutig aus Notwehr. Oder zumindest etwas sehr Ähnlichem.

»Geheime Verbindungen, Netzwerke. Guter Stoff für Romane, doch in Wirklichkeit …«

»… etwas für Spinner«, sagt der Älteste. »Ich weiß, das meinen Sie.«

»Ja«, sage ich, »zugegeben.«

Er lächelt. »Eine normale Lebenszeit reicht nicht aus, um die Verstrickungen zu erfassen. Das, mein Freund, ist der Unterschied zwischen uns. Ich bin alt genug dafür.«

»Verstehe«, erwidere ich, für den Moment tatsächlich überzeugt.

Auf der Straße vorm Haus betätigt jemand die Hupe eines Autos. Eine zweite fällt ein, schließlich eine dritte, dann wieder Stille.

»Was wollten diese Leute und was wollen sie immer noch?«, frage ich schließlich.

»Das tausendjährige Reich und die neue Regentschaft vom Dach der Welt«, antwortet der Älteste.

»Sie sprechen von Tibet«, mutmaße ich.

»Als Sitz der kommenden Weltherrschaft, ja«, bestätigt Álvarez.

»Unter Beteiligung des Dalai Lama?«, frage ich und muss grinsen, weil mir das Ganze plötzlich extrem absurd vorkommt.

»Nein.« Der Älteste schüttelt den Kopf. »Seine vierzehnte Heiligkeit ist wirklich harmlos. Ein netter Mann, auch ein kluger. Die fünfzehnte Heiligkeit, sein Nachfolger, wird nicht so nett sein.«

»Erst müsste der vierzehnte Dalai Lama tot und der fünfzehnte gefunden werden«, sage ich und höre meine eigene Skepsis in der Stimme.

»Der höchste Trülku ist nur am Leben, weil es von seinen Gegnern so gewünscht wird«, erwidert Álvarez. »Noch. Doch wie lange der lebende Buddha noch lebt, ist sehr ungewiss. Eine Ungewissheit, die kaum zu ertragen ist.«

»Jetzt klingen Sie wieder wie ein Buddhist«, bemerke ich in dem Versuch, das Gespräch auf anderes Terrain zu lenken. Warum eigentlich?

»Bestimmte Personen erwarten die Rückkehr der alten Meister des Himmels, doch in der Öffentlichkeit sagen sie nichts dergleichen. Aber im Verborgenen bereiten sie sich darauf vor.«

»Anders als die Christen«, sage ich in dem Versuch, witzig zu sein, »in der Erwartung des Messias.«

»Die Personen, von denen ich spreche«, erklärt Álvarez mit ruhiger Stimme, »wollen sich, wie gesagt, die Verwirrung im Vorfeld zunutze machen, um die Macht vollständig an sich reißen.«

»Und dann?«

»Dann wollen sie jeden weiteren Kontakt verhindern, indem sie die Besucher mit allen Mitteln abweisen.«

»Sie meinen, sie wollen sie militärisch angreifen, in die Flucht schlagen oder vernichten.«

»Letzteres, wenn möglich.«

»Aber das wäre doch vermessen.« Ich fange an, mich aufzuregen. Keine Ahnung, ob über die nach meinem Empfinden mangelnde Logik oder vielmehr die vorstellbare Konsequenz.

»Verstehe«, sagt der Älteste. »Aber diese Leute, sie meinen, über die Besucher triumphieren zu können. Wir kennen die Gründe für diesen Glauben nicht. Aber vielleicht haben sie Technologien in der Hinterhand, durch deren Besitz ein Sieg vorstellbar, nein, wahrscheinlich wird.«

»Angenommen«, mutmaße ich, »es gibt die Besucher und sie sind auch bereits auf dem Weg. Sie müssen uns doch haushoch überlegen sein, sonst würden wir an ihrer Tür klingeln und sie nicht an unserer, richtig?«

»Vielleicht haben sie die menschlichen Möglichkeiten unterschätzt. Vielleicht haben wir uns weiter entwickelt, als sie annehmen. Vielleicht haben wir Technologien entdeckt, die sie übersehen haben. Vielleicht …«

»Vielleicht fürchten sie sich nicht genug vor Grippeviren«, albere ich und erkenne im selben Moment, dass die Bemerkung so dumm auch wieder nicht ist.

»In gewissen Labors gibt es jedenfalls Erreger, deren Letalität absolut überzeugend ist«, nimmt der Älteste meinen Gedanken auf.

»Diese Leute, von denen Sie sprechen«, phantasiere ich, »sie könnten eine Sonde schicken, eine Art Emissär, muss ja gar nicht menschlich sein. Und verborgen im Gepäck …«

»Ich denke, es gäbe einfachere Möglichkeiten …« Álvarez streicht sich mit den Handflächen beider Hände übers Gesicht.

Diese Leute …« echoe ich. »Anhänger Schmedentorffs, seine Nachfolger, und die Amigos …?«

»Sind nur das ausführende Organ«, antwortet Álvarez.

»Für …?« Ich schaue ihm direkt ins Gesicht.

»Für ein sehr schlagkräftiges Netzwerk.« Er blickt direkt zurück. »Das Netzwerk der Gegner des Kontakts, NGK.«

»Ah«, sage ich. »Dann sind Sie im Umkehrschluss also ein Freund des Kontakts.«

»Sí.« Der Älteste nickt und lächelt dabei.

Ich bin perplex. Kann minutenlang nichts mehr sagen. Wer träumt nicht davon?

Die Freunde aus dem Orbit des Beteigeuze, dem Sternbild des Orion, die alten Bekannten vom Spiralnebel, wie gern wäre man ihnen unter sternenklarem Himmel auf einer einsamen Wiese begegnet. Hey, Mann, wo kommst du denn her? Echt? Holla, die Waldfee, ganz schön weite Reise, musst ja ziemlich müde sein. Suchst was zum Pennen? Oder braucht ihr so was nicht? Schlaf, meine ich. Na gut, dann erzähl mal, Kumpel. Will ja dein Freund sein, hörst du?

»Hören Sie?«, fragt der Älteste.

Ganz ehrlich, wahrscheinlich nicht. Bin gerade in anderen Welten unterwegs. In Kontakt.

»Wir müssen verhindern, dass eine einmalige Chance vernichtet wird. Nämlich die Möglichkeit eines Wissens- und Technologiesprungs für die gesamte Menschheit.«

Bin dabei, denke ich … Nein, nicht die Wahrheit. Weil in Wahrheit in Gedanken bei dem Mädchen. Kala, wo …?

»Noch mal«, höre ich den Ältesten sagen, nach innen gewandt, mehr zu sich selbst. »Was will das Netzwerk der Gegner des Kontakts? Was will NGK?«

Ich schüttele wie automatisch den Kopf.

»Das Netzwerk will die totale planetare Herrschaft installieren. Und, glauben Sie mir, die Vorbereitungen dazu laufen. Und sind viel weiter gediehen, als Sie denken.«

»Klingt nicht gerade wie eine vielversprechende Zukunftsvision.«

Wo bist du? Einfach ausgestiegen und nicht wieder eingestiegen? Abgesprungen vielleicht? Wo gelandet? Womöglich nicht da, wo du wolltest? Nun auf dich allein gestellt? Wanderin zwischen Welten? Der unseren und der Welt der … *Anderen*? Muss es die Welt des Gegners sein? Eine feindliche Region? Die Wüste einer missgünstigen Zivilisation? Arides Terrain, ausgedörrt durch Lieblosigkeit? Ein weites Feld ohne jede Zärtlichkeit? Der Horror endloser und sehr unfeiner Weite? Ein Irrtum und zum Irrewerden, wo jeder Schritt nur falsch sein kann und der nächste in den Abgrund führt? Der Absturz in die Dunkelwelt? Lichtlose Verliese? Dort gefangen für alle Zeiten? Festgehalten im Horror ständigen und alleinigen Selbstbezugs? Kein Kontakt, nada, zu niemandem und ohne die geringste Aussicht auf Befreiung.

»Nein«, sagt der Älteste, »denn dagegen ist jede bisherige Diktatur nur ein lokales und temporäres Problem.«

»Also Nordkorea weltweit?«

»Viel schlimmer, weil ohne die geringste Hoffnung.«

»Die Köpfe …«, sage ich.

»… wollen sie unbedingt in ihren Besitz bringen, damit ihnen niemand etwas voraushat. Keine Möglichkeit, keinen Vorteil. Auch wenn wir gar nicht genau wissen, welche Möglichkeit und welchen Vorteil.«

Die Schatten – marschieren sie wieder? Erheben sie sich in der Dunkelheit? Formieren sie sich für den gemeinsamen Übergriff? Gegner einer aufgeblähten Bedrohung von außen? Eine Bedrohung, die sie nutzen wollen?

Diese Methode ist jedenfalls lange und gut erprobt. Bestens geeignet, um einen Krieg zu beginnen. Man muss den gemeinsamen Feind benennen, die Feindschaft begründen, die eigenen Kräfte bündeln, mit lokalen Konfliktherden zündeln, um dann den Flächenbrand zu legen, das Fegefeuer.

Eigentlich egal, ob es die Besucher tatsächlich gibt. Der Glaube an sie reicht. Sämtliche Konfessionen beruhen auf derartigen Behauptungen und Unwägbarkeiten. Sie wachsen, solange sie die

Phantasie nähren. Doch der Älteste ist kein Phantast. Was, wenn er mit seinen dunklen Vorahnungen recht hat?

Die Sonne muss um das Haus herumgewandert sein, denn plötzlich scheint sie mir frontal ins Gesicht.

»Schmedentorff reloaded«, sage ich, »die Köpfe. Was wollen sie außerdem noch von Ihnen?«

Álvarez blickt fast mitleidig, als wollte er auf eine milde, weise Art sagen: Wie können Sie so schwer von Begriff sein, es immer noch nicht zu verstehen!? »Auch mein Geld«, erklärt er. »Ebenso planen sie, meinen Immobilien- und Grundbesitz an sich zu bringen. Verständlich, weil das ebenfalls sehr lohnenswert erscheint. Ich besitze große Ländereien und eine Menge Häuser. Mehr nämlich, als ich jemals bewohnen könnte. All das wollen sie. Und sie wollen es sehr. Aber noch viel mehr wollen sie mein Leben. Denn sie wollen die Kontrolle über mein Gedächtnis. Sie wollen es löschen. Vollständig auslöschen.«

Der Älteste macht eine Pause, taxiert, ob ich noch bei der Sache bin. »Begreifen Sie? Mein Gedächtnis kann ihnen wirklich gefährlich werden.«

Ja, das begreife ich in der Tat. Geschichte wird von Generation zu Generation weitergereicht und dabei, davon bin ich nun auch überzeugt, nach Belieben gefälscht. Die Fälscher sind auf allen Seiten zu finden. Unter den Siegern, die die Gründe für die Kämpfe und die Umstände ihrer Siege beschönigen wollen. Ebenso unter den Verlierern, die die Gründe für ihre Verluste kaschieren wollen und auch aus einer verlorenen Schlacht noch einen glorifizierenden Mythos erschaffen wollen. »Aus der Geschichte können wir lernen, dass noch nie aus der Geschichte gelernt worden ist«, wie es in arabischen Ländern heißt. All die Lügen der vermeintlich so wahren Geschichte und Geschichtsschreibung werden von den jeweils vorherrschenden Machthabern nach ihrem Gutdünken und nach ihren Bedürfnissen wiederum korrigiert, also umgeschrieben, und landen als der letzte Stand der Wahrheit in Geschichtsbüchern auf Schultischen. Doch das vermeintlich Wahre ist nur eine weitere, im aktuellen gesellschaftlichen Gefüge als passend erscheinende Lüge.

Viele dieser Lügen sind harmlos, manche jedoch von extremer, destruktiver Tragweite und Macht. Allerdings, wer kann schon in der Gegenwart einschätzen, welche aktuelle Unwahrheit sich in der Zukunft als harmlose oder gefährliche Lüge erweisen wird.

Der Älteste kann somit die Lügen der letzten fünfhundert Jahre entlarven. Auch die schrecklichen, geboren aus taktischen Überlegungen und dem Hunger nach Macht. Für diese Lügner und gegenwärtigen Profiteure ist er der gefährlichste Mensch der Welt. Einen wie ihn, das hätte mir schon viel früher klar sein müssen, können sie auf keinen Fall leben und am Leben lassen.

»Ja«, bestätigt Álvarez. »Sie wollen mich und die Unionea vernichten. Wir sind das lebende Gedächtnis der letzten Jahrhunderte. Wir mit unserem Gedächtnis, vor allem ich mit meinem ohne jeden Dünkel exzellenten Gedächtnis, kann diesen Heimlichtuern wirklich gefährlich werden. Und sie wissen das. Deshalb wollen sie mich töten, unbedingt.«

Wieder blickt er mich an, abwartend, jedoch nicht mehr ironisch wie zuvor, sondern warm und verständnisvoll. »Und weil ich das so genau weiß, rede ich mit Ihnen, einem Journalisten. Ich rede mit Ihnen, weil Sie nicht aufgegeben und mich gefunden haben und geblieben, also mutig sind. Und weil es wirklich sehr viel zu erzählen gibt. Und weil ich Sie ausgewählt habe, um mit Ihnen eine Übereinkunft zu treffen. Sie erinnern sich?«

»Ja«, sage ich und spüre, dass mir sehr mulmig wird und derselbe Muskel wie einige Tage zuvor wieder in meinem Bauch zu zucken beginnt.

ZWEIUNDFÜNFZIG

Ich drücke die Stop-Taste an meinem Aufnahmegerät. Etwas in meinem Gehirn hat »Klick« gemacht, ist nun an anderer, neuer Stelle eingerastet. Es hat mit Kala zu tun. Ja, ich fühle mich ihr auf eine väterliche Weise verpflichtet; ja, ja, klingt seltsam, ich weiß, immerhin ist sie wahrscheinlich sogar älter als ich, könnte vielleicht sogar meine Mutter sein, womöglich sogar meine Großmutter. Trotzdem. Etwas ist eingerastet. Ich weiß, das es so ist. Weiß aber wieder nicht, was es ist. Das gibt mir zu denken.

Hey, hey, Mann, denk nach! Konzentriere dich! 11 ist eine Heilige der höchsten Ordnung. Die nächste ihrer Art lautet: 11111111111111111111. Eine Zahl aus zwei Einsen und dann eine aus zwanzig, beide wesensverwandt. Kleines Rätsel. Warum? Zum Teufel, er kann sich nicht konzentrieren. Warum fällt ihm das Denken so schwer? Seine Ohrengeräusche haben sich zu einem lauten, nicht mehr überhörbaren Piepen gesteigert: ein Ton wie in einer amerikanischen Serie oder auf CNN, wenn jemand das f-Wort gesagt hat und es später zum Schutz von Minderjährigen und religiösen Trotteln mit einem Piepsen übertönt werden muss. Bei ihm muss anscheinend dauernd irgendetwas übertönt werden, denn das Piepen in seinem Kopf reißt zwar dauernd wieder ab, als würde jemand von außen einen Schalter betätigen, ist aber sofort wieder da. Die Pausen zwischen den Tönen sind jedenfalls viel kürzer als der Ton.

Álvarez hat etwas zu ihm gesagt, aber er weiß nicht, was. Möglich, dass in seinem Gehirn etwas in Unordnung geraten ist, aber damit möchte er den Ältesten in diesen Stunden nicht behelligen. Weil er von Álvarez irgendwie erwartungsvoll angeschaut wird, schaltet er das Aufnahmegerät wieder ein.

»Sie haben Seuchen kommen und gehen sehen«, sagt er, in der Hoffnung, dass seine Sätze eine Art Reset des Gesprächs von eben einleiten, »die Gründung und den Verfall von Stadtrepubliken erlebt, gesehen, wie Könige ermordet wurden oder abtreten mussten, durchlebten die Wirren, Entbehrungen und Katastrophen des Dreißigjährigen Krieges, wurden Zeuge des napoleonischen Siegeszuges und der Französischen Revolution, erlebten die Demokratisierung Europas und das Aufkommen des Bolschewismus, zwei Weltkriege, die Leiden Europas nach den Kriegen, den imperialen Aufstieg Amerikas, den Abwurf der Atombomben, den Kalten Krieg, die Mondlandung, die Sonden zum Mars, die Macht der Computer und die Errungenschaften moderner Technik.«

Kurze Atempause. »Wir könnten Jahre über die von Ihnen ganz direkt miterlebte Geschichte sprechen. Auch über die Lügen in den Geschichtsbüchern, die Verdrehungen von Tatsachen, deren Zeuge Sie waren.«

»Ja, mein Freund«, sagt der Älteste, »das könnten wir.«

»Sie haben es gerade erwähnt, doch lassen Sie mich nun nachfragen. Menschen meines Alters, wir alle haben unsere Eltern gefragt: Warum habt ihr das zugelassen? Wie konnten diese Verbrechen geschehen? Wie war die Machtergreifung überhaupt möglich? Warum habt ihr wenig bis nichts dagegen getan? Deutsche meiner Generation, wir haben keine befriedigende Antwort darauf erhalten. Können Sie mir eine geben?«

Es ist ihm gelungen, die Frage klar zu stellen. Doch will er die Antwort wirklich hören? Oder fragt er nur halbherzig, um sich abzulenken. Denn er vermisst Kala. Vermisst sie mehr, als ihm lieb ist und er sich eingestehen mag.

Angenommen, sie sieht nur so jung aus, ist aber in Wahrheit genau so alt wie er. Wie wäre das für ihn? Vertretbar? Was für ein dämlicher Ausdruck. Vertreten, hintreten, wegtreten, abtreten. Es dreht sich was in ihm, er weiß nur nicht, was. Möchte sich in der Angelegenheit jedenfalls nicht vertreten lassen.

Angenommen, sie ist zehn Jahre älter als er. Wäre damit alles ganz anders? Sie sieht trotzdem noch genau so jung aus wie zuvor, aber er hätte natürlich das Wissen um ihr wahres Alter. Würde schon einen Unterschied machen. Einen großen? Vielleicht …

Angenommen, sie ist zwanzig Jahre älter als er. Also nicht nur etwas älter, sondern viel älter, mütterlich alt. Komische Vorstellung, das. Würde die Vorstellung ihn dann hemmen? Wahrscheinlich nicht …

Angenommen, sie ist dreißig Jahre älter als er. Fast zwei Generationen. In manchen Kulturen könnte sie damit fast seine Großmutter sein. Optisch würde immer noch alles gegen ihn sprechen. Optisch stünde er wie ein Kinderschänder da. Doch gemessen an der Lebenszeit ergäbe sich ein anderes Bild, ja, ein ganz anderes. Wäre dieses Bild noch attraktiv für ihn? Wäre er dann immer noch so fixiert auf sie? Ganz ehrlich: höchstwahrscheinlich ja.

»Meine Generation«, murmelt er. »Können Sie mir eine Antwort geben?«

»Muy difícil«, entgegnet Álvarez ernsthaft, ohne das Wirrwarr seiner Beweggründe wahrzunehmen. »Wissen Sie, wer Erik Jan Hanussen war?«

Mir brummt der Schädel. Will das Mädchen aus dem Kopf kriegen, kann kaum was anderes denken. »Ja, habe den Namen gehört«, antworte ich und reibe mir die Schläfen. »War das nicht ein Hellseher und Hypnotiseur?«

»Vor allem ein Charismatiker. Wo er auftrat, fielen die Damen vor Begeisterung in Ohnmacht.«

»Konnte er wirklich hellsehen?«, frage ich, obwohl mir diese Frage in diesem Moment herzlich egal ist.

»Ich habe ihn einmal in der Tschechoslowakei erlebt. Er benutzte einen Trick. Etwa ein Dutzend Zuschauer durfte etwas auf ein Stück Papier schreiben, einen Traum oder ein anderes besonderes Erlebnis. Die Zettel wurden nacheinander eingesammelt und landeten ein jeder in einem nummerierten Kuvert. Hanussen hielt sich dann das erste Kuvert an die Stirn und verkündete, was auf dem Zettel darin stand. Die betreffende Person bestätigte die Richtigkeit von Hanussens Worten. Der Beifall in dem Prager Theater war ohrenbetäubend, kann ich Ihnen sagen. Allerdings war die erste Person einer seiner Gehilfen gewesen, und dessen Erlebnis war, wie ich später von ebenjenem Mitarbeiter erfuhr, mit Hanussen bereits vor der Vorstellung abgesprochen gewesen. Nachdem der Hellseher verkündet hatte, was auf dem ersten Zettel stand, tat er so, als würde er selbst nachlesen, was auf diesem geschrieben stand, um seine eigene Wahrnehmung zu überprüfen. Aber in Wahrheit las er bereits, was auf dem zweiten Zettel zu lesen war, kannte also dessen Inhalt, bevor er den nächsten Umschlag gegen seine Stirn drückte, nun vorgebend, dessen Inhalt hellseherisch zu erfassen. Was auf dem Zettel stand, war nicht abgesprochen, ebenso wenig, was auf den folgenden Zetteln geschrieben war. Musste es ja auch gar nicht. Hanussen war mit seinen Kenntnissen immer einen Zettel voraus, konnte also unter größtem Gejohle, begeisterten Rufen und zahllosen Ohnmachten sein Publikum in Bann ziehen, denn eine besondere Ausstrahlung hatte er. Es wäre ungerecht, sie ihm abzusprechen.«

»Was hat dieser Mensch mit meiner ursprünglichen Frage nach der Nazizeit zu tun?«, forsche ich nach, nun doch interessiert.

»Erik Jan Hanussen wurde in der Nacht vom 24. zum 25. März 1933 in einem Wald bei Berlin ermordet, zwei Monate nach der Machtübernahme durch Adolf Hitler.«

»Okay«, sage ich, noch immer nicht begreifend, warum der Älteste mir von dem Hellseher erzählt.

»1932 hatte Hitler dem Hellseher die Leitung einer Hochschule für Parapsychologie versprochen. Hitler war Hanussen verpflichtet gewesen, denn Hanussen hatte ihn die Geheimnisse des Charismas, der charismatischen Rede und Gestik gelehrt. Ihn und auch Goebbels. Die beiden waren seine besten Schüler.«

»Verstehe«, sage ich, »doch nach der Machtergreifung im Januar 1933 musste er sterben, ein Mitwisser zu viel.« Viel lieber würde ich nach Kala fragen, über sie reden, spüre aber, wie unpassend das wäre.

»Der Führer«, erklärt der Älteste, »hat die Deutschen hypnotisiert, hat sie in Trance versetzt und magisch sediert. Ich habe ihn einige Male reden hören und ich weiß, was ich sage. Das ist der erste Teil meiner Antwort für Sie.«

Er trommelt mit dem Zeigefinger der linken Hand auf den Tisch. »Der Nationalsozialismus ist Schmedentorff und seinen Anhängern aus dem Ruder gelaufen. Das, was nach der Machtergreifung folgte, haben sie nicht gewollt. Deshalb haben sie auch Stalin mit großen Summen unterstützt. Und das ist der Anfang des zweiten Teils meiner Antwort für Sie.«

Wir sind nicht nach Barcelona aufgebrochen, sondern immer noch in unserem Hotel in Toledo. Der Älteste, so fällt mir in diesem Moment ein, muss sich also als Folge des Anrufs von

Noretzki und seinen eigenen anschließenden Telefonaten umentschieden haben. Dazu habe ich natürlich auch Fragen. Fragen, die unmittelbar mit Kalas Verschwinden zusammenhängen und mich in diesem Augenblick weit mehr interessieren. Außerdem ermüdet mich das Thema Nationalsozialismus. So, als würde ich davon noch im Nachhinein sediert. Das ist vielleicht besorgniserregend, aber darüber würde ich gern ein anderes Mal nachdenken. Allerdings habe ich den Eindruck, dass dem Ältesten unser Gespräch guttut. Also halte ich mich zurück, obwohl ich Widerstände gegen seine Darstellungen empfinde und ganz froh wäre, wenn wir das Thema für den Moment abschließen könnten.

»In Europa«, sagt der Älteste, »ging es immer auch um Neid. Ich werde seit meiner Geburt von Neid begleitet. Pogrome gegen Juden, das habe ich Ihnen bereits erzählt, hatte es bereits im sechzehnten Jahrhundert gegeben. Selbst der Reformator Martin Luther hatte dazu aufgefordert, die Juden aus Europa zu vertreiben. Als ich ›Nathan der Weise‹ bei der Uraufführung in Berlin sah, hoffte ich, dass die Zeiten sich wirklich geändert hatten. Plötzlich glaubte man an ein friedliches Miteinander der Religionen und Bevölkerungsgruppen. Juden wurden nun sogar geehrt und geadelt.«

Der Älteste macht eine Pause.

Ich erinnere mich, was er mir über seine fünfte Frau erzählt hatte, gesteinigt in dieser Stadt. Furchtbar. Warum? Aus Neid?

»Ja, mein Freund«, sagt der Älteste und legt seine rechte Hand in die Innenfläche seiner linken. »Sie wurden geehrt und sogar in den Adelsstand erhoben, selbst Christen studierten nun Tanach, Talmud und Kabbala. Bis es zu Anfang des zwanzigsten Jahrhunderts in Russland erneut zu Pogromen kam. Es waren die Jahrzehnte vor der russischen Revolution, vor dem Untergang des Zarenreiches und der Machübernahme durch die Bolschewiki. Millionen Juden flüchteten nach Westen, fast zwei Millionen bis nach Amerika. Juden, das ist kein Geheimnis, sind schlau und klug, sie schaffen, was sie wollen. Auch in der neuen Heimat waren sie bald wohlhabend. Weil sie aber anders auftraten als die übrige Bevölkerung, auch in der Kleidung, waren sie sehr leicht als eine Gruppe erkennbar. Und weckten wieder Neid. Dieser Neid entzündete sich besonders mit dem Beginn der Weltwirtschaftskrise um 1920. Mit dem New Yorker Börsencrash 1929 und den sehr negativen Folgen weltweit wurde der Neid zur Epidemie, einer ersten globalen Krankheit. Dass Hitler tatsächlich auch tun würde, was er angekündigt hatte, genau in der finalen Härte und Grausamkeit, das haben Schmedentorff und seine Leute nicht gedacht. Mit dem Untergang des Naziregimes und Ende des Zweiten Weltkrieges erwachte die Welt aus einem Albtraum. Und keiner wollte ihn mitgeträumt haben. Das ist sicher ungerecht. Doch die Mörder waren nun mal die Deutschen. Das ist der zweite Teil meiner Antwort für Sie.«

»Aber die Tötungsmaschinerie, Judensterne, Lager, Selektion, die Kammern, diese kalte, effektive Grausamkeit – sie ist damit noch nicht erklärt«, sage ich.

»Deutsche Gründlichkeit«, erwidert Álvarez, »müssten Sie doch besser verstehen als ich.«

»Ich habe es immer wieder zu verstehen versucht«, antworte ich. »Ohne gefühlten Erfolg.«

»Ich auch«, sagt der Älteste.

»Wo waren Sie zwischen 1933 und 1945?«

»Einige Zeit Oxford, dann am anderen Ende der Welt, dann wieder in Rumänien.«

»Nie in Deutschland?«

»Nein, ich konnte die Kälte dort nicht ertragen.«

»Danke«, sage ich, froh die Thematik nun hinter mir zu lassen. Dann fällt mir unser Gespräch über Ängste wieder ein. »Sie haben mir einmal erzählt, Sie hätten Höhenangst. Auch Angst vor Schmerzen. Sie meinten körperliche Schmerzen, richtig?«

Der Älteste nickt und schiebt mit seiner Gabel eine übrig gelassene Cherry-Tomate über den Teller in Richtung Rand.

»Sie haben mir von Ihren seelischen Qualen berichtet. Haben Sie jemals große körperliche Schmerzen erlebt?« Ich forsche nach einer ersten Reaktion in seinem Gesicht, sehe aber keine.

»Von 1795 bis 1797 war ich Gefangener des Großmeisters des Ritterordens vom Heiligen Johannes, Rohan-Polduc. Rohan, ein wirklich bösartiger Mensch, hatte mich im Kerker von Mdina in dieselbe Zelle werfen lassen, in der zuvor der Maler Caravaggio misshandelt worden war. Immer wieder die Jesuiten. Sollte es einen Dreck geben, in dem sie ihre Finger nicht haben, dann habe ich selbigen bislang jedenfalls noch nicht gesehen. Sie hatten mich auch damals verraten. Ich wäre fast verhungert, und das ist längst nicht alles. Aber einer ihrer Landsleute, Ferdinand Freiherr von Hompesch, befreite mich am 17. Juni, bevor er selbst vor den napoleonischen Truppen floh. Die Zeit im Gefängnis, das kann ich Ihnen sagen, war der absolute Tiefpunkt in meinem Leben.«

»Warum hatte man Sie damals festgesetzt?«

»Aus den gleichen Gründen, aus denen man mich heute verfolgt.«

»Sie sind …?« Einerseits kann ich es kaum glauben, andererseits war das damals die gängige Praxis. »… gefoltert worden?«

»Einzelheiten wollen Sie nicht wissen«, erwidert er.

»Wahrscheinlich nicht«, sage ich.

Die Sonne ist noch weiter ums Haus herumgewandert, scheint nun durchs nächste Fenster und dem Ältesten ins Gesicht.

»Was haben Sie gemacht, um nicht durchzudrehen?«, frage ich.

Álvarez schließt die Augen. »Mich erinnert.«

Der zentrale Balken des Kassettenfensters wirft einen senkrechten Schatten auf sein Gesicht.

Der Älteste hält die Augen geschlossen, während er weiterspricht. »Anfänglich habe ich mich ohne System erinnert, eben an das, was mir gerade eingefallen ist. Dann bin ich chronologisch vorgegangen und habe mich an Einzelheiten meiner Kindheit und Jugend erinnert. Dann an meine Kinder, die Frauen, mit denen ich zusammen war, alles, was ich jemals gelernt habe, besondere Momente in der Natur, Naturereignisse. Der Blutmond in der Nacht des 10. Februar 1599. Die sechs Stunden dauernde Sonnenfinsternis am 8. Juni 1673. Ich hatte mich extra nach Nordafrika aufgemacht, um sie zu sehen. Die große Flut in Amsterdam, im November 1703, wo Dreimaster durch die Grachten trieben. Der Wüstensturm im Sommer 1722 in Erzurum. Schneewehen in Madrid zum Jahresanfang 1740. Der vulkanische Winter 1783, wo Kinder monatelang in den vereisten Gassen von London Gleitschuh liefen.« Er blinzelt, blickt mich dann abwartend an.

»Sie erinnern Ereignisse. Und Sie erinnern die exakten Daten dazu«, sage ich, in dieser Sache nicht zum ersten Mal irritiert. Ich vergesse regelmäßig die Namen von Menschen, die ich vor wenigen Tagen erst getroffen habe und manche Dinge, die ich mir gestern vorgenommen habe, fallen mir heute nicht mehr ein. »Sie scheinen keinerlei Probleme mit dem Gedächtnis zu haben. Wie machen Sie das?«

»Es ist mir wichtig«, erwidert er ruhig.

Ich inspiziere das Aufnahmegerät, die rote Lampe blinkt, die Aufnahme läuft, was wiederum mir wichtig ist. Dieses Gespräch. Ich will es bewahren und will, dass es weitergeht. Eine frühere Unterredung über Ängste fällt mir ein. Dummheit mache ihm Angst, hatte Álvarez gemeint. Außerdem leide er zunehmend unter der Angst, eine falsche Entscheidung zu treffen.

Dummheit, das kann ich sagen, macht auch mir größte Angst. Seine Angst vor falschen Entscheidungen kann ich ebenfalls verstehen, leide selbst aber nicht darunter. Vielleicht ist mein Leben einfach zu kurz, um diese Angst in vollem Ausmaß zu kennen. Je länger die eigene Biografie, umso mehr sammelt sich darin an. Falsche Entscheidungen wie die leidvollen Folgen davon. Kala im Zug allein zu lassen, so wissen wir inzwischen, war eindeutig falsch gewesen.

»Meine Tochter«, Álvarez' Gesichtsausdruck wird schwer, »es wird ihr nichts passieren. Auch wenn wir noch nicht wissen, wie es ausgeht. Aber es begann mit einer sehr dummen Nachlässigkeit. Ich hätte es besser wissen müssen.«

Der Älteste blickt wiederum suchend in mein Gesicht. »Je mehr falsche Entscheidungen man trifft, umso krampfhafter versucht man, künftige zu vermeiden, und umso sicherer macht man trotzdem Fehler. Idiotische Fehler, verhängnisvolle Fehler.«

»Die größte Fehlentscheidung Ihres Lebens«, sage ich. »Können Sie mir sagen, welche das war?«

Auf die Frage lächelt der Älteste. Doch es ist kein erfreutes Lächeln. »Knapp fünfzig Jahre vor meiner Befreiung aus Mdina, am

21. Juni 1745, um es genau zu sagen – ich war einige Jahre aus Kizzuwatna zurück und dabei ja nicht ärmer geworden – wurde mir in der bretonischen Hafenstadt Nantes ein junger Mann vorgestellt, der dringend Geld brauchte. Charles Edward Stuart, ein Nachkomme der schottischen Könige Jakob II. und Jakob IV., war damals 24 Jahre alt und erhob Anspruch auf die englische Krone. Charles war mehr ein Piefke als ein Mann, aber er hatte Charisma und er plante die Bliadhna Theàrlaich, die Erhebung der Jakobiter. Charles brauchte Schiffe, Soldaten, Waffen. Um die zu bekommen, brauchte er finanzielle Mittel. Die Fugger, ja, wieder die, lehnten jede Hilfe ab, weil sie mit der Gegenseite sympathisierten.«

Álvarez lehnt sich zurück, verschränkt die Hände hinter dem Kopf. »Heute reden alle über Europa. Fürchten, dass es zerfällt. Fürchten eine Rückkehr des Nationalismus. Hoffen fast wie Verzweifelte kurz vor dem Ertrinken, dass es aber weiter zusammenwächst und doch Halt gibt. Damals war es genauso. Dasselbe Gerede. Nur aus anderen Mündern. Und schon damals war mir jedwede Sezession zuwider. Der amtierende englische König Georg war auch Kurfürst von Hannover. Er hatte Zugriff auf das Gold der Fugger, unterstütze damit die österreichische Monarchin Maria Theresia und finanzierte eine Dauerfehde mit Frankreich. Die Habsburgerin verbündete sich mit dem russischen Kaiserreich und bekriegte das preußische Königreich. Berlin wiederum war mit Paris und Madrid verbündet, aber mit London und Wien im Konflikt. Diese Kräfte drohten Europa zu zerreißen. Ja, nicht nur Europa. Der Konflikt setzte sich bereits in den amerikanischen Kolonien fort. Wäre Charles König geworden, hätte er schnellstmöglich Frieden mit Frankreich geschlossen, Habsburg hätte seinen Erbfolgekrieg aufgeben müssen. Ein neues Bündnis zwischen England und Frankreich hätte wahrscheinlich den anschließenden Siebenjährigen Krieg verhindert. Ein schrecklicher, verlustreicher Krieg, in dem Preußen und England gegen Österreich, Frankreich und Russland zu Felde zogen. Ja, und die Kolonien in Kanada und Nordamerika wären vollständig im Besitz Frankreichs geblieben und die späteren Aufstände dort gegen die britische Krone hätte es nicht gegeben und damit auch keine amerikanische Unabhängigkeitserklärung. Einige der Wirren habe ich damals vorausgesehen und verhindern wollen, denn auch hier mischten die Netzwerke bereits auf eine unheilvolle Weise mit.«

Ich muss mit Scham bekennen, dass mir diese Geschichte neu ist. Gleichzeitig erkenne ich ihre Aktualität.

»Bonnie Prince Charlie, wie er genannt wurde, bekam das Geld von mir«, erzählt der Älteste, »und ich segelte sogar mit ihm. Wir landeten am 23. Juli im schottischen Eriskay. Es gelang ihm, die Führer der Highland Clans hinter sich zu bringen und eine Armee aufzustellen. Wie gesagt, er war ein Charismatiker. Er marschierte nach Edinburgh, nahm die Stadt ein, hisste die Jakobiter-Standarte auf dem Stadtpalast und wandte sich dann in Richtung Süden, um die Regierungstruppen in der Schlacht von Prestonpans zu schlagen. Das war ein leichter Sieg gewesen. Die Highlander waren damit zufrieden, Charles natürlich nicht. Er wollte nach London, um den Königsthron zu gewinnen. Auf der Swarkestone Bridge bei Derby weigerten sich die Clanführer, weiter vorzurücken. Die Leute waren inzwischen müde. Und Charles musste sich ins Moor von Culloden auf schottischem Boden zurückziehen. Und dort …«

»Dort …«, wiederhole ich.

»… zog Nebel auf«, sagt Álvarez mit leiser Stimme. »Wie aus dem Nichts wurden wir von englischen Rotröcken überrannt. Manche von Charles' Kilt-Trägern waren so übermüdet, dass sie im Stehen an Birken gelehnt schliefen. So starben sie auch, aufgespießt, von Musketen durchsiebt oder Mörsern zerfetzt. Charles, mir und zwei seiner engsten Vertrauten gelang es, im Nebel zu entkommen.«

»Bei allem Respekt«, sage ich. »Dass der Kampf so ausgehen würde, konnten Sie nicht wissen. Warum war dies die folgenreichste Fehlentscheidung Ihres Lebens?«

»Weil ich niemals zuvor Kriegspartei war. Immer wieder musste ich mich verteidigen, mich retten, das schon, aber in den Krieg gezogen war ich nie. Eine Dummheit, die ich nicht wiederholen wollte. Doch als Folge davon landete ich im Kerker von Mdina.«

Der Älteste schweigt auf eine fast aggressive Weise, spießt schließlich das Tomatenstück mit der Gabel auf und führt sie zum Mund. Kaut, blickt an mir vorbei. Keine erkennbare Emotion. Bedrohliche Ruhe.

Bei der Erwähnung der Highlander fällt mir wieder der Film ein. »Wenn ich Sie so sprechen höre, dann sehe ich Sie immer nur allein. Als Einzelkämpfer. Haben die Unionea jemals gegeneinander gekämpft?«

Álvarez stößt ein kurzes Lachen aus. »Sie geben wohl nie auf. Aber nein. Gegeneinander nie. Im Gegenteil, weil wir so wenige sind, schützen wir einander.«

»Sie schützen einander? Was heißt das?«

Álvarez schüttelt den Kopf. »Bleiben Sie bei mir.«

Die drei Köpfe, mögliche Besucher, möglicher Kontakt, funktionierende Netzwerke, alte Allianzen, neue Feinde, große Veränderungen, keine Einheit durch äußere Bedrohung, das alte Schisma, rekursive Gesellschaftsstrukturen und menschliche Rückbezüglichkeit – wo bleibe ich dabei? Eine junge Seele in Gesellschaft einer sehr alten? Wenig einladend all das ohne sie, ohne Kala. Und gefährlich, tatsächlich mit jedem Tag gefährlicher. Oder war es das von Anfang an gewesen, mir aber nur nicht in vollem Umfang aufgefallen?

Ich möge bei ihm bleiben. Klar, was sonst? Etwas Besseres fällt mir sowie nicht ein. Und überhaupt: Kala. Ohne weiter nachzudenken, frage ich sehr direkt: »Was ist Ihre größte Angst?«

Álvarez stößt mit der Gabel in eine übrig gebliebene Ecke vom Toastbrot auf seinem Teller, und es ertönt ein metallisch klirrendes Geräusch: »Meine Tochter zu verlieren.«

Plötzlich weiß ich, woher das Klicken in meinem Gehirn kam. Ich hatte eine Idee gehabt, ohne sie aber benennen zu können. Die Idee betraf vielleicht Kalas Verschwinden, vielleicht auch nicht. Ich will den Ältesten nicht beunruhigen, deshalb sage ich ihm nichts dazu, sondern frage lediglich: »Haben Sie inzwischen Neuigkeiten zu ihrem Verbleib?«

»Nein«, erwidert Álvarez sehr ruhig. »Aber ich habe Jal erreicht und instruiert.«

17, edel und nicht hässlich. 23, eine schöne Edle. 1599, 1673, 1703, 1745 – alles nur Profane, die aber fast edel aussehen. Und 1783, eine Edle, die aber auch ein wenig profan wirkt. Zurück auf seinem Zimmer, fummelt er sein Handy mit zitternden Fingern aus der Innentasche seiner Jacke. Keine neuen, von ihm überhörten Anrufe. Keine Nachricht von Kala. Er kontrolliert sämtliche Möglichkeiten mehrmals. Auch keine neue SMS im Strickmuster der bereits erhaltenen. Er hört sich die Mitschnitte seiner sieben Anrufe nochmals an. Keine weiteren Erkenntnisse. Allerdings … allerdings weiß er plötzlich, was er damit nun machen wird. Genau. Das war das Klicken in seinem Gehirn gewesen. Eine Idee, absonderlich, aber dennoch eine Idee. Oder vielmehr eine Eingebung … Sieben Nachrichten, sieben Popmusiker, sieben Anrufe, siebenmal Rauschen, sieben Rätsel. Die Linien verschieben sich immer weiter. Das ist sicher. Think of … Recordwizard heißt eine App auf seinem iPhone. Damit kann man bis zu acht Tonspuren gleichzeitig abspielen. Er wusste nie, was er damit anfangen sollte, doch jetzt setzt er die sieben Mitschnitte nebeneinander an eine gemeinsame Startposition, fischt dann die Ohrhörer aus der Hosentasche, entwirrt das Kabel mit nervösen, sehr ungeschickten Fingern, stellt die Verbindung über die Kopfhörerbuchse her, steckt die Hörer in die Ohren. Und zögert.

Eigentlich eine bekloppte Idee, doch Rauschen kann es, wie man sagt, in sich haben. Er drückt den Play-Button. Kann kaum glauben, was er hört. Drückt wieder auf Play. Und wieder. Und ist schon auf dem Weg zu Álvarez.

Der Älteste hört sich die Sache in Ruhe an. Und dann noch mal in Ruhe. Und sagt dann immer noch ruhig: »Ich muss runtergehen und telefonieren. Warten Sie hier.« Und ist aus der Tür.

Sein Zimmer ist geräumiger als meins. Irgendwas zwischen Juniorsuite und Suite. Zwei Zimmer. Das eine mit Bett. Im anderen ein Sofa, Fernseher, zwei Sessel. Eigentlich eine ähnliche Ausstattung wie im Refugium, nur weit weniger luxuriös.

Die Minibar steht offen. Álvarez hat eine Cola und ein Chivas Regal Miniatur 12 Years herausgenommen. Die Cola steht geöffnet auf dem Tisch, der Whisky noch verschlossen daneben.

Der Besucher öffnet den Chivas, nimmt ein Glas aus der Minibar, schenkt sich ein, kein Eis, so schon kalt genug. Auch innerlich wie gefroren. Kala, sie kriegen dich nicht, sie nicht!

Im Rauschen hatte sich eine Computerstimme verborgen, wie ein Code in einem digitalen Bild. Durch das Zusammenfügen der sieben einzelnen Aufnahmen zu einer einzigen war die Stimme hörbar geworden. Frequenz-Addition als Entschlüsselungsverfahren. Hatte jedenfalls einen unmissverständlichen Hinweis geliefert: eine Adresse in Toledo, gar nicht weit vom Hotel entfernt, von einer Computerstimme gesprochen. Die Arbeit eines Saboteurs in den Reihen ihrer Feinde. So hofften der Älteste und er jedenfalls. Er hätte aufstehen und in wenigen Minuten hingehen können. Aber das wäre viel zu gefährlich gewesen. Für ihn wie auch für Álvarez. Nicht jedoch für Santos, der eine knappe Stunde nach ihnen in Toledo angekommen war.

DREIUNDFÜNFZIG

In Ruheposition glich der Transporter einer liegenden Acht, dem Symbol der Unendlichkeit. Doch bei Beschleunigung falteten sich die inneren Mandeln auf und verdrehten sich gegeneinander, womit die Konstruktion einer Dorje immer ähnlicher wurde, einem buddhistischen Zepter, dessen Herkunft in der Tiefe der Zeit heute noch zu Zweifeln Anlass gibt.

Es sei einstmals vom Himmel gefallen, heißt es. Aber mit dieser Darstellung mochten sich die Anhänger, bei aller Liebe, nicht zufriedenzugeben. Denn es gab, wie man sich denken kann, dazu noch ganz andere Theorien. Irdische, profane. Allerdings stimmten die natürlich nicht.

Die Dorje, von der hier die Rede ist, surfte auf den Wellen der Gravitation. Um dieses Clipping möglich zu machen, wurde sie mit Mesonenstrahlung auf eineinhalbfache Lichtgeschwindigkeit beschleunigt. Das waren die gefährlichsten Momente, noch gefährlicher als die zum Start oder zur Landung erforderlichen Manöver. Die Vibrationen dabei belasteten die Klebenähte; Schweißnähte hätten das jedenfalls nicht ausgehalten. War der Horizont der Aktualität schließlich durchstoßen, tauchte die Dorje in den Ozean der Potenzialität und konnte tatsächlich jeden Punkt am Ereignishorizont innerhalb von Minuten erreichen.

Zeitaufwändig waren lediglich Start, Landung und die für den Eintritt oder Austritt erforderliche Beschleunigung und Entschleunigung. Die »Conda« hatten diese Art des Transports nach rund zwanzigtausend Generationen zu beherrschen gelernt, doch eine ältere Technik hatte sie schon zweimal in die Umlaufbahn der Erde gebracht.

Beim zweiten Mal war der Carrier bereits in einem äußeren Umlaufellipsoid geblieben, und sie waren mit Shuttles fast zeitgleich an fünf Orten gelandet. Zuerst im tibetischen Hochland auf dem Menu Parvat, besser bekannt als Kailash, dann im Krater des Kibo im heutigen Tansania und am Gipfel des Gamsfeld bei Salzburg, schließlich mit einer geringen Verzögerung am Pico de Aneto in den Pyrenäen und im Krater des Damāwand im Norden des Iran.

An allen fünf Orten errichteten die planetaren Visiteure Stelen aus einem sehr glatten und durch keine Witterungseinwirkung verletzbaren Metall. Auf die Sockel am oberen Ende positionierten sie Köpfe aus Stein. Wie gesagt, fünf insgesamt. Der erste, auf dem Kailash, war aus einem dunklen Gestein und undurchsichtig. Die Köpfe auf dem Kibo und dem Gamsfeld waren milchig weiß, aber ebenfalls nicht durchsichtig. Die beiden übrigen waren transparent und hatten eine glänzende Oberfläche, waren also durchsichtig.

Die Visiteure stellten die Köpfe so auf, dass sie in eine genau bestimmte Richtung blickten. Angeblich visierten die Köpfe einen Punkt auf dem Globus an, der ziemlich exakt der heutigen Position der polnischen Stadt Krakau entspricht. Danach landeten die Conda ziemlich wahllos an verschiedenen Orten und brachten mehr oder minder zufällig ausgewählte Geschöpfe auf ihren

Transporter, die sie allerdings nach wenigen Stunden dorthin zurückverfrachteten, wo sie sie aufgefunden hatten – ausnahmslos in einem Zustand vollständiger Amnesie, der auch durch die hartnäckigsten Nachforschungen seitens des nativen Umfeldes nicht aufzubrechen war. Diese Aktivitäten der Visiteure zogen sich über einige Wochen hin und wären weltweit zu beobachten gewesen, wenn sie überhaupt irgendwem hätten auffallen können, denn die Conda gingen sehr vorsichtig vor, jegliche Entdeckung sorgfältig vermeidend. Ohnehin waren die lokalen Residenten noch nicht in einem Zustand angelangt, der ihnen überhaupt gestattet hätte, derartige Wahrnehmungen in Worte zu kleiden, die über vage Betrachtungen von etwas Mystisch-Unerklärlichem hinausgereicht hätten.

Die Conda erkannten schnell, dass ihr Samen aufgegangen war. Die nun mit höherer Intelligenz und damit erweiterten kognitiven Fähigkeiten ausgestatteten Erd-Residenten hatten sich gut entwickelt. Wie andere Mitglieder ihnen verwandter Arten zu einem etwas früheren Zeitpunkt, aus heutiger Perspektive kein kleines Rätsel, waren auch sie von einer vierfüßigen Fortbewegung zu einem zweibeinigen Lauf übergegangen und damit wesentlich schneller und ausdauernder geworden, als ein irdischer Beobachter sich jemals hätte vorstellen können. Tatsächlich konnten sie auf die lange Distanz sogar einem Geparden davonrennen. Auf kurze Distanz holte sie allerdings selbst die lendenlahme Hyäne ein, was in der Phase des Übergangs für seltsame Begegnungen sorgte, mit zunehmender Erkenntnisfähigkeit aber sehr bald nicht mehr, denn der noch junge und gewissermaßen unter äußerem Einfluss wie neu geborene Mensch lernte, seine Instinkte zu beherrschen. Das Feuer hatten zwar jene ihm ähnlichen »Anderen« lange vor ihm entdeckt, doch er hatte es besser nutzen und beherrschen gelernt. Von diesen »Anderen« hatten die frühen Menschen auch abgeguckt, wie man grauen Flint oder schwarzen Obsidian zu scharfen Faustwaffen schlug und schliff. Ebenso, wie man aus dem gleichen Material eine Speerspitze fertigte und an einem langen Schaft befestigte, was noch mehr Kenntnis und Fingerfertigkeit erforderte.

Wie man aber einen Bogen spannte und damit einen Pfeil mit einer nadelscharf gearbeiteten Spitze abschoss, das hatten sie dank erhöhter Intelligenz jedoch sehr schnell selbst herausgefunden. Ebenso, wie man Hunde abrichtete und mit ihrer Hilfe oder geschickt gelegten Feuern ganze Herden von Tieren in Abgründe oder Schluchten trieb. Bei einem solchen Schlachtfest hatten sie auch erkannt, wie hilfreich es war, in größeren Gruppen und mit vereinten Kräften zu handeln. Nun verstanden sie, was wichtiger als alles andere war, nämlich sich mit ihresgleichen zu großen Verbänden zusammenzutun, um in Jagdgruppen auch viel größere Feinde stellen und überwinden zu können. Nicht zuletzt Gegner einer sehr nahe verwandten Art.

Ja, der Samen der Conda war aufgegangen.

Vor der Optimierung des menschlichen Gehirns durch die Visiteure war die Neigung zur Mitteilung und die Fähigkeit, diesem Bedürfnis auch sinnvoll Ausdruck zu verleihen, einigermaßen gleich verteilt gewesen. In der Höhe wie in der Tiefe und auf sämtlichen Ebenen dazwischen war aus vollstem Hals geschnattert, gezwitschert und gefaucht worden. Delfine und Wale pfiffen sich Botschaften zu, Schimpansen und Gorillas tauschten sich über ihre Befindlichkeiten aus. Vögel zwitscherten Geschichten, Papageien und Raben plapperten sie nach. Pferde wieherten ihre Freude hinaus. Löwen brüllten, Mammuts trompeteten, Lemuren kreischten, Hyänen jaulten, Hunde winselten, Schafe und Ziegen meckerten, Ferkel machten ein Riesengequieke. Und die ersten Menschen und ihre damals noch sehr zahlreichen nächsten Verwandten, sie riefen, sie brüllten, sie kreischten, sie lachten, sie weinten, sie sangen, sie pfiffen. Und sie redeten. Unterschiedlich viel und in sehr unterschiedlichen Sprachen. Aber sie konnten bereits mit Rufen vor Gefahren warnen, Ratschläge und Anweisungen geben, auf Befehle der Älteren hören, Sympathie oder Ablehnung äußern und über simple Scherze lachen. Doch sich etwas vorstellen, was es noch nicht gab, das konnten sie nicht. Dazu fehlte ihnen die Phantasie. Noch.

Denn nicht zuletzt das änderte sich fast schlagartig mit der Optimierung. Auf einmal besaßen sie eine weitere, kaum zu überschätzende Stärke: Vorstellungskraft. Diese neue Fähigkeit veränderte alles. Nun war es möglich, Erfahrungen aus einer bereits überstandenen Gefahrensituation auf eine drohende weitere zu übertragen. Nun konnten sie sich vorstellen, was die Vergangenheit mit der Gegenwart verband, was ziemlich sicher nicht geschehen würde, was vielleicht doch und was ziemlich wahrscheinlich tatsächlich passieren würde. Sie konnten Wahrscheinlichkeiten abwägen, Möglichkeiten gewichten und sinnvolle Vorsichtsmaßnahmen erwägen, um sich schließlich für die erfolgversprechendste zu entscheiden.

Es war schlichtweg so, als habe jemand den Hauptprozessor in ihren Gehirnen getauscht, und das war, wenn man die tatsächlichen Umstände kannte, gar nicht so weit von der Wahrheit entfernt. Die Visiteure hatten eine Art Schalter umgelegt. Einmal gewonnene Erkenntnisse wanderten nun ins kollektive Gedächtnis der Menschen, wurden mittels Phantasie aktuell angepasst und samt diesen Nachbesserungen von einer Generation zur nächsten weitergereicht, oft auch von einem Stamm zum nächsten. Was unendlich kostbar war, erhöhte es doch die Wahrscheinlichkeit des Überlebens in künftigen Gefahren um ein Vielfaches. Die frühen Menschen konnten nun aus der Gegenwart auf die nähere Zukunft schließen, darüber beraten und geeignete Vorkehrungen treffen. Was das für die Menschheit bedeuten würde, war damals kaum zu ermessen, doch mit einem zeitlichen Abstand von mehreren hundert Generationen dafür umso besser.

Diese Befreiung aus dem Verlies der Instinkte war tatsächlich wie eine Neugeburt der Art und bedeutete eine Befähigung, die, im Gegensatz zu anderen Fertigkeiten, nie wieder verloren gehen sollte.

Es waren die Zeiten, als nur wenige von ihnen über die Hochebenen und durch die Wälder streiften, sich an den Rändern der Savanne auf die Lauer legten oder in die langen Täler der auslaufenden Gebirge zurückzogen, gut geschützt vor den Augen von Feinden, die ihnen das Wenige, was sie besaßen, abjagen wollten, und sei es das eigene, schwächliche Leben.

Denn die Feinde des jungen Menschen waren fast ausnahmslos stärker als er. Nur gegen wenige vierbeinige Jäger konnte er auf sich gestellt einen sicheren Sieg erringen. Allein gegen einen Löwen? So gut wie keine Chance. Ebenfalls sehr gefährlich waren Säbelzahnkatzen, denn sie konnten schnell zuschlagen und griffen oft in Rudeln an. Auch vor dem schlauen Mammut musste man sich hüten, vor allem wegen seiner schieren Größe. Doch der eigentliche Krieg herrschte zwischen dem Frühmenschen und seinen nächsten Verwandten. Nein, auch nicht zwischen ihm und den Affen. Mit denen geriet er so gut wie nie gefährlich ins Gehege, denn zu getrennt waren ihre Lebensräume. Und überhaupt ergriffen sie die Flucht, sobald er nur auftauchte.

Das Verhältnis zu den nächsten Verwandten hingegen war auf eine seltsame und aggressive Weise aufgeladen. Sie lauerten einander auf, erschlugen einander, raubten sich gegenseitig Frauen. Hin und wieder legten sie sich aber auch friedlich und freiwillig zueinander. Die Bastarde, die dabei entstanden, starben meistens direkt nach der Geburt. Doch einige überlebten. Manche wurden dann trotzdem getötet, andere in den Stamm aufgenommen, denn Nachkommen wurden gebraucht. Vor allem, wenn sie stark waren. Dann wurde es hingenommen, dass sie anders aussahen: dunkler, behaarter, muskulöser.

Die dunklen Jäger waren gedrungener als die frühen Menschen. Sie hatten eine dichtere und lückenlosere Körperbehaarung, waren auf mittlere Distanz wesentlich ausdauernder und im Einzelkampf so überlegen, dass man eigentlich gleich tot umfallen konnte, wenn man das Pech hatte, einem von ihnen einmal allein zu begegnen.

Ein weiterer, ebenfalls schlimmer Widersacher war einen halben Kopf kleiner und noch kompakter in der Körperstatur. Er streifte in Rudeln durch die weiten Ebenen, verständigte sich eher durch Schreien und Grunzen als mit Worten und versteckte sich nachts in Erdlöchern. Er vermochte gefundenes Feuer zu bewahren, konnte aber selbst keines entzünden. Feinde lockte er gern in primitive Hinterhalte, um dort über sie herzufallen.

Diese zwei machten dem frühen Menschen mehr zu schaffen als die übrigen zwei Dutzend direkten Verwandten, die ihm ebenfalls ähnlich sahen, aber weniger ähnlich waren, weil sie ihm sowohl körperlich als auch mental unterlegen waren und nur in einer größeren Meute gefährlich werden konnten.

Menschen und Menschenähnliche erkannten von Beginn an die Gefahr, die sie miteinander verband. Und sie bekämpften und bekriegten sich auf Schritt und Tritt, mit einer Härte, die keinen Waffenstillstand kannte und über jede Erschöpfung hinaus bis zum finalen Ende des Gegners geführt wurde.

Keiner weiß genau, wie viele von ihnen in jenen Zeiten existierten. Manche von ihnen schliefen in Bäumen, manche suchten Höhlen im Gebirge auf, andere versteckten sich im Gras und trotzten der Witterung in Felle gehüllt unter offenem Himmel. Einige schliefen in der Hocke, einige an einen Baum gelehnt im Sitzen, einige legten sich hin, manche konnten sogar im Stehen schlafen.

Immer wieder trieben gewaltige Feuersbrünste Menschen wie Tiere vor sich her. In Panik flüchtete alles, was kriechen, laufen oder fliegen konnte. Von einem Moment zum anderen erhob sich die Natur wie ein einziger Dämon und vernichtete, was ihm nicht rechtzeitig entfliehen konnte, und das waren die Alten und Schwachen jeglicher Art.

So gewannen die Menschen Stärke. In den Beinen. Und im Kopf. Denn es gab kaum ein Ruhen, kein Ausruhen, kein geruhsames Rasten in jenen Zeiten. Entweder war man auf der Flucht, bereitete gerade einen Angriff vor oder jagte Wild, um nicht zu verhungern, oder suchte die nächste Quelle, das nächste Wasserloch, um nicht zu verdursten.

Es war ein einziges Hin und Her in dieser Ära des beginnenden Siegeszuges. Wie siegreich, wie absolut siegreich sie einmal sein würden, ahnten die frühen Eroberer natürlich nicht. Noch waren sie gefangen in einer magischen Gegenwärtigkeit. Doch als Wanderer zu neuen Welten waren sie bereits auf dem Weg zur Sesshaftigkeit. Wenn auch zivilisatorische Agglomeration und Verstädterung so unvorstellbar fern lagen wie die Landung auf dem Mond und die Ziehung der Lottozahlen.

Der Wind hatte eine Seele in jenen geheimnisvollen Zeiten. Der Sturm und der Donner waren Götter, in den Wassern wohnten Geister, die Berge erhoben sich als versteinerte Titanen, unter den Hügeln wohnten die Heidefeen. Die Pappeln wuchsen in den Himmel, um den Windgeist einzufangen. Die Espen zitterten voller Angst vor der kleinsten Brise. Die Tannen ächzten und rieben die Stämme, weil sie vor Verzweiflung kaum noch stehen konnten. Nur die Eichen ruhten, als wenn nichts sie umwerfen könnte. Aber dann schlug der Dämon des Gewitters in sie ein, spaltete ihren Stamm, und wer das einmal gesehen hatte, erschauerte vor der Macht der alten Geister.

Manchmal schüttelte sich das ganze Tal und erbebte, wenn zu viel Not und Tod und Verderben die Krume tränkte. Doch die Weiden nahmen die Trauer von Tieren und Menschen und ließen diese Last über ihre hängenden Zweige in die Erde gleiten. Buchen und Birken steckten dann ihre Köpfe zusammen und lachten, lachten über die seltsamen Wesen, die unter ihren Kronen einherschritten, sich an ihre Stämme lehnten, dort dösten oder schliefen oder sich in Angst daran klammerten. Denn alles, was unter dem weiten Himmel versammelt war, war irgendwie verbunden, mehrheitlich wortlos und doch wissend.

So wussten die menschlichen Jäger, was die Antilopen fühlten, wenn sie ihr auf den Fersen waren. Sie wussten, wie der Bär sich in wachsender Bedrängnis fühlte, wenn sie ihn einkreisten und mit Feuer in den Wahnsinn trieben. Sie wussten, was die Katze spürte, wenn sie zum Sprung ansetzte und den Nacken traf oder auch verfehlte. Sie hörten auf die Vögel und folgten der Richtung, in die sie in Schwärmen flogen. Sie spürten, sobald der Regen kam, um sie von der Dürre zu erlösen. Sie fühlten, warum sich der Wind erhob und den Donner vertrieb. Und sie waren manchmal fast dankbar, wenn es Blitze hagelte, denn dann wurde ihnen meistens ohne eigenes Zutun das Feuer geschenkt. Und manchmal warfen sie sich scheinbar ohne Anlass zu Boden, berührten mit ihren Stirnen den Sand, in dem sie knieten, und dankten der Mutter des Tages und der Nacht, die sie geboren hatte.

Einmal hob einer von ihnen den Kopf und sah ein seltsames Wesen vor sich stehen. Leuchtend, weil in einer glitzernden Haut. Das Wesen flötete eine Folge von hell klingenden Tönen. Und der Mensch erschrak, stürzte zu Boden, in der Hoffnung, darin zu versinken. Doch der glitzernde Fremdling kniete sich zu ihm hin und strich ihm über den Kopf. Zärtlich wie eine Mutter bei ihrem Kind.

Staunend blickte das Kind auf. Berührt von Liebe, die nicht von dieser Welt war, schaute es in Augen, die so blaugrün waren wie das Meer, in das man nicht hineinfallen, aber tief blicken durfte. Das Glitzerwesen reichte dem Kind eine Hand oder einen Arm, so genau konnte man das nicht unterscheiden, und half ihm auf.

Die großen Mythen und Epen der Menschheit werden sich später um diesen Moment ranken, ihn märchenhaft verklären und geschichtlich verfälschen. Aber was konnte man auch erwarten von Individuen, die noch kaum Himmelsbeobachtungen anstellten und auch kaum weiter gefasste Schlüsse zogen, sondern in einer kriegerischen Welt als Sammler und Jäger zu überleben suchten. Die Segnungen von Philosophie und Wissenschaft kannten diese Feldbeuter noch nicht, denn noch lebten sie von mündlichen Überlieferungen. Diese bestanden vor allem aus märchenhaft ausgeschmückten Ereignissen, die sie in Träumen erlebt hatten, und dem Weitererzählen von Witzen. Denn die Möglichkeit einer schriftlichen Aufzeichnung, und somit die Verewigung von Erfahrungen und Gedanken, war ihnen noch fremd. Sie lebten ja von einem Tag in den nächsten, ernährten sich von dem, was sie sammelten oder zur Strecke brachten. Und das war in Tansania nicht anders als am Fuße der Anden. Lediglich in Tibet schien die Menschheit in ihrer Entwicklung etwas weiter vorangeschritten zu sein, denn dort gab es immerhin eine aus zwölf Symbolen bestehende Vorform eines Zeichensystems, mit dem Ereignisse auf Bambusblättern festgehalten und weitergereicht werden konnten.

Diese erste Schrift, wenn man so will, war so primitiv, dass damit Beziehungen oder Tätigkeiten angedeutet, aber nicht ausgemalt werden konnten. Das gelang stellenweise sogar besser an den Kreidewänden von Felsgrotten und Höhlen, wo sich die Künstler dieser Zeit einen ersten artifiziellen Wettstreit lieferten.

Die Conda studierten den aktuellen Wissensstand ihrer Probanden, nahmen weitere winzige, aber sehr effektive genetische Veränderungen vor und entließen die aufgelesenen Individuen wieder in die unwirtliche Freiheit ihres Planeten.

Die temporär Entführten litten später unter seltsamen Empfindungen von Schwindel, periodisch auftretenden heftigen Kopfschmerzen und wechselnden Zuständen von geistiger Verwirrung, die aber nach wenigen Tagen wieder verschwanden, woraufhin bei den betroffenen Personen unnatürlich gesteigerte Sinneswahrnehmungen zu beobachten waren, die sich jedoch nach einer gewissen Zeit ebenfalls wieder verflüchtigten, um dann einer dauerhaft gesteigerten Intelligenz Raum zu geben, die tatsächlich erstaunlich war.

Dies hatten die Conda bereits im Voraus erwartet. Umso sorgfältiger studierten sie den Effekt in seiner lokalen Variation. Tatsächlich reagierten die Stämme am Kailash in einem besonderen Maße auf die Optimierung. Auch Bewohner des heutigen Südindien, eigentlich eine genetische Seitenlinie, entwickelten sehr schnell außergewöhnliche Fähigkeiten. Die Visiteure erkannten den Wert ihrer Bemühungen und beobachteten umso genauer deren Auswirkungen.

Eigentlich hatten sie die Erde schnell wieder verlassen wollen, doch eine optimierte Gruppe im Norden Afrikas, jener Gegend, die damals am heißesten war, zeigte plötzlich untypische, nicht prognostizierte Fertigkeiten. Alle konnten gleichermaßen wie auf Knopfdruck ihre Körpertemperatur an die Umgebungstemperatur anpassen – eine Fähigkeit, die sonst Wechselwarme, also Reptilien beherrschten, und die damit ein Atavismus war, ein Rückfall. Und außerdem alterten manche der Probanden plötzlich deutlich langsamer als andere.

Beides war eine unbeabsichtigte Anomalie. Ersteres, weil es in dem ariden Umfeld zwar prinzipiell hilfreich war, jedoch nicht eigentlich von einem zivilisationsfördernden Impuls. Und die zweite Anomalie schien schlichtweg schädlich, weil mit deren

Verbreitung ein schneller Generationswechsel verhindert und somit Weiterentwicklung prinzipiell behindert und verlangsamt würde.

Die Conda blieben fast hundert Jahre, obwohl sie eigentlich nicht einmal zehn auf der Erde hatten verbringen wollen. In der Zeit errichteten sie mehrere verborgene Stationen, um den weiteren Progress der Menschenart begleitend erforschen zu können. Und diese Periode ihrer Gegenwärtigkeit wird noch immer als eine göttliche angesehen. Die alten Meister des Himmels waren herabgestiegen und hatten sich auf der Erde eingerichtet. Was für eine Gnade, denn die einst von ihnen ausgebrachte Saat war aufgegangen. Nun studierten sie die Früchte ihres Tuns, nahmen dabei noch gewisse Nachbesserungen vor. Und rätselten über einige Sonderbarkeiten. Doch gehörten nicht Unwägbarkeiten dieser Art zu jedem Experiment? Erfolgreich war es jedenfalls. Das war schon damals eindeutig. Die Optimierungen trugen Früchte, um sich milliardenfach weiter fortzupflanzen. Die beiden Anomalien waren noch das geringste Problem. Tatsächlich gab es im Prinzip sogar eine dritte, nämlich den ungewöhnlich rapiden Progress des Volkes am Kailash. Vor allem auf die Regionen Tibet und Nordafrika konzentrierten sich die Visiteure daher nun und unternahmen ausgedehnte Studien. Sie fühlten sich wie glückliche Gärtner in einem zoologischen Garten, nicht wie die Bändiger ehemals tierischer Wesen.

Doch dann explodierte die Erde. Der Ausbruch des Toba auf Sumatra war so gewaltig und vernichtend, dass das Beben auf sämtlichen Kontinenten zu spüren war. Die seismischen Wellen legten drei der fünf Shuttles lahm, obwohl weder die Navigatoren noch die Wartungstechniker der Conda etwas Derartiges für möglich gehalten hatten.

Mit den verbleibenden beiden Gleitern versuchten sie, sich schnellstmöglich zu retten. Doch nach dem Regen von Asche verdunkelte dichter Nebel den Himmel. Die Temperaturen fielen schnell. Es hagelte Eis; Orkanböen unbekannter Härte und Wirbelstürme außergewöhnlich großen Umfangs fegten über das Land. Und die Rettungsaktion zog sich hin. Aus einem

Tag wurden drei. Und noch immer waren nicht alle zum Carrier zurückgelangt. Eine Welle des Todes schwappte um die Welt. Hunderte Meter hohe Wellen spülten über tiefer liegendes Land, rauschten über Wüsten hinweg, brandeten an Kontinentalsockel, brachen sich am Fuße der Gebirge. Es schien, als würde sich die Erde brüllend gegen die Besucher erheben und ihnen tief aus ihrem Inneren heraus den Krieg erklären. Auch darüber berichten die alten Mythen.

Und die Conda ergriffen die Flucht. Mehr als ein Dutzend ihrer Leute mussten sie jedoch zurücklassen. Drei von ihnen blieben in der Station am Kailash, drei von ihnen versteckten sich in den Stollen am Cholat Sjachi im Ural und acht von ihnen versuchten, ein bis heute unbekanntes Ziel zu erreichen.

Es gibt Bilder von den zurückgelassenen Conda, uralte Zeichnungen, die sehr schlanke, hochgewachsene, Menschen nicht unähnliche Wesen zeigen. Sie haben sehr traurige Gesichter und stark ausgeprägte Hinterköpfe. Die lang gestreckten Schädel ähneln den Darstellungen von sumerischen oder altägyptischen Göttern und wirken auf eine seltsame Weise erhaben, vielleicht ein Adel der ursprünglichsten Art.

Es ist davon auszugehen, dass die Conda sich nicht direkt mit Menschen paarten und vermischten, auch wenn die Mythen das Gegenteil nahelegen. Es ist auch davon auszugehen, dass die Conda sich auf der Erde nicht halten konnten und schließlich starben. Doch sicher ist das nicht, denn Reste ihrer Körper oder Skelette wurden nicht gefunden. Bis auf ein einziges Schädelskelett, das Merkmale aufweist, die nicht auf eine humanoide Herkunft schließen lassen. Dieser Schädel hat ebenfalls einen besonders ausgeprägten Hinterkopf und keine zentrale Naht oder Knochenfuge wie jeder menschliche. Ein Fund in einem der alten Tempel auf Malta. Niemand weiß, wie er dort hingelangt ist.

Warum die auf der Erde gestrandeten Conda die von ihnen selbst aufgestellten Steinköpfe von den Sockeln holten und versteckten, bevor sie sich selbst zum Sterben verbargen, ist ebenfalls nicht bekannt. Jene Zeiten, die dann folgten, waren jedenfalls wirklich dunkle Zeiten. Fast ein Jahrzehnt lang verfinsterten Wolken die Sonne. Die Temperaturen blieben weltweit ungewöhnlich niedrig. Diese kleine Eiszeit tötete den größten Teil der Menschheit, wahrscheinlich knapp drei Millionen, und rottete den überwiegenden Teil ihrer direkten Konkurrenz nahezu vollständig aus. Ein unerwarteter, aber – so gesehen – unverdienter Triumph einer Art über diverse andere sehr enge Verwandte. Wahrscheinlich überlebten nicht mehr als 1.000 bis 10.000 Menschen überhaupt. Doch dies sind Schätzungen ohne jede wissenschaftliche Grundlage, getroffen auf der Basis angenommener und zum Teil auch evaluierter Umweltbedingungen nach der Toba-Katastrophe vor rund 75.000 Jahren.

»Verstehen Sie?«, fragt der Älteste.

»Nein«, antworte ich.

Wir warten. Warten auf ein Ergebnis. Warten auf eine Nachricht. Warten, dass sich etwas bewegt. Doch es bewegt sich nichts. Nur unser Gespräch.

»Warum sind sie dann noch einmal wiedergekommen?«, frage ich nun. »Nach so langer Zeit? Und nach allem, was ihnen widerfahren ist? Glückliche Gärtner waren sie da jedenfalls nicht mehr.«

Die Antwort des Ältesten erinnere ich noch. Doch dann muss ich auf seinem Sofa eingeschlafen sein. Erschöpft und wie ausgezehrt von Angst. Ja, ich weiß, wie unpassend das ist. Zweifellos eine hysterische Überreaktion. Zugegeben, ich hasse mich sogar ein wenig dafür. Auch für den inneren Konflikt mit mir selbst. Aber ich habe nun mal diese beiden Seiten. In gewissen Situationen schlägt die Dualität bei mir mit voller Macht durch.

VIERUNDFÜNFZIG

Ich. Er. Kann sich gar nicht entscheiden. Irgendetwas dazwischen. Aber was soll das sein? Eben als wer eingeschlafen? Nun als was aufgewacht?

Wellen wandern durch seinen Körper, und das ist vielleicht sein innerer Ozean, der an die Gestade seiner Seele spült, um sich irgendwie bemerkbar zu machen.

»Hey, Ole Meerzen«, sagt eine Stimme, und er spürt, dass ihm jemand über den nackten Arm streicht. Ein Schauer läuft ihm bis in die Finger und er spürt die Sehnen zucken.

Die Sonne scheint ihm ins Gesicht. Wahrscheinlich ist er davon aufgewacht. Oder? Er ist wohl noch nicht ganz da. Ein glitzerndes Wesen beugt sich über ihn. Sieht aber gar nicht so aus wie von Álvarez beschrieben. Eher rundlicher Kopf mit ebenfalls runden, leuchtenden Augen.

Er presst seine zu, kneift die Lider zusammen und studiert das Nachbild in seiner Erinnerung. Dann fällt ihm das Gespräch mit dem Ältesten wieder ein.

Der dritte Besuch. Darüber hatten sie gesprochen. Die Rückkehr der Visiteure. Knapp 10.000 Jahre vor unserer Zeitrechnung. Die Landung der Dorje als liegende Acht am Cholat Sjachi im Ural. Damals eine vollständig menschenleere Gegend. Von dort schwärmten sie wieder mit Gleitern aus. Wissbegierige Anthropologen, die nun die weiteren Ergebnisse ihrer früheren Interventionen untersuchen wollten.

Doch was sie fanden, muss sie traurig gestimmt haben. Der erwartete zivilisatorische Schub war zwar eingetreten, doch hatte dies nicht für Befriedung gesorgt, sondern, im Gegenteil, für noch mehr Krieg. Die nächsten Verwandten waren vollständig ausgerottet. Allerdings waren aufgrund genetischer Vermischungen in manchen menschlichen Gesichtern sehr wohl

Merkmale früherer nächster Verwandter zu erkennen. Diese Besonderheiten wurden in den lokalen Bevölkerungen aber nicht geschätzt, sondern vielmehr mit Geringschätzung, wenn nicht mit offener Ablehnung oder sogar Feindschaft und Verfolgung geahndet. Als Spezies hatten die Menschen auf der ganzen Linie gesiegt. Wie absolut ihre Herrschaft bereits war, ahnten sie jedoch nicht, zu beschäftigt waren sie nun mit Reibereien untereinander und Krieg gegeneinander.

Nachdem die Kultivierung von Weizen, Hirse und Reis gelungen war, wurden diese zunehmend großflächig angebaut. An den Rändern der Felder wuchsen erste Siedlungen. Eridu und Ur im heutigen Süden des Irak waren die bekanntesten davon. Wenn nun Unwetter ganze Ernten vernichteten, fielen Nachbarn über Nachbarn her und raubten sich gegenseitig die Vorräte. Auch die Harmonie zwischen Mensch und Tier bestand nicht mehr. Nach den Hunden wurden nun weitere Tiere in Hausarrest genommen und zwangsdomestiziert. Kein Bauer fragte noch die Seele eines Schweins, ob er es töten dürfe, um seinen Hunger zu stillen. Falls die Sau im Koben wütete, wurde sie vor allen anderen erschlagen. Damit die Kuh nicht weglief, stach man ihr die Augen aus. Bullen rammte man einen Ring durch die Nase und band sie daran fest. Ziegen wurden die Hörner abgeschlagen. Der Mensch hatte den Respekt vor anderen Lebewesen verloren und war nun auf dem besten Weg, den Rest der Welt zu versklaven.

Die Visiteure erkannten, dass die Zeit drängte, und nahmen die dritte Serie an Optimierungen vor. Dafür schwärmten sie wiederum europaweit sowie nach Afrika und Asien aus. Diese dritte Optimierungsserie wurde an etwa zwanzigtausend Individuen vorgenommen und nahm rund zwei Monate in Anspruch. Dank weiterer technischer Möglichkeiten mussten die Probanden dafür aber nicht mehr auf die Gleiter geholt, sondern konnten direkt am Boden versorgt werden. Der Eingriff wurde mit genetisch wirksamen Datenstempeln vorgenommen, dauerte kaum eine Minute und wurde von den Saatpersonen direkt wieder vergessen. Auch im Anschluss kam es weder zu Amnesien noch weiteren kognitiven Ausfällen. Tatsächlich trat der beabsichtigte Effekt sofort ein und war dementsprechend beobachtbar, nämlich als Neigung zu erhöhter sozialer Aktivität bei gleichzeitig verminderter Aggressivität.

Nach der erfolgreichen Stempelung der für die Veränderung erforderlichen Individuen hätten die Visiteure wieder abreisen und die Erde sich selbst und den anzunehmenderweise eintretenden Veränderungsprozessen überlassen können. Doch das taten sie nicht. Im Gegenteil.

Wenn an manchen Nachmittagen in Beth Nahrin die Sonne durch Wolkenlöcher schien, fächerten sich die Strahlen in Form einer Pyramide. Das himmlische Schauspiel sorgte auf der Erde für Irritationen. Die strahlende Symmetrie wurde von den lokalen Residenten als Zeichen der Geister aus dem erhabenen Reich angesehen. Sie ließen sich auf die Knie fallen, sobald sie es bemerkten, und murmelten Beschwörungsformeln, denn sie glaubten, im Gefolge von so viel Schönheit könne nur das fauligste Verderben nahen.

Besonders weiter südlich in Kemet waren Momente von großem Zauber zu beobachten. Die Residenten strömten auf einen Platz am Ufer des Iteru, bildeten einen Zirkel, sangen mit eigenartig hohen Stimmen eine Art Lobpreisung für die Himmelsgeister und verneigten sich dann in einem genau abgestimmten Ritus. Vielfach war dieser Brauch zu beobachten, denn die dafür notwendige Wetterlage zeigte sich häufig in jenen Zeiten.

Die Visiteure erkannten darin ihre Chance und beschlossen, sich diese zunutze zu machen. Als irdisches Ebenbild des himmlischen Schauspiels ließen sie von ihren Arbeitsautomaten auf einem Plateau des später Dschabal Kātrīnā genannten Massivs eine knapp achtzig Meter hohe Pyramide aus Stein errichten. Der Bau nahm weniger als einen Monat in Anspruch und war im Ergebnis mehr als überzeugend. Stufen führten von allen vier Seiten in einem Neigungswinkel von 51 Grad auf die Spitze, wo eine einzelne Person oder auch zwei auf einer Art Sockel Platz nehmen konnten.

Doch die Visiteure waren noch nicht zufrieden. Knapp 2000 Kilometer nördlich schufen sie eine zweite Pyramide, heute Visočica oder Sonnenpyramide genannt. Wie die Region am Cholat Sjachi war auch diese Gegend damals nicht besiedelt, aber reich an geeignetem Baumaterial. Durch die Segnungen der Automation gelang der mächtige Bau innerhalb von zwei Monaten. Die Seiten liefen vollständig geglättet im selben Neigungswinkel wie bei dem kleineren Vorgänger zu allen vier Seiten knapp 300 Meter weit von der 210 Meter hohen Spitze aus. Im Inneren der Pyramide erhob sich eine zehn Meter hohe und 50 Meter weite, kreisrunde Haupthalle. Von diesem als Thronsaal angelegten Raum gingen vier Tore ab, die zu vier Satelliten-Räumen und Ausgängen an den vier Stirnseiten führten.

Die Visiteure erfreuten sich am Ergebnis ihres eigenen Schaffens. Doch um die Pyramiden zu aktivieren, brauchten sie Publikum. Es wurde nun mit der Dorje als liegender Acht hauptsächlich im Süden von Beth Nahrin und zum Teil auch in Kemet eingesammelt und zur Sonnenpyramide gebracht. Die Gruppe dieser Erwählten war insgesamt kaum zweihundert Personen stark und wartete nun im Thronsaal in einem Zustand größter Erregung.

Jeder von ihnen hatte die Dorje geräuschlos vom Himmel sinken sehen und dabei sofort an einen gewaltigen Dämon gedacht. Doch dann waren glitzernde Wesen von einer Rampe geströmt und hatten die verängstigten Gaffer mit dem silbrigen Schimmer ihrer Haut und einem sehr hellen, wohltönenden, pfeifenden Gesang beruhigt und gleichzeitig in Erstaunen versetzt. Wenn sie ihren Gesang beendet hatten, verbeugten sie sich, wie sich auch Menschen verneigten, und tönten ein einzelnes Wort, »Atum.«

»Atum«, murmelten die Menschen als Antwort und verharrten in Ehrfurcht.

Atum, das klang nach Weite. Nicht nach Enge, nicht Zwang, nicht nach Gefahr, nicht nach Tod. Und so fremd die silbrigen Visiteure waren, so rätselhaft ihr Gesang auch klang, so wenig man verstehen konnte, was sie damit eigentlich sagen wollten – die

Menschen im Saal hatten keine Angst. Sie warteten still. Manchmal ging ein Raunen durch ihre Reihen. Atum, ein Wort wie eine Welle, das an neue, weit entfernte Ufer spült. Atum, eine klingende Verheißung.

»Atum«, raunten sie und fühlten sich gut damit. Und dann schritt eines der Glitzerwesen durch ihre Mitte. Doch dieses war anders als alle anderen. Eine Gestalt wie aus flüssigem Gold. Fließendes Licht in einer wesenhaften Bewegung.

»Atum«, sang die Menge nun wie aus einer Kehle, fast wie ein Schrei so laut.

Und der vom Himmel herabgestiegene Meister, auf seinem irdischen Thron angekommen, verneigte sich mit einer ganz eigenen Eleganz. Dieser Moment wird von den alten Epen bewahrt. Ebenso was dann geschah, nämlich die Wahl eines Menschenpaares. Er, Schum, ein Bursche aus dem fruchtbaren Südwesten von Kemet. Sie, Telefnut, ein Mädchen aus Beth Nahrin, keine gemeinsame Sprache. Trotzdem gelang ihnen das Vollziehen des Rituals der Vereinigung auf der Empore vor aller Augen. Und als Telefnut sich mal über, mal unter Schum schlängelte und wand und ihre Lust schließlich in einem Schrei des Erkennens verklang, da wusste jeder, dass etwas Drittes zu ihnen gekommen war.

»Atum«, rief die Menge. Und der Meister des Himmels verneigte sich ein weiteres Mal, nun vor dem Paar. Die Empfängnis hatte stattgefunden und die Geburt des Mythos zur vollständigen Erweckung des Menschen war eingeleitet.

»Hey, Schlafmütze, wach auf«, flötet die Stimme in sein Ohr, und er weiß nicht, was er nun geträumt hat und was nicht. Er fühlt eine Berührung an seiner Wange, öffnet die Augen ein weiteres Mal. Was er vormals für einen Kopf gehalten hat, zeigt sich nun als runde Deckenlampe, in der zwei Glühbirnen wie Augen leuchten.

Schum und Telefnut wurden auf dem Steinsitz auf der Pyramide am Dschabal Kātrīnā zur Leitung der Welt inthronisiert. Die Visiteure instruierten sie und trafen eine Reihe weiterer Vorkehrungen. Dann stiegen sie schließlich wieder auf in den

Himmel und wurden auf der Erde kein weiteres Mal gesehen. Die Nachkommen von Schum und Telefnut warteten auf ihre Rückkehr, flehten sogar darum. Doch die glänzenden Besucher blieben von nun an fern und die Menschen auf sich gestellt. Zweitausend Jahre lang machten sie ihre Sache ohne fremde Hilfe sehr gut, weitere eintausend Jahre ganz gut. Doch dann zerfiel das erste Reich und die Pyramide vom Dschabal Kātrīnā wurde für den Bau einer anderen abgetragen. Eine Reihe von Kriegen verwüstete die Wiege der Zivilisation, Kenntnisse gingen verloren. Gewöhnliche Menschen erklärten sich zu Göttern und ersannen Methoden, um andere Menschen in möglichst großer Zahl zu versklaven. Gewaltige Städte entstanden, aber es war keine Freude, in ihnen zu leben. Mit den erweiterten sozialen Fähigkeiten nach der dritten Optimierung war der Mensch zur Staatenbildung befähigt worden. Doch was er daraus machte, war etwas vollständig anderes, als die Visiteure beabsichtigt hatten. Eine Katastrophe von sehr bald weltweiten Ausmaßen. Alles, was wir nun von der Welt sehen und mit ihr erleben, ist kumulative Evidenz dafür, dass es sie gibt und zwar auch genau in dem aktuell beobachtbaren Zustand. Das ist die Erklärung für all das. Schlüssiger geht es nicht.

»Geht es Ihnen gut?«, hört er eine zweite Stimme fragen, die er ohne Probleme dem Ältesten zuordnen kann.

Gute Frage. Er weiß absolut keine Antwort darauf. Aber es hat ihn etwas berührt.

FÜNFUNDFÜNFZIG

Ich muss nochmals im Sessel eingeschlafen sein, denn ich wache davon auf, dass jemand sich über mich beugt und an meiner Schulter rüttelt. In meinem Kopf hämmert ein Schmerz und das Ohrengeräusch ist wieder da. Ein an- und abschwellender Ton sehr hoher, sich unaufhörlich verändernder Frequenz, weshalb die Angelegenheit wie eine viel zu hohe und dazu auch noch verstimmte Polizeisirene klingt.

»Jetzt aber aufwachen, Schlafmütze«, höre ich eine Mädchenstimme durch den Schleier meines Tinnitus sagen, und diese Stimme hat einen unwirklichen, fast zärtlichen Klang. »Hey, Ole Meerzen, wach auf, wir müssen los, das Hotel verlassen, und zwar sofort.« Ich sehe ihr Gesicht über mir. Sie kneift mich in die Wange, zwickt mich in den Oberarm, rüttelt nochmals an meiner Schulter.

»Kala«, brumme ich. »Was hast du gemacht?«

»Star Wars gesehen, die erste Trilogie: *The Phantom Menace*, *Attack of the Clones* und *Revenge of the Sith*. Danach *Game of Thrones*, dritte und vierte Staffel, nice. Dann noch ein bisschen vom Hobbit, not so nice, verstehst du?«

»Nein.« Ich wende den Kopf und bemerke den Ältesten in der Tür und den Heiligen hinter ihm. Unübersehbar, wie froh der Älteste ist und wie besorgt Santos.

»Wir haben dich im Zug gesucht, auf dem Bahnsteig, aber du warst weg. Wieso so schnell?«, frage ich.

»Weil man mich zur anderen Seite aus dem Zug gezerrt hat.« Sie lächelt. Irgendwelche Strapazen sind ihr nicht anzumerken.

»Wer«, frage ich mit belegter Stimme, »hat das getan?«

Kala schüttelt den Kopf.

»Die zwei aus dem Restaurant«, mischt sich der Älteste ein. »Die Begleiter des Portugiesen.«

»Keine Sorge«, sagt Kala, »sie waren nett zu mir. Sie hatten kein Interesse daran, mir wehzutun. Sie hatten nur Interesse an meinem Vater, an den Köpfen und an unserem Geld.«

»Jetzt können sie nicht mehr nett sein«, sagt Santos. »Zu niemandem mehr, denn jetzt sind sie tot.«

»Und jetzt müssen wir schnellstmöglich hier weg.« Wieder Kala.

»Verstehe«, sage ich und wälze meine Beine von der Couch, weil es mir nicht gelingt, sie beide gleichzeitig zu heben, so zerschlagen und kraftlos, wie ich mich gerade fühle. Die Anstrengungen der letzten Stunden sitzen mir in den Knochen. Was natürlich peinlich ist, weil sie jedem anderen als mir noch viel mehr in den Knochen sitzen müssten. Doch so sieht es gerade nicht aus.

»Mist«, sage ich mehr zu mir selbst als zu den anderen.

»Das nächste Team, das uns geschickt wird«, sagt Álvarez, »wird weit weniger zimperlich sein.«

»Sicherlich sind sie schon auf dem Weg«, ergänzt Kala.

»Wieso weniger zimperlich?«, erwidere ich mit belegter Stimme. Schon K. K. und der Portugiese sind nach meinem Empfinden ziemlich unsanft aufgetreten.

»Jetzt sind sie erst recht hungrig«, erklärt der Älteste. »Sie haben ja nicht mal das Geld bekommen.«

»Aber die beiden letzten Typen waren Idioten. Und weil sie solche Idioten waren, haben sie auch nicht angefangen, sondern erst mal auf Verstärkung gewartet.« Kala lächelt. »Meine Rettung.«

»Eine große Erniedrigung für sie.« Santos klingt erstaunlich ruhig für das, was auch er hinter sich haben muss.

»Gib Jal bitte dein Handy«, sagt das Mädchen im Tonfall einer Bitte, doch ist es unmissverständlich ein Befehl.

Zugegeben, davon trenne ich mich nicht so gern. Doch jetzt ist nicht die Zeit für Diskussionen. Hat ja auch schon genug Unheil angerichtet. Allerdings, ohne wäre die Rettung höchstwahrscheinlich unmöglich gewesen. Hätten mir ja auch schon früher nahelegen können, mich davon zu trennen. Im gleichen Moment ist Santos damit aus der Tür. Wenigstens darf ich den Rekorder und die bereits besprochenen Micro Cards behalten.

»Ich helfe dir beim Packen«, sagt Kala und zieht mich am Arm durch die Tür, schubst mich dann voran. Ich gehe vor, weil sie den Weg zu meinem Zimmer ja wahrscheinlich nicht weiß. Wir werfen meine Sachen unsortiert in den Koffer. Sie will den Veroux in den Mülleimer befördern, verstaut ihn auf meinen Protest hin aber doch im Koffer, den ich dann durchs Treppenhaus schleppen muss, weil Kala sich weigert, den Fahrstuhl zu betreten. Im Erdgeschoss will ich den Weg zur Lobby und zum Ausgang nehmen, aber sie zerrt mich weiter in Richtung Tiefgarage.

Álvarez und Santos warten bereits vor einem silbernen Porsche Panamera. Santos steigt auf der Fahrerseite ein, Álvarez gegenüber. Kala und ich nehmen hinten Platz. Sie hinter ihrem Vater, ich auf der Seite von Santos. Niemand spricht. Schweigend steuert der Heilige den Panamera aus der Stadt, die sehr schön sein muss, wenn auch nicht besonders groß, denn nach wenigen Minuten sind wir bereits auf der A40, der Autovia von Toledo über Avila nach Salamanca. Die Sonne sinkt hinter die Hügel der Meseta, als Santos zu seiner Reisegeschwindigkeit findet: 210 bei einer erlaubten Höchstgeschwindigkeit von 120 km/h.

»Die Wahrscheinlichkeit, in eine Kontrolle zu geraten«, bemerkt der Älteste, als könne er meine Gedanken lesen, »ist gering. Und falls doch, ist das noch das kleinste Problem. Wir müssen jetzt so schnell wie möglich über die Grenze kommen.«

»Ah, Portugal«, sage ich.

»Nein, Frankreich«, erwidert Álvarez.

Interessante Wendung. Frankreich also, denkt er und schaut zu Kala, die ohne erkennbare Reaktion aus dem Fenster in die einbrechende Dunkelheit blickt und dazu vor sich hin summt. Beim Packen hat er die blauen Flecken an ihren Armen gesehen. Er hatte etwas sagen wollen, doch sie hatte die hochgerutschten Ärmel mit solcher Entschiedenheit wieder zu den Handgelenken gestreift, dass ihm die Frage im Hals stecken geblieben war. Die letzten Strahlen der Sonne werden vom Seitenspiegel direkt in sein Gesicht reflektiert. Er kneift die Augen zusammen und drückt auch die Erinnerung an die letzten Minuten weg. Santos und der Älteste auf den vorderen Sitzen versinken erneut in Schweigen. War köstlich gewesen, von ihr geweckt zu werden. Er lehnt den Kopf gegen die Seitenpolsterung und beschließt, weiterzuschlafen, um von ihr zu träumen, sie im Traum sprechen zu hören, noch einmal den sanften, fast liebevollen Ton ihrer Stimme zu hören, wenn sie sich über ihn beugt, ihre Haare auf seine Wangen fallen, ihn kitzelnd und damit glücklich machend. Nun kann er beruhigt von ihr träumen, denn sie ist bei ihm, sitzt neben ihm und blickt gedankenverloren aus dem Seitenfenster.

Und tatsächlich sinkt er, der Mitfahrer auf der Rückbank neben ihr, wieder in den Schlaf. Es ist der traumlose und leichte Schlaf, der einen bei schneller Geschwindigkeit überwältigen kann und selten Stunden dauert, sondern meistens nur Minuten.

Er erwacht von den Vibrationen seines Kopfes an der Seitenscheibe, fühlt sich aber erfrischt durch das kurze Wegdämmern.

Kala wirft ihm einen Blick zu und sagt: »Wenn du noch Fragen hast …«

»Jede Menge«, antwortet er mit müder Stimme und denkt dabei vor allem an seinen Wissensbedarf, was ihre Person betrifft.

»Mein Vater könnte etwas Ablenkung gebrauchen.« Sie grinst.

Über welche Ablenkung würdest du dich freuen?, fragt er sich in Gedanken, kneift jedoch den Mund zusammen, um sie ja nicht auszusprechen, und schämt sich im selben Moment dafür. An Kala gerichtet hätte er jedenfalls sehr viele Fragen. Eine vor allen anderen, die er aber wohl nie stellen wird: Bist du älter als ich? Wie alt bist du? Wie fühlst du dich in einem so jungen Körper?

Und dann denkt er, fast ein wenig ärgerlich: Was für kindische Fragen. Aus dem Alter bist du doch nun wirklich raus.

Und dann ärgert er sich wieder über sich selbst und fragt sich: Habe ich dir schon gesagt, wie gut du mir gefällst?

Klare Antwort: Nein, natürlich nicht. Werde ich auch nicht. Versprochen. Will dich ja nicht in Verlegenheit bringen. Nun sag schon, wie alt du bist! Nein, sag es nicht! Geht mich ja wirklich nichts an. Allerdings, fragen wird man doch dürfen. Oder?

Bei so vielen Fragen gibt es wenig Sicherheit. Immerhin, die Edle 4111 hat seine ganze Sympathie. Genau, Quersumme 7, auch edel, fast schon eine Erhabene. Oder die 4999, Quersumme 31, auch eine Edle, aber gewiss keine Erhabene, trotzdem mit einem gewissen Sexappeal.

Der Heilige hat die Geschwindigkeit noch leicht gesteigert, denn als ich mich aufrichte und über seine Schulter auf die Instrumente blicke, sehe ich Tempo 225 auf dem Tacho. Wir rasen an einer ganzen Kette von Lastwagen vorbei, die sich wie eine einzige Raupe durch die West-Meseta schleppt. Wir müssen Avila und sogar Salamanca schon hinter uns gelassen haben, denn auf den Entfernungsschildern stehen bereits Valladolid, Burgos und Bilbao. Vielleicht habe ich doch länger geschlafen, als zunächst angenommen.

»Ja, fragen Sie«, sagt der Älteste und dreht den Kopf in meine Richtung.

Das, was mich am brennendsten interessierte, weiß ich schon, nämlich wie Kala von Santos befreit worden ist. Etwa mit der gleichen Geschwindigkeit, wie der Heilige den Panamera in Richtung Grenze prügelt.

Die von der Computerstimme angegebene Adresse war richtig gewesen. Im Haus hatte Santos einige Minuten nach dem richtigen Eingang suchen müssen, doch die Entführer fühlten sich offenbar so sicher, das sie so gut wie keine Vorsicht haben walten lassen. Zwar hatten sie Kala an Händen und Füßen gefesselt in den Sessel verfrachtet, saßen aber selbst nebeneinander auf dem Sofa und warteten. Auf was? Verstärkung, hatte Kala gemeint. Ziemlich lahme Sache, so gesehen. Hatten gemeinsam mit ihr Videos angeschaut. Dazu auch den Ton ziemlich laut aufgedreht. Es war daher schnell gegangen. Zwei Hits mit der 6–Millimeter in die Stirn. Das Kaliber, hatte Santos erklärt, produzierte keine Austrittskrater am Hinterkopf, also auch kaum Blut. Eine saubere Sache also, vergleichsweise. Dementsprechend weniger unangenehm die Szenen. Allerdings ist davon auszugehen, dass Kala in ihrem womöglich gar nicht so kurzen Leben inzwischen auch schon einiges hinter sich hat. Doch die blauen Flecken an ihren Armen waren mit allem, was er bisher zu wissen glaubte, noch nicht hinreichend erklärt.

Könnte sie jetzt also fragen. Werde ich aber nicht. Spüre irgendwie, ich würde keine Antwort bekommen.

»Der Samen der Conda«, sage ich stattdessen.

»… ist auf eine fürchterliche Weise aufgegangen«, vervollständigt der Älteste meinen Satz.

»Aber die Menschenrechte«, sage ich weiter.

»… sind eine Illusion.«

»Weil es sie nicht gibt?«

Álvarez dreht seinen Oberkörper in meine Richtung. »Jeder Mensch, wirklich jeder, ist genetisch, biologisch, seelisch und geistig anders als jeder andere. Warum sollten all diese so unterschiedlichen Menschen die gleichen Rechte haben? Was soll die Gleichmacherei?«

»Immerhin besser als die Ständegesellschaft, aus der sie stammen?«, erwidere ich.

»Nein«, widerspricht der Älteste, »in vielen Aspekten viel schlimmer. Die individuelle Ohnmacht ist heute größer denn je. Die Sklaverei gilt zwar als so gut wie abgeschafft, doch ungeachtet dessen leben viel mehr Menschen tatsächlich versklavt. Unfähig, wirklich eigene Entscheidungen zu treffen. In Wahrheit wissen sie gar nicht, was das ist.«

»Jetzt klingen Sie extrem pessimistisch«, bemerke ich.

»Nein«, widerspricht der Älteste wieder, »nur achtsam. Und zu alt, um mich einlullen und in den großen Schlaf wiegen zu lassen. In den Schlaf der Massen, die von Unterhaltungselektronik träumen.«

»Der Same der Conda«, wiederhole ich, »mehr Intelligenz, mehr soziale Kompetenz, weniger Aggressivität. Sieht eigentlich nicht danach aus, wenn ich mich in der Welt so umschaue. Ist die Saat wirklich aufgegangen?«

»Definitiv nicht wie geplant.« Álvarez nickt nachdrücklich.

»Empfinden Sie die jüngsten Entwicklungen wirklich als so fürchterlich?« Unbeabsichtigt lege ich Nachdruck in meine Stimme.

»Schlimmer«, bestätigt er.

»Der nächste Besuch«, sage ich, »könnte also sehr bald erfolgen.«

»Das ist anzunehmen.« Álvarez klingt plötzlich müde.

Ich blicke zu Kala, suche Augenkontakt, aber sie hat sich abgewandt, den Kopf ans Fenster gelehnt. Auf einmal wirkt sie kleiner als zuvor, wie in die Polster des Panamera geschrumpft, irgendwie auch zerbrechlich. Die blauen Flecken an ihren Armen gehen mir durch den Kopf. Vielleicht nur Druckstellen. Am Anfang wird sie sich auch gewehrt haben.

Das und Weiteres denke ich, doch sie spürt meine Gedanken nicht, hängt wahrscheinlich eigenen nach. Vielleicht bin ich auch nur eine Art Zeitvertreib für ihren Vater, überlege ich. Tätig in der Entertainment-Sparte für den Ältesten. Nichts Ehrenrühriges eigentlich. Ablenkung kann man bei den verschiedensten Fluchten des Lebens gebrauchen.

»Was, wenn Sie das überhaupt sagen können, war die wichtigste Zeit Ihres Lebens?«, frage ich nun, um erneut irgendetwas zu sagen, und die Frage kommt mir so unpassend wie absurd vor. Doch zurück in meinen Mund befördern kann ich sie ja auch wieder nicht.

»Wie meinen Sie das?« Der Älteste dreht den Kopf in Fahrrichtung und dann wieder zu mir.

»Die meisten Menschen, die ich kenne«, antworte ich, »beziehen ihr ganzes Leben auf eine bestimmte Phase ihres Lebens. Wer in den Vierzigerjahren zwischen sechzehn und dreiundzwanzig Jahre alt war, lebt auch später ziemlich wahrscheinlich aus dem Geist des Bebop. Wer in den Fünfzigern in dem Alter war, ist vom Rock'n'Roll geprägt. Die Jugend der Sechzigerjahre ist die sogenannte Beat Generation. Die Siebziger waren das Jahrzehnt der schwarzen Musik. Die Achtziger gehörten Punk und New Wave. Lebenshaltungen wechselten im Rhythmus der Jahrzehnte. Was ich meine, ist: Sind Sie ein Renaissance-Mensch? Ist Ihr Leitmotiv der Humanismus? Die Reformation? Oder doch die spätere Aufklärung? Sind Sie womöglich ein Romantiker und in Ihrem Empfinden auch dieser Epoche verhaftet? Oder ist Ihr Stil der Manierismus, das Barock oder der Klassizismus? Ich weiß nicht, wie ich's besser ausdrücken soll …«

Hupen übertönt meine letzten Worte. Santos versucht ein vor uns fahrendes Auto von der Überholspur zu scheuchen.

»Eh, Nano«, sagt das Mädchen und wendet sich mir zu. »Unser Freund will wissen, welche Zeit deines Lebens am meisten gerockt hat. Und ob du immer noch so daran denkst, dass dich die Gegenwart nicht so interessiert?«

Ich muss grinsen. »Ganz so meine ich es nicht«, sage ich entschuldigend. Und dann nach einer kleinen Pause: »Bei allem

Respekt, ich würde gern wissen, ob Sie sich einer Zeit besonders verbunden fühlen. Und falls ja, welcher.«

»Ich habe Sie schon verstanden«, erwidert der Älteste, nun offenbar an meiner Frage interessiert. »Ich bin in eine Zeit der Blüte hinein geboren. Und wurde in einer Zeit des Niedergangs zum Mann, um dann zu erleben, wie sich Europa in Kleinkriegen aufrieb. Diese Zeit ist wahrscheinlich die schrecklichste meines gesamten Lebens. Während des Dreißigjährigen Krieges und noch lange danach bestimmten Plünderungen, unvorhersehbare Gewaltausbrüche und Hungersnöte das tägliche Leben. Man war nirgendwo sicher. Jeder erhob sich gegen jeden, die Gesellschaft schien irre geworden. In der Zeit von der Mitte des siebzehnten bis zum Ende des achtzehnten Jahrhunderts lebte ich nahezu ausschließlich mit den Roma. In ihren Verbänden fühlte ich mich sicher. Als Tsigani waren sie seit über vierhundert Jahren auf der Flucht. Sie kannten sich damit aus, sich zu verstecken, mich zu verstecken. Das hat mich geprägt. Wissen Sie …?« Er blickt von mir weg, zur anderen Seite.

»Ja«, sage ich.

»Sie sind zu beschäftigt mit ihrer Gegenwart, um Zeit für ihre Vergangenheit zu haben.«

»Keine Geschichte also«, sage ich.

»Nein«, sagt er, »keine Historiker, keine Historie. Sie sind auch nicht nachtragend, denn sie vergessen schnell.«

»Roma denken nicht, sie sind einfach, hast du mir mal erklärt, Nano«, höre ich Kala neben mir sagen. »Erinnerst du dich noch?«

»Sie leben eine Kultur der Amnesie. Nur ihre Musik vergessen sie nicht.«

Eine Melodie erklingt, zunächst leise, dann lauter. Gesummt von dem Ältesten, leicht abgebremst bei Tempo 185. Es ist eine sehr schöne, weich und orientalisch anmutende Melodie.

»Was ist das, was Sie gerade gesummt haben?«, frage ich, als er geendet hat.

»Djelem, djelem«, erwidert er und legt den Kopf an die Nackenstütze, »das Lied der Zigeuner.«

»Wie schön du singen kannst, Bapu«, sagt Kala. »Leider tust du es viel zu selten.«

»Fast schmerzhaft schön«, pflichte ich ihr bei.

»Das ist meine Kultur«, erwidert der Älteste. »Mehr als alles andere.«

»Was bedeutet djelem, djelem?«, frage ich.

»Wandere, wandere.« Der Älteste hat sich zu mir umgedreht, blickt mich direkt an. »Eine Aufforderung, sich niemals dauerhaft niederzulassen, Stillstand zu meiden. Das Motto meines Lebens. Ich bin beides. Ein Wanderer zwischen den Welten, Zigeuner wie sie. Und lebendige Geschichte, denn ich vergesse nichts.«

Und auch wir wandern gerade, denke ich. Mit einem Porsche Panamera zwischen den Welten. Jetzt wieder mit einer sehr neuzeitlichen Reisegeschwindigkeit.

Einmal, als der Heilige eine weitere Wagenkolonne überholt, flackert Licht über Kalas Gesicht. Ich sehe einen dunklen Flecken in ihrem linken Mundwinkel. Rot, wie Blut.

»Was hast du da?«, frage ich und tippe mit dem Finger an die gleiche Stelle in meinem Gesicht.

»Nichts«, sagt sie, wischt sich schnell mit der Innenseite ihres Ärmels über den Mund. »Hab mir bloß auf die Zunge gebissen.«

SECHSUNDFÜNFZIG

Im Morgengrauen erreichen wir Bilbao, kurz vor zehn San Sebastián, gegen Mittag Saint Jean de Luz, und am frühen Nachmittag parken wir auf dem Flughafen von Biarritz. Noch auf dem Parkplatz muss Kala sich übergeben und wird kreidebleich von Santos durch die Kontrollen zum Gate geführt, denn wir können jetzt auf keinen Fall einen Stopp einlegen. Das Personal am Counter wirft uns prüfende Blicke zu. Daraufhin läuft Álvarez zur Hochform auf, erklärt den Zustand seiner Tochter mit psychischer Überlastung nach einem Trauerfall in der Familie. Als wir zwei Stunden später mit Air France in Paris landen, muss Kala sich in der Toilette bei der Gepäckausgabe erneut übergeben.

»Bist du okay?«, frage ich, als sie herauskommt, merke aber sofort, dass gar nichts okay ist, denn ich sehe den Rest einer verwischten Blutspur an ihrem Mund.

Doch sie nickt und hakt sich wortlos bei ihrem Vater ein.

»Brauchst du nicht einen Arzt?«, frage ich.

»Besser ein Krankenhaus«, erwidert Álvarez schnell. »Bibaxtalo, sie hat wahrscheinlich eine Vergiftung.«

Der Älteste und Santos stützen das Mädchen von beiden Seiten, tragen es fast. Ich schiebe das Gepäck hinterher.

Auf dem Weg erbricht Kala rötlichen Schleim in eine Plastiktüte, die Santos auf dem Weg nach draußen von irgendeinem Counter gegriffen hat. Kala ist grau im Gesicht.

Santos und der Älteste rufen sich gegenseitig kurze Sätze zu, wahrscheinlich wieder Romanes, denn ich verstehe kein Wort davon. Doch ihrer Stimmlage ist zu entnehmen, wie ernst sie Kalas Zustand nehmen. Der Weg nach draußen kommt mir plötzlich vor wie ein endloser Tunnel, der nur in der Hölle enden kann. Álvarez und der Heilige ignorieren mich vollständig. Kala kann aus eigener Kraft offenbar nicht mehr laufen. Meterweise schleifen ihre Füße über den Boden. Ein furchtbarer Anblick. Bibaxtalo.

Eine Vergiftung. Habe keinerlei Ahnung davon. Selbst nie eine gehabt. Ansätze davon nur mit Alkohol. In meinem Gehirn reißt wieder etwas auf. Eine Lücke. Die Lücke.

Er möchte wissen, was in der Lücke ist. Etwas muss da sein. Mehr als nur Leere, Ratlosigkeit, ein innerer Abgrund. Reicht Angst aus, sie zu füllen? Angst vor was? Vor seinem inneren Auge blinkt die 919 wie ein Verkehrsschild auf und gleich darauf auch 929, zwei Edle von einer geradezu heiligen Statur. 1991 wäre natürlich ein Gigant, wenn es nicht eine Ansammlung von unedlen Zwergen wäre. Ebenso 9009, eine großartige Erscheinung, aber trotzdem zwergenhaft und nicht im Geringsten edel. Wirklich frustrierend. Jetzt bloß keinen Aufstand machen! Was hat der Älteste noch mal gemeint?

Das Militärkrankenhaus Val-de-Grâce ist näher an Orly als das L'Hôpital Américain de Paris auf dem Boulevard Victor Hugo. Dafür ist das Amerikanische Krankenhaus eine Privatklinik. Klare Entscheidung dafür aus Sicherheitserwägungen. Etwas längerer Weg, erklärt der Taxifahrer, bei dem Verkehr aber zeitlich kaum. Paris fliegt an ihm vorbei, aber er sieht nichts, nur Schlieren vor den Augen, Farben, die die Windschutzscheibe wischen, manchmal die müden Augen des Ältesten im Rückspiegel, wenn der Fahrer den Wagen mit einem Ruck an einer Ampel zu Stehen bringt.

Mann, können Sie nicht vorsichtiger fahren? Haben eine Kranke im Wagen. Der Kopf des Mädchens ruht im Schoß des Vaters. Ruhig, momentan. Keine Krämpfe, kein Erbrechen. Die Tüte mit den Fingern umklammert in der linken Hand.

Er beugt sich vor, sieht ihr eingefallenes, plötzlich altes Mädchengesicht, halb verdeckt von einem Schwall von Haaren. Und er greift nach der Armlehne, weil er spürt, dass er unkontrolliert zu zittern beginnt, während sie an dem Wahrzeichen der Stadt vorbeirollen. Viel zu langsam. Warum geht es nicht schneller? Mehr Verkehr als gedacht. Der Fahrer entschuldigt sich. Santos blickt lächelnd zu ihm, beruhigt ihn. Immer mit der Ruhe. Wir wollen sicher ankommen. Einen Unfall aus Aufgeregtheit brauchen wir gerade nicht.

Der Fahrer macht sich Sorgen, das ist spürbar. Netter Mensch mit Haaren bis auf die Schultern und einer Baskenmütze schief auf dem Kopf. Wieso sehen Franzosen immer aus, als müssten sie typische Franzosen sein? Eben gerade vom Filmset für *Außer Atem* oder so. Hey, was denkt er hier eigentlich für einen Blödsinn? Hat auch irgendwie das Bedürfnis, einen Riesenblödsinn zu sagen, um mit irgendwas gehört zu werden, doch dann holt Kala rasselnd Atem und erbricht sich ein weiteres Mal in die Plastiktüte. Alarmierter Blick des Fahrers. Darauf wieder begütigende Worte des Heiligen. Ach so, jetzt erst verstanden. Der Taxifahrer hat sich bloß Sorgen um sein Auto gemacht. Was für ein übler Kerl!

Dann sind wir da, halten in der Kehre. Rot geklinkerter Bau, Jahrhundertwende wohl, Vertrauen erweckend. Zwei Menschen in weißen Kitteln kommen mit einer Bahre aus dem Eingang gelaufen. Jemand muss sie verständigt haben. Heben Kala darauf. Sieht wieder die Haare aus ihrem Gesicht fallen. Sie hat die Augen auf, sieht ihn und lächelt ihm zu. Und dann ist sie weg, begleitet von Álvarez, der ihre Hand haltend neben ihr läuft.

Als er um kurz nach 19 Uhr im Hotel Le Meurice die Bettdecke über den Kopf zieht, fühlt er sich so müde und ausgebrannt, dass ihn selbst der grelle bis geschmacklose Stilmix aus Ludwig XIV., Dalí und Philippe Starck im angeblich besten Hotel von Paris nicht mehr reanimieren kann.

SIEBENUNDFÜNFZIG

Aus dem Veroux sind im ersten und im letzten Drittel Dutzende Seiten herausgefallen. Durch den bloßen Gebrauch haben sie sich aus der Bindung gelöst. Ich hatte mir vorgenommen, sie wieder hineinzukleben, doch das Vorhaben hatte warten müssen. Und dann waren mir die Seiten im allgemeinen Durcheinander mehrerer hektischer Aufbrüche verloren gegangen.

»Zu Beginn des Mittelalters wurde die Wiederkunft des Auferstandenen von den Menschen der westlichen Hemisphäre fast täglich erwartet. Doch diese Erwartung war frei von der Angst vor einem Jüngsten Gericht. Die Vorstellung vom Ende der Zeiten speiste sich vielmehr aus den phantastischen Darstellungen der Apokalypse.« Mit diesen Sätzen endete die Seite 138. Die nachfolgenden Seiten 139 bis 180 fehlten.

Erstaunlich, wie sich Sinnzusammenhänge durch Lücken ergeben können. Ich blätterte zur nächsten Stelle, wo wiederum Seiten fehlten. Seite 459, Ende: »Der Engel lag bloß in der Umarmung. Die Auferstandenen entstiegen ebenfalls nackt und in Paaren ihren Sarkophagen. Und …«

Dann weiter auf Seite 603: »An der Gedenkstätte des Grabes fanden sich die Lebenden ein und feierten das rauschende Fest ihrer Gegenwärtigkeit.«

Wieder zurück geblättert, Seite 354: »… und Enkidu lag nackt, als Erikli sich über ihn beugte und sein Organ in ihre feinen Hände nahm. Der vom Himmel gesunkene Gott erbebte und wand sich auf seinem Lager, als sie ihn schließlich einlud, ihr Heiligtum in Besitz zu nehmen. Wir sollten uns heute fragen …«

Ich verspürte an dieser Stelle keinerlei Neigung, zu den Fragen, die sich ohnehin schon in mir aufgetürmt hatten, noch weitere, nicht unmittelbar notwendige hinzutreten zu lassen, schloss das Buch daher und warf es auf den Nachttisch, wobei sich weitere Seiten aus der Bindung lösten.

Verehrter Herr Veroux, ich muss Ihnen sagen, dass ich Ihr Buch mit großem Respekt gelesen habe, und ich meine, es auch in großen Teilen mit einem tieferen Verständnis genossen zu haben. Es hat mir wertvolle Dienste geleistet, war ein treuer und geduldiger Begleiter. Selbst dieser treue und mit dem Siegel der Unsterblichkeit behaftete Begleiter zeigt Anzeichen fortschreitenden Verfalls. Und ich erkenne, dass ich ihm in naher Zukunft Ade sagen muss. Ich bemerke dies ohne Trauer, sondern vielmehr als eine Art Umschwung, ein fast vorrevolutionär erscheinendes Ereignis in meinem aktuell wirklich sehr bewegten Leben.

Kala hat das Krankenhaus noch nicht wieder verlassen. »Zustand aber stabil«, hatte Álvarez beim Frühstück nur knapp gemeint und mich nach einem hastig verspeisten Croissant mit Ei allein sitzen lassen. Ob Santos im selben Hotel war oder in einem anderen oder schon wieder in einer anderen Stadt, war in der Eile auch nicht zu erfragen gewesen. Vom Heiligen jedenfalls keine Spur.

Morgen Mittag werden wir das Hotel in jedem Falle wechseln. Eigentlich hatten wir 4-sternig absteigen wollen, um, wie Álvarez sich ausgedrückt hatte, unter der Wolkendecke der Aufmerksamkeit zu bleiben, doch dann hatte er sich doch für das Le Meurice entschieden, allein wegen der geografischen Nähe zum L'Hôpital

Américain. Die nächste Bleibe werde jedoch garantiert schäbiger ausfallen. Eigentlich auch logisch. Man kann es nicht anders ausdrücken. Wir sind auf der Flucht. Wovor, ist inzwischen auch mir als Letztem einigermaßen klar.

»Der Gegner hat sich ganz deutlich gezeigt«, hatte der Älteste noch im Panamera bei der Abreise aus Toledo erklärt.

»Und dann haben wir es ihm gezeigt«, hatte das Mädchen mit einem Lächeln angemerkt.

»Und nun wird sich zeigen, was als Nächstes kommt. Oder vielmehr wer«, hatte Santos daraufhin gemeint.

»Ihr seid euch also sicher?«, hatte ich nachgefragt. »Das war nur der Anfang …«

»Ja, ganz sicher«, erwiderte Álvarez.

»Es ist ja nicht das erste Mal«, sagte Kala und machte eine Bewegung mit der Innenkante der rechten Hand in Richtung ihres Halses.

Obwohl ich ihn eigentlich schon entsorgen, nein, zur ewigen Ruhe betten und beerdigen wollte, hatte ich den Veroux an diesem Morgen doch mit auf die Hotelterrasse genommen.

Seite 181, zufällig aufgeschlagen, oder vielmehr nicht ganz zufällig, weil ja die Seiten unmittelbar davor fehlten und das Buch tendenziell an einer so einer gefalzten Stelle aufsprang: »Die folgenschweren und sehr dramatischen Ereignisse im Zuge der Auferstehung wurden zu der Zeit stillschweigend übergangen.«

Genau, ganz klare Sache, das. Buch wieder zu. Blick auf den Jardin des Tuileries. Palmen, Gräser, Sonnenblumen und Lilien, ein Brunnen, schön. Am Nachbartisch drei exaltierte Amerikanerinnen. Auf meinem Teller zwei vorzügliche Croissants. Daneben ein Glas mit frisch gepresstem Orangensaft und ein weich gekochtes Ei.

Was will ich mehr? Fangen wir jetzt bitte nicht damit an! Ungefähr sehr viel, das kann ich sagen. Und ganz konkret eine Sache sicher: Kalas Gesellschaft.

Kurz darauf erscheint plötzlich der Älteste wieder am Tisch. Andeutung eines Lächelns. Es geht ihr besser.

»Geht es ihr besser?«, frage ich.

»Ja«, er nickt, »etwas.«

»Was?«, frage ich.

»Sie haben sie wahrscheinlich Säure trinken lassen«, sagt er, und sein Gesicht fällt in sich zusammen. »Gerade so verdünnt, dass es sie verletzt und nicht getötet hat.«

Ich spüre wie sich mir der Magen zusammenkrampft und ich mit den Tränen kämpfen muss. Warum?, denke ich und will genau das auch fragen.

»Um sie möglichst lange leiden zu lassen und dauerhaft krank zu machen«, kommt er meiner Frage zuvor.

Eine chronische Krankheit als Foltermethode. Furchtbar. »Wir hätten …«, sage ich.

»Nicht in Toledo bleiben können«, erwidert der Älteste. »In Biarritz schon, aber zu schlechtes Krankenhaus dort. Außerdem hatte ich da noch nicht gesehen, dass …«

»Ich schon«, erkläre ich. »Aber sie hat gesagt, sie habe sich auf die Zunge gebissen.«

»So ist mein Mädchen«, sagt der Älteste, »beißt selbst in größter Not die Zähne zusammen. Aber die Ärzte sagen, sie werde sich erholen.«

»Vollständig?«, frage ich.

»Wahrscheinlich«, erwidert er.

Danach sitzen wir minutenlang beieinander. Álvarez schweigt. Ich mag ihn nicht dabei stören. Von außen betrachtet: zwei ältere Männer, die sich wenig zu sagen haben. Die Amerikanerinnen debattieren mit laut rollendem R. Hin und wieder detonieren Silben in meinem Ohr.

»1957«, sagt der Älteste plötzlich und schaut zum Nebentisch, stockte für einen Moment, als eine der Amerikanerinnen, ihren Kopf wendet und zu ihm hersieht. Sie trägt goldene Ohrringe, die bei ihrer Bewegung ein leise klingelndes Geräusch machen. »1957«, wiederholt er, »zwei Jahre vor der Flucht des Dalai Lama aus Tibet, besuchte ich mit einer Gruppe von Amerikanern Lhasa und anschließend die Hochebene. Sie wollten zum Mount Kailash und den heiligen Berg in der traditionellen Kora auf ihren Knien umrunden. Ich begleitete die Gruppe aus einer sentimentalen Anwandlung heraus, denn ich hatte sie in Katmandu kennen und besonders eine der Frauen schätzen gelernt, allerdings wenig Interesse daran, die 57 Kilometer des Pilgerweges um den Berg auf den Knien zu bewältigen. Ich blieb in der Herberge, als die Gruppe aufbrach. Als wir uns eine Woche später fragten, warum sie nicht zurückkehrte, und wir schließlich auf die Suche nach ihnen gingen, fanden wir nichts. Tatsächlich nicht den geringsten Hinweis. Die gesamte Gruppe war wie vom Erdboden verschluckt und blieb verschwunden.«

»Verschluckt von einer Falltür, die die Besucher von anderen Planeten offen gelassen hatten?«, frage ich.

»Vielleicht.« Der Älteste nickt.

»Was haben Sie daraufhin gemacht?« Die Sache interessiert mich plötzlich.

»Den Berg ebenfalls umrundet, aber allein.«

»Auf Knien und im Staub wie die anderen?«

»Nein, ich habe lediglich einen längeren Spaziergang gemacht.«

»Hatten Sie keine Angst, ebenfalls zu verschwinden?«

»Im Gegenteil. Ich hoffte sogar darauf.«

»Damals waren Sie ja schon länger im Besitz der Köpfe …«

»Die hatte ich aber nicht dabei. Der Aufwand, sie mitzuführen, wäre zu groß gewesen. Und zu riskant.«

»Was erhofften Sie sich von Ihrer Wanderung?« Ich zögere einen Moment. »Einen Kontakt? Ein Zeichen?«

Álvarez blickt mich prüfend an. »Sí, ich war sogar überrascht, dass es nicht dazu kam. Damals glaubte ich, dass sie vielleicht noch da waren. Gut versteckt, um uns aus ihrem sicheren Unterschlupf heraus zu beobachten. Doch in dem Fall hätten sie ganz sicher gewusst, dass ich ihr Mann bin.«

»Verstehe«, antworte ich nach einigen Sekunden des Nachdenkens, »weil von den Conda kein Zeichen kam, waren Sie nun von ihrer Abwesenheit überzeugt. Doch wer hat dann die Gruppe entführt?«

»Einfache Wegelagerer wahrscheinlich. Oder das Netzwerk der Gegner des Kontakts. Mit solchen Guerilla-Aktionen vermögen die NGK natürlich weltweit Misstrauen zu säen.«

»Sie haben also nichts gefunden«, sage ich.

»Nichts außer Staub und Einsamkeit«, erwidert der Älteste.

»Aber irgendetwas muss der heilige Berg Ihnen doch gegeben haben«, sage ich in der Hoffnung, aus diesem Gespräch mehr als ein Gefühl seltsamer Leere mitzunehmen.

»Sí«, bejaht Álvarez und sein Gesicht öffnet sich dabei, »eine Erkenntnis.«

Ich habe nicht die geringste Ahnung, wohin diese Unterredung mich führen wird, und warte daher einfach ab.

»Die Erkenntnis, Kala in Zukunft nicht mehr aus den Augen zu lassen.«

»Sie lebte damals schon?«

»Bei ihrer Stiefmutter«, erwidert Álvarez und blickt mich mit einem Lächeln an.

»Sie waren damals 440 Jahre alt und Kala …« Ich muss mich zusammenreißen, um mir meine Freude nicht anmerken zu lassen. Aber damit das Gespräch nicht genau an dieser Stelle abreißt, bemerke ich: »Sie sind also auch das.«

»Was?« Er blickt an mir vorbei.

»Der älteste Pilger der Welt.«

ACHTUNDFÜNFZIG

Was für eine Nachricht! Er fühlt geradezu wie eine Welle der Erkenntnis durch die frontalen Lappen seines Gehirns spült. Er sieht Bilder vor seinem inneren Auge. Kala lachend, Kala ernst, Kala von der Seite, Kala von hinten, Kala müde, Kala traurig, die kranke Kala, Kala wieder gesund, auf dem Weg zu ihm. Sieht sie kommen, auf ihn zugehen, frisch umgezogen, türkiser Nagellack, rosa Lippenstift, froschgrüner Lidschatten. Ein Mädchen wie ein Kolibri.

Nein, denkt er, das nicht … nicht jetzt …

Doch, denkt er, genau das. Denkt es, wünscht es, will es. Ja, möchte es mehr als alles sonst.

Später, tatsächlich viel später, in einem anderen Hotel und billigeren Bett, in der Nacht vor seiner Abreise, eigentlich schon kurz vorm Einschlafen, ist er plötzlich wieder hellwach. Es ginge Kala bereits deutlich besser, hatte Álvarez gemeint, ihn allerdings nicht mit ins Krankenhaus genommen. Aus Angst davor, sonderbar zu wirken, hatte er allerdings auch nicht darum gebeten.

Es ist ihm nicht wohl dabei abzureisen, ohne sie vorher noch einmal zu sehen. Selbst zu sehen, dass es ihr besser geht … Ihre Situation mit eigenen Augen einschätzen zu können … Doch …

Jedenfalls ist er auf einmal wieder wach, denn ihm ist die erste Begegnung mit dem Ältesten und seiner Tochter wieder eingefallen. Ein älterer Herr in Mantel und Hut, sehr geschmackvoll gekleidet, soweit er sich erinnern konnte, hatte ihn am linken Arm gegriffen und tatsächlich ungewöhnlich kraftvoll zugepackt.

»Kommen Sie«, hatte Álvarez gesagt, ihn gestützt und in Richtung Kathedrale geleitet. Dann war auch das Mädchen an seiner Seite gewesen, aber rechts. Sie hatte nichts gesagt. Und falls doch, so konnte er sich gerade nicht daran erinnern.

Er hatte kein Gefühl in den Beinen gehabt, auch seine optische Wahrnehmung war gestört gewesen. Er hatte verzerrte Gesichter gesehen. Gesichter von entgegenkommenden, vorbeiströmenden, sich umdrehenden, stehen bleibenden, weitergehenden Menschen. Menschen, die nichts mit ihm zu tun hatten. Touristen die meisten, irgendwelche Passanten, die er nicht kannte. Damals jedenfalls nicht, denn nun glaubt er in seiner Erinnerung sehr wohl ein bekanntes Gesicht zu sehen. Ein schmales Gesicht mit einem markantem Kinn und jener eigentümlichen Spannung an den Schläfen und über den Wangenknochen, wie sie nur operativ verjüngte und geschönte Frauengesichter haben. Weil das Lifting bei ihr aber sehr kunstvoll und wohldosiert gelungen schien, konnte ihre natürliche Mimik weitgehend erhalten werden, also intakt bleiben und war nicht in die verzerrten Züge eines Reptils entglitten. Dieses damals gesehene Gesicht, da war er sich jetzt sehr sicher, gehörte zu einer der Frauen vom Nachbartisch auf der Terrasse des Le Meurice, einer der Amerikanerinnen.

Er kann sich in genau diesem Moment wieder daran erinnern, weil ihm das Klingeln ihrer Ohrringe schon damals aufgefallen war. Ein großer goldener Ohrring, der gegen einen kleineren schlug und dabei einen ganz eigenen Klang erzeugte, den Klang von Gold.

Er schaltet das eben gelöschte Licht wieder an, setzt sich im Bett auf. Soll er den Ältesten wecken? Die Frage dreht sich in seinem Kopf. Oder vielmehr dreht sich alles in seinem Kopf um die Frage. Aber er kommt zu keinem Ergebnis. Seine Erinnerung könnte eine Täuschung sein. Außerdem, ganz ehrlich, will er das Hotel trotz seiner Schäbigkeit nicht schon wieder wechseln, worauf Álvarez aber dennoch ziemlich sicher bestehen würde. Doch die Stadt ohne Kala verlassen könnten sie ja ohnehin nicht. Wozu also der Aufwand?

Trotzdem wählt er schließlich die Zimmernummer des Ältesten. Niemand hebt ab. Er wartet einige Minuten, wählt ein weiteres Mal. Keine Reaktion. Nun ist er erst recht wach, steigt aus dem Bett, schaltet das Deckenlicht an, schaltet es wieder aus, legt sich wieder ins Bett, knipst dafür die Nachttischlampe an. Schreckliches Zimmer, schreckliches Hotel, schreckliche Gedanken, schreckliches Gefühl, schreckliche Ohnmacht, schrecklich sich dehnende Zeit, noch schrecklich lange bis zum nächsten Morgen. Aber viel zu kurz die Zeit bis zu seiner Abreise. Und viel zu unwahrscheinlich, dass er sie vorher noch sieht. Tatsächlich absolut ausgeschlossen, was umso schrecklicher ist.

An der Wand über seinem Kopf hängt die Kopie eines Frauenporträts von François Boucher, ein Maler des Rokoko, den er zufälligerweise kannte und wegen seiner blasierten Erotik in nahezu sämtlichen Bildern absolut nicht leiden konnte. Ein Glück, dass er das Bild nur beim Eintritt ins Zimmer oder auf dem Weg ins Bad anschauen muss. Er springt aus dem Bett, starrt das Bild an, spielt mit dem Gedanken, es von der Wand zu reißen, auf dem Boden zu zerschlagen oder irgendetwas anderes, nicht minder Unsinniges und gleichermaßen Befriedigendes damit zu tun.

Voller Wut auf einmal, möchte er alles Mögliche totschlagen, nicht bloß die Zeit. Vibrierend vor Ärger springt er ins Bett zurück, schlingt die Decke so eng wie möglich um seinen Körper, schaltet das Licht auf dem Nachttisch wieder aus, um nun doch Ruhe zu finden. Und schaltet es im nächsten Augenblick wieder an. Er ist noch nicht reif für die Dunkelheit. Nicht in diesem Moment.

An der Wand ihm gegenüber jedoch, also ständig sichtbar, das Foto einer asiatisch anmutenden Landschaft mit fedrig aussehenden Bäumen, Reistreppen und einem pagodenartigen Gebäude auf einem Hügel im Hintergrund.

Er schaut das Bild an und fühlt sich plötzlich in die Landschaft auf dem Foto hineingezogen. Wie sehr sich die Linien seines Lebenshorizonts verschoben haben, ist ihm erst innerhalb der letzten zwei Tage wirklich bewusst geworden. Davor hatte er geglaubt, die Auswirkungen auf sein weiteres Leben überblicken zu können. Doch dies, weiß er jetzt, hatte er sich bloß eingeredet, weil ihm sein früheres Dasein nicht gefiel und er den starken Impuls verspürte, die wenig komfortablen und auf Dauer ermüdenden Eckdaten seiner in Wahrheit ziemlich bemitleidenswerten Existenz durch angenehmere Parameter zu ersetzen und die Hoffnungslosigkeit der Vergangenheit in beneidenswerte Aussichten für die Zukunft zu verwandeln. Kurz: Er will endlich ein freudvolles Dasein genießen.

Der Vereinbarung hatte er zugestimmt, ohne jedoch in der Tiefe zu begreifen, was diese Übereinkunft im Sinne einer Lebensrealität, also wirklich gelebten Lebens jenseits einer romantischen Vorstellung davon, tatsächlich zu bedeuten hat. Nun, wo die Vereinbarung sehr bald umgesetzt werden, also gewissermaßen in Kraft treten wird, hat er zunehmend eine Vorstellung davon, mit welchem Ergebnis in Folge zu rechen ist: dass nämlich kein Stein im Gebäude seines bisherigen Lebens auf dem anderen bleiben kann. Tatsächlich wird das alte Gebäude abgerissen und ein neues gebaut. Nicht mal auf den Fundamenten des alten, sondern an gänzlich neuer Stelle. Wenn das kein Anlass zu nervöser Erwartung ist.

An Schlaf ist für den Moment nicht mehr zu denken. Er greift daher wieder den Veroux vom Nachttisch, für ihn inzwischen eine Art Venedig in Buchform, zieht die sich lösenden Seiten heraus, beginnt auf der obersten zu lesen: »Es ist ein Abschied von der Welt, so, wie wir sie kennen, denn der Weggang roch inzwischen nach Fäule, nach Verderben, nach schmachvollem Untergang. Und es sollte lange dauern, bis diese sehr negative Vorstellung geläutert würde.«

NEUNUNDFÜNFZIG

Signore Alberto d'Este, ein freundlicher Mensch, etwa sechzig Jahre alt, graumeliertes Haar wie in einer Apostel-Paulus-Tonsur die schweißglänzende Glatze umrahmend, schüttelte seine Hand und griff ihn freundlich am Arm. »Eccellente! Schön, dass Sie nun zu uns gefunden haben.«

Leider, erwiderte er, spreche er kaum Italienisch, nur Spanisch und eben Englisch, wie ja bereits am Telefon zur Kenntnis genommen werden konnte.

»Oh, ja, ja«, antwortete d'Este sofort in schönstem Oxford-Englisch, strich sich mit der Hand durch seinen Haarkranz und führte ihn aus dem Foyer in ein Seitenzimmer.

Er zog den Brief des Ältesten hervor und reichte ihn d'Este, der die Blätter mit einem lässigen Wedeln entfaltete. Während er las, studierte der Besucher das Muster der Fliege. Sah tatsächlich ein wenig so aus, als wäre ein Schmetterling zwischen den Aufschlägen von d'Estes Hemdkragen gelandet und hätte seine samtigen Schwingen zu voller Pracht entfaltet, Karmesinrot, einige Tupfer Gelb und Lila, der rechte Flügel etwas größer als der linke, doch in dieser wohl dosierten Ungleichheit tatsächlich perfekt.

»Hmm«, machte der Banker. Meistens nach ganzen Sätzen, manchmal aber auch zwischen einzelnen Worten kniff er die Augen zusammen. Sekundenlang bildete sich dann ein Netz von feinen Falten, in denen seine geschlossenen Augen wie gefangene Tiere ruhten. »Hier«, sagte er und riss seine Augen auf, »geht es ja nun um sehr viel Geld.«

»Ja«, antwortete er, aber der angegebene Teil davon müsse nun, so bedauerlich das für die Bank auch sei, leider bewegt werden. Immerhin bleibe ein kleiner Betrag als Einlage bestehen.

»Sehr wohl.« Der Banker nickte, schüttelte fast gleichzeitig den Kopf und zwinkerte im Anschluss zwei Mal. Der Besucher müsse allerdings Verständnis und etwas Geduld mitbringen. Sein Besuch sei zwar avisiert worden, aber bei einem solchen Betrag habe er nochmals Rücksprache zu halten.

Die Banca Monte del Paschi di Siena, hatte ihm Álvarez vor der Abreise gesagt, sei die älteste existierende Bank der Welt. 1472, also ein knappes halbes Jahrhundert vor seiner Geburt als Monte di Pietà, Berg der Barmherzigen, in der Republik Siena gegründet. Und offiziell auch von der Republik ins Leben gerufen, inoffiziell aber sehr wahrscheinlich vom Erzbischof von Siena, Lorenzo Strozzi, einem Sohn des legendären Filippo, seit jüngster Zeit allerdings in Schwierigkeiten, weil die Kommunisten versucht hätten, sich an der Bank zu bereichern, und auch Silvio Berlusconi mit seinen klebrigen Händen nach den Einlagen gegriffen hätte. Der Grund, warum die Sienesi ihn mehr hassten als jede andere Bevölkerungsgruppe Italiens. Nun müsse man seine Einlagen bewegen, bevor sie ernsthaft in Gefahr gerieten. Bei diesen Sätzen lächelte der Älteste, als würde ihn drohender Verlust mit Heiterkeit erfüllen, und begann eine historische Betrachtung.

Zu Beginn des vierzehnten Jahrhunderts hätten die Strozzi, damals vorwiegend Wolltuchhersteller, Kaufleute und Geldwechsler, mit neununddreißig Haushalten rund um den Corso degli Strozzi im Zentrum der Stadtrepublik Florenz gelebt. Die sowohl finanzkräftigere als auch im Stadtrat mächtigere Familie der Medici hingegen wohnte weitgehend über die Stadt verteilt. Den Grund dafür nannte der Älteste allerdings nicht. Der im vorigen Jahrhundert über europaweit verstreute Filialen der Medici-Bank durch modern anmutende Transaktionen und Spekulationen erworbene Reichtum der Familie sei bereits am Schwinden gewesen. Und die Strozzi wurden als Emporkömmlinge zur neureichen Konkurrenz. Cosimo de' Medici habe daraufhin die Verbannung der wichtigsten Familien bewirkt.

Und damit ein Ausschwärmen der Familienmitglieder ins Königreich Neapel, in die Herzogtümer Mailand, Urbino und Mantua sowie in die Stadtrepublik Siena und darüber hinaus ins französische Avignon und ins flämische Brügge. Schließlich auch nach Barcelona, Valencia und Sevilla. An all diesen Orten gründeten sie Handelskontore und Bankniederlassungen. Zunächst mit nur einem vorrangigen Ziel: um die Abgaben an den Papst sicher in den Vatikan zu transferieren. Doch nicht nur Adelige, auch wohlhabende Händler und Bauern konnten bei der Strozzi-Bank Konten eröffnen.

»Wie gemacht für mich«, so Álvarez. Als einer der Ersteren zahlte er am 17. Dezember 1611 die sagenhafte Summe von dreißigtausend Gold-Coronas und hunderttausend Silber-Reales in der Filiale in der Calle Alcalá 13 in Sevilla ein. Umberto Strozzi, der Filialleiter, »entsetzlich dick und mit zerkratzten Armen und Händen wegen seiner schrecklichen Neurodermitis«, und einer seiner Angestellten halfen ihm dabei, die Säcke aus der Kutsche ins Haus zu tragen. Strozzi verlangte einen urkundlichen Identitätsnachweis, den der Einzahler auch umgehend lieferte. Woraufhin der Banker in seinem Beisein ein Schriftstück zur Bestätigung des Empfangs der Summen aufsetzte. Im Anschluss wurde ein Siegel angebracht und beide zeichneten gegen. Álvarez unterschrieb mit dem Namen, mit dem er auch aufgetreten war: Gerome Bartholomée.

Die Niederlassung in Sevilla ist seit den Turbulenzen am europäischen Finanzmarkt geschlossen, der Fall des Mutterhauses der Banca Monte del Paschi in Siena konnte unter der Aufsicht von Mario Draghi und mit Hilfe der europäischen Steuerzahler jedoch aufgehalten und der Untergang abgewendet werden. So residiert die Bank heute noch im Palazzo Salimbeni an der Via Banchi di Sopra, und die Situation der Bank gilt seit Ende 2017 wieder fast so stabil wie der grobe Granit, aus dem sie massiv wie eine mittelalterliche Festung über sechshundert Jahre zuvor auf den Hügel geklotzt worden war.

Die gewaltigen Kronleuchter hingen seit rund zweihundertfünfzig Jahren im Eingangsbereich und lenkten den Blick auf ein barockes Deckengemälde, das die heilige Familie umringt von Girlanden und Putten zeigte. Der schwere Tisch aus Wurzelholz, von dem Signore d'Este und er sich gerade erhoben, stand laut Darstellung des Bankers seit knapp dreihundert Jahren an der gleichen Stelle. Die Sessel aus dunklem, rotbraunem Rindsleder, in denen sie eben noch saßen, wanderten hingegen bereits seit der Gründung durchs Haus. Mal standen sie auf der Vorstandsetage, dann in einem anderen Geschäftszimmer, dann hier, dann wieder woanders und nun wieder hier.

Direkt in seiner Blickrichtung im Rücken von d'Este hing ein verblassendes Gemälde einer etwa achtzehnjährigen Frau, die den Betrachter mit einem schwer anmutenden Blick anschaut. Sie hält die linke Hand am Herzen, um damit die Liebe zu dem Auftraggeber des Gemäldes, Filippo Strozzi, anzudeuten. Es ist Clarice de' Medici, eine stolze wie kluge Frau, die den Strozzi geheiratet habe, erklärt der Banker mit Stolz in der Stimme, als habe sich die Sache am Vortag ereignet, um die alte Familienfehde zu beenden, was nicht glücken sollte, aber die glückliche Entwicklung des Bankhauses dankenswerterweise nicht aufzuhalten vermochte. Es gab nur ein zweites mit einer fast genau so langen Geschichte. Die 1486 in Augsburg gegründete Fugger-Bank. Zu ihr haben die Medici wie die Strozzi über mehrere Jahrhunderte hinweg Geschäftsbeziehungen unterhalten, und wie er seit Kurzem weiß, auch der Älteste, trotz aller Vorbehalte.

Tradition, so erklärte ihm d'Este, die Augen zukneifend, müsse man festhalten, sonst schlüpfe sie einem durch die Finger und ginge für immer verloren. Denn was einmal weg sei, könne man mit etwas Glück vielleicht wiederfinden und auch zurückkaufen, doch dann mit dem Makel des Diskontinuierlichen behaftet. Bei dieser Erklärung zitterten seine Lider oder seine Augen unter den Lidern.

Ohne ein weiteres Wort wandte er sich ab und verschwand durch eine Seitentür, während er mit Frau Strozzi, geborene Medici, zurückblieb. Clarice, die Kluge, eine Mutter von zehn Kindern, wie der Banker angemerkt hatte, verstorben bei der

Totgeburt des elften, weise Ratgeberin von Filippo und die Verräterin ihrer Dynastie, weil sie sich schließlich gegen ihre Herkunftsfamilie gewandt hat. Der Besucher würde sich jetzt sehr gern mit ihr unterhalten, um etwas Zeit totzuschlagen. Kann sein, dass Àlvarez sie gekannt hat. Wird er ihn später vielleicht fragen.

Er nahm einen Cappuccino in der Bar »Nannino« schräg gegenüber vom Eingangsportal. Der Kellner schenkte ihm ein süßes Brötchen dazu. Am Nachbartisch eine Frau um die vierzig mit ihrer Tochter, elf, zwölf Jahre alt. Die Frau hatte ihre Haare zu einem dunklen Turm aufgesteckt, nippte vorsichtig an einem Glas Macchiato und erinnerte ihn an Dr. Rochette aus Genf. Die Schweizer Ärztin war einige Jahre jünger gewesen, doch ein ähnlich drahtiger Typ.

Wie hatte er sie vergessen können? »Wen mochten Sie lieber, Michael Jackson oder Prince?«, hatte sie ihn am Telefon gefragt, unerwartet, ohne irgendeinen Zusammenhang mit dem vorausgegangenen Gespräch.

Think of … zwei tote Popstars. Der Zusammenhang war offensichtlich. Warum war er ihm nicht gefolgt? Weil der Heilige Kala gefunden hatte. Ja, danach hatte sich die Spannung gelöst, und sie hatten sich sehr schnell weiterbewegt. Die Erinnerung an die Ärztin war irgendwo auf der Strecke geblieben. Doch nun war sie wieder da, und er spürte ihre Nähe fast körperlich. Er fand den Zettel mit ihrer Nummer in seinem Portemonnaie, fragte den Kellner, ob er das Telefon benutzen dürfe.

Sie hob nach dem zweiten Klingeln ab, spulte den Namen ihres Instituts und den eigenen ab und fragte dann nach seinem.

»Michael Jackson«, sagte er.

»Ich dachte Prince«, erwiderte sie wie aus der Pistole geschossen.

Er hörte sie am anderen Ende der Leitung kichern. »Wo sind Sie?«

»Auf der Flucht«, sagte er.

»Aber doch nicht vor mir«, gurrte sie mit süßlicher Stimme ins Telefon.

»Nein, wahrscheinlich nicht«, antwortete er.

»Sie und Ihre Freunde«, sagte sie. »Das Blut hat natürlich für Aufmerksamkeit gesorgt. Man hat mich sofort kontaktiert. Hätten Sie sich doch eigentlich denken müssen. Aber Sie können mir dankbar sein. Ich habe Ihnen die Adresse geschickt. Think of …«

»Was wollen Sie?«

»Etwas …«

Er hört sie ins Telefon atmen.

»… Dankbarkeit.«

»Okay«, sagte er und legte auf.

Obwohl es bereits auf Mittag zuging, lag die Piazza menschenleer vor ihm. Tauben pickten nach Resten. Ein frisch aufgekommener Wind blies über den Platz und ließ Plastiktüten segeln. Er dachte an den Abend im Hotel und den Besuch der Ärztin in seinem Zimmer. Die Begegnung war voller Spannung gewesen. Irgendetwas hatte ihn zurückgehalten.

Gut, Dankbarkeit konnte sie haben. Álvarez würde sich wahrscheinlich schnell entscheiden, was er ihr schicken wollte: Geld oder Santos.

Aus dem modernen Seitenflügel der Bank trat eine Gruppe von sehr gut gekleideten Männern und steuerte gestikulierend auf die Bar zu. Das Mädchen am Nachbartisch wollte irgendetwas von seiner Mutter und sagte bittend »Mamma, per favore«, die Worte wie eine ständige Litanei wiederholend. Doch dann war die Gruppe der Männer bei ihnen angekommen und so laut, dass er das Mädchen nicht mehr hören konnte.

Einen Moment genoss er den Ausblick auf den geschlossen wirkenden Platz und die Stille in sich selbst. Wahrscheinlich wartete d'Este schon wieder auf ihn. Als er bezahlt hat und gehen will, blickt ihn das Mädchen fast flehend an.

»Was wünschst du dir denn, Kind?«, fragt er in holprigem Italienisch, weil ihm nichts Besseres einfällt, und wird dafür zum Dank von der älteren Begleiterin, offensichtlich die Mutter, mit einem höhnischen Blick bedacht.

»Kein Kind mehr«, zischt das Mädchen wütend und schaut dann triumphierend zu ihm herüber.

»Du hast jedenfalls schon sehr erwachsene Wünsche«, tadelt die Mutter mit sanft klingender Stimme.

»Ich bin ja auch viel älter als du«, erwidert das Mädchen.

SECHZIG

Der Banker hatte alles fertig. »Perfekt«, antwortete ihm der zufriedene Besucher.

D'Este reichte ihm zum Abschied die Hand. »Die Familie Bartholomée ist unserer ältester Kunde.« D'Este zwinkerte mit den Augen. Seine Fliege war leicht verrutscht. Als hätte der Falter eine Startposition gefunden, um gleich abzuheben. Amerikanische Monarchfalter, hatte er einmal gelesen, wanderten in Schwärmen, konnten dabei Gebirge und weite Distanzen von über dreitausend Kilometer überwinden. Auf diesen Wanderungen verlängerte sich ihre Lebenszeit. Normalerweise wurden Männchen wie Weibchen rund einen Monat alt, doch während ihrer Wanderung setzte ihre Geschlechtsreife aus und die Diapause ein und ihre Lebenszeit dehnte sich um das Achtfache. Über den Atlantik gewehte Monarche wurden in Andalusien heimisch, nicht aber in Italien, wo sie zwar sporadisch mit Schiffen eingeschleppt wurden, aber keine geeignete Nahrung fanden.

Der Banker wirkte nicht wie ein Falter aus einer anderen Welt. »Leider«, erklärte d'Este in der Tür stehend, habe er den werten Herren Bartholomée bisher noch nicht persönlich begrüßen dürfen, was bei einer so langen gemeinsamen Historie umso bedauerlicher sei. In den Büchern der Bank stünde immerhin eine eindrucksvolle Genealogie.

»Leider«, bekräftigte der Besucher das Bedauern des Bankers. »Aber wie ich Ihnen ja schon eingangs erklärte, ist Herr Bartholomée bereits von hohem Alter und daher nur sehr eingeschränkt reisefähig, weshalb er ja auch mich eingesetzt hat, seine Geschäfte zu tätigen.«

»Sehr wohl«, sagte der Banker daraufhin und drehte ihm den Rücken zu.

Abwartend blieb der Besucher stehen. Und tatsächlich drehte der Banker sich nochmals um. Für einen winzigen Moment sah er dessen Gesicht entgleisen und hatte das Gefühl, in eine Art Abgrund zu blicken. Doch dann kniff d'Este die Augen zusammen und war wieder bei der Sache. »Es waren Leute hier, die nach einem Herrn Bartholomée gefragt haben.« Er sah den Besucher abwartend an.

»Was für Leute?«, fragte der.

»Neugierige Leute«, erwiderte der Banker. »Leute, die für den italienischen Staat oder sogar die Europäische Union ermitteln.«

»Was haben Sie Ihnen gesagt?«, fragt der Besucher weiter.

»Dass unsere Kunden Vertraulichkeit schätzen.« D'Este griff ordnend in seinen Haarkranz. »Ich weiß aber nicht, wie lange ich sie noch hinhalten kann. Sie wollen auch die alten Bücher sehen. Die Bankenaufsicht, wissen Sie? Das Bankengeheimnis ist in der EU nicht mehr sicher, verstehen Sie?«

Wäre natürlich auch interessant, D'Este nach seiner Einschätzung zum geheimen Wirken der Amigos zu befragen. Und die Hinterlassenschaft der Conda und das Netzwerk der Gegner des Kontakts waren womöglich auch ein Thema. Beides erschien aus größerer geografischer Distanz jedoch so wenig plausibel, um nicht zu sagen abwegig, dass er bei dem bloßen Gedanken daran die Lippen zusammenpresste und lieber in Ohnmacht gefallen wäre, als ein Sterbenswörtchen davon zu sagen. Also entgegnete er stattdessen, dass er ihn gut verstünde, aber aus Kundensicht kein Grund zur Sorge bestehe.

Mit der Antwort war der Banker anscheinend zufrieden, denn er winkte ihm zum Abschied fast freudig zu.

Ich wandte mich nach links in die Banchi di Sopra, schlenderte an den Auslagen von teuren Geschäften vorbei den Hügel hinab in Richtung Campo. Die Straßen verliefen hier verschlungen und eng wie Mäusegänge. Ich spielte mit dem Gedanken, mir eine Krawatte zu kaufen oder eine Fliege, entschied mich dann aber für ein eierschalenfarbenes Tuch mit feinen, roten Punkten, welches ich mir von dem Verkäufer auch gleich falten und einstecken ließ. Im Weitergehen stieß ich mit einer sehr hübschen Frau zusammen, die sich sofort als Touristin aus Island zu erkennen gab. Wir wechselten einige nette Sätze, die in ein Date hätten münden können, wenn ich deren Inhalt nicht auf der Stelle wieder vergessen hätte. Allerdings erzählte sie mir dann, sie habe gelesen, nach neuesten Erkenntnissen sei anzunehmen, dass der Mensch zwar vom Affen abstamme, das Menschliche an ihm aber von Außerirdischen eingepflanzt worden sei.

»Aha«, sagte ich, »kürzlich schon mal gehört, das. Die ein Prozent also, der kleine, feine Unterschied, der aber alles verändert.«

»Genau der«, sagte sie und grinste, als wollte sie mir etwas verheimlichen.

»Alien-Gene«, sagte ich.

»Sage ich doch«, sagte sie.

»Woher?«, fragte ich.

»Spiralnebel oder so«, erwiderte sie, »aber doch eigentlich egal. Lange her.«

»Ziemlich«, sagte ich. »Aber was hat es uns gebracht?«

»Donald Duck«, sagte sie.

»Goofy«, sagte ich.

»Sage ich doch«, wiederholte sie und schürzte die Lippen, als wollte sie Daisy nachmachen.

Daraufhin versuchte ich, einen Hund zu mimen, der mit viel zu großen Schuhen durch die Landschaft schlich. Aber ich glaube, das hat sie missverstanden. Jedenfalls verabschiedete sie sich schnell.

Ich ging weiter, begleitet nun von dem frustrierenden Empfinden, einen flüchtigen Hauch nicht eingefangen zu haben. Beschloss jedoch, in Zukunft alle Menschen, die ich für Isländer hielt, unabhängig von ihrem Geschlecht, anzusprechen und in ein Gespräch zu verwickeln. So in Gedanken und gleichzeitig nicht ganz bei mir trat ich schließlich auf die Piazza del Campo. Leider hatte ich den Palio um eine knappe Woche verpasst. Vielleicht aber genau gut so, weil das Geschrei und die Aufregung um das traditionelle Pferderennen auf dem Platz mir wahrscheinlich ohnehin zuwider gewesen wären.

Ich betrat den Campo über einen Durchgang in einem der Häuser und blickte vom Zentrum des oberen Randes auf den Platz, der mit einem sanften Gefälle und einer feinen Wölbung auf das Rathaus und die offene Kapelle an dessen linker Seite zulief.

»Genießen Sie Siena und seinen herrlichen Platz«, hatte der Älteste seltsam explizit gemeint, und die Aussage war mir zunächst lapidar erschienen, doch jetzt verstand ich, was er meinte. Der Campo hatte die Form einer Muschel, das alte Pilgersymbol, und in dieser Muschel saßen die Besucher verstreut wie die Spatzen und dösten im Zustand einer seltsamen Entrückung in der Sonne. Wahrscheinlich war dies der schönste städtische Platz der Welt, und sämtliche Anwesenden schienen dies auch zu wissen und strahlten eine dementsprechende andächtige, neutestamentarische Pilgerruhe aus. Ich überquerte den Campo und trat in den offenen Innenraum des Rathauses. Ein Hinweisschild verkündete in mehreren Sprachen, dass der Turm zur Besichtigung geöffnet sei. Für einen Moment dachte ich daran hinaufzusteigen, um den Platz und die Versammlung darauf von oben zu sehen, scheute dann aber die Mühe. Außerdem wollte ich mir nicht wie ein aufgescheuchter Spatz vorzukommen.

Beim Palio versammelt sich die gesamte Stadt auf dem Campo. Das Rennen läuft um die Menge herum in einer engen Gasse zwischen den Hausfronten und einundsiebzig Marmorpfosten, die den Campo umschließen und als Innenraum festlegen. Ich habe inzwischen Videos davon gesehen und weiß, die Sache wäre nichts für mich. Einem Jockey aus Sardinien haben wütende Contrade-Aktivisten vor einigen Jahren ein Bein gebrochen, weil er vom ersten Platz auf den zweiten zurückgefallen war. Die Stadt, so viel wird sofort sichtbar, ist nur an der Oberfläche freundlich. Doch diese Oberfläche muss für die Touristen ständig neu aufpoliert werden. Der städtische Marmor glänzt schon ganz fettig davon. Wenn man aber genau hinblickt, dann lügen die Steine nicht.

Seit der Älteste damit begonnen hat, meine Fragen zu beantworten, das möchte ich an dieser Stelle bemerken, habe ich ein anderes Verhältnis zur Geschichte bekommen. Weil er seine verkörpert, dehnt sich meine vergleichsweise kurze plötzlich über die Grenzen meiner Biografie hinweg aus. Ich kann Ereignisse auf mich beziehen, die rein faktisch nicht auf mich bezogen sein können, weil ich zur Ereigniszeit noch gar nicht geboren war. Doch alle Geschichte ragt in die Gegenwart, hat daher etwas mit dem gegenwärtigen, also meinem Leben zu tun. Auch wenn es eigentlich zu kurz ist, um genau dies in vollem Umfang zu begreifen. Álvarez, so viel ist sicher, hat mich eine neue Perspektive gelehrt.

Mitten auf dem Campo spürt er, dass ihn jemand am rechten Ärmel zupft. Das Mädchen von vorhin aus der Bar.

»Was willst du?«, fragt er ziemlich unfreundlich, weil ihm eigene wirre Gedanken und auch die letzten Sätze des Bankers noch im Kopf nachhallen.

»Dass du mitkommst«, sagt sie, lässt seinen Ärmel los und greift ihn an der Hand.

»Du willst mir etwas zeigen?«, fragt er nach, ohne sich aber von der Stelle zu rühren.

»Sí«, erwidert sie und zieht entschlossen an seiner Hand.

EINUNDSECHZIG

»Wie heißt du?«, frage ich das Mädchen.

»Ich habe keinen Namen für dich«, erwidert sie, lässt meine Hand los und tippt sich mit der geballten Faust gegen die eigene Stirn. »Nenne mich, wie du willst.«

»Warum soll ich dir trauen, wenn du mir nicht einmal deinen Namen sagst?«, frage ich weiter.

»Du musst mir nicht trauen.« Sie greift erneut meine Hand, drückt sie zur Bekräftigung und zieht mich gleichzeitig den

Campo hinab in eine schmale Gasse rechts vom Rathaus. »Es reicht, wenn du mitkommst.«

»Wieso ich?«

»Wieso ich?«, äfft sie ihn nach. »Was stellst du für dumme Fragen! Hat man dir sonst nichts beigebracht?«

»Wer hat dich geschickt?« Plötzlich sieht er die Folge der Kausalitäten klar vor sich. Warum ist er nicht sofort darauf gekommen? Ihre Begegnung hatte ja schon seltsam begonnen.

»Wer hat dich geschickt? Wer, wer hat dich nur geschickt?«, singt sie mit einer hohen, durchdringenden Stimme und reißt ihn an der Hand hinter sich her, erstaunlich kräftig für ein kleines Mädchen. »Wer, wer, wer hat dich bloß geschickt?« Ihre Stimme hallt durch die Gasse. Passanten bleiben stehen und beobachten das seltsame Paar. Er will kein Aufsehen erregen und folgt ihr. Das ist das Bild: ein offenbar störrischer Vater mit seiner sehr eigenwilligen Tochter. Das Mädchen tanzt ihm auf der Nase herum. Dem Vater gefällt das nicht. Aber das Kind ist bereits in einem Zustand der Hysterie, nicht mehr zu bremsen.

»Wer, wer hat dich geschickt? Wer, wer, wer hat dich bloß geschickt?«, singt das Mädchen, und der Gesang erhebt sich wie ein einziges Klanggebilde in der Gasse. Worte und Nachhall überlagern einander, die Bedeutung scheint zu changieren.

Dann fällt das Gebilde in sich zusammen, weil das Mädchen ihn in einen Hauseingang zieht. Die Tür weiter hinten im Halbdunkel ist mit Brettern vernagelt, doch links führt eine kleine Treppe ins Souterrain hinab. Das Mädchen öffnet die Tür. In was wird er hier reingezogen? Ein geradezu furchterregender Gestank empfängt sie. Eine monströse Mischung aus Ammoniak, dem sauren Geruch von Erbrochenem, Fäulnis und einer undefinierbaren süßlichen Note. Wie ist das möglich in dieser sonst so sauberen und aufgeräumten Stadt? Was ist das hier?

»Der erste Ring«, kommentiert das Mädchen und reißt an seiner Hand, »die Aura.«

Er weiß nicht, was er sagen soll. Das Mädchen hat ungeahnte Kraft. Zieht ihn vorwärts ins Dunkel. Könnte sein, dass er gleich ohnmächtig wird. Einen Moment lang ist er fast dankbar, dass ihn jemand an der Hand hält. Er stolpert diesem Jemand hinterher, einer Unbekannten, einem Kind, das sich aber nicht im Geringsten kindlich verhält und wahrscheinlich auch keines ist. Hat er Angst? Ja, ganz plötzlich ist sie da. Eben noch der wunderbare Platz, Menschen in der Sonne, friedlich, ruhig. Ein Ort der Harmonie. Und jetzt das: der Gestank von Fäkalien und ein weiteres Rätsel. Was ist der erste Ring? Warum hat dieses Mädchen so viel Kraft? Oder er so wenig? Seine Angst kommt in Wellen. Auf dem Campo war es noch anders, doch nun ist er nicht mehr bei sich. Warum sonst ist er dem Mädchen bis hierher gefolgt? Der Gestank ist wie ein Angriff und sein Ekel darüber wie eine Faust im eigenen Rachen. Immer wieder hat er das Gefühl, auf etwas Weiches zu treten, ein Empfinden, wie über Matratzen zu gehen, bemüht, das Gleichgewicht zu wahren. Er taumelt durch Gestank. Der Gestank ist wie ein schleimiger, klebriger Nebel, der ihn aufnimmt, ihn umhüllt, in seine Poren dringt und sich in seiner Lunge ausbreitet.

Die Decke hängt so niedrig, dass er den Kopf einziehen muss. Einmal streift er mit dem Kopf etwas Nasses und Klebriges. Gebückt folgt er dem Mädchen. Kind, wo führst du uns hin? Es stinkt nach Krankheit, nach Verwesung, nach Tod, nach Verderben, nach Schmerz und Leid. Womöglich watet er durch einen Morast aus sich verflüssigenden Leichen, schwimmt in einem Ozean der Fäulnis und des Verderbens. Es ist so ruhig hier, denkt er, so unterirdisch still, doch dann walzt ein Basston wie eine Welle auf ihn zu, drückt gegen seine Ohren und versetzt seinen Körper in Vibration. Der Ton steht schwingend im Raum und schüttelt die Fäulnis im Boden, um wie in einem Grunzen zu verenden. Das ist der Moment, als die Basspauke losschlägt und er versteht, dass sie in eine Art Klub eingetreten sind.

Sie nähern sich einer Tür, durch die schwaches Licht dringt, und er erkennt, dass sie auf Essenresten gehen, in einem unterirdischen Speicher für Speiseabfälle. Das Mädchen hält ihn noch immer fest an seiner rechten Hand. Er will etwas sagen, kriegt aber keinen Ton heraus. Mit jedem Schritt wird die Musik lauter.

Nein, keine Musik, sondern pulsierende Geräusche, zirpend und klingelnd in der Höhe, nichts in der Mitte und ein Abgrund an Bass, brummend in die Länge gezogen und dumpf klatschend in der Kürze, ein rhythmisierter, kakofonischer Übergriff, ein Klang wie ein Griff ins Geschlecht.

Der Geruch lastet auf seiner Lunge, schnürt ihm die Kehle zu, und dann sieht er sie: Menschen, die durcheinander und übereinander liegen, einige halb nackt, andere vollständig. Vor allem von ihnen geht offenbar dieser unvorstellbar ekelhafte Gestank aus. Ausgemergelte Gestalten, mit Erbrochenem und Ausscheidungen beschmiert, sich in ihrem Dreck wälzend, wahnhaft, lustvoll ineinander verschlungen. Koitale Gebinde, sich ineinander verflochten gegenseitig schaukelnd, dabei gierig an unterschiedlichsten Verschmauchungsgerätschaften saugend, einige davon Pfeifen ähnlich, andere Zigarren, silbern umwickelt und mit einem Hütchen, worunter irgendein Stoff Funken schlagend verkohlt. Schwer hängt dieser Rauch in der Luft. Übel miefend auch dieser Funzelextrakt. Wirre, weit geöffnete stumpftrockene Augen starren sie mit riesigen Pupillen an. Wilde Blicke, die einen auch irgendwie anzustinken scheinen, der Pesthauch vollkommen entgrenzter und damit vertierter Aufmerksamkeit.

»Was ist das hier?«, presst er mit maximaler Lautstärke hervor, trotzdem kaum hörbar für die eigenen Ohren.

Aber das Mädchen hat ihn dennoch gehört. »Der zweite Ring, Gods Rust«, ruft sie in sein Ohr, »der Stoff, der irre macht. Wenn wir hier durch sind, sind wir fast in Sicherheit.«

Er will nicht weiter, spürt aber, dass er durch das Gewühl hindurch muss. Verknäulte, verworrene und faulende Seelen, im Drogensog um Kannibalismus und Gangbang kreisend, in der sinnlich-psychotischen Zerfahrenheit einer Massenorgie gelandet. Was für ein Sumpf aus Leibern – weder bei Fetischfesten in den Burgschein-Darkrooms noch in den Rauschkellern unter dem BO18 von Beirut bekommt man etwas Derartiges zu sehen. Warum ausgerechnet in Siena?

Er möchte Kala um Hilfe rufen. Möchte ihre Hand greifen. Sich an ihr festhalten. Auch sie hat ihn in Abgründe gezerrt. Hat ihn in die Dunkelheit geführt. Hat ihn im Verlies gelassen. Hat ihn verlassen. Hat ihn zurückgelassen. Ihn seiner Angst überlassen. Hat ihm das Gefühl gegeben, vollständig allein zu sein. Doch er war nicht allein. Das Mädchen hat in der Ferne über sein Wohl gewacht. Dann ist sie in Lebensgefahr geraten. Ist krank geworden. Lebensgefährlich krank. Und er weiß nicht, ob sie inzwischen wieder gesund ist. Oder noch krank. Oder schon tot. Oder was anderes, was auch schlimm oder noch schlimmer wäre. Tatsächlich weiß er überhaupt nichts. Hat nur die Erinnerung. Und diese Erinnerung wird verblassen, wenn sie nicht durch neue Gegenwärtigkeit genährt wird. Seine Sehnsucht nach ihr muss verhungern, wenn sie keine neue Nahrung erhält.

Diese Gedanken tun weh, und er fühlt sich erst recht entkoppelt. Fühlt sich getrennt. Fühlt sich losgelöst. Fühlt sich wie auf dem Weg zum Mars. Allein durch die finsteren Weiten einer gnadenlos kalten Welt.

Dieses Mädchen hier hat seine Hand losgelassen, um vorauszugehen. Wo sie hintritt, bildet sich eine Gasse. Menschen weichen wie eine einzige Masse. Er folgt diesem Weg durch eine weitere Halle. Auch hier überall ein seltsames Wälzen und Wiegen, eng umschlungen oder auch nur an den Armen eingehakt, schweißglänzend die Haut in allen Schattierungen. An den Flanken der Halle Reihen von halb offenen Separees, aus denen Schreie und Rufe zu hören sind. Der Rauch brennt in seinen Bronchien. Mit einem Stöhnen stößt er die Luft aus seinen Lungen und spürt, wie sich seine Seele zu verwirren beginnt.

Er oder ich?

Er und ich?

Erich.

Seine Idiotie hat einen Namen. Er muss laut auflachen. Das ist das Dritte, der innere Spalt. Die Kluft, sie hat einen Namen. Hey, Erich, du bist derjenige, der immer zwischen den beiden steht, den beiden Teilen seines eigenen Selbst. Mann, Erich, was drängst du dich hier so rein, drängelst dich dazwischen, machst es dir in der Kluft bequem. Du alter Spalter, wohin willst du mich treiben? Was ist dein Ziel?

»Alles okay mit dir?«, faucht das Mädchen, greift seinen Arm, reißt an seiner Hand.

»Alles okay mit ihm? Hey, Erich, sag du's ihr. Könntest endlich auch mal den Mund aufmachen!«

Sein Herz rast, seine Hände sind schweißnass. Er stößt gegen eine Mauer, spürt den Schmerz in seiner Schulter und versucht Ich zu denken, doch sein Ich ist weggetreten und nicht ansprechbar.

Dann sind sie durch eine schmale Tür. Sie hat sie aufgeschlossen und sorgfältig wieder hinter ihnen verschlossen. Schwer atmend lehnt er sich an eine Wand. Der eben noch krachend laute Rhythmus klingt plötzlich gedämpft, wie wenn jemand in einiger Entfernung auf etwas einhackt. Das Mädchen betätigt einen Lichtschalter und er ist so erleichtert wie verblüfft. Vor ihnen ein Korridor wie in einem Hotel. Die Wände in päpstlichem Rot, ein dunkelblauer Teppich läuft in einer geraden, leicht ansteigenden Linie auf den Fluchtpunkt einer Tür am Gangende zu. In regelmäßig erscheinenden Abständen gehen links und rechts Türen ab.

»Erst musst du deine Schuhe putzen«, sagt das Mädchen und deutet auf einen Automaten links neben der Eingangstür.

Er hat eine Theorie, warum diese Geräte immer links stehen. Denn das ist in fast jedem Hotel so. Links vom Eingang, meistens zur Herrentoilette. Vielleicht, weil die meisten Nutzer von Schuhputzautomaten Männer sind. Sie gehen erst auf die Toilette und nutzen den Automaten beim Rausgehen. Und weil die meisten auch noch Rechtshänder sind, ist es umso plausibler, direkt nach dem Heraustreten eine Bewegung gegen den Uhrzeigersinn zu machen und den rechten Schuh zwischen den Bürsten zu platzieren. Die Prozedur gibt ihm etwas Sicherheit, und er fragt nochmals: »Wer bist du?«

»Eine sehr alte Seele«, erwidert das Mädchen mit verschlossenem Gesichtsausdruck, säubert ebenfalls ihre Schuhe und geht dann voraus. Die zweite Tür rechts springt auf, ein Mann tritt heraus und zieht an einem Halfter einen Esel hinter sich her. Der Esel stößt einen Schrei aus, schüttelt den Kopf und stemmt sich mit allen vieren gegen die Bewegung.

Das Mädchen gibt ihm ein Zeichen zum Anhalten.

Der Mann spricht mit einer seltsam hoch und dünn klingenden Stimme auf den Esel ein. Sofort gibt das Tier seinen Widerstand auf und folgt, die Nüstern blähend und schnaubend. Der Mann öffnet die dritte Tür auf der linken Seite und zieht den Esel hinter sich hinein.

Sie gehen weiter. Doch schon öffnet sich eine weitere Tür auf der rechten Seite. Eine sehr alte Frau in einem folkloristisch anmutenden Kleid und langen grauen Haaren bis auf die Schultern schleppt einen Sessel an einer Armlehne in den Gang. Beine und Lehne sind golden lackiert, der Bezug aus senffarbenem Brokat. Die alte Dame lässt sich in den Sessel fallen und zieht ihr Kleid an den Oberschenkeln glatt. Aus dem Zimmer fliegt ein Papagei und setzt sich auf ihre rechte Schulter. Die Dame streicht dem Papagei über den Kopf und beginnt, flüsternd auf ihn einzureden. Auch für die Frau scheinen sie nicht zu existieren, denn sie gibt mit keinem Zeichen zu erkennen, dass sie ihre Anwesenheit zur Kenntnis genommen hat.

Das Mädchen drückt sich an der Wand vorbei, und er folgt ihr auf dieselbe Weise. Wieder öffnet sich eine Tür, diesmal auf der linken Seite. Ein Mann in einem schwarzen Kampfanzug tritt heraus, zieht ein Schwert und beginnt, Paraden und Finten zu üben.

Erneut gibt das Mädchen ein Zeichen zum Innehalten. Still sehen sie dem Kämpfer bei seinen Ausfällen und Scheinattacken zu. Hörbar nur das Rascheln seiner Kleidung, sein Atem und das dunkle Pulsieren im Hintergrund. Dann versenkt er die Klinge mit einer ungeheuer eleganten und schnellen Bewegung in der Scheide, verbeugt sich einmal in Richtung der Tür, aus der er getreten ist, schließt die Tür, um eine weitere auf der Gegenseite zu öffnen und in dem Zimmer zu verschwinden.

»Weiter«, befiehlt das Mädchen mit leiser Stimme, ballt ihre rechte Hand zur Faust, lässt aber den Zeigefinger und den kleinen Finger herausspringen, um damit auf ihn zu deuten.

»Was ist das hier?«, fragt er.

»Der dritte Ring«, flüstert sie, »die Phantome. Danach sind wir wirklich in Sicherheit.«

Während sie das sagt, tritt aus einer weiteren Tür ein Mann mit Zigarre und gewaltigem Bauch, der wie Churchill aussieht. Am liebsten würde er ihn mit einem freudigen »Hi, Winston« anreden, obwohl das bei einer solchen menschlichen Größe selbst mit einem Rest von Anstand natürlich unbedingt zu vermeiden ist, aber immerhin war er mehrmals in den Imperial War Rooms gewesen und ist daher mit seinen besonderen Lebensumständen vertraut. Doch das abweisende Gesicht des Mädchens verschließt ihm den Mund. Churchill versperrt den Gang breitbeinig und grinsend, gibt ihn nach einigen Minuten aber wie selbstverständlich wieder frei. Hinter ihm herrscht inzwischen auch ein erhebliches Getriebe. Menschen aller möglichen Epochen und Kulturräume pendeln, begleitet von unterschiedlichstem Getier, zwischen den Türen auf der linken und rechten Gangseite.

Sie müssten, raunt ihm das Mädchen zu, sich an diesen Leuten und ihren Viechern vorbeizwängen, ohne sie auch nur im Geringsten zu berühren, was ihm Schnelligkeit und etwas Geschick abverlangt. Schließlich erreichen sie unbeschadet die hinterste Tür.

Sie bedeutet ihm, als Erster hindurchzutreten, was er nach kurzem Zögern auch tut. Er landet an einer Art Tresen aus Beton. Von der Decke baumeln an langen Schnüren Lampen, die wie Duschköpfe aussehen. Die Concierge, eine sehr hübsche Person mit weißgrau gefärbten Haaren, einem Mieder aus einem silbern glänzenden Metall über einem weißen Rüschenrock bellt ihm entgegen: »Was wünschen Sie, mein Herr?«

»Nichts«, erwidert er arglos. Aber das ist die ganz falsche Antwort.

»Sie Flasche«, brüllt ihn die Frau an. »Was wollen Sie hier, Sie Idiot?« Sie zieht ein Gewehr hinter dem Tresen hervor, unverkennbar eine Kalaschnikow, legt damit auf ihn an und schreit: »Verschwinden Sie von hier, Sie Vollkretin, bevor ich einen Schweizer Käse aus Ihnen mache!«

Doch dann sieht sie das Mädchen, macht ein freundliches Gesicht, lässt die Waffe wieder unter dem Tresen verschwinden und gurrt: »Herzlich willkommen im Hohen Haus.«

»Was ist das hier?«, fragt er das Mädchen, das jetzt direkt neben ihm steht.

»Der vierte Ring«, erwidert sie tonlos, »die treue Garde.«

Sie führt ihn zu einer rostigen Metalltür, die sich nur mit vereinten Kräften aufziehen lässt. Sie treten in die Zelle eines sehr geräumigen Fahrstuhls, der so aussieht, als wäre er der erste jemals gebaute. Das Mädchen betätigt einen Schalter, aber er spürt nicht, dass sich der Fahrstuhl in Bewegung setzt. Sie nehmen nebeneinander auf dem Sofa an der hinteren Wand Platz. Als er zu ihr rüberblickt, sieht er sie zum ersten Mal lächeln. Es ist ein feines, irgendwie magisch anmutendes und damit verzauberndes, also sehr gutes Lächeln. Und daher lächelt er zurück.

ZWEIUNDSECHZIG

»Nun sag schon«, fordert er nach einer Weile, »wer hat dich geschickt?«

»Das weißt du doch schon die ganze Zeit.«

»Nein, weiß ich nicht.«

»Wirklich?«

»Ehrlich, keine Ahnung.«

Er hört sie seufzen. »Natürlich meine Freundin.«

Die Antwort verunsichert ihn auf eine angenehme Weise. »Kala?«

»Wer sonst?«

Allein nach Siena, das war ihm nicht leicht gefallen. Aber der Älteste hatte ihn nun mal gebeten. Als Folge der vergangenen Tage und Wochen sah er in jeder fremden Person einen möglichen Angreifer. Plötzlich wirkte die gesamte Umgebung gefährlich. Jederzeit konnte sich der Gegner zeigen und zuschlagen. Auch gegen ihn, denn er war ja nun mit Álvarez und seiner Tochter auf eine Weise verbunden, die keineswegs mehr als locker und vorübergehend zu bezeichnen war. Er hatte einen Teil der

Geschäfte übernommen, war zunehmend verantwortlich und konnte somit auch immer mehr zur Verantwortung gezogen werden. Dass diese Möglichkeit mit größter Wahrscheinlichkeit bestand, konnte nur ein Idiot bestreiten.

Als Idiot fühlt er sich nicht, wollte er sich nicht fühlen, obwohl er ein wenig wie ein Idiot herumgeführt worden ist, nämlich in die gegenwärtig bestehende Situation.

»Wer sonst?«, hatte sie gefragt.

»Ein Feind, der Feind, die Feinde.« Davon gibt es allem Anschein nach nicht gerade wenige. »Hätte doch auch sein können«, fügt er an. Noch immer ist keine Aufwärtsbewegung des Fahrstuhls spürbar. Tatsächlich ist keinerlei Bewegung wahrnehmbar.

»Aber nein. Dann wärst du längst tot.«

»Hättest du mir eigentlich gleich verraten können.«

»Durfte ich nicht. Aber ich möchte an dieser Stelle betonen, dass du dich ganz schön blöd angestellt hast.«

»Wo bringst du mich hin?«

»Sei still. Du hast schon wieder keine Geduld.«

Mit einem knisternden Geräusch erlischt das Licht. Die Tür wird von außen geöffnet. Das hereinscheinende Licht ist so hell, dass er die Augen zusammenkneifen muss. Er spürt, wie das Mädchen ihn vom Sofa hievt. In einem Halbkreis am Eingang erwarten sie einige Leute. Sie erwarten sie mit Freundlichkeit. Er blickt in Gesichter, die eine seltsame Ruhe und innere Sammlung ausstrahlen. Begleitet von einem Lächeln oder dem Ansatz eines Schmunzelns, ihnen als Ankömmlingen zugewandt, sie willkommen heißend, achtsam dabei, fast meditativ in Empfang nehmend. Diese Menschen hier, das spürt er sofort, haben so viel Persönlichkeit, dass sie Individualität nicht nötig haben. Sie zeigen sich als Wir, verbunden durch besondere Bande, und gleichermaßen selbstverständlich und folgerichtig entdeckt er den Ältesten und Kala zwischen ihnen.

Nun tritt er also in dieses Feld versammelter Selbstverständlichkeit. Es ist sein Eintritt und ein Auftritt. Ein Gast, der sich aus irgendeinem geheimen Grund in diesem besonderen, erhabenen und mit dem Hauch der Ewigkeit ausgestatteten Moment als einer der Ihren fühlen darf. Was für ein Geschenk! Was für eine Gnade! Aus der Hölle fühlt er sich erhoben und im Pantheon angekommen. Wollte er das nicht schon immer? Da sein, wo die Macht spielt? Wollte er nicht genau dies? Unter den Mächtigen einer der Mächtigen sein? Wünschte er sich nicht schon immer, in den Rat aufgenommen zu werden?

Ich spüre, wie mein linkes Auge feucht wird und sich aus dem rechten eine Träne löst. Sie rinnt über meine Wange. Gefolgt von einer zweiten, die die erste einzuholen versucht. Beide tropfen auf den Kragen meines Hemdes und bilden einen einzigen Fleck. Das Freudenmal meiner gespaltenen Seele. Jung und alt, vergänglich und haltbar, verfallend und frisch, miteinander gegeneinander. Ich fühle mich, als wäre ich schon tot und gerade neu geboren. Vielleicht weine ich deshalb eine dritte Träne. Doch diese dritte trocknet bereits auf meiner Wange ein.

»Herzlich willkommen, Herr Meerzen!«, ruft mir ein sehr jung wirkender Mann mit einem kantigen Gesicht und stahlblauen Augen zu, der eine ältere, fast gebrechlich wirkende Dame untergehakt hält.

»Herzlich willkommen, lieber Ole Julius Meerzen«, sagt der Älteste und drückt meine Hand.

»He, Mann.« Kala streift mir über den Arm und sagt mit weicher Stimme: »Jetzt.«

»Jetzt«, wiederholt der Älteste und macht eine Pause, »jetzt wirst du einer von uns.«

Eine Frau tritt zu mir hin, rotes Sakko, blaue Hose, weiße Rüschenbluse, und ich höre ein Klingeln, Gold an Gold, ein einzigartiger Klang, der mir bekannt vorkommt. »Erinnern Sie sich?«, fragt die Frau.

»Nicht direkt«, sage ich und meine das auch, spüre aber im selben Moment, dass meine Antwort nicht richtig ist.

»Doch«, sagt die Frau.

Jedes Wort mit amerikanischem Akzent. Unterschiedliche Zusammenhänge, klar. Plötzlich sehe ich, dass sie recht hat. Sie ist eine der Amerikanerinnen aus dem Hotel in Paris, Le Meurice, draußen auf der Terrasse, Frühstück mit Blick auf den Jardin des Tuileries, schöner Morgen nach schrecklichen Tagen. Und vorher war ich ihr schon einmal begegnet gewesen. Ich sage ihr, ich würde mich sehr freuen, sie nun hier zu sehen.

Kala stellt mir ihren älteren Halbbruder vor, also den Sohn des Ältesten. Ich bin überrascht. Das muss der Zweihundertachtundvierzigjährige sein. Ein etwas farbloser Typ schüttelt mir die Hand, lächelt, grinst, lächelt wieder, zieht mit der linken Hand seine rotblau gestreifte Krawatte lang, offenbar auch verlegen. Könnte ein Banker sein, etwa vierzig bis fünfundvierzig Jahre alt, wenn ich es nicht besser wüsste. Ich sage etwas Nettes, aber tatsächlich weiß ich eigentlich überhaupt nicht, was ich sagen soll.

Alle tragen sehr festliche Garderobe. Ich dagegen in meinem zerknitterten, nachgebleichten Leinensakko muss in ihren Augen geradezu abgerissen, wenn nicht wie ein Clochard wirken. Wenigstens trage ich ein sehr schönes Einstecktuch. Der Gedanke daran beruhigt mich etwas und ich werfe aus den Augenwinkeln einen Blick darauf.

Kala bemerkt mein Unbehagen, stellt sich neben mich und flüstert mir mit sanfter, fast zärtlicher Stimme ins Ohr: »Alles gut, Mann, entspann' dich. Hier tut dir keiner was. Hast du mich nicht gehört? Du gehörst jetzt zu uns.«

Was ich gehört habe? Keine Ahnung. Ist so still hier. Bin ich in einem Turm? Tief unter der Erde im Keller? Weiß nicht. Keine Fenster. An der Decke Lampen wie künstliche Sonnen. Überstrahlter Raum, mein Gemüt irgendwie auch verstrahlt. Soll ich hier was sagen? Soll ich ihr was sagen?

»Keine Ahnung«, sage ich.

»Klar«, sagt sie und legt mir eine Hand auf die Schulter. Ich spüre, wie die Wärme ihrer Hand in meine Schulter strömt und ein Band zwischen uns bildet.

Jemand beginnt eine Melodie zu summen, andere fallen ein. Er kennt diese Melodie und muss grinsen, als ihm der Name dazu einfällt: Katie Melua, »Nine Million Bicycles«, eines von diesen

Liedchen, die Leute wie er zumindest ein bisschen uncool zu finden haben.

Doch hier ist das vollkommen egal. Kala ist an seiner Seite, steht neben ihm. Und ihre Gegenwart ist wunderbar. Sie lehnt sich mit einer Schulter an seinen Arm, schweigend, ruhig, absolut aufregend. Es gibt nichts zu sagen, oder vielmehr auszusprechen, denn es spricht unaufhörlich in ihm und zu ihr. Sie muss das spüren, denn sie bilden ein Feld gemeinsamer Gegenwärtigkeit und Resonanz.

»We are twelve billion light years from the edge, that's a guess«, singt der Mann mit den stahlblauen Augen, dem kantigen Gesicht und einem wirklich schönen Countertenor, während die Gruppe der Anwesenden dazu summt und der Solostimme ein Fundament gibt.

»No-one can ever say it's true but I know that I will always be with you«, singt Kala weiter, rauchiger Alt, und er spürt die Schwingung ihrer Stimme in seinem Körper.

In meinem Körper. Sänger und Sängerinnen bilden einen Halbkreis. Jemand schiebt mich am Rücken in den Kreis. Ich werde an den Schultern nach hinten gezogen, an den Beinen gehoben, von Händen gehalten und getragen, schwebend.

»There are seven billion people in the world, more or less«, singt das Kantgesicht mit seinem herrlichen Tenor.

»And it makes me feel quite small but you're the one I love the most of all«, erklingt Kalas Alt.

Und dabei wiegen sie mich. Aus meinem Bauch steigen Wellen empor, werden zu Zuckungen, die ich nicht kontrollieren kann. Jemand streicht mir über den Kopf, und ich denke, dass es Kala ist, aber ich weiß es nicht genau, weil ich die Augen geschlossen habe. Jemand berührt mich auf der Brust, legt die Hand auf mein Herz. Ich spüre, wie von dort Wärme in meinen Körper strömt, und ich weiß, dies bewegt mich so, dass ich schluchzen muss, weinen, wie ich vielleicht noch nie zuvor in meinem Leben geweint habe oder zuletzt vor endlosen Zeiten als Kind. Ich weine einen Ozean der Tränen. Ich weine ein Fass von Trauer. Ich weine eine Wanne voller Verletzungen. Ich weine, ohne genau zu wissen, warum ich weine. Ich weine, weil ich einfach weinen muss. Doch ich höre mich nicht weinen, weiß nur, dass ich nicht aufhören kann und dass ich schluchze, weil es sich eben körperlich genau so anfühlt, denn ich höre nur diese wunderbare Melodie.

»It's a thing we can't deny …«, setzt der Bariton von Kalas Halbbruder mit einem samtigen Vibrato ein.

Solange diese Melodie erklingt, so lange muss ich weinen, werde ich weinen, und das ist gut so. Sorry, Katie, habe dich und deine Musik nie gemocht, doch jetzt höre ich deine Melodie, höre sie zum ersten Mal. Sie hält mich, sie trägt mich, wiegt mich, befreit mich und heilt mich. Wieso kann sich in einem vergleichsweise so kurzen Leben so viel Trauer angesammelt haben?

Schließlich werde ich sanft abgesetzt. Leuchtende Augen blicken mich an, Tränen auch in einigen davon. Kala nimmt mich in den Arm, wiegt mich im Stehen. Der Rest der Gesellschaft bildet eine Art Haufen um uns. Eine Gruppe wie ein einziges Wesen, eine einzige Persönlichkeit.

»Du«, flüstert Kala in mein Ohr.

»Wir«, flüstere ich zurück.

»Wie wollt ihr es machen?«, fragt er, der jetzt vielleicht auch zunehmend sein Ich sein wird, weil die Lücke schwinden oder sich zumindest verkleinern könnte. Ciao, Erich. Um dich wird es ihm nicht leidtun. Oder war das jetzt doch wieder falsch gedacht?

»Übertragung«, sagt der Mann mit dem Kantengesicht, von den anderen Artemis genannt.

»Eigentlich schon *state of the art* der Gentherapie«, erklärt der Älteste, der hier aber als Gerome angeredet wird.

»Nur noch nicht in der Gesellschaft angekommen«, fügt Kala hinzu.

»Es betrifft das Gen Fox0. Man muss die Information auf dem Allel 1736 des homologen X-Chromosoms auf dem Sektor 141 austauschen«, ergänzt Artemis.

»Austauschen?« Er, der auch Ich ist, fühlt sich irritiert.

»Sí. Ganz einfach. Bloß austauschen«, bekräftigt der Älteste, »durch virale Introjektion.«

»Wieso wissen Sie das?«, erlaubt er sich, vorsichtig zu fragen.

»Weil er Arzt ist«, meldet sich wieder Kala. »Und ein sehr guter. Vierhundertfünfzig Jahre Praxis. Immerhin. Mein Vater hat einiges zu bieten.«

»Oh«, sagt er daraufhin. So viele Fragen, auf die er noch keine Antworten hat. Und schon eine nächste. Warum die Bedenkzeit wegen seines Blutes? Oder hatte der Älteste die Ergebnisse auch für sich selbst und seine Forschungen gebraucht? Und vielleicht war er auch nur hier, weil die Sequenzierung wertvolle Erkenntnisse gebracht hatte. Über einen Mangel an Vertrauen kann er sich jedenfalls nicht beklagen, bestätigt auch durch den Besuch in der Bank. Erst einige Stunden her. Gleichzeitig eine Ewigkeit. Über zwei Milliarden auch für die Ewigkeit.

»Du bekommst bereinigte HTLV-3-Virionen injiziert. Die tragen als Reiter Fox0-1 ins Genom. Die Information kann sich an 1736 heften. Wenn man weiß, wie, die leichteste Sache der Welt«, erklärt der Älteste.

»Unkompliziert wie eine Impfung«, sagt Artemis.

»Aber das Ende jeglicher Impfung«, sagt Kala. »Willst du?«

»Ich glaube, ja«, erwidert er.

»Glauben reicht hier nicht«, sagt sie. »Du musst es genau wissen. Entscheide dich.«

»Ja«, sage ich und sehe nun ganz klar, was das heißt.

INTERLUDE II

Sie sind so fein. Unglaublich zart. Bewegen sich schwebend wie ein Meistertänzer mit seiner Primaballerina. Je nach Stimmungslage können sie ihre Farbe wechseln wie Chamäleons. Leuchten rot, grün, neongelb, zeigen sich blaugelb gepunktet oder sogar graurot gestreift. Sie blicken mit ihren glänzenden Augen wie Kinder. Und sie sind zärtlich. Unfassbar zärtlich.

Immer nach Sonnenaufgang, direkt nach dem Aufwachen, umarmen sie einander. Dafür legen sie ihre Wickelschwänze aneinander, umschlingen sie gegenseitig, hüpfen dann gemeinsam auf und ab, drehen Pirouetten oder üben sich im Synchronschwimmen. Man kann dies nur als besonders lustvoll beschreiben, weil es sich ja um morgendliche Balztänze handelt. Sie dauern meistens nicht länger als zehn Minuten, manchmal allerdings auch bis zu neun Stunden, weshalb Wissenschaftler ein derart ausgedehntes Vorspiel schon »tantrische Sessions« getauft haben.

Sie leben monogam. Doch polygame Ausrutscher kommen auch bei ihnen vor. Im Anschluss an ihr Ritual der Zärtlichkeit ignorieren sie einander für den Rest des Tages, geben sich also gegenseitig Raum, wenn man so will. Sie jagen, fressen und schwimmen auf getrennten Wegen. Wenn ein Partner stirbt oder in Gefangenschaft gerät, so wartet der Hinterbliebene eine lange Zeit, bevor er eine neue Bindung eingeht. Ein fast einmaliges Verhalten in der Welt des Lebendigen, das nur noch von der besonderen Sexualität und Brutpflege der Seepferdchen übertroffen wird.

Dafür tanzt das Weibchen das Männchen an, die Stute also den Hengst in diesem Reich, dreht mit ihm lustvolle Pirouetten, um schließlich ihre weiblichen Eier mit einer penisähnlichen Legeröhre in die Bruttasche des Männchens zu ejakulieren, wo sie von männlichem Sperma besamt und im Anschluss von männlichem Gewebe überwuchert werden. Intersexualität im Ozean, ein schwimmender Beitrag zur Transgender-Frage.

Denn das so geschwängerte Männchen trägt auch die Brut aus. Während der bis zu zwölf Tagen dauernden Schwangerschaft versorgen Blutgefäße, die im überwachsenden Gewebe verborgen sind, die in der Brusttasche des Mannes ruhenden Embryonen. Diese Versorgung funktioniert wie bei einer Plazenta, doch gleicht sie die Zusammensetzung der Flüssigkeit zunehmend dem Meerwasser an, um den substanziellen Schock bei der Geburt zu minimieren. Während der Austreibungsphase pressen die Männchen die Jungen mit wehenartigen Krämpfen in die Welt.

Sie werden überlebensfähig geboren und vollständig in die Freiheit entlassen. Allerdings sind sie dann zunächst auf sich allein gestellt.

DREIUNDSECHZIG

»Habt ihr eine Entscheidung getroffen?«, tönt die freundliche Stimme von Moti aus dem Lautsprecher.

Wir sehen uns an. »Nein.«

»Gut, dann fahre ich erst mal geradeaus weiter. Hallo, Ro330, ich glaube, wir sind uns schon einmal begegnet. Erinnerst du dich?«

»Hey, Si247, super, dich auf dem Strato zu treffen. Wo wollt ihr hin?«

»Keine Ahnung, die Herrschaften haben sich noch nicht entschieden.«

»Yo, meine schlafen noch. Gestern war lang. 400 Meilen.«

»Haha, hast du dann noch genug Saft für heute?«

»Moti«, sagt Kala und rekelt sich unter der Decke. »Ich bin noch nicht wach. Kannst du dich mit deinen Bekannten bitte leiser weiter unterhalten?«

»Alles klar, meine Liebe«, sagt die Navigatorin und schaltet sich mit einem Klicken stumm.

»Meran war klasse«, sagt Kala und seufzt. »Ich hätte jetzt Lust auf München. Oder Frankfurt. Was meinst du?«

»Ist okay«, sage ich, wissend, dass sie ungefähre und schwebende Aussagen am meisten hasst.

Doch ist sie mir offenbar nicht böse, denn sie kuschelt sich an mich und gibt mir einen Kuss auf den Nacken.

»He«, sage ich, »Gegenvorschlag. Colmar, Grünewald, Isenheimer Altar. Wie wär's damit?«

»Auch gut«, erwidert sie. »Dann über Straßburg nach Paris.«

»Ja, Liebling«, sage ich. Und dann: »Hey, Moti, hast du gehört. Programmänderung. Colmar. Also die nächste Rampe, bitte.«

Die Si247 wendet mit einer Drehung um die eigene Achse. Unter uns wirbelt Staub auf. Eine der helleren, und wie ich auch finde, schöneren Cachous, weil fast ozeangrün, rollt ein Stück zur Seite. Eine zweite Kugel, größer als die erste, ist in einiger Entfernung zu sehen, doch diese ist dunkel, wahrscheinlich metallisch braun, wenn ich das aus der Distanz gerade richtig einschätze.

Es ist einer dieser wunderschönen Blutmorgen, seit den atmosphärischen Versuchen vor rund siebzig Jahren immer wieder zu beobachten. Der leicht diesige Himmel glüht rot. Während der Beschleunigung schwenkt das Bett gegen die Fahrtrichtung und wir werden auf eine sehr angenehme Weise in die Matratze gedrückt. Ich spüre an der zappeligen Bewegung unter der Bettdecke, dass Kala sich gerade ihrer Pyjamahose entledigt.

»Pol fünf«, sagt sie, und die Kuppel verdunkelt sich so, dass nicht mal ein Luchs noch hereinschauen könnte. Allerdings gibt es Luchse in dieser Gegend schon seit einem knappen halben Jahrhundert nicht mehr. Erst verschwanden die im Anfang des letzten Jahrhunderts eingewanderten Wölfe, dann fanden die Schafe und schließlich auch die Ziegen nichts mehr zu fressen. Die ohnehin schon trockene Region versteppte, um sich langsam in eine Halbwüste und Wüste zu verwandeln. Die verfallenden Dörfer liegen nun so verlassen wie zerstreut in den einstmals so idyllischen Tälern, aus der Vogelperspektive wie Hasenköttel in einem vertrockneten Garten.

Die Brunnen in den Bergdörfern waren schon gegen Ende des vorigen Jahrhunderts versiegt und auch die Lavendelfelder längst verdorrt. Zurück blieb nur zerzaustes Stroh und schließlich Wüste und wandernde Dünen. Der Sand wurde aus Afrika herübergeweht und mischte sich mit der trockenen, roten Toskana-Erde, die nichts mehr hergab außer Staub. Selbst den Geiern wurde die Gegend zu trostlos und sie folgten der Ausbreitung der Subsahara nach Norden oder kreisten über den Rändern der Stadtagglomerationen. Florenz und Siena überlebten nur durch die Versorgung mit Trinkwasser aus Meerwasserentsalzungsanlagen. Die wenigen intakten Brunnen der Aridzone drohten ständig zu versanden und konnten nur mit Hilfe der Maremma-Beduinen offen gehalten werden. Sie hatten tatsächlich auch einige Oasen geschaffen; al-Volariyya, rund zehn Meilen südlich von Volterra, ist sicherlich die bekannteste und beliebteste davon. Die Bedu leben hier in einer Art Reservat, geduldet, nicht geliebt. Immer wieder hatten wir über den Status der Bedu diskutiert, bisher aber keine Übereinstimmung dazu gefunden.

Ich erinnere mich noch sehr gut an die großen Migrationen vor rund achtzig Jahren, also zwischen 2020 bis 2025. Was zuvor hatte schieflaufen können, war auch in Schieflage geraten. Es begann mit einem Schusswechsel. Wer ihn begonnen hatte, konnten im Nachhinein auch UN-Ermittler nicht mehr feststellen. Jedenfalls war zwischen den Dörfern Daeseong-dong und Kijŏng-dong, dem »Dorf des großen Erfolgs« auf südkoreanischer Seite und dem »Friedensdorf« auf nordkoreanischer, gefeuert worden. Nur wenige Minuten später warfen US-Kampfjets drei MOABs auf Militäranlagen und den Palast des Präsidenten in Pjöngjang. Zu ihrer und auch meiner großen Verblüffung eroberte Südkorea den Norden im Handstreich und ohne nennenswerten Widerstand.

Der Älteste reagierte weniger überrascht und keineswegs erfreut. Er musste sofort verstanden haben, dass dies kein Happy End, sondern, im Gegenteil, nur der Anfang eines neuen Schreckens sein konnte. Noch in derselben Nacht fiel in weiten Teilen von Washington, San Francisco und New York der Strom aus, wahrscheinlich verursacht durch eine regelrechte Kaskade von Computerviren. Im Weißen Haus wurden Kerzen angezündet, denn selbst die Notstromaggregate ließen sich nicht zum Leben erwecken. Die Präsidentenfamilie und ihre Beraterteams mussten mit Hubschraubern evakuiert werden, was Kala wiederum anfänglich erheiternd fand. Allerdings brach in Oakland, dem größten Getto der USA, Bürgerkrieg aus, und ein schwer bewaffneter Mob verwüstete Berkley. Über 24 Stunden lang wurde Manhattan vollständig lahmgelegt. Tausende saßen in der City Subway fest. Auch dort kam es zu Exzessen der Gewalt. In Fahrstühlen eingeschlossene Menschen erlitten Herzinfarkte. Mehr als fünfzig Prozent aller Dialysepatienten starben – eine nationale Tragödie.

Im Schatten dieser Ereignisse war China über die McMahon-Linie ins Königreich Bhutan eingerückt, hatte die indischen Ostprovinzen Assam, Meghalaya und Tripura besetzt, um schließlich mit einer halben Million Soldaten in Bangladesch einzumarschieren. Zeitgleich eskalierte der Konflikt in Kaschmir, als pakistanische Helikopter die Stellungen der indischen Gebirgsjäger angriffen und ihrerseits im Zuge eines hektischen Gegenschlags von indischen Jets in den Kasernen bei Muzaffarabad attackiert wurden. Daraufhin setzte das pakistanische Militär eine Mittelstreckenrakete mit Atomsprengköpfen in Richtung Neu Delhi in Marsch. Diese Rakete wurde abgefangen, angeblich von russischer Seite. Doch die Stimmen dazu waren widersprüchlich und blieben es auch.

Sicher ist jedoch, dass Russland die alte Freundschaft mit Indien wieder aufleben ließ und die Bharatiya Sashastra Senae bei der Invasion Pakistans unterstützte. Auch dieser Waffengang wäre schnell und mit konventionellen Mitteln entschieden worden – wenn die USA nicht eingeschritten wären. Ohnehin viel zu spät, wie auch europäische Militärstrategen später monierten. Dies war jedoch der Tatsache zuzuschreiben, dass sich die amerikanischen Befehlsketten im Zuge gewisser Ungereimtheiten, die Befugnisse des US-Präsidenten betreffend, verkompliziert hatten. Kaum vorstellbar, aber der höchstdekorierte US-General hatte sich mehr als 48 Stunden lang nicht dazu durchringen können, ein Go zur Unterstützung des pakistanischen Militärs und damit des Staates Pakistan zu befehlen. Doch als der Flugzeugträger USS-George Bush endlich im Indischen Ozean angekommen und nahe genug vor Karatschi lag, um seine Jagdbomber zu starten, hatten die Inder ihren Nachbarn bereits entwaffnet und sich das Land ohne zusätzliches großes Getöse einverleibt. Ein weiterer Beweis für die Unfähigkeit des US-Militärs und die größte Demütigung seit 9/11 und dem Fall der Twin Towers.

Der Öffentlichkeit wurde später erklärt, es wäre strategisch richtig gewesen, so lange zu warten, um eben sicher zu sein, dass ein atomarer Schlag unvermeidlich und damit angemessen war. Als ob man so lange hätte warten müssen, nachdem ja Pakistan den Atomknopf bereits betätigt hatte, wenn auch ohne Erfolg. Über Menschenrechte und staatliche Souveränität und das Gebot der Nichteinmischung redete zu dem Zeitpunkt jedenfalls niemand mehr. Auch Kala und ich nicht, um ehrlich zu sein. Plötzlich auf uns allein gestellt, denn Álvarez hatte sich noch am Morgen von uns verabschiedet und war ohne weitere Erklärung, lediglich in Begleitung von Santos, abgereist.

Obwohl davon auszugehen war, dass Kala wusste, wohin, verriet sie es mir nicht. Schätze, zu meiner eigenen Sicherheit. Fand ich absolut okay. Umso mehr hingen sie und ich nun gemeinsam vorm Radio rum. Das Internet war aus irgendwelchen Gründen nur sehr eingeschränkt verfügbar. Television funktionierte überhaupt nicht. Während der ersten Tage schien es, als könnte der Konflikt heruntergekocht werden. Kanada, Australien, Neuseeland und eine Reihe unwichtiger neutraler Staaten hatten sich wie immer rausgehalten. Selbst die Solidaritätsadressen aus der Downing Street waren halbherzig ausgefallen. London mobilisierte lediglich Einheiten der Royal Air Force auf Zypern und in Katar, verweigerte aber die Entsendung von Bodentruppen. Sehr zum Leidwesen der USA, die mehr denn je belastbare Waffenbrüder brauchten und gern in einer Art letztem Zucken die ihnen entgleitende Macht über die Welt an sich gerissen hätten.

Diese Tatsache, zugegeben, erfüllte mich mit einer gewissen Schadenfreude. Doch auch dabei bremste Kala mich, denn in Wahrheit waren dies die Jahre des Niedergangs des Imperiums wie auch der Nationalstaaten überhaupt. Die USA, unter deren Ägide sich in dem halben Jahrhundert nach 1945 eine fast weltweite Prosperität entfalten konnte, hatten ihren dominanten Schwung verloren. Und wie in einer von Arnold Schönberg und, sagen wir mal, Ornette Coleman orchestrierten Symphonie des atonalen Widerstands erhoben sich auf einmal die bereits im Staub der Geschichte gelandeten Nationen. Aus einem Impuls von Reststolz fielen sie nun wie Zombies übereinander her. Im Free Jazz dieser Ereignisse verschob die Türkei ihre Grenze noch über Aleppo und Mossul hinaus nach Kirkuk. Die Garden des Iran nahmen Basra ein und rückten gegen Bagdad vor. Saudi

Arabien besetzte den Jemen und konzentrierte Truppen an der Grenze des Rumpf-Irak. Allerdings werden sie sich dabei wahrscheinlich auch selbst gefragt haben, was sie eigentlich mit noch mehr Wüste anstellen wollten?

VIERUNDSECHZIG

Viel später sollte ich erfahren, dass dies wohl auch die Tage und Wochen waren, wo das Netzwerk der Gegner des Kontakts zum ersten Mal einen direkten und friedlichen Kontakt zu den Unionea suchte. Das wäre eine sehr gute Nachricht für uns gewesen, geeignet, die verdüsterte Stimmung etwas zu heben, weil damit auch die Verfolgungen durch das NGK erst ausgesetzt und dann eingestellt wurden. Doch noch abgeschnitten von diesem Wissen mussten mir diese Nächte als diejenigen in Erinnerung bleiben, in denen ich Kala zum ersten Mal weinen sah.

Allerdings …

Vielleicht hatte ich sie auch schon vorher zu Tränen gerührt erblickt, doch nun war es anders, war etwas anders.

Denn im Europa dieser Tage herrschte, so seltsam das klingen mag, die Totenstille nach dem Totentanz. Diverse Verwerfungen hatten die deutsche Wirtschaft vorab erschüttert und Wachstum in Frankreich und Italien gefördert, was als eine Form von ausgleichender Gerechtigkeit verstanden worden war. Nur wenige Jahre nach dem Brexit waren die Briten zu schlechteren Konditionen als zuvor wieder in die EU aufgenommen worden und hatten sogar ihr Pfund gegen den Euro eingetauscht. Nun ächzten sie unter neuen finanziellen Verpflichtungen. Und nicht wenige Engländer warteten ein weiteres Mal darauf, dem europäischen Staatenbund wie auch dem Euro bei der nächstbesten Gelegenheit den Rücken zu kehren.

Mit dem Stromausfall in New York waren die Börsen weltweit eingebrochen, der globale Warenhandel ohnehin kollabiert. Ein schwarzer Freitag war von einem noch viel schwärzeren Montag übertroffen worden, und auch wir, das kann ich an dieser Stelle verraten, haben dabei nicht wenig Federn lassen müssen. Danach jedenfalls marschierten in Berlin wie in Paris, Rom, Madrid und Lissabon die grauen Massen. Grau vor Angst, grau vor Verzweiflung, blass vor Unwissenheit, weil ohne die geringste Perspektive für die Zukunft. Sie wollten eine bessere, hatten aber weder eine Ahnung, wie eine solche zu erschaffen wäre, noch die Kraft, sich in ihrer Unzufriedenheit auf irgendetwas zu einigen, außer auf einen gemeinsamen Ärger, eine gemeinsame Wut. Die mündete wie selbstverständlich in Ausschreitungen und Plünderungen und sorgte umgehend für eine sehr rigide Antwort der ebenfalls planlos auftretenden Staatsapparate. Militär erstickte schließlich weitere Demonstrationen. Ausgangssperren wurden europaweit verhängt. Sobald sie zweitweise gelöst wurden, sah man wiederum stumpfe Mengen sich durch die Straßen und über die Plätze schieben. Das längst reglementierte Internet bot nur noch Seiten zum Entertainment, was aber mit einer seltsamen Mischung aus kaum hörbarem Murren und versteckter Dankbarkeit von großen Teilen der Bevölkerung hingenommen, wenn nicht angenommen wurde. Das Fenster zu einem tiefgreifenden, revolutionären Umschwung in Europa hatte sich sehr schnell wieder geschlossen – wenn es überhaupt geöffnet gewesen war. Und das, darin waren Kala und ich uns schnell einig, war wirklich traurig.

Ja, es waren verwirrende Zeiten und Zeiten voller Melancholie, jene atemlosen und überhasteten Tage, als die Welt zu explodieren drohte. Warum die USA schließlich doch, nämlich mit einer Verspätung von knapp zehn Tagen, eine Wasserstoffbombe zur Zündung brachten, und dies ausgerechnet über der südlichen Andamaneninsel, wird wahrscheinlich eines der großen Rätsel der Geschichte bleiben. Sie detonierte in einem Kilometer Höhe über dem Militärgefängnis von Port Blair. Die ehemalige britische Strafkolonie auf indischem Boden war bereits im Zweiten Weltkrieg ein wichtiger Stützpunkt gewesen. Die vierstufige Bombe löschte knapp hunderttausend Menschen aus und fabrizierte einen Atompilz, der bis in die Stratosphäre reichte und noch von Neu Delhi, Mumbai, Jakarta und Hong Kong aus zu erkennen war.

Wie von Zauberhand termingerecht repariert, funktionierten TV-Geräte urplötzlich wieder und sandten die Schreckensbilder als Primetime-Event auf sämtlichen Kanälen in die Wohnzimmer der Welt. Weltweite Umfragen ergaben später, dass ein nicht geringer Teil der Zuschauer in dem dekorativen Feuerball auf ihren Bildschirmen eine Art Glückspilz sahen. Amerika hatte mit der Faust auf den Tisch gehauen. Zum Glück in einer eigentlich unbedeutenden, gering besiedelten Weltregion, daher, verglichen mit Hiroshima und Nagasaki, wenigen Opfern, jedoch von höchster strategischer Signalwirkung. Ein Akt der Stärke, der nun für eine weitere Periode der Balance sorgen würde, was natürlich als ein Riesenglück anzusehen war. Eine zynische Betrachtung, nach den Erfahrungen des Kalten Krieges aber nicht gänzlich von Logik befreit. Keine Ahnung, was Álvarez dazu dachte, denn er war noch nicht wieder aufgetaucht. Kala und ich mochten uns von der Welle allgemeiner Erleichterung jedenfalls nicht mitreißen lassen.

Danach herrschte erst mal Ruhe, die Ruhe der Wüste, von den Amerikanern und ihren Verbündeten Frieden genannt. Denn seltsamerweise reagierten weder Russland noch China auf den Abwurf. Außer mit Empörung. China behielt Bhutan und die indischen Ostprovinzen, zog sich als Zeichen guten Willens aber aus Bangladesch zurück. Von Pakistan existierten nur noch die Stammesgebiete als von Indien unabhängige Regionen – und dies sollte ebenfalls so bleiben. Von der Landkarte gefegt war auch Nordkorea. Und so völkerrechtswidrig dies auch war, es wurde weltweit als segensreich angesehen. Selbst die Protestnote aus Havanna fiel ungewöhnlich verhalten aus.

Die neue Ordnung hätte in einen Aufschwung wie nach dem Zweiten Weltkrieg münden können, in einen neuerlichen Akt globaler Synergien und wirtschaftlicher Prosperität, doch das Gegenteil war der Fall. Was sich in Europa bereits angekündigt hatte, setzte sich weltweit fort, ein Niedergang an den Börsen wie auch eine gefühlte Leere im Portemonnaie. Und Lähmung, denn die Erstarrung und Leere in den Gesellschaften nahm auf allen Kontinenten zu. Wahrscheinlich musste man bereits von zivilisatorischen Erfrierungen sprechen, denn selbst aus dem Feld des Islam erhob sich in diesen zähen und trostlosen Jahren kein bemerkenswerter Widerstand mehr.

Umso vehementer wurde das Recht auf Rausch diskutiert. Kanada leitete die längst fällige Wende ein und gestattete die kontrollierte Freigabe von Cannabinoiden, Opiaten und Amphetaminen. Erstaunlicherweise betraf die Legalisierung auch Halluzinogene und weitere synthetische Drogen. Die USA zogen im selben Jahr nach, gefolgt von den Niederlanden, Dänemark und weiteren skandinavischen Staaten. Widerwillig schwenkten auch Frankreich und Deutschland auf die neue Linie ein. Wer nicht mitmachte, zum Beispiel Italien, verlor die betäubungswillige Jugend an die berauschenderen Nachbarstaaten.

Die negativen Auswirkungen der neuen seditativen Möglichkeiten fielen weniger verheerend aus als von Sachverständigen prognostiziert. Allerdings entpolitisierte der erleichterte Drogenzugang die Jugend noch zusätzlich und versetzte ganze Gesellschaften in einen luziden, orgiastischen Taumel. Das ohnehin schon große Heer desinteressierter Nichtwähler schwoll mit dem narkotisierten und weggedröhnten Nachwuchs noch weiter an. Meinungsführer begannen sich zu fragen, ob parlamentarische Demokratien mit einer derart geringen Zustimmung überhaupt noch legitim handlungsfähig waren.

Das waren die wesentlichen Fragen in jenen Jahren. Kala und ich diskutierten sie nächtelang. Nun auch mit ihrem Vater, der nach seinem plötzlich Verschwinden ebenso plötzlich wieder zu uns gestoßen war. Bis zur Explosion einer Bombe in der Großen Halle des Volkes in Peking am 9. März 2020. 90 der knapp 3.000 Volkskongress-Abgeordneten starben sofort, zerfetzt von einem 10-kg-Sprengsatz TNT im Keller unter dem Rednerpult. Auch Staatspräsident Li Pingrutao erlag trotz diverser Notoperationen inneren Blutungen. In derselben Minute hörte China auf, zu existieren. Erst hieß es, Islamisten aus Gansu seien verantwortlich, dann sollten es doch Katholiken aus Fukien gewesen sein. Dann wurden Falun-Gong-Anhänger aus Chungking der Täterschaft bezichtigt, und dann begann der Krieg der Provinzen. Innerhalb weniger Tage überquerten mehr als zehn Millionen Menschen die Grenzen nach Korea, nach Russland, nach Vietnam, Laos, Myanmar, Nepal, Indien, Kirgisistan, Kasachstan und die Mongolei. Und das sollte erst der Anfang gewesen sein.

Diese größte Völkerwanderung aller Zeiten lenkte Menschenströme bis nach Afrika und endete nicht in Europa. Was in Äquatornähe zu versanden drohte, erhob sich mit noch größerer Entschiedenheit, entwurzelte auch lokale Gemeinschaften, riss Freunde und Feinde gleichermaßen fort und wanderte als Welle fleischgewordener Wut gen Norden. Mit allem, was fahr-, schwimm- und flugfähig war, verließen die Chinesen ihr implodierendes Riesenreich. Immer wieder hatten Analysten eine solche Möglichkeit vorausgesagt, doch die Folgen hatte keiner von ihnen vorausgesehen oder vorauszusehen gewagt. Es begannen, wie gesagt, die Jahre der großen Migrationen.

Demografische Tsunamis rollten aus Afrika über Zypern, Malta, Sizilien, Sardinien und Korsika hinweg. Spülten endlose Schiffsladungen von ausgehungerten, kranken, verzweifelten und in ihrer Verzweiflung zu allem entschlossene Menschen an die Küsten Europas. Ganze Containerladungen landeten in Rotterdam und Amsterdam, Antwerpen und Hamburg, Le Havre und Bremerhaven, Marseille und Valencia. Die Überlebenden stiegen über Haufen von Toten und kannten kein Halten mehr, wenn es zum Endspurt an die Futtertröge der westlichen Zivilisation ging. Doch der Unmut der alteingesessenen Bevölkerungen darüber fiel seltsamerweise weniger laut und feindlich aus als in einigen Jahren zuvor. Gemäß früheren Erfahrungen wäre jedenfalls weitaus größerer Widerstand zu erwarten gewesen.

»Weil längst desensibilisiert«, kommentierte Kala knapp.

»Nein«, widersprach ich, »weil die Welle ihnen zwar Angst macht, aber sie gleichzeitig wissen, dass sie ohne den Zustrom umso länger leiden müssten. Europa braucht die Zuwanderer und hat dies nun endlich eingesehen. Wirtschaftlich pfeift die

EU aus dem letzten Loch. Man bedarf der Unterstützung von Außen, um wieder auf die Beine zu kommen. Frisches Blut, wenn du verstehst, was ich meine.«

»Ole, du bist wirklich ein unwahrscheinlicher Optimist«, erwiderte sie und lachte. »Aber genau das ist besonders sympathisch an dir.«

»Danke«, antwortete ich.

»Und du hast trotzdem nicht recht«, entgegnete sie.

Diese andauernde Phase einer argumentativen Pattsituation hatte nicht nur uns, sondern auch weite Teile unseres kulturellen Umfeldes erfasst und zog sich über Jahre bis ins Jahr 2033 hin. Doch von Monat zu Monat tendierte die öffentliche Meinung, zumindest was die Problematik der Migration betraf, mehr zu meiner Auffassung. Europa konnte den drohenden Zerfall schließlich doch noch abwenden, sich zu einer föderalen Einheit und Regierung durchringen und mit sehr effektiven Einbürgerungsprogrammen den Zustrom in sinnvolle Bahnen lenken. Das war der Beginn einer neuen Zeit der Prosperität und Stabilität, tatsächlich weltweit.

Und darüber hinaus der Startschuss für die erste bemannte Marslandung am 2. August 2048. Sie wurde die erste weithin sichtbare zivilisatorische Gemeinschaftsleistung Europas, der USA, Russlands und einer Handvoll weiterer Staaten nach den Jahren des Niedergangs und der Sezession. Nach der Landung im marsianischen Staub klaubte die amerikanische Physikerin Mercy McKenzie einen roten Brocken vom Boden, etwa so groß wie ihre eigene Faust, und warf ihn mit einer gänzlich unirdischen Leichtigkeit und Raffinesse in den schwarzen Marshimmel. Auch wenn der elegante Wurf natürlich mit der geringeren Gravitation auf dem roten Bruder zu erklären war, so hatte die spielerisch und kindlich anmutende Aktion doch durchaus schwer wiegende und ernst zu nehmende Konsequenzen auf dem Planeten Erde. Die Biologin Sarah Kramer aus Berlin wollte den Gesteinsklumpen fangen. Ihr russischer Kollege Oleg Worschin reckte ebenfalls die Arme gen Himmel. Doch der Brocken landete in den Händen des chinesischen Physikers Li Mu Chen, seit dem Zusammenbruch und der Zersplitterung des Reichs der Mitte der Weltraumbotschafter des größten *failed state* der Geschichte der Menschheit und daher im Kreis der Anwesenden ein zähneknirschend geduldeter Tramp, was das irdische Gefüge der Weltmächte zwar nicht vom Mars aus ins Wanken brachte, neuerlichen Verwüstungen durch Ignoranz nach diesem Intermezzo vereinter Bemühungen jedoch nur umso heftigeren Schub verleihen könnte. Das jedenfalls war die allgemeine Befürchtung.

»Hättest du etwas anderes erwartet?«, fragte mich daraufhin der Älteste, nun fünfhunderteinunddreißig Jahre alt und in letzter Zeit sichtbar gealtert – zum Schrecken von Kala und mir.

Ich erwog mehrere Antworten. Alle fühlten sich falsch an.

FÜNFUNDSECHZIG

Kurz danach waren sie aufgetaucht. Bunt wie Smarties, jedoch nicht an zwei Seiten abgeflacht, sondern tatsächlich kugelrund. Einige hatten einen Umfang unter einem Meter, andere über zehn Meter. Manche waren leicht, andere schwer. Einige ließen sich anheben und mit Leichtigkeit auf einem erhobenen Finger balancieren und drehen. Andere waren so schwer, dass selbst mehrere Männer sie keinen Zentimeter anheben konnten. Alle waren unterschiedlich groß, hatten ein unterschiedliches Gewicht und eine unterschiedliche Farbe. Und alle waren mit der Leichtigkeit von Luftblasen wie vom Grund eines Ozeans an die Erdoberfläche gepoppt. Mehr oder minder gleichzeitig – auch wenn das später nicht mehr genau feststellbar war. Einfach hochgepoppt. Auf sämtlichen Kontinenten der Welt. Aus jedem Untergrund. Egal, ob felsig, steinig, sandig oder morastig. In Wüsten und auf Wiesen lagen sie plötzlich genau so rum wie in Wäldern. Sie tauchten in der Savanne ebenso plötzlich auf wie in der Prärie, Taiga und Tundra. Steckten auf einmal im wehenden Gras, ruhten in Flussbetten, kullerten in Schluchten, rollten über Strände, schwammen plötzlich auf der Oberfläche eines Sees oder im Meer. Zu Tausenden, Zehntausenden, wenn nicht viel mehr.

Nicht eine einzige dieser seltsamen Kugeln verirrte sich zufällig in einen Keller, tauchte in einem Tunnel auf, verstopfte irgendwo die Kanalisation oder trat überhaupt in irgendeinem bewohnten Gebäude oder einer anderen, von Menschen geschaffenen Anlage zutage. Und diese Tatsache war zunächst das größte Rätsel überhaupt – angesichts der heutigen vielfältig verschachtelten und von Wildnis kaum noch zu trennenden Kulturlandschaften. Als wenn die Kugeln genau gewusst hätten, um welche Gegenden sie einen Bogen machen mussten, um ja keine Leute oder überhaupt irgendein Wesen direkt zu schädigen. Wobei es auch in dieser Sache jede Menge Interpretationsspielraum gab.

Wie Luftblasen vom Grund der Welt. Aus dem Bauch der Erde auf einmal an die Oberfläche entlassen. Die Unterwelt schien sie wie auf Kommando herausgegeben zu haben. Auf was für ein Kommando? Wessen Kommando? Das Netzwerk der Gegner des Kontakts war natürlich sofort in höchstem Maße alarmiert. Eindeutiger konnte das Signal auch kaum sein.

Gleichzeitig war die Vorstellung von Luftblasen irreführend, denn die Kugeln waren, trotz der scheinbaren Leichtigkeit ihres Auftretens, alles andere als das: fein wie Luftblasen. Denn tatsächlich waren sie unvorstellbar hart und absolut unzerstörbar. Und, wie sich herausstellen sollte, auch unangreifbar. Jedoch nicht unantastbar – man konnte sie immerhin berühren. Auch folgenlos, wenn man nur das tat.

In der Zeit unmittelbar nach ihrer Entdeckung fiel die Art der Berührung nicht immer zart aus. Erstaunte Finder schlugen mit Ästen, Steinen, Äxten und wahrscheinlich auch Macheten, Baseballschlägern und Stühlen auf sie ein, um herauszufinden, ob den bunten Dingern mit Gewalt etwas anzuhaben war. Sie hämmerten und klopften an ihnen herum, schütteten Chemikalien auf ihre matt glänzende Oberfläche. Und bewirkten – nichts. Keinerlei Verletzung, keine Beule, keine Delle, keinen Riss, nicht den geringsten Kratzer. Im Ergebnis keinen noch so feinen Hauch einer oberflächlichen Veränderung. Bis auf einen einzigen, nicht minder seltsamen Effekt. Je nach Einwirkung schienen die Kugeln geringfügig zu wachsen. Wenn man also lange genug an ihnen herumhämmerte, auf sie eindrosch oder beides abwechselnd tat, so wurden sie größer, mit etwas Geduld sogar sichtbar größer und blieben es auch.

Alle Versuche, einer der farbigen Kugeln irgendeine Form der Zerstörung angedeihen zu lassen, führten zu keinem Ergebnis, außer zu Wachstum. Doch die Dinger waren keine Pilze, keine Pflanzen oder überhaupt irgendwie erkennbar lebendig. Sie wirkten technisch und waren es offensichtlich auch, nämlich perfekt kugelrund mit einer Abweichung unter einem Nanometer. Kein von Menschen gefertigtes Objekt, aus was für einem Material auch immer, hätte mit einer annähernden Präzision produziert werden können.

Damit war die Sache umso klarer, auch wenn in Folge überhaupt nicht klar war, wie mit den Kugeln denn weiter zu verfahren sei. Die tragbaren untersuchte man in unterschiedlichsten Labors. Größere wurden mit Kränen und Lastschleppern in die Campi und Forschungseinrichtungen von Universitäten verfrachtet. Die ganz großen wurden an Ort und Stelle unter Einsatz aller verfügbaren Möglichkeiten studiert. Massenspektrometer unterschiedlicher Bauweise und Analyseverfahren brachte man an den Kugeln zum Einsatz. Die Ergebnisse widersprachen einander und wurden daher als unbrauchbar angesehen. Das Material, aus dem die Kugeln hergestellt worden waren, musste ein Metall sein oder zumindest aufgrund seines sichtbaren Erscheinungsbildes metallisch, jedoch aus einem unbekannten, weil, wie gesagt, vollständig unzerstörbaren Material, denn natürlich war man den Kugeln auch mit Schneidbrennern, Diamantbohrern und Lasern an die Pelle gegangen, um wenigstens einen geringen Teil davon ablösen zu können. Doch nicht der kleinste Splitter wollte sich abtrennen lassen. Tatsächlich nicht mal ein Molekül. Kein einziges Atom konnte von einer der Kugeln abgespalten werden.

Die einzige Reaktion bei all diesen Versuchen: Wachstum. Je nach Wucht der Einwirkung mehr oder weniger. Auch dieses

Ausmaß war ziemlich schnell bekannt. Die Explosion einer Handgranate in unmittelbarer Nähe schleuderte eine solche Kugel je nach Gewicht und Größe unterschiedlich weit in die Höhe, was ja kein physikalisches Wunder war, ließ sie aber der Logik der Fallgesetze folgend umgehend wieder landen – allerdings auf nahezu die doppelte Größe angeschwollen.

Diese Tatsache, mehr als alle anderen, die mit der Beschaffenheit der Kugeln verbunden waren, gab Forschern wie Politikern und überhaupt jedem, der denken konnte, wirklich zu denken.

Was wäre passiert, wenn die bunten Kugeln auf der Andamaneninsel noch vor Explosion der Wasserstoffbombe aufgetaucht wären? Würden in so einem Fall dort nun bunte Kugeln in den Himmel aufragen, hoch wie Häuser, wie Hochhäuser, wie Wolkenkratzer? Eine extrem beunruhigende Vorstellung. Die nächste, unmittelbar daran anschließende Frage: Könnte der Platz auf der Erde knapp werden, wenn die Kugeln immer weiter wachsen, vielleicht auch noch weitere auftauchen würden? Gute Frage, klare Antwort: nicht, solange man sie in Ruhe ließ, also nicht mit Maschinengewehren oder Geschützen auf sie schoss. Nicht, solange man keine Granaten oder Bomben auf sie warf. Nicht, solange Frieden herrschte und keine weiteren Atombomben abgeworfen würden, denn auf Radioaktivität, die über das natürliche Maß hinausgeht, reagierten die Kugeln auch erkennbar allergisch. Vielleicht sollte man doch mal nachsehen, was auf den Andamanen im Nachklang der Verstrahlung dort inzwischen gewachsen war.

Man nannte sie Pearls, bald auch Alien Pearls, weil ein extraterrestrischer Ursprung inzwischen allgemein angenommen wurde, doch die Bezeichnung Cachous setzte sich durch. Die bunten französischen Zuckerkugeln hatten jedoch einen Beigeschmack, der dem Namensgeber bei der anfänglichen Benennung wahrscheinlich nicht bewusst gewesen war. Liz Stride hielt einige bunte Cachous in der Hand, als ihr Jack the Ripper in einer trüben Herbstnacht des Jahres 1888 die Kehle durchschnitt. Man könnte diesem Datum eine Bedeutung beimessen wollen, weil gerade das Jahr 2048 und wieder ein Herbst war. Vielleicht der Herbst der Menschheit, wie in Folge dieser Auffälligkeit nun einige Leute erklärten.

Nach dem Abklingen der anfänglichen Aufmerksamkeit ließ man die Cachous nun einfach in der Gegend rumliegen. Regierungen erließen Verbote, in irgendeiner Form auf sie einzuwirken. Weiteres Wachstum musste unter allen Umständen vermieden werden! Doch immer wieder setzten sich einzelne Personen darüber hinweg und sorgten für staunenswerte Vergrößerungen. Schließlich trat ein weltweites Gesetz in Kraft, welches jegliche Einwirkung verbot. Bei Übertretung drohten drakonischen Strafen, die in gewissen Weltregionen sogar noch mit der Androhung des Todes geahndet wurden.

Rollte eine Cachou, aus welchen Gründen auch immer, auf eine Straße oder hemmte auf irgendeine andere Art den Vekehr, musste nun ein Räumkommando bestellt werden, da selbst die unbefugte Berührung inzwischen verboten war. Allerdings auch professionelle Räumungen hatten gewisse Schattenseiten offenbart. So hatte die Regierung von Luxemburg eine landesweite Sammlung der Cachous verfügt. Ein überschaubares Vorhaben bei der Größe, noch einfacher zu realisieren nur im deutlich kleineren, fast benachbarten Andorra. Manche Kugeln ließen sich leicht fortschaffen, fanden die Luxemburger heraus, andere schwer und wieder andere gar nicht. Für die bereits fortgeschafften tauchten allerdings neue auf. Manchmal die identische Anzahl, manchmal eine geringere Menge, manchmal mehr. Weswegen die Aktion umgehend wieder aufgegeben wurde. Auch das Wachstum bei Gewalteinwirkung war übrigens nicht exakt vorausberechenbar. Sie wuchsen, sobald man ihnen Schaden beizufügen versuchte. Doch in welchem Ausmaß, das konnte nur grob geschätzt werden, da selbst bei einigermaßen gleich großen und gleichgewichtigen Cachous mit einem identischen Gewaltimpuls – etwa bei kontrollierten Explosionen in Folge – ein unterschiedliches Wachstum zu beobachten war. Aus diesem Grund und weil weitere auftauchten, sobald man welche von ihrem Ursprungsort entfernte, konnte man sie nur liegen lassen. Am besten an Ort und Stelle ihres Erscheinens. Am zweitbesten in größtmöglicher Nähe davon.

Egal, ob sie dunkelrot, hellrot, lila, anthrazit mit einem Grünstich, blattgrün, flaschengrün, braungrün, hell- oder dunkelblau, wie Perlmutt, orange, gelb, gelbgrün oder gelbgold schimmerten – ihre Erscheinung war und blieb einmalig. Denn obwohl inzwischen immer mehr gefunden worden waren, Bilder davon im Netz kursierten, hatte nicht eine davon die Farbe irgendeiner zweiten und fügte sich daher als perfekter Solitär einer Land-Art der ganz anderen Art in die unterschiedlichsten Landschaften ein. Vom Grand Canyon, von Kojoten angebellt, bis zur Serengeti, von Löwen beleckt und Giraffen beäugt – sie glänzten und glosten in der Sonne und lagen vollkommen und schön einfach da. Und es sah nicht danach aus, als würden sie irgendwann einfach so auch wieder verschwinden.

Auch Kala und ich hatten bei unseren Ausflügen in die Haine um Valetta verschiedene Cachous mit eigenen Augen gesehen. Kala hatte sich sofort vor der ersten davon hingekniet, über das satte Türkis ihrer Färbung gestaunt, schließlich die metallisch matt glänzende Oberfläche mit beiden Händen berührt, mit den Handflächen darüber gestrichen, dann ein Ohr an die Oberfläche gelegt, um sich mit dem Ausdruck von Begeisterung wieder aufzurichten und zu bemerken: »Schau, wie schön sie ist. Du musst sie berühren. Sie hat innere Wärme.«

Das hatte ich so noch nicht gehört. Trotzdem folgte ich ihrer Aufforderung nicht, hockte mich aber neben sie und betrachtete die Oberfläche nur.

»Was meint Bapu dazu?«, fragte ich.

»Er verhandelt mit den NGK. Seit dieser Sache, sagt er, kommen sie schneller voran.«

SECHSUNDSECHZIG

Ich habe wahrscheinlich eine vollständig andere Haltung als Kala, die den Zweiten Weltkrieg miterlebt und eine zentrale Prägung durch die Kriegszeiten auch erlitten hatte, obwohl behütet und beschützt durch ihren Vater. Ich lebte im Wesentlichen aus meinem Bezug auf die goldenen Siebziger-, Achtziger- und Neunzigerjahre, dem Aufbruch in die Jahrtausendwende und dem ökonomischen Absturz am Ende des ersten Jahrzehnts der sogenannten Nullerjahre sowie den daran anschließenden Jahrzehnten der Depression, die wahrscheinlich aber mit den Härten der großen Agonie der dreißiger Jahre nicht zu vergleichen waren. Eine Zeit, die von Zeitgenossen wie mir als schrecklich empfunden wurde, laut Kala aber wiederum nicht zu vergleichen war mit den Härten des Ersten Weltkriegs und auch des zweiten. Vor allem, weil die Zeit zwischen den Kriegen so unfassbar kurz gewesen war, also kaum Zeit für Erholung und Rekonvaleszenz vorhanden gewesen war. Eine Gegebenheit, die auch Tante Luise vor einem Menschengedenken mir gegenüber erwähnt hatte.

Für mich fühlt es sich immer wieder irritierend an, mit einer so alten Frau wie Kala zusammen zu sein. Vor allem, weil sie immer noch wesentlich jünger aussieht als ich. Zwar haben wir uns über die Jahre auch physiognomisch – nach wie vor eines der großen Rätsel für mich – etwas angenähert, wirken also nicht mehr wie Großvater und Enkeltochter und haben auch das Erscheinungsbild von Vater und Tochter wahrscheinlich hinter uns gelassen. Na ja, fast jedenfalls. Nur sehr selten werden wir noch darauf angesprochen. Je nach Laune freue ich mich darüber oder reagiere wütend. Zwar sehen sich immer weniger Menschen zu neugierigen wie unsensiblen Fragen berufen, wenn sie uns zusammen erleben, doch kommt es noch vor, hin und wieder sogar begleitet von einem weitere Grenzen überschreitenden

Insistieren. Manchmal nehme ich das mit Gelassenheit, manchmal mit Heiterkeit, meistens aber bleibt es ein Ärgernis für mich.

Richtig ist auch, dass wir ziemlich zurückgezogen leben, also weniger sichtbar sind als noch vor einigen Jahrzehnten. Andererseits haben Paare wie wir ohnehin den Exotenbonus verloren. In einer Welt, wo immer mehr Privilegierte sich eine Lebenszeitverlängerung leisten können, die je nach Einkommen tatsächlich auch exorbitant sein kann; in einer Welt, in der man mit artifiziellen Dienern Partnerschaften bilden kann, sogenannten ADs, dank individuell bemessener Geschlechtsorgane zur perfekten Befriedigung sexueller Bedürfnisse designt; einer Welt, wo Geschlechterrollen getauscht und zurückgetauscht werden, wo Männer empfängnisfähig sind und mit anderen Männern Nachkommen zeugen und das aktuelle I-Tüpfelchen der Hipness eine Zweigeschlechtlichkeit ist, sich also Frauen zu Hermaphroditen operieren lassen und Männer Zwitter werden, um als Duale andere Duale zu daten und legendär phantastischen Sex zu haben – wie mir eine Duale einmal durchaus glaubhaft versicherte. In einer solchen Welt, in der wirklich alles möglich ist, wenn man die nötigen Mittel dafür hat, fallen Paare wie Kala und ich deutlich weniger auf, und das ist aus meiner gegenwärtigen Perspektive vielleicht der eigentliche zivilisatorische Fortschritt und ein echter Gewinn für die Menschheit – zumindest den befreiten Rest davon.

In dieser Sache habe ich mit »Nano« tatsächlich Meinungsverschiedenheiten gehabt. Kurz vor seinem sechshundertsten Geburtstag wird das gewesen sein. Es ging ihm in jenen Tagen nicht sonderlich gut. Eine Erkältung war noch nicht vollständig auskuriert, außerdem schmerzte seine rechte Hüfte. Allerdings tat sie das mit wechselnder Intensität bereits seit sechzig Jahren. Verglichen mit Leuten aus meinem früheren Leben, sah Álvarez inzwischen wie ein Neunzigjähriger aus. Nun schlenderte er verlangsamt wie ein alter Mann, die Schultern leicht gebeugt, doch immer noch erstaunlich vital.

Besonders als Folge äußerer Einflüsse hatte es bei ihm während der vergangenen Jahrzehnte gesundheitliche Einbrüche gegeben.

Der Zerfall Chinas hatte ihm wochenlang sichtbar zugesetzt. Die Verhandlungen mit den Vertretern des NGK führten zwar in eine durchaus vielversprechende Richtung, waren aber nicht minder kräftezehrend. Doch immerhin schienen ihm die Gespräche mit Kala und auch mir immer wieder gutzutun, ihn erst seelisch und dann auch körperlich aufzurichten. Wir diskutierten stundenlang. Zum Beispiel über den Gewinn für den sogenannten befreiten Rest.

Welcher Rest?

Und von was überhaupt?

Wer gewinnt dabei etwas?

Gibt es einen Hauptgewinner?

Werden womöglich zweifelhafte Trostpreise verliehen?

Seltsame Fragen.

Schwieriges Thema.

Für jeden von uns.

Auch für Álvarez.

Bei seiner vorindustriellen, vortechnologischen und damit gerade noch postarchaischen Prägung eigentlich auch kein Wunder. Denn die bereits im Jahrhundert vor der zweiten Jahrtausendwende beschleunigte Entwicklung war dann ja wirklich durch die Decke geschossen, allerdings im umgekehrten Wortsinn. Eben noch Häuser füllende IT schrumpfte auf die Größe eines Stecknadelkopfes und existiert nunmehr nur noch als holografisches Netzwerk. Inzwischen sind künstliche Bäume nicht mehr von natürlich gewachsenen zu unterscheiden und animierte Tiere nicht mehr von biologisch lebendigen. Körperliche Erkrankungen gehören weitgehend der Vergangenheit an, dafür nehmen seelische Leiden zu. Manche davon treten in viralen Clustern auf und müssen wie mittelalterliche Epidemien bekämpft werden.

An Pest, Pocken, Cholera und Typhus kann sich der Älteste noch sehr genau erinnern, während Kala und ich HIV, Hepatitis, Hühnergrippe und selbst die folgenschweren Ebola- und Marburg-Fieber-Ausbrüche nur aus der Zeitung und als längst verblasste Erinnerung kennen. Doch unsere letzte Irrfahrt durch ein Melancholia-Cluster war uns noch in sehr lebendiger und unguter Erinnerung. Ganze Gruppen von Menschen, Kinder, Eltern, Angehörige, Menschen mit ihren Haustieren und Hausrobotern begannen plötzlich, sich von mehreren hohen Häusern in den Tod zu stürzen. Die eilends einfliegende Sano-Garde hatte die Menge mit Gravitationswellen aufzuhalten versucht, was auch nur möglich war, weil keine Cachous in unmittelbarer Nähe herumlagen, doch die Leute hielten einander an den Händen und liefen mit Jubelschreien los, und die Springenden rissen dabei möglichst viele der Nachfolgenden über die Kante mit in den Abgrund. Das allgemeine Jubilieren erstarb tatsächlich erst mit dem Aufprall. Auch auf uns hatte der Anblick einen plötzlichen Sog ausgeübt. Auf einmal meinte Kala, sie habe nun lange genug gelebt und wünsche sich, gemeinsam mit mir aus dem Leben zu gehen. Ich sagte, das könnten wir nicht bringen, allein schon, um Nano nicht noch weiter zu deprimieren. Woraufhin Kala entgegnete, er wäre der Erste, der es verstünde, was mir natürlich auch klar war.

Nach der Diskussion suchten wir einen Medikus auf und ließen uns Tilimorphin-Depots applizieren. Als die Depots abgebaut waren, hatten wir bereits die Stadt verlassen und wunderten uns nun über die vergangenen Verschattungen unserer Seelen. Aber so war das mit den Psycho-Clustern. Man realisierte meistens viel zu spät, wenn man mittendrin war, und dann brauchte man starke Aufheller für die innere Wende.

Mit meiner genetischen Anpassung haben sich die Schicksalslinien eindeutig verschoben. Das kann ich im Rückblick gar nicht klar genug sagen. Wie umfangreich die Verlängerung meiner Lebenszeit tatsächlich sein wird, ist nicht auf Jahrhunderte genau vorausberechenbar, aber das ist mir auch vollkommen gleichgültig. Wenn ich ehrlich bin, habe ich in die Anpassung auch nur eingewilligt, weil ich damit als Partner für Kala infrage kam. Und wer hätte dazu schon nein gesagt? Zunächst war rätselhaft gewesen, warum sie nicht jemanden von den Unionea gewählt hatte, doch als ich die möglichen Aspiranten sah, erschien das Rätsel weniger groß. Darauf direkt angesprochen, erklärte Kala mir, dass die Alten untereinander nur sehr eingeschränkt zeugungsfähig seien, eines der großen Dramen – wenn nicht das größte – ihres gesamten Daseins.

Zweieinhalb Milliarden Franken auf verschiedenen Konten, rückblickend als eine familiäre Umverteilung anzusehen, ist zwar nicht ganz im Sinne von Karl Marx und darüber hinaus auch nicht völlig frei verfügbar, aber in gewissen Teilen schon, was dann doch als eine qualitative Verbesserung zu betrachten ist. Und dazu diese wirklich fantastische, ja, wunderbare Frau, wer würde das im Nachhinein schon bereuen? Angeborene, phänomenale Genetik, die ideale Mutter unserer künftigen Kinder. Allerdings lebe ich seit unserer Bindung in einer Art Kokon, und das wird mir täglich bewusster. Auch darüber hatten wir Diskussionen, doch auch sie verliefen im Sande, denn Kala ist nicht der gleichen Meinung wie ich.

»Moti, bitte halte kurz an«, sage ich und spüre sofort die Schubumkehr.

»Was ist?« Kala gähnt und macht sich mit einer Hand an meiner Unterhose zu schaffen.

»Schau mal«, sage ich und zeige nach draußen, wo ein Bedu-Junge gerade von einem Dromedar steigt. Das Tier hat die Vorderbeine eingeknickt und der Junge springt mit einer sehr eleganten Bewegung vom Sattel in den Sand und breitet eine bunte Decke zwischen den Dünen aus, unmittelbar neben einer irisierend orangerot leuchtenden Kugel.

»Braucht er vielleicht unsere Hilfe?«, frage ich.

Zwar erreicht jetzt auch das Protuberat eine Lebenszeit von durchschnittlich über hundert Jahren, zählt aber damit weiterhin zu den Flüchtigen und Verblassenden. Ausgestattet mit für mich inzwischen sekundenartig und minutengleich schwindenden Lebensmonaten und Jahren verfügen sie so gut wie nie über genug Zeit, um eigenen Wohlstand zu erschaffen, denn sie sterben, bevor die Anhäufung greift. Während Nachhaltige wie wir von Zins und Zinseszins geradezu erschlagen werden.

Armut erreicht nichts und löst sich in Armut auf, wenn sie vorher nicht rebelliert und blutig niedergeschlagen noch viel früher zu Asche zerfällt. Eines der großen Dramen unserer Zeit. Daran änderte auch die Einführung der sogenannten Security Balance nichts, auch SeB genannt, eines Lebensfreibetrages, der jedem Menschen wöchentlich überwiesen wird, sofern diese Person ein Konto hat. Und zwar weltweit, unabhängig vom Alter und ethnischer Herkunft. Das revolutionär anmutende Vorhaben zur Erhöhung der Kaufkraft war leider sehr schnell in Misskredit geraten, weil die organisierte Kriminalität umgehend Wege gefunden hatte, die Empfänger abzuschöpfen und genauso arm dastehen zu lassen wie zuvor. Dasselbe Drama also, geringfügig verändert.

Auch darüber habe ich natürlich mit Álvarez wiederholt diskutiert. Ein Dialog während einer Zwischenlandung in Rom kurz vor unserer Übersiedelung ist mir besonders im Gedächtnis geblieben.

»Du hast mich als Verwalter eines Teils deines Vermögens bestimmt. Und ich danke dir für dein Vertrauen.« Ich machte eine Pause, um die weiteren Worte sorgfältig zu wählen. »Geld stinkt nicht, besagt ein deutsches Sprichwort. Was sagst du dazu?«

»Dass es in Wahrheit ziemlich stinkt.«

»Du bist der reichste Mensch, der mir jemals begegnet ist. Warum sagst ausgerechnet du das?«

»Weil ich mich nun mal mit Geld auskenne. Großes Geld wird niemals rechtmäßig erworben. Und schon gar nicht rechtmäßig vermehrt.« Er blickte mich ruhig an. Abwartend.

»Du fühlst dich also vom Mief des eigenen Mammons verfolgt?« Bei der Frage kam ich mir allerdings etwas albern vor.

»Sicher«, erwiderte er und lächelte mich dabei auf eine fast kindliche Weise an. »Wenn man kein Geld hat, so ist das alles andere als angenehm. Hat man viel davon, so ermöglicht dies Annehmlichkeiten. Die hast du inzwischen auch genossen. Du verwaltest als Treuhänder einen Teil. Ist das eine Last für dich? Ich denke schon. Um sehr viel Geld muss man sich auch sehr kümmern. Allein das ist eine nicht geringe Anstrengung. Und sie müsste dir eigentlich mittlerweile bewusst sein.«

»Stimmt«, antwortete ich. »Die Energie des Geldes, ich habe inzwischen gelernt, sie zu spüren. Das war anfangs tatsächlich neu für mich. Wenn man wenig davon hat, schwindet das Wenige ständig. Doch ab einer gewissen Menge hat es die Neigung, sich zu konzentrieren und zu vermehren. Daraus erwachsen andere Probleme.«

»Der Fluch des Geldes«, Álvarez nickte, »besteht darin, dass ihm niemand entfliehen kann.«

»Niemand?«, fragte ich nach einigen Sekunden des Schweigens, »wirklich niemand?«

»Nein«, erwiderte er. »Auch nach der Einführung der SeB nicht. Nicht der Ärmste der Welt. Und schon gar nicht der Reichste der Welt. Nur manche Leute, die nicht von dieser Welt sind. Eremiten etwa, die in ihrem ganzen Einsiedlerleben keinen einzigen Dollar oder Dinar in die Hand nehmen und daher auch kein Bankkonto brauchen. Alle anderen sind vom Geld verflucht. Selbst der Kommunismus konnte daran nur zugrunde gehen.«

Álvarez blickt mich abwartend an.

»Wie meinst du das genau?«, will ich nun wissen.

»Geld erzeugt Dissonanz.«

»Du meinst Neid.«

»Auch. Aber vor allem einen Vergleich. Und dieser ist kein Kleinod der Unterscheidung.«

»Also doch Neid.«

»Nicht alle Menschen sind neidisch, aber nahezu ausnahmslos alle haben mit Geld zu tun.«

»Dann verstehe ich noch nicht, worin du das eigentliche Problem siehst.«

»Darin, dass Geld grenzenlose Gier ermöglicht und diese Gier auch belohnt wird, meistens mit noch mehr Geld. Manchmal mit viel mehr Geld.«

»Aber ist doch eigentlich schön. Wer sich anstrengt und dafür arbeitet, bekommt auch welches. Wird also belohnt. Da ist ein Lebensfreibetrag doch eigentlich ein Problem.« Klar, ich wusste, dass dieser Gedanke naiv ist. Aber um Álvarez zu provozieren …

»Nein, im Gegenteil. Du und ich, wir wissen längst, dass das Geld arbeitet, mehr nämlich als alles andere und jeder andere. Es arbeitct, und Leute wie ich schauen dem Geld bei der Arbeit zu. Findest du das gerecht?«

»Aber vielleicht angemessen, Nano. Immerhin lebst du schon lange. Konntest also einiges bewegen. Ich meine, finanziell …« Auch dieser Gedanke ist unscharf. Das spürte ich, während ich ihn äußerte. Aber ich mochte Álvarez nicht direkt kritisieren.

»Sí, wie du weißt, brauchte ich mehr Geld als andere, um zu überleben. Und mit jedem Jahrhundert sehr viel mehr Geld. Das ist mein ganz persönlicher Fluch.«

»Vielleicht auch ein ganz persönlicher Segen im Sinne eines Reichtums«, wandte ich ein, »nämlich an wertvollen Erfahrungen.«

»Was für Erfahrungen? Wertvoll? Nein. Geld vermehrt sich auf eine unanständige Weise. Und ich bin der lebende Beweis dafür.«

»Jetzt sprichst du von Zins und Zinseszins«, sagte ich.

»Genau«, erwiderte er, »ich spreche von dem eigentlichen Treibstoff der Gier.«

»Aber dazu müsste dir in deiner langen Lebenszeit doch etwas eingefallen sein.«

»Eine Menge, ja«, erwiderte er, »aber noch hat nichts davon funktioniert.«

Danach verschloss sich sein Gesicht. Und ich verstand, dass dies kein passender Moment war, um weiter danach zu fragen.

Auch ein Friedrich Engels wird aus mir sicher nicht, doch die Sammler und Jäger hatten jedenfalls kein Problem mit Produktionsmitteln, Kapital und Kapitalakkumulation. Die ersten Landwirte und Ackerbauern aber schon. Und seither, also seit mindestens einem Jahrtausend vor unserer Zeitrechnung, behaupte ich, nimmt die Kluft zwischen denen, die kaum etwas besitzen, und jenen, die viel mehr als genug haben, stetig zu. Ich nehme mir vor, mit dem Ältesten bei nächster Gelegenheit genau darüber zu reden.

Vielleicht ist es meine protestantische Seele, denn zu dem Thema könnte ich jederzeit Vorträge halten. Aber was bewirkt all dieses Gerede? Nichts. Tatsächlich nicht das Geringste. Ungerechtigkeit scheint auch in unsere heutige Gesellschaft unverrückbar eingraviert, wie man sich mit einem Blick nach draußen umgehend vergegenwärtigen kann. Tatsächlich habe auch ich keine wirklich überzeugende Idee, wie das Problem nachhaltig zu lösen wäre. Nicht wenige von Kalas Bekannten wünschen sich manchmal eine schnellere Vergänglichkeit, und eine der dekadenten und irgendwie auch infantil anmutenden Entwicklungen der Neuzeit besteht genau darin, ein vorzeitiges Verblassen anzustreben, also gegen die eigene, womöglich mit nicht geringen finanziellen Mitteln erworbene genetische Quasi-Unsterblichkeit mit mental-biologischer Selbstsabotage anzugehen. Was tun diese armen Menschen nicht alles in ihrer Verzweiflung!

»Nein«, erwidert Kala mit Blick auf den Bedu. »Seine und unsere Welt haben sich zu weit voneinander entfernt. Er könnte es nicht verstehen, wenn wir ihm helfen würden. Außerdem, schau ihn dir an. Er braucht unsere Hilfe nicht.«

»Bist du sicher, dass er uns nicht sehen kann?«

Auf die Frage folgt jedoch keine Reaktion.

SIEBENUNDSECHZIG

»Hmm«, summt Kala und tastet nach meinem Ling.

Man kann es so ungerecht wie ermüdend finden, dass Lebenszeit längst vom Einkommen abhängig und damit frei wählbar ist. Doch wer im Wohlstand lebt, erlebt damit auch eine bisher nicht gekannte Nachhaltigkeit.

Mit acht Milliarden hat die Welt inzwischen eine konstante Bevölkerung. Selbst schwere Influenza-Epidemien, Regionalkonflikte und Psycho-Cluster konnten daran nichts nennenswert ändern. Das ist nach Meinung vieler Wissenschaftler mindestens eine Milliarde zu viel. Was tun? Beten, dass eine Katastrophe kommt? Mit letalen Designer-Viren nachhelfen? Das wäre sicherlich möglich, doch ganz offensichtlich unmoralisch. Stattdessen wird das Protuberat sich selbst überlassen. Und »Ältere und Alte« wie wir schotten sich ab. Leben das Leben der Erhabenen.

»Hmm«, summt Kala und streift ihn hart.

Der Bedu hat in Windeseile ein Feuer entfacht und einen Kessel in einer Stahlhalterung darübergestellt. Die Flammen werden von der Cachou als intensives, irgendwie auratisch anmutendes Leuchten reflektiert. Ein wirklich schöner Anblick.

Meistens sieht man die Bedu mit ihren Familien. Immer wieder aber auch allein. Niemand weiß, was sie in der Wüste sonst noch treiben. Wir existieren nahezu vollständig voneinander entkoppelt. Für viele ist genau das ein großer Gewinn und erst möglich, seit die Vereinigte Gesellschaft regiert. Das vorige, korrupte System aus politischer Correctness, Dilettantismus und halbherziger Mängelverwaltung, Demokratie genannt, so die vorherrschende Meinung, musste kollabieren. Genau so, wie die Flower-Power-Bewegung der Sechzigerjahre am Ende des vorigen Jahrtausends in den Realitäten verödete. Interessanterweise bezieht sich die privilegierte Jugend von heute in romantischen Erweckungsbewegungen wieder darauf, während sich die Adoleszenz des Protuberats an den vorzivilisatorischen Stammesgesellschaften orientiert, also mit einem sehr vergänglichen und qualvollen Wir auf das zeitlich ausgedehnte Ich reagiert.

»Mit allem Respekt, meine Lieben«, hatte Álvarez kürzlich im Gästesaal unserer neuen Bleibe auf Malta gemeint. »Wie könnt ihr euch damit abfinden? Nur weil das heutige System stabiler erscheint, ist es noch längst nicht gerechter. Die zwei Gesellschaften leben nebeneinanderher. Auf der einen Seite die Oligarchie der Alten und Ältesten. Auf der anderen Seite el Pobretería, die Armut, der soziale Abgrund, Krankheit, Kindersterblichkeit, früher Tod, Not, Ungerechtigkeit.«

»Mein lieber Vater«, erwiderte Kala und verschränkte die Hände hinter ihrem Kopf, während sie sich gleichzeitig mit dem Rücken an die Seidenpolsterung ihres Sessels lehnte. »Gerechtigkeit sucht man auf diesem Planeten seit Menschengedenken vergeblich. Seit der Erscheinung der Cachous gehören Kriege weitgehend der Vergangenheit an. Protuberat und Oligarchie existieren ohne gewaltige Reibung nebeneinanderher. Erinnere dich, wie du die ersten vier, wenn nicht fünf Jahrhunderte deines Lebens gelitten hast. Erst seit knapp hundert Jahren kannst du leben, ohne dich ständig verfolgt zu fühlen. Ist das nichts?«

»Va, Rakli«, nickte Álvarez, »du hättest recht, wenn ich einfach nur egoistisch wäre.«

»Das bist du aber nicht, so, wie ich dich kenne, Nano«, sage ich nun, um ihn zu einer weiteren Betrachtung zu ermuntern.

»Wahrscheinlich nicht, denn dann hätte ich mich längst von meinem Geld getrennt.«

»Du willst also sagen, mit dem Leben hättest du auch dein Geld verlassen.«

»Sí.« Eine senkrechte Falte erscheint wie aus dem Nichts auf seiner Stirn.

»Ach, Bapu, dann wäre ich jetzt ja die alleinige Blöde hier.« Sie sieht mich an. »Fast jedenfalls.«

»Rechtfertigen das nicht alle reichen Menschen genau so?«, frage ich. »Indem sie zu Gönnern und Gebern werden, zu Schirmherren, Schutzpatronen und Sponsoren, zu Wohltätern, Förderern und Mäzenen, und dann behaupten, damit etwas für die Armen zu tun?«

Kala und ihr Vater beobachten mich. Aus irgendeinem Grund fühle ich mich nur zum Teil gesehen. Trotzdem halte ich dem Blick stand.

»Die Kluft ist das Problem«, erwidert Álvarez. »Armut ist ein Teil davon. Doch um die Kluft zu schließen, braucht es beide Seiten. Solange die Kluft existiert, können die Menschen, kann die Menschheit zu keiner dauerhaften Harmonie finden.«

»Vielleicht wäre genau diese Harmonie der Tod«, bemerkt Kala. »Das Ende jeglicher Reibung, der Verlust des Widerstandes, bedeutet das nicht Egalität, langweilige Gleichheit, die Armut entsetzlicher Ähnlichkeit?«

»Glaube mir, liebste Tochter, die Menschen sind verschieden genug, mehr ökonomische Balance und gesellschaftliche Harmonie würden vielmehr erlauben, die ohnehin bestehenden

Unterschiede zwischen den menschlichen Individuen auf einer höheren, nämlich feineren Ebene zu erfahren und zu genießen.«

»Regiert Geld wirklich die Welt?«, frage ich nun, um an unser früheres Gespräch anzuknüpfen.

»Ja, ausnahmslos, seit es erfunden wurde, und das ist immerhin knapp dreitausend Jahre her. Jeder Krieg der letzten tausend Jahre hatte zuerst mit Geld zu tun, dann auch noch mit Glaubensfragen, also Religion, vielleicht auch noch mit dem Sicherstellen von Bodenschätzen – aber gewiss nichts mit der Verteidigung von Menschenrechten.«

»Erst herrschten Landlords, dann Fürsten, dann regierten Könige, dann Kaiser, dann gewählte Präsidenten, dann gewachsene Konzerne«, sage ich, um daran meine eigentliche Frage anzuschließen: »Und nun, wer herrscht nun?«

»Frage lieber, was?«

»Sage es mir, bitte, Nano.« Ein Gespräch wie dieses, das weiß ich in diesem Moment sicher, hatten wir noch nicht. Während ich auf seine Antwort warte, beobachte ich, wie er seine Stirn in zwei waagerechte, eng beieinanderliegende Falten zieht.

»Übergeordnete Interessen«, antwortet er knapp.

»Also die Interessen gewisser Menschen«, bemerke ich.

»Die Menschen stehen nun aber hinter den Interessen und nicht davor. Deswegen sind sie übergeordnet.«

»Was bedeutet das?«

»Einen Unterschied. Du wirst sehen …«

»Interessant, Nano«, sage ich in den sich öffnenden Spalt der Stille zwischen Vater und Tochter, während ich gleichzeitig nicht die geringste Ahnung habe, was ich sehen werde. Manchmal rollen die großen Kugeln auch einfach ohne Sinn irgendwohin.

Die Kurzlebigkeit von Menschen und Dingen, das kann ich mit Sicherheit sagen, war bereits mit dem Jahrtausendwechsel ein großes Problem. Mit dem Tsunami der Migration ab 2020 war es gravierend geworden. Gleichzeitig hatten sich auch die Verhandlungen zwischen den Unionea und den Vertretern des NGK über Jahrzehnte hingezogen. Doch weil in ein zunehmendes Machtvakuum hin verhandelt worden war, begann der jüngere Verlauf der Geschichte die Konsultationen zu begünstigen. UNO, Nato, Amnesty, Google, Facebook und Instagram waren, nüchtern betrachtet, lediglich Netzwerke gewesen, basierend auf organisatorischen Strukturen, die gewisse Anliegen verfolgten. Die Anliegen der Uno dagegen waren vor einem knappen Jahrhundert in einem Morast aus sporadischer moralischer Entrüstung und weltweitem Desinteresse versunken, die Nato mit dem Ausscheren Amerikas im Orkus der Bedeutungslosigkeit verschwunden. Neue militärische Blöcke hatten sich gebildet, waren aber noch schneller wieder auseinandergebrochen. Amnesty hatte sich über die extreme Zunahme von Verletzungen der Menschenrechte beschwert, doch diese Beschwerden waren verhallt, weil ihnen keinerlei wirksame Taten folgten. Google und Facebook hatten sich schließlich zu Foggle zusammengeschlossen. Ein sehr lobenswerter Versuch, die Öffentlichkeit als eigentliche Macht zu installieren, während Amerika, das einstige Imperium, sich nach rund einhundertjähriger Existenz von innen heraus zu zersetzen begann, angenagt von regionalen Konflikten und Rassenunruhen, angefressen von der Geißel nicht enden wollender ökonomischer Depression. Eine weitere Ära kriegerischer Missverständnisse mit der Möglichkeit vollständiger Entfesselung und Vernichtung drohte, und auch das Netzwerk der Gegner des Kontakts mit ihrem seltsamen Glauben an ein mythisches Reich und die Notwendigkeit einer Abschottung der menschlichen Art vor neuerlichen Einflüssen von außen erkannte das nun drohende Ausmaß möglicher, ja, zunehmend wahrscheinlicher zivilisatorischer Verrohung und Rückentwicklung.

Doch die große Einigung angestoßen haben die Cachous, wirklich praktisch gebracht haben sie letztlich jedoch die neuen lebensverlängernden Maßnahmen. Erst als die Verhandlungsführer der NGK in den Genuss der Extensionen kamen, verständigten sie sich auf eine Kurskorrektur. Mit der Erscheinung der Kugeln, der Gewissheit von Unzerstörbarkeit und Wachstum und einem echten Verständnis der überragenden technologischen Möglichkeiten und daraus zu folgernden Überlegenheit ihrer Schöpfer schien ein Abweisen eines Kontaktes nicht mehr möglich. Magisch-mythische Vorstellungen zur Überhöhung des Menschlichen ins Übermenschliche wirkten plötzlich lächerlich. Das NGK begann daher sehr rational und folgerichtig an den Debatten über eine nachhaltigere Organisation der mehr als aktuellen Umwelt- wie auch Bevölkerungs-, Armuts- und Gesundheitsproblematik teilzunehmen.

Ich möchte das Thema noch nicht loslassen und frage deshalb: »Ist die Demokratie tot? Ich meine, für alle Zeit?« Die heilige Kuh meiner Kindheit, durch das globale Dorf getrieben, um die bösen Bullen Nationalsozialismus, Faschismus und Bolschewismus in die Flucht zu schlagen. In den Jahrzehnten nach dem Zweiten Weltkrieg wirkten Diktaturen tatsächlich wie kaum noch lebende Leichen. Konsum und freie Meinungsäußerung hatten sich zunehmend als gut funktionierende Totschlagargumente erwiesen.

»Erst wurde der Konsum zur Diktatur, dann die öffentliche Meinung«, sagt Kala an seiner Stelle.

»Die Macht der Manipulation hat gesiegt«, bekräftigt Álvarez. »So traurig das für dich ist, Demokratie war immer eine Illusion. Sie bestand auch nur als Illusion. Diese Illusion begann bereits in den Sechzigerjahren des letzten Jahrtausends zu verenden. Als zunehmend jämmerliche Erscheinung von Doppelmoral begann sie jeglichen Sinn auszuhauchen. Ein langsames Ausatmen wie bei einem Sterbenden.«

»Gestorben, woran genau?«, frage ich nach.

»An der Kürze von Legislaturperioden und der Unsinnigkeit vorübergehend gewählter Regierungen. An der Unmöglichkeit, der Bevölkerung die komplexen Herausforderungen modernster Zivilisation zu vermitteln. An der Absurdität, von der Masse Mensch eine weise Wahl zu erwarten. An der Idiotie, die gravierenden globalen Herausforderungen, deren Handhabung lange Planungen über große Zeitspannen erfordert, von kurzfristigen Entscheidungen demnächst abgewählter Volksvertreter abhängig machen zu wollen. Eine Rückkehr dahin wird es nicht geben. Nicht, solange ich mitreden kann.« Einen Moment wirkt er fast ärgerlich.

Wahlen? Wann habe ich das letzte Mal einen Gang zur Urne mitgemacht? Ganz ehrlich? Keine Ahnung. Vor einem halben

Jahrhundert, mindestens. Politische Parteien? Gibt es seit über dreißig Jahren nicht mehr. Ist das wirklich ein Gewinn?

»Was ist die Alternative?«, frage ich.

»Was du siehst, mein Lieber«, erwidert Álvarez, »aber noch weit mehr, was du noch nicht siehst, weil es erst im Entstehen ist. Nämlich eine neue Ordnung. Die Tyrannei der Ökonomie hat sich als demokratisch orchestrierte Sackgasse erwiesen. Die Vertreter der Vereinigten Gemeinschaft wollen eine ›Diktatur der Weisen‹ errichten, um die Kluft zu schließen. Man wird sehen …«

»Was?«, frage ich weiter.

»Die Vertreter der Vereinigten Gemeinschaft, von denen ich nun mal einer bin, haben beschlossen, Zinsen und Zinseszinsen und überhaupt sämtliche Formen von Gebühren auf geliehenes Geld abzuschaffen, ja, weltweit unter Strafe zu stellen und den Besitz eines jeden Menschen auf den Gegenwert von maximal 100.000 Gold-Dinar zu begrenzen.«

»Was wäre das in Dollar?«

»Einhundert Millionen.« Álvarez lächelt. Ruhig, entspannt. Er hat sich offenbar im Geiste schon von einem nicht geringen Teil des eigenen Besitzes gelöst.

»Wow«, sage ich.

»Alles über die 100.000 Dinar hinaus fließt in den Umverteilungsfonds.« Seine Augen leuchten vor Freude. Er ist nicht der erste Milliardär, der neunzig Prozent seines Besitzes am liebsten sofort weggeben würde.

»Und wird von dort an jeden Erdenbürger weiterverteilt«, sage ich. »Die etwas bekommen, werden davon womöglich aber begeisterter sein als die Geber. Bis auf die wenigen Ausnahmen, denen der eigene Besitz schon länger lästig ist.«

»Sí.« Álvarez grinst. »Es gab auch schon jede Menge Proteste gegen die bloße Ankündigung. Aber wir werden es machen. Es ist beschlossen.«

»Ihr habt euch mit den Inghimasi arrangiert?« Ich bin wirklich verblüfft.

»Ja, mit ihnen und der gesamten Umma der Hingegebenen. Muslime lehnten Zins und Zinseszins schon immer ab. Ihr

Glaube bietet die bessere Haltung, das geeignetere Konzept für das nachhaltige Überleben auf diesem Planeten.«

Kala blickt mich erstaunt an. Offenbar hat sie ihren Vater so auch noch nicht sprechen gehört. Aber, will ich sagen, sage es jedoch nicht, sondern stattdessen etwas vollkommen anderes: »Als ich damals der Vereinbarung und dann der Wandlung zustimmte, war meine Angst vor einem Eintritt in den goldenen Käfig sehr groß. Bis dahin hatte ich geglaubt, dass besonderer Wohlstand mit dem Neid der Habenichtse unlösbar verbunden ist. Weil auch ich nichts besaß, fühlte ich mich auf der Seite der Besitzlosen einigermaßen sicher. Zu oft hatte ich die Angst und die Sorgen der Macht beobachten dürfen, um mich nach einer freiwilligen Inhaftierung im Wohlstandsgefängnis zu sehnen. Doch mit euch betrat ich einen Raum der Möglichkeiten, keinen Platz der Unmöglichkeiten, kein Gefängnis. Euer Reichtum schien mir auch ein Reichtum an Freiheit zu sein. Und das war wirklich neu für mich. Neu im besten Sinne. Und gleichzeitig schämte ich mich für diesen Gedanken. Doch nun ahne ich, nein, sehe ich plötzlich das größere Bild.«

Daraufhin der Älteste: »Danke dir, mein lieber Freund. Aber es sind lediglich die ersten Schritte. Und … ach ja, bevor ich es vergesse … auch du und Kala, ihr werdet euch von einem Großteil wieder trennen müssen.«

Keine Ahnung, warum mir all dies einfällt, während ich den Bedu beobachte, er mich aber nicht sehen kann. Denn aus seiner Sicht, das hat mir Kala nun doch erklärt, besteht zwischen ihm und uns in der Reise-Drohne keine Verbindung. Wahrscheinlich bemerkt er nicht mal das Flirren in der Luft, einziges Zeichen der Feldverschiebung durch ein bodennah schwebendes, elektromagnetisch betriebenes Objekt. Auch hören kann er uns nicht, denn die Ro330 macht nicht das geringste Geräusch. Akustische und visuelle Wandler bewirken einen Tarnkappeneffekt, mit dem bloßen Auge kaum zu bemerken, mit Technik natürlich schon. Deshalb sind wir Nachhaltigen für die Verblassenden auch nahezu unsichtbar. Zwei Welten, die sich in ihrer Gegenwärtigkeit kaum begegnen, und wenn doch, wie jetzt beispielsweise, dann mit dem erklärten Wahrnehmungsgefälle.

Ich spüre, wie ich hart werde, und genieße die Konzentration auf den eigenen Schoß. Vielleicht …

ACHTUNDSECHZIG

»Vielleicht sollen wir Sex haben«, flüstert Kala in mein Ohr und nimmt mich mit einer Hand in eine feste Umklammerung.

Ich wende den Kopf und lächele sie an. Von den Dreadlocks, die sie sich vor einigen Wochen filzen ließ, gelegt in genau siebzig Locken, bin ich nicht so begeistert. Das verleihe ihr Stärke und Richtung, hatte sie gemeint. Was der steigende Konsum von Cannabis damit zu tun haben soll, ist mir zwar nicht erklärlich, aber auch ich habe Neigungen, mit denen Kala nicht einverstanden ist. So hatte ich mir beispielsweise einen Bart wachsen lassen, der bei gerader Kopfhaltung bereits mein Brustbein berührte, was mich mit nicht geringem Stolz erfüllt. Umso sorgfältiger rasiere ich das obere Drittel der Wangen und die Oberlippe.

Wenn man mich fragen würde, was sich für mich nun anders anfühlt, wüsste ich keine schnelle Antwort darauf. Ich trage jetzt die genetische Information von MM auf Fox0. Ich bin nicht ganz sicher, ob mir die künstliche Verwandtschaft mit dem Mungo Man in der Tiefe meiner Seele wirklich behagt, doch das ist ja nun jenseits jeder Diskussion.

Von der ersten Begegnung an hatte ich mich für »das Mädchen« interessiert. Zu keinem Moment war sie ein Mädchen. Ihre Einmaligkeit war sofort erkennbar für mich. Ich sehe sie selbst nach diesen vielen Jahren in meiner Erinnerung in der Gasse stehen. Stolz, wild, unerreichbar, kindlich, irgendwie auch uralt und sehr schön. Damals, so denke ich heute, sah ich sie als eine

Jugendliche, erahnte aber bereits ein tiefes Geheimnis, eine erstaunliche Dimension ihres Daseins, die sich hinter ihrer Äußerlichkeit verbarg.

Leider neigt die Gegenwart oft dazu, die Vergangenheit zu verschönern. Doch ich muss das hier rekapitulieren; ich weiß jedenfalls noch, wie alarmiert ich von der Begegnung war. Dann, nur wenige Tage später, sie auf meinem Bett vorm Fernseher. Geschminkt, lackiert, anziehend und lasziv, rätselhaft und rebellisch. Der Engel der Heilung, mir geschickt im Moment der Not. Eine Lolita mit einem Elixier zu meiner Erlösung. Froh war ich, als die Besserung einsetzte und das Mädchen wieder fort war. Kein Bedarf an Herausforderungen dieser Art. Kann man rückständig finden, wo doch eigentlich alles erlaubt war. Mir egal, wollte ich auf keinen Fall.

Dann schließlich nach einer sehr langen Zeit der Unwissenheit ein Schock, ihr wahres Alter. Eine alte Frau, tatsächlich bereits im Greisenalter. Doch eine Schönheit in meinen Augen, extrem jung aussehend, aber mir in fast allem voraus, weil klüger und erfahrener. Na ja, bis auf eine Sache jedenfalls.

Und doch war ich zu alt für sie. Zu dem Zeitpunkt knapp fünfundfünfzig mit der Aussicht auf weitere zwanzig gesunde Jahre, wenn man realistisch war. Ich wollte nicht realistisch sein. Trotzdem kam Kala, die Kind-Frau für mich nicht infrage.

Schließlich Genf, Dr. Rochette, das Screening und eine Reihe von Erkenntnissen, die sich daraus ergaben, woran die Ärztin einen gewissen Anteil hatte. Mit dem Ergebnis einer Möglichkeit. Für mich. In meiner Erinnerung direkt nach unserer Übersiedelung nach Valetta auf Malta, wo der Älteste mit uns ein Patrizierhaus nicht weit von den Barraka-Gärten bezog. Warum er sich nach seinen früheren, leidvollen Erfahrungen auf der Insel trotzdem niederlassen wollte, habe ich erst sehr viel später verstanden. Santos, der Heilige hat mich darauf gebracht, wenige Tage bevor er im Auftrag des Ältesten nach Rhodos übersetzte und dort auf tragische und bis heute ungeklärte Weise zu Tode kam. Kein kleiner Verlust für uns alle, weil er ja nun mal eine Art Schutzmacht im Hintergrund gewesen war.

Es hatte mehrere Monate gebraucht, bis die Einrichtung aus seinem Haus in Sevilla im Hafen von Valetta angekommen war. Vater und Tochter richteten das neue Haus dann mit einer Freude ein, die ich so noch nie gesehen habe. Wie oft stand ich, der Gast, nun hier vor dem Frauenporträt aus dem Studio, studierte die Ähnlichkeit mit Kala, erhoffte mir eine Antwort von ihm oder ihr auf das noch ungeklärte Rätsel. Doch diesen Gefallen taten sie mir nicht. Vielmehr erfreuten sie sich an meinem nicht nachlassenden Interesse.

Der Flügel, ein schwarz glänzender Bösendorfer Imperial von 1907, kam mit einigen Tagen Verspätung an, musste mit einem Lastkran aus dem Frachtcontainer gehoben und über die Flügeltüren des Söllers an der Rückseite des Gebäudes in den anschließenden Saal im ersten Stock geschoben werden. Ein wirklich prachtvoller Raum mit bemalter Decke und nun dem Flügel in der Mitte. Nachdem der Klavierstimmer einen halben Tag dort zugebracht hatte, lud der Älteste Kala und mich zum Konzert.

Wenn es bisher eine Art Halt in meinem Leben gab, dann einen akustischen: Musik. Dafür hatte ich mich immer interessiert, ja auch selbst musiziert, halb professionell schließlich, und geglaubt, mich in populärer Musik wie in Klassik auszukennen. Während ich Álvarez zuhörte, stellte sich dies als weiterer Irrtum heraus.

Wie ging das? Vollkommen frei. Ohne Noten. Mit einer nicht vorstellbaren Leichtigkeit löste er ein Madrigal in ein Rondo auf, entfaltete daraus eine Art Suite, die zur Fuge wurde und eine einzige musikalische Phantasie ergab, geschöpft aus Jahrhunderten ungebrochener Erinnerung, geworfen in diesen einen Moment, der staunen machte und irgendwie auch benommen, weil er melancholisch und manisch in einem war, ein klanglicher Aufriss dessen, was in Álvarez' Seele verborgen war, ein Widerstreit von Ideen, Gefühlen, Erfahrungen. Nicht wenige davon konfliktbeladen. Und diese Musik nun war die explosive Entfaltung dessen zum ersten sich bietenden Zeitpunkt.

Ich blickte zu Kala, bekam aber nur einen flüchtigen Blick zurück. Auch sie war plötzlich in einer anderen Welt. Seiner näher als meiner. Ein Gefühl großer Einsamkeit überkam mich. Die Klaviermusik überrannte mich, sprengte meine Möglichkeiten, sie aufzunehmen, wenigstens ein bisschen zu verstehen, und tat mir schließlich nur noch weh. Am liebsten hätte ich mir die Ohren zugehalten. Nein, hätte ich natürlich nicht, denn so furchtbar wie diese Musik war, so gewaltig, gewalttätig und wahnsinnig sie klang, so wunderbar und schön und hell war sie gleichzeitig. Bis zum feinen Ende mit einem Arpeggio in die oberen Lagen, einer Tonleiter in den Himmel.

Der Älteste nickte mir zum Abschluss zu, womit ich wieder aus den Wolken fiel. Dann führten er und Kala mich nach unten in einen bisher noch nicht betretenen Raum. An einem anderen Haus an einem anderen Ort und in einem anderen Land war ich schon einmal in einem sehr ähnlichen Raum gewesen. Ein Raum ohne Fenster, mit dunklen Wänden. Ein Raum, aus dem es kein Entkommen gab, wenn es keins geben sollte. Ein Raum wie ein Tresor. Als Álvarez das Licht einschaltete, erkannte ich, wofür. Drei Köpfe auf einem samtbezogenen Tisch. Zwei glosten hell, als das Licht von oben auf sie fiel. Einer schien dunkel von innen zu leuchten. Alle drei haben sehr ausgeprägte Hinterköpfe, schmale, ungewöhnlich eng stehende Augenhöhlen mit fein angedeuteten Augäpfeln unter leicht gewölbten Stirnen. Ihre Nasen sind lang gestreckt und haben sehr schmale, so gesehen fast scharfe Nasenrücken. Weil sie jedoch weniger weit aus den Gesichtern herausragen, wirken sie gleichzeitig verhältnismäßig klein. Ebenso die Ohren, fast winzig, im Verhältnis gesehen. Alle drei Köpfe blicken ernst. Die transparenten mit dem Ausdruck verhaltenen Glücks, während der dunkle eine melancholische Stimmung ausstrahlt. Zumindest erschien es mir in dem Moment genau so.

Álvarez wies auf ein Tastenfeld, nannte eine Zahlenkombination. »Wir lassen dich nun mit ihnen allein. Nimm dir Zeit, genieße ihre Gegenwart.«

NEUNUNDSECHZIG

Bevor ich etwas sagen kann, sind beide aus dem Raum, und die Tür ist hinter ihnen verschlossen. Im ersten Moment irritiert mich das, im zweiten fühle ich mich auf eine seltsame Weise geschützt und in Sicherheit.

Ich trat näher an den Tisch, ging schließlich einmal um ihn herum, vermaß im Geiste die Hinterköpfe, besah mir die Profile und studierte die Form der Ohrmuscheln. Sah so aus, als hätten sie zwei Gehörgänge, zwei Innenknorpel und ähnelten insgesamt einem dreifach verschlungenen At-Zeichen. Würden mir diese Typen in Fleisch und Blut begegnen, könnte ich auf der Stelle sagen, dass sie keine Menschen sind.

Was auch an ihren Symmetrien lag. Alle drei Köpfe hatten eine hohe und dabei leicht vorgewölbte Stirn, wie ich sie so noch bei keinem Menschen gesehen hatte. Sehr außergewöhnlich in Kombination mit dem Hinterkopf.

Ich hockte mich vor den Tisch und blickte dem dunklen Schädel direkt ins Gesicht. Hey, was hast du mir zu sagen?, dachte ich, erhielt aber keine Antwort. Die Haltung dieses Kopfes war hermetisch. Irgendwie nach innen gerichtet, wenn man so sagen könnte. Und ich spürte, wie mich ein Empfinden von Trauer überfiel.

Daraufhin drehte ich mich leicht nach links und blickte einen der transparenten Köpfe an. Rein physiognomisch sah er dem schwarzen zum Verwechseln ähnlich, doch seinen gänzlich anderen Ausdruck hatte ich mir nicht eingebildet. Jetzt würde ich von Heiterkeit sprechen. Eine sehr feine, zurückhaltende Form tiefer innerer Belustigung. Ich blickte diesen Kopf direkt an und fühlte mich von einer seltsamen Leichtigkeit erfasst.

Tolles Gefühl. Ich sah daraufhin den dritten Kopf an. Er ähnelte dem zweiten so wie ein Zwilling seinem eineiigen Widerpart. Es war verblüffend, doch mein Empfinden anders. Jetzt musste ich mir tatsächlich ein Lachen verkneifen.

Ich erhob mich, entfernte mich von dem Tisch, lehnte mich an die Wand den Köpfen gegenüber, sodass ich ihnen in die Gesichter schauen konnte. Kein Empfinden aus dieser Entfernung. Eher das Gefühl eines Vakuums, der Eindruck innerer Leere. Hinausgeschleudert in den Weltraum, allein im Orbit, umgeben von einer vollständig unmenschlichen, ja feindlichen Kälte und entsetzlichen Distanz.

Ich löse mich von der Mauer, bewege mich etwas in Richtung Tisch, fühle mich plötzlich in Gesellschaft. Verblüffend. Ob Álvarez und Kala mich genau deshalb allein hier gelassen haben, damit ich diese Erfahrungen machen kann?

Ich trete noch näher. Auf einmal kann ich wieder drei Stimmungen unterscheiden. Alle drei sind konkret. Sie gehen von den Köpfen aus. Ich dagegen bin unkonkret, schwankend in meinen Empfindungen, nicht einmal fest in meiner Identität, deswegen die Sache mit dem Er und Ich. Hallo, Erich! Hey, Mann, jetzt ist deine Dualität vielleicht doch noch zu etwas gut. Ich denke er. Er denkt ich. Bin bei mir und meine mich. Wende mich gleichzeitig zu ihm und meine ihn. Dazwischen muss die Lücke sein.

Ich schließe die Augen, um die Lücke zu finden. Aber ich finde sie nicht. Ich finde nur die Gegenwart. Meine Gegenwart. Ihre Anwesenheit. Die Präsenz der Visiteure. Einen Moment lang bin ich traurig. Ich spüre die Abwesenheit von etwas Vertrautem, denn die Köpfe haben etwas mit mir gemacht.

Ich trete noch näher an den Tisch, gehe noch einmal um ihn herum. Umkreise ihn dann ein weiteres Mal, nun gegen den Urzeigersinn. Ein Gefühl wie auf einer Party. Eine Gruppe von drei Leuten steht herum. Sie lachen, unterhalten sich, sind ganz beieinander. Man möchte Teil dieses Austausches sein. Doch die Gruppe ist hermetisch. So sehr man auch will, man kommt nicht weit genug heran, um mitreden zu können.

Doch an diesem Bild ist etwas falsch. Genau, dies sind Köpfe, und nicht mal die von Menschen. Direkt vor ihnen bleibe ich stehen, beuge mich über den Tisch und versuche nun, einen der transparenten hochzuheben. Unmöglich, zu schwer. Doch verschieben kann ich ihn schon.

Die direkte Berührung erzeugt keine Empfindung außer angenehmer Kühle. Ich schiebe alle drei so zueinander hin, dass sie einander von den Endpunkten eines vorgestellten gleichschenkligen Dreiecks anblicken. Während ich nun von Einem zum Anderen blicke, fällt mir auf die vollständige Abwesenheit jeglicher Empfindung auf. Etwas ist lückenhaft. Und dann befinde ich mich mittendrin. Im Zentrum der eigenen, inneren Kluft. Ich spüre, wie sich meine Haare im Nacken aufrichten, als wollten sie den Stoff meines Hemdes von meiner Haut heben. Ich fröstele. Ohne zu wissen, warum, lasse ich meine Handflächen von oben auf die transparenten Schädel sinken, beuge mich dann mit dem Oberkörper vor, um mit meiner Stirn den dritten, den schwarzen Kopf zu berühren.

Ich muss einen Schlag wie von einem Stromstoß bekommen haben, denn ich fand mich auf dem Boden sitzend wieder.

Zum Glück fiel mir die Zahlenkombination noch ein. Ich verließ den Raum, um Kala und Álvarez von meinen Erfahrungen zu berichten.

Ja, wir hatten eine gute Zeit in dem Haus in der Straße der Republik 67. Auf drei Seiten fiel die Stadt zum Meer hin ab, und das Haus gestattete daher aus dem fünften Stock, vor allem aber von der Dachterrasse, spektakuläre Rundblicke auf den Hafen. Es war nach dem Auszug der Lombard-Bank frei geworden und in Álvarez' Geburtsjahr erbaut, was ihm mindestens so gut gefiel wie das ausgedehnte Tunnelsystem unter dem Weinkeller und der Zugang dazu direkt aus dem Haus. Wir unternahmen ausgedehnte Exkursionen in die unterirdischen Wehr- und Bunkeranlagen, ausgestattet mit Kompassen und sehr hellen Leuchten. An mehreren Tagen in Folge stattete ich den Köpfen weitere Besuche ab, doch die zuvor mit ihnen gemachte Erfahrung blieb einmalig. Ich konnte bei diesen Visiten auch keine konkreten Empfindungen mehr zuordnen. Plötzlich waren sie Köpfe aus Stein, die immer noch außergewöhnlich aussahen, jedoch keine außergewöhnlichen Erlebnisse mehr bescherten. Weitere Stromstöße bekam ich nicht, obwohl ich mich, trotz einer gewissen Angst, noch zwei weitere Male exakt wie schon einmal über sie beugte und sie mit meinen Händen und meiner Stirn berührte. Doch diesmal kam ich mir regelrecht albern dabei vor, und das Erich-Gefühl war auch ganz plötzlich wieder da. Trotzdem hatten wir eine gute Zeit, denn inzwischen griff Kala hin und wieder meine Hand, blickte mich von der Seite an und ließ meine Hand dann wieder los.

Ich liebte diese flüchtigen Berührungen, unternahm aber nichts, um sie künstlich in die Länge zu ziehen. Einmal trat sie sehr dicht vor mich hin, nahm mein Gesicht in beide Hände und sagte: »Na, mein Kleiner, du hast doch nicht etwa Angst vor mir?«

Ich beeilte mich, jegliche Angst abzustreiten, grinste auf eine Art, die mir sehr töricht und kindisch erschien, spürte, wie ich rot wurde, lachte aus Nervosität und Irritation und entzog mich schließlich fast verschämt und unbeholfen. Daraufhin lächelte sie nur und ließ mich vollständig los.

Tatsächlich so vollständig, dass ich die nächsten Wochen vergeblich auf einen neuerlichen Griff nach meiner Hand wartete. Einmal stiegen wir über die Stufen in den Felsen zum Uferweg hinab, wanderten direkt an der Wehrmauer am Meer entlang, wurden sogar ein wenig nass von der aufspritzenden Gischt, freuten uns über das kleine Abenteuer, kletterten schließlich auf die Brücke und gingen über die weit ins Meer hineinreichende Steinzunge bis zum Leuchtfeuer von St. Elmo. Ich hatte von besonderen Witterungslagen auf der Insel gelesen. Bei Gewitter waren auf Gebäudegiebeln, Schornsteinen und Mauervorsprüngen wandernde Lichterscheinungen beobachtet worden, keine Blitze, sondern Flammen, sogenannte Sankt-Elms-Feuer, zum ersten Mal beobachtet genau an der Stelle, wo wir gerade saßen. Deshalb der Name.

»Ich hätte gern eines auf meinem Kopf«, sagte Kala und richtete sich hoch vor mir auf. Hinter ihr ballten sich die schwarzen Wolken bereits wie erkaltete Lava.

In dem Moment entlud sich krachend der Himmel in einem ersten Blitz, und sie ließ sich sofort wieder neben mich fallen und klammerte sich wie ein kleines Kind an meinen Arm.

»Hör mal«, sagte sie nach einer Weile. »Ich will nicht länger warten.«

Er verstand sofort, was sie meinte, und erwiderte: »Aber es geht nicht. Ich werde zu schnell ein Greis für dich sein.«

»Ich werde mit Nano reden«, entgegnete sie daraufhin.

Er verstand nicht sofort, was darunter zu verstehen war, fragte aber auch nicht weiter nach, weil die Magie ihrer Nähe so überwältigend war, dass er Zweifel und Ängste inzwischen zunehmend bewusst auszublenden versuchte. Wahrscheinlich wusste er zu dem Zeitpunkt längst, dass sie beide zusammen sein wollten und würden, begegnete dieser Gewissheit aber mit einem letzten restmoralischen Widerstand.

Sie sahen damals aus wie Enkelin und Großvater, und dementsprechend reagierte auch das Umfeld auf sie. Wenn sie einander an den Händen hielten, was sie nun eigentlich ständig taten, dann in den Augen der Außenwelt als Opa und Großtochter. Dazu passte die Zärtlichkeit, mit der sie einander ansahen, nicht aber die körperliche Anziehung, die gleichermaßen ständig zwischen ihnen zu spüren war. In jenen Zeiten fanden die Leute sie seltsam. Und das waren sie als Paar ja auch.

»Ich habe mit Nano geredet«, sagte Kala einige Tage später bei einer Einkaufstour auf den mittelalterlichen Markt von Mdina und drückte seine Hand, gab ihm aber wieder keine Erklärung, und er fragte auch diesmal nicht nach.

Am nächsten Tag war er dann über Rom nach Siena geflogen, hatte d'Este, den Banker mit der Tonsur, getroffen und sich von dem Mädchen ohne Namen, dessen Namen er dann aber doch erfahren hatte, durch die Katakomben zur Zusammenkunft der Unionea führen lassen, wo schließlich alles Weitere beschlossen worden war.

SIEBZIG

Ich habe die letzte Frau von Álvarez noch kennengelernt. Eine uralt wirkende Dame osteuropäischer Herkunft, das Gesicht so voller Falten, dass keinerlei Fläche zum Schminken übrig geblieben war, bis auf die Bereiche direkt über den Augen, die sie bei der Begegnung mit graugrünem Lidstrich betont hatte. Dazu oranger Lippenstift, so dick aufgetragen, dass er sich zu einer Schicht verhärtete, die bei dem geringsten Lächeln in winzige Scherben zerbrach. Da dieses Wesen aus den Wonnezeiten des Grand Hotel Budapest uns mit einem überraschten wie beglückten Lächeln begrüßte, wurde das Eis gewissermaßen auf mehreren Ebenen gleichzeitig gebrochen. Die Frau des Ältesten war auf eine Weise verblüht, die nur grandios genannt werden kann. Doch er liebte ganz offensichtlich auch das an ihr. Sie und Álvarez, was für ein Paar! Extrem wie noch nicht zuvor gesehen. Das Verfahren zur Wandlung und Extension der Lebenszeit kam leider zu spät für sie. Den Umzug nach Malta lehnte sie ab und starb kurz darauf in einem Sanatorium in Slowenien.

Ich weiß inzwischen auch, wieso den Agenturen der richtige Geburtsname Angelo Francisco Álvarez de Cádiz bekannt war, aber nicht das richtige Geburtsdatum. Der Zahnarzt, ein Mensch namens Dr. Alonso Miró i Ferrà, nicht verwandt mit dem Maler gleichen Nachnamens, hatte seine Entdeckung umgehend in Fachjournalen publiziert. Die Medizin glaubte ihm. Daraufhin bekam er Post von einem unbekannten Absender. In dem Brief beiliegend die Kopie einer Geburtsurkunde aus dem sechzehnten Jahrhundert. Die Kopie war natürlich nicht beweiskräftig. Also kontaktierte Miró einen Kollegen in Andalusien und bat ihn, das Original zu beschaffen, doch es war nicht aufzutreiben.

Der Geburtsname auf dem Papier war richtig, das Geburtsdatum auf der Urkunde aber falsch. Die heiligen Schwestern der unbefleckten Empfängnis mussten sich aus irgendeinem Grund im Datum vertan haben. Das jedenfalls erzählte mir Kala unter dem Siegel der Verschwiegenheit, denn ihr Vater wollte zu der Zeit noch nicht, dass mir sein tatsächlicher Geburtstag bekannt war. Wieso die Schwestern das Datum vertauscht hatten? Ein Irrtum, unbeabsichtigt wahrscheinlich, so meinte Kala, mehr wisse auch ihr Vater nicht. Aber damit hatten die Amigos ihre Chancen verbessert, an ihren Vater heranzukommen, und auch ich war ein Werkzeug dazu gewesen.

Von Kala erfuhr ich auch, dass Nano der Ärztin aus Genf mit einer finanziellen Zuwendung für ihren wertvollen Hinweis gedankt hatte. Und er selbst erzählte mir schließlich, wer Rebecca Rolfe war, nämlich die Häuptlingstochter Pocahontas, eine Berühmtheit ihrer Zeit. Ich weiß auch, dass der Älteste sehr viele herausragende Persönlichkeiten des ausgehenden Mittelalters, der anbrechenden Reformation, der Renaissance, des Rationalismus und Humanismus gekannt hat. Dann das Jahrhundert der Aufklärung. Bekanntschaft mit Jane Austen, Denis Diderot, David Hume und Immanuel Kant. Letzteren habe er ebenso wenig ertragen können wie Isaac Newton, während die großen Franzosen Robespierre und Rousseau wiederum sehr angenehme Zeitgenossen gewesen seien. Dann das 19. Jahrhundert. Geburt der Nationalstaaten und des Imperialismus. Kolonien, Indianerkriege, Sklaverei, Fabriken und die Wissenschaft. Napoleon, Giuseppe Mazzini, Michail Bakunin, Franz Josef I. und Bismarck. Abraham Lincoln, Jesse James und Wyatt Earp. Thomas Edison, Alfred Nobel und Louis Pasteur. Die Zeitgenossen Hugo, Nietzsche, Marx, Goethe, Poe, Rimbaud, Tolstoi und Dostojewski. Automobile, Kühlschränke, Eisenbahnen, Fotografie, Grammofone, Telegrafen, Telefone und die Entdeckung der Radioaktivität. Hungersnöte in Europa nach den Zerstörungen der napoleonischen Kriege, Bürgerkrieg in den USA. Für den Ältesten eine der Dunkelperioden seines Lebens, übertroffen nur durch die Dramatik des 20. Jahrhunderts.

Auch nach der Wandlung führten wir die Interviews fort. Nano liebte das inzwischen. »Für die Nachwelt«, erklärte er lachend und hieß mich sorgsam auf die Mitschnitte achten. Ich archivierte alles in unserem privaten Orbit, sorgfältig gegen Zugriffe von Neugierigen geschützt. Allerdings, seitdem viele Menschen sehr alt werden können, was sie wahrscheinlich unwissentlich auch mir zu verdanken haben, ist das Interesse an historischen Betrachtungen erheblich geschwunden. Die Leute sind so sehr mit gegenwärtigen Genüssen und dem Schwelgen im Prospekt einer fast endlos ausgedehnten Zukunft beschäftigt, dass die Geschichte wirklich absolut von Gestern ist. Irrelevant, überflüssig, zu vernachlässigen. Abgesehen natürlich von den holografischen Selfie-Archiven, von denen wiederum jeder eines hat und auch hegt und pflegt, um Freunden und Bekannten damit bei privaten Vorführungen auf die Nerven zu gehen.

Zu solchen Events gingen Kala und ich schon lange nicht mehr, auch wenn wir uns vor Einladungen kaum retten konnten. Malta erwies sich als gute Basis, um sich im 21. Jahrhundert einzurichten. Anschläge und Aufstände wie in London, Paris, Madrid, Rom und Berlin hatte es in Valetta, Mdina und Mosta nicht gegeben. Zwar hatte sich die Einwohnerzahl in der Archipel-Republik schnell einer Million angenähert und waren inzwischen auch die Naturreservate weitgehend bebaut, nicht zuletzt, weil die Welle der Migranten über die Inseln gefegt war. Doch die Ankunft der Flüchtlinge aus dem Libanon, Libyen, Ägypten und der Türkei hatten Malta ebenso gutgetan wie die Woche der Chinesen. Die meisten von ihnen waren sofort weitergezogen. Die dauerhaften Siedler hatten Malta jedoch eine neue kulturelle Blüte gebracht. Fast konnte man meinen, Alt- wie Neu-Malteser wollten unbedingt friedlich miteinander leben und vermieden daher fast krampfhaft jegliche Konfrontation. Und nach der Einigung von Unionea und NGK und der freundlichen Übernahme der Regierungsgeschäfte durch die Vereinigte Gemeinschaft stand Konflikt ohnehin nur noch an einigen ausgefransten Rändern der Einflusssphäre auf der Tagesordnung. Doch weder auf der Insel noch im kontinentalen Rest von Europa war davon etwas zu spüren.

Ein Teil der Führung pendelte zwischen Valetta, London, Paris und Madrid, und Nano als fester Bestandteil davon natürlich auch. Doch Kala und ich waren nicht davon betroffen und konnten unsere Tage genau so gestalten, wie wir es wollten. Aber jetzt habe ich wieder vorgegriffen, denn ich will eigentlich etwas ganz anderes erzählen.

In der Nacht des 30.10., als die Zeit um eine Stunde auf mitteleuropäische Winterzeit zurückgestellt wurde, rund einen Monat nach der Übersiedelung nach Valetta, weckte mich eine Bewegung. Automatisch blickte ich auf die Uhr und sah an den Leuchtziffern, dass es drei Uhr früh war, also der exakte Moment der Zeitumstellung, demnach gerade die Zeit auf zwei Uhr zurückgespult wurde. Ich spürte, wie mich jemand am Arm hielt, und drehte mich automatisch in die Richtung.

»Hey«, hauchte das Mädchen und knipste das Licht an. »Du hast im Schlaf gesprochen.«

»Was habe ich gesagt?« Ich kniff die Augen zusammen, weil es plötzlich sehr hell war.

»Du hast in der dritten Person gesprochen, aber es war für mich ganz klar, dass du von dir selber geredet hast. Du hast gesagt, er liebt, er liebt dich, Kala, er liebt dich sehr.«

Irritiert blinzelte er mit den Augen. Dann sah er sie, direkt neben ihm, in gleißendes Licht gehüllt, das linke Bein angewinkelt aufgestützt, den Kopf auf den rechten ausgestreckten Arm gelegt. Sie lag neben ihm und strich mit der linken Hand über seinen Arm und sein Gesicht und war dabei vollständig nackt. Er spürte, wie sich etwas an ihm spannte wie eine Stahlfeder, und dieses Gefühl war ihm sehr angenehm. Er und ich. Erich ist nicht ganz dicht.

Ich blinzelte ein weiteres Mal, kniff die Augen noch mehr zusammen, diesmal, weil mich ihre Gegenwart blendete. Sie hatte große Füße im Verhältnis zu ihren sehr kleinen Händen, eine sehr helle, ein wenig gelbliche Haut im Kontrast zu ihren dunklen Haaren, ungewöhnlich kleine Brüste, die so fest am Oberkörper saßen, dass sie sich trotz ihrer seitlichen Haltung dennoch sehr symmetrisch auf ihrem Brustkorb hielten, mit winzigen hellen Warzen.

Kala blickte ihn lächelnd an, die Unterlippe leicht vorgeschoben, ihren Kopf etwas in den Nacken gelegt, griff seine Hand, führte sie über ihren rechten Oberschenkel, dann über ihren linken, legte sie auf ihren Bauch, dann auf die linke Brust, gefolgt von der rechten, ließ sie dann sehr langsam über den Bauchnabel in Richtung ihrer Schenkel wandern und strich mit ihr durch die wunderbar klebrige Feuchtigkeit zwischen ihren Beinen.

»Ich will dich. Ich will ihn«, flüsterte sie und wollte ihm die Schlafanzughose vom Bauch ziehen. »Und damit meine ich dich.«

Er und ich. Erich. Eine Woge aus Scham und dem Empfinden eigener Lächerlichkeit ließ ihn automatisch nach dem Hosenbund greifen. Mit Schmerzen registrierte er, wie er sich an der eigenen Hose festhielt, als Kala versuchte, sie ihm auszuziehen. Im vollen Bewusstsein seiner eigenen Unansehnlichkeit purzelte ihm ein Lacher wie eine feuchte Aussprache aus dem Mund. Er sah Speichel fliegen, wo gar keiner war. Klatsch, mitten in ihr Gesicht. Erschrocken über sich selbst, wollte er sich wegdrehen, doch sie hielt ihn fest. Sein Bauch kam ihm wie ein aufgeblasener Wanst vor, seine Beine dagegen dünn und mickrig, die Brust eng und zugeschnürt. Schade, dass Nase und Ohren im Alter weiter wachsen. Seine unübersehbare Hässlichkeit jagte ihm Schauer der Verzweiflung über den Rücken und er spürte, wie seine Beine zu zittern begannen.

»Ich sehe dich«, sagte Kala halblaut, überwand seinen Widerstand und zog ihm die Hose über Bauch und Gemächt. Zu seiner unendlichen Pein erhob sich sein Schwanz nur noch als ein fahles, halbsteifes, an einer Stelle eingeknicktes Ausrufezeichen ängstlich erwachender, wenig gepflegter und in die Jahre gekommener Männlichkeit aus dem Gestrüpp schattenhaft versteckter, protestantisch ignorierter und dadurch zutiefst verwirrter Sehnsucht, die jetzt sehr konkret als ein Wald aus ergrauten, ungepflegten und viel zu langen Schamhaaren zu besichtigen war.

Was siehst du?, war sein Impuls zu fragen, was er aber nicht tat, weil in diesem Moment an der Spitze seines Penis eine transparente Flüssigkeit austrat und als winziger Tropfen in der Öffnung hängen blieb. Der Tropfen reflektierte das Licht und schien aufzuleuchten und aus sich selbst heraus zu glühen.

Kala griff an die Wurzel, strich langsam über seine Hoden, die ihm in diesem Moment geradezu unwirklich schlaff erschienen, dann weiter den Schaft entlang, um mit einer seitlichen Bewegung der Innenseite ihres Daumens den Tropfen auf der Kuppe abzustreifen. Mit derselben Hand strich sie lächelnd über sein Gesicht, beugte sich über ihn und begann mit einer geradezu unfassbar und übermenschlich erscheinenden Zärtlichkeit, seine Lippen zu lecken.

Er hörte, wie sich seiner Brust ein Stöhnen entrang, als sie sich mit irritierender Leichtigkeit und Selbstverständlichkeit über ihn schwang. Fühlte, wie sie seine Schwanzspitze mehrmals durch den feuchten Spalt zwischen ihren Beinen zog und er nun am ganzen Körper zu vibrieren begann. Er musste die Augen geschlossen haben, denn nun riss er sie auf und sah das Mädchen an. Das Gesicht war direkt an seinem. Er blickte in ihr rechtes Auge, fühlte sich zusätzlich von ihrem Blick gestreichelt und spürte wie sein *Man's-best-friend* da unten in ihrer Hand ein seltsames Eigenleben entfaltete und plötzlich erschlaffte wie ein Gartenschlauch, dem jemand das Wasser abgedreht hatte.

Die 19 war keine besonders schöne Edle. Er wollte jetzt wirklich nicht darauf herumreiten: 193 war zwar edel, aber auch nicht viel ansehnlicher und 1933 fand er regelrecht hässlich, obwohl sie von Natur aus eine Edle war. 1999 war da schon bemerkenswerter. 2003 hatte etwas, ebenso 2011. Doch 2017 war ein Rückfall in eine Art numerisches Gelsenkirchener Barock. Quersumme 10, das war gar nichts, außer purer Langeweile. Er schloss wieder die Augen, ließ sich zurück in die Kissen sinken und versank in einem Gefühl aus Ohnmacht und Widerwillen sich selbst gegenüber. Kann sein, dass er aus Verzweiflung sogar einige Minuten eingeschlafen ist.

Ich erwachte davon, dass Kala meinen Kopf in ihrem Schoß hielt. Ich blickte nach oben, zwischen den feinen Rundungen ihrer Brüste hindurch, und sah den zarten Glanz der inzwischen gedimmten Lampe auf ihrem Gesicht.

»Wir haben Zeit, mein Liebster«, sagt sie und streicht mir mit der einen Hand über die Stirn und mit der anderen über den Schwanz.

»Habe ich wirklich im Schlaf gesprochen?«, frage ich und richte meinen Oberkörper auf, um ihr besser in die Augen blicken zu können.

»Nicht das erste Mal. Damals im Auto, bei unserer Flucht aus Toledo, habe ich dich schon mal im Schlaf reden hören. Es war seltsam. Du hast geflüstert: ›Julius ist damit nicht einverstanden, er ist anderer Meinung …‹ Kurz darauf aber hast du in Ich-Form weiter geredet, hast gesagt, ich habe Angst um sie.«

»Julius ist mein zweiter Vorname«, erkläre ich. »Und ich mag ihn nicht.«

»Ich weiß«, erwidert sie und berührt mich mit der Hand an der Schulter.

»Es wohnen wahrscheinlich zwei Seelen in meiner Brust«, mutmaße ich.

»Und welche davon meint dann mich?«, fragt sie.

Als ich Stunden später in sie einzudringen versuche, stelle ich fest, dass ich auf Widerstand stoße. Vor wenigen Tagen erst hatten wir Kalas Geburtstag mit einem Champagner von 1932 gefeiert. Blutnächte in Altona, Zürich und Genf, der Nobelpreis für Werner Heisenberg, das Jahr vor der Machtergreifung, das Jahr Schmedentorffs. Als Zahl keine von den Edlen, sondern eine profane Größe.

»Auf dich«, sagte der Älteste, hob sein Glas für Kala, leerte es in einem Zug und schnalzte mit der Zunge. »Ah, gut, dass er getrunken wird.«

EINUNDSIEBZIG

Im Fliegen wollen sie beieinanderliegen.

Er stößt auf sie nieder, landet in der Furche, doch sie entgleitet ihm, steigt vor ihm auf. Prächtig. Pur. Wild. Sie jagen ins Freie. Als lodernde Schönheit schwebt sie vor ihm. Sie zieht die Kälte aus der Umgebung und atmet Hitze. Ihr Feuer droht den Betrachter zu verbrennen. Sie ist die Sonne, der er nahe kommen will. Sie ist nackt und schön. Sie ist die Heilige, die er nun haben muss.

Im Fliegen wollen sie beieinanderliegen.

Hat jemand die Glocken läuten hören? Sie verkünden den kommenden Tag. Im Hafen schlagen die Schiffe gegen die Planken. An der Mole leckt das Meer. Wolken verteidigen die Nacht. Doch eine zweite Sonne steigt aus dem Wasser. Was untergeht, wird nun neu geboren.

»Ho, ho, ho«, singt die Gefiederte, während die Gefahr naht, wandert im Flug über den Hügel und lässt sich im nächsten Tal nieder, verwandelt sich in eine Schlange und windet sich unter seinen Händen, erhebt sich auf Tatzen und krallt die Nägel in seine Haut. Ein Strahl küsst sie im Nacken. Er will danach greifen, doch greift er nur den Schatten. Seht her, dieser Kuss ist die Erfindung ihrer Liebe! Seht her, diese Berührung der Haut, Wange zu Wange, Hand in Hand, Bauch an Bauch, erhebt sie wie eine einzige Welle! Seht her, sie sind der Ozean! Treiben umeinander. Treiben miteinander. Schwimmen übereinander. Schwimmen gegeneinander und ineinander. Sie zittert, sie schreit, sie schlägt nach ihm, windet sich und zappelt unter und über ihm. Und als die Sonne schließlich vollständig über ihnen steht, packt sie seinen Hals und zieht seinen Kopf an ihren Mund.

»Im Fliegen«, flüstert sie, »wollen wir beieinanderliegen.«

Er rast durch eine Allee. Die Platanen berühren sich in den Kronen und bilden einen Tunnel. Lichter brechen polarisierend in seiner Netzhaut, reflektieren als Regenbögen an den Rändern seiner Achtsamkeit.

»Ho, ho, ho«, summt die Gefiederte und umarmt ihn mit ihren Daunenschwingen und reißt ihn mit in die Tiefe des anbrechenden Tages. Kann sein, dass er gar nichts oder viel zu wenig versteht. Doch es ist ihm egal, weil sie ihn mit so viel Liebe trägt und erträgt.

»Im Fliegen« flüstert er zurück, während sein Körper noch bebt, »will ich immer bei dir liegen.«

Ja, es wohnen zwei Seelen in seiner Brust, bei manchen Dingen wollen sie ein und dasselbe, bei anderen nicht.

Ich blicke in den Morgenhimmel von Malta. Zwei Kondensstreifen kreuzen sich über unseren Köpfen. Weiter hinten liegen Wolken, flach wie Diskusscheiben, und saugen Sonnenstrahlen auf. Die Linien, das ist sicher, haben sich längst und für mich endgültig verschoben. Kala schläft an meiner Seite. Die Nächte sind warm, weil die Tage heiß sind. Der Scirocco bläst über das Meer und bedeckt ihre Blöße mit feinem Saharasand. Der Sand rieselt mit jedem ihrer Atemzüge von ihren Brüsten auf ihren Bauch und bildet winzige Dünen, die mit weiteren Atemzügen in Richtung ihres Unterleibs wandern.

Stunden sitze ich so da und beobachte. Sie und den Gang der Sonne. Selbst bewegungslos, um Kala nicht zu wecken. Meine Geschichte, so denke ich jetzt, gehört mir nicht mehr. Wem gehört die eigene Vergangenheit? Als Historiker meiner Biografie fühle ich mich, als würde ich vor dem anbrechenden Nichts stehen.

Ein Hubschrauber startet knatternd vom Armeeflughafen von Valetta und hält sich dann für einige Minuten im Zenit über dem Il Forti Sant Lermu. Die afrikanische Flanke von Europa erscheint ruhiger als das Zentrum im Norden, obwohl Malta den Ansturm von Süden hingebungsvoll über sich ergehen lässt.

Kala rekelt sich an meiner Seite, wacht aber nicht auf. Ich weiß nicht, ob der Helikopter uns gesehen hat. Jedenfalls dreht er weg und fliegt ins Landesinnere. Ich werde nie verstehen, warum der

Älteste mich gewählt hat. Oder hatten vielmehr die Köpfe mich gewählt? Natürlich habe ich ihn danach mehr als nur einmal gefragt, eine vollständig klärende Antwort auf diese Frage jedoch nicht erhalten. Fragen, die er nicht beantworten will, denen weicht er sehr elegant aus. Tatsächlich beherrscht er die Methoden der Suggestion und Manipulation so vollkommen, um es durchaus passieren zu lassen, dass der Frager seine Frage noch im Moment des Fragens bereits wieder vergessen hat. Durfte ich mehrmals bei Begegnungen mit Dritten beobachten.

»Sehr geehrter … wie heißen Sie noch mal?« Gerade gefragt. Schon vergessen. Nur ein Blick des Ältesten, eine Handbewegung von ihm oder ein von ihm gemachtes Geräusch, etwa ein Fingerschnipsen, waren dafür notwendig gewesen. Verblüffend. Was er bei anderen kann, hat er bei mir ganz sicher auch angewandt.

Manchmal erwache ich mit dem Gedanken oder dem Gefühl, mir ganze Jahre nur eingebildet zu haben. Sevilla, die Suche, die Begegnung, Heilung in der Kathedrale, seine Fragen, meine Antworten, den toten Hund, das Refugium, meine weiteren Fragen, seine weiteren Antworten, die Blutanalyse, die Flucht, K. K., ihren Begleiter, Siena, die Umwandlung und das hier: mein Leben danach.

Was ist das für ein Leben? Kann ich wirklich noch nicht sagen. Vielleicht wird es ein Abgesang. Die Perspektive ist zu neu. Die Verschiebung der Linien zeigt sich als verworrenes Mikado in meinem Koordinatensystem. Europa, womöglich die ganze Welt, ist im Aufbruch und Umbruch und sehnt sich nun nach einer sortierenden Hand. Wer auch immer ordnend in den Haufen greifen wird, denke ich, wird wohl für noch größere Verwirrung sorgen. Zumindest für lange Zeit. Dies ist meine Überlegung an diesem Morgen, während Kala langsam neben mir erwacht. So wunderschön. Noch für eine Ewigkeit.

Die zwei Stimmen in meinem Kopf haben sich auf eine gemeinsame Liebe geeinigt, und ich denke, ich bin nun endlich geheilt. Doch ob das wirklich wahr ist, wird sich zeigen.

»Solltest du mich jemals hintergehen, mein Geliebter«, hatte Kala vorhin gesagt, »werde ich zu enttäuscht von dir sein, um mich wirklich zu ärgern, denn dann bin ich einfach nur tot.« Und am Tag zuvor hatte sie ohne jeden für mich erkennbaren Zusammenhang gesagt: »Ich möchte vor dir sterben. Ich kann mir nicht vorstellen, in einer Welt zu sein, in der du nicht mehr bist, mein Liebster. Die Welt ist zu schön, um ohne dich darin zu sein.«

Da waren wir durch die Barraka-Gärten flaniert, hatten uns über die Stadtmauer gelehnt und auf den Hafen geblickt. So wunderschön. Hoffentlich für eine gemeinsame Ewigkeit. Nur sie und ich. Ihn, meinen inneren Freund Er, lasse ich außen vor. Bin ziemlich sicher, dass es mir nun gelingt.

ZWEIUNDSIEBZIG

»Hey, ich will mit dir schlafen«, verlangt Kala zum zweiten Mal und bewegt meinen Freund mit ihrer Hand unter der Decke.

Ich erwidere, ebenfalls flüsternd, »Sag es noch mal«, und greife mit einer Hand nach ihrem Po.

»Ich will dich in mir«, haucht sie daraufhin direkt in mein Ohr.

Ich atme tief ein und inhaliere ihren Körperduft. Unter tausend anderen würde ich ihn erkennen, so einmalig und unwiderstehlich ist ihr Geruch. Trotzdem gelingt es mir nicht, ihn angemessen zu beschreiben. Er ist süß. Und auch ein kleines bisschen sauer. Ich meine, einen Hauch von Sandelholz, vielleicht auch Rosen wahrzunehmen, eine Ahnung von Lakritz, kann aber auch sein, dass ich mich irre, denn dieser Duft, ihr Geruch ist so reich und fein zugleich, dass ihn Worte, davon bin ich überzeugt, niemals werden greifen können. Als Note füllt er einen Raum und dringt wie Musik in meinen Kopf, erzeugt erst eine emotionale Resonanz und dann eine biologische. Jedenfalls spüre ich die wachsende Vibration zwischen den Leisten.

»Der Zipfel in meiner Lücke lechzt nach dir«, sagt sie, den Kopf nun in die andere Richtung gedreht.

»Hmm, wie meinst du das?«, erwidere ich, obwohl ich genau weiß, was sie meint.

»Was bist du bloß für ein Blödmann«, sagt sie mit zärtlicher Stimme, lässt mich unten los und greift nach meinem Kopf.

Nicht wenige Jugendliche nutzen die Cachous für nächtliche Liebesakte. Ich habe keine Ahnung, was diese akrobatischen Nummern auf den Kugeln bringen sollen, doch manche schwören tatsächlich darauf. Immer mehr Leute höheren Alterns vaporisieren Alluramin und Androstenon auf die Haut, um anziehender auf Sexualpartner zu wirken. Kala hat das auch einmal zum Spaß, wie sie sagte, probiert, doch nach meinen deutlichen Protesten sofort wieder damit aufgehört. Ihr ganz eigener Duft, durch kein Parfüm oder Pheromon verfälscht, das weiß ich nach all den Jahre sicher, ist das beste Lockmittel für mich.

Während ich spüre, wie sie unter der Decke mit einer Hand nach mir tastet und mich gleichzeitig frage, was sie mit der anderen vorhat, wandert mein Kopf von ihrem Hals in Richtung ihrer Achselhöhle, und eine fast salzige Schwere mischt sich in ihren Geruch. Jederzeit könnte ich mich auch an dieses Bukett erinnern, so markant und wunderbar erscheint es mir in diesem Moment.

»Es gibt da einen Brunnen«, höre ich sie sagen, »zwischen meinen Schenkeln. Du darfst jetzt daraus trinken, wenn du es dir wünschst.«

»Ach ja«, brumme ich.

»Nein«, flüstert sie. »Du darfst es nur, wenn du es dir sehr wünschst.«

Sie umklammert mich mit der einen Hand, während sie mir mit der anderen über den Rücken streicht.

Ich entziehe mich mit einer Drehung ihrem Griff, recke ihr vorsichtig meine Beine entgegen und schlüpfe mit dem Kopf unter die Decke. Plötzlich rieche ich ihre Erregung. Ein Odeur wie eine Welle. Ich spüre meine Waden zittern.

»Du zitterst ja, mein Liebster«, höre ich Kala sagen, während ich mit dem Gesicht in die Feuchtigkeit zwischen ihren Beinen tauche. Noch bevor ich sie schmecke, fühle ich, dass sie mir mit der flachen Hand auf den Rücken schlägt, wünsche mir, dass sie mich in den Mund nimmt und mit ihrer Zungenspitze die weiche Haut umkreist. Doch sie schlägt mich nur, wortlos, erst noch ein wenig zärtlich, dann fast schon brutal.

»Hmm«, höre ich mich sagen, angenehm berührt und auch ein bisschen unangenehm, bekomme darauf aber keine wahrnehmbare Reaktion, nur weitere Schläge. Weil ich jetzt doch wissen will, was mit ihr los ist, tauche ich auf, wende mich ihr zu, bemerke nun ihre vor Schreck geweiteten Augen, folge ihrem Blick mit meinem und sehe, dass die Wüste brennt.

Der Himmel steht mit rötlichen Wolkenschlieren in Flammen und leuchtet wie eine einzige gigantische Brandwunde. Die Dünen glitzern rotbraun und blutig, während die Sonne als Blutball dahinter sinkt. Ein Bild, als müsste gleich auch die Welt versinken. Hinsinken in einem rasenden Rausch, entfesselt in einem Wahnsinnswüten, sich selbst verletzend und todesrollig, suizidal und final.

So wie heute sehe ich es zum ersten Mal. Ein Himmel wie eine Hinrichtung.

»Bibaxtalo«, flüstert sie, »eine Schächtung sieht genau so aus.«

»Haben wir noch DOM?«, frage ich. Letzte Reste von Dithoxmethyl-A hatte ich zumindest noch vor einigen Tagen im Arsenal gesehen.

»Nicht jetzt«, haucht sie.

Blutend aus acht Milliarden menschlichen Wunden gleichzeitig, gerät die Königin schwankend aus der Bahn. Die Mächtige, sie taumelt und trudelt, schüttelt sich bebend auf ihrem elliptischen Umlauf. Um etwas Großartiges kreisend, ahnt man, könnte die Großartige doch zerbrechen, ja, zerbersten an ihren eigenen, innersten Fliehkräften. Vielleicht hatte der Abwurf des Dämons auf die Andamaneninsel bisher unbekannte Nachwirkungen. Vielleicht ist etwas mit den Cachous passiert. Der Zusammenhalt Ihrer Majestät könnte sich in Dissonanz, in Wegdriften, Abdriften und kontinentaler Reibung verlieren, um in einem gewaltigen Knall zu implodieren. Wenn die Welt in sich zusammenfällt, verletzt, verwundet, wütend und krank, blutend und verblutend, dann in einem Abgang in Ungemach.

»Doch«, bettele ich. »Bitte.«

»Nein«, widerspricht sie. »Brauchen einen klaren Kopf …«

Ich spüre, dies ist der finale Aderlass. Haben wir es nicht alle immer geglaubt und schließlich auch gewusst? So wie es ist, kann und wird es nicht weitergehen. Es gibt eine Grenze. Und kein Sein darüber hinaus. Wird die Vision verpasst, bleibt nur der Kollaps. Dann fällt die Gegenwart in sich zusammen. Und kein biologischer Griff nach der Ewigkeit kann an dem Verlust der Nachhaltigkeit und zu erwartenden Künftigkeit irgendetwas ändern.

Ach, Hüterin, erbarme dich. Fels in der Brandung, gib mir Halt. Oder nein, mein geliebter Ozean, bitte trage mich doch besser fort. Ach, du wunderbarer Wind, bitte streichele und erhebe mich. Und du, oh, du lieber, verehrter, aufkommender Sturm, lösche das Feuer, weil meine Seele brennt.

Aber nein, meine Bitten werden nicht erhört. Und das feurige Bild entflammt nochmals aus der Mitte heraus. Der Bedu muss sich mit Spiritus übergossen und angezündet haben, jedenfalls läuft er als brennende Fackel laut brüllend und sehr direkt auf uns zu.

»Wach auf, Moti«, befiehlt Kala und drückt gleichzeitig den Knopf für die Escape-Funktion. Ich realisiere den Druck durch die extreme Beschleunigung, als wir nach oben in den Himmel geschossen werden.

EPILOG

»Nun müssen es Hunderttausende sein«, sage ich.

»Nein, Millionen«, verbessert er mich. »Viele Millionen.«

»Sie schlagen Blasen an der Oberfläche. Doch was sind sie wirklich?« Ich frage ruhig. Aber bin nicht ruhig.

»Früchte«, erwidert er.

»Was denn für Früchte?«, frage ich weiter.

»Früchte des Zorns«, antwortet er.

»Dann muss der Zorn sehr groß sein«, sage ich.

»Es ist ja auch *ihr* Zorn«, sagt er, »ihr Riesenzorn.«

»Was geschieht nun mit diesem Riesenzorn?«, bohre ich weiter, äußerlich immer noch ruhig.

»Er rollt auf uns zu«, sagt er. »Auf jeden einzelnen von uns.«

»Es ist kein Kontakt«, sage ich.

»Nein«, sagt er. »Es ist Gegenwart, erdrückende Gegenwart.«

Robert Silverberg (Hrsg.)

Science Fiction Hall of Fame 2

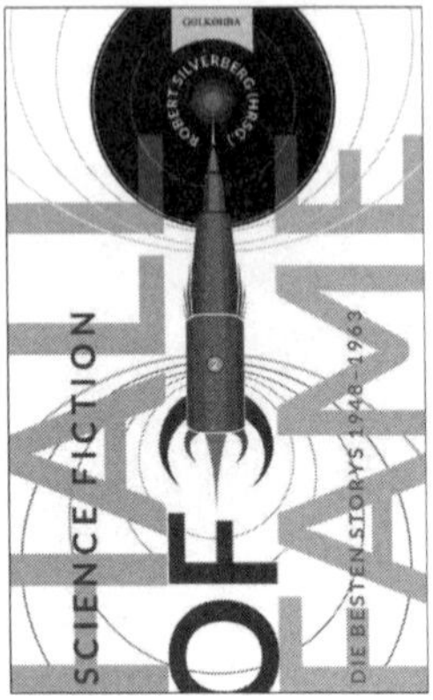

Die zweite Hälfte dieser legendären Anthologie umfasst die besten SF-Erzählungen aus den Jahren 1948 bis 1963. Dabei reicht das Spektrum von Highlights der Weltraum-SF (Cordwainer Smith, Ray Bradbury) bis zum Aufbruch des Genres in die Gefilde der modernen Literatur (Daniel Keyes, Roger Zelazny). Jede einzelne dieser Geschichten ist ein Juwel, das bis heute nichts von seinem Glanz verloren hat.

Inhalt: »Scanner leben vergebens« von Cordwainer Smith (1950), »Der Himmel auf dem Mars« von Ray Bradbury (1948), »Die kleine schwarze Tasche« von C. M. Kornbluth (1950), »Menschenkind« von Richard Matheson (1950), »Schöne Aussichten« von Fritz Leiber (1950), »Die Suche nach dem heiligen Aquin« von Anthony Boucher (1951), »Oberflächenspannung« von James Blish (1952), »Die neun Milliarden Namen Gottes« von Arthur C. Clarke (1953), »Schöner Leben« von Jerome Bixby (1953), »Eiskalte Gleichungen« von Tom Godwin (1954), »Geliebtes Fahrenheit« von Alfred Bester (1954), »Das Land der Sanftmütigen« von Damon Knight (1956), »Blumen für Algernon« von Daniel Keyes (1959) und »Dem Prediger die Rose« von Roger Zelazny (1963)

Deutsche Erstausgabe
Aus dem Amerikanischen
von Eva Malsch, Thomas Ziegler u. a.
Klappenbroschur | 394 Seiten
ISBN 978-3-944720-56-2

Auch als E-Book erhältlich.

Golkonda Verlag
www.golkonda-verlag.de

Composé et édité par les

éditions HARLEQUIN

Achevé d'imprimer en Allemagne
par GGP Media GmbH, Pößneck
en mai 2014

Dépôt légal en juin 2014